KB140295

제4판

시론

김준오

三知院

본서는 저자의 의도를 훼손하지 않는 선에서 『시론』 제4판(2002년 5월 10일 발행)을 현대 표준어 규정에 맞춰 다듬었습니다. 의미상 필요한 한자는 한자병기로 처리했습니다. 이는 저자가 살아생전 틈틈이 손질해 온 작업을 이은 것입니다.

4판 머리말

　꼭 6년만에 네 번째 수정판을 내게 되었다. 본서가 처음부터 매우 불완전한 상태에서 출발한 데도 기인하지만 시쓰기와 시읽기의 기반과 조건이 많이 변화되었고 현대시의 양상이 많이 달라졌기 때문이다. 현대시의 오늘과 미래를 관찰하고 예상하는 일은 본서의 일관된 관심사 중의 하나다.

　이 수정판에서 보다 강화된 것은 담론의 관점이다. 이 관점은 시에 대한 선입관과 고정관념을 깨뜨리고 시를 새롭게 조명하는 한도에서 유용하다. 자아중심주의의 주체철학 전통을 깨고 텍스트에서 타자성을 발견한다든가 언술내용의 주체와 언술행위의 주체를 엄격히 구분하는 것 그리고 시의 형태와 사회역사적 조건의 상동성을 밝히려는 작업 등은 담론적 관점의 핵심과제들이다. 그러나 언어학의 형식주의를 떠나서 담론적 관점이 성립될 수 없는 사실은 특별히 강조해야만 되겠다. 왜냐하면 이것은 우리 시읽기의 가장 근본적인 취약점이기 때문이다. 이른바 정전을 성립시키는 문맥의 특권화를 부정하면서도 시쓰기와 읽기를 이데올로기적이고 정치적 문맥으로만 몰고 가는 마르크스주의적 문화비평을 비판적으로 수용할 필요성은 여기에 있다.

　패러디를 독립된 하나의 항목으로 부각시킨 것은 다분히 의도적이다. 이것은 패러디 그 자체에 대한 선입관은 물론이고 시에 대한 선입관을 해체시키려는 의도의 산물이다. 시에 대한 시쓰기로서 메타시를 패러디시의 한 변형으로 처리하여 현대시의 또 하나의 주목되는 시유형으로 부각시켰다. 메타시는 우리 시대가 메타시대임을 반영하는 사회학적 관심과도 무관하지 않다. 문학적 고갈의 징후든 또는 쇄신의 징후든 패러디의 부각은 현대시의 실존적 현상이다. 이 문제적 실존을 우리는 외면할 수 없다. 적어도 패러디에 관한 한, 우리 고전시학의 용사론은 보다 면밀히 검토하지 않으면 안 되었다. 이미 3판 머리말에서도 밝혔지만 고전시학의 재발굴은 다시 한번 강조하지 않을 수 없다. 그래서 본서는 고전시학의 개념들과 현대비평의 개념들과의 접목에 주력했다.

시의 '제시형식'을 새로이 독립된 화제로 설정한 것은 패러디와 함께 시쓰기와 시읽기의 기반과 조건이 변화하고 있는 현상의 반영이다. 제시형식이 장르구분의 한 기준이라면 제시형식의 변화는 시장르의 변화, 곧 시의 변화에 등가된다. 이것은 사실이다. 다른 문학장르처럼 시가 어떻게 독자에게 향수되는가 또는 시의 구조 자체가 어떻게 향수방법을 이미 한정하고 있는가의 문제들은 제시형식의 영역으로 수렴된다. 대중문화의 범람과 영상매체의 발달은 우리로 하여금 새삼스럽게 제시형식의 문제로 관심을 집중시키게 한다.

4장에서는 미적 거리라는 규범적 문제와 결부시켜 현대시의 새로운 가능성으로서, 그러니까 새로운 현대시 유형으로서 환유시, 표층시, 고백시 그리고 새로운 서사구조를 보인 서술시를 꼼꼼이 검토했다. 환유시는 현대시가 반구조의 비유기적 형식으로 변화되고 있는 자리에 놓인다. 이것은 이미 본서 3판에서 다루었지만 '무매개시'의 문제적 개념으로써 보다 부각시켰다. 표층시는 소설의 카메라시점처럼 시세계에 대한 시인의 주관적 개입을 보류하고 사물의 표면에만 머문 문제적 시유형이다. 표층시는 서정 상실의 상황을 반영한 점에서 매우 의미심장하다. 고백시는 몰개성론을 극복한 개성론의 부활로서 새로운 세계관을 보인 점에서 주목된다. 페미니즘시가 그 주류를 이루고 있는 점은 매우 당연한 현상이다. 새로운 서사구조를 보인 서술시는 우리에게 서사의 약화 내지 파편화라는, 심상치 않은 조짐을 제시하고 있다.

이 새로운 시유형들은 시대적 조건을 떠나서 존재할 수 없음은 물론이다. 문학사적 의미망에 놓이는 이유는 여기에 있다.

이상이 네 번째 수정판을 내지 않으면 안 되는 구실이다. 본서는 앞으로 계속 현대시의 변화에 촉각을 집중시키면서 탈바꿈을 할 것이다.

　끝으로 본서의 타자는 물론이고 자료수집과 정리를 해 준 문선영 양이 고맙고 수정판을 위해 많은 조언과 충고를 해 준 시론담당 교수님들께 이 자리를 빌려 진심으로 감사 드린다. 그리고 어수선하기만 한 연말연시에도 불구하고 수정판을 출간하는 데 애써주신 삼지원 편집사원들에게 감사한 마음 금할 길이 없다.

1996. 11.

김준오

책머리에

원래는 이 책에다 '동일성의 시론'이라는 제목을 붙이자고 했으나 결과는 그냥 《시론》이라 해버렸다. 필자의 개성을 남에게 드러내 보이기에는 아직 미숙하고 또 쑥스러웠기 때문이다. 그 대신 이름 있는 시론들과 시연구방법들을 되도록 많이 소개하고 중개 역할을 하는 데 주력했다.

그러나 동일성(identity)이란 용어는 결코 군더더기 말이 아니다. 그것은 철학이나 사회심리학에서처럼 여러 가지 개념으로 사용되듯이 모호성을 지니고 있지만 주로 두 가지 문맥에서 발생한다. 통시적인 면에서 '변화'를 통하여, 공시적인 면에서 '갈등'을 통하여, 동일성은 가치개념으로 충격된다.

이 변화와 갈등은 현대인의 보편적인 체험양상이다. 현대인은 나와 세계의 격심한 변화를 체험하고 동시에 나와 세계와의 관계, 심지어 나와 나 자신과의 관계에서도 소외와 갈등을 체험한다. 그래서 현대인에게 변하지 않는 것과 일체감은 실제의 현실 속에는 존재하지 않는 하나의 이념처럼 커다란 의의를 지니게 마련이다.

필자 개인의 시적 체험으로 말하면, 이 동일성의 감각이 시적 세계관을 비롯하여 언어, 리듬, 이미지, 비유, 상징, 시제 등 시의 여러 요소들 속에 작용하고 있는 것을 알았다. 동일성은 작품의 구성원리에서뿐만 아니라 창작과정이나 작품감상의 과정 그리고 많은 시학에서도 공통된 원리로 일관하고 있다. 그래서 필자는 "시는 동일성이다"라는 결론을 얻었다.

물론 동일성은 나만의 느낌이거나 또 새삼스러운 것이 아니다. 우리가 상실했던 그리고 누구나 공유하는 가치개념이다. 단지 시의 비평개념으로서 좀더 의식화하자는 것이 나의 의도다.

"시의 정의의 역사는 오류의 역사다"라고 엘리엇은 말했다. 이것은 시를 보는 관점이 개인과 시대에 따라 다양해지기 마련이라는 사실을 시사한 것이다. I부에서는 동일성의 관점으로 시 장르, 시 정신, 서정적 자아, 상상력 등 시에서 가장 근본적이면서도 일반적인 면들을 분석했다. 그리고 시관이 다양한 것만큼 현대시는 많이 변모해 가고 있다. 시의 테마 면과 결부지어 현대시의 면모를 개관하면서 동일성이 현대시에 왜 커다란 의의를 띠는가를 밝혔다.

II부는 시 분석의 일반적 대상들을 언급한 것이다. 여기서 다른 요소들도 다 중요하지만 특히 어조, 퍼소나, 거리의 항목에 역점을 두었다. 어조와 퍼소나(persona)와 거리는 뗄 수 없는 밀접한 관계를 맺고 있지만 각각 독립된 장으로 분리시켰다. 시의 기교도 분석의 대상이지만 아이러니, 역설, 펀 등은 어조 속에 포함시키거나 비유, 상징에서 다루어 따로 독립시키지 않았다. III부는 현대시의 여러 가지 문제 중 시에 있어서의 리얼리즘, 새로운 자연개념, 설화의 도입 등 현재 우리가 당면하고 있는 문학적 주요 관심사들을 취급했다.

이 책에서 동일성의 관점 외에 일관된 것이 있다면 그것은 역설적으로 현대시의 변화 양상의 기술에 많은 지면을 할애했다는 점이다. 이 변화양상 중에서 원래의 시 정신의 변화는 물론 형태면에서도 시와 산문의 경계선을 불분명케 하는 탈장르의 징후들이 많이 보였다. 그리고 형식주의 비평의 결함을 보충하기 위해 의식비평(critics of consciousness)의 방법에 많이 의존했다. 그래서 Lawall의 *Critics of Consciousness*와 Magliola의 *Phenomenology and Literature*의 두 저서를 많이 참고했다.

앞으로 이 책의 미비점이나 결함들을 수정·보완하면서 필자의 주제 파악을 계속하겠다.

끝으로 이 책의 출판을 맡아 주었을 뿐 아니라 많은 조언과 자료를 제공해 준 오규원 시인에게 충심으로 감사하며, 요즘같이 가뜩이나 변덕스런 날씨에도 불구하고 원고 정리와 교정을 거들어 준 본교 대학원생들에게도 고마움을 금치 못하겠다.

1982년 초봄 연구실에서
김 준 오

제 1 장 ┃ 시와 언어

제 2 장 ┃ 시의 구성원리

차 례

제3장 │ 어조와 화자

제4장 | 미적 거리

차 례

제5장 │ <보론> 현대시와 동일성

제 1 장

시와 언어

01_절 시의 정의

I 명칭의 문제

　문학을 일반적으로 리듬의 유무에 따라 운문과 산문으로 양분한다. 즉, 운문은 리듬을 가진 문학형태이며, 산문은 리듬이 없는 문학형태이다. 시는 말할 필요 없이 운문이다. 문학의 종류를 흔히 서정시, 서사시, 극시라 할 때 이 세 장르는 운문이라는 공통점을 지니고 있다.[1]

　동시에 산문과 대립되는 장르로서 시는 서구에서 원래 창작문학을 포괄하는 명칭으로 사용되었다. 말하자면 서정시, 서사시, 극시는 모두 창작문학에 해당한다. 이 경우 시와 대립되는 산문은 역사·철학·웅변과 같이 이미 있었던 사실을 기록하고 분석·비판하는 토의문학(discussion literature)이 된다. 이처럼 시는 원래 운문과 창작이라는 두 가지 의미를 띠고 있었다.

　국문학에서 서양의 시에 해당하는 말로 '시가'라는 용어를 쓰고 있다. 여기서 '시'란 문학상의 명칭이지만 '가'는 음악상의 명칭이다. 이것은 우리의 고전문학에서 시가가 문학장르로서 완전히 독립되지 못하고 노래에 얹혀 부르는 '가'로서(즉, 노래 가사) 음악과 밀접한 관계를 맺어 왔기 때문이다. 또한 "시는 마음에 바라는 바를 말로써 표현한 것(노래는 말을

---

1) 서구에서 창작문학은 모두 운문으로 되어 있다는 근거에서 문학의 3대 장르에 '시'라는 용어를 붙이고 있다. 오늘날에도 독일문학에서 '시'(Dichtung)는 모든 창작문학을 가리키는 데 사용되고 있다.

가락에 맞춘 것)이다"2)처럼 일반적으로 '시'는 한시를 가리키고, '가'는 우리말의 노래를 가리키는 데 사용되어 왔다. 국문시가가 관습적으로 오랫동안 음악과 한시에 종속되어 온 현상은 조선조 상촌 신흠이 시조를 '시여(詩餘)'라고3) 명명한 데서 결정적으로 확인된다.

오늘날 우리는 시라고 하면 일반적으로 서정시를 생각한다. 서정시(lyric poem)란 서구의 경우 어원적으로 음악과 관계가 고정되어 있었다. 다시 말하면 리릭(lyric)은 현악기인 라이어(lyre)에서 유래한 용어다. 이런 점에서 서정시는 우리의 고유어가 아니라 어디까지나 외래어다. 물론 오늘날 서정시는 이런 어원적 의미로 정의되지 않는다. 음악 수반이 더 이상 의무조항이 아니다. 그 대신 민요와 같은 집단적인 것을 제외한 개인적 창작을 가리키는 데 사용되지만 이것도 절대적인 정의가 아니다. 서정시는 역사적으로 다양하게 정의되기 마련이고 또 그렇게 다양하게 정의되어 왔다.4) 서정시는 실제로 두 범주에서 사용된다. 서사와 극과 함께 문학의 큰 갈래 명칭으로 사용되는 경우와 서정주의 경향의 시(따라서 반서정주의 시와 대립되는)에 특별히 한정해서 사용되는 경우가 그것이다. 또한 시와 서정시 사이를 근본적으로 구분할 수 있는가 하는 문제제기는 더욱 혼란에 빠뜨리게 한다. 시를 형식개념으로 본다면 시는 상상(창작)문학 일반을 가리키기 때문에 서정시보다 범위가 넓지만 오늘날 시와 서정시 사이의 근본적 구분은 사실상 불가능하다. 다시 말하면 이 두 용어는 동일한 의미로 사용된다.

---

2)《書經》, "時言志 歌永言".
3)《靑丘永言》, "放翁詩餘序". 여기서 '시여'란 시조가 한시의 잔여적 부산물, 곧 한시를 쓰고 남은 감정을 표현한 것이라는 사대주의적 발상의 용어다.
4) 이 점에 대해서는 René Wellek, *Genre Theory, The Lyric, and Erlebnis, Discrimination*(Yale University Press, 1970), pp. 225~252. 그리고 Dieter Lamping, *Das Lyrische Gedicht : Definitionen zu Theorie und Geschichte der Gattung*(장영태 옮김, 문학과 지성사, 1994), 17~24, 98쪽 참조. 두 사람 모두 서정시의 '일반적 특성'을 정의하려는 시도를 거부하고 있다. 장르적 관점은 이 책의 1절 Ⅲ에서 상론된다.

영미문화권에서 시에 해당하는 용어로 poem과 poetry의 두 가지가 있다. 이 poem은 어떤 특정의 구체적 작품을 가리키는 말이고, poetry 는 장르 개념으로 일반적으로 모든 poem을 가리키는 추상적 용어다. 그 러나 보다 중요한 구분은 poem은 창작되어 낭송되는 작품으로서 '형식' 의 개념을 가지며, poetry는 창작되기 이전의 시정신으로서 '내용'의 개 념을 띠고 있다. 서구 초현실주의의 정신주의 시관5)은 예외지만 서양에 서 시의 정의는 주로 poem의 측면에서 내려지고 동양에서는 주로 poetry 의 측면에서 내려진다.

그러나 일반적으로 시는 모방론적 관점, 표현론적 관점, 효용론적 관점, 구조론적 관점에서 다양하게 정의되고 있다.6)

Ⅱ │ 시의 관점과 가치기준

1 모방론적 관점

모방론적 관점은 시를 현실과 인생의 모방(반영·재현)으로 보는 관점 이다. 다시 말하면 작품 속에 재현된 세계에 초점을 둔 시관이다. 여기 서 시의 가치기준은 작품이 재현하거나 재현해야 하는 대상들의 재현적

---

5) C. W. E. Bigsby, *Dada and Surrealism*(박희진 옮김, 서울대출판부, 1979), 81 쪽. 여기서 저자는 "초현실주의자들에게는 시 자체가 형식에 얽매인 구조가 아니 었다. 시는 시가 표현한 방법에서 뚝 떨어져 존재하는 것이다. 진실로 시는 '정 신의 활동'이기 때문에 우리는 시를 쓰지 않고도 시인이 될 수 있는 것이다"라고 기술하여 초현실주의 시운동은 시쓰기보다 시 이론이(선언들이) 더 무성한 사실 을 환기한다.

6) M. H. Abrams, *The Mirror and the Lamp*(Paperback, 1958), pp. 8~29 참조.

'진실'이다. 그러나 이 재현적 진실은 그리 간단하지가 않다. 이것은 세계인식과 관련하여 여러 가지 진실의 개념을 가지며, 따라서 가치평가도 다양하다.

어느 시대든 세계와 인생을 인식하는 데 있어 크게 두 가지 유형을 볼 수 있다.[7] 첫째로 인생을 인간의 일상적인 실존을 구성하는 서로 다른 체험으로서 이해하는 태도다. 인생을 일상생활의 특별한 체험이나 '있는 그대로'의 인생을 인식하는 경우다. 이것은 자연주의 작가들이 시도했던 것처럼 '생활의 파편', 곧 일상적 삶에서 잘 나타나 있다. 이 경우 모방은 마치 사진기와 같이 가능한 한 세밀화되고 특별화된 모방이 된다. 개체적이고 특수한 인생의 단편들을 리얼하게 그려낸다. 이때 진실은 '있는 그대로의 인생' 곧 일상적 진실이다. 일상적 진실에는 보편성과 영구성이 결여되어 있다. 여기서 또 하나의 진실이 탄생된다. 이것은 인생을 일반적이고 지속적인 측면에서 파악하는 보다 폭넓은 인식태도다. 이 경우 인생의 보편적이고 지속적 측면, 곧 있는 그대로의 인생이 아니라 '있어야 하는' 인생이 모방의 대상이 된다. 따라서 진실도 일상적 진실이 아니라 '당위적' 진실 또는 이상적 진실이 된다. 박목월의 〈나그네〉가 일제 말기의 비참한 극한상황이 조금도 반영되어 있지 않다는 이유로 혹평을 받는 것은 어쩌면 자연스러운 일일 지도 모른다.

> 술 익는 마을마다
> 타는 저녁놀
>
> 구름에 달 가듯이
> 가는 나그네
>
> – 박목월, 〈나그네〉 중에서

---

7) M. K. Danziger, *An Introduction to Literary Criticism*(D. C. Heath & Company, 1961), pp. 159~160 참조.

사실 이 작품이 모방한 세계는 너무도 평화롭고 향토적이어서 일제 말기의 역사적 현실과는 무관한 것임에 틀림없다. 그러나 이런 이유로 작품을 혹평하는 것은 어디까지나 '일상적 진실'의 관점에서다. 이 작품은 일상적 진실이 아니라 '당위적 진실', 곧 있어야 하는 당위적 세계를 모방한 것이고, 이 당위적 인생에 대한 진실을 구현했다고 볼 수 있는 것이다.

모방론은 "시는 율어에 의한 모방이다"라는 아리스토텔레스(Aristoteles)의 정의 이후 고전주의, 사실주의의 핵심적 문학관이 되어 왔다. 그러나 아리스토텔레스의 '시'는 앞에서 말한 것처럼 다른 예술과 구분되는 상상(창작)문학을 가리킨 것이다. 더욱 유의해야 할 사실은 모방의 대상을 구체적이고 일상적인 삶이 아니라 보편적이고 불변적인 것으로 설정한 점이다. 있을 수 있는 세계를 그럴듯하게 모방하는 '개연성'(plausibility)을, 달리 말하면 당위적 진실을 가치기준으로 한 모방론이었다. 이 개연성은 '지금 여기'의 일상적 진실을 드러내는 리얼리즘 문학의 '박진성'(similitude)과 구분된다. 당위적 진실의 문학을 순수문학이라고 규정하는 것은 우리의 관습이고 이 순수문학의 용어에는 부정과 멸시의 의미가 함축되어 있다. 그만큼 우리는 리얼리즘을 선호한다.

서정시는 주관적 장르라는 근거에서 모방론이(아리스토텔레스처럼) 서사문학이나 극문학에 대한 지배적인 관점이 되어 온 것은 당연하다. 그러나 현실과의 관련 문제는 모든 문학에 제기되는 기본항이므로 서정시도 여기에서 결코 제외될 수 없다. 1970년대 민중시는 리얼리즘 시를 대표하는 전형으로서 철저하게 모방론에 입각해 있다. 민중시처럼 정치적이거나 사회적 동기가 된 객관적 현실성을 띤 리얼리즘 시와 시인의 자전적 체험에 근거한 주관적 현실성의 개인적 체험시를 구분하는 것은[8] 모방론의 유익한 분류체계다.

미술의 구체화와 추상화의 이분법처럼 시도 리얼리즘 시와 반사실주의적 추상시로 분류되며 모든 시는 이 양 극단 사이에 존재한다 해도

---

8) Lamping, 앞의 책, 196쪽.

조금도 지나치지 않다. 현대시를 리얼리즘 계열과 모더니즘 계열의 이 원론으로 몰아가는 것은 현대시의 발전을 저해하는 문단의 타성임에도 불구하고 문학사적으로 매우 유효하다. 더구나 현실의 문학적 반영을 근본적으로 의심하는 후기구조주의 또는 해체주의의 새로운 사조에 의하여 모방론이 전에 없이 큰 위기를 맞고 있는 것은 매우 의미심장하다.

2 표현론적 관점

표현론적 관점은 시를 시인 자신과 관련시켜 보는 시관이다. 이것은 시를 감정의 유로로 정의하든가, 작가의 지각·사상·감정에 작용하는 상상력의 산물로 정의한다. 여기서는 '자기 표현'(self express)이 시의 목적이 된다. 서정시란 바로 자기표현이다. 이런 관점은 낭만주의의 산물이며, 낭만주의 비평가를 중심으로 발전되었다.

표현론에서 작품평가의 중요한 기준은 '성실성'(sincerity)이다. 이것은 고전주의시대의 가치기준인 '적격'(decorum)과 대립된다(그래서 낭만주의 문학은 고전주의에 반동했다). '적격'은 일종의 문학적 에티켓이다. 만약 작품 속의 인물이 왕이라면 그 왕은 왕다와야 하고, 영웅이면 영웅다워야 한다는 것이 적격이다. 왕을 왕답게 모방하려면 왕다운 말씨를 쓰고 왕다운 행위를 하도록 해야 한다. 이 경우 모방도 권위주의적인 것이다. 만약 왕이 서민의 말씨를 쓰고 행동에 파격을 일으켰다면 문학적 가치가 없는 작품이 된다. 이런 적격의 원리는 필연적으로 엄격한 문학상의 규칙이나 형식을 요구하기 마련이며 그만큼 관습적이고 인습적이 되어서 문학의 독창성과 진실성은 결여되기 마련이다.

선왕의 도를 서술하여 전하되 사실에 없는 것을 짓지 않는다는 공자의 '술이부작'(述而不作)[9]은 창조보다 계승의 측면을 강조한 고전주의적

---

9) 공자, 《論語》, 述而一.

세계관이다. 시를 지을 때 고사를 인용해야 한다는 '용사'(用事)의 고전시학은 개성보다 규범성을, 체험보다 지식을 중시한 방법론적 모방론이다. 이것은 서구의 적격이론과 일치한다.

성실성은 우선 이 '적격'(decorum)의 파괴에서 탄생한다. 적격의 파괴를 통하여 문학의 독창성이 획득된다. 표현론은 문학을 개성의 표현, 곧 자기표현으로 보기 때문에 개성적인 것, 독창적인 것이 가치기준이 될 수밖에 없다. 그러나 적격의 원리를 지킨 고전주의의 작품에서는 독창성과 개성은 좀처럼 찾아볼 수 없는 것이다. 문학을 '창조'라 할 때 이 창조는 표현론에서는 단순한 허구가 아니라 독창성과 개성을 뜻하는 것이다.

성실성은 시인 개인의 상상력이나 마음의 상태에 대한 '진실성'이다. 모방론에서는 대상의 진실성이 가치기준이지만 표현론에서는 예술가 자신의 진실성이 그 기준이다. 시는 진심에서 우러나오고 진심에서 우러나온 것은 자연스러운 것이며, 자연스러운 것은 성실한 것이다. 말하자면 시는 시인의 감정과 정신상태의 꾸밈없는 순수한 표현이어야 한다.

"시는 상상과 정열과 언어다."라는 헤즈릿(W. Hazlitt, 《영국시인론》)의 정의나, "시는 강한 감정의 자연적 발로다."라는 위즈워드(W. Wordsworth, 《서정시집》 서문)의 정의나, "시는 일반적 의미로 상상의 표현이다라고 정의할 수 있다."라는 셸리(P. B. Shelley, 《시의 옹호》)의 말은 표현론적 관점에서 나온 것들이다. 코울릿지(S. T. Coleridge)에게 "시란 무엇인가 하는 질문은 시인은 어떤 존재인가라는 질문과 동일하다."[10] 이것은 원인으로서의 시인과 결과로서의 작품과의 관계, 곧 시인의 경험적 자아와 시적 자아의 일치를 표명한 표현론이다.

동양의 성정론과 이기론도 표현론적 관점의 시론이다. '시언지(詩言志)'라는 고전시학의 정의는 지극히 간단하지만 그 '지'의 의미는 매우 포괄적이고 함축적이다.[11] '지'는 소망일 수도 정서일 수도, 어떤 이념이나

---

10) S. T. Coleridge, *Biographia Literaria*, p. 173.
11) 윤재근, 《詩論》(둥지, 1990), 31쪽. 여기서 저자는 志의 의미를 意, 意思, 望, 心

지식일 수도, 시인의 어떤 의도일 수도, 그냥 두루뭉술하게 시상일 수도 있다. 중요한 것은 어떤 의미를 띠든 '지'가 마음 속에 있으며 무엇보다도 '의식의 지향성'이라는 현상학적 개념을 띠고 있는 점이다.

> 시는 마음이 흘러가는 바를 적은 것이다. 마음 속에 있으면 志라 하고 말로 표현하면 시가 된다.[12]

여기서 주목해야 하는 것은 말할 필요 없이 '지'를 "마음이 흘러가는 바"로 기술한 대문이다. 현상학에서 "의식은 반드시 무엇에 대한 의식"[13]이다. 의식은 어떤 대상을 지향한다. 이때 어떤 대상이냐가 중요한 것이 아니다. 중요한 것은 의식의 지향형식이다. 예컨대 대상에 대한 의식의 지향성은 지적일 수도 있고 정서적일 수도 있고 의지적일 수도 있다.

봄 가을 없이 밤마다 돋는 달도
「예전엔 미처 몰랐어요」

이렇게 사무치게 그리울줄도
「예전엔 미처 몰랐어요」

달이 암만 밝아도 쳐다볼줄을
「예전엔 미처 몰랐어요」

이제금 저 달이 설움인줄은

知, 欲, 情의 움직임, 慕, 私意, 德, 知, 識의 무려 11가지로 열거했다.

12) 《詩經》 大序, "詩者 志之所之也, 在心爲志 發言爲詩".

13) Edmund Husserl, *Méditations carfésiennes*(박상규 옮김, 대양서적, 1971), 377~378쪽 참조. 훗설은 의식의 작용적인 면을 노에시스(noesis)라 하고 이 노에시스에 의하여 일정한 의미로 형성된 것, 곧 대상적인 면을 노에마(noema)라고 구분했다. 같은 책, 371쪽.

「예전엔 미처 몰랐어요」

　　　　　　　　　　　　　　- 김소월, <예전엔 미처 몰랐어요>

달이 의식의 대상이 되었을 때 달의 의미는 이 의식이 지향형식, 곧 의식의 변화에 따라 달라지기 마련이다. 첫 연과 셋째 연은 달의 존재에 대한 재인식으로, 둘째 연은 사무친 그리움으로, 넷째 연은 설움의 의미로 변화되면서도 전체적으로는 "예전엔 미처 몰랐어요"라는 후회의 정으로 통일된다. 달의 이런 다양한 의미와 특징은 궁극적으로 의식의 지향형식의 특색을 반영한 것이므로 달이란 대상의 의미분석은 곧 시인의 의식을 해명하는 일과 다르지 않다. 현상학은 자아의 자기 해명이다.[14) 소월의 경우 달에 대한 의식의 지향성이 지성과 의욕보다는 그리움·설움과 같은 감정임을 쉽게 이해할 수 있다.

"시는 마음에서 발하는 것이다"[15) 또는 '시는 정(情)에 감응하여 성(聲)으로 나타낸 것이다"[16)라는 성정론은 모두 시를 개인적 정서·소원의 표현으로 본 것이다. 시를 기(氣)의 발로로 본 기상론은 타고난 개성, 곧 천품의 문제로 집약된다.

　　무릇 시란 의(意)를 위주로 하는데 … (중략) … 기(氣)의 우열로 말
　　미암아 마침내 의의 깊고 옅음이 생긴다. 그러나 기는 원래 하늘에
　　서 타고난 것이므로 배워서 얻을 수 없다.[17)

기(氣)의 성(性)은 하늘에서 타고난 것이고 이 기(氣)와 성(性)은 의(意)를 좌우하는데, 이 의(意)는 지(志)나 정(情)의 동의어이거나 적어도 시적 개성이라는 동일한 수준에 속한다. 주목되는 것은 시의 문체도 개성의

---

14) Husserl, 앞의 책, 427쪽.
15) 徐居正,《東人詩話》, "詩者 心之發".
16) 南公轍,《金陵集》卷十三, "詩者 感於淸 而形於聲者也".
17) 李奎報,《白雲小說》, "夫詩 以意爲主 …… 由氣之優劣 乃有深淺耳 然氣本乎天 不
　　可學得".

산물로 본 점이다.

> 시문은 기를 위주로 하는데 기는 성(性)에서 발하고 의는 기에 의거
> 하며 말은 정(情)에서 나오는데 정은 곧 의다.18)

이런 연쇄법적 진술을 요약하면 '性 → 氣 → 意(情) → 言'과 같은 역학관계의 과정이 일목요연하게 드러난다. 여기서 언어가 정에서 나온다(言出於情)는 진술은 "대개 문장은 천성에서 얻어진다"19)는 진술과 함께 서구 뷔퐁(H. Büffon)의 "문장은 사람 그 자신이다"라는, 잘 알려진 표현론적 명제의 분명한 선취로 특히 주목을 요하는 것이다.

기는 타고난 성품으로, 어떠한 것에도 속박되거나 제한받지 않고 무한히 변화하는 타고난 자유로운 기질이며 시인의 정신적 활력이다. 시를 기의 표현으로 본다는 것은 시는 어디까지나 타고난 성품의 자유롭고 자연스런 표현이라는 견해다. 이것은 바로 서구의 낭만주의 시관과 상통하는 것이다. 상상력, 직관, 영감, 개인적(또는 집단적) 무의식, 공감각 등의 용어들은 표현론의 비평개념들이다. 시인을 신들린 자로 본 플라톤 이래 창조력을 시인의 이상심리에서 찾으려는, 정당화될 수 없는 관점들의 전통이 있다. 시인의 정신질환이 시쓰기에 얼마나 영향을 끼치는가를 분석하는 이른바 '병적학'(pathology)은 김소월, 이상의 연구에서처럼 실제로 유익한 이론적 틀이 되고 있다. 시인론이란 일종의 해석학이다. 여기서 해석학은 시를 '의도'의 산물로 보는데 이 의도를 결정하는 것은 시인의 개성, 체험, 사상 등이다.

같은 낭만주의 시인인 키츠(J. Keats)의 시인의 자질론은 개성적 자발성이라는 낭만주의 시관에 대립한 점에서 주목된다. 그의 자질론은 첫째 '소극적 능력'(negative capability)의 이론으로 집약된다.20) 이것은 사

---

18) 崔滋, 《補閑集》, "詩文以氣爲主 氣發於性 意憑於氣 言出於情 情卽意也".
19) 李仁老, 《破閑集》, "盖文章得天性".
20) John Keats, From the Letters, D. J. Enright 외 편, *English Critical*

물과 이치를 끝까지 추구하지 않고 불명확, 불가사의, 의혹 속에 안주할 수 있는 능력이다. 이 소극적 능력에 의해서 시인은 오히려 상상력을 개방하고 감수성을 높여서 사물을 다양하게 노래할 수 있게 된다. 이런 소극적 능력이 불확실성과 불확정성을 인식소로 하는 해체주의 세계관과 연결되는 것은 의미심장하다.

둘째로 이 소극적 능력은 무성격과 연결된다. 개성 때문에 외부의 사물을 있는 그대로 다 수용하지 못하고 개성에 맞지 않는 것을 배척하게 되면 결국 시정신은 빈곤해지기 마련이다. 개성이 시적이라면 무개성은 비시적이다. 이런 근거에서 "시인은 이 세상에서 가장 비시적 존재다. 정체(identity)가 없기 때문이다"라는 키츠의 몰개성론이 탄생된 것이다. 자기중심적 의식을 버리고 현실과 사물을 통찰하고 직관할 때 사물의 본질이 뚜렷이 나타난다는 것이 키츠의 믿음이었다. 사회심리학자인 에릭슨(E. H. Erikson)이 그의 《아이텐티티》에서, 보통 사람이 한평생 도달하기 힘든 개성의 초월을 26세로 요절한 키츠가 20대에 벌써 도달했다고 놀라워 한 것은 단순히 애도의 뜻으로 한 말은 아니다.

키츠의 몰개성론은 엘리엇(T. S. Eliot)의 주지주의의 몰개성론 시론에 계승됨으로써 그리고 보다 근본적으로 개성과 독창성은 부르주아 이데올로기가 만들어 내는 허구에 지나지 않는다는 마르크시즘적 관점에 의해서 부정된다. 전자의 부정은 미학적이지만 후자의 부정은 이데올로기적이다.

3 효용론적 관점

효용론적 관점은 시를 '전달'로 보는 것, 곧 독자에게 끼친 어떤 '효과'를 노린 것으로 보는 관점이다. 그리고 그러한 목적을 획득하는 성공

Texts(Oxford University Press, 1962), p. 257.

여부에 따라 작품의 가치를 판단한다. 말하자면 독자의 반응에 초점을 둔 문학관이다. 이 효용론은 오랫동안 논쟁이 되어 왔으며, 최근 수사적 비평·사회학적 비평(또는 수용시학)에서 부활되고 있다. 쾌락의 강도·신기함과 친숙함, 이해성, 윤리적 혹은 지적 개선, 행동의 선동 등이 효용론에서 문제시되고 있지만 이것들은 문학의 '교시적' 기능, 곧 진리의 전달로서 작품을 취급하는 것과 '쾌락적' 기능, 곧 정서의 전달로서 취급하는 두 가지 유형으로 수렴된다.

"시는 가르치고 즐거움을 주려는 의도를 가진 말하는 그림이다"라는 시드니(S. P. Sidney)의 말이나, "시는 유용하고 즐거이 진리를 말하는 것이다"라는 아놀드(M. Arnold)의 말은 모두 효용론적 관점에서 내린 시적 정의들이다.

동양에서도 풍교론(風敎論)은 가장 전통적인 시관의 하나다. 중국 고대 민요가 주종을 이룬 《시경》의 시편들을 한 마디로 '사무사'(思無邪)로 규정한 공자의 시관은 아리스토텔레스의 정화이론과 상통하지만 교시적 기능에 시를 정위시킨 효용론이다. 《맹자》의 맹자만큼 《시경》의 시에 관심을 가진 사상가는 흔하지 않다. 그러나 시에 대한 맹자의 관심도 '진심장구(盡心章句)나 '이루장구'(離婁章句) 도처에서 확인할 수 있듯이 왕도나 군자의 도리, 윤리적 덕목 등 철저하게 시의 교시적 기능에 한정되고 있다. 유교의 한 이상적 인간상인 '온유돈후'(溫柔敦厚)도 서구의 인문주의적 이상형에 앞서는 인간상으로서 역시 《시경》의 가르침의 산물로 인식된다.[21] 다음은 시의 효용적 가치를 다양하게 열거하고 있지만 궁극적으로는 쾌락적 기능을 교시적 기능에 종속시키는 효용론으로 귀결된다.

> 시는 감흥을 일으키며 인정을 관찰하게 하며 무리 짓게 할 수 있고 비정을 원망할 수 있다. 가까이는 어버이를 섬기고 멀리는 임금을 섬기게 할 수 있으며 조수목초(鳥獸木草)의 이름을 많이 알게도

---

21) 《禮記》 經解篇, "其爲人也 溫柔敦厚 詩敎也"

한다.[22]

이처럼 동양에서는 시를 인격수양의 수단이나 교화의 수단으로 보는 재도적(載道的) 문학관, 곧 풍교론이 지배적이었다. 이는 정부에 대한 민중의 감정을 반영하거나 사회악을 고발하거나, 사회개혁 의지를 나타내는 수단으로 시를 보는, 보다 삶에 밀착된 문학을 생산하게 함으로써 문학 그 자체의 가치보다 사회학적 가치를 더 중시하는 문학관을 갖게 했다. 《시경》의 시가 민요를 주축으로 함에도 불구하고 고전시학의 풍교론이 시를 지배계층의 향유물로 보는 권위주의적이고 가부장제적인 측면은 짚고 넘어가야 할 유의사항이다.

시대적 소명에 충실했던 개화기 시가나, 문학을 곧바로 '선동'으로 본 카프시 그리고 참여시, 노동시, 정치시 용어들은 모두 교시적 기능과 연관된 현대시의 유형들이다. 생산문학과 소비문학의 구분도 그 기준은 문학의 교시적 기능이다.

아리스토텔레스가 연민과 공포의 상반된 감정들의 복합체를 '비극적 정서'로 강조한 것은 의미심장하다. 왜냐하면 이것은 시(또는 예술)가 환기하는 정서를 실제의 생활감정과 구별시킨 최초의 이론이기 때문이다. "관저의 시는 즐겁되 지나치지 않고 슬프되 감상에 흐르지 아니했다"[23]라는 진술 역시 이런 문맥에 놓인다. 숭고·비장·우아·골계를 미의 기본범주로 삼고 있는 미학이 예술의 쾌락적 기능에 근거하고 있음은 말할 필요도 없다. 맹자는 군자의 세 가지 즐거움 가운데 하나로 독서의 즐거움을 들었다.[24] 최근 독서의 즐거움을 남녀의 정사에 비유하여 '예술의 에로틱'이라고 기술한 것은[25] 의미심장한 반해석주의 선회다.

---

22) 《論語》陽貨篇, "詩 可以興 可以觀 可以群 可以怨 邇之事父 遠之事君 多識於鳥獸草木之名".
23) 《論語》, 八佾, 卷三, "關雎, 樂而不淫 哀而不得傷".
24) 《孟子》盡心章句 上 二十.
25) Susan Sontag, *Against Interpretation*. 여기서 반해석주의는 문학뿐만 아니라 다른 예술장르나 심지어 대중예술의 작품까지 텍스트로 하고 있다.

이것은 '저자–텍스트'로부터 '텍스트–독자'로의 전향을 반영한다. 이 독자지향성은 '주체의 죽음' 또는 '작가의 죽음'이라는 기술용어로써 보다 극명히 드러난다. 다시 말하면 저자는 더 이상 초월적이고 항구적인 존재가 아니라 글쓰기에서만(또는 독자가 읽을 때만) 비로소 존재하는 잠정적이고 한시적 존재에 지나지 않는다는 것, 작품이 끝나면 저자도 소멸된다는 해체주의적 관점이 그것이다. 그러나 여기서 현대의 지배적인 소통모델이 저자로부터 독자로 강조점이 이동한 것일 뿐 화자와 청자 사이의 관계구조를 여전히 초점화하고 있는 사실에 주의를 요한다. 이런 소통모델에 의해서도 구조론적 관점은 필수적이다.

4 구조론적 관점

구조론적 관점은 서양의 가장 지배적 사관이 되어 왔으나 동양에서 "의(意)를 세우는 것이 가장 어렵고 말을 짓는 것은 그 다음 간다"[26]라는 이규보의 진술에서 단적으로 드러났듯이 형식보다 내용을 중시하는 시관이 지배적이었다. 따라서 고전시학에서 표현기교는 시관과 분리해서 생각할 수 없다. 예컨대 재도적 문화관인 풍교론의 경우 규범성을 존중한 나머지 전고(典故)를 인용하는 용사(用事)의 모방적 작시법이 강조되었지만 성정론 또는 기상론의 경우 사실성과 구체성을 바탕으로 한 표현의 자유스러움이, 곧 개성과 독창성이 강조되었다.[27]

신비평에서 시의 가치기준은 복잡성과 구체성이다. 이것은 poetry보다 poem의 측면에서 시를 본 데서 이미 시사되었다. '포괄의 시'(L. A. Richards), '형이상학파 시'(J. C. Lansom), '비순수의 시'(R. P. Warren) 등의[28] 용어들은 모두 시의 이런 미적 가치를 기술한 것이다. 상반되고

26) 李奎報, 《白雲小說》 "設意最難 綴辭次之".
27) 이 점에 대해서는 전형대·정요일·최웅·정대림, 《한국고전시학사》(홍성사, 1979), 387~397, 437쪽 참조.

모순된 충동의 균형은 인간의 마음이 순수하지 못하고 복잡하고 모순된 것이라는 존재론적 인식에 근거한다. 말하자면 시의 복잡성은 마음의 복잡성의 상관물이다.

> 사향 박하의 뒤안길이다.
> 아름다운 배암 ……
> 얼마나 커다란 슬픔으로 태어났기에
> 저리도 징그러운 몸둥아리냐.
>
> — 서정주, <화사(花蛇)> 중에서

만약 심미적 측면을 전혀 고려하지 않고 2행과 3행 사이에 '그러나'라는 역접의 접속부사를 넣으면 문맥이 보다 뚜렷이 드러날 만큼 서정주의 이 초기작 <화사(花蛇)>는 대상에 대한 화자의 상반되고 모순된 반응으로 일관하여 시적 긴장(균형)을 지탱한다. 같은 신비평가인 브룩스(C. Brooks)는 이 상반성을 더욱 강조하여 형이상학파 시를 시인이 '극단적으로' 상반되고 부조화되는 요소들을 조화시키고자 하는 시로 재정의한다.[29] 따

---

28) 리차즈는 제한되고 동질적인 체험만을 조직하는 '배제의 시'와 대비시켜 이질적 체험, 곧 상반·모순되는 충동을 조직하여 조화와 균형을 부여하는 경우를 '포괄의 시'(poetry of inclusion)라 했다(*Principle of Literary Criticism*). 랜섬은 사상을 배제하고 사물의 이미지만으로 된 '사물시'와 반대로 사물의 이미지를 배제하고 관념만으로 이루어진 '관념시'에 이성적 경험과 감성적 경험의 결합인 '형이상학파 시'를 대비시켰다(*Poetry : A Note Ontology*). 워렌의 경우 랜섬이 분류한 관념시와 사물시(리차즈의 경우 배제의 시)는 '순수시'에 해당한다. 그는 모든 제재와 언어가 시의 요소가 될 수 있으며 시의 구조란 추상과 구상, 미와 추, 일반적인 것과 특수한 것 등 대립되는 요소들의 상호작용으로 정의하여 진정한 시는 비순수시라고 주장한다. "인간의 경험에 들어 있는 것으로서 그 어떤 것도 시에서 불법화되는 것은 없다"는 워렌에게 시인의 위대성은 시인이 지배할 수 있는 경험영역의 폭에 좌우된다(*Pure and Impure Poetry*).
29) Cleanth Brooks, *Modern Poetry and Tradition*(Oxford University Press, 1965), pp. 42~43.

라서 브룩스가 시인의 개성과 주관을 강조할수록 체험의 빈곤화와 시의 단순화를 초래하게 되고 이것을 '감상적 태도'(sentimental attitude)라고 비판한 것은 지극히 당연하다. 물론 여기서 '감상적'이란 '단순한'의 동의 어이다. 1920년대 문명을 기피하고 자연을 배타적으로 선호한 소월의 전통시나 반대로 자연 대신 도시와 문명의 이미지를 선호한 1930년대 모더니즘시 그리고 사회역사적 체험을 배제한 김영랑의 순수시 등은 '감상적 태도'의 산물이라 할 수 있다. 아이러니, 역설, 모호성 등 시적 장치나 언어용법들이 강조되는 것은 모두 복잡성의 기교들이기 때문이다.

특히 랜섬은 구조(틀 : structure)와 조직(결 : texture)의 이원론으로 시를 정의하고 시의 그 복잡성과 구체성을 강조한다.30) 그에 의하면 구조는 논리와 이성에 의해 지배되는 요소로 시에서 산문의 형태로 뽑을 수 있는 추론적 언어질서에 속하는 것이다. 다시 말하면 해설 가능한 논리적 요소다. 이에 반하여 조직은 시를 산문과 구별시키는 국부적·이질적 세부를 포함하는데, 이 세부는 말할 필요 없이 구체성과 특이성을 특징으로 한다. 다시 말하면 해설 불가능한 비논리적 요소다. 그래서 랜섬에게 시란 단순한 논리적 틀에 복잡다단한 세부적 결이 얽혀 있는 것이 된다.

랜섬의 이런 이원론은 아리스토텔레스의 모방론, 곧 고대시학에 대한 의미심장한 반동이다. 아리스토텔레스에게 모방의 대상은 앞에서 말했 듯이 보편성 내지 개연성이지 역사와 같은 구체적이고 세부적인 것이 아니다. 그리고 사건이 처음, 중간, 끝의 논리적 필연성으로 전개되어야 한다는 그의 플롯 중시는 바로 논리적 틀을 일방적으로 강조한 것이다.

그러나 결에 대한 관심은 랜섬의 말대로 '관심의 분산'이고 그 자체 민주적이다. 만약 이질적 요소들이 서로 견제하는 긴장 대신 시인이 전달하고자 하는 사상이나 정서를 쉽게 추출할 수 있게 하는 시는 틀만 강조되고 결은 결여된 시가 된다. 반대로 독자가 시에서 시의 주제가 되는 추상적 사상이나 정서를 이해하는 것으로 만족한다면 그는 틀

---

30) J. C. Ransom, *The New Criticism*(New Direction, 1979), p. 280.

(전체)만 보고 결(세부)은 보지 못하는 독자다. 이때 형식이 내용을 장식하는 수단이 되고 '내용-형식'의 이원론은 시의 의미(내용) 해석으로 시적 체험의 전부가 된다. 이것을 브룩스는 '해석의 이단'(Heresy of paraphrase)이라고 비판했다.[31] 랜섬의 결은 이런 해석의 이단이라는 오류를 벗어나게 한다.

시를 이성적 구조와 정의적 구조 또는 논리적인 개화된(civilized) 화자와 비논리적인 원시적(elemental) 화자의 두 시점을 갖는 이중구조로 보는 견해도 랜섬의 틀과 결에 연결된다.[32]그러나 신비평의 '구조'는 내용과 형식을 구분하지 않는 일원론이다. 따라서 다분히 이성과 논리를 틀로, 감정을 결로 엄격히 분리시키는 그의 이원론은 신비평의 일반적 구조론과는 달리 '형식-내용'의 전통적 이분법과 연결되는 모순을 지닌다. 낭만주의 시관이 시인을 위해 시를 버렸다면 구조론의 신비평과 모더니즘시는 시를 위해 시인을 버리고 사회역사적 상황을 버렸다고 할 수 있다. 또한 시의 영원하고 절대적인 형식인 양 신비평가들이 중시하는 역설, 아이러니, 모호성 등 내적 조건들은 확실히 전통과 안정된 사회 그리고 질서 있는 세계에 적합한 방법임을 유의할 필요가 있다.[33] 신비평가들이 농업에 생활근거를 둔, 보수적이고 엘리트주의적인 남부출신이라는 사실은 결코 우연이 아니다.

이처럼 시는 여러 관점에서 다양하게 정의되어 왔으며 앞으로도 다양하게 정의될 것이다. "시의 정의의 역사는 오류의 역사다"라는 엘리엇의 말은 완벽하고 고정된 시의 정의는 있을 수 없는, 정의의 무한한 가능성을 시사한 것이다.

이제 서정시의 장르적 특성을 알아보기로 하겠다.

---

31) Cleanth Brooks, *The Well Wrought Urn*(Hartcourt, 1947), p. 192.
32) George T. Wright, *Poet in the Poem*(Gordian Press, 1974), p. 28.
33) Albert William Levi, Literature and the Imagination, Joseph P. Strellka 편, *Theories of Literary Genre*(The Pennsylvania State University Press, 1978), p. 16.

Ⅲ 서정시의 장르적 특징

1 시적 세계관

세계관 또는 태도를 갈래 구분의 기준으로 삼을 때 이것은 표현론적 장르관이 된다.

서정시의 장르적 특징은 무엇보다도 시정신 또는 시적 세계관이나 비전에서 발생한다. 서사나 극과 구분되는 시정신은 단적으로 말해서 자아와 세계의 동일성에 있다. 여기서의 동일성이란 자아와 세계의 일체감이다.

> 유성에서 조치원으로 가는 어느 들판에 우두커니 서 있는, 한 그루 늙은 나무를 만났다. 수도승일까, 묵중하게 서 있었다.
> 다음날 조치원에서 공주로 가는 어느 가난한 마을 어구에 그들은 떼를 지어 몰려있었다. 멍청하게 몰려 있는 그들은 어설픈 과객일까, 몹시 추워 보였다.
> 공주에서 온양으로 우회하는 뒷길 어느 산마루에 그들은 멀리서 있었다. 하늘 문을 지키는 파수병일까, 외로와 보였다.
> 온양에서 서울로 돌아오자 놀랍게도 그들은 이미 내 안에 뿌리를 펴고 있었다. 묵중한 그들의, 침울한 그들의, 아아 고독한 모습, 그 후로 나는 뽑아낼 수 없는 몇 그루의 나무를 기르게 되었다.
> — 박목월, <나무>

화자는 유성에서 조치원, 공주, 온양을 거쳐 서울로 돌아올 때까지 여러 나무들을 만났다. 그 나무들은 화자의 의식지향에 의해서 수도승과 과객과 파수병으로 이미지화되어 화자의 가슴에 존재하게 되었다. 그러나 이 이미지들은 마지막 연에 와서 어느새 화자와 일체가 되어버린다. "묵중한 그들의, 침울한 그들의, 아아 고독한 모습"의 이미지들은 화자의 마음 속에 뿌리를 내려 "뽑아 낼 수 없는 몇 그루의 나무", 곧 그의 인격이 된 것이다.

외부세계의 충격에 대한 유기체의 반응이 인간의 존재양식이라 할 때, 그러나 시인의 경우, 이 반응은 단순한 수동적이 아니라 그 외부세계를 자기가 갖고 싶어하는 세계로 변용시켜 자아와 세계가 동일성을 이루도록 하는 능동적인 의미도 지니고 있다. 이처럼 인간의 마음은 수동적 기록자인 동시에 능동적 참여자인 것이다. 그래서 시의 세계는 환상적 세계요, 가정의 세계이며 좀더 낯익은 말로 표현하면 가능의 세계다.

시에서 자아와 세계의 만남이 동일성으로서의 만남이 되는데, 이것을 듀이(John Dewey)는 미적 체험이라고 정의한다. 그에 의하면 유기체와 환경의 각각이 소멸되어 아주 충분히 통전되는 체험을 구성하도록 이 양자가 융합되는 한도에서 미적이다.[34] 즉, 자아와 세계가 각기 특수한 성격을 '상실'하고 하나의 새로운 동일성의 차원에서 승화되었을 때 미적 체험이 된다는 것이다. 이른바 주객일체의 경지, 바슐라르(G. Bachelard)의 말을 빌리면 "몽상하는 사람이 말할 때는 누가 말하는 것인가, 그인가, 세계인가?"의 경지가 그것이다. 물론 듀이의 정의는 체험이 물질적 측면만이나 정신적 측면만으로 이루어지지 않는다는 체험의 일반적 전체성을 바탕으로 한 것이지만 이것은 자아와 세계의 동일성이 시의 고유성이 되는 근거로 볼 수 있다.

밤이 자기의 심정처럼
켜고 있는 가등
붉고 따뜻한 가등의 정감을
흐리게 하는 안개

---

34) John Dewey, *Art as Experience*(G. P. Putnam's Sons, 1958), p. 249.

젖은 안개의 혀와
가등의 하염없는 혀가
서로의 가장 작은 소리까지도
빨아들이고 있는
눈물겨운 욕정의 친화

– 정현종, <교감>

이 작품에서 자아와 세계, 곧 인간과 사물 사이에는 간격이 없다. 자아와 세계는 서로 동화되어 어떤 것이 인간이고 어떤 것이 사물이라는 구별 없이 미적 전체로 통일되어 있다. 또한 핵심 이미지인 안개와 가등의 사물들 사이의 관계도 "눈물겨운 욕정의 친화"의 관계로 인간화 된다. 그러므로 서정시는 극과 서사와 달리 자아와 세계 사이의 거리를 두지 않는다. '거리의 서정적 결핍'(lyric lack of distance)이 서정시의 본질이다. 자아와 세계가 구분되지 않을 만큼 동화되어 있듯이 서정시에서 대상(세계)은 자립적 의의를 갖지 못하고 주관(자아)에 종속된다. '세계의 자아화', '회감', '내면화' 등의 용어들은 모두 이런 시적 비전을 기술한 것들이다.[35]

---

35) '세계의 자아화'는 조동일의 용어다. 《韓國小說의 理論》(지식산업사, 1977), 103쪽 ; 〈시조의 이론, 그 가능성과 방향설정〉, 《古典文學을 찾아서》(문학과 지성사, 1979), 186쪽.

슈타이거(E. Steiger)의 '회감'은 외연적 의미로 시제의 뜻을 지니나 자아와 세계의 상호동화라는 내포적 의미를 지닌 것이다. 이 회감의 작용으로 서정장르에서는 자아와 세계뿐만 아니라 리듬과 의미, 과거·현재·미래도 구분되지 않고 조화적으로 융합되어 있다. *Grundbegriffe der Poetik*(이유영·오현일 옮김, 삼중당, 1978), 18쪽.

슈타이거의 장르론에 영향을 받은 카이저(Kaiser) 역시 자아와 세계가 자기 표현적 정조의 자극 속에서 융합하고 상호 침투하는 것, 곧 '대상의 내면화'가 서정시의 본질이라고 했다. *Das Sprachliche Kunstwerk*(김윤보 옮김, 대방출판사, 1982), 520~521쪽 참조.

2 서정적 자아

자아와 세계의 동일성은 시의 원래의 모습이자 시인이 몽상하고 갈망하는 고향이다. 이런 자아를 우리는 서정적 자아라 부른다. 대상을 자신의 욕망과 의지대로 변형시키는 서정시의 화자는 대상에 자립적 의의를 인정하고 그 대상과 대립하는 서사적 자아와는 분명히 변별된다.

또한 서정시에 존재하는 이 자아를 '역사적 자아'(historical I), '논리적 자아'(theoretical I), '실용적 자아'(practical I)와 엄격히 구분해서 서정적 자아라고 부른다. 이런 서정적 자아의 원형을 조동일 교수는 이기철학에서 발견하여 다음과 같이 기술한다.

> 서정적 자아는 객관과 맞서 있는 주관도 아니고 이성과 구별되는 감정도 아니다. 서정적 자아는 주관과 객관, 이성과 감정의 구분이 일어나지 않은 상태의 것이라고 보아야 문제가 해결된다. 또한 서정적 자아는 세계와 접촉해서 세계를 자아화하고 있는 작용을 지칭한 것이 아니고 세계와의 접촉 없이도 존재하는 자아라고 보아야만 주관과 객관, 이성과 감정의 구분이 일어나지 않은 상태가 인정될 수 있다.36)

그에 의하면 서정적 자아는 첫째로 주관과 객관, 감정과 이성이 구분되지 않는 상태이고, 둘째로 세계와의 접촉 없이도 존재하는 자아다. 이런 서정적 자아는 이기철학의 '성(性)'에 해당한다. 이 성은 세계와 접촉하지 않기 때문에 그 모습을 드러내지 않는다. 반면에 이 성이 사물에 응해서, 곧 세계와 접촉해서 그 모습을 드러낼 때 이것을 정(情)이라 한다.37) 말하자면 정은 서구의 '실현된 자아'(embodied self)의 개념과 유사하다. 따라서 성으로서의 자아는 정의 자아를 매개로 우리가 추측할 수

---

36) 조동일,《古典文學을 찾아서》(1979), 190쪽.
37) 李滉,《聖學十圖》第六 心統性情圖, 그리고 李珥,《栗谷全書》十四, 182쪽.

있을 뿐이다. 천인합일에 도달하려는 것이 유교의 이념이고 이런 천인합일의 경지는 '성'으로서의 서정적 자아에게 가능해진다. 그런데 중요한 것은 이 '성'이 다시 '본연지성(本然之性)'과 '기질지성(氣質之性)'의 두 서정적 자아로 분류되는 점이다. 따라서 천인합일, 곧 자아와 세계의 동일성은 이 두 서정적 자아에 의하여 두 가지 형태를 취하게 되는 것이다.

이기철학에 의하면 모든 존재는 이(理)와 기(氣)로 되어 있는데 사람이 갖고 있는 이만 지칭할 때는 본연지성이 되고, 이와 기를 함께 지칭할 때는 기질지성이 된다.[38] 여기서 이는 동일·통일·보편화의 원리며, 기는 차별·분별·특수성의 원리다. 이런 근거에서 조동일 교수는 조선조 시가의 주류적 장르인 시조를 본연지성의 시조와 기질지성의 시조로 분류한다.[39]

본연지성은 사람이 갖고 있는 '이'(동일·통일·보편화의 원리)만 지칭한 것이기 때문에 본연지성에서 보면 자아와 세계가 처음부터 구분되지 않는 만큼 분별·대립이 없이 자아와 세계는 이미 동일성을 이루고 있다.

> 말업슨 청산(靑山)이요 태(態)업슨 유수(流水) ㅣ로다
> 갑업슨 청풍(淸風)이요 님ㅈ업슨 명월(明月)이라
> 이중에 병업슨 이몸이 분별업시 늙으리라.
>
> — 성혼(成渾)

말 없고 태(態) 없고 값 없고 임자 없는 세계와 병 없고 분별 없는 자아는 양자 간에 분별·갈등이 없이 혼연일체를 이루고 있다. 이런 주객일치, 천인합일의 경지가 유교적 이념이면서 미적 정서가 되는 것이다.

이런 서정적 자아의 원형을 우리는 쉴러(F. Schiller)의 '소박한 시인'의 개념과 연결시킬 수가 있다. 쉴러는 시인을 '자연으로서 존재'하든가 혹

---

38) 李滉, 《答李宏中》. 여기서는 조동일의 위의 논문을 참조했음.
39) 조동일, 앞의 책(1979), 196쪽. 여기서 그는 이퇴계의 이기철학에 의존하여 양자를 구분한다.

은 '상실한 자연을 추구'하든가의 두 가지 경우로 나누어서 전자를 소박
한 시인이라 했고, 후자를 감상적 시인이라 했다.[40] 그에 의하면 시인
이 순수한 자연으로서 있는 동안에는 순전한 감성적인 동일체로서 또는
전체가 조화된 존재로서 행동하며 감성과 이성, 사물을 받아들이는 능
력과 자율적인 행동능력이 서로 분리되지 않고 대립되지 않는 상태에서
활동한다.

그러나 오늘날 우리는 문명의 시대에 살고 있으며, 따라서 소박한 시
인은 더 이상 존재할 수 없다. 문명시대의 시인에게 있어서는 소박한
시인에게 '현실적'으로 존재했던 감각과 사고의 합일은 하나의 '이상'으
로만 존재하고 이 이상을 인위적으로 추구하는 감상적 시인으로만 존재
하게 된다. 소박한 시인에겐 자아와 세계의 합일이 실재하므로 '현실적
인 것의 재현'이 그의 임무가 되지만 감상적 시인의 경우는 '이상의 표
현'이 그의 임무가 된다.

이처럼 문명의 시대에 본연지성으로서의 서정적 자아는 하나의 이상
으로만 존재하지 실존할 수 없다. 여기서 기질지성의 서정적 자아가 필
연적으로 등장한다. 기질지성의 서정적 자아는 그가 지닌 차이와 분별
을 만드는 기의 작용에 따라 분별과 대립·갈등을 일으킨다. 기질지성
에서 본 세계는 대립·갈등의 세계이지만 보편화의 원리인 이에 의하여
이 대립·갈등을 극복하여 자아와 세계의 합일을 추구하게 된다. 다시
말하면 세계와의 갈등을 인위적으로 극복하여 합일의 경지를 몽상하게
된다.

3 동일화의 원리

시인이 의식적으로 자아와 세계의 동일성을 추구하는 데 두 가지 방

---

40) Friedrich Schiller, über Naive und Sentimentale Dichtung, 《세계평론선》
(한일섭 외 옮김, 삼성출판사, 1979), 151쪽.

법이 있다. 동화(assimilation)와 투사(projection)가 그것이다.[41]

동화란 시인이 세계를 자신의 내부로 끌어들여서 그것을 내적 인격화하는 이른바 세계의 자아화다. 다시 말하면 실제로는 자아와 갈등의 관계에 있는 세계를 자아의 욕망, 가치관, 감정에 적합한 것으로 만들어 동일성을 이룩하는 작용이다.

> 동지(冬至)ㅅ달 기나긴 바믈 한허리를 버혀내어
> 춘풍(春風) 니블아래 서리서리 너헛다가
> 어른님 오신날 밤이여든 구븨구븨 펴리라.
>
> — 황진이

님과 보내는 봄밤이 짧다는 것은 자아와 세계의 대립·갈등이다. 이것이 실제의 인간과 자연의 관계다. 그러나 동짓달 긴 밤을 둘로 잘라 짧은 봄 밤, 그러니까 "어른님 오신 날 밤"에 "구븨구븨 펴리라"는 경지는 자아와 세계가 일체감을 이룬 동일성의 세계다. 이처럼 실제의 세계는 자아와 대립·갈등의 관계에 있지만 상상 속에서의 그것은 자아화되어 동일성의 관계에 놓인다.

투사에 의한 동일성의 획득은 자신을 상상적으로 세계에 투사하는 것, 곧 감정이입에 의해서 자아와 세계가 일체감을 이루도록 하는 것이다.

> 모가지가 길어서 슬픈 짐승이여
> 언제나 점잖은 편 말이 없구나
> 관이 향기로운 너는
> 무척 높은 족속이었나 보다.
>
> 물속에 제 그림자를 들여다보고

---

41) J. L. Calderwood와 H. E. Toliver(ed.), *Forms of Poetry*(Prentice-Hall, INC., 1968), p. 9.

잃었던 전설을 생각해 내고는
어찌할 수 없는 향수에
슬픈 모가지를 하고
먼데 산을 쳐다본다.

- 노천명, <사슴>

대상인 사슴을 자신의 의지와 욕망에 따라 자아화하는 것이 아니라 세속에 영합하지 못하는 고고한 삶의 자세와 비애를 사슴에 투사시켜(감정이입하여) 사슴과 자아와의 동일성을 이룩하고 있는 것이다. 이것은 세계 속에서 자아를 발견하는 방법이다. 이처럼 동화에 의하든 투사에 의하든 자아는 세계와의 관계에서 소외되거나 세계를 초월하지 않고 '연속'되어 있다. 이것이 서정시의 원초적 모습이다.

세계를 자아화한다는 점에서 서정적 자아는 어디까지나 '단일한 의미자'다. 다시 말하면 서정시는 '한' 의식의 '한' 목소리의 독백이다. 새로운 그리고 도전적인 미학으로서 바흐친(M. M. Bakhtin)의 대화주의가 서정장르의 독백성에 매우 비판적임은 지극히 당연하다. 여기서 대화주의란 "타인의 의식을 객체가 아니라 동등한 권리를 가진 주체"[42]로 보는 태도다. 다시 말하면 소설의 작중인물들이 작가의 시점이 아니라 자신들의 시점 속에 존재하는 주체들로 구성되는, 곧 인물들의 다양한 의식들의 공존과 상호작용으로 규정되는 것이 대화이론의 요체다. 작중인물들이 모두 주체들로서 작가의 간섭을 벗어나 '전대미문의 자유'를 누리는 이런 대화주의는 서정장르에서는 사실상 원천적으로 봉쇄되기 마련이다. 왜냐하면 서사장르에서는 인물들이 상호 주체가 되기도 하고 객체가 되기도 하지만 서정장르에서는 서정적 자아가 객체화되는 법이 없기 때문이다.

소설의 언어가 계급적으로 피지배계층에 속하며 언어를 획일화하려는

---

42) Mikhail M. Bakhtin, *Problemy Poétiki Dostoevskogo*(김근식 옮김, 정음사, 1988), 16쪽.

공식적 언술을 비판·해체하는 대화적 언어에 가까운 반면 시의 언어란 지배계층에 속하며 체제유지를 위해 언어를 획일화하는 공식적 독백의 언어에 가장 가까운 언어라고 변별한 것은 마르크시즘적 편견이다. 그러나 바흐친의 대화주의가 서구의 전통적 주체철학에 대한 의미심장한 도전이라는 사실에 주목할 필요가 있다. 이 주체철학은 타자를 자신과 동일한 존재로 전환시키는(세계의 자아화) 동일화의 원칙이기 때문이다. 바흐친의 시에 대한 비판은 이런 '일방적 대상화'에 초점화된다.

문제는 여기서 끝나지 않는다. 이 주체철학은 개성을 '통일체'로[43] 존중하는 부르주아 휴머니즘이다. 작품세계의 통일성과 단일성은 자아의 통일성에 근거한다. 바흐친이 큰 갈래 중 가장 객관적인 극장르를 부정한 이유도 여기에 있다. 텍스트를 여러 의식들이 공존하고 상호작용하는 그리고 결말을 전혀 예측할 수 없는 불완전한 것으로 보는 바흐친의 대화주의에서 작품의 구조적 통일성은 용납될 수 없다.

통일성의 부정은 최근의 문화비평에서 더욱 강조된다. 문화비평에서 작품의 통일성이란 계급·성·종족·이데올로기 중에서 어떤 문맥을 '특권화'시킨 산물이다.[44] 예컨대 조선조 양반시조의 통일성이란 충·효의 유교적 이념이나 양반계급의 문맥을 특권화시킨 결과의 구조적 통일성이다. 통일성을 거부하고 이를 해체하려는 문화비평의 관점에서는 작품의 여러 이질적 요소들이 어느 특권화된 문맥으로 통일됨이 없이 공존하고 갈등하는 관계로, 바흐친의 용어를 빌린다면 대화적 관계로 놓여 있어야 한다. 문화비평이 작품의 통일성과 자아의 통일성을 상동관계로 보는 부르주아 인문주의는 물론 여러 이질적 요소들을 하나로 통일시키고 종합하는 능력으로서 상상력을 강조한 낭만주의 시론을 비판

---

43) 영어의 '개인' individual이 분열되지 않음이란 의미를 가진 라틴어 individuus 에서 유래했다는 담론적 해석.
    Antony Esathope, *Literary into Cultural Studies*(임상훈 옮김, 현대미학사, 1994), 37쪽.
44) Easthope, 위의 책, 14~25쪽 참조. 이스톱은 통일성의 관점을 싸잡아 '모더니 즘적 읽기'로 매도한다.

한 것은 전연 놀랍지 않다.

사실 많은 현대시들에서 자아와 세계의 동일성은 좀처럼 찾아볼 수 없고 오히려 대립·갈등이 지배적이다. 이기철학의 용어를 빌린다면 차이·분별의 원리인 기만이 작용하고 있는 것 같다. 이것은 세계의 자아화라는 서정장르 이론과 전면적으로 일치하지 않으며 이 불일치 자체는 서정시 이론의 불충분함을 시사한다.

4 순간과 압축성

시는 사물의 순간적 파악, 시인 자신의 순간적 사상·감정을 표현한 것, 인생의 단편적 에피소드, 영원한 현재 등으로 정의된다. 서정시란 연속적이고 역사적인 또는 서사적인 시간에 항상 관심이 적은 것이 그 본질이다. 그것은 경험이나 비전이 집중되는 결정(結晶)의 순간들 속에 존재한다. 그래서 아리스토텔레스의 모방론적 시학에서 서정시는 제외될 수밖에 없었다. 그에게 모방의 대상은 성격과 행위인데 서정시는 이 순간의 파악을 본질로 하기 때문에 줄거리가 없고 있을 필요도 없는 것이다.45) 여기서 장르란 인식의 틀이며 근본적으로 인물묘사의 두 가지 기본형식이다.46) 곧 서정시는 생의 순간적 파악이며, 따라서 줄거리 없는 인물묘사지만 서사장르는 시간적 연속을 통한 생의 파악이며 줄거리를 통한, 곧 완결된 경험을 통한 인물묘사다. 정확한 역사의식이 반드시 전제되어야 하지만 장르선택이 시대상황에 좌우된다는 상동론은 문학사

---

45) Paul Hernadi, *Beyond Genre*(Cornell University Press 1972), p. 47.
46) 김윤식, 《韓國近代文學樣式論攷》(아세아문화사, 1978), 59쪽. 그리고 Alfred North Whitehead, *Symbolism*(Capricorn Books, 1927), pp. 27~28. 여기서 Whitehead는 실제 인간이든 허구적 인물이든 인간은 전체 인생사에서 개인, 한 순간에 있어 개인 그리고 전체 인생사에서 반복되는 유형으로서 개인 등 세 가지 의미를 지닌다고 기술하고 있는데 이것은 장르이론에 매우 유익하다.

적 관점에 매우 유익하다. 예컨대 서정장르는 1920년대 초 감상적 낭만
시처럼 생의 순간적 파악만이 가능한 시대에 주류화되고 서사장르는 개
인과 사회의 발견이 가능한 비교적 안정된 시대에 주류화된다.[47]

　서정시의 모티브는 일반적으로 하나의 생각, 하나의 비전, 하나의 무
드, 하나의 날카로운 정서이며, 소설과는 달리 플롯도 허구적 인물도 작
품에 연속성을 부여하는 지적 주장도 없다.[48]

> 가을 저녁
> 추운 물 바쁘게시리 흘러간다
> 그 물소리 유난 떨어
> 저 만큼까지 이 아리며 들리는지
> 저문 들 귀 가다듬는다.
>
> 　　　　　　　　　　　　　　　　　　　- 고은, <냇가>

　시는 순간의 장르이기 때문에 서정시의 본질적 시제는 현재다. 그러
나 서정시는 하나의 의의 있는 순간뿐만 아니라 또한 긴밀한 연관의 연
속적 순간들을 환기한다. 이것은 서정적 시간의 두 유형이다. 서정시의
현재는 고립된 현재가 아니다. 시인의 의식상에서 현재의 순간에 많은
과거들, 체험들이 동시적으로 공존해 있는 순간이거나, 이 순간 속의 사
항들이 무엇이든 이것들이 결합되어 하나의 의의 있는 패턴을 가지게
되는 연속적 순간이다. 이것은 기억의 순간들을 보다 많이 한 순간에
집중시킬수록 기억이 우리에게 부여하는 물질을 지배하는 힘도 더욱 확
고해진다는, 즉 현재의 대상을 상상하는 데 그치는 지각(직관의 한 순간)
에 지속의 수많은 순간들, 보다 많은 과거를 집중시킴으로써 그 대상의

---

47) 김윤식, 〈植民時代의 虛無主義와 詩의 選擇〉《韓國文學史論攷》(법문사, 1973),
　　161쪽; 〈文學史와 장르選擇의 문제〉《韓國文學》 1974년 10월호 참조.
48) Susanne K. Langer, *Feeling and Form*(Charles Scribner's Sons, 1953), p.
　　259.

의미가 더욱 풍부해진다는 베르그송(H. Bergson)의 논리(그에게 있어 의식은 기억이다)와 같다.[49] 서정시의 한 순간은 '충만한 현재'다. 비록 인생의 줄거리가 없이도 시는 한 순간 속에 오히려 강렬하고 집약된 형태로 자아를 표현한다. 시인이 의식적이거나 무의식적 기억 가운데 동시적으로 존재하는, 시간에 따른 잡다한 체험들을 선택·결합하여 하나의 유의적 패턴의 새로운 통일체로 변용·창조한다는 것은 지속적 자아감각을, 그 개인적 독특성을 한 순간 속에 압축적으로 표현한다는 뜻이다.

한 송이 국화꽃을 피우기 위해
봄부터 소쩍새는
그렇게 울었나 보다.

한 송이의 국화 꽃을 피우기 위해
천둥은 먹구름 속에서
또 그렇게 울었나 보다.

그립고 아쉬움에 가슴 조이던
머언 먼 젊음의 뒤안길에서
인제는 돌아와 거울 앞에 선
내 누님같이 생긴 꽃이여.

노오란 네 꽃잎이 피려고
간밤에 무서리가 저리 내리고
내게는 잠도 오지 않았나 보다.

― 서정주, <국화 옆에서>

---

49) Henri Berson, *Matter and Memory*(Humanities Press, Inc., 1970), pp. 127~128 참조.

국화꽃이라는 하나의 생명이 탄생하는 순간 속에 봄의 소쩍새 울음과 여름의 천둥 번개 그리고 가을의 무서리 등 여러 가지 체험이 융합되어 있다. 만약 시인이 현재의 지각에만 머물렀다면 "노오란 네 꽃잎"처럼 국화가 노란 빛깔이므로 노랗다고 할 수밖에 없는, 곧 대상에 구속되는 빈약한 의미가 될 것이다. 그러나 그 지각의 순간은 결코 고립되고 정태적인 순간이 아니다. 여러 체험들이 퇴적되어 있는 순간이고 많은 과거들이 내포되어 집중적으로 압축되어 있는, 한 통일체를 형성하고 있는 순간이다. 그리하여 이 작품은 체험의 순간적 표현이라는 본래의 서정양식 속에서 체험의 연속성을 두드러지게 드러내고 있다. 이런 점에서 서정시는 '영원한 현재'다. 물론 모든 서정시가 현재라고 하는 특정의 시제에 한정되지 않지만 '현재'는 흔히 서정적 세계관의 한 목록으로 지목된다.

인간은 끊임없이 자기를 만들어 간다. 흔히 인격이니 개성이니 하는 이 자기 정체성(self identity)의 형성과정이 우리의 인생이다. 따라서 국화가 피기까지 여러 과정을 겪듯이 "그립고 아쉬움에 가슴 조이던/머언 먼 젊음의 뒤안길"의 방황 끝에 '내 누님'같은 하나의 완성된 자기 정체성이 성취되는 것이다.

서정시가 순간의 장르로 규정되는 것은 서정시가 짧아야 한다는 결정적인 근거다. 짧은 장르이기 때문에 서정시는 율격, 비유 등 여러 수사적 장치들을, 곧 언어의 모든 특질들을 동원하게 된다. 중요한 것은 서정장르의 한 특성인 이 순간성이 주관성과 연관되는 사실이다. 헤겔(G. W. F. Hegel)이 서사의 '확장'과 대비시켜 서정장르를 '집중'으로 기술했을 때 바로 이 점을 시사한 것이다.50)

여기서 집중이란 시인의 내면세계로의 집중, 곧 대상의 내면화를 의미한다. 서정시가 외형률이든 내재율이든 리듬에 의한 고도의 조직성과 압축성을 지니게 되는 것은 이 집중의 필연적 소산이다.

---

50) G. W. F. Hegel, *Aesthetics*(최동호 엮어 옮김, 열음사, 1987), 183쪽.

(ㄱ)

　우리 외할아버지는 배를 타고 먼 바다로 고기잡이 다니시던 어부로, 내가 생겨나기 전 어느 해 겨울의 모진 바람에 어느 바다에선지 휘말려 버리곤 영영 돌아오지 못한 채로 있는 것이라 하니, 아마 외할머니는 그 남편의 바닷물이 자기 집 마당에 몰려 들어오는 것을 보고 그렇게 말도 못하고 얼굴만 붉어서 있었던 것이겠지요.

(ㄴ)

외할먼네 마당에 올라온 해일(海溢) 요
예순 살 나이에 스물 한 살 얼굴을 한
그리고 천 살에도 이제 안 죽기로 한,
신랑이 돌아오는 풀밭길이 있어요

생솔가지 울타리 옥수수밭 사이를
올라오는 해일속 신랑을 마중 나와
하늘 안 천길 깊이 묻었던 델 파내서
새각시 때 연지를 바르고 할머니는

다시 또 파, 무더기 웃는 청사초롱에
불 밝혀선 노래하는 나무 잎잎에
주저리 주저리 매어달고 할머니는

갑술년이라던가 바다에 나갔다가
해일에 넘쳐 오는 할아버지 혼신(魂神) 앞
열 아홉 살 첫사랑 적 얼굴을 하고

　(ㄱ)은 서정주의 산문시 〈해일(海溢)〉의 일부이고 (ㄴ)은 서정시 〈외할머니네 마당에 올라온 해일(海溢)〉 전문이다. (ㄱ)은 그의 자서전《내 마

음의 편력(遍歷)》해당 부분과 거의 구분되지 않는 산문시고 (ㄴ)은 4음
보를 기본율격으로 같은 소재를 조직한 서정시다. 따라서 (ㄱ)과 (ㄴ)의
차이는 산문으로서의 전기와 서정시의 차이라 해도 무방하다. 다시 말
하면 (ㄱ)과 (ㄴ)은 같은 대상, 같은 경험의 서로 다른 의미영역이다.

시가 산문에 비하여 '보다' 조직적인데 이런 고도의 조직성은 리드미
컬한 언어사용에 있다.51)

리드미컬한 언어사용에 의한 이런 고도의 조직성은 그대로 암시성으
로 연결된다. 산문이 '축적의 원리'에 의한 설명이지만 시는 '압축의 원
리'에 의한 암시성을 그 본질로 한다. 그리하여 시 형식이 산문보다 조
직이 긴밀한 것은 세부의 보다 첨예한 선택성, 암시성의 강조, 세부배열
의 중요성 등의 세 가지로 요약할 수 있다. 서정시는 축약된 발화방식
이다. 그러나 현대의 장시화 내지 요설화 경향은 순간의 단일성이나 압축
의 암시성 등 여러 원형적 특질들로부터 많이 이탈해 가는 현대시의 변모
다. 다시 말하면 순간성과 압축성은 서정시의 절대적 조건이 아니다.

5 주관성과 서정

낭만주의의 표현론처럼 원래 서정시란 대상의 '재현'이 아니라 자기
표현(self-expression)이다. 주관적 경험(이것이 Erlebnis란 용어의 내포다),
내적 세계의 '표현'이 서정 스타일이다. 서정형식은 세계에 대한 것이라
기보다 '자기 자신'에 대한 직접적 관계 속에 자신의 이미지들을 제시한
다. 주관·객관은 장르를 구분하는 낯익은 전통적 기준들 중의 하나
다.52) 주관적 장르이기 때문에 서정시가 일인칭의 화자(이 일인칭은 반드

51) Cleanth Brooks & Robert Warren, *Understanding Poetry*(Holt, Rinehart
and Winston, 1960), pp. 75~76, 120.
52) 객관의 서사, 주관의 서정, 주·객의 종합인 극을 3분한 것은 헤겔의 유명한 변
증법적 갈래론이다. 곧 서정은 시인의 내면상태를 표현한 것이고 서사는 주인

시 수단일 필요는 없다. '우리'라는 복수 일인칭도 흔히 채용된다)를 채용하기 마련이다.[53] 서정시가 감정을 표현하기 위해 응축된 순간의 체험을 겨냥하고 필연적으로 짧아져야 한다는 사실은 간과될 수 없다.[54]

독일 문예학에서 서정장르의 본질은 주관성이고 이 주관성의 실체(고리)로서 체험과 감정을 강조한다.[55] 그러나 체험과 감정을 주관성의 두 가지 요소로 굳이 구분할 필요가 없다. 왜냐하면 개인의 독특한 경험으로서 체험은 감정의 독특성이기 때문이다. 주관성이 가장 강조되는 곳이 서정장르라는 정의는 감정이 가장 강조되는 곳이 서정장르라는 정의와 같다. 감정의 기준은 서정시의 본질적 조건으로서 주관성과 결합된다. 개인적 감정과는 대조적으로 사회적·정치적 내용의 공적인 시의 서정인 경우에도 서정시가 서정적 구조라는 사정에는 변함이 없다.

그러나 서정장르 이론상 감정이 사적이냐 또는 공적이냐 하는 분류보다 더 유익한 두 가지 문학적 감동에 주목할 필요가 있다. 서정적 감동과 파토스적인 감동이 그것이다.[56] 서정시는 말할 필요 없이 서정적 감동을 준다. 슈타이거(E. Steiger)에 의하면 서정적인 것은 우리의 마음을 부드럽게 한다. 시적 세계관에서 볼 수 있었던 것처럼 서정시에서 자아와 세계는 분리되지도 않을 뿐만 아니라 대결하지도 않는다. 서정적인 것은 적대감정이 아니라 조화의 감정이다.

공보다 환경을 더 중시하여 사회의 전체적 모습을 드러낸 것이고 극은 이 전체적 모습이 주인공의 행동에 집약된 것이다.

53) Roman Jakobson, *Language in Literature*(신문수 옮김, 문학과 지성사, 1994), 60~61쪽 참조. 야콥슨은 작품세계에 초점을 둔 헤겔의 모방론과는 달리 구조론적 관점에서 서사가 3인칭 중심으로 언어의 지시적 기능을 주로 활용하는 반면 1인칭 지향의 서정시는 언어의 감정표시적 기능을 주로 활용한다고 변별했다.

54) David Lindley, Lyric Martin Coyle 편, *Encyclopedia of Literature and Criticism*(Routledge, 1991), p. 188.

55) René Wellek, *Discrimination*(Yale University Press, 1972), p. 246.

56) E. Steiger, 앞의 책, 210~212쪽.

당신을 나의 누구라고 말하리
나를 누구라고 당신은 말하리
마주 불러볼 정다운 이름도 없이

잠시 만난 우리
오랜 이별 앞에 섰다.

갓 추수를 해들인
허허로운 밭이랑에
노을을 등진 그림자 모양
외로이 당신을 생각해 온
이 한철

삶의 백가지 가난을 견딘다 해도
못내 이것만은 두려워했음이라
눈 멀 듯 보고지운 마음
신의 보태심 없는 그리움의
벌이여
이 타는듯한 갈망

당신을 나의 누구라고 말하리
나를 누구라고 당신은 말하리

우리
다 같이 늙어진 어느 훗날에
그 전날 잠시 창문에서 울던
어여쁘디 어여쁜
후조라고나 할까

옛날 그 옛날에
이러한 사람이 있었더니라

- 김남조, <후조> 중에서

부드러움과 조화의 감동은 이 작품을 그대로 서정적 표본으로 만든다. 이런 서정적 감동 속에 적대감정이 개입될 여지가 없다. 이별 앞에서 화자는 연인과의 재회를, 그리고 연인과 함께 있는 상황을 '있어야' 하는 당위적 상태로 욕망하지 않는다. 서정적인 것은 무엇을 욕구하지 않는다. '있는 그대로'와 '있어야 함'의 갈등이 없다.

서정시에서 유동적인 요소인 정서는 모든 고정된 것을 융해시켜 자아와 세계가 구분되지 않는 혼용의 상태를 보여 준다.

바다 위에서 눈은
부드럽게 죽는다.

죽음을 덮으며
눈은 내리지만

눈은 다시
부드럽게 죽는다.

부드럽게 감겨 있는
눈시울의 바다

얼굴 위에 쌓인
눈의 무게는
보지 못하지만

그의 내면에는
눈이 내리고 있다.

- 허만하, <데드마스크>

눈은 끊임없이 내려 바다와 일체가 된다. 이 일체는 실상 눈의 죽음이다. 그러나 이 죽음까지도 부드럽다. 이 부드러움의 정서는 유동적 요소가 되어 눈과 바다를 융해시키고 눈과 바다를 의인화(인간화, 내면화)시켜 우리에게 서정적인 감동을 주고 있다.

이런 서정적인 것과 대립하여 파토스적인 감동은 적대감정이다. 파토스적인 감동은 자아와 세계의 대립, 갈등을 전제로 하고 이것을 타개하려 한다.

'마돈나' 가엾어라, 나는 미치고 말았는가, 없는 소리를 내 귀가 들음은 -
내 몸에 피란 피 - 가슴의 샘이 말라버린 듯, 마음과 목이 타려는도다.
'마돈나' 언젠가 안 갈 수 있으랴, 갈테면 우리가 가자, 끄을려 가지 말고!
너는 내 말을 믿는 '마리아' - 내 침실이 부활의 동굴임을 네야 알련만 -

'마돈나' 밤이 주는 꿈, 우리가 얽는 꿈, 사람이 안고 궁그는 목숨의 꿈이
다르지 않으니,
아, 어린애 가슴처럼 세월 모르는 나의 침실로 가자, 아름답고 오랜 거기로.

'마돈나' 별들의 웃음도 흐려지려 하고, 어둔 밤 물결도 잦아지려는도다.
아, 안개가 사라지기 전으로, 네가 와야지, 나의 아씨여, 너를 부른다.
- 이상화, <나의 침실로> 중에서

파토스(pathos)는 불운·고뇌·격정 등 병적 상태라는 어원적 의미를 가진다. 마음의 병적 상태이기 때문에 때로 광기의 병리학적 용어로도 기술된다. 파토스는 격정이기 때문에 절제를 떠나 방황하는 마음상태다.

격정과 적대감정으로서 파토스는 또한 무엇인가를 지향하는 갈망이다. 그래서 서정적인 것과는 달리 파토스적인 것은 무엇을 욕구하는 것이 그 특징이다. 이 욕구 자체는 실제로 '있음'과 '있어야 함'의 분리에 대한 반응이다. '있어야 함'의 당위적 세계가 아직 지금 여기에 없으므로 격정·방황하는 마음이 되고 세계에 대한 적대감정이 될 수밖에 없다. 그래서 파토스적인 것은 언제나 "무엇을 찾느냐?", "어디로 가느냐?" 하는 물음을 동반한다.[57] 그러나 당위적 세계가 아직 존재하지 않는 상태이므로 파토스는 공허한 태도일 수밖에 없다. 1920년대 초기 낭만시에서 많이 나타나고 있는 동굴의 이미지처럼 이 작품의 화자가 애타게 갈망하는 "아름답고 오랜 거기"의 세계는 존재하지도 존재할 수도 없는 공허한 세계다. 이런 파토스적인 감동의 시는 저항시가 될 수 있다. 그러나 파토스는 대립·갈등을 본질로 하는 극의 본령이지 서정시에는 원래 어울리지 않는 요소다.

김춘수가 김소월 시를 분석하면서 우리 시가의 전통을 '서정주의'로 규정했을 때[58] 이것은 큰 갈래 개념에서가 아니라 한 하위유형으로서 서정시를 가리킨 것이다. 그는 서정성을 우리의 '체질'로까지 보았다. 말하자면 지성 또는 주지주의와 대립되는 서정적 태도를 우리 고유의 반응양식으로 재인식한 것이다. 이런 근거에서 그는 우리의 전체 시사에서 전통의 단절은 없었다고 단언한다.

1990년대 현대시의 자기반성이 서정성의 회복을 목표로 했을 때 이것은 현대시의 누적된 반서정주의의 극복을 시사한 점에서 주목된다. 서정성 자체가 전근대적이거나 현실도피적 세계관의 산물인 양 금기시되기도 한 것은 사실이다. 이 자기반성은 심지어 시의 위기감으로까지 확산되어 매우 심각했다. 중요한 것은 개인적이고 주관적인 서정이 역사적으로 변화한다는 사실이다. 정서는 동적 개념이므로 '신서정'은 필연적이고 자연적인 현상이면서 또한 예술의 요청사항이다. 따라서 1990년

---

57) E. Steiger의 앞의 책, 243쪽.
58) 김춘수, 《韓國現代詩形態論》(해동문화사, 1959), 162~163쪽.

대 서정성의 논의들이 '신서정'으로써 지향점을 삼은 것은 지극히 당연하다.

이와 마찬가지로 보편적이고 불변적인 것으로 간주되는 큰 갈래 개념의 내포도 글쓰기의 조건과 독자와의 계약에 따라 변화하기 마련이다. 다시 말하면 서정장르의 개념의 내포는 유동적이며 시대적 제약을 받는다. 웰렉(R. Wellek)이 서정적인 것의 '일반적 특성'을 정의하려는 시도는 포기되어야 한다고 주장한 것은 이런 문맥에 놓인다.59) 그러나 웰렉의 이런 주장이 큰 갈래의 부정론이 아니라 큰 갈래도 역사적 감수성과 연관되는 사실을 시사한 것으로 보아야 한다. 세계를 자아화하는 시적 세계관을 비롯하여 주관성·정조·순간성·압축성·체험·음악성 등 서정시의 결정인자들이 문학사의 모든 시기마다 똑같이 중요한 것이 아니라 문학사의 각 단계마다 강조점의 차이에 따라 상대적으로 달리 정의되기 마련이고 실제 그렇게 정의되어 왔다. 여기서 장르구분의 또 하나의 기준으로서 '제시형식'을 살펴볼 필요가 있다.

6 제시형식

장르의 제시형식이란 문학이 독자(청중 또는 관객)에게 어떻게 향유되는가의 문제, 곧 시인과 독자 사이에 확립되는 여러 조건들의 문제다. 이런 제시형식에 의해서 문학작품은 여러 장르로 범주화되는 것이다. 그래서 제시형식은 독자에 대한 시인의 태도로 정의되기도 한다.60)

서정시의 용어가 현악기에서 유래한다는 어원적 의미나 우리 시가가 전통적으로 음악에 종속되어 왔다는 사실, 그러니까 서정시가 원래 음악과 관련을 맺고 있다는 사실은 벌써 서정시의 제시형식을 시사한다.

---

59) R. Wellek, 앞의 책, p. 252.
60) James H. Druff, Genre and Mode(*Genre*지 4, University of Oklahoma, 1981. 3).

묵자가 《시경》의 "시 삼백을 읊고, 시 삼백을 연주하며, 시 삼백을 노래하고, 시 삼백을 춤추었다"[61]고 했을 때 이것은 바로 서정시의 제시형식을 기술한 것이다. 당대는 음악에 의존하여 시를 가르쳤기 때문에 음악수반은 필수적이었다. 다 알다시피 《시경》의 시 305편은 성질상 풍(風)·아(雅)·송(頌)의 셋으로 분류되어 있다. '풍'은 각 지방 고유의 음악에 얹혀 불리던 민요, 곧 민중의 노래고, '아'는 선정과 실정을 내용으로 한 정치시 또는 궁중의 악장문학으로서 사대부의 노래이며, '송'은 종묘제사 때 조상의 은덕을 기리는 내용으로 연주되던 제가(祭歌)다. 묵자가 이런 시체(詩體)의 차이에 따른 제시형식의 차이를 밝히지 않고 또 다른 문학장르의 제시형식을 밝히지 않은 것은 유감스러우나 최초로 문학의 제시형식을 인식한 점에서는 매우 주목된다.

서구의 경우 경제학자로 알려진 밀(John Stuart Mill)이 〈시란 무엇인가〉에서 최초로 서정시를 '엿들어지는 독백'(soliloquy overheard)이라고 정의한 것은 다소 놀라운 일이다. 서정시는 엿들어지는 독백이기 때문에 독자를 무시(부재)하고, 이야기꾼이 작중인물의 역할까지 겸하는 점에서 서사는 작중인물을 무시하고, 연극으로 상연되어 배우들의 대화와 행동을 통해 직접적으로 향유된다는 점에서 극은 작가를 무시한다. 엘리엇은 이런 밀의 제시형식에 대한 아무런 참조표시도 하지 않은 채 〈시의 세 가지 목소리〉에서 제1의 목소리인 서정적 목소리를 시인이 자기자신에게 말하는 것으로 정의한다.[62]

신화, 원형 비평가인 프라이(N. Frye)의 경우 제시형식에서 비로소 장르명칭을 사용한다. 곧 프라이에게 제시형식은 장르 구분의 유일한 기준이다. 시인과 독자 사이에 확립되는 조건이 실제로는 어떻게 되어 있

---

61) 墨子, 《墨子》 孔孟篇, "誦詩三百 弦詩三百 歌詩三百 舞詩三百".
62) 엘리엇에 의하면 제2의 목소리는 시인이 청중에게 말하는 것이고 제3의 목소리는 시인이 작중인물이 되어 말하는 것으로 변별하면서도 이 세 가지 목소리가 정도의 차이는 있지만 문학작품에 뒤섞이거나 뒤섞이어야 한다는 다성성을 강조했다.

든 '이상적으로'(곧 원칙상) 서사시는 청중 앞에 낭송되고(이런 점에서 서사시는 공동체성을 고무하는 공적 서사(public narrative)이다) 소설은 인쇄되어 개인에 의해서 읽히고(이런 점에서 소설은 부르주아의 개인주의 이데올로기를 반영하는 사적 서사(private narrative)이다), 희곡은 상연되듯이 서정시는 '가창된다'.63) 제시형식이 청중에 대한 의식(sense) 또는 태도로 정의되기 때문에 "장르비평의 기초는 수사적인 것이다."64) 양반과 평민이 다 함께 향유하기 위해 고급문체과 하급문체로 이중화된 판소리는 이런 제시형식의 적절한 예가 된 것이다. 프라이가 장르비평의 목적을 전통과 관례들의 재구성에 둔 것은 당연하다. 왜냐하면 이것은 장르의 형성이나 변화와 같은 문학적 관련상황을 드러내기 때문이다. 향가는 노래로 불렸지만 고려속요는 속악정재라는 공연물의 춤과 노래, 기악연주에 얹혀서 제시되었으며 조선조 중기 이후 당악이 쇠퇴해 가는 대신 민속악의 발달로 판소리·잡가가 형성되었고 개화기 창가는 서양곡조에 맞추어 불린다는 제시형식에 의해 새로운 장르가 되었다.

시가가 이름 그대로 노래로 불리는 제시형식은 개화기까지 지속된다. 신체시의 문학사적 의의는 그 형식의 새로움보다는 '듣는' 시가로부터 탈피하여 '보는' 시가 된 사실에 있으며 개화기 시조는 인쇄되어 읽히게 되었다는 점에서 노래로 불리던 고시조와 구분된다. 현대시는 낭송되기도 하고 옛날처럼 음악과 춤을 곁들여 감상되기도 한다. 그러나 대부분 인쇄되어 읽힌다. 그래서 '소통방식'의 견지에서 노래하기에 보다 적합한 것과 낭독되어 보다 적합한 것 그리고 읽기에 보다 적합한 것의 세 유형으로 서정시를 분류하기도 하는데65) 여기서 '소통방식'의 견지란 물론 제시형식을 가리킨 말이다. 예컨대 일정한 율격을 갖추었으며 연의 형태가 일정한 서정시는 노래부르기에 보다 적합할 것이며 비교적 짧은 서정시는 낭독하기에 보다 적합할 것이고 산문시나 요설체의 서정시는

---

63) N. Frye, *Anatomy of Criticism*(임철규 옮김, 한길사, 1982), 345~346쪽.
64) Frye, 위의 책, 345쪽.
65) Lamping, 앞의 책, 127쪽.

읽기에 보다 적합할 것이다.

　제시형식은 장르구분의 기준일 뿐만 아니라 장르변화의 한 요인이다. 새로운 매체의 고안은 새로운 제시형식을 수반한다. 따라서 새로운 매체의 고안은 장르를 변화시키는 요인으로 작용한다. 최근 대중매체의 발달은 장르의 변화라기보다 문학의 위기를 느끼게 할만큼 그 위력은 아무리 강조해도 지나치지 않다. 예컨대 전자 글쓰기의 대표적 형식인 '하이퍼텍스트'는 놀랄 만한 제시형식의 변화다. 다시 말하면 아직 일반화되지는 않았지만 PC통신에 의하여 서정시가 향유되기도 하는 것이다.

제 **02**절 언 어

I 언어와 실재

1 문학과 언어

문학을 가장 단적으로 그리고 가장 범박하게 언어예술 또는 언어로 미를 창조하는 예술이라고 한다. 이것은 물론 언어 없이는 문학이 도무지 성립할 수 없음을 입증하는 소박한 정의라고 할 수 있다. 그러나 문학은 이렇게 간단하게 정의될 수 없으며, 문학의 언어 역시 그리 쉽게 규정될 성질의 것은 아니다.

문학관과 언어관의 차이에 따라 문학과 언어에 대한 태도는 다양하게 나타나며, 이것은 문학이 언어예술인 이상 문학의 세계에 언제나 열려 있는 가능성이요 자유다. 언어가 모든 활동영역, 문화전반에 걸쳐 관여하는 하나의 인간적 현실이지만 문학만큼 언어에 민감하고 창조의 새로운 언어상을 보여주는 것은 없으며, 시만큼 언어가 문제되는 장르는 없다.

그렇다면 다른 문학장르의 언어나 일반 언어와 구별되는 시어의 특징은 무엇인가 하는 근본적 문제를 우선 검토하지 않을 수 없다. 만약 시어가 언어의 본질인 지시적 기능을 준수한다면 굳이 시어를 따로 문제 삼을 필요는 없다. 따라서 언어예술인 시가 역설적으로 언어를 거부하고 언어로부터 해방되려는 데서 시어의 특징을 찾으려는 관점은 비록 극단적으로 보일지라도 여간 의미심장하지 않다. 이것은 결코 시와 언어의 적대관계를 의미하지 않는다. 왜냐하면 이것은 언어가 의미의 본체, 곧 언어 그 자체를 사물로 보고자 하는 관점이기 때문이다. 이런 관점의 시어를 수동적인 지시기능으로부터 적극적이고 창조적 기능으로 격상시킨다.

실제로 현대의 전위시로서 형태시는 언어를 불신하고 더 이상 표현매체로서 언어에 의존하지 않으려는 태도의 산물이다. 언어의 지시적 기능, 곧 언어의 현실재현 능력을 근본적으로 의심하는 해체주의적 언어관도 제시되고 있다. 특히 1980년대 중반 이후 언어폭력으로 비판받는 요설체의 현대시들에서 현실에 대한 증오가 언어에 대한 증오로 대치되고 있다.

이런 점에서 모든 시는 언어에 대한 이 두 극단적 형태 사이에 존재한다고 볼 수 있다. 여기서 시어의 특징을 보다 근본적으로 규명하기 위해 언어와 의식과의 관계를 천착하는 언어철학의 관점에 기댈 필요가 있다. 생각이 선발이고 언어가 후발인가, 혹은 반대로 언어가 선발이고 생각이 후발인가 하는 의문은 어리석다. 왜냐하면 생각과 언어는 하나로 이룩되기 때문이다.[1] 문제는 생각, 곧 의식이 어떤 것이냐에 있다.

2 대상·의식·언어

쿤즈(R. Kuhns)는 워즈워드의 〈서곡〉을 현상학적으로 해명하는 자리에서 경험의 철학적 진술과 시적 진술을 논증(argument)과 표현(performance)으로 구별했다.[2] 그에 의하면 논리적 필연성과 타당성으로 연결되는 것이 논증이며 시인의 타고난 감수성인 공감각과 기억의 재료를 사용하는 언어행위가 표현이다.

---

1) 이규호, 《말의 힘》(정음사, 1975), 85쪽.
2) Richard Kuhns, *Literature and Philosophy*(Routledge & Kegan Paul, 1971), p. 104.

그러나 이런 구별은 그리 독창적이거나 새로운 것은 못된다. 과학의 언어형태가 추론적이지만 시적 언어형태는 원초적이라는 어번(W. M. Urban)의 진술이나 리차즈가 과학적·인식적 언어용법과 시적 정의적인 언어용법으로 구별한 것이나 랭거가 비추리적 상징형태의 언어와 추리적 이성의 산물인 외연적 담화로 구별한 것 등과 같이3) 시적 언어의 특징을 규명하기 위한 일반적 견해에 지나지 않는다.

중요한 것은 쿤즈가 논증과 표현을 인간 자의식의 두 가지 운동으로 설정한 점이다. 즉, 언어와 의식을 결합시킨 점이다. 철학적 사유든 시적 사유든 모든 사유는 언어와 함께 작용하며 언어 없이 여하한 사유도 불가능하다는 것이 현대철학자나 언어학자들의 언어관이다.

인식의 3요소인 의식과 언어와 대상은 존재론적으로 불가분의 관계를 맺고 있다. 의식과 대상과의 상호관계에서 언어의 기능을 관찰하는 현대의 언어관은 시어의 특징을 이렇게 대상에 대한 의식의 차이와 이 의식과 함께 작용하거나 이 의식을 주관하는 언어의 특수한 용법에서 찾게 되었다. 즉, 대상에 대한 의식의 차이에 따라 언어의 차이가 발생한다. 그 괄목할 만한 단서를 우리는 카시러(E. Cassirer)의 상징론과 바필드(O. Barfield)의 시어연구에서 발견한다.

3 주술적 언어 의미론적 기호

카시러가 신화적 사고의 특징적 형식 또는 논리를 주제로 한 《상징론》제2부를 저술하고 있을 즈음, 영국의 바필드도 똑같이 비추리적 상징론의 문제를 시의 연구에서 다루고 있었다. 카시러에게 원시인의 언어는 인간들 사이에서 뿐만 아니라 자연과 인간, 신과 인간 사이에서도 의사소통의 수단이었다.4) 즉, 비인간적인 존재인 자연과 신과의 교섭도

---

3) Susanne K. Langer, *Feeling and Form*(Charles Scribner's Sons, 1953), pp. 29~30 참조.

언어에 의해서 이루어졌고, 인간의 감정이 자연과 신과도 교감될 수 있었다. 언어는 대상과 언제나 연결되는 마술적 기능에 의하여 원시인에게 대상과의 연속감과 일체감을 갖는 '유기체의 완전한 전체적 느낌', 즉 '원초적 통일성'을 경험하도록 했다.

바필드 역시 언어가 감각적·물질적 대상의 이름으로 사용되던 원시시대의 언어, 즉 이런 물질적 의미의 말들이 비유적 용법으로 사용되는 '비유의 시대'(metaphorical period)가 발생한 것을 가정하고 이를 탐구했다.[5] 그에 의하면 최초의 언어는 그대로 비유였다. 가령 실제 사물인 '달'을 X라 하고(이 경우 X는 기호가 아니라 사물인 점을 유의해야 한다) 이 사물의 언어적 명칭을 Y라고 했을 때 "X는 Y다"에서 Y는 X에 대한 비유(명칭)인 동시에 바로 언어인 것이다. 이것이 일차적 비유다. 원시인의 언어는 '사물(X)–언어(Y)'의 형태로 언제나 사물과 구분될 수 없도록 밀착된 통일성(앞의 카시러의 기술처럼 원초적 통일성)을 갖고 있었다.

앞에서 말한 것처럼 최초의 언어가 신과 자연과 같은 비인간적 대상과 공감적으로 연결되는 것은 원시인들의 의식이 대상을 '그것'(es)으로가 아니라 '너'(du)로 받아들이는 의인관적 세계관임을 시사한다. 그리하여 최초의 언어는 '주술적' 언어가 되는 것이다. 가령 "파도가 운다" 하면 실제로 파도가 울고, 신에게 구원의 기적을 '말하면' 실제로 구원이 이루어진다고 원시인은 믿었다. 대상을 '너'로 인식하는 이런 의인관적 태도가 시의 본질이며 시의 미학은 최초로 여기서 탄생한다. 왜냐하면 자아와 세계, 시상과 감정이 융합된 결합의 방식이 순수한 미적 형식이기 때문이다.[6]

이처럼 감각적 물질대상의 이름이자 인간의 사고와 감정과는 고립되지 않았던 비유로서의 원시언어 속에는 처음부터 시적 가치가 잠재되어

---

4) Ernst Cassirer, *Philosophie der Symbolischen Formen* Ⅱ(Die Sprache, 1923), p. 32 참조.
5) Owen Barfield, *Poetic Diction*(Wesleyan University Press, 1973), p. 70.
6) Susanne K. Langer, 앞의 책, p. 241.

있었다.

그러나 인간의 의식의 발달과 문명의 진보에 따라 언어는 자연과 신을 부를 수 없고 공감시킬 수 없다는, 언어의 주술적 힘에 대한 신뢰가 무너짐에 따라 언어관에 있어서 코페르니쿠스적 변화를 가져왔고 급기야 언어는 의미표출의 상징, 즉 '의미론적 기능'밖에 갖지 못한 것으로 생각하게 되었다.

언어가 이제 더 이상 대상과 동일시되지도 않고, 따라서 주술적 기능이 없는, 그 대상을 가리키는 의미론적 기능의 추상적 기호에 지나지 않는다는(대상과 엄격히 구분되는) 언어관의 이런 근본적 변화 자체는 여간 중대한 의의를 띠지 않는다. 왜냐하면 이런 언어관의 변화가 필연적으로 인간의 사고·감정과 감각적 대상이 조화적으로 통일되어 있던 '원초적 통일성'이 추상과 구상, 특수와 보편, 사상과 감정, 주관과 객관이라는 여러 가지 대립되는 짝으로 분열되는 결과를 가져왔기 때문이다.

'달'이라고 했을 때 달이란 언어는 한때는 언어가 아닌 달이란 직접적 실재로서 지각되었지만 이제는 대상을 지시하는 단순한 기호로만 고립되었다. 오늘날 우리가 일반적으로 생각하고 있는 비유, 곧 시적 비유는 원시언어인 Y를 추상적 기호로서의 언어인 Z로 대치하여 "Y는 Z다"로 표현되는 형식이다. 즉, Y나 Z는 모두 기호이며 이런 기호들을 인위적으로 결합시키는 형식인 것이다. 이것이 이차적 비유다. 일차적 비유는, '사물-언어'의 형식이지만 이차적 비유는 '언어-언어'의 형식이다. 말하자면 이 이차적 비유가 우리가 알고 있는 수사법의 비유다. 언어와 실재와의 이런 분열이 인간의 삶이 언어기호를 강조할수록 또는 이에 의존할수록 심화되어 감은 말할 필요 없다.

의식(언어)의 발달로 인한 분열현상을 우리의 지성은 문화라는 미명으로 부른다. 그러나 문화의 발달이란 실상 인간이 자연과의 직접적 접촉을 잃고 모든 다른 생명체와 타인들과는 물론이고 마침내 자기 자신과도 소외되는 과정에 지나지 않는다는 비관적 인식은[7] 결코 과장이 아니

---

7) 버언쇼(S. Burnshaw)는 다음과 같이 말했다.

다. 더욱이 현대의 과학적·기술적 지성은 이런 분열화, 소외현상을 분업화·전문화라는 이름으로 더욱 부채질하고 있다.

여기서 현대인이 도리어 언어의 장벽을 무너뜨리고 원시적 언어의 시대를 향수처럼 동경하게 되는 것은 지극히 당연하다. 이런 점에서 박이문 교수의 다음과 같은 말은 매우 시사적이다.

> 언어를 창조함으로써 인간이 자연에서 소외된, 즉 자연과 거리를 갖게 되어 구체적인 존재인 자연 속에서가 아니라 추상적 세계인 의미의 세계에 살게 된 사실이 인간의 불안의 근본적인 원인이라면 인간이 궁극적으로 동경하고 모색하는 열반의 극락세계란 다름 아닌, 언어로부터 해방된, 즉 의미의 세계에서 실체의 세계로 귀의한 상태를 의미하는 데 지나지 않는다. …(중략)… 언어가 없는 원초적 자연의 상태에 귀의하려는 것이 언어를 가짐으로써 소외된 모든 인간의 자연스러운 어쩔 수 없는 본능의 하나가 됨은 당연하다. 8)

그래서 바필드는 의식의 전체 발달과정에서 두 가지 대립되는 원리 또는 힘을 발견했다.9) 첫째로 단일한 의미가 분리되고 고립된 많은 개념들로 분열되는 경향의 힘과, 둘째 이와 전혀 반대로 언어가 처음 발생하던 때의 자연과 인간이 조화된 그 원초적 통일성을 발견하려는 힘이 그것이다. 전자가 일반언어라고 한다면 시의 언어는 후자, 곧 원초적

"계속적으로 더욱 언어기호를 강조하고 그것에 의지하게 된 인간은 그 결과로 구체적인 매개, 즉 대지와 접촉을 잃기 시작했다. …(중략)… (따라서) 유기체의 완전한 전체적 느낌이었던 것이 그 느낌의 상징으로 변화되어 버렸다. …(중략)… (이와 같이 해서) 인간은 나머지 모든 생명체로부터 딴 인간들로부터 그리고 마침내는 자기 자신으로부터 소외되게 되었다. …(중략)… 인간은 이제 솔기 없는 직물과 같은 대자연의 질서 밖으로 떨어져 나오게 되고 말았다." Stanley Burnshaw, *The Seamless Web*(N. Y. Braziler, 1970), p. 169. 여기서는 박이문, 《詩와 科學》(일조각, 1975), 124쪽에서 재인용.

8) 박이문, 위의 책, 121~122쪽.

9) Barfield, 앞의 책, p. 70 참조.

통일성을 지향하는 언어다. 여기서 시어의 가장 근본적 특징이 있다. 현대 문명인의 신화적 세계에 대한 동경과 탐구는 이런 문맥에서도 파악될 수 있다.

4 시어와 신화

의미의 분열화 속에 고립되고 서로 소외된 현대인들에게 모든 개인은 그러나 그가 살고 있는 세계와 분리될 수 없다. 이 세계는 심리적으로 무관한 대상이 아니라 자기의 삶에 의미를 던지는 실존적 상황으로서 이 세계와 어떤 형태로든 관계를 맺고 있다. 우울한 인간은 우울한 세계에 살고 있으며 행복한 인간은 이 세계를 행복하게 하려고 한다.

세계 내에서의 이런 관계가 가장 순수하게 원초적으로 표상되는 공간이 시의 세계다. 여기서 시의 세계는 신화의 세계와 만나게 된다. 왜냐하면 신화와 시는 자아와 세계가 정서적으로 연결되어 있다고 생각하는 동일한 의식에 근거하고 있기 때문이다.

신화의 세계에서 인간이 지각하는 모든 것은 언제나 특수한 정조에 물들어 있으며, 인간의 의식과 무관한 어떠한 객체도 나타나지 않는다. 인간은 언제나 자연과 신에게로 바로 연결되어 있다. 이것은 비인간적인 모든 대상을 의인적으로 의식하는 시적 사고와 일치한다.

> 한 잔의 술을 마시고
> 우리는 버지니아 울프의 생애와
> 목마를 타고 떠난 숙녀의 옷자락을 이야기한다
> 목마는 주인을 버리고 그저 방울소리만 울리며
> 가을 속으로 떠났다 술병에서 별이 떨어진다
> 상심한 별은 내 가슴에 가벼웁게 부숴진다.
>
> — 박인환, <목마와 숙녀> 중에서

술병에서 별이 떨어지고 술병에 떨어진, 이 "상심한 별"이 "내 가슴에 가벼웁게 부숴진다"는 세계는 비논리의 신화적 세계요 시적 세계다. 이런 시적 세계에서 시인과 대상(별) 사이의 공간적 거리도 없고 양자 사이의 소외도 없다. 여기서 신화적 사고의 전논리적 심성은 문명인에 남아 있지만 그러나 시인만이 이것을 사용할 수 있다는[10] 특권이 서정시에 부여될 수 있는 근거를 충분히 이해할 수 있다. 뿐만 아니라 이 세계는 가치 있는 것의 상실감, 그 소멸의 비애라는 특수한 정조로 물들어 있다. 그리하여 시의 세계는 자아와 세계의 일체감을 구현한다.

  이처럼 감정은 의인관과 더불어 자아와 세계의 관계를 맺게 하는 힘이다. 신화적 세계처럼 시의 세계도 그렇게 정조로 물들어 있다. 사실 시가 시인 이상 감정은 결코 배제될 수 없으며,[11] 시의 세계가 어디까지나 정서적 구조인 것은 시인의 의식이 지성적 의식이라기보다 근본적으로 정서의식(radical emotional consciousness)이기 때문이다.[12] 다시 말하면 시인의 의식이 정서의식이기 때문에 시어는 당연히 정서적 언어다. 중요한 점은 어떤 체험 속에 있어서도 정서는 인간의 마음이 세계를 파악하는 인식론과 결부되어 있는 점, 곧 사물의 이해에 참여하고 있는 점이다.

  날이 저문다
  먼 곳에서 빈 뜰이 넘어진다
  무한천공 바람 겹겹이
  사람은 혼자 펄럭이고
  조금씩 파도치는 거리의 집들

---

10) T. S. Eliot, *The use of poetry*. 여기서는 Walleck과 Warren의 *The Theory of Litereture*(백철·김병철 옮김, 신구문화사. 1959), 108쪽에서 재인용.
11) Hebert Read, *Phrases of English Poetry*(Farber & Farber, 1948), p. 65. 여기서는 R. Kuhns, 앞의 책, p. 68 참조.
12) Robert R. Magliola, *Phenomenology and Literature*(Burdue University Press, 1977), p. 5.

끝까지 남아 있는 햇빛 하나가
어딜까 어딜까 도시를 끌고 간다.

날이 저문다
날마다 우리 나라에
아름다운 여자들은 떨어져 쌓인다
잠속에서도 빨리빨리 걸으며
침상 밖으로 흩어지는
모래는 끝없고
한 겹씩 벗겨지는 생사의
저 캄캄한 수세기를 향하여 아무도
자기의 살을 감출 수는 없다.

집이 흐느낀다
날이 저문다
바람에 갇혀
일평생이 낙과처럼 흔들린다
높은 지붕마다 남몰래 하늘의 넓은 시계소리를 걸어 놓으며
광야에 쌓이는
아, 아름다운 모래의 여자들
부서지면서 우리는 가장 긴 그림자를 뒤에 남겼다

– 강은교, <자전·1>

　실존주의에서 정서의식은 정신능력이라기보다 인간존재의 근본구조로서 강조된다. '근심'(sorge)이라는 정서의식이 그것이다. 이것은 인간이 원하든 원하지 않든 간에 세계 속에 던져져 있는 '세계내존재'이면서 언젠가 죽어야 하는 죽음의 가능성을 지닌 '시간적' 존재라는 실존조건에 기인한다. 이 작품이 환기하는 절망, 우울, 허무 등 어두운 정서들은 전

적으로 인간의 이런 실존적 조건을 테마로 했기 때문이다. 여기서 중요한 것은 이런 정서의식과 구분되지 않는 시간의식이다. 매우 주관적인 이 시간의식에서 개인적 특징들을 제거하면 변화와 지속이 시간의식의 보편적인 두 양상이다. 또한 이 시간의식이 시간의 방향성과 결부될 때 인생관으로 심화된다. 시간의 흐름에 대한 인간의 반응은 악과 고통, 파멸과 허무의 근원으로 보는 부정적 태도와 선과 쾌락, 창조와 신기의 근원으로 보는 긍정적 태도의 두 가지로 분류된다. 강은교 시인의 태도는 물론 전자에 속한다.

제목의 '자전'이 이미 암시하듯이 이 작품의 동적 이미저리는 시간의식의 필연적 산물들이다. "빈 뜰이 넘어진다", "사람은 혼자 펄럭이고", "파도치는 거리의 집들", "어딜까 어딜까 도시를 끌고 간다"의 정적 이미저리(공간)의 동적 이미저리화(시간화)는 시인의 시간의식이라는 근원적 진원에서 이루어진 것이다. 이러한 동적 이미지화는 인간존재의 근원적 허무감을 유발하는 시간 흐름의 방향성을 암시하고 있는 것이다. 이처럼 인간존재와 시간의 문제라는 관념이 동적으로 육화되어 이 작품의 형이상학적 깊이는 그대로 노출되지 않고 허무의 무드속에서 우러나오고 있는 것이다. 말하자면 이 시는 '관념의 극화', 곧 관념의 정서화라는 시의 기본공식을 탁월하게 보여 주고 있다. 따라서 이 작품은 동적 이미저리에 진지하고 감상적인 토운이 유기적으로 연속되어 허무의식이란 테마가 극화된 효과를 얻고 있다.

신화와 똑같이 서정시에서 의인관과 더불어 정서가 자아와 세계를 결속시킬 뿐만 아니라 삶의 세계를 활성화한다. 시인의 의식은 이렇게 정서적 '행위'이기 때문에 시의 세계는 동적이고 실존 그 자체로 간주된다. 시의 언어가 대상을 지시하는 의미론적 기능을 벗어나 삶의 리얼리티를 구현하는 이유는 시의 언어가 정서로 살아 있는 언어이기 때문이다. 시어는 의미의 기호가 아니라 의미의 육화이며, 이 육화가 시어에서 가장 밀도 있고 풍부해지는 이유도 이런 시어의 반개념적 요소, 즉 정서 때문이다.[13]

5 언어와 사물

　의미론적 기능으로서 언어는 구체적 체험을 추상화(의미화)한다. 또한 감각의 전체성은 언어가 미치는 범위 밖에 놓인다. 다시 말하면 아무리 세부적이고 구체적인 묘사라 할지라도 언어가 감각적 대상의 전체상을 다 묘사할 수는 없고 많은 부분이 생략된다. 그래서 언어는 이런 본질적 추상성 때문에 감각적인 방향보다 개념적 방향에 따라 독자의 감수성을 이끌어 가기 마련이다.[14] 언어와 실재와의 분리·소외를 극복하기 위해서, 즉 언어가 리얼리티를 획득하기 위해서는 그 언어가 실재와의 일체감·동일성을 회복하는 것이 아니면 안 된다. 여기에 시어의 근본적인 모순이 잠재한다. 시는 근본적으로 역설적인 언어이다. 왜냐하면 시는 다름 아니라, 궁극적으로 말해서 언어를 통해서 언어로부터 해방되려는, 언어를 씀으로써 언어를 쓰지 않는 언어가 되려는 불가능하고 모순된 노력에 지나지 않기 때문이다.[15] 다시 말하면 시인이 사용하는 언어가 언어이면서도 이 언어의 제약을 벗어나 사물 그 자체이고자 하는 데 시어 특유의 모순이 발생한다. 이것이 일반언어와 변별되는 시어의 또 하나의 특징으로 강조된다.

　　시적 진술이 그의 목적이 실패했을 때만 성공한다. … (중략) …
　　따라서 시가 잘 되었나 못 되었나 하는 것을 결정할 수 있는 하나

---

13) R. P. Magliola, 앞의 책, p. 13 참조. 시는 단순한 미적 대상이 아니라 실존적 (existential)이라고 기술할 수 있는 근거는 시어가 삶의 구체적 리얼리티를 나타내는 데 있다. Sarah Lawall, *Critics of Consciousness*(Harvard University Press, 1968), p. vii 참조.
14) 예컨대 '붉은 코'라 하면 코의 빛깔과 모양을 정확히 가리키는 것이 아니라 많은 부분이 생략된다. 언어의 이런 추상적 극복의 정도에서 문학의 큰 갈래를 구분하기도 한다. Theodor A. Mayer, *Das Stilgesetz der Poesie*, 여기서는 Paul Hernadi, *Beyond Genre*(김준오 옮김, 문장사, 1983), 53~54쪽 참조.
15) 박이문, 앞의 책, 122쪽.

의 규준은 그 시가 얼마만큼 서술 대상을 의미화하는 데 실패했는 가에 달려 있다. 16)

라는 진술은 시의 이 본질적 모순의 정곡을 찌른 말이다. 노자가 그의 《도덕경》에서 "도를 도라 하면 도가 아니다"(道可道非常道)라고 했을 때 그의 언어회의의 태도는 시어의 이런 특징을 함축하고 있다. 시어는 의미차원이 아니라 존재차원을 지향한다. 문학을 시와 산문으로 양분하고 있는 사르트르(J. P. Sartre)가 시어를 사물로 간주한 것은 놀라운 일이 아니다.

사르트르에게 언어는 '있음'(be)과 '뜻함'(signify), 즉 '사물'(thing)과 '기호'(sign)의 두 가지로 분류된다.17) 산문의 언어는 현실의 실존적 상황을 지시하는 기호인 데 반하여 시의 언어는 사물이다. 사르트르는 산문의 언어가 사회참여의 문학을 창조할 수 있다는 점에서 존중한다. 그러나 그에게 시는 '참여'될 수 없다. 즉, 시어는 사회적 의미를 전달하는 수단이 아니다. "의미를 가지는 기호가 지배적인 힘을 누리는 영역, 그것이 산문이다. …(중략)… 시는 말을 '사용'하지 않고 '봉사'한다. 시인은 말을 기호로서가 아니라 '사물'로 간주하는 시적 태도를 취한다. 시인에게 의미까지도 자연적인 것이다"라고 한 것은 시어와 사물을 동일시한 태도다.

이것은 언어학적 관점에서 보면 모순이다(도표에서처럼). 언어학에서 기호 곧 언어와 사물은 직접 연결되지 않고 중간의 사고를 거쳐야 한다. 기호는 사물일 수 없다. 그런데도 사르트르는 윤리적·사회적 의미를 전달하는 언어 본래의 '도구성'을 거부한 데서 시어의 본질을 찾고 있다. 김춘수가 무의미시를 "대상을 갖지 않는 시"라고 기술했을 때 무의미시 개념은 사르트르의 이런 시 개념과 일치한다. 무의미시의 언어는 작품

---

16) 앞과 같음.
17) J. P. Sartre, *Qu'est-ce que La Litterature?*(김붕구 옮김, 문예출판사, 1972), 15~19쪽 참조.

밖의 어떤 현실이나 사물을 반영하는 도구도 아니며(그래서 서정시는 비참여문학일 수밖에 없다), 윤리적·사회적 의미를 전달하는 도구도 아니며, 언어 그 자체가 목적이고 하나의 사물 또는 실재가 된다.

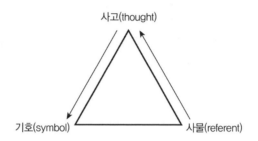

　의인관적 언어, 정서적 언어 그리고 사물로서의 언어는 단순히 산문과 변별되는 시어의 특징들만이 아니다. 이 특징들은 시어의 긍정적·가치적 함의를 갖고 있다. 그러나 하이데거(M. Heidegger)에 의해 시어는 가장 높은 지위로 격상된다.

II　존재와 언어 : 존재론적 현상학

　철학가에게 시는 단순한 미적 대상이 아니라, 시인 자신의 인생관과 세계관의 개인적 표현이며, 지식의 근원이다. 항상 사물과의 내적 교섭에 의해서, 그리고 구체적 인간상황 속에서 진리를 감동적으로 포착하고 인생의 새로운 사실들을 발견하는 시인의 통찰력으로 많은 철학가들은 시 분석에 열중했다. 현대철학이 19세기의 체계철학과 유물론에 반동하여 구체적 체험이나 직관에 의해 생을 파악하려는 경향은 구체성·

내면성에 뿌리박은 시적 진리를 발현한 데서 주로 이루어졌다. 현대의 실존철학은 아예 문학의 방법과 기능을 철학의 영역으로 옮겨와 '문학적 철학'이 되었다. 그들에게 진리는 객관적 현상이 아니라 주관적 현상으로서 문학적 진리였다.

이런 두드러진 '전향'의 대표적 철인으로서 우리는 하이데거를 보게 된다. 하이데거는 존재(Sein)와 존재자, 곧 사물 그 자체를 엄격히 구분할 것을 주장한다. 왜냐하면 현대의 기술문명이 존재와 존재자를 혼동하고(다시 말하면 정신을 물질로 간주하는) 전통철학이 존재자만을 탐구함으로써 존재를 망각케 하고 본질을 상실케 했기 때문이다. 그래서 그의 관심의 초점은 항상 존재 그 자체에 있었다. 그에게 존재를 사유하고 해명하는 것이 철학자의 본질적 임무다.

시작(詩作)은 존재의 진리를 묻는 철학가의 본질적 사유와 일치한다. 철학가의 임무인 존재의 사유(denken)와 시인의 시작(dichten)은 존재를 '이끌어 냄'이란 뜻의 같은 어원을 공유하고 있기 때문에, 존재의 진리를 현시하고 수립하는 공동의 임무를 수행한다. 이것을 가능하게 하는 것이 언어다. 다시 말하면 언어는 존재이해의 방법론적 통로다.[18) 하이데거에게 상상문학은 존재의 드러냄이고, 이 존재는 존재자와 대립되면서 매우 신비스러운 양상을 띠고 있기 때문에 그의 미학은 존재론 또는 형이상학에 근거를 둔 '형이상학적' 미학이다.[19) 이런 하이데거의 시론은 크게 세 가지 명제로 요약된다. "언어가 말한다"와 "언어가 존재를 말한

---

18) 하이데거는 존재 이해의 방법론적 통로로서 언어 이외의 인간존재를 제시했다. 그는 인간 존재를 현존재(dasein)라 했다. 여기서 현존재는 존재(Sein)의 장소 da라는 뜻과 존재가 거기 da에 계시된다는 뜻으로 풀이할 수 있는 합성어다. 그래서 인간만이 그 존재의 의미를 제기할 수 있고 존재와 관련을 맺고 있는 하나의 존재자다.

19) R. Wellek은 시의 아름다움을 현상학적 미학과 형이상학적 미학의 두 가지로 분류했다. 현상학적 미학은 대상의 리얼리티, 곧 의미를 괄호 속에 묶고 그 대상이 현상으로서 주어진 그대로의 미적 가치만을 탐구하지만 형이상학적 미학은 존재론 또는 형이상학에 근거를 두고 있다. 여기서는 Robert R. Magliola, 앞의 책 p. 7 참조.

다"와 그리고 "언어는 세계와 사물로서의 존재를 말한다"가 그것이다.[20]

하이데거에게 사유의 본질로서의 존재란 본질적이며 근원적인 것, 비밀에 가득찬 형이상학적 힘이며 일종의 은폐된 신이다.[21] 존재의 이런 신비적인 면은 그의 존재의 형상학에 미리 약속된 것이다. 여기서 그의 미학의 첫째 주상(主想)으로서 "언어가 말한다"라는 신비주의적 명제가 당연히 탄생되는 것이다. 그에게는 한 시인이 아니라 언어 그 자체가 말한다. 그에게 시인은 이차적 의의밖에 없다. 왜냐하면 시인은 존재를 수용하는 하나의 통로이며 매개체에 지나지 않기 때문이다. 시인이 언어를 부리는 것이 아니라 언어가 시인을 부리는 것이다. 언어가 수단이나 객체가 아니라 바로 주체라는 이런 태도는 시가 존재로부터 촉발됨을 시사한다. 다음에 자세히 설명하겠지만, 시인이 존재인 신에 접신되었을 때 시가 탄생되므로 시는 시인의 주관이나 개인적 정황과는 무관하다. 시인은 자신을 드러내지 않고 존재를 드러내는 것이다. 이런 점에서 하이데거는 접신론자이며 극단적 몰개성론자이다. 그러므로 언어가 말한다는 명제는 결국 존재가 작품을 탄생시키는 근원이며 작품은 존재의 드러남이라는 의미 이상도 이하도 아니다.[22]

---

20) R. R. Magliola, 앞의 책, p. 67.

21) 존재의 이런 신비적인 면은 존재에 대한 그의 통사적 정의에서 드러난다. 즉, 그에 의하면 존재란 뜻의 명사 Sein은 sein 동사에서 유래한다. sein은 영어의 be 동사처럼 인칭·수·시제에 따라 다양하게 변모한다. bin, war, bist, sind 등 이렇게 구체적으로 변모되기 이전의 부정사가 sein이다. 무엇이라고 아직 확실히 규정되어 있지 않은 근원적 상태가 부정사 sein이고 이 부정사를 명사화한 것이 존재 Sein이다.

22) '언어가 말한다'라는 신비적 명제는 '존재의 사유'(Denken des seins)라는 철학자와 시인의 공동임무에 대한 하이데거의 통사적 정의에서도 엿볼 수 있다. 즉, 그에 의하면 '존재의 사유'에서 소유격(독일문법에서 2격) '의'(des)는 의미상 목적격이 되어서 '존재를 사유한다'라는 뜻 이외에 주격이 되어서 '존재가 사유하도록 한다'는 뜻도 지닌다. 후자의 경우 존재는 주체가 되는 신비성을 띠기 마련이다.

바람도업는공중에 수직의파문을내이며 고요히써러지는 오동닙은
누구의발자최임닛가
　　지리한장마씃혜 서풍에몰녀가는 무서은검은구름의 터진틈으로 언
뜻언뜻 보이는 푸른하늘은 누구의얼골임닛가
　　씃도업는 깁흔나무에 푸른이끼를거처서 옛탑위의 고요한하늘을
슬치는 알ㅅ수업는향긔는 누구의입김임닛가
　　근원은 알지도못할곳에서나서 돌색리를 울니고 가늘게흐르는 적
은시내는 구븨구븨 누구의노래임닛가
　　련쏫가튼발꿈치로 갓이업는바다를밟고 옥가튼손으로 씃업는하늘
을만지면서 써러지는날을곱게단장하는 저녁놀은 누구의시임닛가
　　타고남은재가 다시기름이됩니다.　그칠줄을모르고타는 나의가슴
은 누구의 밤을지키는 약한등ㅅ불임닛가

　　　　　　　　　　　　　　　　　　　－ 한용운, <알ㅅ수업서요>

　　만해 시에서 처음부터 하이데거의 시인관에서 볼 수 있는 것처럼 몰
개성론이 전제되어 있다. 여기서 몰개성론이란 자기부정이며 자기초월
이다. 만해에게 자아는 유한한 것도 아니고 고착된 실체도 아니다. 그것
은 오히려 하나의 가능성이다. 왜냐하면 자아는 언제나 비아(非我)로 자
기초월을 하는 것이기 때문이다. 비아로의 자기 초월을 만해는 '자아의
희생'[23]이라고 기술한다. "가족을 위하여 신체의 일부를 희생하는 때에
는 가족이 자아가 되는 것이요. 국가 사회를 위하여 자기를 희생하는
때에는 국가 사회가 자아가 되는 것이요, 종교·학술 기타 모든 것을
위하여 생명을 희생하는 때에는 종교·학술 기타 모든 것이 자아가 되
는 것이다"라고 하여, 자아는 희생(초월)을 통하여 무엇이든지 될 수 있
는 가능성이다. 그러므로 자아의 희생은 자아확대다. 만해는 이런 끊임
없는 자아확대를 꾀함으로써 드디어 무한아·절대아에 도달하게 된다고
하였다. 이 무한아·절대아가 바로 님인 것이다. 이처럼 '내가 아니고자'

---

23) 한용운, 〈禪과 自我〉《韓龍雲全集》 2권(신구문화사, 1973), 321쪽.

하는 끊임없는 자아희생을 통해서 님의 경지에 도달하려는 만해 시는 몰개성론의 시학에 근거할 수밖에 없는 것이다.

만해 시는 증도가다. 증도가는 선시와 연관된다. 선시류는 1990년대 이른바 정신주의시의 주류를 형성한다. 고전시학의 '묘오론(妙悟論)'은 하이데거의 몰개성론의 선취라는 점에서 주목된다. 여기서 '묘오론'이란 시인의 직관과 영감을 시의 본질로 이해하고자 하는 관점이다.[24] 이것은 "일반적으로 말해서 선도(禪道)는 묘오(妙悟)에 있다고 하는데 시도(詩道) 또한 같다. …(중략)… 만약 시가 '입신(入神)'의 경지에 이른다면, 그 정점에 도달한 것이 되어 더할 나위 없을 것이다"[25]라는 엄우의 선시론으로 대표된다. 직관과 영감을 강조하는 것은 아직 개성과 독창성을 중시하는 표현론의 단계이지만 '입신'의 경지는 시인의 개성을 초월한 단계다.

시인이 말하는 것이 아니라 언어가 말한다는 몰개성론의 이런 신비적 명제는 이제 언어(즉, 시어)가 존재를 드러낸다는 두 번째 명제로 연결된다.

하이데거에게 본질적 언어란 물론 존재를 드러내는 언어이다. 존재에 상관하는 한 언어는 본질의 언어이다. 시어는 본질의 언어이다. 그런데 언어는 본래 '대화'에서 일어나며 대화로서만 본질적일 수 있다. 왜냐하면 언어, 곧 시어란 존재의 '부름', '말 건넴'에 대한 시인의 '응답'이기 때문이다. 존재의 말 건넴도 언어요, 존재의 응답도 언어다. 그래서 언어는 존재를 말한다.

만해 시는 '나 – 님'의 관계로 성립되는 전형적 담화이며 대화다. 만해 시에서 나와 님은 각기 고립되어 존재하는 법이 없다. '나'라고 말하면 반드시 '님'도 함께 말해지고 반대로 '님'이라고 말하면 '나'도 함께 말해진다. 만해 시에서 나와 님은 '짝말'이며 만해 시의 세계는 '나 – 님'

---

24) 정림대 외, 《韓國古典詩學史》(홍성사, 1978), 379쪽.
25) 嚴羽, 《滄浪詩話》, "大抵 禪道唯在妙悟 詩道亦在妙悟 …(중략)… 詩而入神 至矣 盡矣 蔑以加矣", 여기서는 정대림, 위의 책, 379쪽에서 재인용.

의 '관계'의 세계다.

그칠줄을모르고타는 나의가슴은 누구의밤을지키는 약한등ㅅ불임닛가

　분리되지 않는 신비 앞에 분리되지 않는 것으로 마주서는 일, 이것이
만해에게 구원(깨달음)의 기본조건이다. 만해는 님(절대아·무한아)을 지
향하고 님과 일체가 되고자 한다.
　그런데 만해 시에서 볼 수 있는 것처럼 대화는 동시에 '유일한 대화'
(single conversation)다.

　　우리는 대화다. 동시에 이것은 우리가 유일한 대화임을 뜻한다.
　　그러나 대화의 통일성은 우리가 일치하는 하나의 동일한 것, 우리
　　가 일체가 되어서 본질적으로 우리 자신이 되는 근거로서의 하나의
　　동일한 것이 본질적 세계에는 항상 현현되어 있다는 사실에 있다.
　　대화의 통일성은 우리의 실존을 지탱한다. 26)

　우리는 모두 존재를 말해야 하며, 존재를 말하고 있는 한 우리는 오
직 본질적 존재가 되며 일체가 된다는 것이다. 그리하여 유일한 대화가
있어야 하는 곳에 본질적 언어는 하나의 동일한 것에 관련되어 있어야
한다. 언어는 하나의 동일한 것, 영원하고 불변적인 것, 곧 존재를 보일
때만 유일한 대화이다.
　언어는 존재(님)를 말한다. 그러나 언어는 존재를 지시함으로써(논리적
으로) 언급하는 것이 아니라 환기함으로써(상징을 통한 암시로써) 언급한
다. 이제 언어는 세계와 사물로서의 존재를 말한다는 하이데거미학의
세 번째 주상이 제기된다.
　하이데거에게 존재는 사물들의 보이지 않는 근거이므로 구체적 사물

---

26) Martin Heidegger, *Existence and Being*, Werner Brock 옮겨 묶음(Gateway,
　　1965), p. 278. 여기서는 R. R. Magliola, 앞의 책, p. 104에서 재인용.

을 통할 때만 계시된다. 그리하여 존재는 '숨겨져' 있는 은폐성과 동시에 '변장'을 해서만 자신을 나타내는 계시성을 갖는다. 즉, 존재의 나타남은 자기를 나타내는 어떤 것, 곧 존재자를 통해 자기를 '알리는' 일이다.

> 바람도업는공중에 수직의 파문을내이며 고요히써러지는 오동닙은
> 누구의발자최임닛가

님, 즉 존재는 직접 말하지도, 자기 모습을 드러내지도 않는다. 그러나 오동잎, 즉 존재자를 통해 우리에게 계시된다. 다시 말하면 우리는 오동잎을 통해 스스로 님의 존재를 '각성'할 뿐이다. 그리고 존재자인 오동잎은 존재인 님의 이해로부터 새로 해명되는 것이다.

만해 시에서 은유는 직접적으로 감각되는 사물을 통해서 어떤 감추어진 좀더 높은 차원을 들여다보게 하는 것, 곧 구체적 이미지의 매개를 통해 이 매개체를 초월하는 어떤 초현실을 환기하는 기능을 수행한다. 신비스럽고 근원적인 것으로서 하이데거의 존재가 일상언어(또는 과학적인 언어)로 표현될 수 없듯이 만해의 님도 일상언어로 표현될 수 없다. 다시 말하면 님은 불립문자의 경지다. 그러나 님은 또한 언어를 통하지 않고는 환기되지 않는다. 그래서 불립문자와 불리문자를 모두 인정하는 것이 만해의 언어관이다. 색에서 공을 보고 공에서 색을 보듯이 불립문자가 곧 불리문자가 된다. 이런 그의 언어관은 바로 시어의 본질을 가리킨다. 왜냐하면 시어는 특수하고 구체적인 이미지를 만들어 내지만 이 이미지는 특수성과 구체성을 초월한 어떤 피안이나 보편적인 것(곧 무한아와 절대아)을 암시하고 시어는 말(불리문자)과 침묵(불립문자)으로써 그 전체를 이룬다. 만해의 언어는 바로 이런 시어다.

그러나 언어는 언제나 존재를 드러내는 본질적 언어가 되는 것은 아니다. 언어는 끊임없이 제 자신을 만들어 낸 가상을 쓰고 나타나기 때문에 비본질적 언어가 될 수 있는 위험은 항상 도사리고 있는 것이다.

나는 시방 위험한 짐승이다
나의 손이 닿으면 너는
미지의 까마득한 어둠이 된다.

존재의 흔들리는 가지 끝에서
너는 이름도 없이 피었다 진다
눈시울에 젖어드는 이 무명의 어둠에
추억의 한 접시 불을 밝히고
나는 한밤내 운다

　　　　　　　　　　　- 김춘수, <꽃을 위한 서시> 중에서

　존재자의 본질을 드러내는 본질적 언어를 사용함으로써 인간은 인간
적이 된다. 그러나 이 본질적 언어를 사용하지 못할 때 그는 짐승같이
위험한 존재자가 된다. 왜냐하면 그의 언어(나의 손)는 존재자의 존재를
왜곡시키거나 상실케 하는 비본질적 언어가 되기 때문이다.

　하이데거에게 명명도 대화와 더불어 본질적인 언어다. 왜냐하면 명명
의 언어행위도 존재를 드러내는 한 양식이기 때문이다. 인간의 명명을
받지 못한 꽃, 존재자는 "무명의 어둠 속에서" 피었다 질 뿐이다. 명명
되기 전의 존재자는 비재요 무의 상태다. 바꾸어 말하면 존재자의 존재
가 아직 드러나지 않은 어둠의 상태가 된다. 시인이 존재자를 명명함으
로써 그것은 비로소 우리에게 본질적인 뜻을 가지고 시인 앞에 존립하
게 된다.

내가 그의 이름을 불러 주었을 때
그는 나에게로 와서
꽃이 되었다.

　　　　　　　　　　　　　　- 김춘수, <꽃> 중에서

하나의 이름을 부르는 행위는 하나의 존재자를 그 본질에 있어 드러
내는 행위다. 시인이 꽃이라고 명명했을 때 비로소 그 꽃은 존재의 진
리로서 나타나는 것이다.

하이데거는 존재망각의 이 시대를 사라져 버린 신들과 도래하는 신
사이의 시대라고 규정했다[27] 존재했던 신은 이미 사라지고 아직 신은
도래하지 않은 '이중의 무' 속에서 현대는 밤의 시대고 가난한 시대라고
했다. 확실히 현대는 시적 이상인 신성한 존재들로부터 우리 자신을 단
절시킨 시대이다. 그래서 현대는 신과 신성한 것들의 결핍과 부재의 성
격을 띠고 있다.

> 까마득한 날에
> 하늘이 처음 열리고
> 어데 닭 우는 소리 들렸으랴.
>
> 모든 산맥들이
> 바다를 연모해 휘달릴 때도
> 차마 이 곳을 범하던 못하였으리라.
>
> 끊임없는 광음을
> 부지런한 계절이 피어선 지고
> 큰 강물이 비로소 길을 열었다.
>
> 지금 눈 나리고
> 매화 향기 홀로 아득하니
> 내 여기 가난한 노래의 씨를 뿌려라.

---

27) Martin Heidegger, *Poetry, Language, Thought*, translated by Albert
Hofstadter(Harper & Row, 1971), p. 183. 여기서는 R. R. Magliola, 앞의
책, p. 78에서 재인용.

다시 천고의 뒤에
백마 타고 오는 초인이 있어
이 광야에서 목 놓아 부르게 하리라.

- 이육사, <광야>

    화자가 갈망하는 1연의 원초적 광야는 이미 사라졌고 또한 아직 도래하지 않고 있다. 그것은 "천고의 뒤에'만 가능할 뿐이다. 그래서 그는 지금 이중의 무 속에 놓여 있다. 현재는 눈이 내리고 매화 향기가 홀로 아득하고 그의 노래는 가난할 뿐이다. 즉, 그의 시대는 가난하고 어둡다. 그러나 이 결핍과 부재는 무가 아니다. 오히려 그것은 엄밀히 말해서 '숨겨진 충만함'이다.[28] 다시 말하면 존재는 '이미' 존재하지 않는 것과도 '아직' 존재하지 않는 것과도 대립되지 않는다.[29] 존재(신)는 선험적으로 이미 존재하는 것이며 단지 망각되고 있을 뿐이다. 그러므로 시인이 이 시대의 어둠과 가난함을 인식한다는 것은 무엇보다도 중요하다. 왜냐하면 이 인식은 존재망각에 대한 인식으로서 그 자체 존재를 회복하고 드러내려는 의식이 되기 때문이다. 시인의 태도는 낮을 예감하면서 신(존재)에 가까이 머무르는 것, 곧 부재의 신에 접근함으로써 오랫동안 끈기 있게 참고 기다리는 것이다.

    타고남은재가 다시기름이됩니다. 그칠줄을모르고타는 나의가슴은
    누구의 밤을지키는 약한등ㅅ불임닛가

    만해 시에서 님과의 이별은 가장 주목되는 사건이다. 이별의 미학이라 불릴 만큼 만해는 님과의 이별을 제재로 한 시편들을 많이 남겨 놓았다. 이별은 님의 부재를 의미한다. 그러나 하이데거의 경우처럼 님의 부재(이별)는 결코 무를 의미하지 않는다. 님은 앞에서 말한 것처럼 선험

---

28) R. R. Magliola, 앞의 책, p. 75.
29) R. R. Magliola, 위의 책, p. 78.

적인 것이다. 아니 님은 시간적으로 과거에 있었고 현재에는 없으며 미래에 도래해야 할 성질의 것이 아니다. 님은 언제나 존재하는 것이다. 단지 우리가 깨닫지 못하거나 〈알ㅅ수업서요〉의 화자처럼 부분적으로밖에 님을 깨닫지 못하고 있을 뿐이다. 화자(우리)의 입장에서만 님이 부재한 것처럼 보이는 것이다. 하이데거에게 일상인(das Man)이 존재를 망각하고 있는 것은 만해에게는 우리가 님을 깨닫지 못하는, 좀더 정확히 말하면 불성을 깨닫지 못하는 것이다. 이것이 "누구의 밤"의 진정한 의미이다. 만해에게 시대가 '밤'의 시대인 것은 님을 깨닫지 못한 시대였기 때문이다.[30)]

언어로 표현할 수 없는 것을 언어로 표현한다는 모순에서 시어의 특징으로서 또 하나의 역설을 묘오론의 고전시학과 하이데거의 몰개성시론에서 볼 수 있었다. 이것은 1960년대 김춘수의 무의미시나 이승훈의 '비대상시'(세계문학에서는 '세계상실의 시'로 기술되는)와 같은 내면탐구의 '추상시'에서도 경험하게 되는 시적 긴장이다. 그러나 시는 어디까지나 언어예술인 만큼 언어학의 도움을 받지 않을 수 없다.

III 시성과 시문법

1 기호와 의장

언어는 시의 질료이며 매체다. 시의 언어라고 해서 따로 하나의 종(種)을 본래적으로 형성하고 있는 것은 아니다. 시는 특수언어가 아니라

---

30) 당대의 역사적 문맥에서 님은 조국으로 대치해서 해석해도 같은 의미가 된다.

오히려 생동하는 모든 언어의 양상이다. 크로체(B. Croce)의 말처럼 모든 인간은 언제나 자기가 겪은 인상과 감정을 표현하기 때문에 모든 시인처럼 말한다고 볼 수 있으며, 만약 시가 '선의 언어', 특수한 언어라면 우리는 그것을 이해할 수 없을지도 모른다.[31]

그러나 표현매체로서 언어를 사용하면서도 시는 '일종의 우수한 벙어리 담화'(a kind of excellent dumb discourse)다.[32] 시는 산문과는 달리 세부의 '축적'으로가 아니라 선택된 세부의 '첨예성'으로 이루어지기 때문에 시의 언어는 모든 언어 가운데서 매우 신중히 선택된 언어다. 뿐만 아니라 시는 이미지, 리듬, 토운 등으로써 음향적·조소적·미적 의장에 의하여 최대한 효과를 내도록 그 선택된 세부들이 긴밀히 조직되어야 하므로 시의 언어는 또 신중히 배열되어야 하는 것이다. 시인은 일반언어를 사용하면서도 독자(또는 청자)의 입장에서 보면 산문의 언어형상과는 달리 시의 언어현상이 특수한 심리적 구조나 반응에 기여하도록 사용한다. 시어의 신중한 선택과 배열은 시의 언어용법이 특수하다는 것, 즉 언어의 일반적 용법이나 문법과 다름을 의미한다. 이렇게 시는 일반언어의 발화를 지배하는 문법규칙과는 다른 독자적 규칙을 지니고 있다. 시어의 특성은 이런 규범으로부터의 이탈에서 찾을 수 있다.

시어는 추상적 기호로서의 언어를 벗어나려 한다. 그래서 레비 스토로스(C. Lévi-Strauss)의 말처럼 시어는 "언어를 초월"한다 또는 러시아 형식주의자들의 정의처럼 시어는 "일상어에 가해진 조직적 폭력"이다. 규범으로부터 이탈되는 비문법성의 '비틀린 언어'가 시어의 본질이고, 이 비틀린 언어의 시성에서 시는 미적 가치를 가진다. 중요한 것은 이 시성이 앞에서 말한 것처럼 특수한 언어도 아니고 언어가 지시한 사물의 표상이나 감정의 분출과 같은 시세계로 표현되는 것이 아니라 어디까지나 '언어 그 자체'에 의해서 표현된다는 자명한 사실이다.

---

31) B. Croce. *Foundation of Aesthetics*, 여기서는 W. M. Urban, *Language and Reality*(MacMillan Company, 1961), pp. 457~458 재인용.
32) W. Y. Tindall, *The Literary Symbol*(Indiana University, 1955), p. 7 참조.

기표(소리)와 기의(의미)의 결합관계는 음성적 영역, 의미론적 영역, 형태적·구문적 영역 등 언어의 모든 층위에서 문제가 된다. 기표와 기의가 결합된 언어기호의 '내향적 태도'를 야콥슨은 '시적 기능'이라고 정의한다.[33] 이 양자의 결합관계에(또는 메시지 그 자체에) 초점을 둔 내향적 태도의 시적 기능이 언어의 여러 기능 중에서[34] 가장 우세한 곳에 시가 놓인다. 다시 말하면 시를 시답게 하는 시성은 이 시적 기능의 상대적 우세화에 기인한다.

그런데도 시(문학)의 언어에 대한 언어학적 접근에 대해서 대개 두 가지 근거에서 무관심하거나 매우 배타적이다. 첫째로 문학과 언어학의 영역이 서로 넘나들 수 없는 고유영역이라는 인식에서 언어학의 접근에 부정적이다. 여기서 언어학은 "시의 구성문제를 검토할 권리가 없다."[35] 언어학은 언어의 지시적 기능에만 관심을 가진다든가 연구범위가 문장(sentence)의 범위를 벗어나지 않는다는 편견이 작용한다. 그러나 시성 또는 문학성을 가져오는 언어의 특수한 용법은 언어학의 한 분야이지 언어학적 일탈이 아니다. 둘째로 문법적 개념이 형식적 개념에 지나지 않으며 따라서 언어학의 시어분석이 예술의 고립화를 초래한다는 편견에서 언어학의 접근을 부정한다. 이런 편견은 사회역사적 비평의 관점에서 특히 심화되어 있다. 시는 사회역사적 조건에 좌우되면서 고유의 담론법칙을 지닌다. '상대적 자율성'의 개념이 그것이다. 이 경우 언어학은 자율성, 곧 시적 기능의 자율성을 강조한 데 지나지 않고 사회역사적 조건을 배제하지는 않는다. 시의 문법적 조직이 "특정한 민족의 문학, 특정한 시기, 특정한 사조, 특정한 시인, 심지어는 한 편의 작품에 특징적으로 나타나는 많은 현저한 변별적 자질을 제시한다"[36]는 주장은

---

33) Roman Jakobson, *Language in Literature*(신문수 옮김, 문학과 지성사, 1989), 182쪽.
34) 언어 기능에 대해서는 본서 제3장 제1절 V '어조와 시의 유형'에서 자세히 논의된다.
35) Jakobson, 앞의 책, 183쪽 참조.
36) 위의 책, 143쪽.

이를 웅변으로 입증한다. 사회역사적 조건을 강조하는 마르크스 비평이 형식주의와 결합하여 새로운 전기를 맞이한 것은 결코 우연이 아니다.

그렇다면 우리는 당연히 문법적 범주가 어떤 예술적 기능을 수행하는가 하는 문제에 관심을 돌리지 않으면 안 된다. 예컨대 서정·서사·극의 큰 갈래 구분의 한 기준이 되는 화자의 문제는 '인칭'의 문법적 범주에 다름 아니다. 역시 장르구분의 한 기준이 되는 문법적 시제는 수사적 미적 장치로 활용되며,37) 시의 구성요소인 리듬의 반복성과 대립성 그리고 소리의 상대적 강도 등은 언어학의 도움 없이는 제대로 분석될 수 없다. 언어 선택과 배열에 의해서 드러나는 문체의 분석도 언어학적 문체론에 기초하지 않으면 안 된다. 언어학의 문법적 규칙은 언제나 예술적 목적으로 활용되는 것이다.

언어가 '기호'에 의하여 '뜻'을 가지며 예술이 '의장'(design)에 의하여 뜻을 나타내는 데 반하여 문학에서는 기호와 의장이 함께 작용한다. 작품의 미적 표현이란 기호가 의장 속에서 새로이 구체화되는 곳이다. 기호와 의장의 작용으로 미적 표현이 형성되고 이 미적 표현은 작품의 깊이를 좌우할 뿐 아니라 작품의 의미전달을 효과있게 하는 것이다. 그래서 시인은 창조과정에서 두 가지 선택을 한다. 일차적으로 재료의 선택이며 이차적으로 미적 효과를 위한 문체론적 선택, 곧 예술적 의장의 선택이 그것이다.

그러므로 작품의 언어분석은 두 번에 걸쳐 숙고된다. 한 번은 예술과 구분되는 것으로서 언어형태를 통하여, 다음은 언어와 구별되는 것으로서 예술형태를 통하여 숙고된다. 그리하여 이 이중 숙고가 종합되어 텍스트의 언어분석은 소기의 목적을 달성할 수 있다. 그러면 시어의 특징을 특수한 용법에서 찾고, 여기서 예술적 효과가 창조된다면 그 특수한 용법이란 구체적으로 어떤 것인가.

---

37) 이 점에 대해서는 특히 Susanne K. Langer, 앞의 책, pp. 260~267 참조.

2 내 포

언어는 외연(denotation)과 내포(connotation)의 두 의미로 분류된다. 외연은 일반적이고 객관적이며 사전적인 의미다. 이것은 고정되고 한정된 기존의 의미다. 비유적으로 말하면 랑그(langue)다. 그러나 문학의 언어는 이 추상적이고 한정된 랑그를 재료로 하여 예술가가 창조적으로 무한히 부려 쓴 빠롤(parole)이다. 그것은 예술가가 특수하고 새로운 의미를 부여한 언어다. 내포로서의 문학적 언어는 그러므로 개인적 언어다.

예컨대 사전적 의미의 '님'은 같더라도 〈鄭瓜亭曲〉의 '님'과 황진이의 '님'은 다르며 이것들은 식민지시대 만해 시의 '님'과도 다르다. 물론 언어란 어떤 개인이나 특수층의 전유물이 아니라 객관성을 띤 사회적 약속이다. 그러나 언어의 객관성은 바슐라르의 말처럼 닫혀진, 완료된 객관성이 아니라 열려 있는 미래형의 객관성이다. 언어적 상상력은 그 이전의 많은 다른 언어적 상상력들의 행위가 그 단어에 내려놓은 거대한 침전물에 짓눌리지 말고 그 단어의 역사에 또 다른 하나의 사건(내포)을 덧붙여야 하는 것이다.[38] 조선시대 사대부계층의 시조처럼 일정한 형식에 얽매여 시어가 규범적이고 고정된 어휘로 선택된다면 시의 개성과 구체성은 찾아볼 수 없게 되고 판에 박은 듯한 상투성과 추상성만 드러나게 된다. 따라서 시어가 언어의 내포적 용법이라고 하는 것은 시어가 개성적이고 구체적인 언어라는 것이다.

그러나 시인이 언어를 외연으로서가 아니라 내포로서 사용한다고 해서 외연, 곧 사전적 의미를 전연 무시해서는 안 된다. 독자는 우선 시어의 사전적 의미를 이해해야 한다. 가령 이상화의 〈나의 침실로〉에서 "'마돈나', 지금은 밤도, 모든 목거지에, 다니노라"의 구절 중 '목거지'는 '놀이잔치 그 밖의 일로 여러 사람이 모임'이란 뜻을 가진 '모꼬지'의 경상도 사투리다. 이런 사전적 의미를 이해한 바탕에서 내포로서의 의미

---

38) 곽광수 · 김현, 《바슐라르 硏究》(민음사, 1976), 45쪽 참조.

로 나아갈 수 있는 것이다.

그러나 내포를 시인의 독특한 의미로만 정의하는 것은 불충분하다. 과학용어가 사실이나 대상을 1 대 1의 관계로 정확히 가리키는 '지시적'(그러니까 외연적) 언어인 데 반하여, 내포로서의 시어는 한 낱말 속에 가능한 한 많은 의미들을 담고 있는 언어다. 이것은 앰프슨(W. Empson)이 시적 가치로 내세운 모호성의 한 측면이다. 모호성은 다의성이다. 산문언어와 달리 시어는 명료성의 의무로부터 자유롭다. 그래서 언어의 모호한 사용, 곧 모호한 발화방식이 시적 자유의 하나로 지목되기도 한다.[39]

산에
산에
피는 꽃은
저만치 혼자서 피어 있네.

민요시로 불릴 만큼 김소월 시의 시적 진술은 매우 단순하고 선명하다. 그런데도 이 〈산유화〉의 "저만치"는 예외적으로 모호성의 문제로써 많은 비평가들의 관심을 불러 일으켰다. 이 "저만치"는 '저기, 저쪽'이라는 '거리'의 개념과 '저렇게'의 '상태' 그리고 '저와 같은'의 '정황'의 세 가지 의미영역이 가능하다는[40] 제안 자체는 모호성이 시어의 본질임을 반영한다. 그러나 지금까지의 해석들에서 "저만치"는 시인과 꽃 사이의 거리로 보는 관점과(이 경우 꽃은 자연의 제유다) 꽃과 청산 사이의 거리로 보는 관점의 두 가지로 범주화된다. 비록 각자가 단일 의미를 제안했지

---

39) Dieter Lamping, *Das Lyrische Gedicht*(장영태 옮김, 문학과지성사, 1994), 119쪽. Lamping은 문법적 연결성을 갖지 않는 발화방식과 축약된 발화방식과 더불어 모호한 발화방식을 시의 세 가지 자유로 규정한다.
40) 김용직, 〈金素月詩와 앰비규어티〉《한국문학의 비평적 성찰》(민음사, 1974), 154~155쪽.

만 각기 달리 해석한 만큼 모호성을 지닌 시어다. 예컨대 인간의 자연 혹은 신에 대한 향수의 거리라고 최초로 관심을 보인 김동리의 해석은 전자에 속하고, 이루어지지 못한 사랑처럼 삶에 있어서의 수세적 자세로 해석한 것은(서정주) 후자에 속한다.

한 낱말이 두 개 이상의 의미들로 해석 가능한 모호성은 시적 흥미와 매력이다. 이것은 1930년대 이상 시처럼 처음부터 해석이 어려운 난해성(흔히 모더니즘시의 특징으로 지목되는)으로서의 모호성과 구별된다. 엠프슨의 모호성 이론에 의존하여 야콥슨이 모호성을 시의 '필연적' 특징이라고 규정했을 때[41] 그가 이 모호성을 시적 기능과 연결시킨 것은 시어의 특징을 규명하는 데 매우 도움을 준다. 야콥슨은 언어의 선택과 배열이라는 기본공식을 바탕으로 시를 시답게 하는 시적 기능을 정의한다.

3 은유원리와 환유원리 : 언어선택과 배열

시인은 예술적 효과를 창조하려는 중심의도와 관련하여 낱말을 엄밀히 선택하고 이것을 또 긴밀하게 배치함으로써 세부와 세부, 세부와 전체간에 유기적 관계를 맺도록 한다.

언어의 선택과 배열은 언어기호의 형성과정이다. 야콥슨은 수사학의 용어를 빌어와 언어의 '선택'을 은유로, '배열'을 환유로 기술한다.[42] 그에 의하면 은유가 원관념과 보조관념 사이의 '유사성'에 근거하듯이 언어선택도 유사성에 근거한다. 가령,

저기 꼬마가 서 있다.

에서 특정한 자리(주어)에 놓인 낱말(꼬마)은 유사관계에 있는 여러 낱말

---

41) Jakobson, 앞의 책, p. 79.
42) Jakobson, 위의 책, pp. 94~97, 110~111 참조.

(예컨대 어린이・아이・꼬마・애송이・소년) 가운데서 선택된 것이다. 다시 말하면 실제로 선택된 낱말과 선택되지 않은 낱말들은 모두 동의어들이다.

이와 달리 환유는 "지금 청와대는 중대한 정책을 고려 중이다"에서 볼 수 있는 것처럼(청와대라는 건물로 이 건물의 주인인 대통령을 시사하듯이) '인접성'(공간적・시간적 인접성과 인과관계의 논리적 인접성)에 근거한다. 이와 마찬가지로 언어의 배열 자체도 반드시 인접성(어떤 문장에서 한 낱말이 다른 낱말의 다음에 놓이듯이, 예컨대 주어 다음에 서술어가 온다든가 목적어 다음에 서술어가 놓인다 등)의 형식으로 나타난다.

시적 기능은 언어의 선택양식과 배열양식의 양면에 의존해서 '등가성'을 만들어 내는 언어의 한 기능이다. "시적 기능은 등가성의 원리를 선택의 축에서 배열의 축으로 투사한다"[43]가 그것이다. 예컨대 "사람은 혼자 펄럭이고"는 나부끼다, 펄럭거리다, 흔들거리다 등 선택될 수 있는 동의어들 가운데서 펄럭이다가 선택되어 주어인 사람의 서술어로 배열되고 있는데, 이 '펄럭이다'의 주어는 '깃발'이 원래 관습적이다. 다시 말하면 깃발의 서술어로 쓰일 펄럭이다를 '사람'으로 옮겨온 경우인데 이것은 사람의 움직임과 깃발의 움직임을 등가의 것이 되게 하는 원리, 곧 시적 기능에 근거한 것이다. 선택의 유사성이 배열의 인접성에 중첩된 것이다. 그래서 야콥슨은 계속해서 다음과 같이 말할 수 있게 된다. 곧 "인접성에 유사성이 중첩되는 시에서는 환유는 모두가 다소는 은유적이며, 은유는 모두 환유적이다."[44] 이런 시적 기능에 의해서 시는 상징적이고 복합적이고 다의적 본질, 곧 모호성의 본질을 띠게 된다.

그러나 유사성과 인접성을 중첩시키는 시적 기능의 이론은 전연 새로운 것이 아니다. 전이, 곧 '옮겨 놓기'를 은유의 한 양식으로 분류한 아리스토텔레스(그에게 은유는 전이형식이다)의 은유론[45]에서 이미 이런 시

---

43) 앞의 책, p. 61.
44) 위의 책, p. 78.
45) 본서 제2장 제3절 Ⅱ '치환은유와 시적 인식' 참조.

적 기능을 발견할 수 있기 때문이다. 옮겨 놓기는 '시적인 것'의 본질로
서 아무리 강조해도 지나치지 않다. 수수께끼 같은 추상시란 야콥슨의
문맥에서는

> 풀밭에 앉아서 도시락을 먹었다 / 선생님은 구두를 먹고 / 아이들
> 은 내 찢어진 반바지와 바구니를 / 김밥처럼 먹으며
>   – 박상순, <빵공장으로 통하는 철도로부터 6년 뒤> 중에서

처럼 유사성(선택)이나 인접성(배열)의 혼란에 입각한다.

시적 기능은 문학에 우세한 언어의 기능이지만 문학에'만' 작용하는
기능이 아니다. "그가 떴다 하면 반드시 사고가 발생한다", 또는 "이 옷
빛깔은 좀 튀잖니?"에서처럼 일반언어에서도 나타난다. '뜨다'는 원래
해나 달의 서술어로 쓰이는데 이것이 사람으로 옮겨간 경우고, '튀다'는
공이나 콩(뜨거운 후라이팬 속)의 서술어로 쓰이는데 옷으로 옮겨진 경우
다. 언어가 원래의 사물에 쓰이지 않고 다른 사물로 옮겨가는 것은 복
잡한 삶을 언어가 따라잡지 못하는 언어의 빈곤을 반영한 것이다. 그러
나 스포츠중계에 흔히 군사용어나 바둑용어가 전용되는 것처럼 언어의
이런 옮겨 놓기는 현실감을 높이거나 의미전달에 매우 효과적이다. 아
리스토텔레스는 이것을 넓은 의미로 모두 은유로 처리했다.

주목되는 것은 야콥슨이 시에는 은유원리가 우세하고 산문에서는 환
유원리가 우세하다 하여 선택과 배열을 장르 구분의 기준으로도 삼은
점이다.

> 흐느끼며 바라보매
> 이슬 밝힌 달이
> 흰 구름 따라 떠간 언저리에
> 모래 가른 물가에
> 기랑의 모습이올시 수풀이여

일오(逸烏)내 자갈 벌에서
낭이 지니시던 마음의 갓을 쫓고 있노라
아아, 잣나무 가지가 높아
눈이라도 덮지못할 고깔이여.

이 신라 향가 〈찬기파랑가〉에서 달·강물·수풀·잣나무 등의 이미지
들은 모두 시적 대상인 '기랑'의 비유들이다. 여기서는 언어의 배열보다
는 '기랑'의 모습, 그 고매한 인격을 형상화하기 위한 언어선택이 무엇보
다 중요하다. 그러나 같은 향가이면서도 산문처럼 행위를 서술한 〈처용
가〉의 경우, 언어선택보다 언어배열이 더 우세할 수밖에 없다. 사건은
시간순서(시간적 인접성)에 따라 서술되거나 인과관계(논리적 인접성)로 서
술된다. 따라서 이야기를 가진 서술시에서 언어배열, 곧 환유원리가 지
배소가 되는 것은 지극히 당연하다. 사실 우리의 고전시가들, 특히 민요
나 고려속요 등에서는 은유적 구성원리보다 환유적 구성원리가 지배적
이다.

선창 : 무슨띠를 띠고 왔노
후창 : 관대띠를 띠고 왔네
선창 : 무슨바지 입고 왔노
후창 : 진주바지 입고 왔네
선창 : 무슨버선 신고 왔노
후창 : 타래버선 신고 왔네

교환창의 형식으로 된 민요 〈놋다리밟기〉는 반복법과 환유가 전경화
되어 있다. 관대띠·진주바지·타래버선의 사물들은 금의환향한 어떤
귀인의 '소유물'로서 환유적 이미지들이다. 또한 이것들은 '띠 → 바지
→ 버선'의 배열형태를 취하고 있어 공간적 인접성의 환유원리를 보이고
있다. 이처럼 민요는 환유적 이미지들을 통합하는 원리도 '인접성'의 환

유적 구성원리가 되고 있다.

"소녀는 꽃이다"의 은유에서 소녀와 꽃이 등가관계(아름답다는 유사성)에 있듯이 청와대라는 특정 건물로 대통령을 가리키는(공간적 인접성) 환유에서도 건물과 대통령은 등가관계에 놓인다. 등가성은 이런 유추의 영역뿐만 아니라 음의 영역에서 보다 극명하게 작용한다. 리듬은 산문과 구분되는 시의 구성원리인데 리듬이란 사실 소리의 등가성 이외 다른 아무 것도 아니다. 이것은 시에서 소리(기표)가 지배소가 되는 대신 의미(기의)가 종속요소임을 시사한다. 반면에 산문은 지시적 기능(의미)이 우세하고 시적 기능이 약화된다. 따라서 시학이 시의 시적 기능을(그리고 언어선택의 은유원리를) 분석하는 데 초점화된 것은 지극히 당연한 현상이다.

어법(poetic diction은 시어 또는 비틀린 언어라는 의미에서 시적 파격으로 번역된다)은 언어선택으로 정의된다. 언어는 리듬의 효과를 위한 '소리' 때문에 선택되고 비유적 장치에서 볼 수 있는 것처럼 '연상' 때문에 선택되기도 한다. 그러나 중요한 것은 시가 낱말들의 유기적 관계로 짜인 구조이기 때문에 문맥에 따라서 언어가 선택된다는 점이다. 그래서 마땅히 그 문세(文勢)의 아래 위 뜻을 잘 꿰뚫어 봐야 한다고 고전시학은 가르친다. 문(文, 글자)으로 사(辭, 글귀)를 해치는 일을 경계한 것도 문맥을 중요시 했기 때문이다.[46] 문맥은 언어선택의 원리가 된다.

문맥이란 시의 어떤 요소들(예컨대 낱말·글귀·문장·문단·이야기 줄거리·형상 등)의 뜻이 분명하게 밝혀지는 전후관계다. 시란 일련의 문장들이 아니라 "어떤 문맥 속에서 일어나는 발화"다.[47] 곧, '발화'란 용어 속에는 문맥이 전제되어 있다. 이 문맥을 형성하는 것은 언어배열이다. 그러나 문맥은 일반적으로 두 가지 의미로 사용되고 있다.

문맥에 따라 시어의 내포가 달라진다고 할 때 이 문맥은 문학 내적인

---

46) 《近恩祿》 卷三 致知類 凡七十八條 "當觀其文勢上下之意, … 不以文害辭"

47) N. Friedman & C. A. Mclaughlin, *Poetry : An Introduction to its Form and Art*(Harper & Row Publishers, 1963), p. 44.

문맥과 문학 외적인 문맥의 두 가지로 크게 나눌 수 있다. 문학 내적인 문맥이란 배열된 언어들의 전후관계를 가리킨다. 여기서 언어선택이 문맥에 좌우되는 한 예로서 '언어수준'(linguistic level)을 들 수 있다. 등장인물과 그의 환경에 따라 고급문체, 중급문체, 하급문체가 결정된다는 서구 고전주의의 '적격'(decorum)의 논리도 여기에 포함된다.

> 물낯바닥에 얼굴이나 비치는 헤엄도 모르는 아이와 같이
>   - 서정주, <꽃밭의 독백> 중에서

'물낯바닥'과 아이는 각기 수면과 소녀의, 의미론상 같은 계열체의 여러 낱말 가운데서 선택되고 결합된 것인데, 만약 이 작품에서 '수면 – 아이'로 결합되었을 경우를 생각해 보면 이 작품의 전달효과는 훨씬 감소될 것이다. 왜냐하면 낯바닥이란 노인층이나 성인층보다 아이에게 어울리는 말이기 때문이다. 즉, '물낯바닥'과 '아이'의 언어는 '아이다운'이란 효과를 위해 선택·결합된 것이다.

> 바릿밥 남 주시고 잡숫느니 찬 것이며
> 두둑히 다 입히고 겨울이라 엷은 옷을
> 솜치마 좋다시더니 보공(補空)되고 말아라.
>
> 이 강이 어느 강가, 압록이라 여짜오니
> 고국산천이 새로이 설워라고
> 치마끈 드시려 하자 눈물 벌써 굴러라.
>   - 정인보, <자모사> 중에서

이 작품은 모자간의 대화형식으로 된 시조다. 화자의 어머니는 신식여성이 아니라 구식여성이다. 그래서 잡숫느니, 말아라, 여짜오니, 설워라, 굴러라 등 의고체가 화자의 어머니에 대한 태도를 표현하는 데 적

절하다. 만약 이 작품의 언어들이 의고체가 아니고 현대적 감각의 언어들이었다면 작품의 효과는 반감되거나 그 양상이 상당히 달라졌을 것이다(그리고 '입히고'의 언어는 언어수평에서 보면 틀린 것이다. '입히시고'의 경어체로 고쳐야 언어통일이 되었을 것이다).

문학외적 문맥이란 작품 밖에 있는 상황, 곧 현실적이고 역사적 상황이다. 문학외적 문맥은 작품해석에 유용한 논리적 토대를 제공한다. 한국에서 비평의 주류를 이루고 있는 역사주의비평은 여기에 근거한다.

(ㄱ)
이제 밤이 차다
나는 또 너를 내 머리맡에 있게 하마
나는 즐겨 너를 위해 종이 되리니
너의 그 드러운 치맛자락으로 우리의 겨울을 가리우자.

                                          – 김동명, <파초> 중에서

(ㄴ)
그대 위해서 나는 이제도 이
긴 밤과 슬픔을 갖거니와
이 밤을 그대는, 나도 모르는
어느 마을에서 쉬느뇨?

                                          – 박두진, <도봉> 중에서

(ㄷ)
어둠을 짖는 개는
나를 쫓는 것일게다.

                                          – 윤동주, <또 다른 고향> 중에서

세 작품들은 모두 일제시대에 생산된 것이다. 이런 문학외적 상황에

서 보면, 밤·겨울·어둠은 자연시에서 볼 수 있는 단순한 시간적 배경
이 아니다. 그것들은 일제하의 암담한 상황이란 내포를 담고 있다.

4 의미시와 체험시

맥그로우린(C. A. Mclaughlin)이 문맥을 크게 두 유형으로 분류한 것은
시의 분석에 매우 유익하다.48) 왜냐하면 이것은 결국 시의 유형으로 연
결되기 때문이다. 시인이 독자에게 자신의 관념을 직접 전달하는 시적
발화의 문맥과 어느 순간의 상상적 인간체험을 묘사한 시적 발화의 문
맥이 그것이다. 전자의 경우 시는 다분히 운문으로 된 설명적·논증적
에세이의 인상을 주며, 따라서 전제와 결론의 분석이 시의 이해에 결정
적인 것이 된다. 시는 무엇인가의 주의·주장이며, 여러 기법을 원용하
여 이것의 타당성이나 진실성 또는 의의를 증명해 보인다. 교훈시, 목적
시와 같은 '의미의 시'49)는 여기에 놓인다. 시인이 자신의 관념이나 이
념을 직접적으로 제시하는 이런 의미시는 진술시(statement poetry)라고
도 불린다. 이 경우 진술시와 대립되는 시유형은 모호성의 시(poetry of
obliquity)가 되는데, 이것은 시인의 관념이나 이념을 '간접적'으로 제시한
다.

> 태산이 높다 하되 하늘 아래 뫼이로다
> 오르고 또 오르면 못 오를리 없건마는
> 사람이 제 아니 오르고 뫼를 높다 하더라
>
>   – 양사언

---

48) N. Friedman & C. A. Mclaughlin, 앞의 책, pp. 44~50.
49) Robert Langbaum, *The Poetry of Experience*(Penguin Books, 1974), p.
225. 그는 여기서 시를 크게 '의미의 시'와 '체험의 시'로 양분하고 있다.

주의·주장은 이 훈민시조처럼 일반적인 것일 수도 있고 특수한 것, 사적인 것일 수도 있다. 의미시와 달리 인간의 특수한 경험을 묘사한 시적 발화의 문맥은 짤막한 극이나 서사문학의 인상을 준다. 상황에 대한 화자(또는 주인공)의 반응과 그의 성격 그리고 그의 심리상태나 사고방식이 그 재현적 양상들이어서 분석의 대상이 된다. 여기서는 전달될 관념보다는 삶의 생생한 흐름이 더 중요하다.

징이 울린다 막이 내렸다
오동나무에 전등이 매어달린 가설무대
구경꾼이 돌아가고 난 텅빈 운동장
우리는 분이 얼룩진 얼굴로
학교 앞 소줏집에 몰려 술을 마신다
답답하고 고달프게 사는 것이 원통하다
꽹과리를 앞장세워 장거리로 나서면
따라붙어 악을 쓰는 건 쪼무래기들뿐
처녀애들은 기름집 담벽에 붙어 서서
철없이 킬킬대는구나
보름달은 밝아 어떤 녀석은
꺽정이처럼 울부짖고 또 어떤 녀석은
서림이처럼 해해대지만 이까짓
산구석에 처박혀 발버둥친들 무엇하랴
비료값도 안나오는 농사 따위야
아예 여편네에게나 맡겨두고
쇠전을 거쳐 도수장 앞에 와 돌 때
우리는 점점 신명이 난다
한 다리를 들고 날나리를 불꺼나
고갯짓을 하고 어깨를 흔들꺼나

                                   – 신경림, <농무>

이 작품은 산업사회 변동기의 충격으로 농촌이 붕괴되는 상황과 이 상황에 대한 농민들의 반응과 행동, 그들의 심리상태가 구체적 삶의 양상으로 선명하고 생생하게 묘사되고 있는 전형적 체험시다. 인물들과 행위(사건)와 정황이 제시된 점에서 체험시는 '극적'인 성격을 띤다.

체험시는 현실과의 관련 문제, 뒤집어 말하면 허구성의 문제를 정면으로 제기한다. 서정시가 실존적이냐 또는 허구적이냐 하는 문제는 서정시관의 문제이지만 사실 현실과의 관련문제는 모든 문학에서 제기되는 기본항이므로 서정시도 결코 제외될 수 없다. 현실과의 관련을 '사실주의적'이라고 기술할 때 이 '사실주의적'이란 용어의 개념규정이 전제되어야 한다. 서정시 역사를 사실주의적인 시와 반사실주의적인 시, 곧 추상시의 이원론으로 몰고 가는 것도 일리 있는 관점이다. 우리 시사의 경우 1970년대 민중시는 흔히 사실주의시로 기술된다. 중요한 것은 신경림의 〈농무〉가 드러내듯 민중시가 불가피하게 '서술시' 형태를 취하고 있는 사실이다. 이 서술시는 묘사시와 함께 또 하나의 기본유형이다.

5 서술시와 묘사시

대화, 서술, 묘사는 문학의 대표적 문체들이다. 문체를 기준으로 시는 크게 서술시와 묘사시로 분류할 수 있다. 서술시와 묘사시는 큰 갈래 명칭도 아니고 역사적 장르로서 작은 갈래 명칭도 아니다. 그것은 우리가 형식에 따라 정형시, 자유시, 산문시로 분류하듯이 문체에 따라 분류된 것에 지나지 않는다. 중요한 사실은 문체가 제재의 차이에 따라 선택된다는 점이다. 곧 서술시는 삶의 과정과 삶의 조건을 다루는 반면 묘사시는 감각적 대상과 그 특질을 다룬다. 그렇다고 묘사시가 순수하게 묘사만으로 되어 있지 않듯이 서술시도 순수하게 서술만으로 되어 있지 않다. 두 문체 중 어느 것이 우세 하느냐에 따라 서술시와 묘사시로 범주화되며, 분간하기 어려울 정도로 이 두 문체가 뒤섞여 있기도

하다.

서술시라 하면 우리는 우선 서사시를 머리에 떠올린다. 서사시는 서사민요(서구의 Ballad)와 함께 서술시의 대표적 장르다. 중국 고대시가문학에서 서사시는 없지만 《시경》 민요 300여 편 중 많은 작품이 서술시이며, 한말의 악부시도 장편서술시이지만 서구적 개념의 영웅서사시는 아니다. 〈두시언해〉로 우리에게 너무나 낯익은 당대 두보의 7언고시 중 많은 시편이 서술시이며, 백거이의 〈장한몽〉도 사회비판의 장편서술시다. 같은 시가에 속하면서도 한시와 엄격히 구분되는 송사, 원곡의 장르들도 서술이 지배적이다. 그러나 서사는 서사문학의 전유물이 아니다. 서정시도 서사(narrative)의 형태를 취한다.50) 물론 서정시의 중요한 구성원리는 리듬과 이미지이지만 이야기적 요소도 있을 수 있다. 그러나 서정시의 이야기는 소설이나 희곡의 플롯같이 반드시 완결된 형식을 갖출 필요는 없다. 행위에 의해서 시적 긴장이 창조되고 그 행위의 이야기가 엘리엇의 용어를 빌리면 시인이 표현하고자 하는 사상이나 정서의 객관적 상관물이 되는 게 서술시다.

서술시에는 살아 있는 실제의 인간이 포괄된다. 즉, 배제의 원리가 아니라 포괄의 원리가 작용한다. 그리고 추상이나 영물시와는 달리 감각적 이미지에 의존하기보다 인간의 행위나 생생한 삶의 모습에 의하여 인간적 의미나 감정을 표현한다. 이런 서술시는 사실 한국시가의 한 전통이 되고 있다.

고대 삽입가요인 〈공무도하가〉를 비롯하여 〈처용가〉, 〈헌화가〉, 〈서동요〉 등 신라 향가도, 〈쌍화점〉, 〈만전춘〉, 〈정읍사〉 등의 고려 속요도

---

50) 1920년대 김동환의 장시, 〈국경의 밤〉과 1960년대 신동엽의 장시 〈금강〉이 서사시의 범주에 속하느냐 또는 서정시의 범주에 속하느냐의 장르 비평적 논쟁이 1960년대 말 서술시를 중심으로 활발히 전개되기 시작했다.
김우창, 〈申東曄의 '錦江'에 대하여〉(《창작과 비평》, 1968년 봄호), 김주연, 〈詩에서의 참여문제〉《狀況과 人間》(박우사, 1969), 김종길, 〈韓國에서의 長詩의 可能性〉(《文化批評》, 1969년 여름호), 오세영, 〈'國境의 밤'과 敍事詩의 問題〉(《국어국문학》, 1977년 75호) 등 참조.

조선시대의 사설시조, 서민가사, 기행가사 등도, 우리의 대표적 민요인 〈아리랑〉도 이야기적 요소를 지니고 있다. 심지어 사대부들의 한문서술시도 많다. 현대에 와서 소월의 〈진달래꽃〉 그리고 장르의 귀속문제로 많은 논란을 빚은 김동환의 〈국경의 밤〉도 이야기 요소를 지닌 서술시다.

서술시는 1970년대에 와서 다시 크게 주목받게 된 시형태가 된다. 그 이유는 서술시가 민중시의 불가피한 시형태이면서 시의 리얼리즘을 획득하는 결정적 조건이 되기 때문이다. 그러나 1970년대 서술시의 민중가락은 일제 말기 백석의 시편에서 이미 발견하게 된다.

> 넷날엔 통제사가 있었다는 낡은항구의처녀들에겐 넷날이 가지않은 천희라는 이름이 많다.
> 미역오리같이말라서 굴껍지처럼말없이사랑하다 죽는다는 이 천희의 하나를 나는 어늬오랜 객주집의 생선가시가있는 마루방에서 맞났다.
> 저문유월의 바닷가에선조개도울을저녁 소나방등이붉으레한마당에 김냄새나는비가 날렸다.
>
> — 백석, 〈통영〉

백석의 시들은 이처럼 매우 차분한 어조로 이야기적 요소가 갖는 객관성을 최대한 확보하고 있다. 그는 토속어와 사투리의 순수한 우리말을 구사하여 우리들의 고유한 삶의 모습을 구체적으로 생동감 있게 묘사한다. 백석 시는 1970년대 민중시의 전사(前史)라 할 만하다.

> 두려움을 무릅쓰고 너를 찾아갔다
> 도적처럼 천천히 고요함을 열고
> 창문을 열고
> 들어갔다 커다란 어둠
> 너는 자고 있었다 깨어 있는

사물이여
빛이여
많은 눈들이 나를 보고 있었다
아 기어이 손을 댈 수 있을 것인가
어떻게 할 것인가
망설임이 오고 속 떨리는
성욕이 오고 눈뜬 死者들이 왔다.

너그러운 밤은 놀라 물러가고
너는 완전히 맞아들였다
더벅머리 선머슴을 껴안고
너 양갓집 계집은 밤새 흐느꼈다.

집에 돌아오니
창백한 아침이
식구들과 더불어 굶주리고 있었다.

                 – 이성부, <전라도 · 4>

　화자는 서민이고 청자는 양갓집 여성이다. 시의 내용은 화자가 청자를 찾아가서 정사를 나누고 돌아온 함축적 이야기로 되어 있다. 이 시적 사건의 진행을 위해서 서사적 시간의 흐름이 요청됨은 말할 필요없다. 이야기적 요소를 지닌 만큼 이미지는 시적 사건의 배경으로서 부차적 요소에 지나지 않으며, 화자의 감정이 투영되어 있는데도 행위의 진술로써 객관성을 확보하고 있다. 화자 자신도 "더벅머리 선머슴"으로 객관화되어 있다. 미적 거리를 확보하는 데 이 작품의 시제도 한몫을 한다. 서정시의 본질적 시제가 현재시제인데도 이 작품은 서사의 본질적 시제인 과거시제를 사용하고 있다. 물론 과거시제는 이 작품의 함축된 사건의 진행에 필요한 허구적 시간이지만 이것을 의도적으로 사용하여 사건의 거리감을 한층 효과적으로 나타낸다. 그리고 사물이나 사건에 대한 시점이 인간적이고 현실적이다. 그것도 가장 인간적인 서민의 시점이다.

우리는 이 작품에서 서민의 삶의 고통이 소외의식으로 충격되어 오는 것을 부정하지 못할 것이다. "집에 돌아오니/ 창백한 아침이/ 식구들과 더불어 굶주리고 있었다"는 화자의 슬픔 속에 서민의 소외의식이 진하게 물들어 있다. 이것은 화자와 청자의 계층적 차이를 설정한 데서 이미 함축되어 있었다.

1970년대 서술시로써 민중시를 주류화한 계기는 신경림의 〈농무〉 계열의 작품들이다.

온 집안에 퀴퀴한 돼지 비린내
사무실패들이 이장집 사랑방에서
중돝을 잡아 날궂이를 벌인 덕에
우리들 한산 인부는 헛간에 죽치고
개평 돼지비계를 새우젓에 찍는다
끝발나던 금광시절 요릿집 얘기 끝에
음담패설로 신바람이 나다가도
벌써 여니레째 바닥난 주머니
작업복과 뼈속까지 스미는 곰광내
술이 얼근히 오르면 가마니짝 위에서
국수내기 나이롱뺑을 치고는
비닐 우산으로 머리를 가리고
텅 빈 공사장엘 올라가 본다.

　　　　　　　　　　　　　　　 － 신경림, <장마> 중에서

현대시에서 많이 보는 그 흔한 사물의 감각적 이미지도 없고 인간의 내면풍경도 없다. 그리고 특정의 극적 사건도 완결된 서사구조도 없다.

그런데도 우리는 여기서도 여전히 일종의 서사적 흥미를 느낄 수 있다. 장면들이 어디까지나 변두리 인간의 갖가지 행위로 점철되고 있기 때문이다. 화자도 변두리 인간의 밖이나 위에서 그들을 바라보는 존재가 아니라 바로 그 변두리 인간들 중의 한 사람이다. 바로 이 점이 민중시가 되는 가장 확실한 근거가 된다. 그래서 화자는 '우리'란 말로 객관화되어 삶을 공유하는 공동체의식을 시사하고 있다. 화자의 시점은 인간적이면서 보다 삶의 세계에 밀착된 징시성(徵視性)을 띠고 있다. 그러면서도 화자는 자기의 주관적 감정을 직접적으로 투영하지 않고 우리들에게 장면들을 객관적으로 보고하는 중립적 입장을 유지하고 있다. 물론 이 입장은 시인의 제재에 대한 심리적 거리조정에 따른 것이다.

그러나 무엇보다 서술시의 미학적 장점은 산문소설에 등가되는 리얼리티를 확보할 수 있는 가능성에 있다. 서술시는 행위나 사건을 묘사함으로써 삶의 장면들을 리얼하게 반영하여 서사적 흥미와 삶 자체의 관심을 융합시킨다. 물론 리얼리즘이 1970년대 민중시에만 한정되지 않는다. 서술이 소재에 대한 관심이 취할 수 있는 가장 명백한 형식이라고 했을 때[51] 이것은 서술시가 원래 리얼리즘과 관련되어 있음을 시사한다. 왜냐하면 문학의 소재가 현실이고 이 소재에 대한 관심은 현실에 대한 관심 이외 다른 아무 것도 아니기 때문이다. 여기서 시의 리얼리즘을 시인의 전기적 체험에 근거한 주관적 현실성과 정치적·사회적 동기에 근거한 객관적 현실성으로 분류하는 것은[52] 시의 리얼리즘을 분석하는 데 유용한 틀일 수 있다.

> 내가 국어를 가르쳤던 그 아이 혼혈아인
> 엄마를 닮아 얼굴만 희었던
> 그 아이는 지금 대전 어디서

---

51) C. Brooks & R. P. Warren, *Understandig Poetry*(Holt, Rinehart and Winston, 1960) p. 21.
52) Lamping, 앞의 책, 196쪽.

다방 레지를 하고 있는지 몰라 연애를 하고
퇴학을 맞아 고아원을 뛰쳐 나가더니
지금도 기억할까 그때 교내 웅변 대회에서
우리 모두를 함께 울게 하던 그 한 마디 말
하늘 아래 나를 버린 엄마보다는
나는 돈 많은 나라 아메리카로 가야 된대요

일곱 살 때 원장의 성을 받아 비로소 이가든가 김가든가
박이면 어떻고 브라운이면 또 어떻고 그 말이
아직도 늦은 밤 내 귀갓길을 때린다
기교도 없이 새소리도 없이 가라고
내 시를 때린다 우리 모두 태어나 욕된 세상을.

                              – 김명인, <동두천> 중에서

  기지촌의 혼혈아가 겪어야 했던 비극적 삶을 제재로 한 점에서 이 민중시는 사회역사적 동기에서 쓰인 객관적 현실성의 범주에 든다. 리얼리즘시의 등장인물(또는 서정적 자아)은 일반적으로 하층민이지만 장르에 관계없이 진정한 리얼리즘이란 사회주의 리얼리즘이라고 못박는 마르크시스트 관점53)과는 달리 시의 리얼리즘은 계급적으로 한정될 성질의 것이 아니다.

    러시 아워에 비좁은 지하철을 타고
    오랜만에 발도 한 번 밟히고

---

53) 리얼리즘의 용어 대신 의도적으로 굳이 '현실주의' 용어를 사용하는 사회주의 리얼리즘 논자들은 '당파적 현실주의', 곧 노동자계급의 조직적이고 합목적적(정치목적)인 투쟁을 그리면서 노동자계급의 '과학적 전망'을 제시하는 의미로 리얼리즘은 한정된다. 따라서 이 문맥에서 일상시는 부르주아지 자연주의로 매도된다. 《다시 문제는 리얼리즘이다》(실천문학사, 1992) 참조.

돌아와 저녁을 짓는다
창밖에 어둠이 밀려와 쌓인다.

- 황동규, <뉴욕일기 · 4>

이 일상시는 한 소시민의 극히 평범한 일상적 삶을 긍정적인 인생관에 의해 담담하게 서술하고 있다. 시쓰기 동기가 극히 개인적이고 무엇보다도 자전적이다. 개인적 체험시에 유효한 주관적 현실성과 의미심장한 정치적 사건이나 사회적 사건에서 촉발된 객관적 현실성의 분류기준은 '사적/ 공적'이다. 이것은 언어의 기능면에서 분류되는 '주관적/ 객관적'인 것과 구별할 필요가 있다. 주관적 장르인 서정시에서 화자(또는 시인)를 지향하는 '표현적' 기능이 우세하기 마련이지만 사적이든 공적이든 사실주의적 시에서는 언어의 '지시적' 기능이 상대적으로 우세하기 마련이고 그만큼 사실주의적 시는 객관성을 확보한다. 원론적으로 사실주의적 시는(아리스토텔레스적 용어로) 개연성, 곧 경험적으로 가능한 것 또는 조회(참조) 가능한 시유형이다. 요컨대 사실주의적 시에서는 진실에의 충실성이 기본적 의무조항으로 요청되는 것이다.[54] 다른 사조처럼 리얼리즘은 그리고 시의 리얼리즘은 다양한 얼굴 표정을 갖고 있다.

여기서 서술시의 민중성과 관련하여 서술시를 경시하고 심지어 금기시하는 경향을 또한 검토하지 않을 수 없다. 이것은 서정시만 진정한 시라는, 곧 서정시를 특권화하는 태도의 산물이며 그래서 서술시를 부당하게 서정시와 대립시키거나 비교하려는 태도와 맞물려 있다. 서정시가(이 경우 서정시는 서정장르의 하위유형이다) 서술시나 산문시보다 높은 예술적 가치를 지닌다고 보지 않는다는[55] 평가 그 자체는 매우 역설적이지만 암묵적으로 서술시의 경시경향을 내비치고 있다. 서술시의 이런 경시배경은 그리 단순하지 않지만 무엇보다 주목되는 배경은 엘리트주의, 그러니까 대중적 형식을 혐오하는 계급적 편견이다.[56] 잘 알다시피

---

54) Lamping, 앞의 책, 209쪽.
55) Susanne K. Langer, 앞의 책, 231쪽.

구비문학은 민중장르이며 특히 서사민요와 같은 구비서술시에서 볼 수 있듯이 대중성은 서술시의 전통이다. 신화·전설·민담 등 구비설화가 대중시의 실체이며 서술이 가장 대중적이며 그만큼 영향력있는 문체임에 틀림 없다.[57] 서술시의 폄하는 구비설화에 대한 폄하에 기인한다. 심지어 이런 태도는 설화들이(그리고 이 설화의 서술이) 야만적이고 원시적인, 덜 발달되고 변두리적인 것이어서 여자나 어린이에게 적합하다는 인식으로까지 심화되기도 한다.[58] 서술시의 문체는 전통적으로 수사적 비유보다 일상인의 평이하고 단순한 회화체가 우세하다. 언어의 투명성이 서사장르에 관련되는 것과는 대조적으로 언어의 불투명성·모호성은 서정장르와 관련된다는 사고 역시 서술시를 폄하시키는 한 요인으로 작용한다. 평이한 일상구어체로서의 서술시는 사실 대중적 성격을 띠게 마련이며, 대중시로서 매우 적합한 시유형일 수 있다. 덜 세련된 듯한 단순성, 소박성 그리고 무엇보다 어린애다운 유아성을 서술시의 성격으로 규정하는 것은[59] 결코 지나치지 않아 보인다. 우리에게 낯익은 〈고향의 봄〉, 〈설날〉, 〈오빠생각〉, 〈고드름〉 등 동요의 문체가 서술이며, 최근 크게 부각된 랩음악을 비롯하여 대중가요의 노랫말이 서술체임은 사실이다.

1960년대 서정주의 연작시 〈질마재신화〉의 문제성은 여기에 놓인다. 전통설화와 자신의 유년시대 토속적 삶을 제재로 한 이 연작시는 1960년대 모더니즘 계열의 언어 실험적인 난해시들을 극복하기 위해 명료도의 조건을 초월하는 은유 대신 이야기를 평이하게 서술함으로써 언어가 산문처럼 매우 투명하다. 그 결과 구비서술시의 속성인 단순성·소박성

---

56) Martin Coyle, *Encyclopedia of Literature and Criticism*(Routledge, 1990), p. 201.

57) Scholes와 Kellogg, *The Nature of Narrative*(Oxford University Press, 1966), p. 16.

58) Jean François Lyotard, *La Condition Postmoderne*(유정완 외 옮김, 민음사, 1992), 86쪽.

59) Coyle, 앞의 책, pp. 203~206 참조.

·유아성을 십분 되살렸다. 그러나 이 연작시는 문제적 서술시다. 왜냐하면 시인이 단지 전수자로서 이야기꾼의 역할밖에 하지 않는 나머지 이야기(소재)의 시적 변용이 없을 뿐만 아니라 시의 치명적인 결함으로서 소재에 대한 논평과 설명을 덧붙여 일반 산문과 구분되지 않기 때문이다. 그래서 이 연작시는 지방사·종교·인류학적 가치들에 관심을 돌리게 할 뿐이다.

그러나 서술시에 대한 엘리트주의적 편견은 극복되어야 하고 또 극복되고 있다. 구비설화가 현대시나 소설에 자주 전승되듯이 서술시가 문학사의 단계마다 많은 역사적 장르들(작은 갈래)로 부침해 온 것은 역사적으로 또 장르비평상으로 매우 의미심장하다.

서술형식은 문학장르를 비롯하여 신문기자, 가십, 일상담화의 보고, 상업광고, 영화나 만화의 대중예술장르, 심지어 무언극, 무용 등 다른 예술장르들이 증명하듯이 우리의 삶 속에 언제나 깊이 침투해 있고 언제나 찾아볼 수 있다. 역사는 원래 서술형식이지만 철학, 심리학, 교육학 등 비문학적 지식담론까지 서술적 성격을 띠고 있다. 특히 과거 모더니즘시의 공간성을 극복하여 시간성에 근거한 새로운 서사구조의 서술시 출현은 서술시 자체에 대한 우리의 관심을 불러일으킨다.[60] 또한 시에 스토리가 도입됨으로써 현대시는 필연적으로 장시화 경향을 띤다. 조선시대 가사체 형식을 차용한 이동순의 장시나 서사민요를 도입한 신경림의 장시, 판소리 사설을 원용한 김지하의 장시들을 비롯하여 심지어 이미 소멸해 버린 장르인 서사시의 등장 등 현대시가 현저하게 장시화되어 감으로써 장르문제를 던지고 있는 것이다.

앞에서 살펴보았듯이 서술시가 삶의 과정과 삶의 조건을 다루는 반면 묘사시는 대상과 대상의 특질을 다룬다. 서술시에서는 사건이 지배소가 되지만 묘사시에서는 이미지가 지배소가 된다. 이미지가 시의 구성원리 이듯이 신선하고 생생한 감각은 모든 시의 본질이다. 회화시 또는 사물시는 묘사시의 전형이며 문학사에서 1930년대 모더니즘시로 자리매김을

---

60) 새로운 서술시는 본서 제3장 제2절 Ⅲ에서 상론된다.

하기도 했다. 1930년대 회화시는 감정을 절제한 주지적 성격으로써 문학사적 의의를 획득했다.

바다는 뿔뿔이
달아 날랴고 했다.

푸른 도마뱀때 같이
재재발렀다.

꼬리가 아주
잡히지 않었다.

흰 발톱에 찢긴
산호보다 붉고 슬픈 생채기.

– 정지용, <바다·2> 중에서

　여기서 시인은 주관적 개입을 최대한 억제하고 바다의 감각적 인상의 재현에 주력하고 있다. 이 매우 섬세한 감각적 묘사는 또한 바다를 '대상'으로 한 만큼 일정한 '거리'를 확보한 데서도 탄생되는 것이다. '사물'과 일정한 거리를 두고 그것을 '대상'으로 정립시킴으로써[61] 그 대상의 존재의미를 인식하는 것이 묘사의 한 기능이다. 그래서 시적 진술의 한 문체인 묘사는 시의 인식이라는 명제가 성립된다.[62]
　묘사시에서 또 하나 놓칠 수 없는 점은 묘사된 대상이 실제 사물과는 다르다는 점이다. 묘사시의 이미지는 자연적 사물이 갖지 않은 어떤 것

---

61) 사물(thing)은 주체의 관심이 지향하기 전의 상태이고, 대상(object)은 주체의 관심이 지향했을 때의 상태이므로, 사물과 대상은 인식론적 측면에서 엄격히 구분된다.
62) 시에 있어서 묘사와 인식의 관계에 대해서는 김주연, 앞의 책, 12~26쪽 참조.

을 지니고 있으며 그 사물의 특별한 면을 부각시킨 것이며 시인이 대상
으로 선택한 만큼 인간적 의미와 가치가 부여된 것이기 때문이다.[63] 여
기서 묘사시를 다시 두 유형으로 세분하는 일이 가능하다. 인용한 정지
용 시처럼 대상의 감각적 인상을 재현하는 묘사시와 다음의 예시처럼
사물에 인간적 의미와 가치가 투사된 묘사시가 그것이다.

(ㄱ)
누군가 목에 칼을 맞고 쓰러져 있다
흥건하게 흘러 번진 피
그 자리에 바다만큼 침묵이 고여 있다
지구 하나 그 속으로
꽃송이처럼 떨어져 간다
그래도 아무 소리가 없는
오늘의 종말
실은 전세계의 벙어리들이 일제히
무엇인가를 외쳐 대고 있다
소리도 가공되기 이전의
원유(原油) 같은 목청으로.

             - 이형기, <황혼>

(ㄴ)
서쪽 하늘 끝으로 새떼가 날아오른다
뒷산의 쥐똥나무 숲은 더 깊은 어둠을 감고
잎 지는, 소리를 낸다
그날의 함성 속으로 잎 지는 소리는 굽어지고
물소리는 좀더 낮은 곳으로 몰린다
가을이 다 가기 전에 좀더 헐벗어야 할

---

63) C. Brooks & R. P. Warren, 앞의 책, pp. 77~79.

우리들의 꿈 우리들의 함성이
바람이 부는 쪽으로 걸려 넘어진다
뒷산의 쥐똥나무 숲이
붉은 울음으로 기울어지고 있다.

– 김수복, <노을 속에서>

(ㄱ)과 (ㄴ)은 다 같이 해가 지는 황혼 무렵의 풍경을 묘사하고 있는
점과 시간적 장면들을 청각으로 전이시킨 공감각이 구사되어 있다는 점
에서 동일하다. 그러나 두 작품 다 단순한 묘사가 아니다. (ㄱ)에서는 그
감각적 인상의 재현 속에 종말론적 세계관의 어떤 처절한 태도가 함축
되어 있고 (ㄴ)에서는 삶의 좌절과 붕괴의 정조가 차분한 어조로 환기되
고 있다. 어조의 면에서는 대조를 이루지만 모든 자연적 대상을 인간적
의미의 상관물로 처리하고 있으며, 그만큼 이미지들 속에는 인간적 관
심이 내포되어 있다.

제재의 선택에 좌우되는 서술과 묘사는 대표적인 시의 두 문체다. 문
체는 시적 개성은 물론이고 문학사의 각 단계에 있어서 시대적 특징을
규정한다. 문체의 문제도 언어학의 도움에 의존함은 말할 필요 없다.

6 시적 개성과 문체소

문맥과 강조하려는 효과에 따른 시인의 언어선택은 구문과 이미저리
와 소리와 함께 문체소(style-maker)가 된다. 문체란 정해진 제재에 대한
최량의 표현수단의 선택이다. 이 선택은 문맥과 제재에 좌우되며 다분
히 무의식적이지만 시인의 개성에 좌우된다. 언어선택은 구어냐 문어냐,
전문어냐 일반어냐, 축자적이냐 비유적이냐, 비속이냐 야유냐 등 어느
언어를 많이 사용했느냐에 따라 분석되고, 여기서 문체가 결정되는 것
이다.

(ㄱ)
우환은 사자 신중(身中)의 벌레
자학의 잔은 담즙같이 쓰도다
진실로 백일(白日)이 무슨 의미러뇨
나는 비력(非力)하야 앉은뱅이
일력(日曆)은 헛되이 목아지에 오욕(汚辱)의 연륜만 기치고
남은것은 오직 즘생같은 비노(悲怒)이어늘
말하라 그대 어떻게 오늘날을 안여(晏如)하느뇨.

　　　　　　　　　　　　　　　- 유치환, <비력(非力)의 시>

(ㄴ)
순이, 벌레 우는 고풍한 뜰에
달빛이 밀물처럼 밀려 왔구나

달은 나의 뜰에 고요히 앉아 있다
달은 과일보다 향그럽다

동해 바다 물처럼
푸른
가을
밤

포도는 달빛이 스며 곱다.
포도는 달빛을 머금고 익는다.

순이, 포도 넝쿨 아래 어린 잎새들이
달빛에 젖어 호젓하구나.

　　　　　　　　　　　　　　　- 장만영, <달·포도·잎사귀>

(ㄷ)

절망 때문에 결혼을 하여
그 절망을 두 배로 만들고
허무 때문에 자식을 낳아
그 허무를 두 배로 만들었으니.

　　　　　　　　－ 김승희, <제목 없는 사랑> 중에서

(ㄹ)

안마를 즐길 나이가 아냐
나는 안마를 그리워하는 놈이 아냐
이발관의 게릴라인 낙지발 기집년들아
시골서 콩밭 매다가 오입을 나와
이발관에 눌러붙은 심심산골의 호박씨들아
라디오만 잘난 놈인 대도시 이발관에서
면도나 해주고 안마나 해주고 늙은 비곗덩어리의
귓밥이나 파주면서 히히덕거리는 옛날의 시래기국들아
네년들은 나까지도 단골손님을 만들 작정이어서
보이소 써비스요 지랄염병을 풍긴다만
오늘은 나의 아버지의 쓸쓸한 제삿날이다.

　　　　　　　　－ 김준태, <안마> 중에서

　시적 개성을 좌우하는 문체의 특이성은 비교에 의해서 가장 극명하게
드러나기 마련이다. (ㄱ)은 관념 투성의 추상어와 한자 말, 옛말 등의 선
택으로 문어체를 형성하고 있으며, (ㄴ)은 이와 대조적으로 감각적 언
어, 특히 시각적 언어로써 아름다운 풍경을 묘사하고 있다. (ㄱ)이 관념
체라면 (ㄴ)은 감각체다. 또 소리의 면에서 보면 (ㄱ)은 남성적 어조이나
(ㄴ)은 부드러운 여성의 어조다. 한편 (ㄷ)은 시인이 자신의 관념을 독자
에게 직접적으로 전달하려는 진술시이기 때문에 그 문체가 매우 산문적

이다. 이런 점에서 정서환기를 겨냥한 (ㄴ)시의 서정적 언어와 대조적이다. 현대시의 반서정주의 경향은 시어의 이런 산문적 성격(토의적이고 분석적인 성격)에 기인한다. 산문과 같이 이 진술시의 언어의 투명성은 언어의 모호성이라는 전통적 시어관에 정면으로 위배된다. (ㄹ)시는 행위를 나열한 서술체가 우세한 점에서 (ㄴ)의 묘사체와 대조적이다. 그러나 (ㄹ)시의 문체는 문제적 문체다. 왜냐하면 지금까지 (ㄱ), (ㄴ), (ㄷ)과는 달리 풍자적 의도를 위해 비속어를 많이 선택한 일상적 언어이기 때문이다.

의고체와 문어체를 채용한 (ㄱ)시는 현대구어체를 채용한 나머지 (ㄴ) (ㄷ), (ㄹ)과 변별되지만 (ㄹ)은 고의로 비속어체를 채용하여 탈아어주의를 표방한 점에서 문체의 특이성을 띠고 있는 것이다. 양반사대부 계층의 한시에서 속된 말과 금기적 언어 그리고 절제되지도 다듬어지지도 않는 언어구사가 허용될 수 없는, 아어주의를 준수해야 한다.[64] 서구 고전주의 시대 적격의 원리처럼 이런 아어주의에서 일상적 언어는 시어가 될 수 없었다. 이런 점에서 시어와 일상적 언어는 서로 별개의 언어 계열이 된다. 워즈워드의 유명한 《서정시집》 서문에 우리가 주목하는 것은 이런 권위주의적 표현방식에 도전했기 때문이다. 여기서 워즈워드는 평범한 사람들의 일상생활에서 취재하고 이것을 평범한 사람들이 쓰는 말, 곧 일상언어로 표현해야 한다고 역설했다. 말하자면 시에만 쓰이는 언어가 따로 존재하는 것이 아니라 일상언어와 같이 자연스런 언어가 오히려 시적이라는 것이다. 물론 워즈워드는 상상력에 의한 소재의 변형과(평범한 삶이 생소하게 보이도록) 운율에 맞게 언어를 배열한다는 것, 그러니까 시어란 독특한 언어용법에 있다는 사실을 잊지 않았다.

---

64) 李奎報, 《東國李相國集》, "속된 말을 많이 쓴다면 이것은 촌부가 모여 이야기하는 체다. 피해야 할 말을 쓴다면 이것은 존귀를 침범하는 체다. 사설이 어수선한데도 다듬지 않고 내버려둔다면 이것은 잡초가 밭에 우거진 체다. 이러한 마땅하지 않은 체를 다 벗어난 뒤에야 시를 더불어 말할 수 있다(多用常語 是村夫會談 好犯語忌 是凌犯尊貴體也 詞荒不刪 是莨莠滿田體也 能色此不宜體格 以後可與言詩矣)."

(ㄹ)시는 민중시의 한 변형이다. 비속어의 일상구어체는 풍자적 효과는 물론이고 서민의 목소리에 적합한 문체다. 그러나 1980년대 중반 이후 온갖 욕설과 포르노적인 성 묘사 그리고 절제되지 않는 요설체가 서슴없이 구사되어 '언어폭력'으로 우려되고 있다. 이 언어폭력은 시인의 언어에 대한 애정결핍이며, 이 애정결핍은 그래도 시대에 대한 혐오감의 등가물이었다.

언어선택과 제재와 시인의 개성에 의하여 문체의 특이성을 음미할 수 있듯이 통사적으로도 관찰의 대상이 된다. 문체는 통시적으로 변화한다. 이것이 문체의 역사성이다.

마일즈(J. Miles)의 통계언어학에 의한 시문체 분석은 문체의 변화를 통시적으로 개괄한 점에서 매우 흥미롭다.[65] 마일즈에 의하면 비율은 예술의 분석적 연구에 중요한 개념이다. 이것은 질료의 부분들로 이루어지는 구조, 이 부분들의 내용(또는 제시)뿐만 아니라 질료와 구조와의 관계, 표현내용(what)과 표현형식(how)의 관계에도 연관된다. 가령 건축가는 그가 설계하는 방의 성격과 기능에 유의할 것이고 방과 다른 방과의 연결에 대해서 그리고 방의 모양, 크기, 배열에 있어서의 비율과 균형적 관계에 대해서도 유의할 것이다. 그리하여 한옥이든가 양옥이든가 빌딩이든가 여러 건축물이 완성된다. 이와 마찬가지로 시 작품도 시인의 의도와 질료의 비율에 따라 여러 가지 스타일의 작품이 될 수 있다. 말하자면 비율은 미적·감각적 관심이다.

현대 문법은 부분의 기능을 중요시하여 언어사용의 비율을 분간하고 언어선택을 분간하는 데 도움을 주고 있다. 문장구조와 품사의 배당 사이에 밀접한 관계가 있다는 것이 시문체 연구의 문법론적 근거가 되는 것이다. 마일즈는 내용 또는 지시의 용어인 명사, 형용사, 동사와 연결·접속관계를 나타내는 용어인 전치사와 접속사의 두 가지로 분류하여 영시의 시문체를 분석했다. 지시적 형태인 전자와 문법적 형태인 후자

---

65) Josephine Miles, *Poetry and Change*(University of California Press, (1974), p. 36.

의 비율로 각 시대의 서정 스타일(산문도 포함해서)을 알 수 있다는 것이 마일즈의 통계적 결론이다. 즉, 마일즈는 'A(adjective) — N(noun) — V(verb) — C(connective)'의 패턴으로 여러 시대의 시어를 분류하고 그 특징을 추출했다. 우리말의 경우 C는 어미, 조사, 접속부사 등 문법적 기능만을 가진 관계사에 해당하므로, 우리 시의 연구에도 마일즈의 패턴을 응용할 수 있을 것이다. 그리고 시문체의 연구에 기여하는 비율의 또 하나의 이점은 각 시대의 중요한 시어의 지속과 변화의 양상을 시대 상황과 결부시켜 뚜렷이 밝힐 수 있다는 것이다.

언어에 역사성이 있듯이 중요한 시어는 새로 나타나 지속되거나 소멸되거나 예외적으로 소멸되었던 시어가 잠시 동안 다시 나타난다. 언어 사용의 양식이 도덕적 판단의 양식, 독자에 대한 태도의 양태 그리고 언어의 선택·배열 등으로 결정되는데 시인은 자기 시대와 자기의 특수한 스타일에 따라 어떤 중요한 용어들을 계속해서 선택하여 사용한다. 즉, 상황과 관계가 시의 의미를 선택하게 하고 시대의 요청에 따라 언어와 표현양식이 선택되는 것이다. 예를 들면 자유시를 추구한 1920년대와 1930년대의 한국 현대시에 있어서 '님'·'영원'·'밤'·'고향'·'죽음' 등의 시어, 여성적 어미가 집중적으로 두드러지게 사용되고 있는 것 등은 일제하의 상황의식과 생존의미와 관계되는 것이다. 이렇게 시가 그 시대의 중요한 문제에 관해서 말한다는 것은 적어도 일리있는 가정이다. 왜냐하면 시는 가치를 함유하고 표상한다는 효과를 획득하기 위하여 미적 의장을 사용할 뿐만 아니라 한 국가, 한 시대의 시 속에서 확고한 주장을 필연적으로 효과있게 하기 위해 어떤 용어와 문맥을 강조하는 동의(同意) 현상을 발견할 수 있기 때문이다. 베이트슨(F. W. Bateson)도 한 편의 시 속에 남겨져 있는 시대의 흔적은 시인을 추구한 데서 얻어질 수 있는 것이 아니라 언어를 추구한 데서 얻어질 수 있다고 하면서 "시의 참된 역사는 계속해서 시의 언어가 보여주는 변화의 역사라고 생각한다. 언어 속에 보이는 이러한 변화야말로 사회적·지적 여러 경향의 압력에 기인한다"66)고 시의 언어와 시대 상황과의 관계를 밝혔다.

그리고 여기서 덧붙일 것은 상황과 시의 구문과의 관계다. 월의 구조도 시대에 따라 변화하는데 마일즈는 현대시의 구문상 특징으로 종속절보다 대등절의 파편성, 고립성, 자동성(초현실주의 시의 구문처럼)의 경향을 들고 있다. 우리의 현대시 경우도 구문의 통시적 변화를 용이하게 알아볼 수 있다.

(ㄱ)
내 고장 칠월은
청포도가 익어가는 시절

이 마을 전설이 주절이 주절이 열리고
먼 데 하늘이 꿈꾸며 알알이 들어와 박혀
하루 밑 푸른 바다가 가슴을 열고
흰 돛단배가 곱게 밀려서 오면

내가 바라는 손님은 고달픈 몸으로
청포를 입고 찾아온다고 했으니

내 그를 맞아 이 포도를 따 먹으면
두 손은 함뿍 적셔도 좋으련.

                                    – 이육사, <청포도> 중에서

(ㄴ)
화제(話題)가 없는 주말을 간다
내 주머니속엔 은행이 두 알

---

66) F. W. Bateson, *English Poetry and the English Language, pri*, 여기서는 R. P. Warren & R. Wellek, *Theory of Literature*(Penguin Books, 1973), p. 174에서 재인용.

15일이 지나면 가불이 나온다
거리에 앉은 구두 수선공
안경을 낀채 실귀를 찾은
그의 낡은 모자위엔
코스모스 한송이
세월이 가도 늙지 않는
인생의 모습이 나는 좋다
노래하는 '브랜다 리'의 젖가슴에
가을꽃이 한다발
그녀의 미소짓는 얼굴이
더 황홀하다는
화제가 없는 주말
Der, Des, Dem, Den 정관사를 외우며
신설동로터리를 걷던
까까머리친구가 장가를 든다.

– 박이도, <낱말>

(ㄷ)
흰 말[馬] 속에 들어 있는
고전적인 살결,
흰 눈이
저음으로 내려
어두운 집
은빛 가구 위에
수녀들의 이름이
무명으로 남는다
화병마다 나는
얼음 속에 들은

엄격한 변주곡,
흰 눈의
소리 없는 저음
흰 살결 안에
램프를 켜고
나는 소금을 친
한 잔의 식수를 마신다.

- 김영태, <첼로> 중에서

한 문장이 행들뿐만 아니라 여러 연으로 뻗쳐 있는 (ㄱ)은 종속구문의 긴 문장으로 좀처럼 끊이지 않는 느릿한 템포를 느끼게 하지만 많은 문장들로써 담론을 이룬 (ㄴ)은 행의 길이만큼 스타카토의 짧고 경쾌한 느낌을 준다. (ㄴ)시는 (ㄱ)시에 비해 진지한 느낌이 결여되어 있으나 평범한 일상사들의 단편적 인상들이 짧은 구문의 경쾌한 호흡 속에 효과적으로 표현되어 생동감을 주고 있는 것이다. (ㄴ)시의 담론은 또한 몇 개의 장면이 각각 독립적으로 병치되어 있는 병렬구조다. 이 병렬구조는 전체 속의 부분이 아니라 부분으로 이루어진 전체다. (ㄱ)시의 종속구문이 잠재적으로 권위주의적인 반면 병렬구문(또는 병렬구조)은 개방적이고 민주적이라 한다면 이것은 언어배열의 연쇄, 곧 시의 통사적 국면(한 걸음 더 나아가 시상전개, 곧 여러 문장들로 이루어진 담론)에 대한 이데올로기적 해석이다.67) 그러나 (ㄷ)은 의미 연관이 전혀 없이 언어들이 고립적으로 병치된 구문이다. 첼로라는 오브제에 대한 우리의 일상적 감각을 해체하여 재구성한 추상화이다. 초현실주의의 추상시는 언어배열의 연쇄를 본질적으로 혐오한다. 말하자면 현실적이고 합리적인 의미의 연쇄를 거부하고 파괴한다. 그래서 "어째서 문장만이 파악되어야 하고 낱말은 무시되어도 좋단 말인가"68) 하고 불평한다. 문맥을 거부하는 추상시

---

67) Coyle, 앞의 책, p. 205.
68) Rudolf Nikolaus Maier, *Paradies der Weltlosigkeit*(장남준 옮김, 홍성사,

는 낱말을 자유화하고 절대화하여 "낱말이 지배한다"가 시의 구성원리
가 된다.

> 피 묻은 '까아제'
> 휘어진 철근
> 구르는 두개골
> 부러진 시계탑
>
> — 조향, <문명의 황무지> 중에서

이것은 1950년대 〈후반기〉 동인들의 모더니즘시에서 전형적인 표본이
다. '언어단편' 또는 '단어문'의 시를 표방한 조향 시에서 낱말들은 철저
히 고립화되고 파편화되어 있어 시는 이 고립되고 파편화된 "낱말들의
조합"이다.

7 해사체와 통사체

가장 주목할 만한 시문체의 변화는 고도의 조직성과 긴밀성과 암시성
을 생명으로 하는 전통 시문체의 폐쇄형식을 파괴하고, 일상언어를 그
대로 재현하는 개방형식의 시문체로 변화된 것이다. 이것은 조선시대
후기의 사설시조가 전기의 양반시조의 문체를 파괴한 몫에 등가 된다.
현대시사에서 김수영은 시문체의 이런 개방형식을 표방한 기수가 된다.

> 이태백이가 술을 마시고야 시작(詩作)을 한 이유,
> 모르지?
> 구차한 문밖 선비가 벽장문 옆에다

1981) 166쪽.

카잘스, 그람, 쉬바이쩌, 에프스타인의 사진을 붙이고 있는 이유,
모르지?
노년에 든 로버트 그레브스가 연애시를 쓰는 이유,
모르지?
우리집 식모가 여편네 외출만 하면
나한테 자꾸 웃고만 있는 이유,
모르지?
그럴 때면 바람에 떨어진 빨래를 보고
내가 말없이 집어 걸기만 하는 이유,
모르지?

— 김수영, <모르지> 중에서

온갖 비속어·악담·비시적 일상언어·선언적 어조를 서슴없이 자유롭게 구사한 김수영은 자기 시를 전통시와의 투쟁을 일으키는 긴장관계에 정위시킴으로써 그의 말대로 그의 일련의 작품들은 전통시에 대한 철저한 '반시'가 되었다.[69)]
이런 그의 개방체는 후배 시인들에게 많은 영향을 끼친 시문체의 커다란 변혁이었다.

자본전쟁시대 유류전쟁시대 그러나 걱정 마라, 우회전쟁시대, 이 글은 패배전쟁시대의 시 얘기가 아니니 오해 마라. 시는 언제나 패배이니 승리는 오해마라.
시인의 나라는 높은 산 골짜기에 있다.
시인의 나라는 잎이 바싹거려도 살이 바싹바싹 부서지는 골짜기에 있다. 골짜기에는
실속없는 장난
애매모호한 대화

---

69) 김수영, 〈反時論〉(《世代》 1968년 3월호).

무능한 노랫소리가 구름이 되어 산허리를 졸라맨다. 그때마다 산
의 키가 항상 구체적으로 자란다.

산 속 골짜기에는 이상이 병신들과 함께 누워 히히닥거린다. 늙
은 여자 사이에서 릴케가, 동성연애가 랭보가 낄낄낄 웃으며 보고
있다. 도망가는 여자 앞에 꽃을 뿌리는 병신 소월을 보며 만해가
이별을 찬미하는(이별이 아름답다는 것은 흉한 거짓말이다!) 염불을
외운다.

시는 추상적이니 구상적은 오해마라. 시인은 병신이니 안병신은
오해 마라. 지금 한국은 산문이다. 정치도 산문 사회도 산문 시인
도 산문이다. 산문적이기 위한 전쟁시대, 시인들이 전쟁터로 끌려
가는 모습이 보인다. 끌려가는 시인의 빛나는 제복, 끌려가지 못하
는 병신들만 남아 제복도 없이 아, 시를 쓴다.

- 오규원, <시인들>

이 작품은 우선 산문시 형태를 취하고 있다. 그러나 단순한 산문시가
아니다. 언어의 선택이나 배열의 면에서 보면 언어조직의 긴밀성과 응
축성에서 오는 리드미컬한 맛이나 시적 긴장은 전연 느낄 수가 없다.
오히려 언어조직의 시적 성격을 고의적으로 파괴하고 있다. 전통적 시
문체를 의도적으로 해체시켜 철저하게 산문적이고 현실적 언어가 되고
있다. 시에 대한 우리의 일상적 기대를 저버리면서까지 이런 산문적 언
어의 개방체로써 시인은 물신주의의 현실을 비판하고 있다. 그리하여
개방체의 현상 속에는 현실비판의 산문정신이 숨어 있다.
   이런 개방체를 김춘수는 '해사체'라고 했다.[70] 문체면에서 그는 통사

---

70) 김춘수, 《韓國現代詩形態論》(해동문화사, 1959), 94쪽. 그는 이상 시의 띄어쓰
   기와 구두점의 무시, 문자 대신 숫자를 사용한 것을 해사체라 하여 통사체와
   대립시켰다.

체의 시와 해사체의 시로 양분한다. 그러나 그가 말한 해사체란 특히 1930년대 이상 시에서 볼 수 있는 일종의 '형식적 자포자기'의 현상을 가리킨다. 이것은 현대에 있어 예술의 위기 또는 언어위기의 징후를 기술한 것이다.

8 형태시와 언어위기

현대에 와서 추상적 기호로서의 언어를 극복하고 언어의 인습을 거부하려는 의도는 일부 모더니즘의 실험시에서 볼 수 있는 것처럼 표현매체로서 더 이상 언어에 의존하지 않겠다는 태도로 나타났다. 이것은 '언어의 위기'나 '언어의 빈곤'이라는 심각한 징후를 반영한다. 언어가 더 이상 적절한 표현수단, 의사소통의 수단이 되지 못한다는 언어의 위기·빈곤 의식은 모든 것이 시의 대상과 매체가 될 수 있다는 의식을 초래하여 시가 언어예술이라는 전통적 시관을 부정하게 되었다. 형태시는 이런 상황에서 탄생했다.

형태시는 20세기 초 회화와의 공동전선으로 미래파에 의해서 나타나고 입체파에 의해서 크게 유행했다. 이것은 언어의 의미와는 관계없이 시각적이거나 청각적인 효과를 노린 것이었다. 활자의 호수나 빛깔, 연과 행의 배열로 작품의 모자이크를 만들어 냈다.

1983년 4월 20일, 맑음, 18℃

토큰 5개 550원, 종이컵 커피 150원, 담배 솔 500원, 한국일보 130원, 짜장면 600원, 미쓰 리와 저녁식사하고 영화 한 편 8,600원, 올림픽복권 5장 2,500원.

표를 주워 주인에게 돌려

준 청과물상 김정권(46)

령＝얼핏 생각하면 요즘
세상에 조세형같이 그릇된

셨기 때문에 부모님들의 생
활 태도를 일찍부터 익혀 평

가하는 것이 더욱 중요한 것
이다. (이원주군에게) 아

임감이 있고 용기가 있으니
공부를 하면 반드시 성공

둑을 권총으로 쏘다니…

대도둑은 대포로 쏘라.

– 안의섭, <두꺼비>

▲ 일화 15만엔(45만원) ▲ 5.75캐럿 물방울다이어 1개(2천만원)
▲ 남자용 파텍시계 1개(1천만원) ▲ 황금목걸이 5돈쭝 1개(30만

원) ▲ 금장 로렉스시계 1개(1백만원) ▲ 5캐럿 에머럴드반지 1개
(5백만원) ▲ 비취 나비형브로치 2개(1천만원) ▲ 진주 목걸이끈것
1개(3백만원) ▲ 라이카엠 5카메라 1대(1백만원) ▲ 청도자기 3점
(싯가 미상) ▲ 현금(2백 50만원)

너무 거하여 귀퉁이가 잘 안 보이는 회(灰)의 왕국에서 오늘도 송
일환씨는 잘 살고 있다. 생명 하나는 보장되어 있다.
     - 황지우, <한국생명보험회사 송일환씨의 어느 날>

전통적인 시형식을 파괴한 만큼 이 해체시는 매우 충격적이다. 우리
는 이 작품에서 몇 가지 의미심장한 해체원리들을 분석할 수 있다.
첫째로, 만화를 비롯하여 시각적 효과를 겨냥한 형태시의 요소를 들
수 있다.
둘째로, 보다 중요한 사실로 짜깁기 또는 편집이 시의 주된 구성원리
가 되고 있는 점이다. 곧 이 작품은 신문기사를 임의로 가위질하여 재
배열하고 있다. 따라서 이 작품은 '소재=작품'(그러니까 삶과 예술을 구분
하지 않는)이라는 '미적 자유이론'의 시학에 근거하고 있다. 이것은 시가
더 이상 '창조'가 아니라 '재생'이라는 명제를 표명한다.
셋째로, 편집의 기능이 극대화된 대신 화자의 기능이 극소화된 만큼
시인은 제재를 '전시'만 하지 제재에 대하여 판단하지 않는다. 시인의 개
입이 억제되어 있다. 이것은 인식적 측면에서 매우 주목되는 점이다.[71]
작중인물 송일환 씨의 하루 생활비 내역을 열거한 부분과 ▲표시로
귀금속류를 열거한 부분들은 비록 시인의 논평은 없지만 분명히 의도된

---

71) 세계는 '사물들'(things)로 이루어지거나 '사실들'(facts)로 이루어진다. 전자의
경우 작자의 판단이 보류된 상태나 후자의 경우는 작자의 판단이 가해진 상태
다. 따라서 후자의 경우 독자는 사물 그 자체보다 작자의 견해(사상, 인생관,
세계관)를 접하게 된다. 이것은 인식적 문체로서 문학의 경우 시점의 문제와 직
결되고 있다.

대조이다. 그리고 2행 1연씩 배열된 부분들은 그 각 연들 사이에 아무런 의미연관이 없으며 각 연의 첫머리가 모두 가위질된 불완전한 말들로 시작되고 있는, 의도된 혼란을 보이고 있다. 이런 의도된 대조와 혼란은 인용된 안의섭의 만화와 더불어 우리 사회의 모순을 풍자하고 야유하는 비판의 기능을 수행하고 있다.

시란 더 이상 발화가 아니라(그래서 화자란 명칭은 마지막 시행을 제외하면 이 작품에 적용되지 않는다) 편집하여 전시하는 것이란 명제를 실천한 이 실험시는 그러므로 시에 대한 새로운 기대의 지평선을 요청하고 있다.

황지우에 못지않게 박남철도 시적 무법자다.

1.

《현대문학》' 81년 신년호를 보면 두 편의- 작렬하는 영감! - 우연스런 수필들이 실려 있는 바

난초와 도깨비에 관한 - '난(蘭)'의 원뜻은, 아앗싸, "동쪽 바다 위에 외롭게 떠오르는 해"라는 뜻이리라.

더 외롭게, 아앗싸, '칸나'라는 뜻이리라. '방패연'이라는 뜻이리라.

2.

이 밤, 십자가를 등진 나의 산책길에는 '사람'으로서의 그분의 어진 눈빛이

갑자기 5층짜리 아파트의 옥상 위에는 바지직 타는 별 하나가 떨어지며

지상으로 뛰어내리고, 전깃줄에 걸린 가오리연이 귀신처럼 무서움과, 그리고

온하늘에 가득 찬 방패연이 나를 마치 캄캄한 붕(鵬)이 날기라도 하는 듯이

그것은 거의 공포와 외경

그것은 쿵쿵, 펄펄 뛰는 심장, 심장의 환희, 아아, 주여 주여 기
다리소서 제가 가고 있나이다, 으

행이운

바닌철
770208

사진
★

3
······ 라자실오차장고시계도제이고셨계도에전여이신하능전곰넘나하
주다하룩거다하룩거다하룩거를기르이고않지쉬낮밤이들그라더하득
가이눈에위주과안그고있가개날섯여각각이물생네은갈리수독는가아
날은물생째넷그고갈람사이굴얼은물생째셋그고같지아송은물생째둘
그고갈자사은물생째첫그라더하득가이눈에뒤앞데는있이물생네에위
주좌보와데운가좌보고있가다바리유은같과정수에앞좌보라이영곱일
의넘나하는이니으있이것켠불등곱일에앞좌보고나이성뇌과성음와개
번터부로좌보

— 박남철, <무서운 계시>

내용과 어조는 물론 형태면에서도 이 작품은 지나치게 풍자적이고 진
지성은 전혀 찾아볼 수 없다. 특히 2의 뒷부분에서 고딕체의 활자가 거
꾸로 식자된 형태시의 전형을 이루고 있으며, 3은 뒤에서 읽어야 겨우
뜻을 알 수 있도록 식자된 해프닝을 연출하고 있다. 시인은 인생과 예
술 자체에 대하여 철저하게 야유하고 파괴하는 거부의 몸짓을 취하고
있는 것이다. 그의 작품 자체도 예술의 위기 또는 언어위기의 징후를
그대로 반영하고 있다.

언어의 위기(빈곤)의식의 산물로 우리는 또한 눌언(말더듬)의 시와 수
다의 시를 보게 된다.

(ㄱ)

소 소름이 끼쳐 터 텅빈 도시
아니 우 웃는 소리야 끝내는
끝내는 미 미쳐 버릴지 모른다
우우 보우트 피플이여, 텅빈 세계여
나는 부 부인할 것이다.

- 이승하, <화가 뭉크와 함께>

(ㄴ)

　살만 띠룩띠룩 찌다. 중산계급으로 만들다. 즉, 속악화하다, 중산계급과 결혼하다. 아이 몰라 몰라, 악마! 내 몸을 망쳐놓다니! 돈을 얼른 지갑에 넣다, 모욕을 당하다, 뺨을 사정없이 얻어맞다. 꽉 막힘, 교통의 혼잡, 봉쇄. 두 탈영병들을 막다른 골목으로 몰아넣다. 금속판을 두들겨 움푹 들어가게 하는 기계, 좆대가리(속어). 지류(支流), 나무의 갈래, 아이구 가랭이가 찢어지려 한다니까, 씨벌. 하늘이 붉은, 달아오를 대로 오른. 큰 불, 열정, △요, 축제 때 터뜨리는 일루미네이션·불 붙다, 흥분시키다, 사랑에 빠지다. 포옹, 입맞춤, 동침, 커어튼줄, 즉 빤스 끈, 입맞추다, 선택하다, 기독교를 신봉하다, 틈만 나면 입맞추려고 하는 사람. 벽의 푹 들어간 부분, 여자의 생식기. 고기 토막을 꼬챙이에 꿰다. 칼 따위로 자기 몸을 찌르다, 서로 찌르다. 분규, 혼란, 대혼란, 대혼잡, 머리를 헷갈리게 하기, 어리둥절하게 하여 속이기. 자생적 마르크스주의의 분서쟁유. 미친 개 - 몽둥이 - 때려잡다 ; "미친개는 몽둥이로 때려잡자 - 반공청년연맹." 씨를 말리다. 멸종, 박멸, 완전소독. 사슴이 숲으로 도망가다, 매복하다. 매복, 매복조, 계략, 복병(伏兵). 누구누구를 함정에 빠뜨리

- 황지우, <상징도 찾기>

눌언과 수다는 둘 다 정상적 언어행위가 아니다. 이런 비정상적 언어행위를 통하여 시인들은 비정상적 상황을 효과적으로 드러내고 세계에 대해 저항의식을 효과적으로 표명한다.

그리하여 문체면에서(물론 다른 면도 포함해서) 모든 시인들을 세 유형으로 나눌 수가 있다. 곧 모든 시인은 영속적인 것(전통적), 때때로 지배적인 것(시대상황의 특징), 두드러지게 미래지향적인 경향(시도적)에 참여한다. 그리하여 시인은 소월처럼 그가 과거로부터 물려받아 보존한 것에 의하여 특징지어질 수 있으며, 1920년대의《폐허》,《백조》동인들처럼 당대의 역사적·문학적 상황에 따라 일치된 강조를 보여준 것(즉 3·1운동의 실패로 인한 패배의식, 좌절감을 서구적 스타일의 자유시에 담아 보려한 것)에 의하여 특징지어지거나 1930년대의 이상 등 모더니즘 시인들처럼 미래를 향하여 암시하는 것에 의하여 특징지어진다.

Ⅳ 시제와 서정적 시간

메이어홉(H. Meyerhoff)에 의하면 "문학이란 다양한 양상을 띠고 있는 체험적 시간, 즉 의식내용을 의미관련으로 조직하여 예술화한 것"[72]이다. 이것은 문학에서의 시간문제가 작가의 체험, 곧 의식내용과 근본적인 관련을 맺고 있음을 시사해 준다. 이런 체험적 시간이 예술적 의도에 의해 가장 단적으로 나타난 것이 문학에 있어서의 시제다. 그러므로 문학작품에서 거론되는 시제는 흔히 문법에서 규범으로 채택한 시제로서가 아니라 예술가의 시간의식과 미의식이 결합된 수사적 형태로서 여

---

72) Hans Meyerhoff, *Time in Literature*(University of California Press, 1955), p. 5 참조.

러 가지 문제를 제기한다. 문학적 시간은 자연적 시간과 다르다. 그것은 예술의 효과를 위해 자연적 시간을 왜곡한 상상적인 시간이다.[73] 제재가 허구로 이행하도록 하는 하나의 요소는 이 문학적 시간에 있다.

그런데 서정시는 인칭, 현재의 장르이며 순간의 문학이며 그 세계관은 현재에 있다. 서사장르가 전체성에, 극양식이 운동에 그 본질이 있듯이 서정 장르는 순간에 그 본질이 있다.[74] 그러면 서정시에서 시간성은 어떤 특징을 띠며 어떤 시제가 본질적인가.

1 서정시와 현재시제

서정시의 가장 두드러진 특징은 현재시제의 사용에 있다. 현재시제는 서정시의 본질적 시제라 할 수 있다. 왜냐하면 서정시는 시인이 자기 자신의 순간적인 감정을 표현하는 것이며, 또한 순수한 현재는 하나의 행위에 관한 시간감을 간직하면서도 한 행위의 인상을 창조하는 효과를 발휘하기 때문이다.[75] 그래서 서정시의 특징적 시제 용법, 곧 현재시제는 서정시의 그 특수한 창조에 기여하게 되므로 가장 일반적 양상이 된다.

　　지금은 남의 땅 - 빼앗긴 들에도 봄은 오는가?
　　나는 온 몸에 햇살을 받고
　　푸른 하늘 푸른 들이 맞붙은 곳으로
　　가르마같은 논길을 따라 꿈 속을 가듯 걸어만 간다.

　　입술을 다문 하늘아 들아
　　내 마음에는 내 혼자 온 것 같지를 않구나

---

73) V. Shklovsky, *Tristram shandy Sterna*(한기찬 옮김, 月印齋, 1980), 67쪽.
74) Paul Hernadi, 앞의 책, 16, 81, 89, 130쪽 참조.
75) Susanne K. Langer, 앞의 책, pp. 260, 267 참조.

네가 끌었느냐 누가 부르더냐 답답워라, 말을 해다오.

 … (중략) …

강가에 나온 아이와 같이
셈도 모르고 끝도 없이 닫는 내 혼아
무엇을 찾느냐? 어디로 가느냐? 우습다, 답을 하려무나.

나는 온 몸에 풋내를 띠고
푸른 웃음, 푸른 설움이 어우러진 사이로,
다리를 절며 하루를 걷는다, 아마도 봄신명이 접혔나 보다
그러나 지금은 들을 빼앗겨 봄조차 빼앗기겠네
　　　　　 – 이상화, <빼앗긴 들에도 봄은 오는가> 중에서

　격렬한 어조로 일관되고 있는 상화의 이 작품은 '거리의 서정적 결
핍'(lyric lack of distance)[76]이라는 서정시의 한 전형을 보여주고 있다. 이
거리의 결핍은 제재에 대한 시간적 거리의 결핍을 의미한다. 즉, 격렬한
감정은 현재, 이 순간의 감정이다. 따라서 이것은 현재시제에 가장 어울
리는 정서의 폭이다. 물론 서정시의 현재는 우리의 물리적 시간으로서
의 현재가 아니라 가상적 현재, 곧 허구적 현재다. 허구적 현재는 시인
의, 현재의 실제 감정인 것처럼 가장하는 시의 장치이다. 이처럼 서정시
의 현재시제는 행위에 대한 현재의 시간감, 순간감을 효과적으로 환기
한다.
　서정시가 허구적 현재성을 띠고 그 본질적 시제가 현재시제가 되는
근거는 서정시가 서사시와는 달리 이야기를 갖지 않는 사실에 있다. 서
정시는 사물이나 사건이나 상황에 대한 주관적 감정이나 인상을 표현하

---

76) P. Hernadi, 앞의 책, 34쪽. 이 점에 대해서는 다음 제4장 제2절 '거리'의 장을
　　참조.

는 양식이다. 그러므로 서정시의 본질적 시제가 현재시제가 된다는 것은 서정시의 형식이나 내용면에서 많은 차이를 두고 있는 내러티브와 비교·대조해 보면 더욱 뚜렷이 나타난다. 서정시의 본질적 시제가 현재시제인 데 반하여 서사(소설, 서사시)의 그것은 과거 또는 완료시제다. 그러면 과거 또는 완료시제가 왜 서사의 본질적 시제가 되는가.

2 순간형식과 완결형식

현실에서의 실제 경험은 유기적 통일이 이루어져 치밀한 형식을 갖춘 예술작품과는 달리 조잡하고 무절제하며 악센트가 없는 것이 보통이다. 반면에 문학에 표현되어 있는 가상적(허구적) 인생, 곧 예술적(미적)이라고 불리는 인생은 항상 자기충족의 독립된 형식을 지닌 경험의 한 단위로서, 이 안에 포함되어 있는 요소들은 긴밀한 유기적 관련을 맺고 있다.[77] 이러한 유기적 조직은 경험을 분간할 수 있는 형태로 형상화시킬 수 있는 '기억'에 의해서 가능해진다.

일종의 기록하는 도구로서의 기억은 과거의 경험을 이해하고 평가할 수 있도록 수정하고 유형화시켜 일정한 형태와 성격을 지닌 과거로 보존한다.[78] 이런 원리는 서사에 바로 적용된다. 아니, 서사의 원리 그 자체다. 왜냐하면 서사는 인생을, 줄거리를 가진 하나의 완결된 형태로 제시하기 때문이다. 그것은 줄거리를 통한 생의 인식이다. 다시 말하면 서사는 가상적으로 이미 있었던 인생의 사건을 줄거리를 가진 완결된 형태로 제시하기 때문에 이것은 우리의 기억이 과거의 사건들을 이해하고 평가하도록 일정한 성격과 형태를 갖춘, 즉 줄거리를 가진 완결된 형태로 조직하는 일과 일치한다. 이렇게 서사는 가상적 과거 경험의 종합 형태이기 때문에 과거시제나 완료시제가 본질적이 될 수밖에 없다. 물

---

77) Susanne K. Langer, 앞의 책, p. 262.
78) H. Meyerhoff, 앞의 책, p. 20.

론 서사의 시간은 앞에서 말한 것처럼 서사가 허구인 이상 허구적 시간이며, 과거시제나 완료시제도 예술적으로 고안된 허구적 과거나 완료형태다.

과거시제는 서사적 사건이 완결된 형태라는 사실만 가리키지 않는다. 그것은 또한 '매개'를 위한 표지다.[79] 다시 말하면 서사문학에서 사건은 직접 독자에게 전달되는 것이 아니라 반드시 서술자를 통해서 전달된다. 서사문학에서 서술자는 제재(사건)에 대하여 언제나 후발성의 관계에 놓인다. 다시 말하면 사건이 선행하고 서술자의 보고는 뒷날에 이루어진다. 따라서 과거시제는 사건의 완결형식과 매개를 가리키는 표지다.

서정시인데도 서사문학처럼 사건이 지배소가 된 서술시의 경우 과거시제가 채용되는 것은 지극히 당연한 일이다.

> 이루어진 지 스무 해쯤 되어 보니 대숲에는 삼십대의 상인도 오십대의 품팔이도 들어가 섰습니다. 철 모르는 어린이도 섞였습니다. 대숲이 술렁거리더니 일제히 전진하기 시작했습니다. 서걱이는 행진의 걸음마다에 외마디 외침이 폭발했습니다. 임금님 귀는 당나귀 귓속으로 파고드는 이 소리는 종로에서 광화문으로 곧장 달려갔습니다. 소리가 부딪친 전방 바리케이트에서는 돌연 총포가 난사되었습니다. 이에 대나무들은 쓰러지며 대꽃을 피웠어요.
>   - 최두석, <대꽃·8> 중에서

"임금님 귀는 당나귀 귀"라는 낯익은 설화를 인유의 원천으로 채용한 이 서술시의 제재는 4·19혁명이다. 사회역사적 사건을 다룬 점에서 이 리얼리즘시는 시인 개인의 자전적 체험을 다룬 주관적 현실성과는 대조적으로 객관적 현실성을 이미 확보한다. 사건의 완결성은 마지막 서술 문장인 "이에 대나무들은 쓰러지며 대꽃을 피웠어요"에서 뚜렷이 환기

---

79) F. K. Stanzel, *Theories des Erzählens*(charlotte Goedsche 옮김, Cambridge University Press, 1984), p. 45.

된다(이 산문시 다음에 5행으로 구성된 자유시형의 한 연이 이어지는데 이 연은 지금까지의 서술을 요약하고 논평한 불교의 찬(讚)에 등가된다). 과거시제의 채용뿐만 아니라 또한 일관된 경어체에서 우리는 제재에 대한 시인의 태도가 어떠한 것인지도 충분히 이해할 수 있다.

그러나 일반적으로 이야기를 갖지 못한 채 소재선택의 엄밀성과 소재배열의 집약성을 바탕으로 압축된 형태에서 미적 효과를 창조해야 하는 서정시의 경우는 사정이 달라진다. 서정시는 인과관계 또는 시간순서로 배열되는 이야기를 기본구조로 한 소설과는 달리 사건이나 인물 자체가 아니라 사건과 인물에 대한 인상과 정서를 감각적 재료를 통하여 창조한다. 그것은 독자에게 순간으로 집중된 정서의 강렬성을 띠도록 표현되기 때문에 현재시제를 그 본질적 시제로 사용한다. 이야기 문학이 현재시제보다 과거 또는 완료시제가 많이 사용되고 있는 반면, 서정시에서는 과거보다 현재시제가 많이 사용되고 있는 것은 이 두 문학양식의 그 본질적인 차이에 기인한다.

❸ 현재시제의 두 양상

우리가 실제로 서정시를 대했을 때 현재시제뿐만 아니라 원형, 과거형, 미래형 등 다른 문법적 시제도 볼 수 있다. 또한 논리적으로, 문법적으로 보아서 시제를 잘못 사용한 것 같은(흔히 파격으로 처리되는) 경우도 있다. 우리는 현재시제를 비롯한 다른 시제들이 작품의 전체 의미나 효과에 구체적으로 어떻게 작용하는가를 음미해 볼 필요가 있다. 여기서 우리는 시인의 시간의식, 나아가서는 그의 인생관과 세계관까지도 예술적 의도에 의하여 어떻게 구체화되는가를 기대할 수 있게 된다. 서정시에서 우리는 시간을 역사적 현재와 무시간성의 두 가지 양상으로 체험한다.

(1) 역사적 현재

(가) 지속적 시간

역사적 현재(historical now)란 현재를 과거와 미래를 함께 소유한 것으로 느끼는 것, 즉 과거·현재·미래를 분리시키지 않고 '지속'으로 느끼는 것이다. 이것은 시간의 흐름 가운데 행위를 마치 현재의 것으로 말함으로써 그 행위의 생생함을 고조하는 문학적인 한 방식이다.[80]

> 그날 밤도 이렇게 달 있는 밤인데요
> 으스름달이 무너지고 뒷동산에 부엉이 울던 밤인데요
> — 홍사용, <나는 왕이로소이다> 중에서

대화형식의 이 시에서 발화의 시간은 현재이나 발화내용의 시간은 과거다. 첫 행에서 '그날 밤'이란 부사어와 문법적 호응관계로 보면 "달 있는 밤인데요"의 현재시제는 "달 있던 밤이었는데요"의 과거시제가 되어야 한다. 그러나 시인은 시의 원문대로 과거형을 쓰지 않고 현재형을 썼다. 이것은 시인의 시간의식이 불분명해서라기보다 발화내용의 현실감을 주기 위해 과거사실(발화내용의 시간성)을 현재 사실(발화의 시간성)처럼 표현한 예술적 의도에서 나온 것이다.

> 내일이나 모레나 그 어느 즐거운 날에
> 나는 또 한 줄의 참회록을 써야 한다.
> — 그때 그 젊은 나이에
> 왜 그런 부끄런 告白을 했던가
> 밤이면 밤마다 나의 거울을
> 손바닥으로 발바닥으로 닦어 보자.

---

80) Susanne K. Langer, 앞의 책, p. 267 참조.

그러면 어느 운석밑으로 홀로 걸어가는
슬픈 사람의 뒷모양이
거울속에 나타나온다.

- 윤동주, <참회록> 중에서

이 작품은 미래의 행위를 현재화하고 있는 예다. 2행의 "써야 한다"의 현재형은 첫 행의 부사구와 바르게 호응하려면 '써야 할 것이다'라는 미래로 되었어야 했다. 마지막 행의 "나타나온다"도 마찬가지다. "그러면" 이라는 낱말은 어떤 행위의 결과(미래)를 전제한 접속어다. 특히 이 작품의 모호성은 "슬픈 사람의 뒷모양"의 뒷모양이다. 거울 속에는 앞모습이 나타나는 것이 광학적 사실인데도 시인은 분명히 '뒷모양'이라고 했다. 무슨 효과를 노린 것일까. 이것은 시간적 분석에서 그 단서를 찾을 수 있다. 즉, 화자(시인)는 상상적으로 미래로 가서 미래의 어느 시점(가령 인용된 시의 첫 행 "내일이나 모레나 그 어느 즐거운 날")에서 현재의 자신을 바라본 것이다. 현재에서 미래를 바라보는 것이 아니라 거꾸로 미래에서 현재를 생각한 것이다(이 작품을 알레고리로 본다면 미래의 언젠가 광복이 되었을 때 화자는 부끄러운 망국민에서 영광스러운 한 백성이 된다. 이 미래의 영광스런 자아가 된 입장에서 현재의 자신을 생각하니까 현재의 실존은 '슬픈 사람'이고 전도된 시간적 관점에서 앞모습이 아닌 '뒷모양'이 된 것이다).

윤동주는 미래지향적 시각을 지닌 식민지시대의 대표시인이다. 이것은 그의 기독교적 교양과 결부되어 있다.

(나) 시간의 모호성

다음 작품들은 '시간의 모호성'을 보여 주고 있다.

(ㄱ)
봄가을없이 밤마다 돋는 달도
'예전엔 미처 몰랐어요'

이렇게 사무치는 그리운 줄도
'예전엔 미처 몰랐어요'

달이 암만 밝아도 쳐다볼 줄을
'예전엔 미처 몰랐어요'

이제금 저 달이 설움인 줄은
'예전엔 미처 몰랐어요'

(ㄴ)
먼훗날 당신이 찾으시면
그 때에 내 말이 '잊었노라'

당신이 속으로 나무리면
'무척 그리다가 잊었노라'

그래도 당신이 나무리면
믿기지 않아서 '잊었노라'

오늘도 어제도 아니 잊고
먼훗날 그 때에 '잊었노라'

　(ㄱ)은 소월의 〈예전엔 미처 몰랐어요〉이고 (ㄴ)은 〈먼 후일〉이다. 두
작품 다 묘하게 과거시제의 직접화법을 쓰고 있다. (ㄱ)에서 각 연의 첫
행들은 현재시제이지만 둘째 행들은 똑같은 발화내용의 반복으로서 과
거형이다. 그리고 내용상 과거와 현재는 조화의 관계가 아니고 갈등의
관계다. (ㄴ)에서는 (ㄱ)과는 좀 달리 각 연의 첫 행에 나타난 미래와 직
접화법의 "잊었노라"의 과거형이 병치되고 있다. "먼 훗날" 그때에 "잊

었노라"에서 볼 수 있는 것처럼 논리적 모순성도 나타나 있다. 그리고 내용상 미래와 과거는 (ㄱ)처럼 역시 조화의 관계가 아니라 갈등의 관계다. 여기서 우리의 주목을 끄는 것은 직접화법의 '과거형'은 두 작품에서 똑같이 그리고 각 작품의 매 연마다 '반복되고' 있는 사실이다.

소월은 과거지향주의의 시인이다. 그의 가치는 '과거'에 있었고 그의 삶의 가치도 이 과거를 '지키는 데' 있었다. 그는 미래로의 자기 계획을 하지 않았던 소극적 시인이다. 그의 작품에 많이 나타나는 님은 이런 과거가치의 시적 상관물로 현재에도 미래에도 없고 오직 과거에만 존재하는 님이었다. 그는 변화를 싫어했다. 동일한 것(과거)의 지속만이 그의 인생의 전부였다. (ㄱ), (ㄴ) 두 작품의 '과거형'의 반복은 그의 이런 소극적 시간의식을 가장 단적으로 표상하고 있으며 따라서 그 '과거형'은 현재[(ㄱ)처럼]와도 미래[(ㄴ)처럼]와도 갈등의 관계를 맺고 있는 것이다. 이렇게 소월은 갈등의 관계로 과거·현재·미래를 결합하는 독특한 서정적 시간을 보여 주고 있다.

시간의 본질적 성격은 시간을 연속적인 흐름으로 체험할 때 비로소 파악된다고 했다. 이 흐름은 또한 과거가 현재 속에 연장되고 또 미래에도 흘러가는 것으로서 이른바 '가현재'(specious present)[81]의 경험을 구성한다. 가현재란 과거와 미래가 현재라는 순간 속에 통합된 것을 의미하며 곧 현재를 통해 지속되는 시간의 범위는 기억과 기대를 다 포함한다는 것이다. 역사적 현재는 이러한 시간의식에 근거하고 있다.

시인은 과거·현재·미래를 동화시킨다. 시간의 이런 통일화는 시정신의 또 하나의 본질이다.[82] 과학적이고 논리적인 사고는 시간마저도 공간화하고 수량화해서 과거·현재·미래로 나눈다. 특히 산업사회의 시간가치는 시간의 질적 가치가 아니라 바로 이런 양적 가치에 있다. 과거·현재·미래의 공간화·양화(量化)가 논리적 심성이라면 이 세 시상(시간적 양상)을 일체화시키는 시정신은 전논리적 심성이다. 전논리적

---

81) H. Meyerhoff, 앞의 책 p. 17.
82) P. Hernadi, 앞의 책, p. 25.

심성은 원시적 세계관이요 신화적 감수성이다. 이 심성은 자아와 세계, 사상과 감정을 분리시키지 않듯이 과거·현재·미래가 일체가 된 언어적 시제의 모호성(ambiguity of verbal tense)을 나타낸다.[83] 시제의 이 모호성에서 역사적 현재라는 이름으로 서정적 시간이 발생하는 것이다. 이런 의미에서 이 서정적 시간은 허구가 아니라 '본질적인' 시간일지도 모른다.

(2) 무시간성

(가) 시간의 공간화

무시간성이란 진리라든가 이념 또는 무의식의 세계나 영원, 법열의 순간같이 시간개념을 적용하기 어렵거나 시간의식(이 경우 시간은 유한성(temporality)을 뜻한다)을 초월한 상태를 가리킨다.

> 그사기컵은내해골과흡사하다. 내가그컵을손으로꼭쥐었을때내팔에서는난데없는팔하나가접목(接木)처럼돋히더니그팔에달린손은그사기컵을번쩍들어마룻바닥에매어부딪는다. 내팔은그사기컵을사수(死守)하고있으니산산이깨어진것은그럼그사기컵과흡사한내해골이다. 가지났던팔은배암과같이내팔로기어들기전에내팔이혹움직였던들홍수를막은백지는찢어졌으리라그러나내팔은여전히그사기컵을사수한다.
>
> – 이상, <시제11호>

이상은 과거에 대한 부정의식과 난해하고 이상한 포즈의 시로써 문학사에서 너무나 큰 자기 몫을 획득했다. 그에게서 우리는 하나의 큰 단절을 보게 된다. 과거에 대한 부정의식으로 끊임없이 '변화'만을 추구했고 이 과도한 변화의 추구는 또한 끊임없는 비약을 시도했다. 과거를 단절시킨 데서 새로운 생성을 추구한 그는 소월이 변화를 배제하고 동

---

83) Michael Bell, *Primitivism*(Mathuen & Co., LTD., 1972), p. 16.

일한 것(과거)의 지속만을 보여준 데 반하여 시간의 '지속적'인 양상을 그의 시간의식에서 완전히 배제했다.[84] 시간은 변화와 지속의 양면으로 체험되는데도 변화만을 강조한 그의 왜곡된 시간의식에 그의 이성까지 가세하여 시간의 공간화를 가져왔다. 이 공간화는 비생명화를 의미한다. 그래서 그의 시에서 우리는 골편, 두개골, 해골 같은 비생명적 이미지를 많이 볼 수 있다.

이 작품은 다섯 개의 문장으로 되어 있고, 넷째 문장의 가정법의 과거시제를 제외하고는 "흡사하다", "부딪는다", '해골이다', '사수한다'처럼 모두 현재시제이다. 그러나 이 현재시제에는 역사적 현재와는 달리 시간적 지속감을 좀처럼 느낄 수 없다. "해골", "깨어진 사기컵", 찢어진 "백지" 떨어져 나간 "팔 하나"와 같이 자아분열을 암시하는 비생명적 이미지들에게서 느끼는 것은 무시간감이다. 사실 이상의 대부분의 시에서 우리는 주로 공간감을 느낄 수 있을 뿐 시간적 지속감이나 시간감을 느끼지 못한다.

숫자 방위학
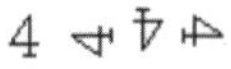
숫자의 역학
시간성(통속사고에 의한 역사성)
속도와 좌표와 속도

– 이상, <선에 관한 각서. 6> 중에서

이 작품에는 이미지가 없이 추상어들이 병치되어 있고 특히 2행은 '4자'를 아래로, 좌우로 뒤집어서 어떤 기하곡선을 형성하고 있다. 이상은 이처럼 숫자와 기하곡선과 과학용어 등 비시적 언어들을 사용함으로써 무시간성의 느낌을 준다. 대수학의 명제같이 추상적 개념들 사이의 관

84) 김준오, 〈自我와 時間意識에 關한 試巧〉《語文學》33집, 어문학회편(1975).

계를 진술할 때 무시간성의 현재시제가 사용된다. 자연법칙이나 일반적 사실, 진리의 진술도 이 범주에 속한다.

(나) 묘사의 무시간성
무시간성이 나타나는 또 하나의 예는 시적 진술의 한 특징인 '묘사'다.

> 고자기(古磁器) 항아리
> 눈물처럼 꾸부러진 어깨에
> 두 팔이 없다.
>
> 파랗게 얼었다
> 늙은 간호부처럼
> 고적한 항아리
>
> 우둔한 입술로
> 계절에 이그러진 풀을 담뿍 물고, 그 속엔
> 한 오합(五合) 남은 물이
> 푸른 산골을 꿈꾸고 있다.
>
> — 장서언, <고화병(古花瓶)> 중에서

이것은 대상을 스케치한 전형적인 영물시다. "없다", "꿈꾸고 있다"의 현재시제가 사용되었지만(4행은 과거가 사용되고 있다), 지각의 동시성을 느낄 수 있을 뿐 시간감이나 지속감을 주지 않는다. 묘사란 대상과의 일정한 거리를 두고 감각적 인상을 그리는 진술이다. 이때에는 진술의 시간성은 소요되지만 허구적 시간은 제외되는 것이다. 이것은 서사의 경우에도 마찬가지다. 즉, 묘사에는 진술의 시간(실제의 시간), 그러니까 작품외적 여건으로서 시간은 있으나 허구적 시간, 즉 작품내적 시간은 존재하지 않는다.

물론 묘사적인 시들이 모두 시간감각을 배제하고 있는 것은 아니다. 아래 시에서 우리는 탁월한 묘사인데 시간감각을 느낄 수 있다.

밤은 마을을 삼켜 버렸는데
개구리 울음 소리는 밤을 삼켜 버렸는데
하나, 둘 …… 등불은 개구리 울음 속에 달린다.

이윽고 주정뱅이 보름달이 빠져 나와
은으로 칠한 풍경을 토한다.

— 김종환, <고원(故園)의 시>

동사와 "이윽고"의 시간부사로 우리는 이 작품에서 어느 정도 시간의 흐름을 느낄 수가 있다. 그러나 여기서 우리의 관심을 끄는 것은 어둠과 밝음, 시각과 청각 등의 대비적 결합에 의하여 농촌 여름밤 풍경을 감각적으로, 인상적으로 묘사한 점에 있다. 시간의 흐름이 묘사의 수단이 되고 있지만 시골 밤 풍경의 순간적 인상을 묘사하고 있는 것이다.

(다) 영원한 현재

'영원한 현재'는 서정적 시간의 또 하나 의미심장한 양상이다. 서정시가 정서와 사상의 융합이라고 정의할 때 정서는 순간적이지만 사상은 초시간적이다. 그래서 서정적 시간은 영원한 현재로 기술되기도 한다. 이런 점에서 앞의 '역사적 현재'와는 구별된다.

지금 어드메쯤
아침을 몰고 오는 어린 분이 계시옵니다.
그 분을 위하여
묵은 의자를 비워드리겠어요
먼 옛날 어느 분이

　내게 물려 주듯이

– 조병화, <의자> 중에서

　이 시에서 보는 바와 같이 상점 부분은 시간을 드러내는 이미지들이다. 먼 옛날 선조들이 내게 물려 주었듯이 나도 후손에게 "의자"를 물려 주겠다는 나의 의지가 "주듯이"에 포함되어 있다. 그런데 논리적으로 보아 의자를 자기에게 물려 준 것은 과거이므로 "주듯이"란 '주었듯이'의 오기라 할 수 있다. 그러나 이 시가 표상하는 바의 '세대 교체'라는 자연의 섭리는 하나의 진리요, 이념으로서 시간을 초월해 영원을 지향하는 무시간성을 띠고 있는 것이다.

제 2 장

시의 구성원리

I 리듬의 개념

언어는 소리와 의미가 일체를 이룬 것이다. 언어의 음악성이나 의미는 홀로 고립될 수 없으며, 두 요소가 하나로 되어 시의 경이를 이룬다.[1] 언어의 형식면에서 볼 때 시는 소리의 연속이요 소리의 구조다. 시에서는 기표가 선행하고 기표가 전경화된다는 진술은 이런 문맥에 놓인다. 물론 시에서 언어학상의 소리는 음악과 도무지 경쟁할 수 없지만 의미, 문맥, 어조 등과 결합하여 음악적 효과를 낼 수 있다. 시인은 이 음악적 효과를 창조하기 위하여 소리를 모형화한다. 소리의 모형화가 리듬이다. 소리의 조직화인 리듬 때문에 시에서는 기표가 우선한다. 음향시처럼 심지어 리듬을 위해 기의(의미)를 희생시키기까지 하는 경우도 있다.

언어의 형식이 소리이듯이 리듬의 근거에서 보면 시와 산문과의 절대적 차이는 없다. 다시 말하면 모든 언어는 그 본질상 시에서건 산문에서건 리듬을 갖는다. 리듬의 관점에서 시와 산문의 구분은 정도의 문제이지 언어종류의 문제는 아니다.[2] 그러나 시는 고도의 조직화 성향을

---

1) E. Steiger, *Grundbegriffe der Poetik*(오현일·이유영 옮김, 삼중당, 1978), 24쪽.
2) C. Brooks & R. P. Warren, *Understanding Poetry*(Holt, Rinehart and Winston, 1960), pp. 119~120 참조. 언어의 운율적 자질은 시와 산문에 발휘되므로 리듬의 근거에서 보면 양자 간에는 상대적 차이밖에 없다.

갖기 마련인데, 이것은 바로 운율적 언어에서 가장 명백히 나타난다. 이 운율적 언어의 사용은 언어가 가진 어떤 소리자질의 규칙적 반복이라는 공통점을 지니고 있다. 규칙적 반복이란 동일성의 현상이며, 이 동일성의 현상이 리듬이라고 정의할 수 있다. 이처럼 서정시의 운문에서는 동일성 반복이라는 음악적인 장에 따라 단어들이 질서를 이룬다. 시를 체험의 질서화라고 할 때 이 질서화는 말할 필요 없이 시의 리듬에 있는 것이다. 리듬은 통일성과 연속성과 동일성의 감각을 준다.

리듬은 말소리의 모든 자질은 물론 휴지와 의미, 분행, 분절, 구두점의 종류 및 유무와 심지어 한글과 한자의 시각적 효과까지와도 불가분의 관계에 놓인다.3) 그러나 일반적으로 시의 리듬은 운율, 곧 운(rhyme)과 율(meter)을 지칭하는 개념이다. 따라서 운율은 율격만 가리키는 용어는 아니다.4) 리듬은 기표의 '반복성'이며 동시에 이 반복성은 소리의 반복을 비롯하여 음절수, 음절의 지속, 성조, 강세 등 여러 상이한 토대에서 이루어진다.

---

3) 김종길, 〈韻律의 概念〉(《心象》 1974년 1월호). 카아터 코웰(Carter Collwell)도 운율법의 세 구성 요소는 소리의 반복(두운, 각운 등)과 리듬의 반복(보격, 음절 계산, 강세 계산) 그리고 소리와 리듬을 포함하는 반복과 바리에이션의 패턴(연, 특수 시형, 자유시, 후렴)이라 했다. *A Student's Guide to Literature*(이재호·이명섭 옮김, 을유문화사, 1973), 56쪽.

4) 영어의 rhythm을 율동이라 번역하여, 이것을 연속적으로 발생하는 사건에 있어서의 대립적 변화, 곧 R. Fowler가 말한 것처럼 "파도의 모양과 크기와 속도만큼이나 무한히 다양한 흐름"으로 정의하고 이 율동에 어떤 규칙성이 가해져서 모형화한 것을 meter, 곧 율격이라 하여 엄격히 구분하는데, 우리말의 운율은 이 meter와 소리의 반복인 rhyme을 포괄하는 용어라고 한다. 김대행, 《韓國詩歌構造研究》(삼영사, 1975), 28~29쪽, 박철희, 《文學概論》(형설출판사, 1975), 132~133쪽 참조.

1 운

운이란 한시나 영시에서 많이 볼 수 있는 것으로 소리의 반복이다.[5] 압운이라고도 불리는 이 리듬은 다시 각운, 두운, 자음운, 모음운 등으로 세분된다. 두운은 단어의 첫 자음(넓은 의미로 어떠한 자음의 반복도 해당되는데 이 경우에는 자음운이라고도 한다)의 반복이고, 모음운은 강음절

---

5) 영시의 경우 '철자'의 동일성이 아니라 어디까지나 '소리'의 동일성이 운이 되고 있음에 주의를 환기시키고 있다.

　　예컨대 J. Keats의 〈Ode on a Grecian Urn〉에서

　　Thou still unravish'd bride of quiet**ness**,

　　　Thou foster-child of Silence and slow T**ime**,

　　Sylvan historian, who canst thus exp**ress**

　　　A flowery tale more sweetly than our rh**yme** :

"ess"의 소리는 1행과 3행에서 동일하고 "ime"의 소리는 2행과 4행에서 동일하다. 따라서 이 작품은 각운이 된다. 이 경우 압운체계(rhyme scheme)는 abab의 형이 된다(그러나 'ess'의 경우는 자음의 소리만 같기 때문에 반운 또는 근운이 되고 'ime'은 자음과 모음의 소리가 다 같기 때문에 완전운이 된다).

　　한시에서는 정해진 운자로 압운함을 엄격한 원칙으로 하고 있다. 예컨대 두보의 유명한 율시 〈春望〉에서

　　　　　　　◎

　　　國破山河在, 城春草木深

　　　　　　　◎

　　　感時花濺淚, 恨別鳥驚心

　　　　　　　◎

　　　烽火連三月, 家書抵萬金

　　　　　　　◎

　　　白頭搔更短, 渾浴不勝簪

2, 4, 6, 8句의 ◎표는 침운자(侵韻字)로 압운한 각운에 해당한다.

의 모음이 반복되는 현상이고, 각운은 시행 끝 강음절의 모음과 자음이 반복되는 현상인데, 이 각운은 운의 대표가 된다. 이 밖에 하나 이상의 압운어가 시행 내에 있을 때 중간운 또는 요운이라 한다.

그러나 우리의 고전시가나 현대시의 경우 한시나 영시에서처럼 엄격한 규칙성의 운은 찾아볼 수 없다.

꽃가루와 같이 보드러운 고양이의 털[×]에

고운 봄의 향기가 어리우[○]도다

금방울과 같은 호동그란 고양이의 눈[×]에

미친 봄의 불길이 흐르[○]도다.

　　　　　　　　　　　　　　　　– 이장희, <봄은 고양이로다> 중에서

○표와 ×표의 음절의 소리는 단순한 소리의 반복일 뿐 영시나 한시처럼 음절 강조가 없는 소리의 반복이기 때문에 진정한 의미의 압운어라고 볼 수 없다.

압운은 대체로 음절 의식이 강한 언어체계에서 주로 사용되어 온 기교이기 때문에 우리의 경우 이런 음절 의식이 철저하지 못한 점, 우리말이 부착어이기 때문에 문절·어절·어휘 등의 반복이 음절의 반복보다 우세하게 사용되고 있는 점 그리고 우리의 언어구조에서 한 문장이나 문절의 끝음절의 음상이 빈약하다는 점 등이 현대시는 물론 고전시가에서도 압운이 실패하는 이유로 지적되고 있다.⁶⁾

---

6) 김대행, 앞의 책, 57~58쪽, 허미자, 〈現代詩의 押韻에 대하여〉《현대문학연구원 논총》 제15집(이화여대, 1970), 130쪽, 김완진, 〈語學徒가 보는 詩의 言語〉(《心象》 1975년 7월호) 등 참조.

　가령, 우리 민요 "밭을 갈아 콩을 심고/ 밭을 갈아 콩을 심고/ 꾸륵꾸륵 비둘기야// 백양(白楊) 잘라 집을 지어/ 초가 삼간 집을 지어/ 꾸륵꾸륵 비둘기야"와

2 율 격

율격은 고저, 장단, 강약의 규칙적인 반복이다. 롯츠(J. Lotz)에 의하면 율격을 형성하는 운율의 자질에 따라 율격의 형태는 크게 순수음절 율격과 복합음절 율격의 두 가지로 나뉜다.[7] 여기서 순수음절 율격이란 우리가 흔히 부르는 음수율, 즉 음절계산의 리듬이다. 이 음수율은 고려 속요, 경기체가, 시조, 가사, 민요 등의 고전시가나 현대시의 운율연구에서 지배적인 방법이 되어 왔다. 우리말은 첨가어이기 때문에 체언과 용언에 조사나 어미가 붙어서 한 어절이 대개 3음절 내지 4음절로 이루어져 있다. 그래서 우리의 음수율을 2·3조, 3·3조, 3·4조, 4·4조, 3·3·2조, 3·3·3조, 3·3·4조로 가를 수 있고 또 개화기 이후 일본에서 도입되었다는 7·5조도 역시 7은 3·4, 5는 2·3 등으로 가를 수 있기 때문에 결과적으로 전통 음수율의 변형에 지나지 않아 한국 현대시에서 정착될 수 있었다는 것이다.

(ㄱ)
살어리 살어리 랏다
청산에 살어리 랏다

— <청산별곡(靑山別曲)> 중에서

(ㄴ)
元淳文 仁老詩 公老四六
李正言 陳翰林 雙韻走筆

— <한림별곡(翰林別曲)> 중에서

같이 우리 시가에는 같은 문절·어절·어휘 등의 반복이거나 단순한 소리의 반복이 있을 뿐이다.
7) John Lotz, *Style in Language*(The M. I. T. Press, 1968), p. 142 참조.

(ㄷ)

고인(古人)도 날 몯보고 나도 고인 못뵈

고인(古人)을 몯 뵈도 녀던 길 알픠 잇닉

녀던 길 알픠 잇거든 아니 녀고 엇덜고

　　　　　　　　－ 이황, <도산십이곡(陶山十二曲)> 중에서

(ㄹ)

이 몸 삼기실 제 님을 조차 삼기시니

ᄒᆞᆫ성 연분(緣分)이며 하늘모롤 일이런가

　　　　　　　　－ 정철, <사미인곡(思美人曲)> 중에서

(ㅁ)

대죠선국 건양원년 자주독깁 기쁘하세

천지간에 사람되야 진흥보국 제일이니

　　　　　　　　－ 작자미상, 개화기 <애국가(愛國歌)> 중에서

(ㅂ)

아리랑 아리랑 아라리요

아리랑 고개를 넘어간다

　　　　　　　　－ 민요, <아리랑> 중에서

(ㅅ)

나 보기가 역겨워

가실 때에는

말없이 고이 보내 드리우리다

　　　　　　　　－ 김소월, <진달래꽃> 중에서

(ㄱ)은 고려속요로서 3·3·2조, (ㄴ)은 경기체가로서 3·3·4조, (ㄷ)

은 시조로서 3·4조, (ㄹ)은 가사로서 4·4조, (ㅁ)은 개화가사로서 4·4조, (ㅂ)은 민요로서 3·3·4조, (ㅅ)은 현대시로서 7·5조이다. 그러나 이런 음절 계산으로 장르의 특징이나 미적 가치를 충분히 기술할 수는 없다. 더구나 우리 시가의 한 행을 이루는 음절수는 고정적이 아니고 가변적이고 심히 다양하기 때문에 음수율에 의한 율격연구가 사실상 무의미하지 않을 수 없다. 고시조만 하더라도 음수율이 300여 가지나 되는 다양한 음절수로 되어 있다고 한다. 물론 음절수의 가변성에서 인위적인 아름다움보다 자연스러운 멋을 느낄 수 있겠지만 원래 시가란 이름 그대로 음악과 밀접한 관계에 있기 때문에 음수율은 단순히 음절수에 의한 리듬보다 박자개념에 의한 시간적 등장성으로 파악하는 것이 더욱 타당할 것이다. 음수율보다 음보율이 우리 시가의 리듬으로 타당하다고 보는 것은 이 때문이다.

복합음절 율격은 이 음절수와 더불어 어떤 형태의 운율적 자질이 규칙화된 리듬이다. 이것은 다시 고저율(tonal)과 강약률(dynamic)과 장단율(durational)로 세분화된다.

고저율은 음성률, 성조율격, 평측률격이라고도 불린다. 이것은 소리의 고저가 규칙적으로 교체·반복되는 율격으로서 주로 한시에서 사용되어 왔다. 우리나라에는 중세기 문헌에 이른바 방점을 찍어 성조기호를 사용한 적이 있다. 따라서 고저율은 중세기의 시가, 예컨대 〈용비어천가〉에서 사용된 리듬이다. 그러나 우리말의 경우 고저가 변별적 자질을 갖지 못하기 때문에 고저율은 우리 시가에 적용되지 않는 실정이다.

강약률은 영시에서 주로 볼 수 있는 것으로 악센트 있는 강한 음절과 악센트가 없는 약한 음절의 교체가 규칙적으로 반복되는 리듬의 패턴이다. 강약률의 기본단위가 되는 음보(foot)란 강한 음절과 약한 음절이 결합된 것인데, 이 음보는 약강격과 강약격, 약약강격과 강약약격의 넷으로 분류된다. 따라서 강약률은 한 행에 나타난 이런 음보의 수로 정의된다. 음보는 1음보에서 8음보까지 있다.

```
  *    ′   |  *    ′  | *   ′  | *   ′  |  */*
a thing    of    beauty   is    a   joy    forever
```
(*는 약한 음절, ′는 강한 음절의 표시임)

이 작품은 약한 음절과 강한 음절이 한 행에서 다섯 번 되풀이되고
있다. 그러니까 약강격 5음보의 율격을 가진 시다. 그런데 우리의 경우
남도와 서도, 경기지방의 민요는 물론 궁중에서 면면히 이어온 아악도
3박자 계통의 리듬형인데, 이 리듬의 패턴은 강약약형의 표현형태를 취
하고 있을 뿐 아니라 우리말은 대개 첫 음절에 악센트를 두고 있다는
이 두 가지 근거에서 강약 율격의 존재를 인정하는 학자도 있다.[8]

　둘하 노피곰 도ᄃᆞ샤
　머리곰 비춰 오시라

　　　　　　　　　　　　　　　－ <정읍사> 중에서

음절계산으로 보면 첫 행은 2·3·3의 음절수로 되어 있지만 강약 율
격에서 보면 강약약형의 리듬패턴을 이루고 있다는 것이다. 그러나 실
제로 우리말에서 강약은 영어에서처럼 뚜렷이 판별해 내기가 힘들다.
다시 말하면 우리말의 강약은 고저의 성조처럼 변별적 자질을 갖지 못
하기 때문에 강약 율격의 연구는 사실상 불가능하거나 적어도 부진한
실정이다.
　장단율은 장·단의 소리가 규칙적으로 교체·반복되는 리듬, 즉 소리
의 지속시간의 양에 의하여 결정되는 리듬이다. 우리말에 있어서 음운
적 자질이 가장 잘 판별된다는 근거에서 비교적 명확하고 단순한 이 장
단의 음운자질이 현대시의 율격 형성에 관여할 가능성이 크다고 기대되

---

8) 정병욱, 〈고시가 운율론 서설〉《崔鉉培先生華甲紀念文集》(정음사, 1954). 그리고
　이능우도 〈字數考代案〉《서울대 논문집》(1958)에서 강약률의 음보를 주장했으나
　정병욱과는 달리 강약을 국어 자체의 성격에 두지 않고 심리현상에 두고 있다.

기도 한다.[9)]

이상에서 밝힌 것처럼 율격은 음수율・고저율・강약률・장단율로 나누어지고, 고저 악센트・강약 악센트・장단 악센트가 있어 리듬의 패턴을 형성하는 것임을 알 수 있었다. 이처럼 율격은 악센트라는 변별적 자질을 필수조건으로 한다.

그러나 이런 율격의 정의와 분류는 한시나 영시에 적용되는 리듬패턴이지 우리의 것은 아니다. 롯츠의 이런 분류에서 우리 시가나 현대시에 적용할 수 있는 율격은 강약률과 음수율이라고 하는 이도 있으며,[10)] 또 이와 반대로 장단율이라고 하는 이도 있다.[11)]

한국 시가의 율격을 형성하는 기본요소를 우리말의 성격에서 찾아볼 수도 없고, 일본 시가의 자수율과는 달리 우리 시가에서는 음절수가 고정되어 있지도 않기 때문에 한국 시가의 율격개념은 새로 정립될 수밖에 없다. 음보율이 대두된 것은 이 때문이다.

3 음보율

문법의 가장 큰 단위는 문장(sentence)이다. 음절이 모여서 낱말이 되

---

9) 정광, 〈韻律研究의 言語學的 接近〉(《心象》 1975년 7월호).
10) 정병욱, 앞의 논문.
11) 정광, 앞의 논문과 〈韓國詩歌의 韻律研究試論〉《應用言語學》 제7권 2호(서울대 언어연구소, 1975) 참조.
　　　가령,
　　　사ㄴ에는/꼬ㅊ피네/꼬치피네
　　　가ㄹ보ㅁ/여름업시/꼬치피네
　　　(-는 장음표시, /는 colon의 표시)
에서 장단의 규칙적 반복을 표시하고 있으나, '산', '꽃' 그리고 '여름'의 '여'는 모두 음운자질로서의 장음을 가진 음절이 아니기 때문에 장단율격을 형성한다고 보기는 어렵다.

고, 낱말이 모여서 어절이 되고, 어절이 모여서 문절이 되고, 문절이 모여서 문장이 된다. 이것을 시의 형태면에서 말하자면 음절이 모여서 음보가 되고, 음보가 모여서 행이 되고, 행이 모여서 연이 되고, 연이 모여서 한 편의 시가 된다. 여기서 음보란 음절이 모인 것 또는 행을 이루는 단위로 정의할 수 있다. 물론 음보율이란 이 음보의 수에 의해서 결정되는 율격이다. 다시 말하면 음보의 규칙적 반복이 음보율이다. 그러나 우리 시가의 음보는 앞에서 기술한 것처럼 영시의 음보의 개념과 전혀 다르며, 음보율 또한 영시의 강약률이 아니다.

음보에 대한 정의는 구구하거나 모호하기 짝이 없다. 한 시행을 이루는 음보의 구획을 문법적 어구나 논리적 휴지로, 롯츠의 개념인 코올런(colon)처럼 응집력이 있는 구절, 심지어 주관적 자의로 설정되기도 한다.

우리말의 어휘는 2음절과 3음절로 된 것이 압도적으로 많다. 이 어휘에 조사나 어미가 붙어 실제로 운용되는 어절은 3음절 내지 4음절이 된다. 따라서 시가에도 3음절 내지 4음절이 리듬의 기본단위가 된다. 통사적으로 배분된 어절이 끝난 다음에 휴지가 와서 3음절 내지 4음절을 휴지의 한 주기로 기대하게 된다. 음보란 이렇게 휴지에 의해서 구분된 문법적 단위 또는 율격적 단위다.[12] 중요한 것은 휴지가 일정한 시간적 길이마다 나타나는 것이 음절수가 같기 때문이 아니라 율독을 할 때 호흡에서의 같은 시간적 길이 때문인 점이다.[13] 다시 말하면 음보는 3음절 내지 4음절을 휴지의 일주기로 하여 동일한 시간양을 지속시키는 등시성에서 발생한다.

---

12) 조동일은 이 문법적 또는 율격적 단위(율격적 단위는 문법적 단위에 근거하지만 반드시 일치하지는 않는다)를 '토막'이란 말로 쓰고자 한다. 그에 의하면 음수율의 '구'에 해당하는 것이 음보인데 '구'는 자수가 고정되어야 한다는 선입견 때문에 자수가 변할 수 있다는 사실을 인정하면서 율격을 분석하기 위해서 '음보'의 용어를 택할 필요가 있고 이 음보를 '토막'이라 해도 좋다고 한다. 〈시조의 율결과 변형규칙〉《한국시가의 전통과 율격》(한길사, 1982), 50, 57쪽 참조.
13) 조동일, 위의 책, 54쪽.

대동강/ 너븐디/ 몰라셔
비내여/ 노혼다/ 샤공아

- <서경별곡> 중에서

이 고려속요에서 3음절이 한 음보를 이루고 있고 이 음보가 한 시행에서 세 번 되풀이되고 있다. 즉, 3음보의 정형시다.

보리밥/ 픗ᄂ믈을/ 알마초/ 머근 후에
바희긋/ 믉ᄀ의/ 슬ᄏ지/ 노니노라
그나믄/ 녀나믄 일이야/ 부룰줄이/ 이시랴

- 윤선도, <산중신곡> 중의 한 수

이제 시조는 3・4조의 음수율 때문에 정형시가 아니다. 3음절 또는 4음절을 휴지의 일주기로 한 시간적 등장성의 반복 때문에 정형시다. 예컨대 "보리밥"의 3음절은 "픗ᄂ믈을"의 4음절보다 느리게 읽고 반대로 "픗ᄂ믈을"을 "보리밥"보다 빨리 읽으면 결국 율독의 동일한 시간양마다 휴지가 나타나서 시조는 각 행이 4음보로 된 정형시임을 알 수 있다. 즉, 3음절이나 4음절의 율독 시간양은 다 같은 것이다. 이처럼 한 행에서 음절수는 비록 가변적이지만 음보수는 고정적인 것이 우리 시가의 전통성이다.

음수율은 음절수가 고정되어야 합리적인 율격개념으로 정립되는데, 우리 시가의 경우 음절수가 고정되어 있지 않기 때문에 음절수에 구애받지 않는 음보는 작품의 실제와 부합되는 합리적인 율격개념이 되는 것이다. 이런 합리성은 율독의 차원에서만이 아니라 시가가 음악의 가사라는 사실을 감안해서 음악과 관련지어서 분석해 보면 더욱 그 타당성이 드러나는 것이다.

악곡이론에 의하면 마디가 모여서 동기가 되고, 동기가 모여서 작은 악절이 되고, 작은 악절이 모여서 큰 악절이 된다. 예를 들면 동요 〈산토끼〉의 악곡은 다음과 같이 분석할 수 있다.

* 마디 : a
* 동기(motive) : b/2 마디
* 작은 악절 : c/4 마디
* 큰 악절 : d/8 마디

  여기서 악곡이론을 시가의 율격과 관련지으면 마디는 음보에, 동기는 구에, 작은 악절은 행에, 큰 악절은 연에 해당됨을 알 수 있다. 이것은 시간적 등장성에 근거한 음보란 바로 음악의 박자개념에 해당한다는 사실을 시사한다. '마디'마다 박자가 같아야 한다는 악곡의 원리는, 휴지가 나타나는 '음보'의 시간양이 같아야 한다는 시가의 원리로 연결되는 것이다.14) 그리하여 〈산토끼〉는 4음보의 정형시임이 입증된다.

  3음보와 4음보는 우리 시행을 이루는 기본율격이다. 3음보는 우리의 미의식과 결부된 고유리듬이며, 4음보는 중국 문화의 우수개념(偶數槪念)의 영향으로 성립된 리듬이다.15) 여기서 주목해야 할 점은 이 두 전통적 율격이 창작계층과 결부되어 있는 기능과 효용의 면이다.16)

---

14) 만약 동기를 시가의 한 행으로 처리하면 악곡에서의 작은 악절은 두 개의 행이 모여서 이루어진 것이 된다.

15) 정병욱, 앞의 논문.

16) 김윤식, 〈한국 근대시 형성에 대한 한 고찰〉《韓國學報》 20집(1980) ; 조동일, 〈현대시에 나타난 전통적 율격의 계승〉《우리문학과의 만남》(홍성사, 1978), 230쪽.

다음 도표에서 볼 수 있는 것처럼 3음보는 서민계층의 세계관과 감성의 표현인 데 반하여 4음보는 사대부의 귀족계층의 세계관과 감성의 표현이다. 개화가사가 4음보의 율격을 선택한 것은 민족의식의 고취와 개화사상과 새로운 지식의 보급이라는 교술적 기능만 요청되었기 때문이며, 개화가사의 창작계층인, 당시 사대부인 유학생의 세계관과 중인계층의 보수주의적 경향 때문이다.

3음보	4음보
서민계층의 리듬	사대부계층의 리듬
자연적 리듬	인위적 리듬
서정적 리듬	교술적 리듬
경쾌한 맛	장중한 맛
가창에 적합	음송에 적합
동적 변화감과 사회 변동기 대변	안정과 질서 대변

이것은 시의 형식이 단순히 표현수단에 지나지 않는 것으로 경시할 일이 아니라 사회역사적 산물로서 이데올로기적 의의를 띠고 있는 사실을 시사한다.

현대시는 자유시와 산문시로서의 특징을 지닌다. 과거의 정형시가에서 볼 수 있는 외형률을 깨뜨린 것이 자유시와 산문시다. 자유시는 전통 율격에서 자유로운 대신 표현되는 사상이나 정서가 리듬의 바탕을 이룬다. 그래서 현대시의 리듬을 내재율로서 간단히 처리해 버린다. 그러나 이 음보의 개념으로 내재율의 정체를 밝힐 가능성이 보인다. 이것은 음보율이 폭넓은 변형 가능성을 지니고 있다는 점에 근거하고 있다.[17] 따라서 우리의 전통 음보율인 3음보와 4음보가 현대시에서 어떻게 변형되고 있는가 하는 것이 과제다.

7·5조의 음수율은 앞에서 말한 것처럼 우리 시가의 고유리듬이 아니

---

17) 조동일, 앞의 책(1978), 218쪽.

고 일본에서 도입된 리듬이다. 이 7·5조가 현대시에서 많이 채용되고 있는 이유는 이것이 전통리듬인 3음보 내지 4음보의 율격이 될 수 있기 때문이다.

7·5조는 다음과 같이 재배분되면서 율격기능을 수행한다.[18]

7·5조	1차 대립	1행이	7음절	5음절	→	2음보
↓	2차 대립		3(4)·4	5	→	3음보
↓	3차 대립		3(4)·4	2(3)·3(2)	→	4음보

이처럼 7·5조는 3음보와 4음보의 두 가지 율성을 구비하고 있다. 가령 소월의 〈진달래꽃〉에서

나 보기가 역겨워
가실 때에는
말없이 고이 보내 드리우리다

1차적 대립으로 보면 7·5조는 2음보의 율격을 지닌다(1, 2행은 7음절과 5음절이 각기 행으로 배열되어 변화를 부린 것이다).

그러나 2차 대립에서 보면 3음보가 된다.

나 보기가/ 역겨워/ 가실/ 때에는
말없이/ 고이 보내/ 드리우리다
(2행은 또한 "말없이/ 고이/ 보내 드리우리다"로 재분할될 수 있는 것이다.)

---

18) 성기옥, 〈素月詩의 律格的 位相〉《冠嶽語文研究》 2집(1977) 참조.

그리고 3차 대립에서 보면 4음보로도 볼 수 있다.

　나 보기가/ 역겨워/ 가실/ 때에는
　말없이/ 고이 보내/ 드리/ 우리다
　(그러나 2행에서 '드리/ 우리다'는 통사적 관점에서 보면 재분할될
　수 없다.)

　4음보는 현대시에서 2음보와 2음보 또는 3음보와 1음보로 재분할되기
도 한다. 따라서 한 행이 2음보로 된 것은 4음보의 변형으로 볼 수 있는
것이다.[19]

　머언산/ 청운사
　낡은/ 기와집
　산은/ 자하산
　봄눈/ 녹으면

- 박목월, <청노루> 중에서

　이 작품은 한 행이 2음보로 되어 있다. 물론 2행을 합쳐서 4음보로
파악되는 것이다.

　해야/ 솟아라// 해야/ 솟아라// 말갛게/ 씻은 얼굴// 고운 해야/
　솟아라// 산넘어/ 산 넘어서// 어둠을/ 살라 먹고// 산 넘어/ 밤새
　도록// 어둠을/ 살라 먹고// 이글 이글/ 애띤 얼굴// 고운 해야/
　솟아라

- 박두진, <해> 중에서

---

19) 전통 율격을 4음보가 아니라 2음보로 볼 수 있는 견해는 전혀 배제될 수 없다.
　　이렇게 본다면 4음보가 2음보의 변형이 된다.

이것은 산문시의 형태다. 그러나('/' 또는 '//'의 부호로 표시되어 있듯이) 2음보가 중첩된 율격을 확연히 보여주고 있다. 박두진, 박목월, 조지훈 등 세칭 청록파의 문학사적 의의는 3음보와 4음보의 전통적 리듬을 여러 가지로 변형시키면서 개발한 데서도 찾을 수 있다.

그러나 청록파의 초기 시와는 달리 뚜렷이 율성이 느껴질 수 없는 현대시들에서도 전통적 음보의 변형된 형태로서의 계승을 엿볼 수 있다.[20]

> 남들은 자유를사랑한다지마는 나는 복종을조아하야요
> 자유를모르는것은 아니지만 당신에게는 복종만하고싶허요
>
> — 한용운, <복종> 중에서

이 작품을 음보 단위로 보면 다음과 같이 재분할이 가능해진다.

> 남들은/ 자유를/ 사랑한다지마는
> 나는/ 복종을/ 조아하야요
> 자유를/ 모르는 것은/ 아니지만
> 당신에게는/ 복종만/ 하고 싶어요

이렇게 재분할해 놓고 보면 이 작품은 3음보의 율격을 지닌 시가 된다. 음수율로 보면 3·3·5조가 되는데 마지막 음보가 앞의 두 음보보다 길다.[21] 만해의 시는 대개 장중한 느낌을 유장한 템포와 결합시키고 있는데, 마지막 음보가 긴 3음보의 효과는 이 장중한 느낌에 있다.

---

20) 조동일, 앞의 책(1978), 219~240쪽 참조.

21) 이 경우를 '뒤가 무거운 3음보' 또는 후장(後長) 3음보라 하고 "살으리/ 살으리/ 랏다"처럼 뒤가 앞의 두 음보보다 가벼운 경우는 '뒤가 가벼운 3음보' 또는 후단삼음보(後短三音步)라 하고 같은 경우는 등장삼음보(等長三音步)라 한다. 또 뒤가 가벼운 3음보는 보다 경쾌한 느낌을 주나 뒤가 무거운 3음보는 보다 육중한 느낌을 준다고 한다. 조동일, 위의 책 (1978), 212쪽; 오세영, 〈植民地 狀況과 不連續的 삶〉《현상과 인식》 1979년 여름호) 참조.

　지나치게 도식화한 점은 면치 못하겠지만 3음보와 4음보의 전통 율격이 행과 연의 배열과 또는 산문시 형태에 의하여 다양하게 변용되고 있는 것을 현대시에서 찾아볼 수가 있다. 이런 전통 율격의 변형을 기술하는 데 있어서 러시아 형식주의자들은 '낯설게 하기'(defamiliarization)라는 적절한 개념을 마련하고 있다.

Ⅲ　분행과 시의 형태

　리듬은 시의 행을 떠나서 존재할 수 없다. 왜냐하면 리듬이란 행을 등가체계로 만들어내는 것이기 때문이다. 예컨대 시조는 3·4조의 4음보의 리듬에 의해서 초·중·장의 3행이 분할된다. "시적 언어를 비슷하거나 가능한 대로 균등한 힘의 경계를 갖는 음성단위인 시행으로 분할하는 것은 분명히 시적 언어의 변별적 자질"[22]이라는 규정은 이 점을 시사한다. 기표의 우세와 기표의 반복과 함께 행들로 조직된다는 것이 다른 산문과 구분되는 시적 담론의 특징이다.[23] 무엇보다 시를 시답게 하는 것은 '행을 통한 발화'[24]다. 이 분행의 필수적 조건에 자유시도 포

22) Boris Tomashevsky, *Théore de la Littérature, Texts des Formalistes russes reunies*(Tzvetan Todorov 옮김, Battenburg Press, 1965), p. 154. 여기서는 Anatomy Easthope, *Poetry as Discourse*(박인기 옮김, 지식산업사, 1994), 85쪽에서 재인용.
23) Easthope, 앞의 책, pp. 37~38.
24) Dieter Lamping, *Das Lyrische Gedicht ; Definitionen zu Theorie und Geschichte der Gattung*(장영태 옮김, 문학과 지성사, 1994), 38, 103쪽 등 여기저기 참조. Lamping은 웰렉처럼 서정장르에 대한 일반화된 정의들의 불가능성을 강조하면서 '최소 정의'로서 "행을 통한 개별 발화"를 서정적인 것의 특징으로 제안한다.

함됨은 물론이다.

1 '낯설게 하기'와 분행

러시아 형식주의자들은 리듬을 특이한 개념으로 사용한다. 그들에 의하면 리듬과 율격은 엄격히 구분된다. 율격은 이미 정해져 있는 기계적 형식이다. 이것은 운과 더불어 리듬을 형성하기 위한 부수적인 요소에 지나지 않는다. 반면 리듬은 전통 율격을 파괴하여 소리와 의미에 충격을 주는 '형식적' 원리다. 그것은 시의 모든 다른 요소들(이런 요소들을 조직하는 데 주도적 역할을 하면서)과 관련해서 한 편 한 편의 시에서 언제나 새로이 형성되는 것이다. 그래서 리듬은 정적이지 않고 동적이다. 전통 율격이나 표준언어는 도식화되어 있어 우리에게 낯익은 것이지만 이런 자동화를 파괴함으로써 한 편의 시는 우리에게 신선한 충격을 주게 된다. '낯설게 하기'란 바로 예술의 본질이며, 러시아 형식주의자에게 리듬은 말할 필요 없이 이런 '낯설게 하기'의 산물이다.

산에는 꽃 피네
꽃이 피네
갈 봄 여름없이
꽃이 피네

산에
산에
피는 꽃은
저만치 혼자서 피어 있네

산에서 우는 작은 새요
꽃이 좋아

산에서
사노라네

산에는 꽃 지네
꽃이 지네
갈 봄 여름없이
꽃이 지네

- 김소월, 〈산유화〉

이 작품은 3음보(음수율은 3·3·4조)의 전통 율격에 의해서 시어들이 조직되어 있다. 그러나 시인은 이 3음보를 때로는 한 행으로, 때로는(1연과 4연처럼) 2행으로, 때로는 3행(2, 3연처럼)으로 배열하여 변화를 구하고 있다. 이런 변화로 이 작품은 '낯설게 하기'의 효과를 발휘하고 있는 것이다.

형식주의 관점을 더 진행시켜 보자, 〈산유화〉는 반복성과 대칭성의 구조다. 4개 연의 끝이(또는 문장의 끝이) 모두 감탄형 종결어미 '~네'(이 종결어미는 사물·사건·상황에 대한 화자의 인식까지 내포하고 있는, 현대시에서 많이 채용되고 있는 어미다)로 통일된 유사성을 띠고 있다. 그런데도 각 연은 의미론적으로 그리고 행갈이에서 대칭구조를 이룬다. 미시적으로 1연의 '생성'과 4연의 '소멸'이 의미론상 대칭되고 2연의 '고독'과 3연의 '화합'이 서로 대칭된다. 동시에 거시적으로 1연과 4연의 외재연과 2연과 3연의 내재연이 또한 대칭을 이룬다. 곧 외재연은 행갈이에서 3음보가 2행으로 분행되고, 의미론상 시공의 '확산'을 보인 반면 내재연은 3음보가 1행으로 배열되거나 3행으로 배열되어 있으며, 시공의 '축소'를 보인다. 따라서 〈산유화〉는 3음보의 등가체계로써 행을 분할하는 것을 파괴한 낯설게 하기의 기법과 아울러 반복과 대립이 서로 긴밀히 얽혀 있는 규칙성을 동시에 보이고 있는 것이다.

음보를 여러 행으로 배열하는 변형이 이미 암시하듯이 시행들이 리듬에 의해서만 반드시 통제되지도 않으며 통제되어야 할 필요도 없다. 여기서 자유시에서 행 분할의 문제가 정면으로 제기된다.

사실 시에서 분행과 분련 자체는 근본적으로 표준언어 또는 일상언어를 파괴하는 '낯설게 하기'의 기교에 해당한다. 같은 구문을 분행했을 경우와 그렇지 않은 경우 사이에는 의미의 차이가 발생하고, 이 의미의 차이는 운문과 산문의 차이가 되는 것이다.

> 이제 나는 시골 큰집이 싫어졌다
> 장에 간 큰아버지는 좀체로 돌아오지 않고
> 감도 다 떨어진 감나무에는
> 어둡도록 가마귀가 날아와 운다
>
> – 신경림, <시골 큰집> 중에서

만약 이 작품을 "이제 나는 시골 큰집이 싫어졌다. 장에 간 큰아버지는 좀체로 돌아오지 않고 감도 다 떨어진 감나무에는 어둡도록 가마귀가 날아와 운다"처럼 분행하지 않았더라면 하나의 산문 구절이 되었을 것이다. 비록 문법적 구문상으로는 두 개의 문장으로 되어 있는 점에서는 같지만 분행의 경우 억양·휴지 등의 차이로 의미의 차이가 발생한다. 예를 하나 더 들어보자.

> (ㄱ)
> 뻐스는 창을 닫고 시속 120킬로의 고속으로 달리기 시작한다
>
> (ㄴ)
> 뻐스는 창을 닫고
> 시속 120킬로의
> 고속으로 달리기 시작한다.
>
> – 황금찬, <고속버스 안의 나비> 중에서

(ㄱ)은 정보전달에 초점을 둔 하나의 산문이다. 그러나 (ㄱ)을 (ㄴ)처럼 3행으로 분행했을 때 우리는 비로소 하나의 시구로 수용하게 된다. 분행이 내재율을 창조하고 이 내재율이 시를 시답게 하는 것이다. 이런 엄청난 차이가 (ㄱ)과 (ㄴ) 사이에서 발생하는 것이다.

자유시와 더불어 정형시에서 이탈한 산문시의 경우 더 이상 행을 통한 발화로 정의될 수 없다. 그래서 산문시는 '시행의 결핍'[25]으로 변명되기도 한다. 현대시는 행갈이에서 여러 가지 변화를 추구한다.

미완결 시행 또는 시행 이월은 매우 흔히 볼 수 있는 행갈이의 기교다.

> 그날 아버지는 일곱시 기차를 타고 금촌으로 떠났고
> 여동생은 아홉시에 학교로 갔다. 그날 어머니의 낡은
> 다리는 퉁퉁 부어올랐고 나는 신문사로 가서 하루 종일
>
> — 이성복, <그날> 중에서

가족들의 평범한 하루 일과를 나열한 이 병치구조의 작품에서 둘째 행부터 시행 이월이 나타나기 시작한다. 이 시행 이월의 근거는 적어도 형태상으로는 행갈이의 균형을 유지하는 것 이외는 없다. 따라서 행갈이가 더 이상 리듬이나 장면, 또는 의미론적인 단위를 기준으로 하지 않는다. 다시 말하면 행갈이의 어떤 규칙성을 지키지 않는다.

탈형식화의 한 변형인 시행 해체는 보다 실험적이고 전위적인 현상이다. 예컨대 언어 이외의 많은 표현매체를 동원하는 형태시가 그 전형적인 사례다. 통사적 구문을 해체해서 한 단어(또는 한 어절)를 한 행으로 처리하든가 심지어 김춘수의 <처용단장 4부 3>처럼 낱말을 해체한 음절 단위로 행갈이를 하기도 한다. 일종의 형태시로서 전통적인 좌측 중심의 인쇄형태의 해체현상인 중심축의 시, 우측 중심의 시 그리고 박의상의 《라, 라, 라》에 수록된 시편 전부와 김정란의 <벽위에서> <응시, 내

---

25) Lamping, 앞의 책, 60쪽.

편에 고인 물, 있거나 없거나 한,)처럼 이 모든 축들을 혼합한(그래서 어느 축도 중심축으로 하지 않는 경우) 시들도 시도되고 있다. 행갈이에 나타난 탈중심주의라고 부를 수 있는 현상이다.

'낯설게 하기'는 우리의 주의를 환기시킨다. 현대의 자유시는 과거의 정형시에 맞서 형성될 시기에는 낯설게 하기의 산물이 된다. 그러나 자유시에 익숙해진 우리에게 자유시의 형태는 이제 더 이상 충격이 되지 않는다. 자유시가 우리에겐 '자동화', 곧 인습화되어 있는 것이다. 그래서 가사체의 다음 작품은 오히려 낯설게 하기의 효과를 발휘할 수 있다.

> 자율화된 서울 커피
> 씨암탉이 두 마리라
>
> 갑농 을농 농지세에
> 수리조합 물세 주고
>
> 이 세 저 세 다내고선
> 예비군에 민방위라.
>
> – 하일, <풀잎 노래> 중에서

가사는 조선조 시가장르다. 이것은 4·4조 4음보를 기본 율격으로 하고 있다. 이 작품은 조선조 후기 서민가사의 리듬과 어조를 그대로 답습하고 있다. 그러나 이런 전통 율격을 현대시에 도입함으로써 도리어 새로운 충격을 주는 것이다. 1980년대의 일부 민중시들이 판소리나 무가, 민요 등 전통 구비장르의 형식을 도입한 것도 낯설게 하기의 효과일 수 있다. 전통시가에서 자동화되어 있던 형식적 요소가 이처럼 현대시로 옮겨질 때 역설적으로 우리의 주목을 이끄는 전경이 될 수 있는 것이다.

2 자유시와 산문시

형태를 기준으로 할 때 시는 정형시와 자유시 그리고 산문시로 분류된다. 여기서 형태란 물론 율격과 행·연의 배열형태를 가리킨다.

정형시란 일정한 운율을 갖추었거나 행과 연 그리고 행의 길이가 일정한 시형태다. 정형시는 시의 정통성이다. 이런 정형성을 파괴하고 이탈된 시형태가 자유시와 산문시다. 이런 점에서 이 양자는 시의 비정통성에 놓인다.

자유시는 유기적 형식이라는 낭만주의 관점에서 유래한다. 곧 미리 주어진 어떤 형식의 틀에 내용이 담겨지는 것이 아니라 내용에 맞는 형식이 자연스럽게 형성된다는 것이 그것이다. 낭만주의 관점에서 형식은 아직 불확실하고 미규정적인 것이다. 시란 삶의 과정과 상응해야 하고 의미(관념)가 경험의 과정 가운데 있기를 원한 낭만주의 시관에서 내용이 곧 형식이지 정형시처럼 일정한 형식이 미리 주어져 있지 않았다. 자유시의 '자유'는 '무엇으로부터'(운율인지 행과 연의 규칙성인지)의 자유인가를 알아야 한다.

산문시는 이런 자유시를 지향하는 일반적인 운동의 한 부분이다.[26] 우리의 경우 산문시는 육당의 〈여름구름〉과 춘원의 〈옥중호걸〉 등 이미 개화기 신시(신체시)에서 그 가능성을 엿볼 수 있다. 산문시가 자유시 운동의 일환으로 일어났고 다 같이 전통 정형성을 파괴했다는 점에서 자유시와 산문시를 혼동하는 오류가 범해지는 수도 있다. 산문으로 씌어진 시로서 산문시는 일종의 잡종이다.

산문시에서 산문은 형식적 측면이고 시는 정신적 측면이라는[27] 정의는 유보사항이다. 프린스턴 대학의 《시학사전》은 다음과 같이 명쾌하게 산문시를 자유시와 산문과 각각 구분하면서 그 독자적 특질을 기술하고

---

26) Malcolm Bradbury & James Mcfarlane(ed.), *Modernism*(Pelican Book, 1976), p. 350.
27) 김종걸, 〈散文詩란 무엇인가〉(《心象》 1974년 6월호) 참조.

있다.

> 산문시는 짧고 압축된 점에서 '시적 산문'(poetic prose)과 다르고,
> 행을 파괴한다는 점에서 자유시와 다르고, 보통보다 명백한 운율과
> 소리효과, 이미저리 그리고 표현의 밀도를 갖춘 점에서 짤막한 산
> 문의 한 토막과 다르다. 그것은 심지어 중간운과 율격적 연속을 지
> 닐 수도 있다. 그 길이는 보통 반 쪽(한 두 단락)에서 서너 쪽에 이
> 른다. 즉, 일반 서정시의 길이다.

여기서 자유시는 행이(연과 더불어) 구성단위가 되지만 행 구분이 없는
산문시는 그 대신 단락이 구성단위가 됨을 알 수 있다. 무엇보다 주목
되는 점은 산문시라 해서(자유시도 마찬가지지만) 율격적 요소가 전연 없
는 것이 아니라 앞의 박두진의 〈해〉처럼 4음보의 율격적 연속을 갖추는
경우도 있다는 사실이다.

자유시든 산문시든 정형성에서 이탈되어 있다는 점에서 비정통적이지
만 엄격한 언어선택, 비유적·상징적 언어사용 그리고 극적 수단과 표
현의 밀도 등을 갖춘 점에서 시의 정통성에 닿아 있는 것이다.

③ 리듬의 현대적 의의

파운드(E. Pound)는 시를 음악시(melopoeia)와 회화시(phanopoeia)와 논
리시(logopoeia)의 셋으로 구분했다. 음악시는 음악적 성질을 통하여 직
접적 호소력을 지니는 시이고, 회화시는 시각적 이미지를 중시한 시이
며, 논리시는 말의 이지적 용법으로 이루어지는 아이러니컬한 특성을
지닌 시이다. 현대시의 미학적 중심은 음악적인 차원에서 시각적인 차
원으로, 지적이고 논리적인 차원으로 변모되어 가고 있다. 그러나 시에
서 정서를 환기시킬 수 있는 가장 중요한 요인의 하나는 시의 음악적인

성격이다. 현대시가 이것을 외면한다는 것은 감수성의 분리가 아니라 정서의 상실을 의미한다. 정서의 상실은 시를 무력하게 하고 그 결과로 시의 소외도 가져온다. 따라서 파운드의 분류는 한 편의 시란 리듬과 이미지와 의미의 3요소의 유기적 결합으로 구성된 사실을 시사하고 있다고 보아야 한다. 이것은 또한 언어의 자질에서 비롯되는 것이다.

앞에서 말한 것처럼 리듬은 시간적 동일성의 규칙적인 반복이기 때문에 경험을 질서화하고 이 질서화 속에 자아발견을 가능케 한다. 즉, 리듬의 시간적 동일성의 반복은 자아의 통시적 동일성과 통일성을 가져온다. 1920년대의 김소월이 당대의 낭만주의 시인들의 자유시와는 달리 전통 리듬의 민요시를 고수한 것은 이런 문맥에서 해석할 수 있다. 자아분열과 자아상실의 현대사회에서 자아의 통일성과 변하지 않는 자기 정체를 확립하는 데 리듬의 또 하나의 의의가 있다.[28) 리듬은 심장의 고동, 호흡, 신체적 운동 등 모든 생명의 기능이다. 그리고 시인과 독자의 내적 움직임, 곧 감정과 사상의 흐름을 본뜬 것이다.[29) 따라서 리듬의 회복이 생명을 잃어가는 현대시를 다시 소생시키는 의의를 지닌 이유는 여기에 있다. 리듬은 시를 언제나 활성화하는 것이다.

---

28) 김준오, 〈自我와 時間意識에 關한 詩攷〉《語文學》 33집(1975); E. Steiger, 앞의 책, p. 37 참조.
29) C. Brooks & R. P. Warren, 앞의 책, p. 124 참조.

제 02절 심 상

Ⅰ 심상의 정의

현대 문명은 시각형의 문화다. 모든 정신영역까지 시각화하고 양적단 위로 만든다. 이미지즘 시운동을 중심으로 현대시에서도 시의 회화성이 전에 없이 강조되고 이미지가 문학적 관심의 표적이 되고 있다. 사실 이미지가 없이 시는 존재할 수 없다. 왜냐하면 시에서 언어는 이미지가 되기 때문이다.

이미지는 원래 시어의 중요한 특질 가운데 하나다. 리듬과 함께 시의 대표적 구성원리인 이미지는 언제나 우리의 감각에 호소하고 사물에 대한 감각적 경험을 불러일으킨다. 이것은 시가 구체적이라고 말할 수 있는 하나의 방법이다. 시는 추상이 아니라 구체적이고 특수한 것, 곧 이미지를 통하여 추상인 의미를 전달한다. 이미지는 관념과 사물이 만나는 곳이다.

이미지는 심리학적 현상인 동시에 문학적 현상이다. 왜냐하면 이미지는 신체적 지각·기억·상상·꿈·열병 등에 의해서 마음 속에 생산될 뿐 아니라 언어에 의해서도 생산되기 때문이다.[1] 기억·공상·상상, 특

---

1) Allex Preminger(ed.), *Princeton Encyclopedia of Poetry and Poetics* (Princeton University Press, 1965), pp. 363~370. 여기서 이미지가 심리적 현상이고 문학적 현상임을 다음과 같이 기술하고 있다. "이미지는 신체적 지각에 일어난 감각이 마음 속에 재생된 것이다. …(중략)… 한때 지각되었으나 현재는 지각되지 않는 어떤 것을 기억하려고 하는 경우나 체험상 마음의 무방향적 표류

히 상상은 이미지를 만들어 내고 이미지들을 결합시키는 심상형성기관(image-maker)으로서 주목되며 표현론에서처럼 핵심적 비평개념이 된다.[2]

문학적 용법으로서의 이미지의 정의는 일반적으로 세 가지가 있다.[3]

첫째, 이미지는 축자적 묘사에 의하건, 인유에 의하건 또는 비유에 사용된 유추에 의하건 간에 한 편의 시나 기타 문학작품 속에서 언급되는 감각·지각의 모든 대상과 특질을 가리킨다. 가령 "달은 나의 뜰에 고요히 앉았다/ 달은 과일보다 향그럽다"(장만영, 〈달·포도·잎사귀〉)에서 감각적 대상인 '달'과 감각적 특질인 '향그럽다'는 모두 이미지가 된다.

의 경우나 상상력에 의해서 지각 내용을 결합하는 경우나 꿈과 열병에서 나타나는 환각 등의 경우처럼 직접적인 신체적 지각이 아니라도 마음은 이미지를 역시 생산할 수 있다. 한층 특수한 문학적 용법으로서의 이미저리는 언어에 의하여 마음 속에 생산된 이미지군을 가리킨다." 요컨대 이미지는 심리학 용어이고 이미저리는 문학용어다. 그리고 이미지 '군'이라는 복수의 의미에서 이미저리는 이미지와 구분된다. 그러나 현실적으로 이 두 용어는 구분되지 않고 혼용된다.

2) 기억은 과거 체험을 심상으로 보존하여 시의 제재로 공급한다. 기억이 제공하는 심상은 변용되지 않는 재현적 심상, 기초적 심상이다. 기억은 모든 상상의 원천이다. 공상(fancy)과 상상력(imagination)은 주로 이미지 결합의 기능에서 구분된다. "구름은/ 보랏빛 색지 위에/ 마구 칠한 한 다발 장미"(김광균, 〈뎃상〉)처럼 구름과 장미의 결합이 외형상 유사성으로서 우연한 일치에 의존할 뿐, 이 결합이 아무런 새로운 변화도 가져오지 못하고 정신적 가치도 지니지 못하는 기계적이요 유물론적인 경우가 공상이다. 또한 그것은 대상에 구속을 받는 일정한 크기를 나타낸다. 반면에 "그립고 아쉬움에 가슴 조이던/ 머언 먼 젊음의 뒤안길에서/ 인제는 돌아와 거울 앞에 선/ 내 누님같이 생긴 꽃이여"(서정주, 〈국화 옆에서〉)처럼 누님과 국화의 결합은 인격완성의 희열이라는 새로운 변화를 가져오며 단순한 물질적 유사성이 아니라 정신적·정서적 가치의 유사성을 띠고 있으므로 이것은 상상력의 소산이다. 그리고 "한 손으로 지축을 잡아 흔들고, 천지를 함토하는 아무리 억세고 사나운 아시아의 사나이라도"(오상순, 〈아시아의 마지막 밤의 풍경〉)처럼 상상력은 무한한 크기를 나타낸다. 그만큼 상상력은 대상에 구속되지 않고 자유롭게 활동한다.

3) M. H. Abrams, *A Glossary of Literary Terms*(Holt, Rinehart and Winston, Inc., 1971), pp. 76~77 참조.

둘째, 더욱 좁은 의미로 이미지란 시각적 대상과 장면의 요소만을 가리킨다.

셋째, 가장 일반적으로 비유적 언어(figurative language), 특히 은유와 직유의 보조관념을 가리킨다. 신비평을 비롯한 최근의 비평은 이런 의미에서 시의 본질적 구성요소로서 그리고 시의 의미와 구조와 효과를 분석하는 중요한 단서로서 이미지를 더욱 강조하고 있다. 이미지 또는 이미지에 의한 회화성은 1930년대와 1950년대의 우리 모더니즘시론에서는 근대성(modernity)을 획득하는 기준이었다.

Ⅱ 심상의 기능

시의 이미지는 시에서 여러 가지 기능을 수행한다. 이미지의 정의 속에서 암시되어 있듯이 이미지는 무엇보다도 해석에 도움이 되는 중요한 장치다. 시인은 전달하고 싶은 관념이나 실제경험 또는 상상적 체험들을 미학적으로 그리고 호소력 있는 형태로 형상화시킬 수단을 찾는다. 이 수단이 이미지다. 다시 말하면 이미지는 의미를 전달하는 기능을 수행한다. 따라서 우리는 개개의 독립된 형태로서의 이미지나 유기적으로 전후 상호관계를 맺고 있는 형태로서의 이미지군을 숙고함으로써 주제를 추적할 수 있다. 이미지 분석을 통한 이런 의미의 추적을 지수비평(exponential criticism), 상징비평 또는 주제비평이라고 한다.4) 여기서 지수란 시에서 의미의 유형이나 반복되는 관념, 정서, 태도 등을 가리키는 이미지를 말한다.

---

4) Wilfred L. Guerin 외, *A Handbook of Critical Approaches to Literature*(정재완·김성곤 옮김, 청록출판사, 1983), 152쪽 참조.

더러는
옥토(沃土)에 떨어지는 작은 생명이고저 ······

흠도 티도
금가지 않은
나의 전체는 오직 이뿐!

더욱 값진 것으로
드리라 하올 제
나의 가장 나아종 지닌 것도 오직 이뿐

아름다운 나무의 꽃이 시듦을 보시고
열매를 맺게 하신 당신은
나의 웃음을 만드신 후에
새로이 나의 눈물을 지어 주시다.

- 김현승, <눈물>

이 작품의 핵심 이미지로서 '눈물'을 발견하는 일은 용이하다. 그러나 문제는 이 눈물이 전달하고자 하는 의미가 무엇인가에 있다. 시인은 눈물이 "沃土에 떨어지는 생명"이라고 함으로써 눈물이 일반적으로 슬픔을 환기한다는 우리의 관습적 생각을 배반한다. 눈물은 생명이며 그것도 "흠도 티도/ 금가지 않은" 순수한 것이다. 즉, 이 작품에서 눈물은 순수한 생명이란 새로운 내포를 가진다. 그것은 시인에게 유일무이한 가치다. 동시에 이 눈물은, 꽃과 열매의 관계가 웃음과 눈물의 관계에 상응하는 이런 '관계의 관계'를 통하여 영원하고 불변적인 가치가 됨을 시인은 암시한다. 꽃은 아름답지만 쉽게 시들므로 그것은 일시적이고 가변적이다. 마찬가지로 '웃음'도 일시적이고 가변적이다. 그러나 이와 대립되는 열매와 눈물은 영원하고 불변적인 것이 될 수밖에 없다. 결국 이 작품의 테마는 영원한 가치로서의 생명의 순수성이다. 그리고 이것은 시인의 인생에 대한 태도이기도 하다. 시인은 이런 테마를 직접 진술하지 않고 눈물의 핵심 이미지로써 우리에게 전달하고 있는 것이다.

이처럼 시의 이미지는 관념의 육화다. 시인이 관념을 직접 진술하지 않고 이미지를 통해 전달하기 때문에 구체성의 현실감을 환기시키고 예술적 효과를 나타내지만 그 대신 시의 의미는 그리 쉽게 포착되지 않는다. 시어의 모호성은[5] 우리의 상상력을 작동시켜 여러 가지 가능한 의미를 추적하게 하며, 특히 난해시의 경우에는 이 가능성마저 막혀 버리는 것이다.

이미지 분석을 통해 시의 의미를 추적할 때 시의 의미는 세 가지 측면을 지닌다. 시인이 원래 작품 속에 표현(혹은 전달)하고자 한 의도적 의미(intentional meaning)와 작품 속에 실제로 표현된 실제적 의미(actual meaning)와 그리고 독자가 해석한 의의(significance)가 그것이다. 이 세 측면이 반드시 일치하는 것은 아니다.

순이야, 영이야 또 돌아간 남아.

굳이 잠긴 잿빛의 문을 열고 나와서
하늘가에 머무른 꽃봉오릴 보아라.

한없는 누에실의 올과 날로 짜늘인 차일을 두른 듯
아득한 하늘가에

---

5) 모호성(ambiguity)은 하나의 단어·어구·문절 등이 두 개 이상의 의미를 환기하는 시적 긴장을 가리킨다. 따라서 모호성은 다의성과 동의어이며 이것은 오늘날 시적 가치기준이 되고 있다. W. Empson의 *Seven Types of Ambiguity*는 이런 모호성을 의미론적으로 분석한 것이다. 상징주의 시처럼 언어로 표현할 수 없는 것을 표현한 고도의 상징성, 이상 시처럼 관습의 언어행위를 해체한 신기성, 절대시 또는 무의미시처럼 의미를 배제하려는 무의미성 등은 모호성과 더불어 모두 현대시의 '난해성'(unintelligibility)으로 수렴된다.

뺨부비며 열려 있는 꽃봉오릴 보아라.

순이야, 영이야 또 돌아간 남아.

저 가슴같이 따듯한 삼월의 하늘가에
인제 바로 숨쉬는 꽃봉오릴 보아라.

– 서정주, <밀어>

　이 작품에서 "굳이 잠긴 잿빛의 문"과 "한없는 누에실의 올과 날로 짜 늘인 차일을 두른 듯/ 아득한 하늘가"란 공간적 배경의 이미지가 상징 하는 의미는 무엇인가? 그리고 이 하늘가에 "뺨 부비며 열려 있는 꽃봉 오리"는 또 무엇을 상징하며, 이것은 "순이야, 영이야 또 돌아간 남아" 라고 화자가 말을 건넨 그 함축적 청자들과 무슨 관계에 있는가? 궁극 적으로 이 작품이 전달하고자 한 의미는 무엇인가? 이런 질문들은 이 작품이 환기하는 미적 정서를 우리가 향수할 수 있는데도 해답은 그리 쉽게 나오지 않는다. 그런데 시인은 원래 여기서 광복의 기쁨을 표현하 고자 했다 한다. 이것이 의도적 의미다. 그러나 과연 우리는 이 의도적 의미를 이 작품의 실제 의미로 받아들일 수 있을까? "굳이 잠긴 잿빛의 문"에서 혹시 그런 의도적 의미를 실제 의미로 수용할는지도 모른다. 그 리고 우리는 이 작품을 개인마다 여러 가지로 해석할 수 있을 것이다. 신비평에서 시인의 의도나 또는 작품의 모델이 된 시인의 전기적 사실 을 작품 '밖'의 요소라 하여 이것들에 의한 작품의 해석이나 평가를 의 도적 오류(intentional fallacy) 또는 근원적 오류(genetic fallacy)라고 배격 한다.[6]

---

6) 의도적 오류(intentional fallacy)는 W. K. Wimsatt와 Manroe C. Beardsley가 1946년 발표한 에세이에서 유래. 이들은 또한 시를 독자에게 대한 효과, 특히 정 서적 효과에 의하여 평가하는 것을 감상적 오류(affective fallacy)라고 했다. 근 원적 오류(genetic fallacy)란 시인의 인생사에서 시의 근원을 찾아 시를 평가하

시에서 관념은 결코 주인공이 아니다. 그것은 작품의 한 요소일 뿐이다. 리차즈의 말처럼 관념을 지나치게 중시한 데서 시에 대한 오해와 경시가 발생한다. 고전시학의 '정'(情)에서 사상과 감정은 구분되지 않는다. 시에서 관념은 항상 극화되어 나타나고 또 그렇게 되어야 한다. 관념의 극화란 관념과 정서의 융합을 말한다.7) 관념은 정서를 내포하고 정서도 관념을 내포하는 이런 관계가 모든 시의 근본이다. 시의 통일성과 동일성의 한 측면은 이렇게 정서와 사상이 항상 일체가 되어 있는 사실에 있다. 그래서 시인은 언제나 사상과 감정이 융합되어 있어야 한다. 엘리엇(T. S. Eliot)의 용어를 빌리면 시인은 언제나 '감수성의 통일'이 되어 있어야 한다.

리듬도 정서를 환기하지만 이미지도 이렇게 정서환기의 구실을 하고 있다. 이것이 이미지의 또 하나의 중요한 기능이다. 이미지가 의미를 전달하고 제재(인간, 사물, 사건 등)를 지시하고 있는 한, 이미지는 이런 지시적 수단으로서 간접성의 신세를 면치 못한다. 이미지가 정서를 환기할 때 직접성을 획득한다. 다시 말하면 지시적 기능의 수단이던 이미지가 사물 그 자체가 된 자립성과 독립성을 획득한다.

는 오류다. 이 밖에 모든 가능한 관점에서 작품의 모든 양상을 동시에 분석·고려하는 오류를 소모적 오류(exhaustive fallacy)라 하고, 예술의 위대성의 기준을 향상시켜 시인을 개선의 정도에 따라 평가하는 오류를 진보적 오류(progressive fallacy)라 하고, 비평가가 미리 준비한 부분적 자료, 즉 선택된 부분적 증거로 부당한 결론을 이끌어 내는 것을 선택적 오류(selective fallacy)라 하고, 비평가가 시인의 인생관과 논쟁을 벌이는 것을 논쟁적 오류(argumentative fallacy)라 한다. 이에 대해 전통 비평가는 작품 밖의 실제 시인이나 상황 등 여러 사실을 고려하지 않고 오직 작품 그 자체만 가지고 해석·평가하는 신비평가들의 비평행위를 객관적 오류(objective fallacy) 또는 존재론적 오류(ontological fallacy)라고 못박았다. Joseph & Strellka(ed.), *Problems of Literary Evaluation*(Pennsylvania State University Press 1969), p. 29 참조.
7) C. Brooks & R. P. Warren, *Understanding Poetry*(Holt, Rinehart and Winston, 1960), p. 341.

하이얀 입김 절로 가슴이 메어
마음 허공에 등불을 켜고
내 홀로 밤 깊어 뜰에 나리면

머언 곳에 여인의 옷 벗는 소리.

- 김광균, <설야> 중에서

눈이 내리는 소리는 결코 들리지 않는다. 그러나 시인의 상상력 속에서 눈은 "머언 곳에 여인의 옷 벗는 소리"로 들린다. 이 은밀한 장면과 청각적 이미지에 눈을 대비시킨 참신한 결합으로 시인은 눈 오는 겨울밤의 정서를 아주 효과적으로 환기시키고 있다. 이렇게 시인은 감정의 섬세한 맛은 물론 일상적으로 보아 온 낯익은 사물에 난생 처음 본 듯한 신선감을 준다. 그래서 루이스(C. D. Lewis)는 이미지의 역할로 신선감, 강렬성, 환기력 등을 꼽았다.

Ⅲ | 심상의 선택원리

정서는 원래 주관적이며 개인적이다. 이미지가 환기하는 정서가 신선감을 주는 이유도 이 주관성에 있다. 시인은 대상을 특수한 관점으로 보고 있으며, 그 대상엔 시인의 주관적 감정이 착색되어 있다. 따라서 시의 이미지는 실제의 대상과는 다른 것이며, 시인의 주관적 감정에 따라 선택된 것이다. 즉, 이미지의 선택은 자의적이 아니라 시인이 표현하고자 한 주관적 정서에 좌우된다. 정서는 '이미지 선택'의 원리다. 정서는 한 편의 시 속에 선택된 여러 이미지들을 동일화하고 통일시킨다.

장작을 팬다
야성의 힘을 고눈 도끼날이 공중에서 번쩍
포물선으로 떨어지자
부드러운 목질에는 성난 짐승의 잇자국이 물리고
하얗게 뿜어나오는 나무의 피의 향기,
온 뜰에 가득하다.

물어라,
이빨이 아니면 잇몸으로라도
저 쏘나기처럼 박히는 금속의 자만을
물고서 놓지 말아라
도끼날이 찍은 생목은 엇갈린 결로써 스크람을 짜며
한사코 뿌리치기를 거부하지만
땀을 흘리며 숨을 몰아쉬며 도끼날을 뽑아가는
사내의 노여움은 어쩔 수 없다.

– 이수익, <장작패기> 중에서

　이 작품의 제재는 '장작패기'란 하나의 평범한 행위다. 그런데도 이 제재는 평범하기는 커녕 전혀 새로운 세계를 보는 듯한 흥미를 자아낸다. 이것은 화자의 특이한 시각, 즉 화자가 선택한 피해자의 시각에서 연유된다. 화자는 가해자인 도끼날보다 이에 파괴당하는 피해자인 생목의 입장을 두둔하고 있다.
　이런 특수한 시각 때문에 이 작품의 이미지들은 시인이 의도한 특수한 정서를 환기한다. 예컨대 도끼날·사내·쐐기·짐승의 잇자국 등의 이미지들은 공포의 정서를 환기하기 위해 선택되고, 나무·하얗게 뿜어나오는 나무의 피·잇몸·결·스크람 등의 이미지들은 연민의 정서를 환기한다. 공포와 연민은 이들 이미지들의 선택원리인 것이다. 동시에 이 정서들은 실제의 인간이나 사물·행위에 대해서 우리가 좀처럼 느낄

수 없는, 이 작품의 극적 세계 속에서만 우리가 향수하게 되는 정서들이다. 그리고 화자의 이런 특수한 시각과 주관적 정서를 통해 우리는 시인의 세계에 대한 또는 인생에 대한 태도를 알 수 있게 되는 것이다.

Ⅳ 심상의 종류

1 절대적 심상과 상대적 심상

시의 이미지는 관점에 따라 여러 가지 유형으로 분류할 수 있다. 이런 이미지 유형의 분류는 시의 종류를 구분하는 기준의 기능도 수행한다. 우선 이미지는 이것이 표상하는 '대상과의 관계'에서 상대적 심상과 절대적 심상으로 분류된다. 상대적 심상은 대상을 가진 시의 이미지다. 이것은 윤리 도덕이나 진리를 비롯한 삶의 모든 의미를 전달하기 위한 수단이거나 객관적 대상을 재현한 모방론적 심상이다.

(ㄱ)
지금 어느메쯤
아침을 몰고 오는 어린 분이 계시옵니다
그분을 위하여
묵은 의자를 비워 드리겠어요

먼 옛날 어느 분이
내게 물려 주듯이.

— 조병화, <의자> 중에서

(ㄴ)
흰달빛
자하문

달안개
물소리

대웅전
큰보살

            – 박목월, <불국사> 중에서

작품 (ㄱ)은 세대교체의 자연적 질서, 곧 시간적 존재의 인식을 테마로 한 '의미시'다. 따라서 '의자'의 이미지는 '어린 분'과 '먼 옛날 어느 분'과의 유기적 관계를 가지면서 이런 테마를 형상화하고 있는 상대적 심상이다.

작품 (ㄴ)은 실재하는 불국사의 밤풍경을 묘사한 회화시다. 이미지들은 철저하게 객관적 대상을 모방한 재현적 심상으로서 상대적 심상의 범주에 속한다.

그러나 같은 상대적 심상인데도 이미지의 '기능면'에서(또는 이미지 형성 방법면에서) 보면 (ㄱ)의 이미지가 관념을 전달하는 수단인 반면 (ㄴ)의 이미지는 심상 그 자체를 위한 심상으로서 (ㄱ)의 이미지와 대조된다. (ㄱ)의 이미지가 알레고리적인 반면 (ㄴ)의 이미지는 축자적이다. 예컨대 평화를 상징하기 위해 비둘기를 채용한다면 전자이고 "비둘기는 빛깔이 칙칙하다"처럼 축자적으로 묘사됨으로써 비둘기의 이미지가 형성되는 것이 후자다. 김춘수는 전자를 비유적(metaphorical) 심상이라 하고, 후자를 서술적(descriptive) 심상(서술적이라기보다 묘사적이란 말이 더 적절하다. 왜냐하면 '서술적'이란 일반적으로 영어의 'narrative'의 개념으로 사용되고 있기 때문이다)이라고 명명하면서 심지어 한국 현대시를 두 부류로 계보화하기까지 한다.[8] 중요한 점은 김춘수가 전자의 이미지는 불순하고, 후자의 이미지는 순수하다고 하면서 무의미시론을 주장한 사실이다.

(ㄴ)은 비록 상대적 심상으로 구성되어 있지만 사물에 대한 화자의 판단이 중지된 사물시(physical poetry)다.[9] 사물시란 관념이 배제되고 사물만으로 이루어진 시다. 김춘수는 이 작품을 무의미시의 초보적 단계로 보고 있으나, 재현적 이미지가 사용되었다는 점에서 현대성이 결여되어 있다고 본다.

제1장 제2절에서 말한 것처럼 언어가 실재를 형성하고 언어가 바로 사물이라고 생각하는 것이 현대의 언어관이다. 마찬가지로 시는 무슨 목적에 쓰이기 위한 수단적 지위에 있지 않고 다른 아무런 목적도 없이 스스로 존재하는 실체라는 것이 현대시관의 한 양상이다. 그래서 시는 '의미하지' 않고 단지 '존재하고' 있는 것이다. 그리고 또한 이미지는 단순히 의미를 전달하는 하나의 기호도 아니다.

    비둘기와 소녀들의 랑데뷰우
    그 위에
    손을 흔드는 파아란 기폭들
    나비는
    기중기의
    허리에 붙어서
    푸른 바다의 층계를 헤아린다.

                                    - 조향, <바다의 층계> 중에서

---

8) 김춘수, 《詩論》(송원문화사, 1971), 29쪽, 〈韓國現代詩의 系譜〉《詩文學》 1973년 2월호). 관념을 환기하는 '비유적'(metaphorical) 심상도 직유나 은유의 보조관념을 가리키는 '비유적'(figurative) 심상과 혼동될 수 있다.
9) 김춘수, 《意味와 無意味》(문학과 지성사, 1976), 41쪽.

이 시의 이미지들은 결코 실재 대상의 재현이 아니다. 또 이미지와 장면의 연결에도 논리성이 없다. 시인의 상상세계 속에서만, 시적 세계 속에만 존재하는 이미지들이다. 그 대신 이미지 그 자체가 사물이 되고 있다. 이런 이미지가 절대적 심상이다. 이 절대적 심상이 동시에 관념을 전달하는 수단이 아님은 물론이다.

이처럼 현대시의 이미지는 관념표출의 수단이나 대상의 재현적 수단이 아닌, 자립성의 절대적 심상으로 지향하고 있다. 이것은 이미지의 비논리적인 돌연한 결합 속에서 두드러지게 나타나고 있다. 김춘수의 무의미시는 여기서 탄생되는 것이다. 아무런 대상을 갖지 않는 절대적 심상이 무의미시의 심상이다.

그러나 일반적으로 이미지는 '언어발달의 단계'에 따라 정신적 이미지(mental image)와 비유적 이미지(figurative image) 그리고 상징적 이미지(symbolic image) 등 셋으로 나누어진다.[10]

2 정신적 심상

시의 이미지는 묘사나 비유로 감각적 대상과 그 특질을 가리킨다. 언어에 의해서 우리의 마음 속에 떠오른 감각적 이미지가 바로 정신적 이미지다. 정신적 이미지는 좀더 구체적으로 시각적 이미지·청각적 이미지·미각적 이미지·후각적 이미지·촉각적 이미지 그리고 여기에 다시 기관 이미지(심장의 고동과 맥박·호흡·소화 등의 감각을 제시한 이미지)와 근육감각적 이미지(근육의 긴장과 움직임을 제시한 이미지)까지 덧붙여 세분된다.

감각(sensation)은 외적 및 내적 감관에 가해진 자극으로 말미암아 생

---

10) A. Preminger(ed.), 앞의 책, p. 563. 여기에서는 편의상 비유적 이미지는 '비유'의 장에서, 상징적 이미지는 '상징'의 장에서 취급하고 정신적 이미지만 같은 장에서 상술하겠다.

긴 정신현상이다. 심리학은 눈, 귀와 같은 감각기관과 자극의 장소라는 두 가지 기준에 따라 감각의 종류를 분류한다. 정신적 이미지의 유형화는 심리학이 제공한 이런 분류에 따른 것이다. 이미지의 분석은 우선 감각의 종류를 따지는 일이 기초작업이 된다.

(ㄱ)
하늘로 날을 듯이 길게 뽑은 부연 끝 풍경이 운다.
처마 끝 곱게 늘이운 주렴에 반월이 숨어
아른아른 봄 밤이 두견이 소리처럼 깊어가는 밤
곱아라 고와라 진정 아름다운지고
파르란 구슬 빛 바탕에 자지빛 호장을 받친 호장저고리
호장저고리 하얀 동정이 환하니 밝도소이다.
살살이 퍼져나린 곧은 선이
스스로 돌아 곡선을 이루는 곳
열두 폭 기인 치마가 샤르르 물결을 친다.
치마 끝에 곱게 감춘 운혜 당혜
발자취 소리도 없이 대청을 건너 살며시 문을 열고
그대는 어느 나라의 고전을 말하는 한 마리 호접
호접인 양 춤을 추라 아미를 숙이고
나는 이 밤에 옛날에 살아
눈 감고 거문고줄 골라 보리니
가는 버들인양 가락에 맞추어
흰 손을 흔들지이다.

– 조지훈, <고풍의상>

(ㄴ)
고향에 돌아온 날 밤에
내 백골이 따라와 한 방에 누웠다.

어둔 방은 우주로 통하고
하늘에선가 소리처럼 바람이 불어온다.

어둠 속에 곱게 풍화작용하는
백골을 들여다보며
눈물짓는 것이 내가 우는 것이냐?
백골이 우는 것이냐?
아름다운 혼이 우는 것이냐?

지조 높은 개는
밤을 새워 어둠을 짖는다.
어둠을 짖는 개는
나를 쫓는 것일 게다.

가자 가자
쫓기우는 사람처럼 가자.
백골 몰래
아름다운 또 다른 고향으로 가자.

- 윤동주, <또 다른 고향>

작품 (ㄱ)과 (ㄴ)은 다 같이 일제 말기 작품이면서도 여러 가지 점에서 좋은 대조를 이룬다.

첫째, 이미지 형성방법에서 (ㄱ)의 이미지는 묘사적 심상이다. 즉, 축어적이다. 첫 3행의 이미지들, 예컨대 하늘·부연 끝·풍경·처마끝·주렴·반월·두견 등은 이 작품의 배경을 마련하는 묘사적 이미지들이다. 이런 배경 속에서 시인은 우리의 고유의상을 주로 시각적 이미지로 구현하고 있다. 더구나 9행처럼 동적 이미지를 사용하여 그 밖의 정적 이미지들과 조화시켜 우리의 고전미를 형상화한다. 그러나 (ㄴ)의 이미지는 관념을 전달하기 위한 수단으로 형성되어 있다. 즉, 비유적 이미지다. 백골, 어둔 방, 개 등의 이미지는 묘사적이 아니라 어떤 관념을 상징하고 있다. (ㄱ)과 (ㄴ)은 다 같이 밤을 시간적 배경으로 삼고 있으면서도 (ㄱ)의 밤이 축어적 의미의 밤, 곧 단순한 시간적 배경이지만, (ㄴ)의 밤은 역사적 상황에 대한 시인의 인식을 형상화한 것이다.

둘째, (ㄱ)의 이미지는 주로 시각에 의존하고 있으나 (ㄴ)의 이미지는 주로 청각에 의존하고 있다.

셋째, (ㄱ)의 시는 대상의 재현에 초점을 둔 것이지만, (ㄴ)의 시는 백골(사회적 자아), 아름다운 혼(이상적 자아), 화자인 나(반성적 자아) 사이의 삼각관계의 갈등이 기본골격이 되어 있는 주체 중심의 작품이다.

넷째, (ㄱ)은 우리의 고전을 거리를 두고 관조하는 데서 오는 느긋한 아름다움의 감정이 이미지 선택의 원리가 되지만 (ㄴ)의 시는 팽팽히 긴장되고 음산한 강박감이 이미지 선택의 원리가 된다.

이렇게 이미지 분석의 일차적 작업으로 묘사에 의해서 제시되건 비유에 의해서 제시되건 이미지의 감각종류와 이것이 환기하는 정서를 기술해야 할 것이다.

그런데 시인의 감수성의 특질은 공감각에 있다. 한 대상에 대하여 시인은 동시에 여러 감각이 동원되어 예민한 반응을 보이며 그것을 생생하게 인식하게 되는 것이다. 공감각은 첫째 대상에 접하여 촉발된 한 감각이 다른 감각으로 전이되는 것을 의미한다. 즉, 두 개 이상의 감각이 결합된 형태다.

    (ㄱ) 분수처럼 흩어지는 푸른 종소리 (김광균, 〈외인촌〉)
    (ㄴ) 꽃처럼 붉은 울음 (서정주, 〈문둥이〉)
    (ㄷ) 금으로 타는 태양의 즐거운 울림 (박남수, 〈아침 이미지〉)
    (ㄹ) 흔들리는 종소리의 동그라미 속에서 (정한모, 〈가을에〉)

(ㄱ)~(ㄹ)은 모두 시각과 청각이 결합된 공감각이 제시된 점에서 동일

하다. 감각의 전이방법면에서 보면 (ㄱ)과 (ㄴ)과 (ㄹ)은 모두 청각에서 시각으로 전이되고 있으나, (ㄷ)만은 시각에서 청각으로 전이되고 있다. 즉, 감각의 전이는 원관념에서 보조관념으로 전이된다. 왜냐하면 보조관념의 감각은 시인의 실제의 감각체험에서 상상적으로 촉발된 것이기 때문이다.

감각의 복합만이 공감각이 아니다. 감각이 관념과 결합하는 것도 공감각이다. 이런 점에서 공감각은 감수성의 통일과 동의어가 된다.

> 빌딩 위에서도 해가 쨍쨍 나는
> 아스팔트 위에서도 陸橋 위에서도
> 이를 갈면서 번쩍이는 평화
>
> — 이승훈, <구름의 테마 II> 중에서

3행의 "번쩍이는 평화"에서 "번쩍이는"은 시각이나 "평화"는 관념이다. 이 경우 전이는 관념(평화)에서 감각(번쩍이는)으로 옮겨가는 것이다.

이런 정신적 이미지의 분석은 시의 향수에 많은 도움을 주면서도 여러 문제점들을 지니고 있다.[11] 먼저 이점을 주는 면에서 보면, 첫째로 시인들이 어떤 감각적 이미지를 주로 사용하고 있는가를 알 수 있을 뿐만 아니라, 둘째로 독자들도 시의 여러 감각적 이미지들을 체험함으로써 각기 자기의 기호의 편협성을 벗어나 감각영역을 넓힐 수 있다. 가령 서정주는 그의 《화사집》에서처럼 우리의 근육감각에 호소하는 관능적 이미지를 즐겨 사용하고 있으며, 김광균·박남수 등의 시인은 시각적 이미지를, 김영랑은 후각과 청각의 이미지를 즐겨 사용하고 있다. 따라서 정신적 이미지의 분석은 시인의 상상력을 이해하는 데 도움을 준다. 셋째로 교육적 가치로서 시의 감상력을 높이는 데 기여한다.

그러나 정신적 이미지의 분석은 이런 이점과 더불어 단점도 지니고 있다. 첫째로 사물에 대한 우리의 감각적 반응은 개인마다 다양하므로

---

11) A. Preminger(ed.), 앞의 책, pp. 364~365 참조.

시 감상의 경우 독자에 따라 각기 다른 감각으로 수용되어 시 해석에 상대주의의 폐단을 가져올 수 있다. 둘째로 우리의 시적 체험을 감각적인 것에만 국한시키는 단순화를 가져오기 쉽다. 시는 정신적 이미지로만 구성되어 있지도 않고 또 시가 우리에게 환기하고자 하는 체험은 복잡하고 다양하다. 셋째로 시의 이미지는 축어적인 것, 비유적인 것, 상징적인 것 등 여러 가지인데도 정신적 이미지의 분석은 이런 차이를 간과한 나머지 시를 올바로 이해하지 못하게 하는 단점이 있다. 그러므로 우리는 한 편의 시 속에서 정신적 이미지뿐만 아니라 비유적 이미지와 상징적 이미지도 세심하게 살펴볼 필요가 있는 것이다.

I 동일성과 존재론적 은유

　시인은 묘사적 양식으로만 이미지를 사용하지 않는다. 그는 비교에 의해서 관념들을 진술하고 전달한다. 이 비교가 이른바 비유적 언어, 즉 비유다.[1] 비유가 일종의 비교인 이유는 반드시 이질적 두 사물의 결합양식이기 때문이다. 수사적 용어를 사용하면 원관념(tenor · primary meaning)과 보조관념(vehicle · secondary meaning)의 결합이 비유다. 원관념은 비유 '되는' 이미지 또는 의미재이고, 보조관념은 비유 '하는' 이미지 곧 재료재다. 이때 원관념과 보조관념은 '~같이, ~처럼, ~듯이'의 매개어로 결합되거나(직유) 이 매개어가 없이 'A는 B다'의 형태로 결합된다(은유).

　동양시학에서는 이런 비유의 기교를 비(比) · 흥(興)으로 구분하여 기술한다.[2] 비 · 흥은 부(賦)와 더불어 시경의 3대 수사법인데, 부가 비유하지 않고 사물을 '바로 진술하는' 것인 데 반하여, 비 · 흥은 말하고자 하

---

[1] C. Brooks & R. P. Warren, *Understanding Poetry*(Holt Rinehart and Winston, 1960), p. 555.

[2] 《詩經》은 동양시학의 전범으로 시경학(詩經學)은 동양시학의 핵심이다. 여기서 시육의(詩六義), 또는 육시(六詩)로 알려진 시형식 내지 수사법에 관한 논의가 그 백미를 이루는데 시육의(詩六義)란 부(賦) · 비(比) · 흥(興) · 풍(風) · 아(雅) · 송(頌)을 가리킨다. 오늘날 주자의 《詩集傳》에 정립된 삼경삼위설(三經三緯說)을 정편(定篇)으로 받아들여 풍 · 아 · 송은 시체(詩體)로 (곧 장르로), 부 · 비 · 흥은 수사법으로 이해하고 있다.

는 바를 다른 사물에 빗대어 말하는 것이다. 그러나 비는 현재의 선정(先政)을 비유한 것, '~같다'라고 말하는 것, 한 사람이 다른 사물에 견주는 것, 드러나는 것인 데 반하여, 흥은 좋은 점을 비유한 것, 다른 사물을 끌어와서 자신의 마음을 일으키는 것, 숨어 있는 것이다.3) 따라서 비가 직유라면 흥은 은유 내지는 상징에 해당한다고 볼 수 있다.

이런 비유의 근거는 유추, 즉 두 사물 사이의 유사성 또는 연속성에 있다. 두 사물의 동일성에 의하여 비유는 성립된다. 이 동일성의 발견을 심리학 용어로 전이라 한다.4) 따라서 비유는 동일성의 원리에 근거하고 있으며 동일성의 서술이다.5)

오늘 낮, 차들이 오고 가는 큰길 버스 정류장에
10원짜리 동전 하나가
길바닥에 떨어져 뒹굴고 있었다

육중한 버스가 멎고 떠날 때
차바퀴에 깔리던 동전 하나
누구 하나 허리 굽혀
줍지도 않던
테두리에 녹이 슨 동전 한 닢

---

3) 사물을 곧바로 진술하는 것을 옳게 여기므로 《시경》에서는 부가 제일의 수사이고 비는 드러나는 것이므로 흥 앞에 놓인다. 데리다(J. Derrida)에 의하면 서구 전통 형이상학에서도 직서법의 언어[直語]가 중심말로서 격상되고 비유는 이 고유한 중심말에서 일탈한 근거에서 격하된다. 김보현 엮어 옮김, 《해체》(문예출판사, 1996), 20~21쪽 참조.
4) 심리학적 개념으로 전이는 영어학습이 불어학습에 도움이 되듯이 비슷한 것의 학습이나 훈련의 결과 직접적인 훈련없이 정신적·운동적 기능이 향상되는 것과 장님이 시각적인 것을 촉각적으로 표상하는 경우(공감각)와 정신분석학 개념으로서 감정의 대상이 옮겨지는 경우의 세 가지가 있다.
5) N. Frye, *Anatomy of Criticism*(임철규 옮김, 한길사, 1982), 171쪽.

저녁에 집에 오니 석간이 배달되고
그 신문 하단에 1단짜리 기사
눈에 띌 듯 띄지 않던
버스 안내양의 조그만 기사

만원 버스에 시달리던 그 소녀가
승강대에서 떨어져 숨졌다는 소식.

- 김명수, <동전 한 닢>

버스 안내양을 10원짜리 동전 한 닢으로 그것도 녹슨 동전으로 유추한 것은 매우 적절하고 놀라운 발견이다. 그리하여 안내양의 죽음이 차바퀴에 깔리는 동전으로 형상화되고, 한 서민의 비참한 사고사가 평범한 일상사처럼 처리되는 그 엄청난 소외감으로 독자를 감동시킨다. 이런 감동은 비정할 만큼 냉정한 화자의 보고자적 태도에도 기인함은 더 말할 필요가 없다.

문학 자체가 우리의 정신과 사물을 연결하는 하나의 방법으로서 언어를 사용하며, 정신과 사물을 연결하기 위해 언어를 사용한다는 것은 이미 비유적으로 표현하는 일이 된다. 이렇게 비유의 동기는 인간의 마음과 외부세계를 결합하여 마침내는 동일화가 되고 싶어하는 욕구인 것이다.[6] 앞에서 말한 것처럼 시적 세계관(시정신)의 본질은 자아와 세계의 동일성에 있으므로 비유적 언어야말로 가장 시적인 언어이며 시의 대표적 장치가 된다.

그러나 비유는 이 동일성의 개념으로만 완전히 기술될 수 없다. 우리가 결코 간과할 수 없는 사실은 비유에서 동일성 못지 않게 차이성도 중요하다는 것이다. 비유적 언어는 연합적 언어다. 그러나 이 연합은 서로 같으면서도 서로 다른 두 사물의 결합이다. 비유는 차이성 속의 유

---

6) N. Frye, *The Educated Imagination*(Indiana University Press, 1964), pp. 31~32 참조.

사성(similarity of difference)을 필요충분의 조건으로 삼고 있다.

    (ㄱ) 가르마 같은 논길을 따라
    (ㄴ) 종다리는 울타리 너머 아가씨 같이 구름 뒤에서 반갑다 웃네
    (ㄷ) 너는 삼단 같은 머리털을 감았구나
    (ㄹ) 살찐 젖가슴과 같은 부드러운 이 흙을

  위의 예문들은 모두 이상화의 〈빼앗긴 들에도 봄은 오는가〉에 사용된 직유들을 뽑은 것이다. 논길과 가르마, 종다리와 아가씨, 머리털과 삼단, 흙과 젖가슴의 짝들은 모두 서로 다르면서도 닮은 것끼리의 결합이다.

  언어는 이질적인 두 사물을 연결하는 유사성을 우리가 지각하는 데 기여한다. 유사성의 발견은 언어의 중요한 한 기능이다. 여기서 비유의 시가 탄생하는 것이다. 서로 다른 사물들 사이에서 동일성을 찾아내는 것은 성숙한 마음, 즉 현실의 복잡성을 관조할 수 있는 마음의 전형적 직분이라고 한다.[7] 이것은 문학이 단순한 즐거움이나 유희 이상의 의의를 지니고 있는 점을 시사한 말이지만 상이점 내에서의 동일성의 발견이 '성숙한 마음'의 직분이 되는 이유는 이것이 모순·충돌을 피하거나 배제하지 않고 수용해서, 오히려 하나의 새로운 통일체로 '조화'시키는 마음에서만 가능하기 때문이다. 성숙한 마음은 복잡하고 모순 투성이의 현대사회를 살아가는 시인의 자세이다. 이런 점에서 차이성 속의 동일성이란 비유의 본질은 단순한 문학적 차원 이상의 의의를 지니고 있는 것이다.

  상상력은 추상적인 것과 구체적인 것, 보편적인 것과 특수한 것, 자아와 세계, 사상과 감정 등 이 모든 대립되는 짝들을 포괄하고 융합하는 종합의 능력이다. 물론 비유는 이런 상상력의 산물이다. 그러므로 비유

---

7) Wilfred L. Guerin, *A Handbook of Critical Approaches to Literature*(정재완·김성곤 옮김, 청록출판사, 1983), 155쪽.

의 문법적 단위인 원관념과 보조관념은 반드시 어느 일방이 추상적인 관념이 되어야 하거나 구체적인 감각이 되어야 하는 법은 없다.

(ㄱ)
오후 두 시 머언 바다의 잔디 밭에서

— 김기림, <조수(潮水)>

(ㄴ)
안개 속에선
감당할 수 없는
뜬 소문이
성욕처럼 일어서고 있다

— 박이도, <안개주의보>

(ㄷ)
어느 먼 곳의 그리운 소식이기에
이 한 밤 소리없이 흩날리느뇨

— 김광균, <설야>

(ㄹ)
내 마음은 호수요

— 김동명, <내 마음은>

(ㄱ)은 원관념과 보조관념이 모두 이미지(구체적인 것)이고, (ㄴ)은 원관념과 보조관념이 모두 추상적 개념(또는 모두 감정들일 수도 있다)이고, (ㄷ)은 원관념(눈)은 이미지이나 보조관념이 개념이고, (ㄹ)은 원관념은 개념이고 보조관념은 이미지이다. 이렇게 비유에는 추상, 구상, 사상, 감정이 동원되어 융합된다. 그런데 위의 예문에서 (ㄴ)만이 직유이고 나

머지 (ㄱ), (ㄷ), (ㄹ)은 모두 은유이다.

　그러나 직유와 은유의 문법적 공식이나 이런 비유들의 구성단위인 원관념과 보조관념을 구분하는 일 자체는 중요하지 않다. 실제로 비유에서 중요한 것은 두 사물의 결합에서 일어나는 의미론적 변용이다. 왜냐하면 비유는 원래 인식의 문제이기 때문이다. 이런 근거에서 수사적이고 문법적인 차원을 벗어나 비유의 의미론적 변용작용을 밝힌 휠라이트 (P. Wheelwright)의 이론은 매우 주목할 만한 것이다.[8]

Ⅱ　치환은유와 시적 인식

　　광화문은 차라리 한 채의 소슬한 종교

　　　　　　　　　　　　　　　 - 서정주, <광화문> 중에서

　위의 예문에서 볼 수 있는 것처럼 은유는 명명행위이고 명명행위는 인식의 행위다. 일찍이 아리스토텔레스(Aristoteles)는 미지의 것을 이해하기 위하여 이것을 기지의 것으로 바꾸어 부르는 명명의 '전이양식'으로 은유를 파악했다.[9] 우리가 새로운 사물을 경험했을 때 이것을 기술

---

8) Philip Wheelwright, *Metaphor and Reality*(Indiana University Press, 1973), p. 72. 문법적이고 수사적인 구분을 지양한 그는 당연히 직유와 은유를 모두 metaphor의 용어로 처리하고 있다.

9) 아리스토텔레스는 은유란 한 사물에 다른 사물의 이름을 전여하는(epiphora) 것이라고 하면서 네 가지 유형으로 분류했다.

　　ⓐ 유에서 종으로의 은유 - 이 곳에 나의 배가 서 있다(유개념) ; 정박(종개념)

　　ⓑ 종에서 유로의 은유 - 최부자는 일만이 선행을 하였다 ; 다수

　　ⓒ 종에서 종으로의 은유 - 구리쇠로 그의 생명의 물을 푸면서(구리쇠로 만든

할 새로운 언어가 없어서 이와 '유사한' 그리고 우리가 이미 잘 알고 있는 다른 사물의 이름을 여기에 부여하는 것이 은유다. 아리스토텔레스에게 은유는 '전이'이고 전이는 유추, 곧 유사성이다. 시적인 것의 본질을 '옮겨 놓기', 곧 전이양식이라고 하면 아리스토텔레스가 은유를 이름부르기의 전이양식이라고 파악한 것은 여간 의미심장하지 않다. 은유는 시적 상상력과 수사적 장식이 고안한 것으로 그리고 언어의 특징으로 간주된다. 그러나 아리스토텔레스의 네 가지 은유유형이 시사하듯이 은유는 문학예술의 영역에만 한정되는 것이 아니라 일상생활에 충만되어 있으며 꼭 언어 속에서가 아니라 우리의 사고와 행동에도 충만되어 있다.10) 우리는 일상생활에서 흔히 "그의 생각은 얕다" 또는 "그의 생각은 깊다"라고 말한다. 이 두 술어는 개념(관념)에 공간적 방향을 부여한 '방향은유'(orientational metaphor)다.11) 또 우리는 "그의 성격은 매우 싱겁다" 또는 "우리는 갖가지 폭력과 투쟁할 필요가 있다", "이상 시를 읽으려면 많은 인내가 필요하다", "최근 그의 정서적 건강이 매우 나빠졌다"고 말한다. 이런 은유들은 공간적 방향에 대한 우리의 기본적 체험이 방향은유를 낳듯이 물리적 대상(특히 우리의 신체)의 체험이 사건, 행위, 관념, 정서들을 어떤 물리적 실체로 보는 데서 발생되는 '존재론적 은유'(ontological metaphor)다.12)

칼로 베어 피를 흘리게 하면서), 불멸의 구리쇠로 베면서(구리쇠로 만든 두레박으로 물을 푸면서); 제거

ⓓ 유추(analogue)에 의한 은유 – 네 개(갑, 을, 병, 정)의 사항이 있을 때,

갑 : 을=병 : 정, 일 : 모=인생 : 노경에서 '노경'의 관계어 '인생'을 은유어 '저녁 때'에 부가하여 날의 노경(갑+정)=모(을), 인생의 저녁(병+을)=노경(정)이 되겠다.

10) George Lakoff, Mark Johnson, *Metaphor we live by*(The University of Chicago Press, 1980), p. 3.

11) 위의 책, p. 14. 여기서 저자는 '위로-아래로', '안-밖', '중심-주변', '앞-뒤', '깊다-얕다' 등 공간적 방향의 기본체험들을 열거한다.

12) 위의 책, p. 14. 예문순서대로 상점부분은 관념인 성격을 음식물의 실체로, 행위인 폭력을 인간으로, 관념인 인내를 측량가능한 물질적 실체로, 정서상태를

(ㄱ)
내가 여읜 동심의 옛 이야기가
여기 저기
떨어져 있음직한 동물원의 오후.

　　　　　　　　　　　　　　－ 이한직, <낙타> 중에서

(ㄴ)
그대 생각을 했건만도
매운 해풍에
그 진실마저 눈물저 얼어버리고

　　　　　　　　　　　　　　－ 김남조, <겨울바다> 중에서

　(ㄱ)은 옛날 은사를 회상한 서정시이고, (ㄴ)은 삶의 허무를 신앙으로 극복하고자 한 일종의 종교시다. 각기 상점 찍은 부분의 주어와 서술어의 호응관계에서 서술어들은 모두 관념적인 주어들을 어떤 실체로 간주함으로써 존재론적 은유를 만들어내고 있다.

　앞에서 야콥슨이 시적 기능은 등가의 원리를 선택의 축에서 결합의 축으로 투사한다고 했을 때, 다시 말하면 인접성에 유사성이 중첩되는 시에서 환유는 모두가 다소는 은유적이며 은유는 모두 환유적 색깔을 갖는다고 했을 때 이것은 방향은유나 존재론적 은유에 대한 기술로 이용되는 것은 물론이다. '번쩍이는 평화'의 공감각도 은유가 되는 근거는 이 공감각 자체가 일종의 전이현상이며 '평화'라는 관념을 모종의 물리적 실체로 본 데서 발생된 존재론적 은유이기 때문이다.

　'옮겨 놓기'는 야콥슨의 용어를 빌린다면 등가성의 원리에 입각한다. 중요한 것은 좁은 의미의 은유, 곧 'A는 B다' 식의 '구조적 은유'(structural metaphor)다. 휠라이트는 아리스토텔레스의 이런 은유개념을 치환은유(epiphor)로 기술한다.[13] 그러므로 아리스토텔레스의 은유개념으로

　　육체적 상태로 간주한 데서 성립되는 존재론적 은유다.

서 치환은유는 보다 가치 있고 중요하지만 아직 모호하고 불확실한 것
(곧 원관념)으로부터 상대적으로 이미 잘 알려져 있거나 보다 구체적인
것(곧 보조관념)으로 옮겨지는 의미론적 이동을 특징으로 한다. 현대시의
은유에서 이런 아리스토텔레스적인 조건이 준수되지 않은 것은(또한 반
드시 준수될 필요도 없다) 물론이다.

> 어차피
> 산다는 것은
> 끈적끈적한 위장 속처럼
> 들여다 보지 않을수록 더 좋은
> 자네와 나의 안방같은
> 어눌한 이야기가 아닐까.

> – 김사림, <한잔하세> 중에서

　여기서 시인이 표현하고자 한 원관념은 물론 "산다는 것"이다. 이것은
상대적으로 모호하고 불확실한 개념이지만 중요성이나 가치성이 풍부하
다. 이것이 "어눌한 이야기"로, 즉 상대적으로 구체적이고 이미 잘 알려
져 있는 보조관념으로 전이되어 의미의 변용 내지 확대를 가져온다.
　치환은유에는 세 가지 형태가 있다. 하나의 원관념에 하나의 보조관
념이 연결된 '단순은유'가 있고, 하나의 원관념에 두 개 이상의 보조관념
이 연결된 '확장은유'가 있고, 은유 속에 또 은유가 들어 있어 이중 삼중
의 현상을 나타낸 '액자식 은유'가 있다.
　앞의 김사림의 <한잔하세>는 원관념 "산다는 것"과 보조관념 "어눌한
이야기"로서 한 번의 유추관계가 성립되어 있을 뿐만 아니라 보조관념
"어눌한 이야기"가 다시 상대적으로 모호하고 가치 있는 원관념이 되어

---

13) 은유(metaphor)란 어원상 meta(초월해서, over・beyond)와 phora(옮김, car-
　　rying)의 합성어로 '의미론적 전이'란 뜻을 지닌다. 휠라이트에 의하면 치환은유
　　(epiphor)란 어원상 epi(over・on・to)+phora(semantic movement)의 뜻이다.

이것이 "끈적끈적한 위장 속"과 "자네와 나의 안방"과 같은, 즉 상대적으로 구체적이거나 덜 중요한 보조관념으로 전이되는 유추현상을 보이고 있어 액자식 은유에 해당한다. 한용운의 〈님의 침묵〉 중 다음과 같은 구절도 액자식 은유의 좋은 예가 된다.

황금의 꽃같이 굳고 빛나던 옛 맹서는 차디찬 티끌이 되어서 한숨의 미풍에 날아갔습니다.

이것은 한 문장 속에 황금과 꽃, 황금의 꽃과 맹서, 맹서와 티끌, 한숨과 미풍 등 네 개의 비유가 들어 있는 액자식 은유가 된다.

이는 먼
해와 달의 속삭임
비밀한 울음
한 번만의 어느 날의
아픈 피흘림

먼 별에서 별에로의
길섶의 위에 떨어진
다시는 못 돌이킬
엇갈림의 핏방울
꺼질 듯 보드라운
황홀한 한 떨기의
아름다운 정적

펼치면 일렁이는
사랑의
호심(湖心)아.

— 박두진, 〈꽃〉

　이 작품은 한 개의 원관념 "꽃"이 "속삭임", "울음", "피흘림", "핏방울", "정적", "호심" 등 여러 개의 보조관념으로 전이되어 의미의 변용과 확대가 이루어진 확장은유를 기본구조로 하고 있다.

　그러나 단순은유든 확장은유든 또는 액자식 은유든 중요한 것은 은유가 서로 다른 사물들이 비교됨으로써 우리에게 충격적 인식을 주는 점이다. 이런 충격적 인식을 위해서 또 하나의 은유원리가 필요하다. 휠라이트는 이 또 하나의 의미론적 변용작용을 병치은유(diaphor)라고 기술한다.14)

Ⅲ | 병치은유와 존재의 시

　휠라이트는 "군중 속의 얼굴들의 모습/ 촉촉이 젖은 나뭇가지에 매달린 꽃잎들"이라는 파운드(E. Pound)의 시구를 병치은유의 예로 든다. 이것은 병렬과 종합을 통한 새로운 의미를 창조하는 은유의 한 형태다. 여기서 의미론적 운동은 실제적이든 상상적이든 시인이 자기체험의 어떤 특수한 면들을 통해서 병렬되는 요소와 그 요소의 종합으로 이룩된다. 휠라이트는 이 은유형태에 조합(combining)이라는 용어를 사용한다. 조합이란 치환은유처럼 사물들 사이에 유사·등식 같은 상호 모방적 인자가 있는 것과는 달리 서로 다른 사물들이 당돌하게 병치됨으로써 빚어지는 '새로운 결합'의 형태다. 사실 병치은유는 휠라이트의 독창적 몫이지만 그 자신이 스스로 던진 것처럼 이질적 사물들의 '병치' 형태가

---

14) P. Wheelwright, 앞의 책, p. 78. 그에 의하면 병치은유(diaphor)란 어원상 dia(through)+phora(semantic movement)의 뜻이다. 따라서 치환은유와 병치은유의 공통된 요소는 의미론적 '운동'(phora)이다.

어째서 은유가 되는가 하는 질문이 야기되고 또 그가 병치은유를 다양하게 정의하고 있는 만큼 모호해서 논란의 여지를 배제할 수 없다. 전이(또는 치환)가 아닌 병치(또는 조합)가 은유가 되는 근거, 곧 병치은유도 은유의 한 형태로 성립되는 근거는 앞에서 말한 것처럼 그가 은유를 어디까지나 의미론적 변용작용으로 본 데 있다.

그는 병치은유를 효과적으로 설명하기 위해 가상적 자연현상을 예로 든다. 곧 수소원자와 산소원자가 합치되기 이전 물이 존재하지 않았을 것이지만 우주사의 어느 시기에 이 두 원자가 결합하여 비로소 물이 존재했을 것이라고 상정할 수 있다. 이처럼 자연계의 요소들이 새로운 방법으로 결합하여 새로운 자질을 생성하듯이 시에서도 이전에 없던 방법으로 언어와 이미지들을 병치시킴으로써 새로운 의미가 생성될 수 있다는 것이다.[15] 이런 점에서 보면 병치도 치환과 더불어 은유의 한 원리가 된다. 말하자면 치환은유가 전통은유라면 병치은유는 새로운 은유형태가 된다. 특히 "얼굴들의 모습"과 "꽃잎들"의 양자가 같은 것인지 또는 다른 것인지 판단이 유보된 점에서 병치은유는 해체주의적 관심까지 불러일으킨다.

남자와 여자의
아랫도리가 젖어 있다.
밤에 보는 오갈피나무,
오갈피나무의 아랫도리가 젖어 있다
맨발로 바다를 밟고 간 사람은
새가 되었다고 한다

발바닥만 젖어 있었다고 한다.

　　　　　　　　　　　　　　　　　　　　- 김춘수, <눈물>

---

15) P. Wheelwright, 앞의 책, pp. 85~86.

이 작품에서도 치환은유적 요소가 있다. 왜냐하면 "남자와 여자"의 이미지와 "오갈피나무"의 이미지가 "아랫도리가 젖어 있다"는 공통성과 유사성에 의하여 결합되어 있기 때문이다. 그런데 두 이미지의 연결은 느닷없는 통합의 이질감을 준다. 더구나 5행 이하의 장면은 그 앞의 장면과 이질적이다. 이런 이질적인 이미지들과 장면들의 통합이 이 작품의 시적 효과를 발휘하게 하는 요인이 되고 있다.

작품 〈눈물〉은 일상적 의미나 논리적 의미의 공백화를 시도한 작품이다. 사실 과거에 시도된 적이 없는, 요소들의 새로운 결합작용으로 새로운 의미와 자질을 생성할 수 있다고 할 때, 새로운 결합작용이란 이미지나 장면의 당돌한 통합일 수밖에 없고 여기서 탄생 가능한 그 새로운 의미와 자질도 일상적 의미나 논리적 의미와 무관한 것이 될 수밖에 없다. 휠라이트가 순수한 병치는 비모방적 음악이나 추상화에서 어김없이 발견할 수 있다고 했을 때, 병치는 예술을 독자적이게 하는 원리임을, 다시 말하면 일상적이고 논리적 의미를 배제하는 원리임을 시사한 것이다. 자연과 현실의 모방이든 관념의 묘사든 또는 선행예술의 모방이든 모든 모방적 요소가 있을 때는 치환적 요소가 있는 것이다. 치환은 의미의 예술이게 하지만 병치는 무의미의 예술이 되게 한다. 김춘수의 무의미시, 비대상시(이승훈) 또는 절대시는 비모방음악과 추상화처럼 병치은유가 그 구성원리가 된다. 조향의 〈바다의 층계〉를 다시 예로 들어 새로운 결합으로서 병치은유를 분석해 보자.

> 모래 밭에서
> 수화기
> 여인의 허벅지
> 낙지 까아만 그림자
>
> 비둘기와 소녀들의 랑데뷰우
> 그 위에

손을 흔드는 파아란 기폭들

나비는
기중기의
허리에 붙어서
푸른 바다의 층계를 헤아린다.

이 작품에서 장면과 장면, 이미지와 이미지의 연결이 우리의 일상적 감각을 벗어나고 있다. 이질적인 너무나 이질적인 이미지들이 비논리적으로 병치되어 현실이나 관념의 모방적 요소를 전혀 찾을 수 없다. 오히려 이 현실을 해체하여 인위적으로 조립한, 아주 난해한 추상화와 같다. 첫 연에서 병치된 네 개의 이미지는 같은 자리와 같은 시간에 놓일 수 없는 사물들의 결합이며, 마지막 연의 나비는 기중기의 허리에 붙어 있음으로써 원래의 장소에서(나비가 있을 곳은 꽃이기에) 추방되어 있다. 이런 병치는 모더니즘시의 주된 기법이다.[16] 치환은유의 시는 '의미의 시'가 되고 병치은유의 시는 '존재의 시'가 되는 셈이다. 그리하여 휠라이트는 의미심장한 은유에서는 이 두 요소가 요청된다고 결론을 내린다.

그대는 아는가
나의 등판을
어깨서 허리까지 길게 내리친
시퍼런 칼자국을 아는가.

---

16) 마음의 순수한 자동현상인 자동기술법, 사물을 원래의 위치에서 추방하거나 꿈·환상 속에서만 존재하는 사물을 다른 장소로 옮겨 경이감을 불러일으키는 데 뻬이즈망, 잡지나 복제회화에서 아무렇게나 찢어 내고 오려 낸 조각을 액판에 짜 넣은 미술의 콜라주나 논리성·시간적 진행·주제의 인과관계를 파괴하는 식으로 행위의 연속성을 단절하는 영화의 몽타주 수법 등은 모두 대동소이한 기법들이다.

질주하는 전율과
전율 끝에 단말마를 꿈꾸는
벼랑의 직립
그 위에 다시 벼랑은 솟는다.

그대 아는가
석탄기의 종말을
그때 하늘 높이 날으던
한 마리 장수잠자리의 추락을.

- 이형기, <폭포>

　이 작품을 부분적으로 보면 병치은유이지만 전체로 보면 치환은유로
서, 이 작품은 병치은유와 치환은유의 결합형태가 된다. 왜냐하면 "시퍼
런 칼자국", "질주하는 전율", "벼랑의 직립", "석탄기의 종말", "장수잠
자리의 추락"의 이미지들은 병치은유로 보이지만 전체적으로는 폭포를
비유하고 있기 때문이다.

　이 밖에 단독으로는 치환이나 전체로는 병치은유가 되거나, 치환작용
이 연속되다가 느닷없이 급격한 장면의 변화가 오거나, 한 개의 원관념
을 위해 여러 개의 다양한 치환은유가 보조관념으로 활용되는 형태 등
이 있다.

　치환과 병치가 이미지들의 결합방식이고 양자가 다 같이 의미론적 변
용작용의 원리가 된다는 점에서 은유로 처리한 것은 독창적 은유론으로
서 주목하지 않을 수 없다. 특히 이질적 이미지들의 돌연한 결합이나
장면의 급격한 전환을 병치은유적 요소로 기술한 것은 현대시의 은유를
이해하는 데 매우 유용한 관점을 제공해 준다. 왜냐하면 많은 현대시들
의 은유는 동일성이 아니라 '비동일성의 원리'(휠라이트의 용어로 병치은유
적 성격)에 근거하고 있기 때문이다.

겨울은 강철로 된 무지갠가 보다

　　　　　　　　　　　　- 이육사, <절정> 중에서

위의 예문은 형식상으로 치환은유이지만 병치은유적 요소를 강하게 띠고 있다. 왜냐하면 원관념과 보조관념의 결합이 매우 엉뚱하기 때문이다. 사실 이육사의 〈절정〉의 이 마지막 행은 작품 전체로 볼 때 하나의 일대 전환이며 이 전환은 앞에서 말한 것처럼 병치은유적인 것이다.

여기서 우리가 주목해야 할 사실은 원관념과 보조관념 사이의 동일성이 희박할수록 좋은 시가 된다는 사실이다. 가령, "쟁반같이 둥근 달"이나 "인생은 일장춘몽이다"와 같은 비유는 두 사물 사이의 유사성이 너무 크거나 관습적이어서 우리는 시적 긴장을 느낄 수 없다. 더욱이 현대시는 두 사물 사이의 유사성이 아예 없는 것을 선택하여 억지로 결합시키는 경향을 띠어 간다. 기상(conceit)이나 절연(depaysment)의 시가 그 좋은 예다.

이처럼 원관념과 보조관념 사이에는 일종의 '힘의 긴장'이 흘러야 하는데, 이 긴장은 두 사물 사이의 거리가 멀수록 고조되기 마련이다. 테이트(A. Tate)에 의하면 긴장(tension)이란 외연(extension)과 내포(intension)의 접두사 ex와 in을 제거한 조어로서 이 외연과 내포가 먼 거리에 있을수록 서로 잡아당기는 팽팽한 힘이 고조되어 긴장이 탄생된다.[17] 여기서 외연은 보조관념을, 내포는 원관념을 가리킨 말이다.

　사랑하는 나의 하나님, 당신은

---

17) Allen Tate, *On the Limit of Modern Literature*(김수영・이상옥 옮김, 대문출판사, 1970), 100쪽.

늙은 비애다
푸줏간에 걸린 커다란 살점이다
시인 릴케가 만난
슬라브 여인의 마음 속에 갈앉은
놋쇠 항아리다.

- 김춘수, <나의 하나님> 중에서

원관념 "하나님"에 이를 해명하는 보조관념 "늙은 비애"와 "푸줏간에 걸린 커다란 살점"과 "놋쇠 항아리"가 연결되어 있다. 그러나 이 보조관념들은 아무런 유사성을 찾아볼 수 없을 정도로 원관념에서 너무나 먼 거리에 있다.

그리하여 돌연한 결합에서 우리는 '놀람'의 시적 긴장을 느끼지 않을 수 없다. 여기서의 하나님은 우리의 일상적 의미 차원과는 다른 매우 모호하고 다양한 문제들을 제기하고 있는, 기이한 것으로 변용되어 있다. 물론 이것은 보조관념들과의 결합 때문이다. 뿐만 아니라 이 결합 속에서 보조관념들도 원형 그대로 남아 있지 않다. 비유는 두 사물의 결합으로 새로운 문맥을 만들어 내는 형식이다. 테이트가 내포와 외연의 접두사를 제거했다는 것은 일상적 차원에서 보면 대립·모순되는 것 같이 보이는, 먼 거리에 있는 두 사물을 파괴하여 새로운 제3의 의미차원으로 변용·융합시켰다는 것이다. 그 결과 시적 긴장을 낳은 것이다.

오르테가(Ortega Y. Gasset)는 현대예술의 가장 두드러진 경향을 비인간화라고 진단하면서 비유의 동기를 다음과 같이 기술했다.

A라는 사물을 B라는 사물로 대치하려고 하는 지적 행위를 만약에 누가 물어서 대답한다면 B에 도달하려고 하는 것보다는 A를 회피하려고 하는 소망으로 인해서 대치하려고 하는 바로 그러한 지적 행위를 인간이 행하려고 든다는 것은 정말이지 이상야릇한 일이라고밖에 더 이상 말할 수가 없겠다 은유는 그 어떤 대상을 다른 용

모로 뒤집어 씌움으로써 그 대상에 의해 그 원모습을 지워버리고
만다. 우리들로서는 이러한 은유의 등뒤에서 현실을 피하려고 하는
인간의 그 어떤 유의 본능적인 움직임이 있다는 것을 솔직히 인정
하지 않으면 안 되겠다.[18]

오르테가의 은유론은 치환은유와 정면으로 대립된다. 은유란 원래 A
와 B의 두 사물 사이의 유사성에 기인하는 것인데, 여기서 은유는 A(원
관념)에서 도피하려고 하는 소망의 산물이다. 그리고 이 소망은 현실로
도피하려는 본능적 욕구에서 촉발된 것이다. 동일성이 아니라 비동일성,
곧 차이성이 은유의 원리가 되어 있다. 뿐만 아니라 오르테가가 진단한
현대시의 은유는 "비인간화를 위한 가장 기본적인 수단"[19]이다. 비인간
화란 인간적 시점의 배제요 현실의 배제다. 그러니까 현대시에서 은유
의 기능은 사물의 인식이라는 은유 본래의 기능이 아니라 인간적 시점
과 현실을 배제하는 일이다. 이 배제는 실재를 흉물스럽게 왜곡시키거
나 아주 판별할 수 없을 정도로 파괴된 어떤 추상성을 보여 준다. 비인
간화의 시는 결코 현실의 재현이 아니다. 여기서 얻어지는 것은 의미가
아니라 비인간적인 특수한 정조다.

현실에서의 도피가 시의 은유에서 도피의 원리를 가져왔다면 이 도피
의 다른 한 양상은 대결이 된다. 현대시는 의도상으로 보면 현실과의
'대결의 시'가 된다.[20] 휠라이트는 삶의 원리가 자아와 타자의, 자아와
물리적 환경 간의 사랑과 적개심, 본능적 충동과 이성적 사고가 내리는
결정 간의, 생의 충동과 죽음의 열망 사이의 여러 긴장 속에 나타나는
투쟁이라고 보고 언어도 살아 있는 언어가 되기 위해서는 긴장적 언어
(tensive language)가 되어야 한다고 했다.[21] 이처럼 현대시의 은유는 과

18) Jose Ortega Y. Gasset, *La Deshumanización Del Arte*(장선영 옮김, 삼성출
    판사, 1976), 340쪽.
19) 위의 책, 341쪽.
20) Roy McMullen, *The Fine Arts*(권용대 외 옮김, 대우출판사, 1976), 174쪽.
21) P. Wheelwright, 앞의 책, pp. 45~46 참조.

거와는 달리 도피 또는 대결의 원리 속에서 성립한다.

> 허름한 처마 아래서 밤
> 열두 시에 나는 죽어,
> 나는 가을
> 비에 젖어 펄럭이는 질환이 되고
> 한없이 깊은 층계를
> 굴러 떨어지는 곤충의 눈에 비친 암흑이 된다
> 두려운 칼자욱이 된다.
>
>   — 이승훈, 〈사진〉 중에서

카프카의 《변신》을 연상하리만큼 이 작품의 화자는 죽어서 "비에 젖어 펄럭이는 질환"이 되고, "층계를/ 굴러 떨어지는 곤충의 눈에 비친 암흑"이 되고, 또 "두려운 칼자욱"이 된다. 동양적 인연관이 은유형식으로 나타나 있는 이 작품에서, 원관념인 화자(나)와 보조관념인 질병·암흑·칼자욱 등 사이에는 동일성의 화해가 아니라 대립·갈등의 관계로 연결되어 있을 뿐이다. 보조관념들과 만날수록 원관념인 '나'는 점점 현실의 인간과는 다른 익명의 존재로 추상화된다. 말하자면 그만큼 현실의 모습이 지워진다. 앞에서 인용한 김춘수의 〈나의 하나님〉에서도 원관념인 "하나님"과 보조관념인 "푸줏간에 걸린 살점", "놋쇠 항아리" 사이의 그 당돌한 결합만큼 대립·갈등의 이질성을 뚜렷이 느낄 수가 있다. 그리고 이런 은유의 형태는 대상의 재현이 아니라 시의 세계 속에서만 존재하는 상상적 질서다.

김춘수의 무의미시 그리고 이승훈의 비대상시란 '세계상실의 시'[22]다. 외부세계를 상실한 상황에서 시인이 보는 것은 다름 아닌 자기자신, 곧 자신의 내면세계다. 이 내면세계는 외부세계에서 해방되고 자유로워진

---

22) R. N. Maier, *Paradies der Weltlosigkeit*(장남준 옮김, 홍성사, 1981), 49쪽 이하 참조.

만큼 순수한 추상적 세계다. 세계상실은 언어붕괴와 등가된다. 다시 말하면 세계상실의 추상시에서 은유는 화자를 포함해서 사물들의 현실적 모습을 지우며 사물들 사이의 연관성도 해체한다. 따라서 추상시의 은유는 참조할 수 없는 은유, 곧 '절대은유'다.[23] 그러니까 추상시의 이미지들은 언어의 지시적 기능이 무화된, 시 속에만 존재하는 절대적 심상이다. 이런 추상시가 언어의 지시적 기능이 우세한 리얼리즘시와 가장 첨예하게 대립됨은 물론이다.

이처럼 현대시의 은유는 현저하게 동일성의 원리에서 비동일성의 원리, 곧 도피 또는 대결의 원리로 바뀌어 가고 있다.

Ⅴ   근본비교와 연속성

이미지가 시의 구성분자인 이상 반드시 문맥을 형성한다. 문맥 없이는 구성분자로서 이미지는 존재할 수 없다. 시의 이미지는 전후 문맥에서 그 의미가 결정된다. 따라서 시의 의미파악에는 문맥의 파악이 필수적이다. 시는 대개 하나의 이미지보다 여러 개의 이미지로 문맥을 형성한다. 문맥 가운데서 근본비교(fundamental comparison)에 의하여 형성되는 문맥이 있다. 근본비교란 한 작품에서 다른 모든 비교들을 성립시키는 토대가 되는 비유다. 다시 말하면 어떤 두 사물을 근본적으로 비교함으로써 여기서 이와 관련된 다른 비교들이 파생되는 것이다.

조국을 언제 떠났노,

---

23) Dieter Lamping, *Das Lyrische Gedicht*(장영태 옮김, 문학과 지성사, 1994), 277쪽.

파초의 꿈은 가련하다.

남국을 향한 불타는 향수,
너의 넋은 수녀보다도 더욱 외롭구나.

소낙비를 그리는 너는 정열의 여인
나는 샘물을 길어 네 발등에 붓는다.

이제 밤이 차다
나는 또 너를 내 머리맡에 있게 하마.

나는 즐겨 너를 위해 종이 되리니
너의 그 드리운 치맛자락으로 우리의 겨울을 가리우자.

　　　　　　　　　　　　　　　　　　　　－ 김동명, <파초>

　시의 수사적 기교의 하나인 의인법은 인간이 아닌 모든 사물을 반려자(du)로 보는 의인관에서 발생한다. 의인관은 비논리적 심성이므로 세계의 자아화라는 시의 본질을 가장 잘 구현한다. 의인법도 인간의 사고와 감정이나 행위를 비인간적 대상에 전이시키는 양식이므로 비유의 범주 속에 속한다. 이 작품은 식물인 파초를 제재로 한 것이지만 시인의 의인관에 의해 파초를 인격화하고 있다. 감정이입으로 파초는 타국에서 온 '이방여성'이 되었다. 파초를 이방여성으로 의인화한 것을 근본비교로 하여 여기서 "네 발등"은 파초의 뿌리를 덮는 흙의 비유로, "치맛자락"은 파초의 잎의 비유로 성립되는 것이다.

　가난이야 한낱 남루에 지나지 않는다
　저 눈부신 햇빛 속에 갈매빛의 등성이를 드러내고 서 있는
　여름산 같은

우리들의 타고난 살결 타고난 마음까지야 다 가릴 수 있으랴.

청산이 그 무릎 아래 지란을 기르듯
우리는 우리 새끼들을 기를 수밖에 없다.

목숨이 가다가다 농울쳐 휘여드는
오후의 때가 오거든
내외들이여 그대들도
더러는 앉고
더러는 차라리 그 곁에 누워라.

지어미는 지애비를 물끄러미 우러러 보고
지애비는 지어미의 이마라도 짚어라.

어느 가시덤불 쑥구렁에 뇌일지라도
우리는 늘 옥돌같이 호젓이 묻혔다고 생각할 일이요
청태라도 자욱이 끼일 일인 것이다.

- 서정주, <무등을 보며>

　이 작품에도 근본비교가 보인다. 인간과 산을 비교한 것이 그것이다. 따라서 이 작품은 근본비교를 토대로 하여 시상이 전개되고 있다. 그리고 이 작품에는 비유들이 많이 사용되고 있으므로 각 이미지들과 이에 상응하는 의미들을 추적하여 테마를 결정하는 것도 중요 과제가 될 것이다. 이 작품에는 근본비교에 의해 시상이 전개되는 것만큼 각 이미지들이 동질적인 것이어서 이미지의 연속감을 느낄 수 있다.
　그러나 어떤 작품에서는 각기 상이한 이미지들이 병치되거나 한 패턴의 이미지들이 중단되어서 다른 패턴의 이미지들이 등장하고 다시 원래 패턴의 이미지들로 되돌아가는 문맥이 있다. 이것은 이미지의 불연속성에 의해 형성되는 문맥이다.

앞에서 예거한 김춘수의 〈나의 하나님〉 전문을 다시 인용해서 살펴보자.

> 사랑하는 나의 하나님, 당신은
> 늙은 비애다
> 푸줏간에 걸린 커다란 살점이다
> 시인 릴케가 만난
> 슬라브 여인의 마음 속에 갈앉은
> 놋괴 항아리다.
> 손바닥에 못을 박아 죽일 수도 없고 또 죽지도 않는
> 사랑하는 나의 하나님, 당신은 또
> 대낮에도 옷을 벗는 어리디어린
> 순결이다
> 삼월에
> 젊은 느릅나무 잎새에서 이는
> 연둣빛 바람이다.

"나의 하나님"과 연결되는 비애, 살점, 놋쇠 항아리, 순결, 연둣빛 바람 등의 보조관념들은 같은 원관념을 비유하면서도 전연 동질의 연속성을 찾아볼 수 없다. 이것은 "나의 하나님"이 띠고 있는 특수한 내포적 의미를 다양하게 하는 데 기여하겠지만 시의 의미파악에는 여간 곤란하지 않다.

근본비교나 이미지의 연속성과 불연속성 등 외에도 시인은 의미표현이나 전달의 장치로써 여러 문맥을 조작한다.

04절 상 징

I 상징의 정의

어번(W. M. Urban)은 언어발달의 과정을 사실적 단계와 유추적 단계, 상징적 단계의 셋으로 분류했다. 사실적 단계란 원시인이나 아이들의 언어처럼 대상을 흉내내고 묘사하는 언어다. 유추적 단계란 지금까지 기술한 비유적 언어의 용법을 말한다. 그리하여 언어의 가장 높은 형태가 상징적 단계가 되는 것이다. 그러나 이것이 시 평가의 기준은 결코 아니다. 오히려 가장 원시적인 언어형태인 사실적 단계에서 시적 가치를 더 많이 발견할 수도 있다. 그래서 리차즈(I. A. Richards)는 언어발달과 시의 가치평가를 연결시키는 것을 시 감상을 저해하는 한 원인으로 진단했다.[1]

---

1) I. A. Richards는 '비평의 10가지 난관'이라 하여, ① 표현된 것(외연)의 일차적 의미파악에서 의미된 것(내포)의 의미파악이 가능한데도 독자가 우선 시의 그 자전적 의미를 제대로 파악하지 못하는 점, ② 정서는 개념으로서가 아니라 음운으로서 환기되는데 독자가 시의 리듬을 옳게 파악하지 못하는 점, ③ 독자가 체험의 빈약, 체험을 결합시키는 능력의 결핍, 기억의 불구성 등으로 심상을 제대로 형성하지 못하는 점, ④ 시의 내용과 관계없는 엉뚱한 기억이 떠올라 작품에 고착되어 시의 향수를 방해하는 부적당한 기억의 혼입, ⑤ 작품에 임하여 반응이 일어나는 것이 아니라 시인에 대한 선입관 등으로 시에 대한 반응을 미리 예비하는 점, ⑥ 감상에 치우쳐 시를 제대로 향수 못하는 감상벽, ⑦ 이와는 반대로 지성과 시론, 비평의 영향으로 감성의 지나친 억제로 시를 향수 못하는 점, ⑧ 교훈·사상·지식 등을 찾는 데 편중하는 점, ⑨ 직서 → 직유 → 은유 → 상징의

상징(symbol)은 '조립한다', '짜 맞춘다'의 뜻을 가진 그리스어의 동사 심발레인(symballein)에서 유래한 말이다. 그리고 그리스어의 명사인 심볼론(symbolon)은 부호(mark), 증표(token), 기호(sign)라는 뜻을 가지고 있다. 이런 어원적 의미로 보면 상징은 기호로서 다른 어떤 것을 '대신하는' 기능을 수행한다. 이것이 상징의 가장 기본적이고 일반적인 의미다. 그러나 문학적 용법으로서의 상징, 즉 문학적 상징은 이런 일반적 의미의 기호도 아니며, 태극기가 한국을, 배지(badge)가 학교를, 교통신호가 교통법규를 지시하는 것과 같은 제도적 상징도 아니다. 문학적 상징은 내적 상태의 외적 기호다.[2] 다시 말하면 불가시적인 것을 가시적인 것으로 암시하는 것이 상징이다. 이 경우에 불가시적인 것은 원관념이고, 가시적인 것은 보조관념이 된다. 비유와 비교해서 말하면 상징은 비유에서 원관념을 떼어버리고 보조관념만 남아 있는 형태다.[3] 가령 "소녀는 꽃이다"라는 은유에서는 소녀(원관념)와 꽃(보조관념)이 다 함께 나타나 있다. 그러나 상징은 "조국의 하늘에 비둘기는 날아왔다"처럼 비둘기란 보조관념은 평화라는 원관념을 암시할 뿐 원관념인 평화가 나타나 있지 않다. 상징에서 숨어 있는 원관념, 즉 불가시적인 것은 대개 관념이고 또 관념을 중시하지만 반드시 관념만 원관념이 되는 것은 아니다. 그것은 정서일 수도, 심리적 내용일 수도, 이념적 세계일 수도 있다. 이런 상징에서 비유와는 다른 또 하나의 동일성의 원리를 발견할 수 있다.

순서로 시는 효과적이며 시의 성공도라고 생각하는 표현기교에 대한 선입관, ⑩ 시론을 공부한 결과 이론대로 시를 감상하는 데서 오는 곤란 등을 들었다. *Practical Criticism*(Routledge & Kegan paul, 1973), pp. 13~18 참조.
2) W. Y. Tindal, *The Literary Symbol*(Indiana University Press, 1955), p. 5.
3) C. Brooks & R. P. Warren, *Understanding Poetry*(Holt, Rinehart and Winston, 1960), p. 556.

Ⅱ | 상징의 성격 – 동일성

비유에서 원관념과 보조관념은 서로 이질적이면서도 유사성을 근거로 결합한다. 비유란 유사성으로써 차이를 표현한다고도 말할 수 있다. 그러나 상징은 그 본질상 원관념과 보조관념이 하나의 완전한 결합체가 된다. 앞에서 말한 상징의 어원적 의미인 '조립한다', '짜 맞춘다'가 이를 시사하고 있다. 원관념이 숨고 보조관념만 작품의 표면에 나타나 있다는 상징의 존재양식도 양자의 완전한 결합을 의미하고 있다. 이처럼 상징에서 개념(원관념)과 이미지(보조관념)는 동시적이고 공존적이어서 두 요소는 분리될 수 없이 일체가 되어 있는 것이다. 이것이 상징의 본질적 성격으로서 동일성(일체성)이다.

눈은 살아 있다
떨어진 눈은 살아 있다
마당 위에 떨어진 눈은 살아 있다

기침을 하자
젊은 시인이여 기침을 하자
눈 위에 대고 기침을 하자
눈더러 보라고 마음 놓고 마음 놓고
기침을 하자

눈은 살아 있다
죽음을 잊어버린 영혼과 육체를 위하여
눈은 새벽이 지나도록 살아 있다

기침을 하자
젊은 시인이여 기침을 하자
눈을 바라보며
밤새도록 고인 가슴의 가래라도
마음껏 뱉자

– 김수영, <눈>

이 작품은 외형상 화자가 청자인 "젊은 시인"에게 말을 건네는 대화체의 형식을 취하고 있다. 만약 그 젊은 시인이 화자라면 이 시는 독백체가 될 것이다. 실제로 "기침을 하자"라는 청유형은 원래 자신과 상대방을 다 포함하는 것이므로 독백체로 보는 것이 타당할는지 모른다. 화자는 아침에 일어나서 아직 녹아 없어지지 않고 마당 위에 남아 있는 하얀 눈을 본다. 아직 녹지 않은 눈에서 화자는 그 눈이 살아 있다는 생명을 느낀다. 화자가 기침을 하고 싶은 욕망은 바로 이 살아 있는, 하얀 눈에서 촉발된다. 그러면 눈과 기침의 이미지는 축자적인가? 비유적인가? 만약 축자적이라면 그 깨끗한 눈에 "가래"를 뱉는다는 행위는 극히 평범하고 불결한 느낌밖에 주지 않는다. 우리는 도리어 화자의 이런 행위에서 어떤 의미심장한 엄숙함을 느낀다. 다시 말하면 여기서 눈과 기침은 상징이다. 이 감각적 이미지는 순결과 진실성이라는 관념과 밀착되어 있다.

"죽음을 잊어버린 영혼과 육체를 위하여/ 눈은 새벽이 지나도록 살아 있다"는 눈의 생명성은 이 순결성의 생명이며, 따라서 기침을 하는 행위는 화자의 내면세계를 거리낌없이 그대로 표현하고자 하는 진실성의 관념과 밀착되어 있다. 순결성은 진실성이며 그리고 살아 있는 것이다. 여기서 우리는 이 시인의 정직성과 정직하게 살아가기 어려운 그의 고통을 이해하게 된다.

이처럼 관념과 이미지가 일체화되어 있는 상징의 동일성은 암시성, 다의성, 입체성, 문맥성 등을 하위속성으로 지닌다.

1 암시성

　상징의 존재양식이 본래 원관념이 숨고 보조관념만 제시되어 있는 것이기 때문에, 상징은 감춤과 드러냄의 양면성을 필연적으로 지닌다.[4] 바꾸어 말하면 상징에서는 침묵과 담화가 함께 작용해서 이중의 의의를 가져온다. 암시성은 되도록 무엇인가를 감추려 하는 시의 특성이며, 이것은 상징의 이 양면성에 처음부터 내재하여 있는 것이다. 상징은 때로는 성스럽고 숭고한 것으로 때로는 장렬하고 비장한 것으로 작품의 알맹이를 우리의 영혼에, 우리의 내면 깊숙이 불어넣는 호소력을 지닌다.

　　오렌지에 아무도 손을 댈 수 없다
　　오렌지는 여기 있는 이대로의 오렌지다
　　더도 덜도 할 수 없는 오렌지다
　　내가 보는 오렌지가 나를 보고 있다

　　마음만 낸다면 나는
　　오렌지의 포들한 껍질을 벗길 수도 있다
　　마땅히 그런 오렌지
　　만이 문제가 된다.

　　마음만 낸다면 나는
　　오렌지의 참잘한 속살을 깔 수도 있다
　　마땅히 그런 오렌지
　　만이 문제가 된다.

　　그러나 오렌지에 아무도 손을 댈 순 없다

---

4) W. Y. Tindal, 앞의 책, p. 40 참조.

대는 순간
오렌지는 이미 오렌지가 아니고 만다
내가 보는 오렌지가 나를 보고 있다.

나는 지금 위험한 상태에 있다
오렌지도 마찬가지 위험한 상태에 있다
시간이 똘똘
배암이 또아리를 틀고 있다.

그러나 다음순간,
오렌지의 포들한 거죽엔
한없이 어진 그림자가 비치고 있다
오 누구인지 잘은 아직 몰라도.

　　　　　　　　　　　　　　　　　　　　– 신동집, <오렌지>

　상징은 감춤의 성질만도 아니고 드러냄의 성질만도 아니다. 상징이
'반투명성'(translucence)으로 정의되는 것은 이 때문이다. 상징의 드러냄
은 완전한 드러냄이 아니다. 그것은 동양적 의미의 여백을 가진 드러냄
이다. 우리가 아무리 지적으로 노력하더라도 상징은 감춤과 드러남의
이중적 성격 때문에 신비의 여운이 항상 남아 있기 마련이다.[5]
　이 작품은 상징의 양면성 자체를 테마로 한 것으로도 볼 수 있다. 오
렌지에 대한 화자의 태도에서 우리는 키츠(J, Keats)가 말한 '소극적 능
력'을 볼 수 있기 때문이다. 소극적 능력이란 사실과 이치를 성급히 포
착하려 하지 않고 그냥 반쯤 인식한 정도로 만족해서 물러나 앉아 불확
실과 신비와 의심 가운데 머무는 자질이다.
　화자는 "마음만 낸다면" 오렌지의 "포들한 껍질을 벗길 수도" 있고
"오렌지의 참잘한 속살을 깔 수도" 있다고 한다. 그러나 화자는 오렌지

─────────────────────

5) 앞의 책, p. 11 참조.

의 껍질을 벗겨 그 속살을 까려고 손을 대면 그 오렌지는 이미 오렌지가 아니라고 두려워한다. 인간의 지적 욕구는 모든 사물의 내면을 다 들추어내어 밝히려고 하지만 그 결과는 사물에 대한 흥미도 가치감도 소멸될 것이기 때문이다. 화자는 이 지적 욕구 앞에서 두려움을 느낀다. 그러나 다음 순간 "오렌지의 포들한 거죽엔/ 한없이 어진 그림자"가 비치는데, 그 그림자의 정체를 화자는 아직 잘 모르고 있다. 인간은 사물의 외형에 감각적으로 반응하는 것으로 만족하지 않는다. 그 내면을 꿰뚫어 보려는 통찰력을 발휘한다. 그러나 사물은 "오 누구인지 잘은 아직 몰라도"의 상태에 머물러 있어야 한다. 삶의 의미도 마찬가지다. 삶의 의미를 집요하게 밝히려 들지 않고 반쯤 인식한 정도로 머물러 있을 때 도리어 아직 다 알지 못한 삶의 나머지 의미를 상상적으로 더 다양하게 인식할 수 있을 것이다. 그리하여 더욱 삶에 대한 의욕을 강하게 느낄 것이다. 인용시는 이런 인생태도를 오렌지에 대한 화자의 태도를 통하여 암시하고 있는 것이다. 소극적 능력은 키츠가 시인의 자질로 말한 것이지만 이것은 틴달(W. Y. Tindal)의 말처럼 상징주의시를 대할 때 독자, 곧 비평가에게 요청되는 자질인지도 모른다.[6]

시의 리듬은 상징의 암시성을 높이는 데 기여한다. 언어는 형식인 소리와 내용인 의미가 일체가 되어 있다. 그런데도 상징주의의 순수시는 언어로부터 의미를 떼어버리고 언어의 소리로써만 예술적 효과를 나타내려 한다. 이 경우 소리의 효과에 따라 시어를 선택하고 배열하기 때문에 실제의 질서라든가 논리적 질서라든가 정서의 질서라든가 또는 문법적 질서 같은 것은 내팽개쳐져서 마침내 시의 음악성이 마술과 같은 어떤 신비적인 힘을 지니기까지 한다. 소리의 이 신비감으로써 무엇인가를 우리의 영혼에 공명케 하려는 것이 상징주의의 순수시가 노린 상징의 기능이다. 그러나 이것은 극단적인 예다. 시의 리듬이 이미지와 결합되어 시인이 전달하고자 한 관념을 섣불리 노출시키지 않고 상징의 암시성을 더욱 효과적으로 부각시킨다.

---

6) 앞의 책, p. 20.

풀이 눕는다.
비가 몰아오는 동풍에 나부껴
풀은 눕고
드디어 울었다.
날이 흐려서 더 울다가
다시 누웠다.

풀이 눕는다.
바람보다도 더 빨리 눕는다.
바람보다도 더 빨리 울고
바람보다도 먼저 일어난다.

날이 흐리고 풀이 눕는다.
발목까지
발밑까지 눕는다.
바람보다 늦게 누워도
바람보다 먼저 일어나고
바람보다 늦게 울어도
바람보다 먼저 웃는다.
날이 흐리고 풀뿌리가 눕는다.

– 김수영, <풀>

김수영은 노출의 시인이다. 김춘수와 비교하여 보면, 춘수의 시가 감추려 하는 데(감추려 하는 사실까지 감춘다) 반해서 수영의 시는 '벗기려' 한다(벗기려는 사실까지 벗긴다).[7] 그는 그의 체험세계를 시적으로 변용시키기보다 야유, 풍자, 탄식의 형식으로 드러낸다.

그러나 〈풀〉은 이 드러냄의 시인을 배반한다. 여기서 드러냄은 절제되어 있다. 아니 감춤과 조화를 이루고 있다. 조화는 이 작품의 리듬이

---

7) 김현, 〈詩와 詩人을 찾아서〉(《心象》 1974년 2월호).

빠른 템포로 흐르면서 주술성의 어떤 오묘한 맛을 내고 있는 데서 발생한다. 특히 풀이 바람보다 빨리 눕고, 울고, 일어난다는, 반복되는 논리적 모순성과 융합되어 이 시의 리듬은 한층 짙은 주술성을 내뿜는다. 이 주술의 리듬 속에 풀은 민중을 감추고, 바람은 그 민중이 살고 있는 실존적 상황을 감춘다. 여기서 상징의 의미를 느낄 수 있는 것이다. 바람과 대비된 풀의 동작에서 민중의 끈질기고 활발한 삶의 양식만을 시인과 독자가 다 같이 관심을 두었다면 이 시도 영락없이 드러냄의 알레고리 시가 되었거나 단순한 알레고리로서만 수용되었을 것이다. 풀을, 삶의 움직임의 과정을 보여 주는 '상징동력'으로 느끼게 한 것은8) 이 작품의 주술적 리듬, 그 음악적 성격의 개입 때문이다. 그만큼 이 작품은 형식과 내용이 밀착된 동일성을 갖고 있다. 상징의 성공은 이 드러냄과 감춤의 조화에 있다.

2 다의성

상징의 암시성은 다시 다의성이라는 또 하나의 속성으로 연결된다. 상징의 반쯤 드러냄의 속성 때문에 독자마다 상징적 이미지에 대한 반응은 다양해질 수밖에 없다. 곧, 하나의 상징은 여러 개의 원관념을 환기할 수 있다. 상징은 명확한 결론도, 완벽한 정확성도 갖지 않으며 가질 필요도 없다. 대신 그것은 풍부한 의미론적 에너지를 가진 잠재성이다. 이처럼 상징은 여러 가지 의미를 내포하고 있다는 점에서 알레고리와 구별된다. 알레고리는 원관념과 보조관념의 관계가 1 : 1이지만 상징의 그것은 다 : 1이다.

새는 울어

---

8) 김현, 〈金洙暎의 풀〉《한국 현대시 작품론》(문장사, 1981), 351쪽 참조.

뜻을 만들지 않고
지어서 교태로
사랑을 가식하지 않는다.

포수는 한덩이 납으로
그 순수를 겨냥하지만
매냥 쏘는 것은
피에 젖은 한마리 상한 새에 지나지 않는다.

– 박남수, <새 –일–> 중에서

이 작품은 문명의 잔인성과 야만성을 비판하면서 자연의 순수성에 지속적이고 무한한 가치를 부여하고 있다. 여기서 새는 자연의 순수성을, 총은 문명의 잔인성과 야만성을 상징하는 이미지다. 그러나 여기서의 상징은 원관념과 보조관념이 1 : 1의 관념에 놓인 알레고리이다.

알레고리는 역사적·시대적 삶의 의미를 효과적으로 표현하는 데 사용된다. 미적 가치보다 당대의 삶의 문제에 더 무거운 가치를 둔다. 알레고리의 가치는 삶의 가치다. 그만큼 알레고리는 본디부터 교훈적 성격을 띠고 있다.

껍데기는 가라
사월도 알맹이만 남고
껍데기는 가라.

껍데기는 가라
동학년 곰나루의, 그 아우성만 살고
껍데기는 가라

그리하여, 다시

껍데기는 가라
이곳에선 두 가슴과 그곳까지 내논
아사달 아사녀가
중립의 초례청 앞에 서서
부끄럼 빛내며
맞절할지니

껍데기는 가라
한라에서 백두까지
향기로운 흙가슴만 남고
그 모오든 쇠붙이는 가라

— 신동엽, <껍데기는 가라>

이 작품의 중심 이미지인 껍데기는 역사의 부조리와 허구성의 알레고리다. 이 주도적 이미지로써 시인은 민족 주체성의 순수성을 절규하고 있다. 우리는 이 작품에서 역사를 보고 이 역사 속의 삶의 의미가 무엇인가를 알게 된다. 이렇게 알레고리를 통한 시의 가치는 삶의 가치며 윤리적 가치다.

알레고리는 작품 밖의 비문학적 의미의 구성을 '명백히' 요구한다. 그래서 알레고리는 한 개의 보조관념이 한 개의 원관념을 환기한다는 그 본질이 시사하듯이 단순성의 문학이다. 단순성은 물론 시의 미덕일 수 있다. 이것은 시대와 상황의 문제다.

세상의 모든 사물이 확정된 정신적 의미를 감추고 있다고 믿었던 과거에는 알레고리를 즐겨 사용했지만 복잡해진 현대사회에서는 막연하고 불확실하고 암시적인 것에 가치를 느껴 상징을 즐겨 사용한다.[9] 그러나 한국의 현대시, 특히 식민지 시대의 현대시에서 우리는 시의 이미지를 흔히 알레고리로 수용한다. 시인이 당대의 자기 시대를 어떻게 살았으

---

9) 이상섭, 《文學批評用語辭典》(민음사, 1976), 130쪽 참조.

며, 작품이 어떤 세계를 재현했으며, 그것은 또 어떤 삶의 가치를 가지는가. 이런 선시적(先詩的)이고 윤리적인 의미를 우리는 매우 강조한다. 문제는 이런 알레고리적 반응이 경직성에서 발생한다는 점이다. 시의 단순성이 미덕일 수 없는 경우는 여기에 있다.

알레고리적 반응은 일종의 저장반응이다. 반응의 단순화는 반응의 경직성이다. 이것은 다음과 같은 식민지 시대의 작품을 해석·평가할 때 치명적인 결함으로 드러난다.

내 고장 칠월은
청포도가 익어가는 시절

이 마을 전설이 주절이 주절이 열리고
먼데 하늘이 꿈 꾸며 알알이 들어와 박혀

하늘밑 푸른 바다가 가슴을 열고
흰 돛단배가 곱게 밀려서 오면

내가 바라는 손님은 고달픈 몸으로
청포를 입고 찾아 온다고 했으니

내 그를 맞아 이 포도를 따 먹으면
두 손은 함뿍 적셔도 좋으련

아이야 우리 식탁엔 은쟁반에
하이얀 모시 수건을 마련해두렴

— 이육사, <청포도>

느릿한 호흡과 감정의 절제로 잘 다듬어진 이 서정시를 감상하면서 이육사가 만해나 윤동주처럼 식민지시대의 저항시인이고, 특히 이퇴계의 후손이라는 선입관에 사로잡혀 있다면 어떻게 될까? 말할 필요 없이 선입관이 저장반응이 되어 "내가 바라는 손님"을 광복의 상징으로, 5연은 광복의 기쁨으로, 6연은 광복을 맞이하는 준비로 해석하는 알레고리적 반응이 필연적으로 나타날 것이다. 그렇지 않으면 "식탁", "은쟁반", "하이얀 모시 수건" 등의 이미지가 다분히 귀족적 분위기를 자아내고 있어, 이 분위기를 육사의 가계에 연결시켜 조선조 양반시조처럼 귀족적 태도와 세계관이 드러난 하나의 귀족시로 해석할는지 모른다. 물론 이런 해석들은 하나의 해석학적 가능성 가운데 하나이지만, 이런 의미로 '만' 해석하는 것이 알레고리적 반응인 것이다. 이런 태도가 시의 올바른 감상을 저해하는 요인이 됨은 물론이다.

알레고리는 과치적 사고의 산물이지만 상징은 다치적 사고의 산물이다. 식민지시대의 폐쇄적이고 억압된 사회가 우리의 경험을 단순화시키고 경험의 가능성을 닫은 것은 사실이지만 적어도 문학의 차원에서 시의 이미지를 상징으로 바라보는 다치적 사고가 우리에겐 필요하다.

> 님은 갔습니다. 아아 사랑하는 나의 님은 갔습니다.
> 푸른 산빛을 깨치고 단풍나무 숲을 향하야 난 적은 길을 걸어서
> 참어 떨치고 갔습니다.
> 황금의 꽃같이 굳고 빛나든 옛 맹서는 차디찬 티끌이 되어서, 한
> 숨의 미풍에 날어갔습니다.
>
> – 한용운, <님의 침묵> 중에서

한용운이 식민지시대의 투사이고 승려라는 사실을 감안하면, 님은 조국이거나 불타를 뜻한다는 해석이 타당하다. 그러나 님은 이런 알레고리가 아니다. 님은 사랑하는 연인일 수도, 시인이 추구하는 진리 자체로도 또는 가장 가치있다고 생각하는 근원적이고 신비한 것으로도 해석할 수 있다.

이처럼 상징은 우리의 상상과 지적 추리를 확대·심화시키고 우리의 삶을 다양하게 하는 기능을 지닌다. 상징은 이런 암시성과 다의성과 더불어 또 하나의 성격인 입체성을 지닌다.

3 입체성

상징이 관념이나 정서와 같은 추상적인 것과 감각적 이미지의 구체적인 것의 일체라는 데서 입체성이 배태된다. 위가 있으므로 아래가 있고, 안이 있으므로 바깥이 있다. 위와 아래가 조응하고 안과 밖이 조응한다. 이 수직조응과 수평조응이 상징의 동일성으로서의 입체성을 구현한다.

> 자연이란 신전이며
> 산나무 두리기둥은
> 신비로운 소리로
> 때로 주절주절 말씀한다
> 사람은 상징의 숲을 비껴가고
>
> 아득히 먼 데서 합치는 긴 메아리처럼
> 어둡고 깊은 속에서
> 하나가 되는 메아리처럼
> 밤처럼 대낮처럼 가 없는 통일에서
> 향과 색과 소리는
> 서로 부르며 대답한다
>
> 향기도 저마다
> 어린이 살결처럼 싱싱한 것
> '오보에' 소리처럼 보드라운 것

풀에 덮힌 넓은 들처럼 푸르른 것
또한 썩고 호사롭고 기승스러운 것에

만상이 피워져서 나타나는
용연향, 사향, 안식향 혹은 제향처럼
정신과 감각의 황홀을 노래한다

　　　　　　　　　　　　　　　　- 보들레르, <조응>

　상하조응이란 인간의 영혼과 물질의 결합이다. 이 시에서처럼 영혼과
물질은 "하나가 되는 메아리처럼" "서로 부르며 대답한다." 영혼과 물질
이 만남으로써 물질은 영혼의 상징이 된다. 여기서 물질은 자연이다. 자
연은 예로부터 인간적 의미를 감추고 있는 상징으로 여겨졌다. 그래서
인간은 자연의 여러 현상을 인간의 사상이나 감정 또는 인간사에 유추
해서 생각했다. 그러나 영혼과 물질이 일체가 되는 상하조응은 여기서
끝나지 않는다. 왜냐하면 자연은 신전이기 때문이다. 자연은 이제 어떤
초월적 존재, 인간이 보편적으로 갈망하는 어떤 이념의 경지를 계시한
다. 그래서 화자는 자연에 신비를 느끼고 자연이 상징하는 그 초월적
존재의 계시를 해석하고 싶은 충동을 느낀다. 인간과 자연의 결합은 자
연을 매개로 인간과 초월적인 존재와 조응하는 단계로 승화된다. 이런
조응은 '보편적 유추' 또는 '보편적 통일체'라고도 불린다. 그래서 상징주
의 시에서 상징은 개인적 상징과 보편적 상징의 두 가지로 범주화된다.
이처럼 상하조응은 시의 깊이를 가져온다.
　이 상하조응에 수평조응이 가세하여 상하조응을 돕는다. 수평조응이
란 자연(물질)에 대한 공감각적 반응이다. 3연에서처럼 후각, 청각, 촉
각, 시각 등 여러 감각이 총동원되어 자연의 신비를 푸는 화자의 욕망
을 부채질한다. 즉, 화자의 정신과 감각이 통일된 상태, 자아를 총체화
한 상태에서 자연과 조응함으로써 자연이 상징하는 의미를 '황홀' 가운
데서 느끼고 인식할 수 있는 것이다. 이처럼 수평조응은 시의 다양성을

가져온다. 수직조응과 수평조응의 깊이와 다양성이 상징의 입체성을 가져오는 것이다.

4 문맥성

상징은 고립적이고 자율적인 것이 아니다. 단 하나의 사물, 하나의 행위, 하나의 상황, 하나의 말의 형식이 상징이 될 수도 있지만 상징은 또한 전후 문맥에 의해서 달라지고 탄생된다. 상징은 전후 문맥에 어느 이미지들보다 민감하게 반응한다. 일반적인 심상이나 비유는 시의 부분에 작용하는 기능을 가진 데 반하여 상징은 작품 전체에 작용하는 기능을 가진다.

이미지가 상징인가 아닌가의 판별은 그 이미지가 환기하는 의미가 부분에서 그치느냐 또는 작품 전체에 확산되느냐에 달려 있다. 말하자면 상징은 작품을 여러 구성요소로 결합된 구조로 볼 때 발견되는 것이다.

> 만물은 흔들리면서 흔들리는 만큼
> 튼튼한 줄기를 얻고
> 잎을 흔들려서 스스로
> 살아있는 잎인 것을 증명한다
>
> 바람은 오늘도 분다
> 수만의 잎은 제각기
> 잎은 엮는 하루를 가누고
> 들판의 슬픔 들판의 고독 들판의 고통
> 그리고 들판의 말똥도
> 다른 곳에서
> 각각 자기와 만나고 있다.

피하지 마라
빈 들로 가서 비로소 깨닫는 그것
우리도 늘 흔들리고 있음을.

- 오규원, <만물은 흔들리면서>

　이 작품에서 "만물의 흔들림"은 상징이다. 왜냐하면 이 역동적 이미지는 "잎은 흔들려서", "바람은 오늘도 분다", "우리도 늘 흔들리고 있음을" 등 여러 장면으로 구체화되면서 작품 전체를 지배하는 의미의 배경을 형성하고 있기 때문이다. "만물의 흔들림"은 물론 생의 감각을 상징한다. 다시 말하면 "흔들림"의 역동성은 이 작품 전체에 확산되어서 생의 여러 가지 감각을 우리에게 일깨워 주고 있는 것이다. 또한 이것은 시간이란 변화와 생성의 가능성이라는 시인의 시간의식의 상징이며, 따라서 이 동적 이미지는 삶이란 완성된 것이 없고 확정된 것도 없다는 가능성의 상징으로 읽힌다.

무엇에 반항하듯
불끈 쥔 주먹들이 무섭다
그녀의 젖무덤처럼 익어
색만 쓰는 그 음탕함도 무섭다
꺾어버릴 수가 없다
모르는 척 팽개칠 수도 없다
아프다 너무 아프다
맞붙어 속삭이는
저 노오란 비밀의 이야기가 아프다
타오르는 불길 속에
마구 벗어던진
그녀의 속옷같은 잎들이 눈짓
오 - 눈짓이 무섭다

저들은 무언가 외칠 것만 같다
불끈 쥔 주먹을 휘두르며
일어설 것만 같다
무섭다 세상 모든 것이 무섭다
익을대로 익은 내 생각의
빛깔도 무섭다

— 정의홍, <참외>

참외의 이미지를 매개로 세계에 대한 화자의 태도(또는 화자를 에워싼 세계자체)를 표현한 착상은 매우 기발하고 또 그만큼 흥미롭다. 시인은 매우 효과적으로 급박한 호흡과 격정적 어조를 구사하여 독자에게 어떤 극한상황의 위기감을 환기하고자 한다. "불끈 쥔 주먹", "젖무덤", "그녀의 속옷" 등 비유적 이미지들은 단독으로가 아니라 작품 전체의 문맥 속에서만 비로소 이런 위기감을 상징하는 데 기여한다. 이처럼 상징은 전후 문맥에 의존해서 탄생되는 것이다.

Ⅲ 상징의 종류

모든 상징은 언어적 상징과 문학적 상징(P. Wheeler) 또는 추리적 상징과 비추리적 상징(S. K. Langer) 또는 휠라이트(P. Wheelwright)의 특이한 용어로 말하면 약속상징(steno symbol)과 긴장상징(tensive symbol)으로 양분된다. 가장 넓은 의미로 다른 것을 대신하는 것을 상징으로 정의한다면 대표적으로 모든 언어는 상징이다. 이런 언어적 상징이나, 과학적 정확성과 확실성을 바탕으로 논리적 문장에 사용되는 추리적 상징이나 약속상징은 문학적 용법으로서의 상징이 될 수 없다. 앞에서 말한 것처럼 문학적 상징은 전후 문맥 속에서 필연적으로 어떤 의미를 암시하게 되고 또 그 의미는 개인의 수용각도에 따라 다양하게 해석될 수 있는 모호성을 지닌 것이다.

문학적 상징(비추리적 상징, 긴장상징)은 관점에 따라 여러 유형별로 나눌 수 있겠지만 환기력의 범위에 따라 사적 또는 개인적 상징(personal symbol)과 관습적 또는 대중적 상징(public symbol) 그리고 원형적 상징(archetypal symbol)의 셋으로 유형화할 수 있다.[10]

1 개인적 상징

개인적 상징은 어떤 하나의 작품 속에만 있는 단일한 상징이나 어떤 시인이 자기의 여러 작품에서 특수한 의미로 즐겨 사용하는 상징이다.

> 눈보다도 먼저
> 겨울에 비가 오고 있었다
> 바다는 가라앉고
> 바다가 있던 자리에
> 군함이 한척 닻을 내리고 있었다
> 여름에 본 물새는
> 죽어 있었다
> 물새는 죽은 다음에도 울고 있었다
> 한결 어른이 된 소리로 울고 있었다
> 눈보다도 먼저

---

10) P. Wheelwright, *Metaphor and Reality*(Indiana University Press, 1973), pp. 94~100, M. H. Abrams, *A Glossary of Literary Terms*(Holt, Rinehart and Winston Inc., 1971), pp. 168~169, W. Y. Tindall, 앞의 책 참조.

　　겨울에 비가 오고 있었다
　　바다는 가라앉고
　　바다가 없는 해안선을
　　한 사나이가 이리로 오고 있었다
　　한쪽 손에 죽은 바다를 들고 있었다.

　　　　　　　　　　　　　　　- 김춘수, <처용단장> 1부 1의 IV

　'바다'는 김춘수 시인이 많이 사용하는 이미지들 중의 하나다. 실제의 바다도 아니고 우리가 공유할 수도 없는 시인만의 바다다. 그것은 너무나 낯선 이질감을 준다. 이런 이질감은 눈보다도 겨울에 비가 오는 장면 설정을 비롯하여 "바다가 있던 자리에/ 군함이 한척 닻을 내리고 있었다"로 "물새는 죽은 다음에도 울고 있었다"로 그리고 "바다가 없는 해안선"을 따라 한 사나이가 "한쪽 손에 죽은 바다를 들고 있었다"로, 갈수록 점점 심화된다. 바다는 작품 전체를 지배하는 의미의 배경을 형성하는 상징이다. 그러면 이 개인적 상징은 어떤 특수한 의미를 가지고 있는가? 김춘수는 다음과 같이 이것을 해명한다.

　　바다는 병이고 죽음이기도 하지만, 바다는 또한 회복이고 부활이기도하다. 바다는 내 유년이고, 바다는 또한 내 무덤이다. ……11)

　김춘수에게 바다는 병이고 죽음이며, 회복·부활이며 그의 유년이요 무덤이라는 다양한 의미를 지닌다. 말하자면 바다는 시인이 개인적으로 특수한 의미를 부여한 상징이다. 그러므로 이런 개인적 상징은 보편성이 없는 만큼 난해하기 마련이다.

---

11) 김춘수, 〈내가 가장 사랑하는 한마디 말〉《문학사상》 1976년 6월호). 그리고 이 작품의 자세한 분석은 이승훈의 《詩論》(고려원, 1979), 184~188쪽 참조.

2 대중적 상징

인간은 그가 살고 있는 세계와 분리될 수 없다. 이 세계는 사회적 배경이라 할 수도 있고, 역사적 배경이랄 수도 있고, 문화권이라고 할 수 있으며 또는 자연적 배경이랄 수도 있다. 정신적 물리적 여러 배경 속에서 인간은 타인과 삶을 공유한다. 마찬가지로 시인은 사적으로 특수한 의미를 가지는 개인적 상징뿐만 아니라 타인과 공유할 수 있는 보편적 상징(universal symbol)을 사용하기도 한다. 여기서 시인의 시적 개성은 확대되어 객관성을 띤다. 인습적 상징, 제도적 상징, 자연적 상징, 알레고리성 상징, 문학적 전통의 상징, 종족문화적 상징이라 불리는 것들은 모두 이 대중적 상징의 범주에 속한다.

괴로웠던 사나이,
행복한 예수 그리스도에게처럼
십자가가 허락된다면

모가지를 드리우고
꽃처럼 피어나는 피를
어두워가는 하늘 밑에
조용히 흘리겠습니다.

– 윤동주, <십자가> 중에서

이 작품은 '십자가'라는 인습적 상징이 사용되고 있다. 물론 인습적 상징은 관습적으로 반복되어 온 것이므로 신선감을 주지 못하지만, 시인이 속죄양의식이라는 자기 시대 삶의 의미를 구현하기 위해 이런 인습적 상징을 의도적으로 채택한 것이다.

(ㄱ)

일월도 서먹한 채
그늘진 정은 흘러
핏자욱 길목마다
귀촉도 우는구나

– 이태극, <내 산하에 서다> 중에서

(ㄴ)

천길 땅 밑을 검은 물로 흐르거나
도솔천의 하늘을 구름으로 날드래도
그건 결국 도련님 곁 아니예요?

더구나 그 구름이 쏘내기되야 퍼부을때
춘향은 틀림없이 거기 있을거예요!

– 서정주, <춘향유문> 중에서

자연적 상징은 시인이 많이 사용하는 상징의 하나다. (ㄱ)의 귀촉도는
우리 고전시가에서 비탄, 애탄, 기다림의 상징으로 많이 채용되고 있는
전통적 심상이다. (ㄴ)은 우리의 문학적 전통은 물론 문화적 전통에서
상징을 빌어온 예다. 불교문화는 오랫동안 우리의 정신적 지주가 되어
왔다. 그 중에서 인연사상은 우리의 사고와 행동을 지배해 왔다. 춘향은
검은 물과 구름과 소나기로 윤회의 변신을 거듭한다. 이런 변신의 반복
은 시간적으로 영원한 것이다. 그리고 춘향은 어떤 경우라도 항상 "도련
님 곁"에만 있다. 이런 영원의 시간감과 유일한 공간감이 병합되어 춘향
은 영원한 사랑이라는 테마를 상징하는 인물이 된다. 여기서 춘향은 과
거의 문학적 유산, 곧 고대소설 《춘향전》에서 채용한 인유다 이 인유도
중요한 대중적 상징의 한 유형이다(제2장 제5절 인유 참조).

3 원형적 상징

원형(archetype)은 역사나 문학, 종교, 풍습 등에서 수없이 되풀이된 이미지나 화소(motif)나 테마다. 동시에 그것은 인류에게(전부는 아니라 할지라도) 꼭 같거나 유사한 의미를 지니고 있다. 이런 반복성과 동일성이 원형적 상징의 본질적 속성이다.

문학에서 원형연구는 크게 두 가지 보조과학의 도움을 받고 있다. 하나는 프레이저(N. Frazer)를 중심으로 한 비교인류학파의 이론이다. 프레이저는 그의 《황금 가지》란 저서에서 각국의 다양한 문화가 갖고 있는 전설이나 의식 속에 되풀이되고 있는 신화와 제의의 근본적 패턴을 추적했다. 그는 원형을 여러 가지 의식을 통해서 한 세대에서 다음 세대로 물려주는 사회적 현상으로 기술했다. 또 하나는 융(C. G. Jung)을 중심으로 한 심층심리학이다. 인류학자가 신화는 자연과 같은 외부적 요인에서 유래한다고 한 것과는 달리, 융은 신화를 정신현상의 투사로 보고 원형을 인간의 정신구조에서 찾는다. 그에 의하면 옛 조상들의 생활 속에서 되풀이되는 체험의 원초적 심상(primordial image), 정신적 잔재가 원형인데, 이것은 집단무의식 속에서 유전되어 개인적 체험의 선험적 결정자(apriori determinant)가 되며 문학·신화·종교·꿈·개인의 환상 속에 표현된다.

원형들을 제공하는 신화는 현대인에게 중요한 의의를 띤다. 첫째 그것은 휠라이트가 말한 것처럼 공동체성의 심원한 의미를 준다. 이것은 신화가 인간과 자연과 신이 하나의 공동체를 이루고 있으며, 사상과 감정이 미분화된 상태의 삶의 세계를 보여준다는 의미다. 프라이(N. Frye)도 신화란 인간과 세계의 동일화를 위한 상상력의 단순하고 원초적인 노력이라고 정의했다.[12] 이 일체성의 신화적 세계는 분열과 갈등 속에 사는 현대인에게 커다란 의의를 주는 것이다. 둘째로 그것은 동일한 것

---

12) N. Frye, *The Educated Imagination*(Indiana University Press, 1964), p. 110.

의 영원한 반복이라는 통시적 동일성의 감각을 현대인에게 전달한다. 변화를 본질로 하는 역사적 차원 속에 살고 있는 현대인에게 신화는 자아의 시간적 연속감, 변화하지 않는 자기 정체의 지속감을 일깨워 준다.

아무튼 신화가 제식과 밀착되어 있다고 보든, 인간의 희망과 가치, 불안과 야망이 투사된 것으로 보든, 오늘날 신화는 이런 두 가지 큰 의의로서 당대 삶의 의미와 리얼리티를 포착하는 눈이 되고 있다. 즉, 그것은 인간적 상황의 비전을 마련해 준다.

(가) 원형적 이미지

원형적 이미지는 많은 작품에 되풀이되어 나타나며, 모든 인간에게 유사한 의미나 반응을 환기시키는 심상이다. 그러므로 이것은 어떤 한 작품의 개별적 의미나 정서를 초월한다.

> 마음도 한자리 못 앉아 있는 마음일 때
> 친구의 서러운 사랑 이야기를
> 가을 햇볕으로나 동무삼아 따라가면
> 어느새 등성이에 이르러 눈물 나고나
>
> 제삿날 큰 집에 모이는 불빛도 불빛이지만
> 해질녘 울음이 타는 가을강을 보겄네
>
> 저것 봐, 저것 봐
> 네보담도 내보담도
> 그 기쁜 첫사랑 산골 물소리가 사라지고
> 그 다음 사랑 끝에 생긴 울음까지 녹아나고
> 이제는 미칠 일 하나로 바다에 다 와 가는
> 소리 죽은 가을강을 처음 보겄네
>
> — 박재삼, <울음이 타는 가을 강>

이 작품의 물, 강, 바다는 현대시에서 많이 채용되고 있는 원형적 이미지다. 원형적 이미지로서의 물은 창조의 신비·탄생·죽음·소생·정화와 속죄·풍요와 성장의 상징이며, 융에 의하면 무의식의 가장 일반적 상징이다. 여기에 바다와 강이 포함된다. 바다는 모든 생의 어머니, 영혼의 신비와 무한성, 죽음과 재생, 무궁과 영원, 무의식 등을 상징한다. 강도 역시 죽음과 재생, 시간의 영원한 흐름, 생의 순환의 변화상 등을 상징한다.

이 밖에 원형적 이미지로 태양(아침 해와 저녁 해), 색채(검정, 빨강, 초록), 원, 원형적 여성(anima), 바람, 배, 정원, 사막 등 여러 가지가 있다.[13]

(나) 원형적 모티프

모티프란 작중인물의 행위를 유발하는 원인인 동기(motives) 또는 동기부여(motivation)와 구별된다. 원형비평의 개념인 모티프는 일반적으로 화소라고 번역하는데, 이것은 잊히지 않는 이야기의 알맹이를 가리킨다. 이 알맹이는 이미지일 수도 있고 사건이나 행위일 수도 있다. 이 모티프의 한 원형으로서 이니시에이션을 들 수 있다.

나는 왕이로소이다. 나는 왕이로소이다. 어머님의 가장 어여쁜 아들
나는 왕이로소이다. 가장 가난한 농군의 아들로서 ……
그러나 시왕전(十王殿)에서도 쫓기어 난 눈물의 왕이로소이다.
"맨 처음으로 내가 너에게 준 것이 무엇이냐" 이렇게 어머니께서 물으시며는

---

13) 자세한 것은 Wilfred L. Guerin, *A Handbook of Critical Approaches to Literature*(정재완·김성곤 옮김, 청록출판사, 1983), 122~123쪽 참조. P. Wheelwright는 중력의 원리를 원용하여 상향성과 하향성, 피, 빛, 언어, 물, 원 등의 원형들로 분류했다. P. Wheelwright, 앞의 책, pp. 112~128 참조.

"맨 처음으로 어머니께 받은 것은 사랑이었지요마는 그것은 눈물이
다" 하겠나이다. 다른 것도 많지요마는 ……

…… (중략) ……

할머니 산소 앞에 꽃 심으로 가던 한식(寒食)날 아침에
어머니께서는 왕에게 하얀 옷을 입히시더이다.
그리고 귀밑머리를 단단히 땋아 주시며
"오늘부터 아무쪼록 울지 말아라"
아아, 그때부터 눈물의 왕은 – 어머니 몰래 남 모르게 속 깊이 소
리없이 혼자 우는 그것이 버릇이 되었소이다.

                              – 홍사용, <나는 왕이로소이다> 중에서

　이 작품은 한 인간의 성장과정을 보여 주고 있다. 인간은 요람기에서
죽을 때까지 자신에게 의의 있는 타인과의 끊임없는 만남 속에서 자기
의 정체(identity)를 형성해 간다. 개인의 성장과정은 이런 정체성의 형성
과정이요, 융의 용어로 말하면 개별화의 과정이다. 이 과정 속에서 개인
은 다양한 개인적 자아의 변화를 인식하면서 성숙한 인격체로서 자아를
형성해 간다. 개인의 자기라는 주체성, 독특성, 지속성으로서의 정체성
형성은 세계인식과 자기인식에서 이루어진다. 이것은 인류학적 개념의
이니시에이션(initiation, 성년식·입사식이라 번역됨)이다.
　가장 원시적인 문화의 가장 중요한 의식은 유아기에서 성인에 이르기
까지, 그리하여 성인사회의 충분한 구성원이 될 때까지 여러 과정을 중
심으로 집중되어 있다. 이른바 통과제의(rites of passage)가 그것이다.[14]
이런 의식의 목적은 초심자의 지구력을 테스트하는 것, 종족에 대한 그

---

14) H. Marcus, What is an Initiation Story?, S. K. Kumar(ed.), *Critical
　　Approach to Fiction*(Marshall University Press, 1968), p. 202. 이하 본문
　　내용은 이 글을 참조로 함.

의 충성심을 확고히 하기 위한 것, 성인사회의 힘을 유지하기 위한 것 등이다. 따라서 이니시에이션의 개념은 성인사회나 초자연적 세계에 대한 조정(propitiating)이라는 개념에 기초하고 있다. 성인사회는 젊은이를 주의 깊게 시험하고 가르침으로써 그가 성숙되기 위해서 어떤 체험을 겪는 데 비교적 보편적 태도를 갖도록 한다. 문예비평은 이니시에이션을 외부세계에 대한 무지에서 생생한 지식을 획득할 때까지 청년기의 한 과정으로 정의하거나 중요한 자기발견 그리고 삶이나 사회에 대한 적응으로 정의한다.

충격과 시련을 통해서 자기인식과 세계인식을 갖도록 하는 것이 이니시에이션의 기능이다. 주로 한 인간의 성장과정을 그린 교양소설의 인물연구에 적합하다(따라서 시 분석엔 적절하지 못하다). 이니시에이션의 양상을 이 작품에서도 읽을 수 있다. 화자가 세상에 태어나서 배운 것은 "눈물"이다. 이 눈물은 자기인식과 세계인식의 단초가 되는 고통과 시련의 상징이다. 그는 어머니(성인사회)한테서 배운 눈물을 통해 세계를 인식하고 자신의 정체성을 발견하면서 결국 "어머니 몰래 남 모르게 속 깊이 소리 없이 혼자 우는" 성인으로 성숙되어 간다. 그리하여 그는 성숙된 자아로 세계에 대하여 자신을 조정하면서 살아간다. 물론 이 작품에서 이니시에이션의 모티프를 조국상실의 비참한 상황과 이 상황 속에서 자신의 실존의미를 구현하는 역사적 알레고리로도 볼 수 있는 것이다.

쫓아오던 햇빛인데
지금 교회당 꼭대기
십자가에 걸리었습니다.

첨탑이 저렇게도 높은데
어떻게 올라갈 수 있을까요.

종소리도 들려오지 않는데
휘파람이나 불며 서성거리다가,

괴로웠던 사나이,
행복한 예수 그리스도에게처럼
십자가가 허락된다면

모가지를 드리우고
꽃처럼 피어나는 피를
어두워가는 하늘 밑에
조용히 흘리겠습니다.

- 윤동주, <십자가>

이 작품의 테마는 속죄양(scapegoat)의식이다. 속죄양 역시 문학작품에 많이 되풀이되고 있는, 잘 알려진 원형적 모티프다. 이것은 신성한 왕을 죽이는 신화가 그 원형이다. 원시인들에게 통치자는 자연과 인간의 생의 순환으로서 그들의 삶과 동일시된 신적인 존재였다. 즉, 정력이 왕성하고 건강한 통치자는 인간의 풍요를 보증하나 병들거나 쇠약한 왕은 백성에게 질병과 쇠잔을 초래한다고 믿어 그를 죽였다. 그 뒤 왕대신 대리자를 죽이거나 성스러운 동물이나 사람에게 종족의 부패를 전가시킨 후 이 속죄양을 죽임으로써 종족의 부흥을 꾀했다. 속죄양의 모티프는 이 작품에서 예수가 모든 인간의 죄를 뒤집어쓰고 희생됨으로써 인류에게 구원을 가져다 준 것처럼 식민지시대의 비극적 현실을 자기희생으로 초극하려는 시인의 승화된 의지를 상징하고 있다. 이런 원형적 모티프에는 창조, 영원불사, 영웅의 원형(탐색, 입문, 속죄양) 등이 있다.[15]

---

15) 자세한 것은 W. L. Guerin, 앞의 책, 124쪽 참조.

(다) 융의 원형

프레이저를 중심으로 한 비교인류학파가 원형적 상징을 의식의 사회적 현상에서 발견한 것과는 달리 융은 인간의 정신구조 안에서 원형을 찾았다. 그에 의하면 인간이 타고난 정신의 세 가지 구성요소는 그림자(shadow), 영혼(soul), 탈(persona)이다. 그림자는 무의식적 자아의 어두운 측면이자 열등하고 즐겁지 않은 자아의 측면이다. 이것은 문학에 악마로 투사된다. 영혼은 인간의 내적 인격, 내적 태도로서 인간이 자신의 내부세계와의 관계를 맺는 자아의 한 측면이다. 이것은 다시 아니마(anima, 몽상, 꿈의 언어, 이상적 자아, 조용한 지속성, 밤, 휴식, 평화, 사고기피, 식물, 다정한 부드러움, 수동적, 선, 통합, 개인적, 비합리적 등의 양상을 지님)와 아니무스(animus, 현실, 삶의 언어, 현실적 존재, 역동성, 낮, 염려, 야심, 계획, 사고, 동물, 엄격한 힘의 보관자, 능동, 지, 분열, 합리적이고 추상적 사고, 국가사회 중심 등 양상을 지닌다)[16]로 양분된다. 탈은 인간의 외적 인격, 외적 태도로 외부세계와 관계를 맺는 자아의 한 측면이다.

식민지시대 현대시에서는 청마와 육사 등 몇몇 시인을 제외하고 대개 여성을 화자로 내세우거나 여성적 발상법을 보여주고 있는데, 이것은 시인들이 자신의 아니마를 작품에 투사시킨 것으로 해석할 수 있다. 이것은 또한 시적 화자의 계보를 확립하는 데 우리가 유의해야 할 점이다.

고향에 돌아온 날 밤에
내 백골이 따라와 한 방에 누웠다.

어둔 방은 우주로 통하고
하늘에선가 소리처럼 바람이 불어온다.

어둠 속에서 곱게 풍화작용하는
백골을 들여다보며

---

16) Gaston Bachelard, 《몽상의 詩學》(김현 옮김, 홍성사, 1978), 68~111쪽 참조.

눈물짓는 것이 내가 우는 것이냐
백골이 우는 것이냐
아름다운 혼이 우는 것이냐

지조 높은 개는
밤을 세워 어둠을 짖는다.

어둠을 짖는 개는
나를 쫓는 것일게다

가자 가자
쫓기우는 사람처럼 가자
백골 몰래
아름다운 또 다른 고향에 가자

— 윤동주, <또 다른 고향>

이 작품에 투사된 정신구조의 원형을 밝히는 데 중요한 시적 배경은
밤의 어둠과 바람이다. 이 두 이미지는 결합되어 음산한 분위기를 자아
낸다. 원형으로서 어둠(즉, 흑백)은 혼돈, 신비, 미지, 죽음, 악, 우울, 무
의식 등의 여러 의미를 상징하고 원형으로서 바람(윤동주 시인이 즐겨 사
용하는 개인적 상징의 하나이지만)은 호흡의 상징으로 영감, 인식, 영혼,
정신 등의 의미를 띤다. 여기서 어둠은 혼돈, 악, 우울의 의미로 바람을
인식의 의미로 추정한다면 어둠과 바람이 결합한 시적 배경은 '혼돈,
악, 우울의 인식'으로 해석할 수 있다. 실제로 화자는 바람을 통하여 밤
의 음산함을 더 느끼고 있다. 이것을 역사주의 입장에서 보면 식민지
현실의 인식으로 해석된다. 이런 배경 속에서 정신구조의 원형인 그림
자와 영혼과 탈을 상징하는 이미지들을 보다 효과적으로 찾아볼 수 있
다. 이 작품의 "눈물짓는 것이 내가 우는 것이냐/ 백골이 우는 것이냐/

아름다운 혼이 우는 것이냐"에서 우리는 정신구조의 원형이 투사된 것을 알 수 있다. 앞에서 말한 것처럼 그림자란 무의식적 자아의 어두운, 열등하고 즐겁지 않은 측면이다. "백골"은 그림자를 상징하는 원형적 이미지다(이 백골을 일제 말기를 살아가는 부끄러운 현실적 자아, 즉 탈로도 볼 수 있다). 반면 "아름다운 혼"은 영혼 또는 아니마의 원형을 상징하고 있으며, 화자인 '나'는 탈의 원형을 상징하고 있다. 그런데 '나'는 "아름다운 또 다른 고향"을 갈망하고 있다. 이 갈망은 "어둠을 짖는 개는/ 나를 쫓는 것일게다"처럼 강박관념화되어 있다. 또 다른 고향을 강박관념처럼 갈망하고 있는 만큼 '나'는 도무지 밤의 어둠에 적응하지 못하고 있다. 이것은 일제 말기가 시인의 사회적 인격, 즉 탈을 지니기 어려운 상황임을 암시하면서 자아형성의 고뇌를 반영한다. 이처럼 정신구조의 이 특수한 원형의 분석은 시적 자아(또는 시인)나 당대의 삶을 이해하는 중요한 단서가 된다.

제**05**절 인 유

I 인유의 정의

　상징의 변형으로서 인유는 시의 중요한 한 장치며 내용이다. 이것은 긴 설명 없이 역사적이든 허구적이든 인물과 사건 그리고 어떤 작품의 구절을 직접적이든 간접적이든 인용하는 것이다. 말하자면 인유는 '참조'의 다른 말이다. 어떤 인유는 너무 자주 채용되어 관습적 상징이 되어버리는 경우도 있다. 그러나 인유는 단순한 원천의 차용이 아니다. 인유는 흥미와 의미를 보다 풍부하게 하는 등 여러 기능을 수행한다.

　인유의 원천(곧 인물, 사건, 글귀 등)은 이미 잘 알려진 것들이다. 그래서 인유를 통해 시인과 독자는 어떤 경험이나 지식을 공유하게 되고, 시인과 독자가 긴밀한 관계를 맺게 되는 사회성이 고양된다. 또한 인유의 원천은 문학적 전통이다. 따라서 인유는 시인과 독자에게 그 문학적 전통을 공유하게 할 뿐만 아니라 그것을 가치의 근원으로 확립시킨다.

　이 인유를 동양시학에서는 '용사(用事)'라 한다. 고사를 인용한다는 이 작시법은 공자의 '술이부작(述而不作)'(선왕의 도를 서술하여 전하되 사실에 없는 것을 짓지 않는다는 말, 곧 공자가 자신은 의미의 창시자가 아니라 이것의 계승자라고 한 것)이 시사하듯 원전(또는 과거)을 언제나 본받아야 할 규범으로 생각하는 보수주의의 산물이다. 더구나 중국 한시를 전범으로 숭상하는 우리 한시의 전통에서는 이 용사의 작시법이 강조될 수밖에 없다. 따라서 용사는 모방의 측면을 강조한 나머지 독창성과 창조성은 훼손되기 마련이다. 그러나 "옛것을 빌어서 현실을 설명하는 기법"[1]으로 정의되는 것처럼 용사는 시의 사실성을 확보하는 장치로서 의의를 띤다. 말하자면 근거 없는 것을 노래하지 않는다는 태도다. "시를 지을 때 반드시 용사를 위주로 해야 한다"고 역설한 실학파의 정다산에게 용사는 당대 사회의 모순을 비판하는 리얼리즘의 전략이었다.[2] 시의 사상이나 정서의 근거로서 그리고 당대 삶을 비판하고 해석하는 근거로서 용사의 가치는 독창성과 창조성의 훼손을 보상할 수 있다. 고전시학에서 용사론이 중심이 되고 있는 것은 우연이 아니다. 인유는 고전문학에서 흔히 볼 수 있는 기교다. 사실 이 기교의 채용 자체가 전통적이다. 왜냐하면 현대시, 특히 1970년대 이후 한국 현대시에서도 인유가 크게 성행하고 있기 때문이다. 유파를 가리지 않고 거의 모든 현대시인들이 인유를 채용하고 있는 것이다. 인유의 원천들은 현대시의 제재나 주제가 되기도 하고, 심지어 작품의 형식구조가 되기도 하면서 현대시인의 상상력을 자극하고 있다.

Ⅱ 인유의 기능

인유는 전통주의의 소산이며, 전통에 가치를 두는 시대의 소산이다. 인유는 문화적 전통뿐만 아니라 우리의 전통적 삶과 문화의 원형과 가치를 탐구하고 형상화하는 데 기여한다. 말하자면 인유는 전통의식과 민족의식을 고무한다. 전통 시인들한테서 흔히 인유의 기법을 보게 되

---

1) 劉勰, 《文心雕龍》(최신호 옮김, 현암사, 1975), 154쪽.
2) 정다산은 원전을 사용하되 그 흔적을 남기지 않는 두보를 '시성(詩聖)'이라 하고 출처가 많지만 자기창작도 많은 한퇴지를 '시현(詩賢)'으로 그리고 원전을 사용한 흔적이 나타나지만 출처를 알아야만 그 의미를 알 수 있는 소자첨을 '시박(詩博)'이라 하여 구분한다. 《與猶堂全書》 권21 〈寄淵兒〉

는 것은 지극히 당연한 일이다.

> 가야금은 어디 손가락으로만 울린다더냐
> 엄지발구락으로도 삐걱이는 대청마루
> 벽에 걸어 둔 까치선을 내리기엔
> 아직 철이 이른가보다
> 여기는 구강포의 귤동마을 다산초당
> 고현이 갔던 어진 선비의 길을 따라
> 내 마음도 천이랑 만이랑 연초록 물굽이 실려왔다.
>
> — 송수권, <다산초당> 중에서

이것은 다산 정약용을 추모하는 정이 고풍스럽고 향토적 서정으로 승화된 일종의 기행시다. 다산은 유배시 형태로도 현대시에서 많이 채용되는 인유의 원천이다. 여기서는 다산의 선비다운 인격이 서정화된 고전미로 제시되고 있다. 그러나 인유는 반드시 전통주의의 소산만은 아니다. 고전시가의 경우와는 달리 때로는 오히려 반전통주의·반권위주의 의식과도 결부되어 있다. 또한 인유의 원천이 우리의 전통만이 아니라 다른 문화권의 전통일 수도 있음은 말할 필요 없다.

인유는 또 시인의 내면세계나 당대적 삶의 의미를 형성하기 위해 채용된다. 인유의 이점은 무엇보다 시인이 말하고자 한 요점을 강화하고 예증하는 기능이다. 따라서 독자가 시를 올바르게 이해하고 감상할 수 있도록 도와준다.

> 큰칼 쓰고 옥에 든 춘향이는
> 제마음이 그리도 독했는가 놀래었다
> 성문이 부서지고 이 악물고
> 사또를 노려보는 교만한 눈
> 그는 옛날 성학사 박팽년이 불지짐에도 태연하였음을 알았었니라

오! 일편단심

－ 김영랑, <춘향> 중에서

이것은 고대소설 《춘향전》의 한 대문(옥중춘향의 장면)을 시적으로 재현한 작품이다. 원전과는 달리 춘향의 죽음이라는 비극적 결말로 종결시킨 이 작품에서 김영랑은 정절의 상징인 춘향에 '저항'의 새로운 시적 의미를 부여하고 있다. 성삼문, 박팽년 그리고 논개 등 지조와 정절을 상징하는 역사적 인물을 인유로 채용한 것도 그 지조와 정절이 바로 '저항'의 등가물이 되는 데 있다. 이 작품이 일제 말기 작품이라는 점을 고려하면 이 저항은 곧 일제에 대한 시인의 태도를 표현한 것이다.

비로소, 허면 두 코리아의 주인은 우리가 될 거야요. 미워할 사람은 아무데도 없었어요. 그들끼리 실컷 미워하면 되는 거야요. 아사녀와 아사달은 사랑하고 있었어요. 무슨 터도 무슨 보첩도 소제해 버리세요. 창칼은 구워서 호미나 만들고요. 담은 헐어서 토비로나 뿌리세요.
비로소, 우리들은 만방에 선언하려는 거야요. 아사달 아사녀의 나란 완충, 완충이노라고.

－ 신동엽, <주린 땅의 지도원리> 중에서

1960년대 대표적 참여시인이었던 신동엽은 고대 설화적 인물인 아사녀와 아사달의 부부를 일관되게 인유의 원천으로 채용했다. 그에게 이 두 인물은 우리 민족의 상징이다. 다시 말하면 그는 아사녀와 아사달의 이별과 재회를 각각 남북분단과 통일의 알레고리로 사용하고 있는 것이다. 아사달과 아사녀는 시인의 요점인 우리의 정치적·역사적 삶의 의미를 강화하고 예시하고 있는 것이다.

인유의 이런 기능들은 인유의 여러 유형[3])에서 분석하는 작업은 매우

---

3) 여기서는 프린스턴대학 《시학사전》의 분류를 참조했다.

유익하다.

Ⅲ 인유의 유형

1 비유적(metaphorical) 인유

비유적 인유는 문맥을 확대시키는 데 기여한다. 여기서 문맥의 확대란 문맥의 '이중화'를 가리킨다. 인유의 요소(원천)들이 애초에 놓였던 원래의 문맥과 이것들이 인용된 새로운 시적 문맥의 이중성이 그것이다. 다시 말하면 인유는 그 인유의 요소들이 과거의 원래 문맥에서 가지는 의미와 현대시에 도입된 새로운 문맥에서 가지는 새로운 의미와의 '병치적 융합'[4]이라는 의미론적 풍부성을 획득하는 것이다. 여기서 주목되는 점은 이 두 의미가 조화의 관계에 놓이는 경우와 대립의 관계에 놓이는 경우의 두 가지 형태가 존재한다는 사실이다. 용사시론에서 고사를 그대로 쓰는 것(直用其事)과 그 뜻을 뒤집어쓰는 것(反其意而用之者)의 구별이 그것이다.[5]

　　흥부부부가 박덩이를 사이하고

---

4) P. Wheelwright, *Metaphor and Reality*(Indiana University Press, 1973), p. 105.
5) 徐居正,《東人詩話》下, "고인이 용사를 함에 고사를 그대로 쓰는 것이 있으며, 그 뜻을 뒤집어쓰는 것이 있다. 고사를 그대로 쓰는 것은 사람마다 잘하지만 그 뜻을 뒤집어쓰는 데는 재주가 탁월한 자가 아니면 스스로 능히 이를 수 없다"(古人用事 有直用其事 有反其意而用之者 直用其事 人皆能之 反其意而用之 非材料卓越者 自不能到)고 하여 후자를 높이 평가한 것은 변용의 몫을 강조한 것이다.

가르기 전에 건넨 웃음살을 헤아려 보라
금이 문제리
황금 벼이삭이 문제리
웃음을 물살이 반짝이며 정갈하던
그것이 확실히 문제리.

— 박재삼, <흥부 부부상> 중에서

고전소설 《흥부전》의 주인공 흥부는 선의 전형적 인물이다. 여기서는 이 원래의 문맥에서 가지는 의미에 정신적 행복을 추구하는 인간상이라는 새로운 의미가 부여되고 있다. 말할 필요 없이 이 두 의미는 조화의 관계에 놓여 있다. "흥부"의 인유는 주제를 확대하고 고양시키는 것이다. 그러나 같은 제재의 다음 작품에는 그 원래의 문맥에서 가지는 의미를 반어적으로 역전시킬 목적으로 인유가 채용되고 있다.

양심 쪼금 가지고 제비다리 고쳐논게
물어다준 호박씨로 모래땅에 심은호박
넝쿨넝쿨 뻗은자리 그땅이 내땅일세
호박죽 쑤어먹던 시절시절 꿈같더니
강남개발 모랫바람 회오리쳐 일어날제
똥장군 물려놓고 고무신짝 질질 끌고
싸롱으로 카바레로 술마시러 다녀보니
어서옵쇼 오서옵쇼 멀쩡한 놈 허리굽혀
어허라 내허리는 언제부터 펴졌던고
여기가면 사장님 저기가면 회장님
울퉁불퉁 손가락도 너무너무 멋있으셔.

— 박찬, <신흥부가> 중에서

인유의 원천인 흥부가 간접적으로 인용되고 있는 이 작품은 원작을 풍자적 목적으로 모방하고 있다. 말하자면 이 작품은 패러디 수법을 구사한 풍자시다. 여기서 흥부는 사용가치인 농토가 교환가치로 변화된 땅투기붐을 타고 졸부가 된 모습으로 변용되고 있다. 물신숭배의 이 속악한 인간상은 원래의 흥부 이미지와는 명백히 대조된다. 특히 조선조 후기 4·4조 4음보의 서민가사의 저급하고 리얼한 문체도 풍자적 의도에 여간 적절하지 않다. 미국의 세속적 물질문명에 오염된 오늘의 우리를 풍자한 문병란의 〈박타령〉도 원래의 흥부상과 매우 흥미 있는 대조를 보이고 있다. 병치되는 두 의미가 조화의 관계에 놓이든 대립의 관계에 놓이든 비유적 인유는 인유의 대표적 유형이다.

2 시사적(topical) 인유

시사적 인유는 최근의 사건들을 언급 또는 참조하는 유형이다. 최근의 사건들이란 보통 잘 알려진 역사적 또는 사회적 사건들이다. 신동엽의 "그리하여, 다시/ 사월도 알맹이만 남고/ 껍데기는 가라"(〈껍데기는 가라〉)처럼 1960년대 현대시에서 '사월'은 시사적 인유로서 상징기능을 갖고 있다. 1980년대 이후 현대시에서 '광주' 또는 '5·18'은 거의 관습화되다시피 자주 채용되는 시사적 인유이다.

어둠이 온다
수천 수만 수십만의 색색의 만장을 들고
허기진 광주 허기진 한국의 골목골목마다
군용 매트리스를 깐 어둠이 온다.

— 곽재구, 〈김밥〉 중에서

정치시는 1980년대 현대시의 한 유형이다. 최근의 역사적·사회적 사건을 참조한 시사적 인유는 이런 정치시의 가장 적절한 유형이 된다.

그러나 시사적 인유는 결코 정치시의 전유물은 아니다. 도시의 일상적 삶을 제재로 한 일상시 또는 도시시에서도 채용된다. 이 경우 무거운 정치적 테마와 가벼운 일상적 삶의 의미가 묘한 대조를 이루거나 다음과 같이 무거운 정치적 문제가 일상적 삶의 차원으로 동화되기도 한다.

> 창밖의 캐나다 단풍 잎이 피기 시작했구나
> 겨우내 비어 있던 느티나무 까치집에
> 오늘 한 쌍이 새로 전세 들었다
> 한편에선 학생들이 구호 외치며 행진하고
> 다른 한편에선 학생들이 배구공치기를 한다
> 아랑곳 않고 까치는 집을 수리한다
> 나뭇가지 하나가 실수로 떨어지자
> 배구공 떨어지는 바로 옆이지만
> 재빨리 주워 물고 올라간다.
>
> — 황동규, <관악 일기·3> 중에서

시인이 판단을 유보한 채 어느 날 하루의 대학 캠퍼스 풍경을 담담하게 서술하고 있는 이 일상시에서 "한편에선 학생들이 구호를 외치며 행진하고"의 시사적 인유의 무거움도 일상적인 것에 거의 구분되지 않을 정도로 용해되고 있다.

3 개인적(personal) 인유

개인적 인유는 개인의 사적인 경험에 근거한 인유의 한 유형이다. 다시 말하면 시인 자신에 관한 사실들을 참조한 것이다. 이 경우에도 그 사적인 경험, 자신에 관한 사실들은 대개 널리 알려지고 친숙한 것들이다.

청산리 벽계수야 수이감을 자랑마라
일도창해하면 다시 오기 어려오니
명월이 만공산하니 쉬어간들 엇더리.

- 황진이

남녀의 애정과 정사는 개인적 인유의 중요한 원천이다. 황진이의 이 다분히 허무주의적 시조작품에서 "벽계수"는 묘사적 이미지이면서 당대 명창이자 종신(宗臣)인 이사종을 대유한 이미지다. 다시 말하면 명창 벽계수의 높은 콧대를 꺾은 황진이의 사적 일화가 인용되어 있다. 이런 개인적 인유도 고시가나 현대시에서 흔히 볼 수 있는 유형이다.

그러나 개인적 인유의 원천인 사적 체험은 '사적'인 만큼 잘 알려지지 않은 것일 수도 있고 구상의 연작시 〈모과 옹두리에도 사연이〉처럼 인유가 시인의 많은, 심지어 각별한 독서체험에서 근거할 수도 있기 때문에 때로 독자에게 인유의 원천에 대한 주석이 필요한 경우도 있다. 고전시학의 용사론이 엘리트주의의 산물인 이유도 여기에 있다.

4 모방적(imitative) 인유

모방적 인유는 현대시에 성행하는 또 하나 주목되는 유형이다. 이것은 과거 어떤 특수한 문학작품의 구주나 문체와 제재, 과거의 역사적 장르들을 모방하는 형태다.[6] 패러디는 이 유형의 대표적 형태다.

이제 우리 요단강이 흐린 날에는
두번 다시 헤어지지 말기로 하자

---

6) 프린스턴 《시학사전》은 다른 문학장르나 예술을 언급하는 구조적(structural) 인유와 구분하고 있지만, 여기서 모방이라는 점에서 일치하므로 구조적 인유를 모방적 인유에 포함시켰다.

며칠 후 며칠 후 술잔을 들고
며칠 후 며칠 후 김밥을 먹고
요단강 건너가 너를 만나면
봄이 오는 산에 들에 술잔 뿌리며
요단강 건너가 너를 만나면.

– 정호승, <며칠 후 며칠 후> 중에서

이것은 기독교의 장례식 때 불리는 유명한 미사곡 〈밝은 낮보다 밝은 곳〉의 어조를 그대로 모방한 작품이다. 패러디는 보통 풍자적 어조를 띠기 마련이지만 여기서는 미사곡의 어조 그대로 여간 진지하고 엄숙하지 않다.

김지하의 〈오적〉은 판소리의 문체와 어조를 모방한 담시다.

예가 바로 狶猀(재벌), 匊獪狋猨(국회의원), 跍礍功無源(고급공무원),
長猩(장성), 瞕豵矅(장차관)이라 이름 하는,
간뗑이 부어 남산만 하고 목 질기기 동탁 배꼽 같은
천하흉폭 오릭(五賊)의 소굴이렷다.

이 작품은 판소리 장르의 모방적 인유로 현실의 구체적 삶을 서술한다. 무엇보다 사회의 부조리를 폭로하고 야유하는 풍자적 의도를 갖고 있으며, 단순히 읽혀지기보다 연희화되어야 한다는 제시형식 등 판소리의 여러 특징을 환기시킨다. 다섯 도적을 희귀한 한자로 표기한 언어골계가 풍자의 효과에 기여하고 있는 점도 흥미롭다. 식민지시대 진주의 형평운동을 제재로 한 이동순의 장시 〈검정버선〉은 조선시대 가사, 특히 후기 서민가사의 구조와 리듬 그리고 어조를 모방하고 있다.

신라 향가, 고려 속요, 조선시대 시조와 가사를 비롯하여 판소리·무가·민요·설화 등 구비문학의 어떤 구체적 작품제목을 현대시의 제목으로 채용한 경우는 흔히 볼 수 있는 현상이다. 《진단시》 동인들처럼 고전문학과 전통적 유물을 제재로 하여 전통의 재현에 역점을 둔 현대시들이 있는가 하면 이와 달리 전혀 새로운 문맥으로 변용시킨 나머지 제목만 인용했을 뿐 모방적 인유의 요소가 없는 현대시들도 있다.

> 우리나라의 바람은 들에서 일어나 들을 휩쓸며 달린다.
> 잡초들이 쓰러지고 불타오르던 옥수수 밭이 넘어지고
> 우리가 허리띠를 조르며 심은 씨앗도
> 일제의 축대도 흔들리고 무너진다
> 무너져 아수라가 된다 울음없는
> 울음이 이랑마다 일어서고
> 미로의 여인들이 마른 소리로 노래하고
> 검은 지귀가 전제의 담을 무너뜨린다.
>
> – 최하림, <풍요(風謠)> 중에서

신라 향가 〈풍요(風謠)〉는 4구체의 짤막한 서정시다. 그것은 부처에 귀의 하려는 일종의 불교적 민요다. 그러나 극복할 길이 없는 절망적 극한 상황을 노래하고 있는 이 현대시는(작품 제목만 동일할 뿐) 구조나 형식, 주제, 여러 면에서 신라 향가와는 무관하다. 물론 선덕여왕을 짝사랑했다는 '지귀'는 비유적 인유의 원천으로 채용되어 있다.

제 06절 패러디

I 패러디의 정의

앞 절에서 모방적 인유의 대표적 형태가 패러디라고 했듯이 패러디는 인유와 혈연관계에 놓여 있는 문학적 장치다.[1] 패러디는 현대문학, 특히 서사문학에서 주목되는 원리로 부각되고 있으며, 이런 사정은 한국 현대시에서도 예외가 아니다. 뿐만 아니라 오늘날 탈중심주의 문학관을 (문학을 배제하지 않는 대신 문학을 전체 문화의 일부로 접근한다는 의미에서) 표방한 문화비평, 특히 1990년 전후 본격적으로 수용한 포스트모더니즘 ('탈근대주의'로도 번역되는)의 핵심시학으로까지 격상된 중요한 비평개념이기도 하다.

패러디(parody)의 어원인 'parodia'는 "다른 것에 대한 반대의 입장에서 불려진 노래"라는 의미를 갖고 있으며, 이보다 더 오래된 낱말로 추정되는 'paradio'는 "모방하는 것, 모방하는 가수"의 의미를 지녔다. 따라서 이 두 상반된 어원적 의미로 보면 패러디란 '반대'와 '모방' 또는 '적대감'과 '친밀감'이라는 상호모순의 양면성을 띠고 있음을 알 수 있다. 이런 양면성이 원전(또는 과거)에 대한 패러디스트의 태도임은 말할 필요 없다. 모방과 변용이 패러디를 구성하는 기본개념임을 염두에 둘 필요가

---

1) 이 밖에 패러디는 희작(burlesque), 트래비스티(travesty), 표절, 인용, 풍자, 아이러니와 혈연관계를 맺고 있다. Linda Hutcheon, *A Theory of Parody*(김상구·윤여복 옮김, 문예출판사, 1992), 43쪽 참조.

있다.

패러디의 역사는 문학의 역사만큼 오래다. 이것은 패러디가 역사적으로 다양하게 정의되어 온 사실을 시사한다.[2] 가장 일반적으로 패러디는 '원전의 풍자적 모방' 또는 원전의 '희극적 개작'으로 정의된다. 더욱 좁은 의미로 특정한 원전의 진지한 소재나 태도 또는 특정 작가의 고유한 문체를 저급하거나 어울리지 않는 주제에 적용시키는 것이다.[3]

> 지금 하늘에 계신다 해도
> 도와 주시지 않는 우리 아버지의 이름을
> 아버지의 나라를 우리 섣불리 믿을 수 없사오며
> 아버지의 하늘에서 이룬 뜻은 아버지 하늘의 것이고
> 땅에서 못 이룬 뜻은 우리들 땅의 것임을, 믿습니다
> (믿습니다? 믿습니다를 일흔 번쯤 반복해서 읊어 보시오)
> 오늘날 우리에게 일용할 고통을 더욱 많이 내려 주시고
> 우리가 우리에게 미움 주는 자들을 더더욱 미워하듯이
> 우리의 더더욱 미워하는 죄를 더, 더더욱 미워하여 주시고

---

2) 패러디와 패러디 정의의 역사에 관해서는 Margaret A. Rose, *Parody : Ancient, Modern, Postmodern*(Cambridge University Press, 1993) 참조.

3) M. H. Abrams, *A Glossary of Literary Terms*(권태영·최동호 옮김, 새문사, 1985), 291~292쪽. 여기서 뷰레스크(Burlesque), 패러디, 트래비스티(Travesty) 등이 가끔 혼동된다는 점에서 뷰레스크를 하위유형들의 총칭으로 하고 형식과 문체는 고급이지만 주제나 제재가 저급한 경우를 고급의 뷰레스크로, 저급한 형식과 문체를 진지하고 품위 있는 주제나 제재에 적용한 경우를 저급한 뷰레스크로 나눈다. 또 하나의 기준으로 일반 장르나 유형을 모방한 것이냐, 그렇지 않으면 특정 작품이나 작가를 모방한 것이냐를 내세워 서사시장르를 모방해서 평범·사소한 주제에 적용시킨 모의서사시(mock epic)와 특정의 작가나 작품의 진지하고 고유한 문체나 태도를 저급한 주제에 적용시킨 패러디는 고급의 뷰레스크로, 일반적이고 관용적인 저급한 문체를 고상한 주제에 적용시킨 휴디브라스풍 시와 특정 작가·작품의 저급한 문체를 고상한 주제에 적용시킨 트래비스티를 저급한 뷰레스크로 세분한다.

제발 이 모든 우리의 얼어 죽을 사랑을 함부로 평론치 마시고
다만 우리를 언제까지고 그냥 이대로 내버려 둬, 두시겠습니까?

대개 나라와 권세와 영광은 이제 아버지의 것이
아니옵니다(를 일흔 번쯤 반복해서 읊어 보시오)
밤낮없이 주무시고만 계시는
아버지시여
아멘

                         - 박남철, <주기도문, 빌어먹을>

   이것은 주기도문의 진지하고 엄숙한 문체와 어조를 저급한 주제에 적용시킨 전형적인 패러디다. 패러디는 풍자와 혼동할 정도로 주로 풍자적 목적을 위해 채용된다. 풍자는 패러디의 가장 중요한 기능이다. 여기서 패러디의 유형분류가 가능해진다. 이 〈주기도문, 빌어먹을〉의 경우 모방의 대상은 주기도문이지만 풍자의 대상은 시인이 유희적 태도로 독자에게 직접 말 건네는 형식을 취한 괄호 안의 진술이 시사하듯이, 원전인 주기도문이 아니라 육공의 기만적 지배체재(또는 육공의 기만적인 정치적 담론)다. 그러나 문병란의 〈가난〉은 서정주의 〈국화 옆에서〉, 〈무등을 보며〉, 〈내리는 눈발 속에서는〉 등 여러 작품들(또는 미당 시인) 자체가 모방의 대상이면서 풍자의 대상이 되고 있다. 패러디시는 현대적 감수성에 의해서 원전을, 더 구체적으로 원전의 방법, 제재, 문체, 사상 등을 우롱하기 위해 패러디 전략을 채용한다. 그러나 실제로 많은 패러디시는 과거보다는 당대적 관습, 당대의 정치와 현실을 비판하기 위해 진지한, 때로는 신성한 원전을 왜곡한다.
   전통적으로 패러디에서 골계적인(comic) 것, 곧 희극적인 것이 강조된다. 왜냐하면 원전의 희극적 개작이라는 정의가 시사하듯이 희극적인 것은 원전을 왜곡(변용)시키는 작인이자 그 효과이기 때문이다. 모방·변용·골계는 패러디의 3대 요소다. 그러나 1930년대 말 고대소설《춘향전》을 패러디한 김영랑의 〈춘향〉은 그 문체와 어조가 진지하고 심각해서 전혀 희극적이지 않다.

내 변가(卞哥)보다 잔인무지하여 춘향을 죽였구나

원전의 문맥과는 달리 이몽룡도 변학도와 같이 "잔인한" 존재의 반동인물 계열로 왜곡시키고 원래 문맥의 해피 엔딩을 춘향의 죽음이라는 비극적 결말로 변형시킨 것은 전혀 희극적이지 않다. 말하자면 패러디의 개념은 이런 규범적인 좁은 의미로 한정되지 않는다. 오늘날 패러디 개념은 비평적 관심을 초점화하는 '상호텍스트성'(intertextuality)에 의하여 재정의되면서 패러디 이론이 더욱 활성화되고 있다.

II 상호텍스트성(참여원리)

패러디가 성립하는 필요충분조건은 패러디'된' 작품(원전)과 패러디'한' 작품의 이중구조다. 이것은 패러디스트가 원전의 독자이자 패러디한 작품의 작자라는 이중적 지위와 상응한다. 그래서 패러디는 (원전에 대한) 모방의 형식이면서 해석의 형식이고 또 비평의 형식이기도 하다. 이 이중구조가 다름아닌 상호텍스트성이다.

한 텍스트가 다른 텍스트와 결합하여 보다 큰 담론(이것은 결코 양적 단위가 아니다)을 이루는 것이 상호텍스트성이다. 앞 절의 인유·용사 그리고 인용의 기법이 텍스트를 상호텍스트로 이끄는 것은 말할 필요 없으며, 그래서 이것들은 패러디와 혈연관계를 맺고 있다. 따지고 보면 모든 작품은 다른 작품에 대한 부정·부활·변형이며, 각각의 작품은 유일한 실체인 동시에 그것의 비유에 해당하는 다른 작품에 대한 해석이라는 관점은4) 벌써 패러디적이며, 이 패러디적 사고는 그대로 상호텍스트적 사고다. 이런 패러디적 성격은 문학의 언어 자체가 가장 극명하게 드러낸다. 바흐친이 모든 작품의 언어에서 반쯤은 작자의 언어이고 나머지 반은 타인의 언어라고 했을 때 이 어정쩡한 기술은 그러나 명백한 진리다. 다양한 언어들이 서로 상대방의 존재를 드러내 주고 대화적 배경의 구실을 하는 '대자적 상태'의 언어가 다른 언어와의 상호관계 속에 들어간다는 바흐친의 상호관계 맺기의 언어관은5) 벌써 패러디적이고 상호텍스트적이다. 그래서 모든 문학은 선행하는 텍스트의 언어와 분리해서 존재하지 않는다는 바흐친의 상호텍스트적 사고는 전혀 과장된 것이 아니다. 상호텍스트적 사고는 텍스트들 간의 관계 맺기의 인식에 강조점을 둔다. 요컨대 상호텍스트는 문맥의 다중화이며 확산의 현상이다. 이런 점에서 원전 없이 성립될 수 없는 패러디의 개념은 텍스트를 원전의 흡수와 변용으로 고려하는 상호텍스트 이론에 특히 적합하며, 정의상 원래 '필수적'으로 상호텍스트적일 수밖에 없다.6)

1970년대 오규원의 〈등기되지 않는 현실 또는 돈 키호테약전(略傳)〉은 중세 로만스양식을 희극적으로 패러디화한 세르반테스의 소설《돈 키호테》를 다시 현대시로 패러디한 작품이다. 패러디의 대상이 되는 원전 자체가 패러디한 작품인 경우가 많다. 여기서 원전(《돈 키호테》)의 언어는 고딕체로 인용하고 시인의 언어는 원전의 스토리를 일종의 핵 단위로, 편집자적 논평형태로 요약한 데서 드러나도록 두 개의 언어와 두 개의 장르 사이의 경계를 뚜렷이 구분해 놓고 있다. 이상주의자의 전형인 돈키호테는 원전의 문맥에서는(세르반테스에게는) 우롱의 대상이지만 여기서는 "등기되지 않는 현실", 곧 환상이 실재라는 테마로 역전된다.

4) Octavio Paz, *Children of Mire*(윤호병 옮김, 현대미학사, 1995), 88쪽.
5) Mikhail Mikhailovich Bakhtin, *The Dialogic Imagination*(정승희 외 옮김, 창작과 비평사, 1992), 247쪽.
6) Michele Hannoosh, *Parody and Decadence*(Ohio State University Press, 1989), pp. 3, 20 참조.

곧 오규원 시인은 원전의 의도와는 다르게 해석한다. 이런 패러디적 전도는 원전을 다르게 모방하는 모든 패러디의 특징이다. 이상주의를 우롱한 세르반테스 당대의 현실주의적 패러다임과 1970년대 산업사회의 물신숭배를 비판하는 탈세속주의의 패러다임의 병치적 대조가 두 개의 언어, 두 개의 장르가 병치된 상호텍스트적 패러디로 형상화된 것이다. 패러디가 해석의 형식이며, 비평의 형식임을 재확인할 수 있다.

원전이 패러디 성립의 필요충분조건이듯이 패러디의 대상과 이에 관련된 문제를 잠시 검토할 필요가 있다. 아무 것이나 패러디의 대상이 되는 것은 물론 아니다. 원칙상 패러디는 일반적으로 잘 알려진 정전의 작품을 대상으로 삼는다.

(ㄱ)
내가 단추를 눌러 주기 전에는
그는 다만
하나의 라디오에 지나지 않았다.
　　　　　　　- 장정일, <라디오같이 사랑을 끄고 켤 수 있다면> 중에서

(ㄴ)
우리들은 서로에게
꽃보다 아름다운 이자가 되고 싶다.
　　　　　　　- 장경린, <김춘수의 꽃>

잘 알려진 정전의 작품을 패러디의 대상으로 한 점에서 패러디의 어원적인 의미가 시사한 상호모순의 이중성, 곧 패러디스트로서 시인의 원전에 대한 태도인 친밀감과 적대감, 권위와 경멸(위반)의 이중성을 이들 패러디시에서 발견하는 일은 어려운 일이 아니다. 그러나 잘 알려진 정전의 작품만 패러디의 대상이 되지 않는다. 이런 노골적인 패러디시들과는 달리 패러디 장치가 노출되지 않고 함축되어 있는 경우 패러디

의 효과와 의미가 발생하는 두 문맥, 곧 원전과 이 원전을 왜곡한 패러디시의 두 문맥 사이의 차이를 독자가 발견하기란 사실상 어렵다. "고인이 시를 지음에 시구의 출처가 없는 것이 없었다"[7]는 고전시학의 용사론은 "시를 배우지 않으면 남과 더불어 말할 수 없다"[8]는 공자의 말처럼 작시법인 동시에 독시법이다. 다시 말하면 많은 학식과 교양을 갖추어야 하는 엘리트주의는 패러디스트뿐만 아니라 독자에게도 요청되는 사항이다. 원전에 대한 독자의 지식은 패러디시를 올바로 감상하는 데 필수불가결한 조건이다(인유의 경우도 진실하다).

무엇보다 중요한 것은 오늘날 이 원전의 외연은 패러디 대상의 주종인 작품과 언어(문체)뿐만 아니라 특정의 인물(허구적이든 실제적이든), 사물, 관습, 성문화된 형식, 학파, 수법, 다른 문학장르, 다른 예술 장르, 대중문화 그리고 정치적 담론, 광고, 신문기사 등 비문학적 담론 등으로 확산되고 있다.

1. 양쪽 모서리를
   함께 눌러 주세요

   나는 극좌와 극우의
   양쪽 모서리를
   함께 꾸욱 누른다

2. 따르는 곳
   ⇩ ⇩
   극좌와 극우의 흰
   고름이 쭈르르 쏟아진다.

---

7) 徐居正,《東人詩話》下, "古人作詩 無一句無來處".
8) 孔子,《論語》季示篇 十三, "不學詩 無以言".

3. 빙그레
  - 나는 지금 빙그레 우유
  200m*l* 패키지를 들고 있다
  빙그레 속으로 오월의 라일락이
  서툴게 떨어진다

4. ⇨

5. ⇨를 따라
  한 모서리를 돌면

  빙그레 - 가 없다

  다른 세계이다

6. ⇧ 따르는 곳을 따르지 않고
  거부하고
  한 모서리를 돈다
  빙그레 - 가 보인다.

  - 오규원, <빙그레우유 200m*l* 패키지>

　여기서 원전은 정전의 문학작품이 아니라 신문, TV, 라디오의 대중전 달매체에서 매일 보고 듣게 되는 상품광고라는 비문학적 담론이다. 말하자면 이 패러디시는 시와 상품광고가 결합된 상호텍스트다. 광고시로 기술되는 이 패러디시에서 우리가 특히 주목해야 할 것은 '문맥의 옮겨놓기' 현상이다. 사실 패러디란 문맥의 옮겨놓기다. 이 옮겨놓기는 '초문맥'(transcental contexts)[9]이라고 불린다. 이 옮겨놓기가 의미의 변용을

---

9) Hutcheon, 앞의 책, 31쪽.

가져오는 전략이다. 곧 원래 상품광고의 문맥에서는 단순한 상품사용법 (또는 함축적으로 상업주의 소비사회의 이데올로기)에 지나지 않지만 시적 문맥에서는 좌우 이분법의 이데올로기적 경직성의 정치적 의미로 변용되고 있다. 이 새로운 시형식을 시인 자신은 '인용묘사'라는 용어로 기술한다.

오규원의 광고시가 광고의 담론과 시의 만남이라면 유하의 다음 시는 대중예술과 시의 융합이다.

> 중원제일미를 뽑는 미인대회에서 중원땅이 떠들썩하다
> 서시 같은 얼굴 수밀도 같은 젖가슴 팽팽한 둔부의
> 여인만이 대우 받는 중원무림
> 무공이 고강한 고수들만 사랑하는
> 강호의 여인들
> 난 어제 한 아리따운 남자에게 닭잡을 힘도 없는
> 시인묵객이란 이유로 퇴짜의 장풍을 맞고
> 울컥 선혈을 한모금 토해냈다.
>
> — 유하, <중원무림 태평천하> 중에서

이 시인의 경우 시의 소재는 현실이라기보다 만화, 무협소설, 포르노 영화 등 대중예술의 작품세계다. 곧 대중예술의 작품세계를 인용하고 있는 것이다. 여기서는 무엇보다 우리에게 생소한 무협소설의 용어들과 어조를 채용하고 있는 점이 전경화되어 있다. 이 새로운 상호텍스트성에 의해 시인은 억압체제하에서의, 퇴폐적인 삶 속에 위장된 거짓 평화를 효과적으로 풍자한다.

오규원의 광고시나 대중예술을 소재로 한 유하의 시는 현대시의 새로운 유형이며, 특히 유하의 패러디시는 고급예술과 대중예술의 경계선마저 붕괴하는 조짐을 내비치고 있다. 패러디에 의한 현대시의 새로운 가능성과 경계선의 붕괴는 현대시의 매우 의미심장한 문제다.

패러디는 과거의 것, 기성품들을 대상으로 한 점에서 과거지향의 보수주의 혐의가 짙다. 또한 원전에 의존하는 만큼 패러디는 독창적이지 못하고 '기생적'인 존재라는 것이 우리의 전통적 인식이다. 여기서 패러디에 관한 한, 패러디의 부각은 문학적 고갈이나 퇴폐의 징후냐 그렇지 않으면 쇄신의 징후냐, 아울러 패러디란 보수주의 산물이냐 또는 진보주의 산물이냐 하는 근본적인 질문을 당연히 제기할 수 있다. 이런 질문들은 바로 이데올로기의 문제다.

Ⅲ 탈중심주의(다원주의)

패러디의 대상인 원전이 과거 정전의 작품이나 문학장르에서 모든 문화적 산물로까지 그 외연이 확대됨으로써 패러디는 단순히 문학의 한 형식이 아니라 전체 문화의 현상을 지배하는 형식이 되고, 여기서 패러디의 재정의와 재평가가 필연적으로 가능해진다. 전체 문화의 일부로서, 또는 전체 문화의 관련 속에서 문학에 접근하는 문화비평의 관점은 벌써 상호텍스트적이다. 바꾸어 말하면 패러디는 문학을 '불가피하게' 미적 문맥뿐만 아니라 사회적·역사적·정치적·이데롤로기적 여러 문맥에 놓는다.

낭만주의가 패러디를 '기생물'로 거부하는 것은 예술을 개인의 소유물로 보는 자본주의 윤리관의 성장을 반영한 것이라 했을 때,10) 이것은 마르크스적인 관점을 대변한 것이다. 이런 관점에서 패러디는 독창성·개성을 존중하는 인문주의에 대한 도전이다. 이것은 패러디가 지배 이데올로기에서 소외된 변두리 인간의 '탈중심'적 양식이라는 재정의와 재

---

10) Hutcheon, 앞의 책, 12쪽.

평가에서 충분히 감지할 수 있다. 요컨대 패러디의 이데올로기는 탈중심주의다. 절대적 진리, 절대적인 선 등의 중심이 없으므로 변두리도 없다. 그 대신 이 탈중심주의 속에는 상대주의, 차이 이데올로기, 다원주의 등 여러 유사개념들이 내포되어 있다.

> 당신이 내 곁에 계시면 나는 늘 불안합니다 나로 인하여 당신의
> 앞날이 어두워지는 까닭입니다 내 곁에서 당신이 멀어지시면 나의
> 앞날은 어두워집니다 나는 당신을 붙잡을 수도, 놓을 수도 없습니
> 다 언제나 당신이 떠나갈까봐 안절부절입니다 …(중략)… 나는 당
> 신이 떠나야 할 줄 알면서도 보내 드릴 수가 없습니다
> 　　　　　　　　　　　　　　　　　　　　　－ 이성복, <앞날>

이 작품이 만해 시 〈님의 침묵〉을 패러디한 것임은 쉽게 알 수 있다. 경어체의 엄숙하고 진지한 어조가 만해 시와 닮았고 이별이라는 전통적 제재를 다룬(이것은 고전시가와 더불어 가장 상호텍스트적 측면이다) 점에서, 그래서 연가풍이라는 점에서 만해 시와 유사하다. 원전인 만해 시를 희극적으로 개작한 것도 아니고 풍자한 것도 아니다. 그렇다면 이 상호텍스트는 왜 패러디인가? 만나면 반드시 이별하고 이별하면 다시 만난다는 불교적 사유가, 궁극적으로는 만남과 헤어짐, 동과 정, 색과 공이 둘이 아니고 하나라는 선적 사유를, 함께 있으면 나 때문에 당신이 불행해지고 헤어지면 내가 불행해진다는, 양자택일이 불가능한 부조리의 세계관, 존재론적 모순으로 전도시킨 데서 패러디를 느낄 수 있다. 말하자면 만해 시의 사상을 패러딕하게 전도시킨 것이다. 이것이 만해 시와 이 패러디시의 본질적인 '차이'다.

　같은 원전을 대상으로 하면서도 다음 작품은 패러디의 탈중심주의 이데올로기가 보다 뚜렷이 세계관의 차이로 나타난다.

> 우리들은 약속 없는 세대다 하므로, 만났다 헤어질 때 이별의 말

을 하지 않는다 우리들은 헤어질 때 다시 만나자는 약속을 하지 않
는다 〈거리를 쏘대다가 다시 보게 될텐데, 웬 약속이 필요하담!〉
 - 그러니까 우리는, 100퍼센트, 우연에, 바쳐진, 세대다.

- 장정일, <약속 없는 세대> 중에서

　이성복의 〈앞날〉과 같이 같은 원전을 대상으로 한, 같은 산문시이지
만 우선 원전을 희극적으로 개작한 점에서 대조된다. 원전과 이 패러디
시 사이의 세계관의 차이는 '약속 있는 세대'와 '약속 없는 세대'의 차이
로 표상된다. 만해 시에서 만남은 필연적이고 목적적이며 이별의 고통
을 극복할 수 있는 신념이었다. 그러나 〈약속 없는 세대〉에서 만남은
처음부터 우연적이고 반목적론적이다. 만해 시의 만남에는 절대적 의미
(이 절대적 의미는 '님'에게도 부여되어 있다)가 부여되어 있지만 이 패러디
시에서는 세계관 자체가 탈중심주의고, 여기서 원전을 희극적으로 개작
하는 패러디가 발생하고 있는 것이다. 여기서 놓칠 수 없는 것은 이 패
러디시가 만해 시와 달리 세속주의를 환기하는 일상회화체까지 동원하
면서 그 어조가 이론적이고 선언적인 점, 곧 산문적인 점이다. 시와 비문
학적 담론과의 혼합, 그러니까 장르혼합의 현상에 주목할 필요가 있다.
　장르혼합 또는 장르해체는 상호텍스트의 한 전형이며, 다원적이고 집
단적인 글쓰기를 가리킨다. 따라서 이런 텍스트의 복수화는 이데올로기
적으로 탈중심주의의 수단이다. 이윤택의 〈막연한 기대와 몽상에 대한
반역·15〉, 김수경의 〈펑크 펑크 펑크〉, 장정일의 〈늙은 창녀〉 등은 희
곡형식을 채용한 장르패러디의 사례들이다. 시사사진과 그림이 텍스트
의 구성요소가 된 이승하의 〈폭력에 관하여〉 일련의 시들도 장르혼합의
한 변형이다. 이 장르혼합의 다원적 글쓰기가 시를 사회적, 역사적, 이
데올로기적, 미적 등 다원적 문맥 속에 두는 것이다. 중심의 해체가 장
르들 사이의 경계선을, 문학과 다른 예술 사이의 경계선을, 문학과 비문
학적 담론(이론, 역사 등) 사이의 경계선을 그리고 고급예술과 대중예술
사이의 경계선을 붕괴시키고 있는 것이다. 탈중심주의는 총체적 해체작

업이다. 무엇보다 의미심장한 것은 이 장르혼합이 전위적이고 실험적인 성격을 띠게 된다는 점이다.

원전을 패러디하는 자체가 다원적 글쓰기이며, 텍스트의 복수화다. 그러나 패러디스트는 두 가지 방향에서 도전을 받는다. 같은 원전에 대한 다른 패러디스트의 도전과 자신의 패러디 작품을 패러디의 대상을 삼는 후배 패러디스트의 도전이 그것이다. 어떤 경우든 원전은 동적인 존재로 지속된다. 원전이든 원전의 패러디든 모두 상대적 존재들이다. 이런 점에서 패러디는 분명히 미래로 열려진 가능성 그 자체다. 패러디가 과연 과거지향적인가 또는 문학적 고갈의 징후인가. 여기서 패러디의 탈중심주의 속에서 상호모순 또는 이중성의 원리를 발견하는 일은 어렵지 않다.

포스트모더니즘의 핵심시학을 패러디로 규정한 허천(L. Hutcheon)은 패러디를 과거에 대한 "비평적 거리를 가진 반복"[11]이라고 정의한다. 여기서 우리가 주목해야 할 핵심어는 물론 '비평적 거리'와 '반복'이다. 앞에서 진술한 것처럼 패러디의 어원적 의미에 따라 원전에 대한 패러디스트의 친밀감과 적대감, 닮음과 차이의 양가적 태도가 패러디의 본질이며, 이런 상호모순의 이중적 세계관을 거점으로 한 것이 포스트모더니즘 문화다. 따라서 포스트모더니즘이 패러디를 그 핵심시학으로 정립한 배경을 이해하기란 어렵지 않다. 포스트모더니즘이 '형식적'으로 패러딕하다고 했을 때[12] 이것은 패러디의 양가성을 가리킨 것이다. 과거(전통, 원전)를 소중히 간직하면서도 과거에 의심을 품으며, 과거의 권위를 정립하면서도 이를 위반하는 전략이 패러디라는 것이다. 과거의 존경과 우롱, 지속과 변화를 동시에 수반하는 것이 패러디다. 따라서 패러디는 보수적이면서도 진보적이다. 사실 패러디스트는 모방할 만한 대상, 공격할 가치가 있는 대상을 겨냥한다. 양가적 태도는 과거를 그대로 보존만 하는 것이 아니라 현대적으로 변용시킨다. 패러디의 상호텍스트성

---

11) Linda Hutcheon, *A Poetics of Postmodernism*(Routledge, 1988), p. 26.
12) Hutcheon, 위의 책, p. 23.

은 과거를 폐기하는 욕망이 아니라 당대 세계에 적절한 창조로 과거를 개변하려는 욕망을 함축한다. 그래서 심지어 패러디와 독창성 사이에는 아무런 갈등이 없다는 진단을 내리기도 한다.[13]

'온고이지신'(溫故而知新)의 동양적 전통주의는 새로운 것은 낡은 것의 승인을 받을 때 비로소 충격을 줄 수 있는 사실을 시사한 것이다. 차이는 강조점을 온고 쪽에 두느냐 지신 쪽에 두느냐에 있지 패러디가 전적으로 과거지향적인 것도 전적으로 미래지향적인 것도 아니다.

패러디의 이런 재정의와 재평가만으로 아직 불충분하다. 패러디는 한 원전만을 대상으로 하지 않고 여러 원전들을 끌어오기도 한다. 여기서 혼성모방 또는 중성모방의 의미를 가진 패스티쉬(pastiche)를 검토해야만 한다.

Ⅳ 패스티쉬

패스티쉬는 패러디와 함께 모방적 기교다. 마르크시스 비평가인 제임슨(Frederic Jameson)은 허천과는 대조적으로 포스트모더니즘의 핵심시학을 패스티쉬로 규정한다. 그에 의하면 패스티쉬는 두 가지 상황에서 발생한다.[14] 첫째 새로운 세계와 스타일이 모두 소진되어 더 이상 독창적인 것, 스타일상의 개혁이 불가능해졌다는 고갈의식이다. 둘째로 가정법을 구사해서 언어적 규범(패러디의 대상)이 상실되고 언어의 다양성만 남게 된 상황이다. 규범이 없으므로 어떤 언어의 독특성이 독특성으로

---

13) Hannoosh, 앞의 책, pp. 7~8.
14) Frederic Jameson, Postmodernism and Consumer Society, Hall Foster편, *The Anti-Aesthetics*(Bay Press, 1983), pp. 115~116.

느껴지지 않는다는 것이다. 이런 상황에서 패러디가 불가능하고 풍자적 의도가 없는 죽은 언어로서 패스티쉬로 탄생된다는 것이 제임슨의 요지다. 그래서 포스트모더니즘 예술을 새로운 것의 실패, 과거에의 구속, 궁극적으로 미학의 실패라고 못박으며 매우 비판한다. 그러나 주목해야 할 것은 제임슨이 비판한 것은 고급예술이 아니라 그가 관찰한 것처럼 향수영화(그가 명명한)와 같은 대중예술이라는 점이다.

사실 영화나 대중음악, 그리고 TV 연속극 등 대중예술에서 흔히 표절 시비가 일어나고 있다. 베토벤이나 모차르트의 클래식 음악 한 소절이 상업광고의 배경음악으로 발췌되기도 한다.

풍자적 의도가 없다는 점에서 패스티쉬는 중성모방이다. 동시에 여러 원전들을 발췌하여 조립한다는 점에서 패스티쉬는 혼성모방이다. 모방 기교로서 패러디가 원전과 '다르게' 모방하는 것이라면 패스티쉬는 원전과 '유사하게' 모방하는 것이다. 이런 패스티쉬의 기교가 한국 현대시에서는 새로운 기법으로 채용되고 있으며, 현대시의 한 가능성이 되고 있는 것이다. 말하자면 한국 현대시가 제임슨적인 패스티쉬를 역으로 수용한 셈이다.

내 누님같이 생긴 꽃아 너는 어디로 훨훨 나돌아 다니다가 지금 되돌아 와서 수줍게 수줍게 웃고 있느냐 새벽닭이 울 때마다 보고 싶었다. 꽃아 순아 내 고등학교 시절 널 읽고 천만번을 미쳐 밤낮 없이 널 외우고 불렀거늘 그래 지금도 피 잘 돌아가고 있느냐 잉잉 거리느냐 새삼 보아하니 이젠 아조 늙어 있다만 그래도 내기억속엔 깨물고 싶은 숫처녀로 남아있는 서정주의 순아 나는 잘 있다 오공 과 육공 사이에서 민주와 비민주, 보통과 비보통 사이에서 잘도 빠져 나가고 있단다 그럼 또 만나자.

— 박상배, <희시(戱詩)・3>

서간문 형식을 채용한 이 작품은 서정주의 〈부활〉, 〈국화 옆에서〉,

〈사소 두 번째의 편지 단편〉 등 여러 작품에서 이미지들을 발췌하여 조
립한 혼성모방의 시다. 그러나 이 혼성모방은 희극적이고 희극적인 만
큼 순수자아에서 세속적 자아로 변해 가는 우리 삶의 보편적 현상을 풍
자하고 있다. 이런 혼성모방을 시인은 '표절의 미학'이라고 기술한다.[15]
문병란의 〈가난〉과 박제천의 〈헌시〉는 각기 의도의 차이에서 흥미로운
대조를 이루는 혼성모방의 시들이다.

>   그대 한 송이 국화꽃을 피우기 위해
>   전 우주가 동원된다고 노래하는 동안
>   이 땅의 어느 그늘진 구석에
>   한 술 밥을 구하는 주린 입술이 있다는 것을 아는가?
>   결코 가난은 한낱 남루가 아니다
>   목숨이 농울쳐 휘여드는 오후의 때
>   물끄러미 청산이나 바라보는 풍류가 아니다
>   가난은 적, 우리를 삼켜버리고
>   우리의 천성까지 먹어버리는 독충
>   옷이 아니라 살갗까지 썩혀버리는 독소
>   우리 인간의 적이다 물리쳐야 할 악마다
>   쪼르륵 소리가 나는 뱃속에다
>   덧없이 회충을 기르는 청빈낙도
>   도연명의 술잔을 빌어다
>   이백의 술주정을 흉내내며
>   괜찮다! 괜찮다! 그대 능청 떨지 말라
>   가난을 한 편의 시와 바꾸어
>   한 그릇 밥과 된장국을 마시려는
>   저 주린 입을 모독하지 말라
>   오 위선의 시인이여, 민중을 잠재우는

---

15) 박상배, 〈표절의 미학〉(《현대시사상》 1991년 가을호).

자장가의 시인이여.

역시 서정주의 〈무등을 보며〉, 〈국화 옆에서〉, 〈내리는 눈발 속에서〉 등의 여러 구절들을 발췌·조립한 문병란의 이 〈가난〉은 한 끼 밥이 절실한 가난한 민중의 삶과 유리된, 서정주의 시세계와 그의 '구부러짐'의 태도를 준엄하게 꾸짖는 비판시다. 따라서 문병란 시인의 어조는 여간 신랄하지 않다. 그러나 초기작 〈자화상〉을 비롯하여 서정주의 시구들을 그의 개인시사에 따라 발췌·배열한 박제천의 〈헌시〉는 서정주의 팔순을 기리는 시적 모티브와 호응해서 다음과 같이 철저하게 서정적인 송가풍이다.

골짜기가 깊고, 메아리 치는 대로
되돌려 주는 시의 산을
우리 마음에 이루어 놓는다
깊숙이 들어갈수록 자연의 화엄경이
병풍처럼 둘러쳐지고
한 채의 소슬한 종교와 같은 산
그 영산의 이름을
우리는 미당 서정주라고 부른다

이상의 연작시 〈오감도〉 시제 1호를 패러디한 함민복의 〈광고의 나라〉는 상품광고의 언어들을 발췌하여 배열한 혼성모방의 기법까지 구사하고 있다.

제1의 더톰보이가 거리를 질주하오
천만번을 변해도 나는 나
제2의 아모레 마몽드가 거리를 질주하오
나의 삶은 나의 것

··· (중략) ···

제13의 피어리스 오베론이 거리를 질주하오
살아 있는 것은 아름답다

　원전의 13인의 '아해'를 상품명으로 바꾼 이 패러디시는 상품광고의
시화라기보다 시를 상품광고용으로 변용시킨 것 같은 아이러닉한 전도
를 보여 준다. 시인이 전통시와는 달리 화자의 역할을 하지 않는 대신
시세계에 대하여 판단을 유보하는 편집자의 기능만을 수행하는 점도 놓
칠 수 없는 구조적 특징이다.
　패러디와 패스티쉬는 '문학의 사유화'를 부정하는 관점의 소산이다.
　그러나 시인이 다른 시인의 작품이 아니라 바로 자신의 과거 작품의
시구들을 발췌하는 것은 혼성모방의 특이한 변형이라 할 만하다. 김춘
수의 〈처용단장 4부·8〉은 이미 발표한 〈반가운 손님〉을 비롯한 여러
작품의 구절들을 인용하고 있다. 오규원의 연작시 〈한 잎의 여자〉 3편
은 모두가 발상법이나 문체면에서 자신의 초기시 〈한 잎의 여자〉의 모
방이다. 특히 〈한 잎의 여자·1〉은 〈한 잎의 여자〉의 두 구절 "누구나
영원히 가질 수 없는"과 "영원히 나 혼자 가지는"이 서로 배열순서를 바
꾼 것 이외는 전문이 똑같다. 뿐만 아니라 이 3편 모두는 자신의 〈현상
실험〉의 세 구절을 발췌하여 각기 부제목으로 인용하고 있다. 그러니까
결국 이 연작시는 자신의 과거 작품들을 혼성모방한 셈이다. 자신의 작
품들을 혼성모방한 근거는 의도의 차이에 있고 이 의도의 차이도 물론
주제의 차이에 등가된다. 이 연작 3편은 초기 시처럼 표면상 연가풍을
그대로 띠고 있지만 언어에 대한 시인의 인식과 태도를 진술하고자 한
것이다. 놀라운 것은 언어가 시인의 체험을 표현하는 수단이라는 우리
의 상식을 뒤엎고 시인의 체험이 언어를 형상화하는 수단이라는 전도현
상이 일어나고 있는 점이다. 따라서 이 연작시는 체험을 진술한 것처럼
가장하면서도 의도상으로 언어에 대한 시인의 인식과 태도를, 그 체험

을 매개로 진술하고 있는 것이다. 박상배의 〈희시·2〉는 자신의 〈안 팎·6〉의 '부산'을 '안산'으로 바꾸고 이런 지역변경의 필연적 결과로 넷째 연의 이미지들을 바꾼 것 외에는 〈안 팎·6〉의 재탕이다. 김춘수의 경우 혼성모방은 새로운 문맥에 기여하는 삽입형식이지만 오규원과 박상배의 경우는 마치 과거 작품의 개작처럼 혼성모방이 구조적이다.

고인의 시에 나타난 뜻을 자신의 말로 묘사하는 '환골(換骨)'과 고인의 뜻을 본보기로 고인의 시구를 개작하는 '탈태(奪胎)' 그리고 고인의 뜻이나 말을 그대로 따르는 '도습(蹈襲)' 등 모방기교들은 표절의 우려성이 다분히 잠재되어 우리의 고전시학이 경계한 것은 지극히 당연한 일이다. 다시 말하면 중성모방 또는 혼성모방의 패스티쉬 기법은 표절의 혐의를 피할 수 없다. 그런데 이 패스티쉬는 현대시의 새로운 기법으로 채용되고 있는 것이다.

과거 영화들의 장면들을 발췌·조립한 향수영화에서 패스티쉬 기법을 발견한 제임슨이 결국 삶의 리얼리티와 무관한 "예술 그 자체에 관한 것"이라고 했을 때 이것은 패러디(그리고 패스티쉬)의 또 하나의 중요한 원리로서 '자기반영성'(self-reflexivity)을 시사한다. 패러디란 본질적으로 상호텍스트적이면서 자기반영적이다.

V 자기 반영성과 메타시

문학은 삶의 반영이다라는 평범한 명제로부터 출발해 보자. 그렇다면 원전의 풍자적 모방인 패러디작품은 어떻게 되는가. 패러디작품은 삶의 반영이 아니라 삶의 반영인 원전을 반영한 것, 곧 '반영의 반영'인 셈이 된다. 예컨대 시에 대한 시쓰기, 소설에 대한 소설쓰기, 희곡에 대한 희곡쓰기가 다름 아닌 패러디의 자기반영성이다. 이것을 메타픽션(meta-fiction) 또는 메타시(meta-poetry)라 부른다.[16) 이 메타시는 현대시의 새로운 가능성으로서 매우 현대적이고 문제적인 시유형이다.

언어는 대상을 지시한다. 이 참조기능의 언어를 대상언어라 한다. 우리가 사용하는 대부분의 말은 이 대상언어다. 그러나 참조대상이 아니라 언어 그 자체를 반성하는 언어를 메타언어라 부른다. 메타시란 이런 메타기능이 우세한 시다.

자기반영적인 패러디시, 곧 메타시는 그러므로 처음부터 자의식적이며 자기비판적이다. 여기서 시인은 '비평가로서의 시인'이다. 많은 시인들은 자기들의 시 속에서 시와 시인에 관해서 진술한다. 따라서 시론시와 시인론시는 메타시의 대표적 하위유형들이다.

> 그날 밤에 한소나기 하였으니 필시 그 돌이 깨끗이 씻겼을 터인데 그 이튿날 가보니까 변괴로다, 간데온데 없어라. 어떤 돌이 와서 그 돌을 업어갔을까. 나는 참 이런 처량한 생각에 아래와 같은 작문을 지었도다.
>
> 「내가 그다지 사랑하던 그대여, 내 한 평생에 차마 그대를 잊을 수 없소이다. 내 차례에 못올 사랑인 줄은 알면서도 나 혼자는 꾸준히 생각하리다. 자, 그러면 내내 어여쁘소서」
>
> 어떤 돌이 내 얼굴을 물끄러미 치어다보는 것만 같아서 이런 시는 그만 찢어버리고 싶더라.
>
> — 이상, <이런 시> 중에서

돌의 사라짐을 연인에게 버림받은 것에 빗댄 발상법을 제외하고는 1930년대 이상의 <이런 시>는 사실상 산문이다. 중요한 것은 떠나는 님

---

16) René Wellek, The Poet as Critics, The Critics as Poets, The Poet-Critics, *Discrimination*(Yale University Press, 1971), pp. 256~261. 그리고 Patrica Waugh, *Metafiction*(김상구 옮김, 열음사, 1989) 참조.

을 원망하지 않고 "내내 어여쁘소서"처럼 오히려 행복이나 행운을 비는, 전통적 이별가와 같은 시작품을 쓰고 싶지 않다는 시관이 표명된 점이고 무엇보다 시쓰기 과정을 서술한 메타시라는 점이다.

오규원의 〈안락의자와 시〉는 한 의미의 구상이 후속되는 다른 구상들에 의하여 끊임없이 지워지는 시작과정을 서술한 메타시다. 이 메타시는 다음과 같이 귀결됨으로써 시인이 시 속의 일부인 동시에 현실의 일부로 분열되는 이중성의 전략으로 패러디의 자기반영성을 특이하게 드러낸다.

아니 나는 지금 시를 쓰고 있지 않다.

이런 '자기비판', 자기부정은 다분히 해체주의적이다.
박상배의 시론이 〈풀잎송·8〉은 보다 비평적이다.

딱 보구서 그게 시가 되어 있으면 바로 그게 시다 나머지 이러쿵
저러쿵은 깡그리 사족이다 군더더기요 설명의 김빠진 맥주다 그건
시밖으로의 똥·오줌누기일 뿐 시 안의 걸레질이 결코 아니다.

제목과는 달리 이 시론시는 전혀 서정적이지 않다. 그 대신 거친 일상회화체와 비속어체를 터놓고 구사해서 독자의 시에 대한 선입관과 기대감을 위반하고 거부한다. 이 시론시는 시와 비평을 겸한 것인데, 여기서 비평은 오규원과 달리 시 비평가의 비평을 겨냥한 것이다. 말하자면 이 시론시는 시비평의 패러디이기도 하다.

서사문학에서 사건은 서술자를 매개로 하여 독자에게 전달된다. 서사문학은 '간접성'의 장르다. 그러나 시에서 시인은 직접 자신의 경험, 자신의 사상이나 감정을 진술한다. 그래서 시는 '직접성'의 장르다. 그러나 이승훈의 시인론시는 자전적인데도 자신을 시 속의 인물로 설정하여 자신을 타자화한다. 그래서 그의 독특하고 흥미로운 3인칭시가 탄생한다.

그는 하루 종일 담배를 입에 물고 일 할 때도 입에
물고 제자를 만날 때도 입에 물고 대머리 여가수를
만날 때도 입에 물고 학장을 만날 때도 입에 물고 그가
사랑하는 사람은 제발 담배를 좀 줄여요 라고 했지만
그는 의지가 약하다 그는 꿈 속에서도 담배를 입에
물고 걷는다 그가 잠들면 비 오는 저녁 그의 담배가
꿈을 꾸고 그는 담배의 꿈 속에서도 담배를
입에 물고 방에 처박혀 있다 그를 불쌍하다고 하지는
맙시다 담배 때문에 어느날 그는 집에서 쫓겨
나겠지만 그는 담배를 피우려고 이 세상에 온
모양이다 그는 하루 종일 담배를 입에 물고 거울 앞에서
얼음을 생각하고 장미를 생각하고 무덤을 생각한다.
그의 얼굴은 온통 담배다 담배가 시를 쓰고 논문을 쓴다
손톱을 깎고 구름을 본다 아니면 하루 종일 혼자 술을
마신다 하루 종일 혼자 화투를 치고 트럼프를 치고
포커를 하고 마작을 하고 하루에도 마흔 번이나
술을 마시고 그는 남자이기 때문에 여자가 아니고
하루 종일 작은 방에 처박혀 고독을 즐기신다.
말하자면 이승훈 씨는 하루 종일 담배를 피운다
물론 이건 시다 제발 현실로 착각하지 마시길.

– <담배를 피우는 이승훈 씨>

그는 3인칭시로 자신의 일상적 삶이나 시창작의 모습을 진술한다. 전
통시의 관습대로라면 단연 1인칭 화자를 시적 자아로 내세웠을 것이다.
그러나 이승훈은 1인칭 화자 대신 자신의 이름(고유명사)이나 3인칭 '그'
를 사용하여 언술행위의 주체와 언술내용의 주체를 확연히 구분한다. 1
인칭은 화자이지만 3인칭은 어디까지나 소재다.

시란 무엇인가라는 질문은 낭만주의자들처럼 시인이란 어떤 존재인가

의 문제로 대치된다. 이승훈의 시인론시로서 메타시는 자아탐구 양식과 구분되지 않는다. 그러나 그는 자신을 3인칭화함으로써 독특한 시인론시를 보이고 있는 것이다. 이 작품에서도 오규원의 〈안락의자와 시〉처럼 시인은 작품세계와 현실세계를 넘나드는 분열을 보인다.

시인론시는 반드시 자신만을 환기하지 않는다. 때로는 다른 시인의 환기물일 수도 있다. 중요한 것은 시인은 어떤 존재인가 하는 시인론인 점이다. 길이의 균형이 행갈이의 기준일 뿐 미완결시행으로 한 행에 불평등하게 의미를 많이 부여하는 것을 거부하고, 꿈의 개입으로 현실과 환상의 경계선이 붕괴되기도 하는 것이 이 메타시의 형식적 특징이다.

상호텍스트성과 자기반영성의 원리로서 패러디는 문학사처럼 개별작품들을 중립적으로 고립시키지 않고 상호관련 속에서 문학을 관찰하도록 요청한다. 패러디는 단순한 과거 보존이 아니라 과거를 끊임없이 새롭게 변용해 가는 미래지향적 열린 구조이기도 하다. 더욱이 자기반영성의 메타시는 분명 현대시의 새로운 가능성으로서의 전위성과 실험성의 의의까지 지니고 있다. 문학의 독창성과 개성을 훼손하고 표절(심지어 자기표절까지)한 혐의는 완전히 불식되지는 않지만 패러디는 글쓰기의 조건과 그 기반이 무엇인가, 도대체 글쓰기란 무엇인가라는 사회역사적이면서도 본질적인 문제에 정면돌파하는 글쓰기의 형식이다. 더구나 문학의 위기, 고급예술의 위기를 가져오는 배경으로 지목되는 영상매체시대에 패러디가 시사하는 문제는 다양하고 심각하다.

제 3 장

어조와 화자

I 시와 담화양식

새삼스러운 말 같지만 '인간적'이란 의미를 인간의 언어사용에서 찾을 수 있겠다. 휠라이트(P. Wheelwright)에 의하면 언어는 원형 중의 하나요, 인간의 본질적 특징도 인간이 화자인 동시에 청자라는 사실에 있다.[1] 화자가 있고 제재가 있고 그리고 반드시 청자가 있다. 심지어 독백의 경우에도 청자라는 의미가 잠재되어 있다. 왜냐하면 이 경우 자기 자신이 청자가 되기 때문이다. 이것은 그대로 시에 적용된다. 화자가 있으면 청자가 있다는 것은 이 양자 사이에 대화가 발생함을 의미한다. 대화는 극의 본질이다. 이런 점에서 시는 극의 요소를 지니고 있다.

우리가 시에 접근하고 시를 분석하는 길은 관점에 따라 다양해질 수밖에 없다. 시를 담화의 한 양식으로 보면 필연적으로 화자와 이 화자의 목소리인 어조가 연구의 대상이 된다. 흔히 '탈'(persona)이라 불리는 이 화자와 어조는 떼어놓고 생각할 수 없다. 시를 어떻게 읽을 것인가 하는 문제를 염두에 둘 때, 이것은 가장 유용한 방법 중의 하나가 된다.

리차즈(I. A. Richards)는 어조를 의미와 감정, 의도와 더불어 시의 총체적 의미를 형성하는 시적 의미의 하나라 했고, 웰렉(R. Wellek)과 워렌(R. P. Warren)은 내적 형식의 하나라고 했다. 일상생활에서 의미의 대부

---

1) P. Wheelwright, *Metaphor and Reality*(Indiana University Press, 1973), p. 124.

분은 어조에 의해서 지시된다. 일상생활에서의 어조는 무엇인가를 말할 때 태도를 지니는 것이다. 시에서도 마찬가지다. 시어의 의미는 어조에 따라 결정되므로 내포로서의 시어는 이 어조에 의해 독특한 의미를 지닌 것을 말한다. 따라서 시에서 언어선택은 어조에 따라 결정된다.

이런 어조는 제재와 청중(독자), 때로는 자기 자신에 대한 화자의 '태도'로 정의된다. 요컨대 '목소리'의 비유다. 이 목소리가 화자의 태도를 표현하는 것이다.[2]

II 개성과 태도

작가는 단순히 제재를 다루지 않는다. 그는 어떤 심적 상태에서 특수한 방법으로 또는 독특한 시각(perspective)에서 제재를 다룬다. 그는 결코 지적·정서적인 무의 상태에서 글을 쓰지 않는다. 작가는 글을 쓸 때 어떤 감정상태의, 비판하는 입장의 또는 지적으로 냉정한 어떤 존재가 된다. 그리하여 딱딱한(또는 공식적인)/ 부드러운(또는 비공식적인) 어조, 거만한/ 겸손한 어조, 냉정한/ 감정적 어조, 직선적/ 반어적 어조 등이 탄생한다. 이렇게 어떤 목소리를 선택하는가 하는 문제는 우선 제재에 대한 시인의 태도 또는 입장과 결부되어 있다. 그러나 우리가 주목해야 할 점은 그의 태도가 제재나 명제에 지배받지 않는다는(또는 지배받지 않아야 한다는) 점이다. 이것은 그 제재나 명제를 개성적으로 처리해야 한다는 뜻이다. 말하자면 그는 남의 목소리가 아닌, 자기 목소리를 가져야 하는 것이다. 따라서 그의 태도는 개성적 작가로서의 개성적 결

2) C. Brooks & R. P. Warren, *Understanding Poetry*(Holt, Rinehart and Winston, 1960), p. 181.

정, 곧 그가 특수한 청중에게 보여주고 싶은 자기 입장의 드러냄에 관한 결정이다. 여기에 시인의 진정한 자유가 있는 것이다.

　꽃은 시의 제재 중에서 인간의 감정과 사상을 표상하는 데 가장 애용되는 사물이다. 꽃을 대상으로 한 시에서 시인들의 다양한 태도를 발견하는 것은 그리 어려운 일이 아니다.

　　(ㄱ)
　　내가 그의 이름을 불러 주기 전에는
　　그는 다만
　　하나의 몸짓에 지나지 않았다.

　　내가 그의 이름을 불러 주었을 때
　　그는 나에게로 와서
　　꽃이 되었다.

　　내가 그의 이름을 불러 준 것처럼
　　나의 이 빛깔과 향기에 알맞은
　　누가 나의 이름을 불러다오
　　그에게로 가서 나도
　　그의 꽃이 되고 싶다.

　　우리들은 모두
　　무엇이 되고 싶다
　　너는 나에게 나는 너에게
　　잊혀지지 않는 하나의 눈짓이 되고 싶다.

　　　　　　　　　　　　　　　　　－ 김춘수, <꽃>

(ㄴ)
바라보면 볼수록 가깝고도 먼 얼굴
꽃이여

그대로 두면 한없이 고이 잠들어 버릴
너는 바람에 흔들리어 피었나니

일찍이 어둠 속에 반짝이던 너의 사념은
샛별처럼 하나 둘 스러져가라
너의 어깨 위로 새벽 노을이 퍼져옴은
만상으로 네 존재의 여백을 채우려 함이러니

너는 영원히 깨인 꿈
태양처럼 또렷한 의식!

– 김윤성, <꽃>

　(ㄱ)은 이미 여러 평자들에 의해 존재해명, 존재인식의 시로 지적된 작품이다. 독자는 우선 이 작품에서 시적 화자와 꽃과의 관계에 주목해야 한다. 시적 화자는 꽃과의 일체감을 몽상하지만, 이 작품의 시적 사건은 타자가 자기화된 상태도 아니고 자기의 타자화된 상태도 아닌, 주체와 객체가 양립하면서 서로가 서로의 존재근거가 되고, 존재 해명이 되고 있는 상태이기 때문이다. 이처럼 주체와 객체의 어느 한 쪽에도 일방향적인 강조의 횡포가 없다는 데에 이 작품이 흔히 사랑의 목소리로 수용되면서도 ‘인식의 시’라고 불리는 이유가 있다.
　이에 반해서 (ㄴ)에서 객체인 꽃은 극대화된 하나의 실체로 부각되고 있다. 물론 객체인 꽃을 주관적으로 윤색하고 객체에 의미를 부여하는 주체는 존재하지만, (ㄱ)의 경우와도 달리 대상을 예찬하는 모든 시가 그렇듯이, 주체는 독자가 거의 간과하리만큼 왜소화되고 객체가 상대적으로 독자의 관심을 독점하도록 철저하게 객체 중심의 시가 되어 있다. 다시 말하면 (ㄱ)은 주체와 객체의 관계에 초점을 두고 있고 객체인 꽃은 주체에 대해서(또는 위해서) 존재하는 객체의 일반성 자체로 존재하지만, (ㄴ)은 주체와 객체의 관계보다 객체인 꽃의 의미형성에 주력하고 있다. 그래서 (ㄴ)에서 꽃은 시적 자아에 의해 주관적으로 윤색되어 의미충실화가 이루어져 있지만, 주체인 시적 자아는 그만큼 객체에 종속되어 있는 역설적 인상을 준다. 물론 이것은 작품의 성공 여부와는 무관하다. 이것도 시인의 제재에 대한 하나의 태도다. 이처럼 제재를 처리하는 시인의 태도는 다양하고, 여기서 진정한 자기 목소리가 나오는 시인의 자유가 있는 것이다. 이것이 우리가 첫째로 유의해야 할 점이다.

그러나 시인의 자유는 여기에 머물지 않는다. 그가 다루는 제재는 언제나 동일할 수는 없다. 또한 그의 개성이라든가 자아도 통시적으로 언제나 동일하지 않다. 그의 개성은 타고날 때부터 주어진 것이 아니라 사회적 경험의 과정에서 발생되고 형성된다. 그러므로 그의 태도는 통시적으로 보아 정적·고정적·불변적인 것이 될 수 없다. 그의 태도는 그가 다루는 제재의 변화에 따라 또는 한 시기에 걸친 그 자신의 변화에 따라 변하기 마련이다. 그것은 정지되고 경직된 것이 아니라 다양하고 유연성을 띤 현상이다. 문체의 중요성은 여기서 발생한다. 왜냐하면 개성적 태도뿐만 아니라 이런 다양한 변화의 태도는 쓰는 방법, 즉 문체에 의해서 제기되기 때문이다.

(ㄱ)
따서 먹으면 자는 듯이 죽는다는
붉은 꽃밭 사이 길이 있어

아편 먹는 듯 취해 나자빠진
능구렁이 같은 등어릿길로 님은 달아나며 나를 부르고 ……
강한 향기로 흐르는 코피

두 손에 받으며 나는 쫓느니

밤처럼 고요한 끓는 대낮에 우리 둘이는 왼 몸이 달아 ……

(ㄴ)
신라의 어느 사내 진땀 흘리며
계집과 수풀에서 그 짓 하고 있다가
떨어지는 홍시에 마음이 쏠려
또르르르 그만 그리로 굴러가 버리듯
나도 이제 고로초롬만 살았으면 싶어라

쏘내기속 청솔 방울
약으로 보고 있다가
어쩌면 고로초롬은 될 법도 해라.

　(ㄱ)은 미당의 초기 작품인 〈대낮〉이고 (ㄴ)은 그의 후기작인 〈우중유제(雨中有題)〉다. 주지하다시피 미당의 후기작인 〈우중유제〉에도 성행위의 강렬한 관능이 독자를 자극하고 이런 관능적 상황의 윤색에 적절한 비속어인 "사내", "계집"이란 시어가 사용되고 있다. 이것이 (ㄱ)과 (ㄴ)의 동일성이다.
　그러나 작품의 제목 자체가 환기하고 있듯이 이 두 작품은 전연 대조적인 어조의 태도를 보여 주고 있다. (ㄱ)의 시적 자아가 관능의 세계에 몰입되어 있고, 그의 어조가 "밤처럼 고요한 끓는 대낮에/ 우리 둘이는 왼 몸이 달아 ……"처럼 매우 흥분된 목소리로 일관되지만 〈우중유제〉에는 삶을 달관한 차분한 어조가 그것도 유머러스하게 나타나고 있다. (ㄴ) 시의 묘미는 김우창 교수의 정곡을 찌른 지적처럼 "신라의 어느 사내 진땀 흘리며/ 계집과 수풀에서 그 짓 하고 있다가"의 '몰입'과 "떨어지는 홍시에 마음이 쏠려/ 또르르르 그만 그리로 굴러가 버리듯/ 나도

이젠 고로초롬만 살았으면 싶어라"의 '초연'이라는 일종의 대위법적 상황구성에 있다.

인간의 개성(identity)은 시간의 경과 가운데 형성되고, 또 새로운 개성 형성을 위해 끊임없이 자기해체의 과정을 겪는다. 사르트르의 말처럼 인간은 자유에 처단된 존재다. 그는 끊임없이 자기를 만들어 간다. 그리고 그 궁극적 목적은 개성의 완전한 초월이다. 이 초월을 종교적 용어로 말하면 선의 경지나 열반의 경지며, 초시간적 차원이다. 이 초월의 자리에 〈우중유제〉가 놓인다. 이처럼 개성의 끊임없는 형성과 초월의 과정에서 다양한 시적 개성과 다양한 문체가 나타나고, 따라서 다양한 토운이 가능해진다.

하나의 문체로 모든 사물에 대해서나 모든 독자들에 대해서 쓴다는 것은 오류이며, 이것은 일종의 전체주의다. 그리고 시인은 평생 하나의 목소리만 가지고 시를 쓰지 않는다. 미당의 초기시의 소재나 독자가, 후기시의 소재나 독자와 다르듯이 그의 시적 개성도 결코 고정적일 수 없다(그러나 이것은 '미당 특유의 목소리'라는 총체적 시적 개성이 없다는 말은 결코 아니다). 시인의 자유는 세계의 상이한 사건들에 대해 '자기'의 다른 여러 태도를 취함으로써 나타난다. 그리하여 그는 다양한 어조의 태도로써 공시적이든 통시적이든 자유를 보여준다.

Ⅲ 풍자

제재에 대한 태도로서 가장 주목되는 어조는 풍자의 어조다. 풍자는 일반적으로 인간의 어리석음과 악덕, 부조리한 사회현실을 폭로하고 비판하는 문학형태다. 따라서 풍자는 사회적 기능을 수행하는 사회적 문학양식이다. 그러나 이런 폭로나 비판 자체가 풍자의 목적이 아니다. 그것은 어리석거나 부도덕한 인간에게 마땅히 그러해야 하는, 언젠가는 진정으로 이루어야 할 바의 인간이 되게 하고, 부조리한 현실을 극복하여 당위적 현실을 지향하는 개선에 목적이 있다. 이런 개선의 의도를 지닌 점에서 풍자는 야유와 구별된다.

풍자는 있는 그대로의 현실과 있어야 하는 현실의 차이를 날카롭게 의식하는 데서 비롯되지만 그 풍자는 결코 초월적인 것을 지향하지 않는다. 그것은 인간이 행하는 것, 인간이 지향하는 것, 인간에 관한 모든 것에만 관심을 가진다. 동·식물이나 사물이 주인공인 경우라도 우화나 가전체 소설처럼 그것들은 모두 의인화되어 궁극적으로 인간에 관한 것이 된다.

풍자는 인간과 삶의 세계에 관한 모든 것에만 관심을 두고 있기 때문에 가장 세속적인 문학형태이며, 인간과 세계를 날카롭게 인식하는 사실주의 정신의 산물이다. 이런 사실주의 정신은 인간과 세계를, 거리를 두고 냉정히 관찰하는 지성을 당연히 필요로 한다. 풍자는 제재에 대한 가장 지적인 태도의 산물이다. 또한 인간의 악덕과 현실의 부조리를 폭로·비판하는 풍자는 개화기의 우국시가에서 볼 수 있는 것처럼 일종의 저항문학이며 보국문학이다.

공격성은 풍자의 본질적 특징이다. 이런 점에서 풍자는 유정골계인 해학(humor)과 대립된다. 해학이 대상을 부정하면서도 이 부정의 대상에 동정적인 반면에 풍자는 대상을 철저하게 부정하는 것이다. 그것은 신랄하고 사나운 어조다. 그러나 풍자의 공격은 어디까지나 '간접적'이다. 정면공격이 어려운 상황에도 그 원인이 있지만 풍자는 본질적으로 다른 것에 빗대어 대상을 공격한다.

무명의 섬에 탕(蕩)이라는 큰 뱀이 있어 그것이 변화해 양철경(洋鐵鯨)이 되었다. 양철고래가 성나면 피의 해일이 삼천리요, 구만리 하늘이 원혼들의 절규로 시끄럽다. 무릇 졸졸 따르는 졸개무리들이

많지 않으면 저 양철고래는 큰 지느러미를 젓지 못할 것이다. 게와 말미잘은 움추리며 투덜댄다. '우리는 조금만 앞쪽으로 가려 해도 정면이 두려워 옆으로 걷게 되고, 한번 뒤집히면 발버둥치다 겨우 일어나는데, 어째서 양철고래는 찌그러지지도 않고 저리 당당하게 온 바다를 뒤흔들며 다니는가?' 작은 조직은 큰 조직에 미치지 못하고, 나약함은 광폭한 힘에 눌리기 마련이다. 그러므로 소심한 새우는 딱딱한 소라껍질 속에 몸을 감추고, 심해어는 심연의 뼈다귀를 뜯다 해골을 닮을 뿐이며, 그들의 공포는 입 안에 톱니빨 그득한 양철고래의 너털 웃음에 죽은 척해야 할 정도이다. 정신병원의 과대망상 환자가 아니라면 감히 누가, 나는 제법 큰놈이다라고 뽐낼 것인가. 양철고래 앞에서 왕새우나 왕멸치가 우쭐대는 꼴과 같은 것이다.

– 최승호, <양철고래>

이것은 억압체제의 물리적 폭력을 풍자한 전형적인 동물우화시다. 인간의 세계를 동물세계와 동일시한 이런 우화적 수법 자체는 벌써 격하의 의미를 함축하고 있다. 풍자는 드높이는 문학이 아니라 깎아 내리는 문학이다.[3] 그래서 골계미의 한 변형인 만큼 풍자는 숭고미가 우리에게 외경감을 불러일으키는 것과는 달리 우리를 웃게 한다. 다시 말하면 풍자의 대상에 대하여 희극적 반응을 자아내도록 한다. 풍자가 진지성과는 가장 거리가 먼 문학형태로 지적되는 것은 이 때문이다.[4]

하느님은
요즘 계속 졸고 계신다
눈을 뜨고
맑고 깊게 사물을 가늠해 볼 여유가 없다.

---

3) A. Pollard, *Satire*(송낙헌 옮김, 서울대출판부, 1978), 13쪽.
4) N. Frye, *Anatomy of Criticism*(임철규 옮김, 한길사, 1982), 218쪽.

옛날엔
단지 밤에만 주무셨다
주무실 동안엔
풀벌레까지도 함께 잠들어 꿈꾸었고
자신도 흥건히 꿈 속에 빠져들 수 있었다.

어쩌다 마른 기침 소리만 내어도
아주 잠에 곯아떨어진
땅 속의 두더지와
아슬한 가지 끝에서 숙면하던 날짐승까지도
흠칫 놀라 눈을 떴다.

나는 그때 깨어 일어났다가
다시 잠들어야 했다.

그때는 생물들이
한결같이 하느님 편이어서
그를 극진히 보살폈다.

요즘은
너무 변괴스러운 일이 많아
한밤에도 잠자리를 펴지 못하고
천상에서 안절부절못하는 노인
하느님이 한낮에도 졸고 있는 이상
우리는 모두 불면증으로 고생하게 된다.

– 김규태, <졸고 있는 신>

이 작품은 신이 인간이나 자연과 조화적 통일체를 이루었던 과거와는 달리, 신을 분열·단절 속에서 무력하고 고뇌하는 존재로 격하시킴으로써 우리 삶의 온갖 부조리를 풍자하고 있다. 여기서 차분하고 점잖은 어조는 매우 주목된다. 왜냐하면 점잖게 욕하는 것은 사실 어려운 일이지만, 골계미를 자아내는 풍자의 한 태도이기 때문이다.

이런 풍자는 기지·조롱·아이러니·야유·냉소·패러디 등 여러 기교를 가지며, 이런 기교들 자체는 풍자의 어조가 된다.

> 골목처럼 그림자진
> 거리에 피는
> 고독이 매독처럼
> 꼬여 박힌 8자면,
> 청계천변 작부를
> 한 아름 안아 보듯
> 치정 같은 정치가
> 상식이 병인양하여
> 포주나 아내나
> 빚과 살붙이와
> 현금이 실현하는 현실앞에서
> 다달은 낭떠러지!
>
> — 송욱, <하여지향(何如之鄕)·5> 중에서

이 작품은 말재롱(pun)을 구사한 전형적인 풍자시다. 말재롱은 소리는 같거나 유사하지만 뜻이 전혀 다른 말이나, 두 개의 뜻을 가진 단어의 표기만 다를 뿐 발음과 뜻이 유사한 단어를 사용하는 놀이를 말한다. "치정 같은 정치", "현금이 실현하는 현실" 등은 일종의 언어유희다. 이런 희극적인 말재롱으로 시인은 부조리한 사회현실을 신랄히 비판하고 있다. 말재롱의 희극적이고 신랄한 어조는 이미 조선조의 유명한 김삿갓 시에서 찾을 수 있다.

아이러니는 풍자의 세련된 어조에 해당한다.

　　심장을 만듭니다.
　　풍선에 바람을 불어넣어
　　색칠을 합니다.

　　원래의 심장은
　　지난 여름 장마때
　　피가 모조리 씻겨 빠졌습니다.

　　그리고 장마 뒤에 불볕 속에서
　　내 심장
　　빈 껍데기만 남은 그것은
　　허물처럼 까시까실 말라 버렸습니다.

　　이제는 쓸모가 없게 된 심장
　　한데도 사람들은 여전히
　　심장을 달랍니다.

　　드리고 말고요
　　어렵잖은 일입니다.
　　당신의 맘에 꼭 드는
　　예쁘장한 심장.

— 이형기, <풍선심장>

　조금이라도 분별력 있는 독자라면 이 작품에서 두 개의 어조를 쉽게
간파할 것이다. 겉으로 드러난 어조와 속에 숨은 어조의 이중성이 아이
러니의 본질이다. 겉으로 나타난 어조는 거짓 자아의 것이고 속에 숨은

어조는 진정한 자아의 것이다. 시인은 아이러니로써 인간들의 진정한 만남이 불가능한, 앙드레 지드(A. Gide)의 《사전꾼들》의 용어를 빌리면, 위조화폐만이 유통되는 현실의 허구성을 풍자하고 있는 것이다. 위선은 풍자가 항상 즐겨 다루는 악덕의 하나이며, 그래서 풍자는 '진리의 방패'[5]라는 효용론적 가치를 지닌다.

아이러니의 세련미와는 달리 문체의 수준을 낮춤으로써 풍자적 효과를 획득할 수 있다.

> 장만섭씨(34세, 보성물산주식회사 종로 지점 근무)는 1983년 2월 24일 18 : 52# 26, 7, 8, 9 …, 화신 앞 17번 좌석버스 정류장으로 걸어간다. 귀에 꽂은 산요 레시바는 엠비시 에프엠 "빌보드 탑텐"이 잠시 쉬고, "중간에 전해드리는 말씀", 시엠을 그의 귀에 퍼붓기 시작한다.

> 쪼옥 빠라서 씨버 주세요, 해태 봉봉 오렌지 쥬스 삼배권!
> 더욱 커졌씁니다, 롯데 아이스콘 배권입다!
> 뜨거운 가슴 타는 갈증 마시자 코카콜라!
> 오 머신는 남자 캐주얼 슈즈 만나 줄까 빼빼로네 에스에스 패션!

> 보성물산주식회사 종로 지점 근무, 34세의 장만섭 씨는 산요 레시바를 벗는다. 최근 그는 머리가 벗겨진다. 배가 나오고, 그리고 최근 그는 피혁 의류 수출부 차장이 되었다. 간밤에도 그는 외국 바이어들을 만났고, "그년"들을 대주고 그도 "그년들 중의 한 년"의 그것을 주물러거리고 집으로 와서 또 아내의 그것을 더욱 힘차게, 더욱 전투적이고 더욱 야만적으로, 주물러 주었다. 이것은 그의 수법이다. 이 수법을 보성물산주식회사 차장 장만섭 씨의 아내 김민자씨(31세, 주부, 강남구 반포동 주공아파트 11325동 5502호)가 낌

---

5) D. Dafoe의 말. A. Pollard, 앞의 책, 7쪽에서 재인용.

새챌 리 없지만, 혹은 챘으면서도 모른 체해 주는 김민자 씨의 한 수 위의 수법에 그의 그것이, 그가 즐겨 쓰는 말로 "갸꾸로, 물린 것"인지도 모르지만, 그가 그의 아내의 배 위에서, "그년"과 놀아난 표를 지우려 하면 할수록 보성물산주식회사 차장 장만섭 씨는 영동의 룸쌀롱 "겨울바다"(제목이 참 고상하지. 시적이지. 그지?)의 미스쵄가 챈가 하는 "그년"을 더욱 더 실감으로 만지고 있는 것이다.

아저씨 아저씨 잇짜나요 내일 나제 아저씨 사무실 아프로 나갈께 나 마신는거 사 줄래

커 죠티(보성물산주식회사 장만섭 차장은 '일간스포츠'의 고우영 만화에 대한 지독한 팬이다)

잇짜나요, 그리구,

— 황지우, <徐伐, 셔블, 셔볼, 서울, Seoul>

이 작품은 간접적 풍자형태를 취하고 있다. 직접적 풍자에서 풍자적 음성은 일인칭 화자의 목소리이지만 간접적 풍자에서는 풍자의 대상이 되는 인물의 생각·말씨·행위에 의해 그 인물과 인물의 견해를 우스꽝스럽게 만든다.[6] 이 작품의 주인공인 장만섭 씨는 가정과 직장에 매우 충실하고 능력 있는 인간이다. 그러나 가정과 직장에 충실할수록 그는 더욱 도덕적 감각이 마비되어 가는 부도덕한 인간이 되어가는 것이다. 요컨대 그는 도시의 전형적인 속악한 인간이다. 시인은 직접적 풍자와는 달리 자신의 목소리, 곧 풍자적 음성을 감추고 객관적으로 주인공의 타락된 일상생활을 보고하고 있다. 이런 속악한 주인공에 어울리도록 시인은 일상구어체는 물론 비속한 문체를 구사하며 풍자적 효과를 최대한 발휘한다.

이 작품의 제목 "徐伐, 셔블, 셔볼, 서울, Seoul" 자체도 기이하기보다 매우 함축적이다. 한자에서 시작하여 알파벳으로 끝나는 표기의 변화는

---

6) M. H. Abrams, *A Glossary of Literary Terms*(권택영·최동호 옮김, 새문사, 1985), 258쪽 참조.

프라이의 양식(mode) 개념을 상기시킨다.[7] 주인공과 그를 에워싼 환경의 변화에 따라 문학이 역사적으로 유형화된다는 것이 프라이의 양식개념인데, 그 마지막 단계가 우리보다 훨씬 못한 인간과 환경이 제시되는 풍자적 양식이다. 이 작품의 세계는 물론 프라이의 풍자적 양식에 해당하며, 제목의 표기변화가 벌써(시인이 실제로 의도했던 안 했던 간에) 이것을 함축하고 있는 것이다. 그리고 매우 노골적인 성적 묘사도 오늘날 풍자의 한 수단으로 이용되고 있다.

풍자는 이처럼 다양한 기교를 통하여 다양하고 특징 있는 어조를 표현한다. 작품 자체의 구조면에서 보면 어조는 소리 또는 리듬, 이미지, 행과 연의 형태와도 밀접히 연관되어 있다.

Ⅳ 어조창조의 시적 장치

언어에는 논리적 가치와 심리적 가치가 있다. 즉, 의미전달과 감정적 토운의 표현이 언어의 두 가지 힘이다. 콜웰(C. C. Colwell)은 이를 다음과 같이 도해해서 설명하고 있다.[8]

---

7) N. Frye, 앞의 책, 49~51쪽. 프라이는 주인공의 능력에 따라 문학이 신화에서 로만스 → 상위모방 → 하위모방 → 풍자(아이러니)의 형태로 전이되어 왔다고 기술하고 있다.

8) C, Carter Colwell, *A Student's Guide to Literature*(이재호·이명섭 옮김, 을유문화사, 1973), 305~306쪽.

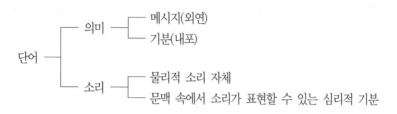

이 도해에서 볼 수 있듯이 우리의 일상생활에서뿐만 아니라 시에서도 심리적 기분에 의해서 의미의 대부분이 제시됨을 알 수 있다. 콜웰에 의하면 이 경우 토운은 전달된 기분이며, 시 구조의 기초가 된다. 따라서 시인은 이 토운을 염두에 두고 언어를 선택하며, 우리는 시의 구성 요소인 운율, 비유적 표현, 이미저리의 패턴을 포함한 시법의 구조적인 면을 밝히고, 이 요소들을 토운에 관련지어야 한다고 한다. 그러므로 토운이란 걸 염두에 두고 시에 접근할 때 시의 음향구조, 이미지의 패턴, 행과 연의 형태 등의 분석에 주력하게 됨은 말할 필요도 없다.

(ㄱ)
삭풍(朔風)은 나무끝에 불고 명월(明月)은 눈 속에 찬데
만리변성(萬里邊城)에 일장검(一長劍) 짚고서서
긴파람 큰한소리에 거칠것이 없애라.

(ㄴ)
내 마음의 어딘듯 한편에 끝없는 강물이 흐르네
돋쳐 오르는 아침날빛이 빤질한 은결을 도도네
가슴엔듯 눈엔듯 또 핏줄엔듯 마음이 도른도른 숨어 있는 곳
내 마음의 어딘듯 한편에 끝없는 강물이 흐르네

(ㄱ)은 김종서의 작품이다. 시조에는 운율적 조작뿐만 아니라 의미와 결합된 음질(timbre)로써 시적 효과를 보여주고 있는 작품이 많다. (ㄱ)

의 시조는 파열음과 마찰음 등 불쾌음의 음질이 지시내용과 어울려 웅혼한 남성적 토운을 십분 나타내고 있다. 이에 반해서 김영랑의 작품 (ㄴ)은 모음 'ㅡ에'와 유성자음 'ㅡㄴ, ㅡㄹ' 등 쾌미음의 반복 패턴으로 부드러운 여성적 토운을 나타내고 있다. (ㄱ)의 부동감과 (ㄴ)의 지속감은 이런 다른 음질의 토운으로 더 한층 대조적으로 부각되는 것이다. 이와 같이 강조된 음표상의 형태와 내용이 결합되어 내적이고 서정적인 긴밀성의 효과가 나타나며 토운 그 자체의 주된 특징은 시의 효과를 위해 말해지는 소리의 주된 특질에 내재하는 것이다. 여기서 언어학자의 음향·음운분석이 눈보다 귀에 더욱 적절한 소리의 종류를 분간하고 듣는 데 도움을 주고 있는 것은 말할 필요도 없다.

앞에서 말한 것처럼 리듬과 이미저리도 토운의 창조에 구조적으로 기여한다. 바꾸어 말하면 리듬과 이미저리는 어조에 의존한다.

> 빼어난 가는 잎새 굳은 듯 보드랍고
> 자줏빛 굵은 대공 하얀 꽃이 벌고
> 이슬은 구슬이 되어 마디마디 달렸다.
>
> — 이병기, <난초>

화자의 주관이 전혀 투영되지 않은 채, 묘사적 이미지로만 구성되어 있는 이 작품에서 우리는 매우 차분한 어조를 느낀다. 이 차분한 어조에서 우리는 조선조 사대부들의 자연시를 쉽게 상기할 수 있을 것이다. 왜냐하면 조선시대 사대부들이 주객일치라는 유교적 이념을 자연시를 통해 표현했을 때 사실은 자아멸각의 상태, 곧 주관을 투영하지 않은 상태에서 차분한 어조를 필연적으로 선택했기 때문이다.

이 작품의 차분한 어조는 물론 난초라는 시적 대상의 특질에 근거한다. 다시 말하면 난초의 여러 이미지들이 이 작품의 어조를 차분하게 한다. 동양화의 사군자로서 난초와 격정의 어조는 전혀 어울리지 않기 때문이다.

조선시대 사대부의 정적인 미감과 보수적 세계관은 시조에서 4음보의 안정된 리듬으로 구현된다. 그래서 4음보의 율격은 자연스럽게 차분한 어조를 띠게 마련이다. 이 작품은 4음보의 율격뿐만 아니라 초·중장에서 3·4음절이 반복되고 종장은 3·5·4·3의 음절로 된 시조의 음수율을 정확히 지키고 있다. 다시 말하면 리듬도 차분한 어조의 창조에 기여하고 있으며, 이것을 미의식과 세계관에 결부시켜 기술할 수 있는 것이다.

시에서 행과 연의 패턴은 시적 효과를 위한 미적 의장이요, 그 자체가 하나의 감각적 형태가 된다. 시인이 행과 연의 배열에 고심하는 이유가 여기에 있다. 시행은 말소리의 단위이자 말뜻의 단위다. 그러나 시인은 그 소리와 의미의 예술적 효과를 위하여 행의 집합인 연을 모자이크적으로 조절하여 변화를 부리기도 한다. 이런 행과 연의 패턴에 따라 토운이 조절됨은 말할 필요 없다.

그립다
말을 할까
하니 그리워

그냥 갈까
그래도
다시 더 한번 ······

— 김소월, <가는 길>

소월은 음조에 새로운 생명을 주기 위하여 같은 7·5조라도 그대로 쓰지 않고 행을 여러 가지로 변화시켜 시에다가 음조미를 주는 데 퍽 고심했다.[9] 이 작품에서 7·5조 2음보를 3·4·5의 행으로 배열함으로써 단조로움을 피하고 각 행이 소리와 의미의 단위로써 변화에 조응하

---

9) 김억, 〈素月의 追憶〉《素月詩集》(정음사, 1955), 286~287쪽 참조.

고 있다. 이렇게 행의 변화로써 이 시는 님과 이별하는 시적 화자의 내면적 갈등의 망설이는 몸짓을 선연하게 하고, 불안정 속에 혼자 지껄이는 화자의 목소리에 리얼리티를 주고 있다.

V   어조와 시의 유형

시를 담화의 일종으로 보면 아래의 도표와 같이 화자와 청자, 텍스트의 3요소로 이루어지는 수평적 관계를 매우 자연스럽게 상정할 수 있다. 여기서 수평적 관계란 효용론적 전달단계다. 모든 전달은 발신자가 보내는 메시지에 의해 성립되고 그 도착점은 수신자다.

화 자 (시인)	→	메시지 (텍스트)	→	청 자 (독자)

이런 전달체계를 해명하는 데 유용하고 규범적이어서 많이 원용되는 이론은 야콥슨(R. Jakobson)의 수평설이다.[10] 그에 의하면 전달체계는 발신자, 수신자, 메시지, 접촉, 신호체계, 맥락 등 6요소로 이루어진다.[11]

---

10) R. Jakobson, Closing Statement : Linguistics and Poetics, Thomas A. Sebeok(ed.), *Style in Language*(The M.I.T. Press, 1960), pp. 353~357. 이에 대한 해설은 Terense Hawkes, *Structuralism and Semantics*(오원교 옮김, 신아사, 1988), 114~118쪽 참조.

11)

발신자	맥락 메시지 접촉 신호체계	수신자	정감적	지시적 시적 친교적 초언어적	사동적

이 요소는 실상 언어의 여섯 가지 기능이다. 말하자면 발신자의 메시지가 수신자에게 옮겨가는 과정에서 메시지는 신체적이거나 심리적인 '접촉'을 통해서 전달되고, 또 반드시 신호체계(약호)에 담겨야 하며, '맥락'(관련상황)을 지시해야만 소기의 의사소통이 가능해진다. 그런데 이 기능들은 모두 균형을 이루는 것이 아니라 전달이 여섯 개의 요소 중 어느 요소로 지향하느냐에 따라 어느 한 기능이 우세해진다.

전달체계의 요소들과 이에 상응하는 언어기능들에 근거한 야콥슨의 이론은 무엇보다 시의 어조를 분석하고 이 어조를 기준으로 시를 유형화할 수 있는 이점이 있다. 앞에서 이미 정의된 것처럼 시의 어조가 제재와 독자와 그리고 화자 자신에 대한 태도라고 할 때 이것은 벌써 지향점의 차이에 따라 어조가 달라지고 이 어조의 차이가 시의 여러 유형이 된다는 사실을 함축하고 있다.

첫째 유형으로 전달이 화자(발신자)를 지향해서 언어의 '정감적' 기능이 우세해지는 경우다. 서정시가 외침소리(아! 오! 하는 외침소리는 언어의 표현적 기능만 작용한 경우다)를 발전시킨다는 진술은 여기에 해당한다. 이것은 전달내용에 대한 화자 자신의 정서적 반응이 강조되는 유형이다. 따라서 이때 어조는 감탄·정조의 양상을 띤다.

> 그날이 오면 그 날이 오며는
> 삼각산이 일어나 더덩실 춤이라도 추고,
> 한강물이 뒤집혀 용솟음칠 그날이,
> 이 목숨이 끊기기 전에 와주기만 할 량이면
> 나는 밤하늘에 날으는 까마귀 같이

여기서 '접촉'이란 예컨대 정보를 끌어내기에 앞서 '안녕하십니까' 등 인사말로 운을 떼는 것이고, '신호체계'란 말하기·글쓰기, 한국어·영어 등 언어형식이며, '맥락'이란 의미를 획득하게 하는 지시물이다. 또 접촉에 지향하는 '친교적' 기능이란 인사말 등으로 발신자와 수신자 사이의 언어적 접촉을 원활하게 하는 기능이며, '초언어적' 기능은 발신자가 발화도중에 '아시겠어요'와 같은 말로써 자신의 말이 올바로 전달되었는지 확인하는, 자신의 발화를 반성하는 언어다.

종로의 인경을 머리로 들이받아 울리오리다
두개골은 깨어져 산산 조각이 나도
기뻐서 죽사오매 오히려 무슨 한이 남으오리까.

- 심훈, <그 날이 오면>

이 시의 어조는 매우 격렬하고 그만큼 화자 자신의 정감적 반응이 강조되고 있다. 서정시의 목적이 자기표현이고 서정이 자기표현의 주종이 되는 이상, 서정시에서 일인칭 화자 '나'를 지향하는 표현적 기능이 우세해지기 마련이다. 주정시는 그 표본이다. 그러나 1920년대 초 감상적 낭만시처럼 언어의 표현기능이 지나치면 그만큼 미적 가치는 소멸되는 것이다.

둘째 유형으로 전달이 청자(수신자)를 지향함으로써 대화적 성격을 띠게 되는 경우다. 이인칭 '너'를 지향할 때 언어는 '사동적'(지령적) 기능이 우세해진다. 이것은 전달내용에 대한 청자의 반응을 요구하는 것이 목적이다. 따라서 이 유형의 시에서 어조는 명령·요청·권고·애원·질문·의심 등의 양상을 띤다. 이때 일인칭 화자가 이인칭 '너'에 대하여 종속적이냐 아니냐를 함께 검토할 필요가 있다.

(ㄱ)
멀리 노루새끼 마음놓고 뛰어 다니는
아무도 살지 않는 그 먼 나라를 알으십니까?

그 나라 가실 때에는 부디 잊지 마셔요
나와 같이 그 나라에 가서 비둘기를 키웁시다.

(ㄴ)
가을에는
기도하게 하소서 ……

낙엽들이 지는 때를 기다려 내게 주신
겸허한 모국어로 나를 채우소서.

(ㄷ)
기침을 하자
젊은 시인이여 기침을 하자

(ㄹ)
그럴듯한 녀석들은 대학원에 들어가
사랑보다 책 사 읽기에 바쁘고
하나 둘 기성복에 몸 맞추며
여편네와 허가받은 작부밖에 모르는 사내들
속절없이 외로워
당신은?
안녕히 비워 두셨나요
예고없이 비 내릴 때
오세요.

　(ㄱ)은 신석정의 전원적 목가시 〈그 먼 나라를 알으십니까〉이고, (ㄴ)
은 김현승의 신앙시 〈가을의 기도〉이고, (ㄷ)은 김수영의 〈눈〉이고, (ㄹ)
은 이윤택의 배역시 〈진이(眞伊)〉이다. 열거된 이 모든 구절들은 형식상
청자의 반응을 요청하고 있다. 그리고 두드러지게 청유형이나 명령형
어미가 사용되고 있다. 이런 유형은 (ㄱ)과 (ㄴ)의 작품처럼 서정적일 수
도 있지만 개화기 시가처럼 목적시에 가장 어울리는 형태이다. 서간체
형식의 시, 송가(찬가), 식민지 시대의 선동적인 카프시, 정치적 투쟁가
등도 이 범주에 속한다.
　셋째, 전달이 맥락을 지향할 때 언어의 지시적(정보적·표상적) 기능이
우세해지는 유형이다. 이것은 구체적이고 객관적인 정보를 전달하는 것

을 목적으로 한다. 이렇게 전달이 작품의 제재 곧 화제의 지향일 때(3인
칭 또는 탈인칭의 지향일 때) 어조는 정보전달에 적합한 소개·사고 등의
사실적·명시적 양상을 띤다.

> 학생들의 교복이 자율화된 시대
> 운전기사 강씨네는
> 연탄방에서 산다
> 마누라는 안집의 빨래를 해 주지만
> 밥은 따로 해먹는다
> 미스터 강은 레코드로얄을 끈다.
>
>   - 김광규, <이대(二代)> 중에서

이 시에서 화자의 존재는 거의 느끼지 못할 정도로 객관적 보고자의
중립적 역할을 하고, 우리는 작품이 환기하는 관련상황에 관심을 집중
하게 된다. 묘사시, 서술시, 참여시, 리얼리즘시 등이 이 범주에 속한다.
따라서 반사실주의적 추상시(절대시)는 언어의 지시적 기능이 가장 약화
된 시유형이다.

넷째, 언어의 시적(미적) 기능이 우세해지는 경우다. 이것은 전달이 텍
스트(메시지) 자체에 지향하는 경우다. 여기서 텍스트 자체를 지향한다는
것은 표현방법에 지향한다는 뜻이다. 시적 기능은 말할 것도 없이 미적
효과를 목표로 한 것이며, 따라서 이 기능은 본질적으로 시를 시답게
하는 기능으로서, 시에 우세한 것이라는 점에서는 따로 유형화할 필요
가 없다. 다시 말하면 시적 기능은 모든 시에 우세하면서 정감적 기능
이나 지시적 기능 또는 사동적 기능을 수반하는 것이다. 그러나 유난히
시적 기능이 우세한 경우가 있다. 김영랑의 순수시나 김춘수의 무의미
시(추상시)가 그것이다.

활자 사이를
코끼리 한 마리 가고 있다
잠시 길을 잃을 뻔하다가
봄날이 먼 앵두밭을 지나
코끼리는 활자 사이를 여전히
가고 있다
너무 작아서 보이지는 않는
코끼리
코끼리는 발바닥도 반짝이는
은회색이다.

– 김춘수, <은종이>

이 무의미시는 화자나 청자의 존재를 전혀 암시하지 않는다. 그렇다고 작품 밖의 어떤 대상도 갖고 있지 않다. 어떤 추상적이고 비현실적인 세계만이 보일 뿐이다. 따라서 지시적 기능이 무화되어 있다. 그 대신 우리는 우람한 코끼리가 활자 사이를 걸어가는 비논리적 이미지의 결합방법, 그러니까 데뻬이즈망 기법에 관심이 초점화될 수밖에 없다. 여기서의 어조도 쉽게 접근할 수 있는 친숙한 인간의 어조가 아니라 익명의 어조가 되고 있다.

이 밖에 메타시 또는 패러디시는 언어의 메타적 기능이 우세한 시유형으로 기술할 수 있으나, 이것은 어조의 문제와는 거리가 멀다. 그리고 친교적 기능은 사동적 기능이 우세한 대화적 서정시에 포함되지만 "이상이 나무에/ 대한 명상이다/ 끝"(이승훈, 〈나무에 대한 명상〉) 또는 "물론 이건 시다 제발 현실로 착각하지 마시길"(이승훈, 〈담배를 피우는 이승훈〉)이나 "…… 당신도 조심하라구/ 나를 체포한 아내는 생활이었어!"(장정일, 〈체포〉)처럼 시인이 작품 밖의 독자에게 직접 말을 건내는 형식 등 주로 실험시에서 두드러진다. 면밀한 검토가 필요한 분석의 과제이다.

앞에서 이미 기술했듯이 어조는 화자를 떼어놓고 생각할 수 없다. 어조는 궁극적으로 화자의 문제다. 왜냐하면 어조는 화자의 인격이나 신분 또는 마음의 상태 등을 나타내기 때문이다(또한 어조는 청자의 신분, 정신상태도 드러낸다). 화자는 현대시론에서 매우 주목되고 있으며, 미학상의 여러 문제를 제기하고 있다. 본서에서 어조와 관련된 화자를 따로 독립된 장으로 다룬 것은 이 때문이다.

02절 퍼소나

Ⅰ 개성론과 몰개성론

  1980년대 말 민중시처럼 화자의 정체가 뚜렷이 나타나는 경우도 있고, 사물시나 김춘수의 무의미시처럼 화자의 개성을 좀처럼 포착할 수 없는 경우도 있다. 그러나 리듬과 이미지가 시의 구성원리이듯이 화자도 시의 구성원리다. 화자라는 장치는 모든 시에 현존하며 모든 시에 작용하는 필수적 조건이다. 이런 화자를 음미하는 일이 매우 중요한 이유는 시를 전체적으로 보다 명확히 보다 완전하게 이해하도록 해 준다는 사실에 있다.

  시의 화자는 시적 자아, 서정적 자아, 서정적 화자, 상상적 또는 가상적 자아 등으로 불린다. 시의 구성요소들 중에서 시적 자아를 무엇보다도 중시하는 북한의 경우 '서정적 주인공'이란 용어만 채용하고 있는 것은 흥미 이상의 시사성을 함축하고 있다. 이런 화자를 분석할 때 시인과 화자를 어느 정도 동일시해야 하는가 하는 문제를 먼저 제기할 수 있다. 화자와 시인을 동일시하는 경향은 자연스러운 것이다. 왜냐하면 시는 수필과 마찬가지로 가장 주관적이고 고백적인 장르이기 때문이다. 이 화자를 실제 시인과 동일시할 때 시는 곧바로 자전적인 것으로 간주된다.

  청마는 가고
  지훈도 가고

그리고 수영의 영결식
그날 아침에는 이상한 바람이 불었다
그들이 없는
서울의 거리
청마도 지훈도 수영도
꿈에서조차 나타나지 않았다
깨끗한 잠적
다만
종로2가에서
버스를 내리는 두진을 만나
백주 노상에서
몇 마디 이야기를 나누고
어느 젊은 시인의
출판기념회가 파한 밤거리를
남수와 거닐고
종길은 어느날 아침에
전화가 걸려왔다
그리고
어제 오늘은 차 값이 사십원
십오프로가 뛰었다.

– 박목월, <일상사>

박목월은 체험을 시적으로 변용시키기보다 기억으로 바로 밀어갔기 때문에 이것이 도리어 "나의 작품을 통하여 삶의 경험을 함께" 한다는 그의 시론을 입증하는 듯하다. 사실 목월 시의 일인칭 화자는 목월 자신의 개성을 물씬 풍기고 있으며 따라서 그의 시는 자전적인 것으로 실감되고 있다. 정답고 소중한 시인을 연달아 잃어버린 슬픔과 삶의 허망함을 목월은 실제 그 자신의 목소리로 우리에게 고백하고 있다. 시인들의 죽음이 일상사와 대비되고 "깨끗한 잠적"이란 탁월한 시구 속에 제재에 대한 태도가 집약적으로 함축적으로 표현됨으로써 이 작품에서 독자는 목월의 육성을 듣게 되고 그의 인격을 보게 된다.

그러나 현대의 몰개성론의 시관은 시적 화자를 실제의 시인과 엄격히 구분한다. 시가 하나의 창조물인 이상 '탈'이란 시적 화자를 "자전적으로 동일시 할" 것이 아니라 "상상적으로 동일시해야 할" 것이라고 주장한다. 시적 화자는 제재에 대한 태도를 표명하기 위해 창조된 극적 개성이기 때문에 시는 어디까지나 허구적이고 극적이라는 것이다.

> 나는 요새 무서워져요. 모든 것의 안만 보여요. 풀잎 뜬 강에는 살없는 고기들이 놀고 있고 강물 위에 피었다가 스러지는 구름에선 문득 암호만 비쳐요. 읽어봐야 소용없어요. 혀짤린 꽃들이 모두 고개들고, 불행한 살들이 겁없이 서 있는 것을 보고 있어요. 달아난 들 추울 뿐이에요. 곳곳에 쳐 있는 세그물을 보세요. 황홀하게 무서워요.
>
> — 황동규, <초가(楚歌)>

이 작품의 극적 요소는 시인이 여성화자를 선택한 데 있다. 작품세계인 극한 상황은 시인이 창조한 이 극적 인물의 눈을 통하여 효과적으로 제시되고 있다. 다시 말하면 여성화자는 극한 상황을 표현하는 데 가장 적절한 인물로서 필연성을 띠고 있다. 이것은 남성화자를 선택했을 경우와 대비해보면 자명해진다. 왜냐하면 세계에 대한 화자의 태도인 두려움은 여성적 어조가 보다 알맞기 때문이다.

화자를 이렇게 시인과 동일시하면 개성론이 되고, 별개로 보면 몰개성론이 된다. 그러므로 개성론의 시는 고백적이며 자전적이나 몰개성론의 시는 허구적이고 극적이다. 화자는 이것을 만든 시인과 많은 것을 공유할 수 있다. 그러나 시인과 화자의 구별은 시의 화자 역시 '창조'의 일부가 된다는 근거에서 확실히 타당성을 갖는다. 이 타당성은 결정적으로 시인과 화자가 존재하는 차원의 차이에 놓인다. 즉, 시인은 작품 '밖'에 존재하지만 화자는 작품 '안'에 존재하는 것이다. 화자를 시인과 구분할 때 퍼소나라 부른다. 퍼소나(persona)는 배우의 가면을 의미하는 라틴어 퍼소난도(personando)에서 유래한 연극용어다. 이것은 처음 화자의 목소리를 집중시키고 확대시키는, 가면의 '입구'(mouthpiece)를 뜻하다가 배우가 쓰는 가면, 배우의 역할 등의 의미를 거쳐 드디어 어떤 뚜렷한 인물 혹은 개성을 가리키게 되었다.[1]

연극의 가면은 다른 비예술적 목적의 가면과는 달리 얼굴을 숨기거나 변장하는 장치가 아니다. 그것은 도리어 그 얼굴을 명확하게 드러내려는 목적으로 사용되었다. 말하자면 그것은 혼돈상태의 내면세계나 인격을 우리가 판별할 수 있고 공식화할 수 있는 개성이나 인물로 구체화시키는 수단이었다. 더구나 이 양식화된 가면(stylized mask)으로서의 퍼소나는 예술가의 태도나 인생관, 우주의 어떤 한 단면같이 너무나 심오해서 인간의 얼굴표정으로서는 도무지 나타낼 수 없는 것들을 상징하거나 대변한다.[2] 그러나 퍼소나는 이제 연극의 가면만을 가리키는 연극의 전문용어가 아니다. 그것은 희곡의 인물뿐만 아니라 시, 소설의 인물, 특히 시, 소설의 일인칭 화자를 가리키는 데까지 확장되었다.

이처럼 시의 화자를 퍼소나로 명명할 때 여기에는 특별히 강조하는 의미가 내포된다. 서정시라 할지라도 지나치게 자기중심적이 아니라 '형식적'이라는 점을 강조하는 것이 그것이다. 여기서 형식적이란 물론 시인이 작품 속에 들어갔을 때의, 실제와는 다른 예술적 존재양식을 가리킨 말이다. '작품 속의 시인'은 시인의 경험적 자아가 시적 자아(퍼소나)로 변용·창조된 것이지 시인의 실제 개성 그 자체는 아니다.[3] 이 양자

---

1) George T. Wright, *The Poet in the Poem*(Gordian Press, 1974), p. 9 참조.
2) G. T. Wright, 위의 책, p. 9 참조. 여기서 양식화된 가면이란 예컨대 '원고·피고·재판관'이나 '성부·성자·성신' 그것이다.
3) S. K. Langer는 서정시의 주관성이란 사실인 즉 실제의 시인의 그것과는 다른 가상적 주관성(virtual subjective)이라고 했으며(*Feeling and Form*, Charles Scribner's Sons, 1953, p. 257), N. Frye는 서정시나 에세이조차도 어느 정도

의 구별은 실제세계와 작품세계의 차이에 상응한다. 시의 화자를 실제의 시인과 구별되는 퍼소나로 부름으로써 결국 시도 하나의 허구에 지나지 않는다는 예술성을 강조한 셈이다.

II 시점 선택

문법은 화자, 청자, 화제 등 세 가지 유형의 인물을 구별한다. 이 중에서 말해지는 시점에 따라 1인칭(화자), 2인칭(청자), 3인칭 또는 탈인칭(화제)이 결정된다. 이 문법적 시점은 법적 관계, 종교적 관계 등 인간상황을 규정짓는 여러 관계들을 형식화하는 데 도입되었다. 퍼소나는 이처럼 인간의 상황을 형식화하는 문법적 시점을 나타내기 위하여 원용되었다.4) 인간의 경험을 양식화하는 방법인 퍼소나는 극과 서정시의 보편적 형식이다. 서정시도 특수한 담화의 형태다. 시인은 시를 창조하고, 시는 언어로 구성되며, 언어는 퍼소나에 의해 발화된다. 시인은 효과를 위해 화자를 선택해야 한다. 화자의 선택은 시점(point of view)의 선택이다. 시에서 시인의 구체화된 대행자인 퍼소나는 우선 시점으로 정의할 수 있다.

까지 작자는 '허구'의 독자에게 '허구'의 주인공으로 이야기한다고 했다(*Anatomy of Criticism*, 임철규 옮김, 한길사, 1982, 53쪽). T. S. Eliot이 〈전통과 개인의 재능〉에서 시란 정서로부터 그리고 개성으로부터 '도피'라고 말한 진정한 의미는 여기에 있다.

4) G. T. Wright, 앞의 책, p. 9 참조. 가령 재판에서 원고·피고·판사에게 퍼소나란 용어가 붙여졌고, 삼위일체설의 성부·성자·성신을 기술하기 위해 가면 혹은 역할이라는 용어를 사용했다.

돈 없으면 서울 가선

용변도 못 본다

오줌통이 퉁퉁 불어 가지고

시골로 내려오자마자

아무도 없는 들판에 서서

그걸 냅다 꺼내들고

서울쪽에다 한바탕 싸댔다

이런 일로 해서

들판의 잡초들은 썩 잘 자란다

서울 가서 오줌 못 눈 시골 사람의

오줌통 뿌리는 그 힘 덕분으로

어떤 사람들은 앉아서 밥통만 탱탱 불린다.

가끔씩 밥통이 터져나는 소리에

들판의 온갖 잡초들이 귀를 곤두세우곤 했다.

　　　　　　　　　　　　　　　　－ 김대규, <야초>

　제재에 대한 태도(어조)는 화자 선택을 좌우한다. 이 작품의 화자는 매우 우직하고 야만스런 시골의 사내다. 시인은 자신의 대변인으로 왜 이런 화자를 선택했을까. 독자는 "돈 없으면 서울 가선/ 용변도 못 본다"의 비정한 도시의 메커니즘과 이 화자를 쉽사리 연결지을 수 있을 것이다. 그리고 "그걸 냅다 꺼내들고/ 서울쪽에다 한바탕 싸댔다"와 같은 해학적이고 야만스런 행위와 직선적이고 비속어적인 목소리가 이 화자에게 얼마만큼 적절한 것이며, 이것이 도시 혐오감을 표현하는 데 얼마나 효과적이었나를 짐작할 것이다.

　어조에 초점을 두는 것은 퍼소나에 초점을 두는 것이며, 이것은 궁극적으로 인간상에 대한 관심의 집중이다. 어떤 화자를 선택하느냐 하는 문제는 작품에 설정된 극적 상황에 좌우된다. 다음의 두 작품은 서로 다른 테마를 다루고 있는데 비슷한 인간상과 태도를 보이고 있다.

(ㄱ)

죽고 싶어요 그대 실수로
돌이킬 수 없는 멸망으로 내가 부서져서
혼란한 그대 눈빛과 당황하는
아픔의 황홀한 그 심장 위에
파편으로 남고 싶어요
오세요 나는 밤에도
늪처럼 깜깜한 밤에도 하얗게 서서
죽음의 갈증으로 비어 있는 온몸으로
노래 불러요 뜨거운 파멸이 아무쪼록
날 찾아 오시기를.

— 이수익, <빈 컵의 노래>

(ㄴ)

안아 주세요 곧 새벽이에요
저는 결코 당신을 저버리지 않았어요
첫닭이 먼저 목놓아 흐느끼고
총총걸음으로 새벽별이 떠나가요
안아 주세요 부디 저를 겁탈하여 주세요
채우면 채울수록 비어 있는 잔을
슬픔으로 가득히 채워 주세요
희망을 품고 죽은 사람들의 희망과
그리고 사람들의 그리운 이름들을
가득가득 내 잔에 채워 주세요
슬픔에 기대어 사는 사람의
슬픔을 오늘밤 만나러 가게

세상 모든 무관심을 만나러 가게
안아 주세요 제발 목의 칼을 벗겨 주세요
내 가슴에 내리는 봄눈을 맞으며
사람들은 들녘에서 말없이 돌아오는데
슬픔의 마지막 옷을 벗겨 주세요
저는 결코 당신을 저버리지 않았어요
　　　　　　　　　　　　　- 정호승, <가두낭송을 위한 시ㆍ5>

　위의 두 작품에서 삶의 진지한 태도라기보다 삶의 어떤 심각한 국면
이 여성화자의 간절하고 격렬한 어조로 제시되고 있다. 우리는 이 두
화자한테서 공통적으로 자기파괴적인, 심리학 용어를 빌린다면 매조키
즘적인 인간상을 느낀다. (ㄱ)의 자기 파괴적 어조는 현대의 한 문제적
인간상으로서 '개인의 황폐화'를 드러낸다. 곧 (ㄱ)의 화자는 내적 공허
를 가득 채울 정서적 경험을 애타게 갈망하고 있는 문제적 인간이다.
이런 개인의 황폐화 현상은 (ㄴ)에서는 삶의 소외감이라는 테마를 보다
효과적으로 구현하는 구실을 한다. 우리는 이런 문제적 인간상 또는 삶
의 심각한 국면을 구현하는 데 여성화자의 선택이 가장 적절한 것이었
음을 알 수 있다.
　이처럼 화자는 그에 어울리는 목소리를 가지며 그에 어울리는 역할을
수행한다. 이 목소리와 역할은 화자의 개성을 구현한다. 그러므로 시인
은 시적 상황에 적절한 시점을 선택해야 한다. 이런 퍼소나라는 장치는
여러 가지 수사적 목적에 기여한다.
　시의 화자는 작품에서 불변하는 것이 보통이며 모든 것은 이 화자의
관점에서 말해지며, 소설의 인물처럼 발전할 수 있으나(포스터 E. M.
Foster가 분류한 입체적 인물처럼), 전연 딴 인물은 되지 않는다. 그래서
퍼소나라는 화자는 작품의 통일성에 기여한다. 곧 한 목소리, 한 의도의
단일한 의미만 존재하는 것이 서정장르의 조건이며, 그래서 서정시는
독백적인 개별발화인 것이다. 또한 화자는 시인에게 자신의 실제 개성

의 구속에서 벗어나도록 하기 때문에 객관성에 기여한다. 그리고 시인이 취급하는 제재가 시적 상황에 알맞은 가장 흥미있고 적절한 인물의 눈을 통해 제시되기 때문에 화자는 관점의 적절함을 극대화하는 데 기여한다. 뿐만 아니라 화자가 갈등의 요소를 내포한, 특수한 상황 속의 구체적 개인이며 세계의 어떤 양상에 반응하는 인물로서 작품 속의 청자(또는 실제의 독자)에게 자기처럼 반응하게 하거나 적어도 그런 반응을 이해하도록 자극하는 인물로 제시되기 때문에 극적 긴장과 특수성에 기여한다.5)

어떤 퍼소나를 내세우느냐 하는 화자의 선택, 곧 시점의 선택은 작품의 성공을 좌우할 만큼 시인에게 신중하면서도 까다로운 작업이 아닐 수 없다. 퍼소나의 선택은 일반적으로 두 가지로 제한을 받는다.6) 하나는 독자의 기대에 의하여 제한되고, 다른 하나는 시인 자신의 선택에 의해서 제한된다.

대화를 나누는 두 사람은 양자 모두에게 이해될 수 있는 언어로 대화를 나누며 제한된 범위의 용어나 문장구조가 사용되기를 서로가 기대하듯이, 시에서도 독자가 이해 가능하도록 언어의 범위가 제한되기 마련이다. 흔히 시어의 본질로 거론되는 비문법성이나 비논리성, 즉 시적 파격은 한계가 있는 것이다. 이것은 시인이 인생관과 세계관, 가치관 그리고 필요하다면 사회적 신분 등을 공유할 수 있는 인물을 시의 화자로 선택해야 하는 문제로 확대된다.

우리의 인생관은 인생의 모든 것을 이해할 만큼 그리고 전연 새로운 것을 무리없이 수용할 만큼 충분하지 못하다. 우리들은 그 모든 인간들이나 인간의 경험들을 다 받아들일 수 없다. 사회학적 모든 개념들은 우리들이 만나는 인간이나 경험을 이해하고 평가하기 위해 대략적인 공식을 제공해 준다. 그리고 인생관과 세계관에는 기대조직이 내포되어

---

5) Rebecca Price Parkin, *The Poetic Workmanship of Alexander Pope* (Octagon Books, 1974), p. 8 참조.
6) G. T. Wright, 앞의 책, p. 5.

있다. 기대조직이란 우리에게 낯익고 관습적인 것은 수용하지만 놀라움을 주는 새로운 것을 좀처럼 수용하지 않는 것이다. 새로운 유형의 인물이나 사상을 수용할 때는 우리의 인생관과 세계관을 수정해야 하는 것이다. 화자의 선택은 이런 일반적 관습뿐만 아니라 당대 관습들의 지배를 받는다. 시의 화자가 당대의 관습적인 역할을 크게 벗어나는 역할을 하면 당대 독자들은 이런 화자의 수용을 거부한다. 1930년대 이상의 〈오감도〉의 연작시가 계획대로 다 연재되지 못한 것은 이 때문이다. 그러므로 퍼소나를 통시적으로 개관해 볼 때 그 당대의 관습이나 가치관, 세계관들을 구별해 낼 수 있고 퍼소나의 유형화도 가능해진다.

Ⅲ 시점의 유형(체험시 · 배역시 · 논증시)

시점 선택도 시를 유형화하는 한 기준이 된다. 이 경우 시간적 요소도 유형화에 기여한다.

첫째로 시의 가장 일반적인 형태로서 일인칭 화자가 어떤 체험을 겪으면서 이것을 자신의 목소리로 말하는 형태다. 이것은 소설에서 주인공 시점과 같다. 곧 화자가 작품세계의 주인공으로서 자신의 현재 경험을 말하는 것이다.

목련, 개나리, 진달래, 벚꽃
차례로 피던 것이
모두 손에 손잡고 함께 핀 이 현재
아 제비꽃도 어린 손을 내밀고 있구나
그 현재에 간신히 끼어 들어

언덕에 숨어 있는 매화꽃을 찾아낸다
무언가 찜찜한 백화제방, 백화제방!

깜짝 놀라 서둘러 책을 챙겨
강의실로 내려간다
텅 비었다
출석부를 보니 내일 이 시간 강의

책을 덮는다
언제부터인가 블라인드 틈으로 날아들어온 벌이
도로 나가지 못하고 잉잉거리고 있다
(제가 들어온 틈을 못 찾다니!)

주의를 둘러본다
내가 나갈 틈도 보이지 않는다
블라인드를 열어
꿀벌은 내보낸다
주위를 둘러본다
(내가 태어난 틈서리를 못 찾다니!)

－ 황동규, <관악 일기・4>

　　일상시에서 이미 살펴보았듯이 시의 제재란 이제 반드시 별난 것, 엄숙하고 무거운 것일 필요는 없다. 이 작품의 제재는 극히 일상적이고 화자가 발견한 진리도 극히 일상적이다. 이 일상주의적 세계관은 '틈'이라는(이 작품에서 되풀이되어 주목되는) 공간적 이미지로 형상화되고 있다. 그러나 이 작품에서 중요한 점은 이 진리의 일상성이 '직접성'으로 연결되고 있는 현상이다. 다시 말하면 화자는 자신의 일상적 체험을 현재의 시점에서 서술함으로써 독자에게 지금 여기에 일어나고 있는 듯한 현재

감각을 주고 있는 것이다. 말하자면 화자의 체험과 화자의 언술행위가 동시성을 띠고 있는 것이다.

둘째로 체험과 발화가 동시적인 유형과는 달리 화자가 체험을 겪고 난 뒤, 어느 한 시점에서 자신의 목소리로 말하는 경우도 매우 많다. 체험이 선행되고 발화행위가 뒤에 일어나는 행태다. 이 경우 시가 서사문학처럼 과거시제를 사용하는 것은 당연하다.

> 나는 땅을 샀다
> 경기도 산골, 공원 묘지의 한 귀퉁이
> 어머니를 위해 5평,
> 성묘할 우리를 위한 공터로 4평,
> 말하자면 어머니의 묘를 위해
> 나는 9평의 땅을 샀다
> 백운대가 보이고 멀리 이름모를 봉우리가 나란히 보이는,
> 그래서 사람들은 좋은 곳이라고들 했다
> 나는 땅을 샀다 암, 나는 땅을 샀지, 사구 말았구!
> 그러나, 그 땅은 누구의 것이냐
> 관 위에 후드득 흙이 부어지고 가난과 병으로 시달린 목숨 위에
> 흙이 부어지고
> 우리들은 하산했다
> 그날 나는 분명히 계약하고, 돈을 내고 땅을 샀다
> 그러나 나는 평생 마음에
> 아픈 땅 9평을 갖게 된 것을.
> — 이탄, <알려지지 않는 허전>

여기서 핵심되는 제재는, 그러니까 화자가 겪은 의미심장한 사건은 어머니의 묘지로 9평의 땅을 산 것이다. 그 과거의 사건을 어느 한 시점에서 발화하는 형식이므로 그가 겪은 체험과 이것의 발화행위 사이에는

시간적 거리가 있다. 체험과 발화행위가 병발되고 있는 앞의 〈관악 일기〉와 달리 여기서는 서사문학(서사시와 소설 등)처럼 제재(체험)가 선행하고 발화가 후발하며, 따라서 체험 자체보다 서술자의 존재, 곧 서술행위가 보다 강조되고 있다. 〈관악 일기〉가 주인공 시점이라면 〈알려지지 않는 허전〉은 주인공 서술자시점이 되겠다. 그러나 이 두 유형은 모두 개인적이고 사실적인 체험시이기 때문에 시인과 시의 화자가 동일시된다.

셋째로 서정적 표현이 시인이 아닌, 어떤 특정한 인물의 입을 통해서 이루어지는 유형이다. '배역시'라고 불릴 수 있는 것으로, 시인이 자신의 목소리가 아니라 시세계 속에 존재하는 인물의 입장이 되어 그 인물이 발화하는 형태다.

> 같은 학교에 다니는 동료 교사 중에 나를 무척 사랑했던 총각 선생님이 계셨지요. 그에게 호감을 느끼지 않은 건 아니었구요. 어쩌면 우린 잘 될 수 있었고, 그가 그 말만 하지 않았다면 지금쯤 우린 부부가 되어 있을지도 몰라요. 글쎄 그가 무슨 말을 했는가하면, 다짜고짜 나를 사랑한다는 거예요. 나는 그즈음 내가 왜 사는지도 모르고 자신이 누군지도 모르는 나를 그가 사랑한다고 한 순간, 대체 그가 사랑한다는 그 여자가 누군지 궁금했어요. 그는 누구에게 대고 사랑을 고백한 것일까? 나는 두 눈을 질끈 감고 그의 뻔뻔스런 낯짝을 갈겨 주었지요.
>
> — 장정일, <프로이트식 치료를 받는 여교사>

제목에 시사되어 있듯이 이 작품은 자기의 존재를 믿지 않는, 주체부정의 정신질환에 걸린 여교사가 자신의 체험을 고백하고 있는 형식이다. 여기서 일인칭 화자가 주인공이 되어 있어도 이 일인칭 화자는 시인과 전혀 동일시될 수 없는 특정의 어떤 인물이다. 말하자면 이 작품은 타인의 인격으로 말하는 몰개성적·인물시각적 시점의 화법이다. 이런 유형도 고려속요 〈정과정곡〉이나 정철의 가사 〈사미인곡〉, 가까이 소월의 〈진달래꽃〉이나 만해 시 등, 가장 흔히 볼 수 있는 형태다. 1980년대 주목되던 유배시형도 이에 속한다.

> 세한도를 그리는 밤 오늘따라 대정바다는 참으로 고요합니다. 부인. 지난 달 초사흘 가복을 통해 보내주신 서책과 편지를 이달 하순 늦게야 반가이 받아 읽으며, 이순 나이에도 천리 물길과 천리 물길 큰 바다를 건너온 그리운 북향내음에 그만 울컥 눈물이 솟아올라 한참이나 바다에 나가 망망한 제주 바다를 바라보며, 그 끝너머 지붕과 흰 옷 입은 사람들과 낯익은 길들이 하마 뵐까 돋움발을 하며 오래오래 서 있었습니다.
>
>   – 정일근, <유배지에서 보내는 김정희의 편지> 중에서

여기서 시인은 제주도에 유배 중인 추사 김정희의 입장에서, 그것도 아내에게 편지 보내는 남편의 입장에서 말하고 있다. 따라서 어조는 매우 감상적이면서도 조선조 선비에 어울리는 언어를 선택하고 있다.

시인과 시의 화자가 동일시되는 일인칭 주인공 시점에서는 시인의 자전적 현실성, 곧 '주관적 현실성'과 정치적·사회적 사건에서 촉발되어 쓰인 '객관적 현실성'이 문제가 된다. 그러나 이 배역시에서는 사실적이냐 허구적이냐가 문제가 된다. 이와 더불어 화자에 관한 또 하나의 기본적 문제를 여기서 잠시 검토하는 것이 좋겠다.

모든 시에는 화자가 있고 화자가 말하는 내용이 있다. 다시 말하면 발화내용(서사문학의 경우 스토리)이 있고 발화행위(서사문학의 경우 담화 discourse)가 있으며 따라서 이 양자를 구분해야 하듯이 발화내용의 주체와 발화행위의 주체를 구분해야 한다. 가령, "나는 어저께 그와 몹시 다투었다."에서 '나'는 발화내용의 주체이며 이 문장은 발화내용이다. 그런데 오늘 내가 누군가에게 어저께의 이 경험을 말함으로써 나는 발화행위의 주체이다. 발화내용은 어저께의 나의 '경험'이지만 발화행위는 오

늘 내가 그 경험을 말하는 행위이므로 구별해야 하는 것이다. 시인과 시의 화자를 언제나 동일시하는 낭만주의자의 개성론은 이 발화행위의 주체와 발화내용의 주체를 또 언제나 동일시한다.[7]

시인의 시점은 항상 시 속의 '나'(발화내용의 주체인 '나')보다 크기 마련이듯이 발화내용의 주체는 발화행위의 주체에 지배된다. 이것이 가장 뚜렷하게 드러나는 곳은 물론 배역시다.

넷째로 화자가 체험의 한 부분이 아닌 유형이다. 다시 말하면 화자는 시세계 밖에서 시세계를 진술하는 경우다. 그러니까 화자는 전적으로 타인의 체험을 진술한다. 이런 유형을 '논증시'로 부른다. 여기서 화자는 전지적 시점이거나 보고자로서의 관찰자 시점이 된다. 최근 현대시에서 이런 3인칭의 시점을 자주 보게 된다.

> 그녀에겐 애인이 있어요
> 매일 수염 자라나는 스무 살의 남자가
> 어느날 종로를 걸어가는데
> 그가 다가와 한 마디 한 거예요
> 이것 봐 하룻밤 놀지 않겠어?
> 그리고 칙 담배를 피워 물었지요.
>
> 그것뿐이에요
> 요사이는 구질구질하지 않거든요
> 그리고 그녀는 그가 좋았어요
> 둘이 팔짱끼고 걷는 중에도

---

7) 이 동일시는 세계(타인, 사물 등 자신 이외의 모든 존재들)를 자신과 동일시하는 것(자아와 세계의 동일성, 세계의 자아화라는 서정적 세계관이 낭만주의의 세계관이다)과 함께 낭만주의(또는 부르주아 휴머니즘)의 두 가지 오인식으로 지적되고 있다. Anatony Easthope, *Poetry as discourse*(박인기 옮김, 지식산업사), 80쪽 그리고 202~203쪽. 여기서 이스톱은 라깡(J. Lacan)의 용어 '오인식'을 원용한다.

얼마나 많은 여자애들이
그를 찝적거리는지
한눈이라도 팔면 금방 그를
놓쳐 버릴 듯했죠.

눈꺼풀이 내려앉은 그녀는 삼십세
고급 술집의 밀실에서
스트립 춤을 추며 그녀는 아직
그 남자와 살고 있지요
몰래 도망쳤다가 번번이
머리끄댕이가 잡혀오고.

- 장정일, <그녀> 중에서

　이 시에서는 한 여인(이 주인공은 야간접객업소의 무용수로 설정되어 있다)의 타락과 불행의 과정이 코믹하게 서술되고 있다. 그녀의 타락과 불행의 근본원인은 타인(남편)과의 너무나도 가벼운 만남, 곧 진지하지 못한 선택에 있다. 또는 도덕성이 결여된 오늘의 세속주의의 탓일 수도 있다. 이 시는 도시시의 한 표본이다. 화자는 그녀의 타락과 불행에 대해서 논평까지 곁들이며 서술하지만 작중인물은 아니다.
　이 작품의 화자는 세 번째 유형처럼 여인의 입장을 취하고 있다. 이 여인은 주인공 '그녀'의 측근일 수 있다. 실제로 발화내용으로 보면 화자는 동료 무용수다. 이와 같이 시에서 시점들은 서로 겹쳐 다양해질 가능성도 있다.

Ⅳ 객체아와 자기풍자

융(C. G. Jung)의 퍼소나는 문예비평의 개념으로서 지금까지 기술한 퍼소나와 다른 심리학적 개념이다. 그러나 현대시에서 융의 퍼소나는 시의 테마로 많이 채용되고 있는 만큼 중요하게 다룰 필요가 있다. 이런 융적 퍼소나도 어조와 관련됨은 물론이다.

융적 의미의 퍼소나는 외부세계와의 관계를 가지는 자아의 기능이다. 그것은 인간이 세계에 적응하는 개인적 체계이며 세계를 처리하는 태도다. 문제는 이것이 세계에는 적응하지만 진정한 자아와는 대립되고 있는 점이다.

탈이로다, 탈이야
구정부터 탈을 쓰고
탈끼리 놀다
오광대 별신굿
큰 집 울 밖에서
정신없이 뛰다
연말에 탈 벗으면
얼굴의 뒷굼치도 보이지 않아
동네마다 기웃대며
자기 얼굴 찾다가
오기로 탈을 겹으로 쓰고
구설수 낀 주민들을 찾아볼꺼나
탈 면에 뜬 허한 웃음의 가장자리는
밤술의 공복으로 조심히 닦고.

― 황동규, <탈> 중에서

우리말의 '탈'이 여기서는 교묘하게 언어유희(pun), 곧 사고와 가면의 이중적 의미로 사용되고 있다. 이런 이중성의 기교로 시인은 현대인의 위선적 삶을 풍자하고 진정한 자아를 상실한 심각한 국면을 우리에게 일깨워 준다. "탈(가면)은 탈(사고)이다"라는 언어의 이중성이 그대로 현대적 삶의 이중성이라는 테마로 연결되는 착상 자체가 여간 흥미롭지 않다.

가면으로서의 퍼소나도 역시 시에 대한 독자의 관심을 매우 자연스럽게 인간상으로 집중시킨다. 퍼소나와 진정한 자아의 이중적 자아로 이중의 삶을 영위한다는 것이 어쩌면 현대 지성인의 효과적인 삶의 방식인지도 모른다. 이것이 현대시에 두드러지게 나타나고 있는 것이다.

오입한 날은
집에 일찍 들어가기
가능하면 장미
그것도 짙은 붉은 색 장미 한 아름
사들고 가기
결혼해서 한 번도 말못한
당신을 사랑한다고
거짓말로라도 한번 해보라
오입한 날은
씩씩하고 당당하게 어깨를 펴고
큰소리치며 집에 가자
세상에 죽어 지내는
도시의 남자
어디서고 주눅이 들어
말 한마디 못하는 주제에
큰 마음 먹고 오입한 날은
날으는 새도 떨어뜨릴

서슬 시퍼런 호기로
집에 가자
그래 불쌍한 가면의 사내
세상의 비겁이란 비겁,
거짓이란 거짓은 모두 버리고
용기있게 위엄을 갖추고
오입한 날만이라도
죽은 도시에서
보무도 당당하게 귀가하자

　　　　　　　　　　　　　　　　- 이활용, <집에 일찍 가기>

　이 작품의 매력은 역시 아이러니컬한 어조에 있다. 형식상으로 화자
는 자기자신을 객체화해서 자신에게 말을 건네고 있다. 따라서 여기서
어조는 궁극적으로 화자의 자기자신에 대한 태도라고 해야만 옳을 것
같다. 시적 화자는 "오입한 날"에는 도리어 "집에 일찍 들어"가고 한 아
름의 "붉은 색 장미"를 사들고, "결혼해서 한 번도 말못한/ 당신을 사랑
한다고" 거짓말이라도 해서 아내에게 아주 믿음직한 남편, 아니 사내다
운 사내임을 가장해 보겠다 한다. 그러나 이런 인간은 그의 소망적 사
고에서 나온 비자기(소망적 인물)일 뿐, 실제의 화자는 "세상에 죽어 지
내는/ 도시의 남자"의 중성화된 소시민이다. 그는 '비겁'과 '거짓말'로 세
계에 적응해서 살아가는 "불쌍한 가면의 사내"다. 여기서 독자는 표면에
나타난 유머러스하고 호기 있는 어조 속에 자학적이고 나약한 슬픈 목
소리가 숨겨져 있는 이중성을 간파해야 한다. 이것이 이 작품이 아이러
니가 되는 근거다.
　결국 화자의 정체(identity)는 나약한 도시 소시민이며 이런 점에서 문
예비평 개념으로서의 시인과 구분되는 퍼소나다. 동시에 이 소시민 화자
는 세계에 적응하는 융적 의미의 퍼소나, 곧 사회적 자아다. 따라서 이
시의 어조는 세계에 대한 태도라고도 할 수 있다.

현대는 인간이 외부세계에 대하여 어떤 태도를 취하고 어떤 역할을 해야 하는가가 문제로 되어 있는 시대다. 사회적 자아로서의 퍼소나는 타인에게 '보이는 나', 곧 외적 인격이다. 따라서 퍼소나는 전체적 자아가 아니라 부분적 자아이거나 거짓 자아다. 이런 퍼소나 자체는 자아분열을 환기한다. 사회학은 이 자아분열을 주체아(I)와 객체아(me)로 기술한다.8) 객체아는 타인들의 태도와 역할로 구성된다. 이것은 외부로부터 주어진 인격이며 사회적 경험을 반영한다. 그래서 객체아는 인간에게 공동체 구성원이 되게 하고 관습적이고 인습적인 인간이 되게 한다. 이에 반해 주체아는 객체아에 반응하는 자아다. 객체아에 대한 반응은 타인들, 곧 공동체에 대한 반응이다. 이 주체아는 이미 행동한 자아(객체아)를 반성하는 자아다. 이것은 때로 상황의 요구에 반대되며 인간을 독자적이게 하고 비인습적 인간이 되게 한다. 현대시는 이 객체아를 자기기만과 불성실의 문제적 개인으로 제시한다. 진정한 자아의 부재가 삶의 방식이 되어 있는 인간이 시의 화자가 되고 있다.

가을 연기 자욱한 저녁 들판으로
상행 열차를 타고 평택을 지나갈 때
흔들리는 차창에서 너는
문득 낯선 얼굴을 발견할지도 모른다
그것이 너의 모습이라고 생각하지 말아다오
오징어를 씹으며 화투판을 벌이는
낯익은 얼굴들이 네 곁에 있지 않으냐
황혼 속에 고함치는 원색의 지붕들과
잠자리처럼 파들거리는 TV 안테나들
흥미있는 주간지를 보며
고개를 끄덕여다오

---

8) George H. Mead, *Mind, Self, and Society*, Charles W. Morris(ed.)(The University of Chicago Press, 1970), pp. 196~197 참조.

농약으로 질식한 풀벌레의 울음 같은
심야 방송이 잠든 뒤의 전파 소리 같은
듣기 힘든 소리에 귀 기울이지 말아다오
확성기마다 울려나오는 힘찬 노래와
고속도로를 달려가는 자동차 소리는 얼마나 경쾌하냐
옛부터 인생은 여행에 비유되었으니
맥주나 콜라를 마시며
즐거운 여행을 해다오
되도록 생각을 하지 말아다오
놀라울 때는 다만
'아!'라고 말해다오
보다 긴 말을 하고 싶으면 침묵해다오
침묵이 어색할 때는
오랫동안 가문 날씨에 관하여
아르헨티나의 축구 경기에 관하여
성장하는 GNP와 증권 시세에 관하여
이야기해다오
너를 위하여
그리고 나를 위하여.

- 김광규, <상행>

이 시의 화자는 '낯익은 얼굴'과 '낯선 얼굴'의 두 개 표정을 갖고 있다. 낯선 얼굴이 그의 원래 표정(진정한 자아)이지만 낯익은 얼굴은 오징어를 씹으며 화투판을 벌이고 흥미 있는 주간지를 탐독하고 TV를 즐기는 타인들의 표정이다. 그러나 화자는 낯선 표정을 감추고 낯익은 얼굴을 자신의 얼굴로 뒤집어쓰려 한다. 왜냐하면 이것이 그의 삶의 방법이고 삶을 안전하게 하는 길이기 때문이다. 낯선 얼굴이 그의 주체아라면 낯익은 얼굴은 그의 객체아다.

객체아를 비판하는 주체아를 화자로 삼지 않고 도리어 객체아를 화자로 내세우고 주체아를 2인칭의 청자로 설정한 점은 흥미로운 착상이다. 이것은 당연히 기대하는 도덕적 감정을 감추고 우리에게 청자를 애타게 설득하고 호소하는, 전형적 도시 소시민의 절박한 어조에 관심을 집중하게 한다. 객체아는 주체아와 더불어 전체 자아의 일부다. 그러므로 이런 객체아에 대한 화자의 반성과 비판은 궁극적으로는 자기분석으로서 자기풍자다.

Ⅴ 화자와 두 가지 주체

시에서 화자와 청자의 개념은 그리 단순하지가 않다. 시를 시답게 하는 보편적 법칙 가운데 하나는 이중성이다. 따라서 시의 화자와 청자가 환기하는 이미지도 이중적이다. 이런 근거에서 두 가지 소통체계, 곧 두 가지 말 건넴의 형식을 분간할 수 있게 된다. 시인과 독자 사이의 소통체계와 작품 속의 화자와 청자 사이의 소통체계가 그것이다. 교훈문학은 전자를 강조하고 상상문학은 후자를 강조한다.[9] 이 두 가지 소통체계를 함께 고려하여 시적 담화의 3요소인 화자·청자·화제의 관계를 다음과 같이 도해할 수 있다.

실제 시인 → | 함축적 시인 → | 화자 → 청자 | → 함축적 독자 | → 실제 독자

---

9) N. 프라이는 전자를 테마가 우세한 외적 허구라고 하고 후자를 플롯이 우세한 내적 허구라고 구분한다. N. Frye, 앞의 책, 78~80쪽.

점선으로 싸여진 부분은 작품세계이고, 직사각형은 텍스트를 가리킨다. 물론 (앞의 제3장 제2절 시점의 유형) 함축적 시인과 화자가 일치할 수도 있고 구분될 수도 있다. 후자의 경우 함축적 시인은 작품세계에서 모습을 감춘다. 이런 사정은 청자의 경우도 마찬가지다. 그런데 이 함축적 시인도 몰개성론에서처럼 실제의 시인과 구분되어야 한다. 이렇게 되면 사정은 보다 복잡해지기 마련이다. 여기서 중요한 것은 화자의 이미지가 뚜렷이 환기되느냐 또는 함축적 시인만이 환기되느냐 하는 것이다. 여기서 화자는 언술내용의 주체다.

체험시 또는 리얼리즘시에서 화자의 이미지는 생생하게 환기된다. 인간상 제시의 시라고도 부를 수 있다.

우리집의 하루는 나의 목매기로 시작됩니다. 아침마다 하루의 무게를 가늠해 보며 약간은 숨이 가쁘고 뻣뻣해지는 모가지를 좌우로 돌려 스스로의 모가지를 조여맵니다.

나의 목매기는 우리집의 성스런 아침 의식입니다. 내가 목매기를 다 마치면 먼저 막내아들녀석이 매달려 보고, 다음 우리 쌍동이 두 딸이 매달려 보고, 마지막으로 아내가 매달려 봅니다. 내 모가지가 끄떡없으면 목매기 의식은 끝납니다. 이미 나는 십여 년 이상을 이 목매기를 해왔기 때문에 목매기 체질이라 웬만한 무게쯤은 끄떡없습니다.

어느날 아침 우리집 목매기 의식이 막 끝났을 때 갑자기 모가지가 불편하고 뻣뻣해지며 아파왔습니다. 무슨 병이 아닐까 내심 근심하다가 아내에게 상의했습니다. 아내는 나의 가는 모가지에 다시 매달려 모가지를 이리저리 흔들어 보더니 목매기끈이 나빠서 그렇다고 굵고 튼튼한 새 목매기끈을 하나 내어줍니다.

아직 나는 그 새로운 목매기끈으로 스스로의 모가지를 조여매는 데 별다른 괴로움을 느끼지 못한 채 매일 아침 성스러운 목매기 의식을 거행합니다. 조금씩은 숨가빠도 새롭게 굳은살이 박히는 내

모가지의 힘줄은 그런대로 우리집의 목매기 의식을 견뎌내기 때문입니다. 하지만 내 모가지가 불안한 아내는 또 굵고 든든한 새 목매기끈을 준비하고 있을 겁니다.

- 한광구, <목매기 의식>

이 산문시는 도시의 일상적 삶을 소재로 한 일상시다. 언술내용의 주체인 화자는 평범한 가정의 충실한 아버지자 남편, 곧 가장이다. 그런데도 이 일상시는 가볍지 않고 도리어 매우 심각하고 의미심장하다. 이것은 화자가 매일 아침 넥타이를 매고 출근해야 하는 그리고 한 가정을 책임진, 아내와 아이들로부터 신뢰받는 가장으로서 역할을 해야 하는 객체아에서 연유된다. 따라서 넥타이를, 때에 따라서는 다른 넥타이를 골라 매야 하는 일상적 행위를 축자적으로 읽어서는 안 되고 알레고리적으로, 그러니까 어떤 심각한 의미를 가진 상징으로 읽어야 하는 것이다. 어떻게든 조직사회에 적응해서 살 수밖에 없는, 그래서 신뢰받는 가장이 될 수밖에 없는 객체아로서의 삶이 섬찟한 '목매기 의식'으로 환기되고 있는 것이다. 사회나 가정이 요구하는 다양한 역할들로, 여러 객체아들로 산다는 것이 진정한 자아의 끊임없는 상실(죽음)의 과정에 지나지 않는다는 무거운 테마를 이 시는 담고 있는 것이다.

사실주의적 시라고 해서 반드시 화자의 이미지가 생생하게 환기되는 것은 아니다. 다음과 같은 민중시의 경우 인간상은 뚜렷이 제시되지만 화자는 드러나지 않고 그 대신 언술행위의 주체인 함축적 시인만이 존재한다. 이 경우 화자는 작중인물이 아니라 함축적 시인이다. 논증시가 그것이다.

중랑교 난간에 비슬막히 세워놓고
사내 하나이 가족사진을 찍는데
햇볕에 절어 얼굴 검고
히쭉비쭉 신바람 나 가족사진 찍는데

아이 하나 들쳐 업은 촌스러운 마누라는
생전에 처음 일 쑥스럽고 좋아서
발그란 얼굴이 어쩔 줄 모르는데
큰 애는 엄마 곁에 착 붙어서
학교서 배운 대로 차렷 하고
눈만 떼굴떼굴 숨 죽이고 섰는데
저런, 큰애 곁 다릿발 틈으로
웬 코스모스 하나 비죽이 내다보네
짐을 맡아들고 장모인지 시어머니인지는
오가는 사람들 저리 좀 비키라고
부산도 한데.

- 김사인, <공휴일>

여기서 관심의 초점이 되는 것은 역시 공휴일을 맞아 모처럼 야외에
서 하루를 즐기는, 가난한 서민의 삶과 그 소박하고 단순한 인간성이다.
이 작품의 어조는 매우 따스하고 긍정적이며 화해적이다. 이것은 어디
까지나 함축적 시인인 화자의 몫이다. 그러나 우리는 이런 함축적 시인
의 존재를 거의 의식하지 않는다. 이 함축적 시인은 묘사된 서민이나
서민의 삶을 매개로 간접적으로 추정될 뿐이다.

묘사시 또는 회화시에서는 인간상도 제시되지 않으며, 화자의 정체도
보다 감추어지는 전형적 사례다. 다시 말하면 언술내용의 주체가 부재
하고 언술행위의 주체인 함축적 시인만이 존재하지만 우리는 이 함축적
시인의 존재를 역시 의식하지 않는다.

향료를 뿌린 듯 곱다란 노을 위에
전신주 하나하나 기울어지고
머언 고가선 위에 밤이 켜진다.

구름은
보랏빛 색지 위에
마구 칠한 한다발 장미.

목장의 깃발도 능금나무도
부울면 꺼질듯이 외로운 들길.

- 김광균, <뎃상>

1930년대 모더니즘시(이미지즘시)의 표본으로 흔히 예거되는 이 작품에서 언술내용의 주체인 화자 역시 부재하고 그 대신 사물들만 존재한다. 사물의 감각적 인상을 묘사한 만큼 언술행위의 주체인 함축적 시인의 정체도 좀처럼 포착되지도 의식되지도 않는다.

함축적 시인의 정체가 좀처럼 포착되지 않는 경우 우리의 관심은 이 함축적 시인의 언술행위, 곧 그가 선택한 기교에 놓이게 된다. 반사실주의적 추상시는 그 극단적인 시유형이다.

모과는 없고
모과나무만 서 있다
마지막 한 잎
강아지풀도 시들고
하늘끝까지 저녁노을이 깔리고 있다
하느님이 한분
하느님이 또 한분
이번에는 동쪽 언덕을 가고 있다.

- 김춘수, <리듬 II>

이것은 앞의 김광균의 〈뎃상〉과 같은 묘사시가 아니라 대상을 갖지 않는 절대적 심상으로 이루어진 추상시다. 언어의 지시적 기능이 극도로 약화된 반사실주의시다. 언술내용의 주체인 화자가 부재하는 것은 말할 필요 없고 화자역할을 하는 함축적 시인, 곧 언술행위의 주체도 도무지 종잡을 수 없는 익명의 추상적 존재다. 다시 말하면 언술행위의 주체는 화자로서 분명히 존재하지만 그 주체는 포착되지 않고 우리는 그의 언술행위만을 의식할 뿐이다. 곧 여러 이질적 장면을 비논리적으로 병치하는 몽타주 기법이 전경화될 뿐이다. 인간상 부재의 극단적 형태가 이런 추상시다.

시의 화자와 이 화자의 목소리인 어조에 관한 한 하나의 의미심장한 근본문제를 부기해둘 필요가 있다. 데리다(J. Derrida)의 해체주의에 의하면 서구의 전통·형이상학은 '말하기'에 생명적 직접성을 부여함으로써 말하기에는 화자가 언제나 현존하고 표상된다. 일종의 말하기인 시도 사정은 같다. 아리스토텔레스가 (그의 스승 플라톤에 따라) 화자를 기준으로 문학을 분류한 것은 이런 문맥에 놓이고, 이것은 서구 문학이론의 근원이 되었다. 이런 화자의 현존에 대한 믿음은 인간의 목소리만이 의미를 가지며 인간만이 은유(지성을 내포한)를 만들어 낼 수 있다는 인간중심의 사고다. 시인과 시 속의 화자를 동일시한(따라서 언술행위의 주체와 언술내용의 주체를 혼동하거나 언술행위를 무시한다) 낭만주의시에는 시인의 인격이 현존하며 시 속에서 실체의 시인이 말하고 있다고 믿는다. 그 결과 낭만시는 경험 그 자체다. 반대로 '글쓰기'는 이런 현존성과 생명성을 상실·훼손시키고 소리를 소외시키는 기호의 타락으로 간주함으로써 '말하기/글쓰기'의 2분법적 서열을 확립한 것이 서구의 전통형이상학이다. 데리다의 해체주의는 이 2분법을 해체한 것이며, 오늘날 담론적 관점은 화자의 현존성을 오인식으로 거부한다. 서정시가 음악과 결별하고 인쇄되어 읽힌다는 제시형식의 변화는 이와 무관하지 않다. 말하자면 화자는 기호에 지나지 않는다.

제03절 아이러니와 역설

Ⅰ | 아이러니

1. 아이러니의 정신

언어는 우리가 이질적인 두 사물을 연결하는 유사성을 지각하거나 반대로 유사한 두 사물을 분리시키는 차이성을 지각하는 데 기여한다. 언어의 이 두 가지 양상은 시에서 각기 '비유적 비교'와 '반어적 대조'의 형식을 취한다. 그리하여 비유와 아이러니는 서로 대립되면서 시어의 이중적 토대가 되고 중요한 시적 장치가 된다. 비유의 정신은 앞에서 말한 것처럼 유사성을 발견하는 태도이며 이것은 원래의 시정신, 곧 서정적 비전이다.

> 물 먹는 소 목덜미에
> 할머니 손이 얹혀졌다
> 이 하루도
> 함께 지났다고
> 서로 발잔등이 부었다고
> 서로 적막하다고.
>
> — 김종삼, <묵화>

그러나 아이러니는 유사성이 관습적으로 지속되고 있는 상황들 속에서 그 유사성의 부정에서 출발한다. 유사성의 부정은 자아와 세계의 차이성에 대한 관심의 집중현상이다. 아이러니는 '거리'의 정신이며 객관적 정신이다. 여기서 '거리'는 자아와 세계 사이의 외적 거리인 동시에 분열된 자아들 사이의 내적 거리도 포함한다. 이런 점에서 아이러니는 비서정적 성격을 본질로 한다.

거울속에는 소리가 없소
저렇게까지 조용한 세상은 참 없을 것이오

거울속에도 내게 귀가있소
내말을 못알아 듣는 딱한 귀가 두 개나 있소

거울 속의 나는 왼손잡이오
내 악수를 받을 줄 모르는 - 악수를 모르는 왼손잡이오

　　　　　　　　　　　　　　　　　　- 이상, <거울> 중에서

차이성을 발견하는 아이러니 정신은 분석적 정신이며, 분석적 정신은 지적 사고의 본질이다. 1930년대 이상의 지성은 자신마저 분석하는 철저한 아이러니 정신에 입각해 있으며, 그리하여 자의식이 넘쳐흐르는 자아분열을 전형적으로 보이고 있다. '거울 속의 나'와 '거울 밖의 나'로 자신을 분리시키는 이상의 자의식은 아이러니 정신의 한 극점이다.

아이러니의 정신은 실제의 세계를 분석하고 비판하는 산문정신이며, 원래가 서사적 비전이다. 이것은 대상에 대한 이화작용의 소외효과를 창조하며 비판적 기능을 수행한다.

학생들의 교복이
자율화된 시대

운전기사 강씨네는
차고에 딸린 두 칸짜리
연탄방에 산다
마누라는 안집의 빨래를 해주지만
밥은 따로 해먹는다
미스터 강은 레코드로얄을 끈다.

- 김광규, <이대(二代)> 중에서

이 작품이 환기하는 소외감은 말할 필요 없이 산업사회에 극심하게
나타난 계층 간의 갈등에서 비롯된 것이다. 이런 점에서 상충·대조를
본질로 하는 아이러니는 거의 필연적으로 현대의 산업사회에서 가장 잘
대응하는 문학적 장치가 되는 것이다.

2 아이러니의 원리

문학적 장치로서 아이러니는 '변장'(dissimulation)의 뜻을 가리키는 희
랍어 에이로네이아(eironeia)에서 유래했다. 어원적 의미로 보면 아이러
니는 변장의 기술이다. 남을 기만하는 변장의 기술이라는 뜻은 이미 아
리스토텔레스의 《윤리학》에 나타나 있다.[1] 그는 여기서 세 가지 타입의
인간성을 제시하고 있다. 허풍선이처럼 자기를 실제 이상의 존재인 것
처럼 가장하는 인간과 이와 반대로 자신을 실제보다 낮추어 말하는 인
간, 곧 동양의 미덕으로 겸손한 인간 그리고 이 양자 사이에 존재하는
중용의 인간, 곧 자기를 있는 그대로 말하는 진실한 인간이 그것이다.
이런 분류에 나타난 그의 윤리적 가치기준은 '진실성'에 있으므로 앞의
두 인물은 다같이 기만적인 인물로 처리될 수밖에 없다. 자신과 사물을

---

1) Aristoteles, *Ethics*(정명오 옮김, 대양서적, 1972), 제4장, 제7장 참조.

과장하거나 과소하게 말하는 것은 모두 변장의 부도덕한 행위가 된다. 그러나 문학에서 중요시되고 문제가 되는 것은 이 두 기만적 인물이다.

고대 희극은 아리스토텔레스가 분류한 두 가지 타입의 인물에 각각 에이런(Eiron)과 알라존(Alazon)이란 이름을 부여하여 주인공으로 채택했다. 에이런은 약자이지만 겸손하고 현명하다. 알라존은 강자이지만 거만스럽고 우둔하다. 이 양자의 대결에서 관객의 예상을 뒤엎고 약자인 에이런이 강자인 알라존을 물리쳐 승리한다.

아이러니의 시에서 우리는 두 개의 퍼소나, 그러니까 두 개의 시점을 찾아내야 한다. 에이런의 시점과 알라존의 시점이 그것이다. 원칙적으로 알라존은 표면에 나타나고 에이런은 뒤에 숨어 있다.

표면에 나타난 퍼소나, 즉 알라존(또는 말해진 것)은 시인이 전적으로 공감하지 않는 사상과 시점을 가진 목소리를 낸다. 그것은 시인이 실제로 지니고 있지 않은 태도를 가장한 것이다. 이런 분리의식은 독자도 공유한다. 이런 점에서 아이러니는 이중성과 복합성으로서 '종합'의 원리를 지니고 있으면서도 동시에 분리·단절의 원리를 지니고 있다고 볼 수 있다.

이처럼 아이러니의 시에는 무엇보다도 두 개의 시점이 필수적이다. 아이러니는 "순간 속에서 자아가 이중으로 나타나거나 분열되는", '공시적 구조'(synchronic structure)다.[2] 대립되는 두 개의 퍼소나가 공존하는 동시성을 아이러니는 요구한다. 그리고 이런 이중성과 공시성은 '속임수에 의한 비판'이다. 다시 말하면 표면에 나타난 퍼소나의 시점을 가면으로 하여 이면에 숨은 퍼소나(이것은 시인의 시점과 동일시된다)가 현실을 비판하는 것이 아이러니다. 그래서 시인은 표면에 나타난 퍼소나(탈)와

---

2) Paul de Man, "The Rhetoric of Temporality", Charles S. Sinitgletion(ed.), *Interpretation, Theory and Practice*, p. 206. 논자는 시간적 관점에서 시간적 지속을 가진 알레고리와 대비해서 아이러니를 공시적 구조라고 했다. 여기서는 Sharon Cameron, *Lyric Time*(The Johns Hopkins University Press, 1979), pp. 97~98에서 재인용.

필연적으로 거리(분리·단절)를 두기 마련이다.

이 세상은 나의 자유투성이입니다. 사랑이란 말을 팔아서 공순이의 옷을 벗기는 자유, 시대라는 말을 팔아서 여대생의 옷을 벗기는 자유, 꿈을 팔아서 편안을 사는 자유, 편한 것이 좋아 편한 것을 좋아하는 자유, 쓴 것보다 달콤한 게 역시 달콤한 자유, 쓴 것도 커피 정도면 알맞게 맛있는 자유.

세상에서 사랑스런 자유가 참 많습니다. 당신도 혹 자유를 사랑하신다면 좀 드릴 수는 있습니다만.

　　　　　　　　　　　　－ 오규원, <이 시대의 순수시> 중에서

이 작품에서 시인의 시점과 공유하는 에이런은 표면에 나타나지 않고 감추어져 있다. 에이런은 "공순이의 옷을 벗기는", "여대생의 옷을 벗기는", "꿈을 팔아서 편안을 사는", "편한 것을 좋아하는" 그 모든 사이비 자유를 진정한 자유로 오인하고 있는 표면적 화자, 곧 알라존을 가면으로 쓰고 있다. 그래서 이 작품의 어조가 반어적임을 쉽게 간파할 수 있다.

아이들이 큰소리로 책을 읽는다
나는 물끄러미 그 소리를 듣고 있다
청아한 목소리로 꾸밈없는 목소리로
"아니다 아니다"라고 읽으니
"아니다 아니다" 따라서 읽는다
"그렇다 그렇다!"라고 읽으니
"그렇다 그렇다" 따라서 읽는다
외기도 좋아라 하급반 교과서
활자도 커다랗고 읽기에도 좋아라
목소리 하나도 흐트러지지 않고

한 아이가 읽는 대로 따라 읽는다

이 봄날 쓸쓸한 우리들의 책읽기여
우리나라 아이들의 목청들이여.

– 김명수, <하급반교과서> 중에서

난해한 시를 많이 접해 온 독자라면 이 작품에서 서술의 단순성·평이성·간결성에 우선 흥미를 느낄 것이다. 그러나 이 작품은 역설적으로 그 단순성 속에 모호성을 감추고 있다. 버크(K. Burke)의 말처럼 단순성에 직면했을 때 우리는 곧장 여러 가지 복잡한 것이 그 단순성 아래 숨어 있지 않을까 하고 스스로 질문해 보아야 한다.[3] 그러면 이 작품의 모호성은 무엇인가? 그것은 바로 아이러니다. 이것은 시인이 설정한 어조의 복합성에 근거한다. 어조의 복합성은 첫 연의 퍼소나와 완벽하게 대립되는 둘째 연의 퍼소나를 설정한 점이다.

첫 연의 화자는 알라존이다. 알라존의 밝고 명랑한 어조가 첫 연을 지배한다.

외기도 좋아라 하급반 교과서
활자도 커다랗고 읽기에도 좋아라
목소리 하나도 흐트러지지 않고
한 아이가 읽는 대로 따라 읽는다.

이 화자는 감각적인 세계 속에서만 살고 있는, 논리성이 부족한 어린이와 같다. 그의 시점은 철저하게 바보스럽다. 이 순진무구한 얼간이는 분명히 비도덕적인 현실의 구조를 제대로 파악하지 못하고 있다.

---

3) Kenneth Burke, *A Grammar of Motives*(University of California Press, 1969), p. 135

　그러나 둘째 연에 오면 이 얼간이는 온데간데 없고 별안간 지적으로 성숙한 성인이 나타난다.

　　이 봄날 쓸쓸한 우리들의 책읽기여
　　우리나라 아이들의 목청들이여.

　그의 어조는 첫 연과 대조적으로 어둡고 감상적이다. 어조의 이런 '하강'이 아이러니의 공식이다. 아이러니의 공식인 '어조의 하강'(anti-climax)은 보잘 것 없는 것이 중요한 것을 이을 때, 그러니까 구미속초(狗尾續貂)의 경우에 나타나는 지적이고 정서적인 위축이다. 이런 하강이 고의적인 경우 희극적이고 풍자적인 효과가 발생한다. 이 퍼소나는 첫 연의 퍼소나와 대조적으로 성인의 시선으로 세계를 바라보는 에이런의 역할, 곧 시인의 대리역할을 수행하고 있다. 퍼소나의 이런 극적 전환이 이 작품을 명백한 아이러니가 되게 한다.

　〈하급반교과서〉는 평자들의 지적처럼 우리가 당면하고 있는 삶의 핵심적인 문제를 깊이 인식하는 능력을 보이고 우리 시대의 내적 불안과 외적 고통에 간결하고 효과적인 표현을 부여하고 있다.[4] 그러나 여기서 시인의 모습(의도)이 둘째 연의 퍼소나로 노출된 것이 흠이다. 시인의 모습, 곧 둘째 연의 퍼소나의 모습은 끝까지 첫 연의 퍼소나 속에 감추어졌어야 했고 그랬더라면 시적 긴장도 더욱 지탱되었을 것이다.

3 아이러니의 유형

　상충되는 두 개의 시점, 그러니까 두 개의 화자가 공존하는 것이 아이러니의 기본원리이지만 비평가에 따라 아이러니의 개념은 다양하게

---

4) 《중앙일보》 1981년 4월 1일자, 〈수상이유〉 《세계의 문학》(1980년 여름호) 등 참조.

정의되고 이런 다양한 정의 자체는 아이러니의 분류가 된다.

(1) 언어적 아이러니

언어적 아이러니는 가장 일반적 의미의 아이러니다. '표현된 것'과 '의미된 것'의 상충에서 오는 시적 긴장이 언어적 아이러니다. 바꾸어 말하면 이면에 숨겨진 참뜻과 대조되는 발언이 언어적 아이러니다.

> 북천이 맑다커늘 우장 없이 길을 가니
> 산에는 눈이 오고 들에는 찬비로다
> 오늘은 찬비 맞았으니 얼어잘까 하노라
>
> — 임제, <한우가>

여기서 "찬비"는 중의법으로 사용된 이미지다. 글자 그대로의 찬비이면서 화자가 사랑하는 기생 '한우'를 가리킨다. 따라서 "찬비 맞았으니 얼어잘까 하노라"의 "얼어잘까"는 '뜨겁게 잘까'라는 속마음과 반대되게 표현한 것이다. 그러나 아이러니는 대개, 특히 현대시에서는 풍자의 한 방법으로 채용되고 있다.

(2) 낭만적 아이러니

낭만적 아이러니는 현실과 이상, 유한한 것과 무한한 것, 유한아와 절대아, 자연과 감성 등 이원론적 대립의식에서 발생한 것이다. 독일 낭만주의 철학에서 활발히 논의된 개념으로 문화적 속물주의에 대한 예술적 반항으로 일어난 낭만적 아이러니는 이 대립적인 존재를 지양해서 고차원적인 종합을 추구한다.

> 이것은 소리 없는 아우성
> 저푸른 해원을 향하여 흔드는
> 영원한 노스탈쟈의 손수건

순정은 물결같이 바람에 나부끼고
오로지 맑고 곧은 이념의 푯대 끝에
애수는 백로처럼 날개를 펴다
아! 누구인가?
이렇게 슬프고도 애닯은 마음을
맨 처음 공중에 달 줄을 안 그는.

― 유치환, <깃발>

　무한한 것, 이상세계에 대한 동경은 유한한 인간존재에 내재하는 본
질적 감정이다. 그러나 유한한 인간이 절대아인 신과는 결코 합일할 수
없고 현실세계에서 이상세계로 초월·승화되지 않는다는 이런 한계의식
에서 낭만적 아이러니는 필연적으로 페이소스의 어조를 띠게 마련이다.
이상세계와 절대아는 유한한 인간존재를 비참하게 되비추는 거울일 뿐
이다. <깃발>의 시적 화자는 매우 강렬한 어조로 이상세계의 동경을 보
여주다가 별안간 어조를 바꾸어 "아! 누구인가?/ 이렇게 슬프고도 애닯
은 마음을/ 맨 처음 공중에 달 줄을 안 그는" 하고 환멸의 비애 속에 빠
진다. 이상세계를 향한 열렬한 동경은 시적 화자의 한계의식에서 사실
상 언제나 환멸로 귀결된다. 말하자면 동경 자체가 환멸이다.
　그러나 바로 이 점에서 시적 화자는 알라존이 아니라 에이런이다. 왜
냐하면 그는 이상세계의 동경에만 빠져 있는 알라존을 쓸쓸하게 비웃고
슬퍼하고 있기 때문이다. 그러면서도 유한한 인간이기에 이상세계를 무
한히 동경하게 마련인 알라존의 어리석음을 그는 객체로서 비웃고 슬퍼
할 뿐만 아니라 자신의 내부에 그 본질로 간직하고 있다. 여기에 에이
런으로서 시적 자아의 겸손이 있고 인간존재의 운명적 '불가피성'이 있
다. 말하자면 그는 불가피하게 알라존이면서도 동시에 이 알라존을 비
웃는 에이런이다. 동경과 환멸이 변증법적으로 서로를 영원화함으로써
<깃발>은 인간존재의 모순성을 '결과적 확실성'으로 보여 준다. 이런 이
중적이고 모순된 인간의 존재성 때문에 아이러니는 미학적 가치이기 이

전에 존재론적 가치를 띠고 있다.

여기서 주목되는 것은 화자 자신이 어리석음과 현명함을 자신의 본질로 갖고 있는 점이다. 앞에서 말한 것처럼 아이러니의 어원이 에이로네이아, 곧 자기 자신을 낮추어 말하는 변장의 기술인 점을 고려하면 진정한 아이러니는 '겸손한'(humble) 아이러니다.

(3) 내적 아이러니

겸손한 아이러니는 우리에게 한층 더 깊은 친밀감과 실재감을 준다. 근본적으로 적과 유사성을 지니는 겸손한 아이러니는 적을 밖에서 바라보는 관찰자로, 적에게 빚지면서 동시에 적을 원한다. 또한 자기 내부에 적을 지니면서 자신이 적과 동질적인 것이라는 감각에 의존한다.[5] 인간은 자의식적 존재다. 그는 타인뿐만 아니라 자기 자신마저 대상화하는 존재다. 다시 말하면 〈깃발〉에서 두 개의 자아란 동일한 시적 자아의 양면이다. 따라서 겸손한 아이러니는 존재론적으로 필수적임을 그리고 이것이 현대 문명인이 진정한 자아를 재발견하는 실마리가 됨을 알 수 있다.

> 가벼운 교통사고를 세 번 겪고 난 뒤 나는 겁쟁이가 되었습니다. 시속 80킬로만 가까워져도 앞 좌석의 등받이를 움켜 쥐고 언제 팬티를 갈아 입었는지 어떤지를 확인하기 위하여 재빨리 눈동자를 굴립니다.
> 산 자도 아닌 죽은 자의 죽고 난 뒤의 부끄러움, 죽고 난 뒤에 팬티가 깨끗한지 아닌지에 왜 신경이 쓰이는지 그게 뭐가 중요하다고 신경이 쓰이는지 정말 우습기만 합니다. 세상이 우스운 일로 가득하니 그것이라고 아니 우스울 이유가 없기는 하지만.
> — 오규원, <죽고 난 뒤의 팬티>

---

5) K. Burke, 앞의 책, p. 517.

이 작품은 도시 소시민의 어리석음을 풍자한 것이다. 첫 연의 화자는 바로 이런 전형적 도시 소시민이다. 자신이 죽고 난 뒤의 팬티가 깨끗한지 아닌지 걱정이 되는 그의 불안은 결국 하잘 것 없고 무의미한 것이다. 둘째 연의 화자는 이런 첫 연의 화자를 비웃고 있는 지적 관찰자다. 그러나 이 두 상반된 화자는 동일한 화자의 양면이다. 첫 연의 적이 바로 자기자신의 한 분신이다.

지적 관찰자가 비지적 관찰자의 탈을 쓰고 세계를 비판하는 아이러니가 '외적' 아이러니라면 낭만적 아이러니나 겸손한 아이러니는 화자가 바로 자신을 비판하는 '내적' 아이러니다. 외적 아이러니에서 어리석음이 외부세계에 있다면, 내적 아이러니의 경우 그 어리석음이 자신의 내부에 있다.

(4) 구조적 아이러니

구조적 아이러니는 지금까지의 아이러니와 다른 차원의 개념을 가진 것이다. 이것은 신비평에서 논의되는 아이러니로서 단적으로 말하면 현대시의 미적 기준인 복합성을 가리킨다. 다시 말하면 한 작품에서 상충·대조되는 요소들의 종합과 조화의 상태가 구조적 아이러니다. 아이러니의 시에서 서로 상충·대조되는 두 시점이나 태도가 공존하듯이 현대시에서는 포괄의 원리(리차즈)란 이름으로, 또는 텐션(테이트)·앰비규어티(엠프슨)·비순수(워렌) 등의 이름으로 복합성을 미적 가치로 내세운다. 상충·대립되는 요소의 수용을 아이러니로 넓게 해석한다면 아리스토텔레스가 연민과 공포의 상반된 감정을 결합한 형식이라고 정의한 비극작품을 비롯하여 갈등을 포함한 모든 문학에 아이러니의 요소가 내포되어 있다고 말할 수 있다.

구조적 아이러니의 중요한 한 유형은 플롯의 역전 또는 반전, 주인공의 행위가 그가 의도한 것과는 정반대의 결과를 낳는 경우, 주인공은 모르고 있으나 독자는 알고 있는 경우(《외디푸스》처럼) 등을 가리키는 극적 아이러니다.

나 대낮에 꿈길인 듯 따라갔네
점심시간이 벌써 끝난 것도
사무실로 돌아갈 일도 모두 잊은 채
희고 아름다운 그녀 다리만 쫓아갔네
도시의 생지옥 같은 번화가를 헤치고
붉고 푸른 불이 날름거리는 횡단보도와
하늘을 오를 듯한 육교를 건너
나 대낮에 여우에 홀린 듯이 따라갔네
어느덧 그녀의 흰 다리는 버스를 타고 강을 건너
공동묘지 같은 변두리 아파트 단지로 들어섰네
나 대낮에 꼬리 감춘 여우가 사는 듯한
그녀의 어둑한 아파트 구멍으로 따라 들어갔네
그 동네는 바로 내가 사는 동네
바로 내가 사는 아파트!
그녀는 나의 호실 맞은 편에 살고 있었고
문을 열고 들어서며 경계하듯 나를 쳐다봤다
나 대낮에 꿈길인 듯 따라갔네
낯선 그녀의 희고 아름다운 다리를.

– 장정일, <아파트 묘지>

이 작품 역시 도시의 일상적 삶을 제재로 한 도시시(또는 일상시)다.
화자가 점심시간 잠시 회사에서 나왔다가 종아리가 희고 아름다운 아가
씨를 발견하고 그녀의 뒤를 정신없이 쫓아가는 일상적 사건을 서술하고
있다. 여기서 아가씨의 그 희고 아름다운 종아리는 성적 분위기를 자아
내는 일종의 원시주의를 함축한다. 시인이 여우의 변신 모티프를 차용
한 것도 이 때문이다. 이 원시주의는 화자의 행위에서 극명하게 나타나
있듯이 무미건조한 도시 세속문명의 삶에 생명력을 불어넣고 있다. 다
시 말하면 이 도시시는 신선하고 발랄한 새로운 서정을 창출해 내고 있

다. 이 새로운 도시적 서정은 무엇보다 화자가 뒤쫓아간 여인이 뜻밖에 같은 아파트에 살고 있음을 발견한 극적 아이러니로 환기되면서 오늘날 도시적 삶의 의미를 더욱 효과적으로 심화시키고 있다.

4 아이러니의 기능

아이러니가 상반되는 두 개의 시점을 갖추고 있다는 것은 궁극적으로 사물을 다면적으로 관찰하는 폭넓은 시야라는 의미로 확대된다. 이런 점에서 아이러니는 '형이상학적' 기능과 '심리학적' 기능으로 분류된다.[6] 파킨(R. P. Parkin)에 의하면 아이러니는 사물 그 자체와 이 사물의 제한된 지각 사이에 놓인 인간적으로 의의 있는 불균형(disproportion)이다. 이 경우 에이런은 불균형을 인식하고 있으며, 따라서 사물의 모든 면(즉, 전체성)을 알고 있다. 반면에 알라존은 사물의 전체 대신 부분만을 취한다. 그의 사물에 대한 지각은 제한되어 있다.

형이상학적 기능이란 제시된 리얼리티의 관찰에 작용하는 것이다. 즉, 아이러니는 버크의 정의처럼 진리를 발견하고 이것을 기술하는 역할이다. 프라이의 경우, 아이러니는 인생을 있는 그대로 정확히 포착하는 리얼리즘과 냉혹한 관찰에서 출발한다. 아이러니가 지닌 이런 진리 인식의 기능은 실제로는 잘 알면서도 표면상 무지를 가장하는 '소크라테스적' 아이러니에 이미 내재하고 있다. 중요한 것은 아이러니가 앞에서 말한 것처럼 에이런과 알라존, 진술된 것과 이면에 숨은 참뜻 사이의 상충·대조라는 이중성을 띠고 있다는 사실이다. 아이러니의 본질인 변장성이란 인생의 폭넓은 인식이라고 할 수 있다. 사물과 현실을 여러 시각에서 보면 볼수록 사물과 현실의 리얼리티에 우리는 도달할 수 있는 것이다. 아이러니의 복합성을 극단적으로 확대하면, 아이러니란 모

---

6) Rebecca Price Parking, *The Poetic Workmanship of Alexander Pope* (Octagon Books, 1974), pp. 31~33 참조.

든 인생관과 세계관의 수용이다.

심리학적 기능이란 시인과 독자 사이의 관계에 작용한다. 이것은 시를 정교하게 다듬어진 사물이나 인공물 또는 시인과 독자라는 두 문명이 일시적으로 맺는 '계약'으로 인식케 하는 기능이다. 여기서 시인과 독자는 다같이 세련된 문명인이 된다. 독자가 지각을 민활하게 하도록 돕는 것이 아이러니가 지닌 가장 가치 있는 특징 중의 하나가 된다. 독자는 아이러니의 시에서 두 개의 시점을 분석해야 하며 이면에 숨겨진 것(의미된 것)과 표면에 오도된 것(표현된 것)의 이중의미를 끊임없이 꼬치꼬치 캐어야 한다. 그래서 아이러니의 시에서 독자와 시인 사이에 긴장이 조성된다. 아이러니의 시는 '기지'의 싸움이며, 이 싸움에서 궁극적 승리는 독자와 시인 쪽이 각기 어느 편에 대한 승리가 아니라 제삼의 가정적 인물, 즉 알라존에 대한 승리다. 그리하여 아이러니의 시에서는 시인과 독자의 지성이 요청되며, 영리한 독자는 두 개의(또는 그 이상의) 상충된 어조를 발견해야 하고, 그 이중적이고 복합적인 어조를 느껴야 한다.

II 역설

1 역설의 개념

역설의 paradox는 'para(초월)+doxa(의견)'의 합성어다. 이것은 아이러니와 함께 고대 그리스에서 수사학의 용어로 이미 사용되었으며, 19세기 낭만주의 시대에는 아이러니와 혼동되어 사용되었고, 20세기 신비평가인 브룩스(C. Brooks)가 "시의 언어는 역설의 언어다"라고 하여 현대시의 구조원리로 내세우기까지 했다. 노자의 "바른 말은 얼른 보기에 반대인 것처럼 보인다"[7]라는 진술은 역설의 주목되는 정의로 볼 수 있다.

역설은 사실 엄밀한 의미에서 아이러니와 구분되면서도 흔히 혼동되고 있는 문학적 장치다. 이 혼동은 진술이 지시하는 대상과의 관계에서 서로 상반되는 의미를 내포한다는 점에서 발생한다. 곧, 둘 다 모순을 통한 진리의 발견에 기여하며 서로 상반되는 모순을 내포하는 복잡성을 지니고 있다. 이 복잡성은 말할 필요 없이 현대시의 미적 가치다.

그러나 아이러니의 경우 진술 자체에는 모순이 없으나 진술된 언어와 이것이 지시하는 대상이나 숨겨진 의미 사이에 모순이 생기는 반면 역설은 진술 자체에 모순이 생기는 것이다. 가령 화자(시인)가 의미하고자한 것이 "귀엽다"인데도 거꾸로 "얄밉다"로 진술하는 것이 아이러니이고 "살고자 하는 자는 죽을 것이고 죽고자 하는 자는 살 것이다"라는 진술처럼 진술 자체가 모순이면서 그 속에 진리가 숨어 있는 경우가 역설이 된다.

이렇게 엄밀한 관점으로 구분되면서도 역설은 아이러니의 하위범주나 [축소법, 과장법, 언어희롱(pun), 기지, 야유, 욕설, 풍자와 함께] 아이러니의 한 특징으로 간주되어 왔다.

역설은 자기모순이거나 자기모순처럼 보이는 한 짝의 관념들, 언어들, 이미지들, 태도들을 시인이 제시할 때 발생한다. 휠라이트(P. Wheelwright)는 이 역설을 크게 세 가지 종류로 분류한다.[8] 표층적 역설(paradox of surface), 심층적 역설(paradox of depth) 그리고 구조적 역설, 곧 시적 역설이 그것이다.

---

7) 《道德經》 78장, "正言若反".
8) Philip Wheelwright, *The Burning Fountain*(Indiana University Press, 1959), pp. 70~73 참조.

2 역설의 종류

(1) 표층적 역설

모순어법(oxymoron)이 표층적 역설에 해당한다. 모순어법은 일상 언어 용법에서는 모순되는 두 용어의 결합형태, 곧 수식어와 피수식어 사이의 모순이다.

> (ㄱ)
> 나는 아직 기다리고 있을 테요, 찬란한 슬픔의 봄을
>
>   - 김영랑, <모란이 피기까지는>

> (ㄴ)
> 이것은 소리 없는 아우성
>
>   - 유치환, <깃발>

우리가 흔히 사용하는 "즐거운 비명"처럼 "찬란한 슬픔"이나 "소리없는 아우성"과 같은 표현은 수식어와 피수식어가 모순관계로 결합되어 있는 역설의 한 형태다. 이런 모순어법은 우리의 일상적 지각이나 상식을 파괴함으로써 보다 효과적인 진리표현의 수단이 되고 있다.

(2) 심층적 역설

심층적 역설은 종교적 진리와 같이 신비스럽고 초월적인 진리를 나타내는 데 주로 채용되는 역설이다. "도를 도라 하면 도가 아니다"라는 노자의 진술 자체는 벌써 역설이다. 가장 많이 인용되고 있는 색즉시공(色 卽是空), 공즉시색(空卽是色)의 구절처럼 특히 불교는 진리의 효과적인 전달을 위해 역설을 채용하고 있다. 만해 시에서 많은 역설을 볼 수 있는 것은 결코 놀라운 일이 아니다.

님은 갓슴니다. 아아 사랑하는나의님은 갓슴니다.

푸른 산빗을째치고 단풍나무숩을향하야난 적은길을 거러서 참어 떨치고 갓슴니다.

황금의꼿가티 굿고빗나든 옛맹서는 차듸찬쯰쯸이 되야서 한숨의 미풍에 나러갓슴니다.

날카로은 첫 「키쓰」의추억은 나의운명의지침을 돌너노코 뒤ㅅ거름처서 사러젓슴니다.

나는 향긔로은 님의말소리에 귀먹고 쏫다은 님의얼골에 눈머럿슴니다.

사랑도 사람의일이라 맛날째에 미리 써날것을 염녀하고경계하지 아니한것은아니지만 리별은 뜻밧긔일이되고 놀란가슴은 새로은 슯 음에 터짐니다.

그러나 리별을 쓸데없는 눈물의원천을만들고 마는것은 스스로 사 랑을 째치는것인줄 아는까닭에 걋잡을수업는 슯음의힘을 옴겨서 새 희망의 정수박이에 드러부엇슴니다.

우리는 맛날째에 써날것을염녀하는것과가티 써날째에 다시맛날것 을 밋슴니다.

아아 님은갓지마는 나는 님을보내지 아니하얏슴니다.

제곡조를못이기는 사랑의노래는 님의침묵을 휩싸고돔니다.

　　　　　　　　　　　　　　　　　- 한용운, <님의 침묵>

7연에서 운명의 전환으로 일대 역전이 일어나기까지 화자는 님과 이 별한 슬픔을 노래하고 있다. 그는 님에 대한 깊은 사랑을 "향긔로운 님 의말소리에 귀먹고 쏫다은 님의얼골에 눈머럿슴니다"라는 역설로 표현 하고 있다. 사랑하는 님의 말소리를 '잘' 듣고, 님의 얼굴을 '잘' 보아야 하는데도 화자는 자신이 님의 말에 "귀먹고"(따라서 잘 듣지 못하고) 님의 모습에 "눈머럿슴니다"(따라서 잘 보지 못한다)라고 표현하고 있다. 더구 나 작품의 종말에 가서 "아아 님은갓지마는 나는 님을보내지 아니하얏습니다."라는 진술은 그 운명의 전환을 가져오는 화자의 놀라운 태도를 매우 효과적으로 표현한 역설이 되고 있다. 이런 역설은 "스스로 움직이는 것은 산 것이요, 스스로 움직이지 못하고 고요한 것은 죽은 것이다. 움직이면서 고요하고 고요하면서도 움직이는 것은 제 생명을 제가 파지한 것이다. 움직임이 곧 고요함이요, 고요함이 곧 움직임이 되는 것은 생사를 초월한 것이다"라는 만해의 선사상에서도 확실히 볼 수 있으며, 불교의 언어가 바로 역설임을 반영하고 있다. 님과 같은 초월적 존재나 선의 경지나 종교적 진리는 상징이나 역설로밖에 표현될 수 없는 것이다.

(3) 시적 역설

시적 역설은 시에서 가장 특징적인 역설의 유형이다. 표층적 역설이 시행에 나타나는 부분적 역설이라면 이것은 시의 구조 전체에 나타나는 역설이다. 시적 역설은 진술 자체가 앞 뒤 모순되는 것이 아니라 진술과 이것이 가리키는 상황 사이에 명백한 모순이 나타나는 경우다. 물론 이 모순은 모순으로 끝나는 것이 아니라 진리를 함축하고 있는 것이다. 이런 점에서 역설은 아이러니와 혼동된다. 그래서 브룩스는 역설이 아이러니를 동반한다고 했다.

브룩스에게 내포로 사용되는 시의 언어가 바로 역설이다. 그러니까 그는 역설을 넓은 의미로 사용하고 있다. 그는 과학적인 언어와 대립되는 내포로서의 시어만이 시적 진리를 나타낼 수 있다고 했다.[9] 그에게 역설은 단순히 재치 있는 언어가 아니라 모순된 세계를 드러내는 데 가장 효과적인 인식방법이다. 소월의 많은 시들은 표면상 평이하고 단순한 진술을 하고 있지만 시적 역설의 기교를 구사함으로써 복잡성을 획득한다.

---

9) Cleanth Brooks, *The Well Wrought Urn*. 여기서는 《숨은 신》(이영걸 옮김, 삼중당, 1977), 227쪽 참조.

먼 훗날 당신이 찾으시면
그때에 내 말이 "잊었노라"

당신이 속으로 나무라면
"무척 그리다가 잊었노라"

그래도 당신이 나무라면
믿기지 않아서 "잊었노라"

오늘도 어제도 아니 잊고
먼 훗날 그때에 "잊었노라"

　　　　　　　　　　　　　　　　　－ 김소월, <먼 후일>

　먼 훗날의 미래에 나타날 상황을 미래시제가 아닌, "잊었노라"의 과거 시제를 사용한 것 자체가 역설적이다. 그러나 보다 주목되는 것은 이 작품 전체에 깔려 있는 역설적 상황이다. 님이 부재하는 '어제'와 '오늘'엔 님을 잊지 않고 있다가 님이 찾아올 때(물론 가정법이지만)는 도리어 이미 님을 버렸을 것이다(또는 잊어버리겠다)라는 화자의 태도는 분명히 모순이다. 그러나 우리는 이 모순을 통해서 화자의 간절한 그리움의 내적 진실을 한층 더 실감하게 된다.

일부일처제 같이
조그만 세상 속에
벙어리 장갑만큼
작은 사랑

해인이와 왕인이가 있고
그 옆 방바닥에 엎드려

책을 읽고 있는
나
그림엽서 같이
목가적이다

부부싸움 끝에 쫓겨나
골목밖 가로등 밑에서
우리집 등불을 지켜볼 때

　　　　　　　　　　　　– 김승희, <그림 엽서>

　이 작품 역시 역설적 상황의 설정을 통해 뭉클한 감동으로 독자를 사로잡는다. 보통사람들의 그 행복하고 "목가적인" 가정의 모습이 마지막 연에 제시된 것처럼 화자가 부부싸움 끝에 쫓겨나 가족 몰래 환한 자기집 방안을 훔쳐볼 때 비로소 발견되는 역설에 의하여 여간 실감나게 느껴지지 않는다.

　만약 우리가 조금이라도 관심을 가지고 눈여겨 본다면 우리는 인생도처에서 많은 모순을 발견할 것이다. 모순이 인간의 본질일 수도 있다. 다시 말하면 모순이 진리를 인식하고 진리를 드러내는 수단이 아니라 모순 그 자체가 진리가 되는 경우를 우리는 재발견하게 될 것이다.

제 4 장

미적 거리

제 01 절 거리와 감상미학

I 거리의 현상학

이제 시(모든 예술과 마찬가지로)에서 가장 기본적이고 궁극적인 미학의 문제로서 '거리'의 개념을 다루어야만 하겠다.

어떤 주어진 사물이나 사건의 현상을 해석할 때 시점의 차이에 따라 그 의미는 달라지기 마련이다. 이 경우 어떤 의미의 현실이 진짜 현실인가 하는 문제가 현상학이 안고 있는 문제다. 오르테가(Jose Ortega Y. Gasset)는 이 문제를 해명하기 위하여 아주 적절한 예를 하나 들었다.

한 저명인사의 임종을 그의 아내와 의사와 신문기자와 그리고 우연히 이곳에 온 화가 등 네 사람이 지키고 있었다. 저명인사의 죽음은 아내에게 너무도 커다란 충격을 주고 있다. 그래서 남편의 죽음이라는 사건은 그녀가 바라본 자기 '밖'의 사건이 아니라 그녀 '속'에 있는 그녀의 일부가 되어 있다. 환언하면 그녀는 그 사건에 너무 깊숙이 들어감으로써 그 사건의 '일부'가 된 것이다. 그리하여 그 사건과 그녀의 인격은 일체가 된 것이다. 의사의 경우 저명인사의 아내처럼 진정에서 우러나오는 슬픔은 아니지만 최소한 직업적 양심의 면이나 인격의 심정면에서 감동을 가지고 이 슬픈 사건에 생명을 부여한다. 신문기자는 의사와 마찬가지로 '직업상의 의무' 때문에, 즉 죽음의 장소를 취재하려고 그 장소에 나와 있다. 그러나 의사의 직업은 의사에게 사건의 개입을 끔찍없이 강요하고 있는 반면에 신문기자에게 직업은 사건의 '개입'이 아니라 '관찰'을 요구할 뿐이다. 즉, 기자는 사건에 감정적으로 관여하지 않고 그저 방관하는 입장에 놓여 있다. 그의 관심은 독자들에게 감동을 줄 만큼 명문을 써야겠다는 것이다. 화가는 한 인간의 죽음에는 무관심한 채 죽음의 '장면'을 잔뜩 노려본다. 그에겐 그곳에서 일어나는 '사건'은 관심 밖이다. 그 사건의 비극적 의미는 그의 '지각' 밖에 있다. 그는 단지 외재적인 것, 즉 빛·그림자·색채에만 주목한다. [1]

'저명인사의 죽음'이라는 하나의 사건[현상]은 이처럼 시점(입장이라고 하는 것이 더 적절하겠다)의 차이에 따라 엄청난 의미의 차이가 나타난다. 시점의 차이란 그 사건에 대한 감정적 개입도의 차이다. 그 사건에 대해서 심리적인 거리가 가장 짧은 것은 아내의 시점이며 가장 긴 것은 화가의 시점이다. 현실은 이렇게 상이한 시점, 상이한 심리적 거리에 따라 상이한 현실로 갈라져서 어느 시점에 비친 현실이 가장 진실한 것인지 판별하기가 어렵게 된다.

Ⅱ 심리적 거리

예술작품을 창조하거나 감상할 때 중요한 비평개념으로 '심리적 거리'가 제기된다. 이것은 시창작이나 감상의 성패를 좌우하는 궁극적인 조건이다. 심리적 거리(psychical distance)란 말은 영국의 블로흐(E. Bullough)가 1912년에 처음으로 사용한 용어다. 미학의 중요 개념이 되는 이 용어

---

[1] 여기서 인용문은 Jose Ortega Y. Gasset, *La deshumanización del arte*(장선영 옮김, 삼성출판사, 1976), 323~325쪽의 내용을 요약한 것임.

를 그는 다음과 같이 설명한다.

> 심리적 거리란 미적 관조의 대상과 이 대상의 미적 호소에서 감
> 상자 자신을 분리시킴으로써, 즉 실제적 욕구나 목적에서 그 대상
> 을 분리시킴으로써 획득된다. [2]

또 문학사전들은 이런 정의를 토대로 미적 거리를 기술한다.

> 심리적 거리란 우리가 작품을 접했을 때 작품에 표현된 행위, 인
> 물, 정서들이 절박한 실제 생활과는 아무런 관련이 없다는 감각기
> 관의 인식이다. 이와 같이 작품을 공리적 관심에서 분리시킴으로써
> 이런 심리적 거리는 예술의 특수한 효과를 발휘케 한다. 부적당한
> 거리 작용은 부자연스럽고 인위적이게 한다. [3]

> 미적 거리(혹은 심리적 거리)란 공간적 개념이나 시간적 개념이라
> 기보다 오히려 본질상 심리학적(psychological)이다. 한 개인이 자신
> 에 대한 어떤 사적이고 실제적인 관심에서 분리되어 한 대상을 관
> 조할 때 그 대상을 향한 그의 태도나 퍼스펙티브를 기술한 것이 미
> 적 거리다. …(중략)… 미적 감수성에서 '거리'는 비평가나 예술가
> 가 예술 대상을 관조하는 데 필수적이고 불가결한 것이다. [4]

이런 정의들에 따르면 미적 거리란 예술작품을 감상할 때 감상자가

---

2) Edward Bullough, *Psychical Distance as a Factor in Art and Aesthetic Principle*, p. 94. 여기서는 Susanne K. Langer, *Feeling and Form*(Charles Scribner's Sons, 1953), p. 319에서 재인용.
3) J. T. Shipley(ed.), *Dictionary of World Literature Terms*(The Writer Inc., 1970), p. 258.
4) Allex Preminger(ed.), *Princeton Encyclopedia of Poetry and Poetics* (Princeton University Press, 1965), p. 5.

자기의 사적이고 공리적인 관심을 버리는 심적 상태를 뜻한다. 즉, 개인의 주관이나 실제적 관심을 버린 허심탄회한 마음의 상태가 미적 거리다. 이런 마음의 상태를 흔히 분리, 초연, 자기멸각이라고 한다. 거리 또는 분리는 예술의 감상에 필수적인 관조의 태도이자 미적 태도이며 감상자의 객관성이다. 물론 거리 또는 분리는 미적인 주목이 쏠리는 대상으로부터의 거리나 분리가 아니라 감상자의 실제 개성이나 공리적 관심으로부터의 거리요 분리다. 이 거리는 예술작품의 미적 가치를 제대로 향수하기 위한 마음 상태이기 때문에 미적 거리(aesthetic distance)라고도 하며, 이는 시간적·공간적 거리가 아니라 어디까지나 내면적 거리다.

올드리치(V. C. Aldrich)는 이 심리적 거리를 관찰(observation), 간파(prehension)라는 두 가지 의식작용의 대비를 통해 정의한다.[5] 그에 의하면 관찰이란 재료적 사물(아직 예술의 어떤 형식 속에 담겨지지 않으나 양식화를 위한 가능성 가운데 있는, 말하자면 예술품의 내용이 되기 전의 소재)이 물리적 공간 안에서 구체화되는 지각양태다. 그것은 측정기준과 측량작업에 의해 고정된 공간적 성질에 대한 최초의 인식이다. 반면 간파란 단적으로 미적 지각양태다. 이것은 그 재료적 사물이 나타내는 매체를 비롯하여 색채나 음향의 강도 및 명암, 음가 등의 특성에 의해 결정된다. 말하자면 재료적 사물이 띤 성질의 지각양태다. 따라서 이것은 대상에 생기를 부여하는(성질을 부여하는) 인상을 수반한다. 이렇게 관찰은 대상을 물리적인 것으로서, 즉 단순한 사물로 바라보는 것이지만 간파는 대상을 미적 대상으로 보는 것이다. 그러므로 올드리치에게 심리적 거리는 감상자가 자신을 물리적 대상으로서의 '사물'에서 거리를 두게 하는 것(간파하는 것)이다.

블로흐가 심리적 거리를 개인의 실제적 관심에서 분리하거나 초연하는 것으로 정의하고 올드리치가 이것을 단순히 물리적으로 지각되는 사

---

5) Virgil Charles Aldrich, *Philosophy of Art*(김문환 옮김 현암사, 1975), 55~62쪽 참조.

물에서 분리, 즉 관찰에서 분리하는 것으로 정의한 것과는 달리 리차즈
는 다음과 같이 정의한다.

> 상반되는 충동의 균형은 가장 가치 있는 심미적 반응의 기반이라
> 고 우리는 생각한다. 이 균형은 보다 뚜렷이 한정된 정서경험의 경
> 우에는 불가능한 정도로까지 우리의 퍼스낼리티(personality)의 훨
> 씬 커다란 부분을 활동시킨다. …(중략)… 마음의 보다 많은 면이
> 민감하게 반응하려고 표면에 나타난다. 그리고 동일한 사실이지만
> 사물의 보다 많은 면이 우리에게 효과를 줄 수 있게 된다. 관심 있
> 는 하나의 좁은 수로를 통해서가 아니라 동시적이고도 모순 없는
> 많은 수로를 통해서 반응하는 것, 이것이 여기서 문제로 하고 있는
> 유일한 의미에서의 자기멸각의 상태가 되는 것이다. 6)

리차즈에게 거리 또는 분리란 단 하나의 양상 하에서 예술품을 보는
정신상태가 아니라 보다 많은 면에 우리가 반응하는 것, 다시 말하면
우리의 관심이 예술의 보다 많은 여러 가지 면에 쏠리는 정신상태를 의
미한다. 자기 개성에 맞지 않는 것을 배제하는 것이 아니라 포괄하는
확대된 마음의 상태가 초연이며 상반되는 충동의 균형이 가장 가치있는
심미적 경험이 된다는 것이다.

6) I. A. Richards, *Principles of Literary Criticism*(김영수 옮김, 현암사, 1977),
337쪽.

제 02 절 거리와 창작미학

I 양식적 상상력

　지금까지 여러 각도에서 정의한 심리적 거리는 예술작품과 감상자, 곧 시와 독자와의 관계라는 공통된 기반에서 정의한 것이다. 예술가의 입장에서 보면 예술의 목적은 자기표현이다. 즉, 예술은 '표현'으로서의 예술이다. 이 경우에 예술가 자신만이 자기 작품의 가치를 평가할 수 있다. 그러나 감상자의 입장에서 보면 예술의 목적은 정서의 고취다. 즉, '인상'으로서의 예술이다. 이 경우에 예술가는 독자를 고려하지 않을 수 없다. 그러므로 시인이 창작과정에서 이 '거리'의 개념을 필수적인 것으로 고려하지 않을 수 없다. 다이치(D. Daiches)에 의하면 시 그 자체는 여러 가지 예술적 장치(리듬, 어조, 이미지, 형태)와 시어에 의해 독자가 그 시를 심미적으로 향수하도록, 즉 감상에 필요한 어떤 거리를 스스로 결정하도록 하는 하나의 암시적인 방향체계를 마련한다.[1]

　시인은 하나의 관념, 하나의 정서에서 출발한다. 그러나 이 관념과 정서는 시에 위험스런 제재다. 왜냐하면 관념은 칠칠찮은 시인에게 일반 산문처럼 관념을 노출시켜 논리화하는 함정에 빠지게 하고, 정서는 그 시인에게 자신의 감정을 직접적으로 표현하고 절규하고 카타르시스 하도록 자극하기 때문이다.[2] 식민지 시대 카프파의 선동시는 "모든 감정

---

1) A. Preminger, *Princeton Encyclopedia of Poetry and Poetics*(Princeton University Press, 1965), p. 6 참조.

을 잡아먹는 이데올로기적 괴물"[3]이라고 해도 지나치지 않을 만큼 이데올로기에 종속되어 있었다. 시인은 관념이나 정서의 노예가 아니다. 그는 이 위험한 재료를 '다스리는' 인간이다. 극기의 실천을 강조하는 유교가 "그 사람됨이 온유돈후한 것은 시의 가르침이다"[4]라고 했을 때 이 '온유돈후'(溫柔敦厚)는 시의 효용론적 기능만을 의미하지 않는다. 온유돈후는 시가 괴기하지도 않고 교태롭지도 않고 그렇다고 노골적이지도 않는 독실한 정취가 있는 경향, 곧 자기 억제의 시정신을 가리키기도 한다. 다시 말하면 온유돈후의 시정신은 벌써 미적 거리의 개념을 함축하고 있는 것이다. 일찍이 공자가 관저(關雎)의 시를 평하면서 "즐겁되 음탕하지 않고 슬프되 감상에 흐르지 아니했다"[5]고 했을 때 '낙이불음'은 도덕적 수준이지만 '애이불상'은 심미적 기준, 곧 미적 거리의 개념이었다. 시의 내용이 되는 정서나 사상은 형식과 융합되어 형식화된 정서나 사상이 되어야 한다. 휠라이트는 이것을 시인의 상상력의 한 기능으로 보았다. 그가 말한 '양식적 상상력'(stylistic imagination)이란 대상을 형식화하고 대상에서 심리적 거리를 두도록 작용하는 상상력이다.[6]

워즈워드는 《서정시집》 서문에서 "모든 좋은 시는 강한 감정의 자연발생적 표현이다"라고 했다. 사실 시는 서사의 극에 비해 주관적인 문학양식이다. 그러나 시는 공적 형식성과 사적 주관성의 양 극단 속에 놓인다.[7] 우리는 시의 형식과 감정 사이의 투쟁을 발견할 수 있다. 왜냐하면 시도 다른 문학처럼 언어라는 매체로 이루어지는, 실제적이든 상

---

2) Susanne K. Langer, *Feeling and Form*(Charles Scribner's Son, 1953), p. 256.
3) David Lindley, Lyric, Martin Coyle 편, *Encyclopedia of Literature and Criticism*(Routledge, 1990), p. 624.
4) 《禮記》 經解, "其爲人也溫柔敦厚詩敎也".
5) 《論語》 八佾二十, "關雎 樂而不淫 哀而不傷".
6) Philip Wheelwright, *The Burning Fountain*(Indiana University Press, 1959, p. 78.
7) James L Calderwood(ed.), *Forms of Poetry*(Prentice-Hall, Inc., 1968), pp. 9~10 참조. 이하의 내용은 본서의 내용을 요약한 것임.

상적이든 체험의 질서화이며 형식화이기 때문이다. 이런 점에서 사실 어떤 시도 자발적이 아니다. 사상과 감정을 형식으로 옮기는 글쓰기의 행위는 그 자발성을 방해한다. 이것은 서정시인이 외부세계를 주관화 (즉, 세계의 자아화)하는 일을 부정하는 것이 아니라 시인이 산문작가처럼 역시 개인적 사상과 감정의 내부세계를 형식적 언어로 객관화하는 것을 의미한다. 시인에게 언어는 개인적이면서도 사회적이다. 그리하여 내적 ·표현적 충동과 외적 시형식 사이의 '알력'은 불가피하게 창조과정의 한 부분이 된다. 시의 형식적 언어가 시인의 원초적 감정에 압력을 가 하는 것이 그 본래의 특징이다. 시인은 자기 감정을 시에 투사하는 것 이 아니라 형식화된 감정을 투사한다.

> 나 보기가 역겨워
> 가실 때에는
> 말없이 고이 보내 드리우리다.
>
> 영변에 약산
> 진달래꽃
> 아름따다 가실 길에 뿌리우리다.
>
> 가시는 걸음걸음
> 놓인 그 꽃을
> 사뿐히 즈려 밟고 가시옵소서.
>
> 나 보기가 역겨워
> 가실 때에는
> 죽어도 아니 눈물 흘리우리다.
>
> — 김소월, <진달래꽃>

이 작품에서 우리는 내용과 형식의 동일성을 이루는 한 전형을 볼 수 있다. 이 시의 정서는 리듬과 의식의 장치에 따라 양식화되고 있다. 7·5조의 리듬 또는 2음보의 율격 속에서 그리고 진달래꽃을 한아름 따서 님이 떠나는 길에 뿌리겠다는 의식적 장치 속에서 시인은 이별의 정한에 질서를 부여하고 그 정한을 형식화한다. 특히 이 작품의 시제는 전부 미래형이다. 그러나 이 미래는 허구적 미래다. 한 연구자의 탁월한 분석처럼[8] "보내 드리우리다", "뿌리우리다", "흘리우리다"의 미래형에는 '보내 드릴 것', '뿌릴 것을', '흘리지 말 것을'과 같은 후회조의 과거형이 내포되어 있다. 다시 말하면 과거의 경험을 그대로 진술하지 않고 역설적으로 미래형을 도입함으로써 작품의 실제 진술과는 정반대되는 경험적 과거를 짐작케 하고 있다.

극기로 승화된 사랑, 과거에 대한 회한, "죽어도 아니 눈물 흘리우리다" 속에 내포된 이별의 커다란 슬픔 그리고 화자가 뿌린 꽃을 님이 "사뿐히 즈려 밟고"가 달라는 표현에서 가장 두드러지게 나타나는 자학적인 감정 등 여러 감정이 복합된 정서가 이 작품의 시정이 되고 있다. 이것이 '시정의 앰비큐어티'이다. 소월이 한국의 전통적 정서인 한을 시정으로 차용하는 것도 실은 이 한이라는 정서 자체가 서로 모순되는 충동의 복합물이기 때문이다.[9]

이렇듯 감정의 양식화에서 시인의 심리적 거리가 발생한다. 문제는 시인이 자기의 감정을 양식화하는 과정에서 어느 정도로 억제하느냐, 즉 제재에 대해서 어느 정도의 심리적 거리를 유지하느냐에 있다. 독자와 마찬가지로 시인도 거리의 훈련에 지배되어야 한다. 시인은 창작에 열중하고 있을지라도 자기 작품에 대한 '분리'(초연)를 배양하는 '이율배반'의 존재가 되기 때문이다. 이 이율배반 속에서 시인 자신도 부적절한 주관적 변색과는 무관한 퍼스펙티브를 유지하도록 노력해야 한다.

---

8) 이경수, 〈詩에 있어서의 情報의 效果와 限界〉《世界의 文學》(1977년 봄호).
9) 김종은, 〈素月의 病跡》《문학사상》(1974년 5월호).

Ⅱ 부족한 거리조정과 지나친 거리조정

심리적인 거리는 시인(더 정확히 말하면 시인의 능력)에 따라 그리고 그가 처리하는 대상의 본질에 따라 다양하다. 거리조정에서 양극단은 부족한 거리조정(underdistancing)과 지나친 거리조정(overdistancing)이다.

부족한 거리조정은 제재에 대한 시인의 심리적 거리가 아주 짧은 경우다. 시인이 자기 감정을 양식화하지 않고 직접 발화하는 절규의 형태가 부족한 거리조정이다. 이것이 시의 감상성이다. 1920년대 한국의 감상적 낭만시에서 볼 수 있는 현상이다.

> 오 괴로운 나의 넋이여!
> 머리에서 발톱까지
> 불순한 너의 짓밟음이여!
> 광명의 한낮을 암흑의 한밤으로
> 바꾸어 사는, 오, 나의 슬픔!
> 돌아가거라. 밤의 나라로,
> 오, 불순한 나의 피!
>
> — 김형원, <불순한 피> 중에서

이것은 시인이 감정의 노예가 된 상태에서 쓴 시의 예가 된다. 시인의 감정이 예술적 정서로 양식화되지 못한 미숙성이 그대로 드러나 있다. 그리고 이 시의 노출된 감정은 감상이지 파토스는 아니다. 파토스는 격렬하고 강한 감정이다. 시에서 파토스의 제시는 결코 악덕이 아니다. 파토스가 어떠 근거에서건(예컨대 이 시에서처럼 3·1운동 실패 후 허무주의와 패배주의가 팽창하던 당대의 역사적 분위기 같은 것) 부적절하게 노출이 될 때 감상이 된다. 그러므로 감상은 정서적 과잉상태며 정서적 자제의 부재다. 서정시가 장르의 본질적 성격상 '거리의 서정적 결핍'이라는 주관적 양식이지만 감정은 양식화 과정 속에 다듬어지는 것이다. 김기림이 말한 것처럼 시가 필요 이상의 슬픈 표정을 짓는 것이 감상이다.[10]

프린스턴 대학의 《시학사전》은 시에서 감상이 나타나는 세 가지 경우를 다음과 같이 들고 있다.

첫째, 감상적 정서 그 자체를 위해 이것의 표현에 몰두하는 것.
둘째, 충동을 타당하게 보이게 하기보다 더 많은 정서에 몰두하는 것.
셋째, 충분한 시적 상관물(이미지) 없이 감정을 과도하게 직접적으로
　　　표현하는 것.[11]

이러한 기술은 1920년대 낭만시의 결함의 근거를 잘 밝혀 주고 있다. 시의 감상성 같은 이런 부족한 거리조정은 결과적으로 시적 체험의 미적 성격을 파괴한다.

지나친 거리조정은 시인이 제재에 대하여 지나치게 심리적 거리를 둔 경우다. 제재에 대하여 시인이 너무 냉담한 태도다. 감정의 지나친 억제로 결과적으로 관념적인 시가 되거나 분열적인 시가 된다.[12] 전자의 예로 조선시대 사대부의 훈민시조나 개화기의 시가가 좋은 본보기가 된다. 훈민시조나 개화기 시가는 도덕이나 시대적 소명의식을 위해 정서를 조종했다.

고즌 므스 일로 퓌여서 쉬이 디고
플은 어이ᄒ야 프로ᄂ 듯 누르ᄂ니
아마도 변티 아닐손 바회뿐인가 ᄒ노라
– 윤선도, <오우가(五友歌)> 중에서

---

10) 김기림, 《詩論》(白楊堂, 1947), p. 153.
11) A. Preminger, 앞의 책, p. 763.
12) Philip Wheelwright, 앞의 책, p. 84.

이 시조는 정보전달에 치중한 교훈적인 시다. 도덕적 관념이 정서와 융합되지 않은 채 노출되어 있다. 극기를 생활태도로 한 유가들에게 관념이 정서와 융합될 틈이 없다. 사물을 보는 눈도 철저하게 윤리적이다. 만약 조선시대 사대부들에게 정서가 있다면 그것은 생활감정이나 자연발생적 감정이 아니라 이것이 극도로 억제된 상태에서의 상자연의 감정이나 도덕적인 감정이다. 조선시대 사대부들은 극기를 신조로 한 만큼 시에서도 지나친 거리조정을 했다.

분열적인 시란 오르테가가 규정한 '비인간화'의 시다.13) 오르테가는 심리적 거리를 유지하기 위해서 살아 있는 현실에서 분리하는 자세가 얼마나 필요한가를 역설했다. 그는 관찰자와 대상 사이의 '거리'가 최대팽창일 때 예술의 이상형이 가능하다고 했다. 최대팽창이란 예술이 실제의 현실에서 가장 먼 거리에 있는 경우, 아니 현실이 아주 배제된 경우다. 즉, 시에서 실제의 현실과 실제의 인간을 해체시킬 때 예술적 효과 측면에서 가장 바람직한 거리가 된다.

> 내팔이면도칼을든채로끊어떨어졌다. 자세히보면무엇에몹시위협당하는것처럼새파랗다. 이렇게하여잃어버린내두개팔을나는촉대세움으로내방안에장식하여놓았다. 팔은죽어서도오히려나에게겁을내이는것만같다. 나는이런얆다란예의를화분초보다도사랑스럽다.
>
> – 이상, <시제13호>

---

13) Jose Ortega Y. Gasset, *La deshumanizacíon del arte*(장선영 옮김, 삼성출판사, 1976), 322쪽. 그는 새로운 예술을 '비인간화'로 규정하고 있는데, 이것은 일체의 인간적 시점을 작품에서 배제한 것을 말한다. 살아 있는 인간과 현실을 갈기갈기 해체하는 것도 인간적 시점의 배제방법이 된다.

비인간화의 한 방법은 이렇게 살아 있는 실제의 인간을 해체하고 살아 있는 실제의 세계를 해체하는 것이다. 실제의 현실과 인간이 갈기갈기 해체됨으로써 이 작품은 마치 기하곡선의 추상화를 보는 듯한 당혹감을 준다. 비인간화의 시에서 시인이 노린 것은 실제 생활감정이나 인간적 감정과는 너무도 판이한, 이른바 익명의 비인간적 정조다. 그래서 대다수 독자들에게 혐오감을 일으키는 난해한 귀족예술이 비인간화의 시다. 말하자면 난해한 추상시다. 이것은 시와 독자의 수용력 사이에 놓인 회로를 무자비하게 파괴한다.

모든 시는 이 부족한 거리조정과 지나친 거리조정의 양 극단 사이에 존재한다. 시인은 예술적 효과를 위해 바람직한 거리조정에 심혈을 기울인다. 헤겔(G. W. F. Hegel)의 말처럼 시의 과제는 감정으로'부터'가 아니라 감정 '속에서' 정신을 해방시키는 일이며, 시인이 외부충격과 그 충격 속에 암시된 목적에 얽매이지 않고 그 충동을 자기 감정과 사상에 표현을 주는 기회로 사용하는 일이 본질적인 일이 된다.[14]

1930년대 정지용의 〈유리창·I〉은 흔히 이런 적절한 거리조정에 성공한 표본으로 지적된다. 사실 정지용 시들은 경험적 자아를 억제한 고전주의적 절제의 미학에 입각한 주지적 태도를 전형적으로 보이고 있다

> 유리에 차고 슬픈 것이 어린거린다.
> 열없이 붙어서서 입김을 흐리우니
> 길들은 양 언 날개를 파닥거린다.
> 지우고 보고 지우고 보아도
> 새까만 밤이 밀려나가고 밀려와 부딪치고,
> 물먹은 별이, 반짝, 보석처럼 박힌다.
> 밤에 홀로 유리를 닦는 것은
> 외로운 황홀한 심사이어니

---

14) G. W. F. Hegel, *Aesthetics*, T. M. Knox 영역(Oxford University Press, 1974), pp. 1112, 1118.

고운 폐혈관이 찢어진 채로
아아, 늬는 산새처럼 날아갔구나!

자식을 잃어버린 경험적 자아의 슬픔이 아름다운 시정으로 승화되어
있다. 깊은 밤 홀로 유리를 닦는 화자의 행위, 죽은 자식을 날아가 버린
한 마리 산새로 형상화한 점 그리고 무엇보다 "차고 슬픈 것"과 "외로운
황홀한 심사"라는 대립되는 감정의 병치에서 우리는 고전주의적 절제를
음미할 수 있다. 말하자면 시인은 자식의 죽음과 이 죽음이 암시된 목
적에 얽매이지 않고 그 아픈 충격을 자기 감정과 사상에 표현[정지용은
제작(making)에 연결시켜 이 표현을 시인의 조건으로 중시한다]을 주는 기회
로 사용하고 있는 것이다.

서정장르의 조건인 압축의 원리에는 처음부터 적절한 미적 거리의 확
보가 약속되어 있다.

산을 열고 들어서니
산은 없고
가뭇가뭇 눈길 끝
절집 아궁이
뉘 집 홀며느리가 새 공양주로 들었나
솔가리 한 짐
연리 한 줄기.

　　　　　　　　　　　　　　　　　　– 박태일, <화악산>

언어가 극히 절제된 이 단형의 전통시에서 화자의 서사적 상상까지
개입함으로써 겨울철 한적한 절간 풍경이 보다 효과적으로 조촐한 서정
을 자아낸다.

민중시는 소재선택이 제한적이고 이 소재를 처리하는 태도가 이데올
로기적으로 경직된 나머지 시적 개성이 결여된 소재주의의 한계에 빠지

는 수가 많다. 이것은 주로 미적 거리보다 소재 자체에 가치를 부여하는 데서 비롯된다. 그러나 곽재구의 〈사평역에서〉는 달리 읽힌다. 이는 묘사와 서술이(대부분의 민중시는 서사구조가 지배적이고 여기서 미적 거리를 어느 정도 확보한다) 적절히 혼합되면서 추운 겨울 밤 시골 간이역에서 야간열차를 기다리는 서민들에 대한 시인의 연민의 태도가 아름다운 서정으로 승화된 민중시다.

막차는 좀처럼 오지 않았다
대합실 밖에는 밤새 송이눈이 쌓이고
흰 보라 수수꽃 눈시린 유리창마다
톱밥난로가 지펴지고 있었다
그믐처럼 몇은 졸고
몇은 감기에 쿨럭이고
그리웠던 순간들을 생각하며 나는
한줌의 톱밥을 불빛 속에 던져주었다
내면 깊숙이 할 말들은 가득해도
청색의 손바닥을 불빛 속에 적셔두고
모두들 아무 말도 하지 않았다
산다는 것이 때론 술에 취한 듯
한 두릅의 굴비 한 광주리의 사과를
만지작거리며 귀향하는 기분으로
침묵해야 한다는 것을
모두들 알고 있었다
오래 앓은 기침소리와
쓴 약 같은 입술담배 연기 속에서
싸륵싸륵 눈꽃은 쌓이고
그래 지금은 모두들
눈꽃의 화음에 귀를 적신다

자정 넘으면
낯설음도 뼈아픔도 다 설원인데
단풍잎 같은 몇 잎의 차창을 달고
밤열차는 또 어디로 흘러가는지
그리웠던 순간들을 호명하며 나는
한줌의 눈물을 불빛 속에 던져주었다.

이 거리조정에서 우리는 두 가지 원리가 작용하고 있는 것을 알 수 있다. 하나는 배제의 원리고 다른 하나는 포괄의 원리다. 이런 거리조정의 두 원리에서 문학의 개성론과 몰개성론 그리고 특히 현대 사회의 특징인 소외와 결합된 심리적 거리 등의 문제와 더불어 현대시의 두드러진 경향도 진단할 수 있겠다.

Ⅲ 개성론과 실존적 장르

시의 고유한 목적은 자기표현이다. 시인은 자기의 사상이나 감정, 자기의 특수한 체험을 표현한다. 시 속에 표현된 사물도 주관적으로 윤색된 세계다. 세계의 자아화란 말은 시인이 세계를 자기의 개성에 따라 주관화한다는 뜻이다. 그래서 헤겔도 제재의 개별화와 특수화(곧 자아화)를 시의 고유한 원리라고 했다.[15]

이미 제1장 제1절 Ⅱ '시의 관점'에서 언급했듯이 표현론의 가치기준은 작품이 시인의 실제 감정과 정신상태와 일치해야 한다는 성실성(모방론과는 다른 의미의 진실성)이고, 이런 관점은 서구 낭만주의 시인들을 주종

---

15) G. W. F. Hegel, 앞의 책, p. 1113.

으로 한 개성론의 핵심이었다. 예술가가 독자에게 전달하려고 하는 감각을 자신이 어느 정도 강하게 느끼는가에 따라 예술가의 성실성이 좌우된다고 했을 때 톨스토이(L. Tolstoy)도 개성론의 입장이었다.[16] 공자의 유명한 사무사론(思無邪論)도 감정이 가장된 관습적 표현은 나쁜 시가 되고 감정과 그 언표행위가 일치되면 좋은 시가 된다는 뜻이 그 한 측면으로 함축되어 있다. 대상에 대한 주관적 진술이자 현실성에 관한 진술이라는 점에서 서정시는 허구적 인물을 창조하는 서사나 극의 모방장르와는 달리 실존적(existential) 장르가 된다.[17]

이런 성실성의 개념에서 보면 제재에 대한 심리적 거리는 소멸되거나 사실상 무의미해지기 마련이다. 여기서는 시인의 경험적 자아와 시적 자아의 사이에 거리가 없다.

시의 진실성 문제에서 언표된 정서가 시인이 실제로 느낀 감정과 어느 정도 일치하느냐, 따라서 어느 정도 감정의 자유로운 유로냐에 시인의 성실성을 두는 것은 시인의 경험적 자아와 시적 자아를 동일시하는 태도다.

경험적 자아와 시적 자아를 동일시하는 이런 태도는 19세기 유럽 낭만파들에게는 투사(projection)의 원리로 전개된다. 투사란 객체에 자기 자신의 특성, 태도, 주관적 변화과정을 부여하는 것이다. 말하자면 객체를 자기 자신과 동일화하는 것이다. 그들은 자기 자신을 타인들이나 비인간적인 신이나 자연에 투사함으로써, 즉 세계를 자아화함으로써 세계와 분리·대결하는 것이 아니라 공감적으로 유기적으로 연결되는 연속성과 동일성을 발견했다. 다시 말하면 세계에 대하여 수동적으로 반응하지 않고 세계를 자기의 의지나 욕망의 논리로 인간화하고 이렇게 동화된 상태 속에서 자아와 세계를 인식했다. 그들의 투사는 자아와 세계를 인식하는 방법이었다. 따라서 그들의 삶 자체는 세계 속에 자아를 무한히 투사해 가는, 세계를 끊임없이 자아화하는 과정이요, 그들의 문

16) L. Tolstoy, 《예술론》(박형규 옮김, 동서문화사, 1977), 184쪽.
17) Paul Hernadi, *Beyond Genre*(김준오 옮김, 문장사, 1983), 63쪽 참조.

학은 이러한 삶의 표현이었고 그들 생애의 에피소드들이었다. 예술이라는 허구가 따로 존재할 필요 없이 인생 자체가 하나의 예술이었다. 문학의 기능을 자기실현과 자기표현으로 생각한 그들에게 이런 투사의 원리는 인생과 문학의 방법이었다.

이렇게 투사에 의하여 자아와 세계의 동일성을 성취하고 인생과 예술마저 구분되지 않음으로써 경험적 자아와 시적 자아가 동일시된다는 것은 그들이 작중인물들에게 자신을 투사시켰다는 의미다. 다시 말하면 그들은 서정시건 소설이건 극이건 간에 자신들을 투사시킴으로써 인물들과의 일체감·동일성을 가졌다.[18] 이것이 그들의 가치개념인 성실성의 정체였다. 투사가 성실성이었고 여기서 경험적 자아와 시적 자아가 일치되었던 것이다.

심지어 이 성실성은 시적 자아와 경험적 자아의 동일성뿐만 아니라 독자마저 자신을 작중인물에 투사시킴으로써 인물과 동일성을 갖게 했다. 그리하여 시인과 시적 자아, 독자 사이의 그리고 인생과 예술 사이의 구분이 파괴되고, 연속성과 동일성이 성립되었다.

그러나 오늘의 시관은 이와 같은 성실성에 대해서 부정적이다. 문학의 몰개성론은 경험적 자아와 시적 자아를 동일시하는 이런 개성론에 반동한 문학이다. 몰개성론은 이 두 자아가 도무지 동일시될 수 없고 심지어 그런 동일성의 고백적·자전적 스타일 자체가 예술적 책략이며 시인의 탈에 지나지 않는다고 한다. 이것은 인생에서 예술을 독립시켜 자기 충족성, 자율성을 강조한 것이다. 성실성을 "예술가 자신도 느끼지 않은 효과를 독자에게 느끼게 하려고 노력하고 있는 것이 겉으로 드러나지 않는 것"[19] 정도로 해석해 버린다. 낭만주의자와 같이 감정의 자유로운 유로에서 시의 진실성을 찾지 않는다. 실제로 느낀 감정과 시의 언표된 감정이 일치해야 한다는 소박한 진실성을 거부한다. 오히려 가

---

18) Robert Langbaum, *The Modern Spirit*(Chatto & Windus, 1970), p. 167 참조.
19) I. A. Richards, *Principles of Literary Criticism*(김영수 옮김, 현암사, 1977), 271쪽.

장 위대한 예술가일수록 실제로 그가 전혀 느끼지 않은 것을 강렬하고 풍부하게 표현한다는 주장까지 나오고 있다.

풀레(G. Poulet)는 '내면적 거리'라는 용어로 현실과 시를 구별하면서 모든 시는 궁극적으로 이 내적 거리에 있다고 했다. 그래서 극적이고 허구적인 데서 시의 진실성·성실성을 찾게 되었다. 자연성보다 인위성에 가치를 두는 이른바 반성실성의 입장이 현대 시관이다. 비록 허구는 사람을 속이기 위하여 사용될 수 있지만 시의 허구는 "온갖 경우에 속임수가 없는 상태를 엄연한 현실로서 철저히 인식하는 것과 조금도 모순되지 않는 것"20)으로 생각한다.

이런 몰개성론은 엘리엇의 객관적 상관물론에서 뚜렷이 구체화된다. 엘리엇의 이론은 낭만시의 주정적 경향에 반동했다는 점뿐만 아니라 실제의 감정과 시의 정서를 구분했다는 점에서 심리적 거리에 대한 유익한 관점을 제기해 준다.

Ⅳ 몰개성론과 객관적 상관물

엘리엇의 객관적 상관물의 개념은 육시론(六詩論)의 '흥(興)'에서 벌써 발견할 수가 있다. 이 '흥'은 서구적 개념의 은유와 유사하지만 "먼저 다른 사물을 노래함으로써 읊고자 하는 정감을 일어나게 함"21)이라는 정의에서 알 수 있듯이 이미 객관적 상관물 개념을 함축하고 있는 것이다. 이것은 정(情)이 사물에 응해서(곧 세계와 접촉하여) 밖으로 발한 것이라고 이기철학에서 정의했듯이 시란 마음이 외물에 자극받아 일어난 서정을

---

20) I. A. Richards, 앞의 책, 266쪽.
21) 홍우흠, 《漢詩論》(영남대출판부, 1991), 246쪽.

언어로 표현한 것이라는 사실에 기인한다.

워즈워드는 인용한 같은 글에서 "조금 전에 나는 시는 강한 감정의 자연발생적 유로라고 했다. 그러나 시는 고요히 회상된 정서에서 기원한다. 그렇게 회상된 정서를 한참 묵상하고 나면 일종의 반사작용에 의하여 그 고요의 상태는 차츰 사라지고, 처음 명상의 대상이었던 정서와 닮은 제2의 정서가 생겨나서 실제로 마음 속에 자리잡는다. 이런 기분에서 훌륭한 창작이 시작되는 것이 보통이다"라고 했다. 시정이 되는 제2의 정서는 원래 체험했던 정서를 명상한 결과다. 원래의 정서가 기억 속에서 이념화된 것이 제2의 정서다. 이것은 낭만시인의 시작 과정에서도 제재에 대한 심리적 거리가 필수적이었음을 암시하고 있다.

그런데 엘리엇은 워즈워드의 "고요히 회상된 정서"라는 어구에 대해서 매우 신경질적인 반응을 보였다.[22] 왜냐하면 엘리엇에게 시의 정서란 실제의 감정과는 다른 구조적 정서이며 또한 시에 표현된 체험은 '회상된' 것이 아니기 때문이다. 그러나 엘리엇이 "회상된 정서"에 반발한 것은 잘못이다. 왜냐하면 워즈워드도 분명히 "고요히 회상된 정서"에서 기원한다고 했지 그것이 바로 시정이 된다고 하지는 않았기 때문이다. 차라리 "처음 명상의 대상이었던 정서와 닮은 제2의 정서"란 글귀의 '닮은'에 반발했어야 옳았다. 낭만주의 문학도 사실주의 문학도 현실이 반영되어 있다는 점에서 '부분적 예술작품'에 지나지 않으며, 이 두 문학은 '사실주의'라는 공통영역에 뿌리박고 있다.[23] 엘리엇이 워즈워드에게 반발한 실제 의도는 바로 이 점에 있다. 다시 말하면 시 속에 시인의 실제 개성이 어느 정도 반영되어 있다는 데 반발한 것이다.

엘리엇은 "시는 정서로부터의 해방이 아니고 정서로부터의 도피이며 개성의 표현이 아니라 개성으로부터의 도피다"라고 정의했다. 이 정의는 많은 논란과 오해를 불러 일으킬 만큼 비논리적 진술이다. 시를 '정

---

22) T. S. Eliot, *Tradition and Talent*《엘리엇선집》(이창배 옮김, 을유문화사, 1963), 378쪽.

23) Jose Ortega Y. Gasset, 앞의 책, 320쪽.

서의 도피'나 '개성의 도피'로 정의한 것은 사실 모호하지 않을 수 없다. 물론 이 문맥에서 '정서'와 '개성'은 경험적 자아로서의 정서와 개성, 현실적 인간으로서 시인의 정서와 개성을 가리킨 말이다. 그러니까 개성과 정서에서 도피란 경험적 자아의 개성과 정서로부터 도피를 가리킨 말이다. 이 도피론은 〈형이상학파 시인〉의 감수성의 통일, 〈햄릿론〉의 객관적 상관물이란 말과 더불어 그의 문학적·미적 주장으로서 널리 알려져 있다.

그러나 엘리엇은 두루 알려진 대로 정치적으로 왕당파, 문학에서 고전주의자, 종교적으로 영국 가톨릭 신자였다. 그는 사회 정치에서 자유주의적·다수주의적·상업주의적 민주주의에 반대입장을 취했다. 그는 부르주아의 자유주의와 자본주의를 혐오했다. 동시에 그는 부르주아지의 기술적 지성에 의해 종교적 절대가치가 무시되고 세속화되어 가는 현대 문명사회를 구원하는 길은 가톨리시즘이라고 했다. 이것은 인간이 원죄를 짊어진 사악하고 불완전한 존재라는 가톨릭적 인간관으로서는 필연적인 태도였다. 그가 〈전통과 개인의 재능〉에서 경험적 자아를 서구의 기독교적 어조로 창조하는 자아와 구분하여 '고통받는 인간'(man who suffers)이라고 한 것은 이를 시사하고 있다. 그가 개성의 도피를 부르짖은 이유는 그 개성이 이런 부르주아지의 다수주의적·물질주의적 세속에 감염되어 있거나 그렇게 되기 쉽기 때문이었다. 다시 말하면 그의 몰개성론의 욕망은 이런 경험적 자아에 대한 혐오와 불안에 기인한 것이다. 이런 점에서 그의 몰개성론은 문학적·미학적 주장이 아니라 개인적 필요성에 근거하고 있다고 볼 수 있다.24)

그러나 경험적 자아와 창조적 자아(또는 시적 자아)의 구분은 엘리엇만의 독특성이 아니다. 이것은 현대의 모든 시인에게서 볼 수 있는 시인의 두 얼굴이기 때문이다. 다시 말하면 삶의 방식이든 시의 방식이든 현대에서 자아분열은 필연적 현상이다.

그러므로 엘리엇의 시 방법은 자연 이런 개성을 지닌 경험적 자아를

---

24) Michael Hamburger, *The Truth of Poetry*(Penguin Books, 1972), p. 140.

억제하고 정화하는 것이었고 참다운 자기희생이었다.25) 준엄한 자기극기, 계속적인 자기희생이라는 경험적 자아에 가해진 비정한 훈련을 통하여 그의 몰개성론이 탄생한다. 정서의 도피나 감수성의 통일 주장도 이런 자기극기의 한 양상이다. 인간은 원래 사악하고 불완전하기 때문에 규칙에 의한 강력한 통제가 필요하다는 고전주의적 인간관에서 그는 필연적으로 반민주적 반다수주의적 태도를 지녔고 이것은 파운드처럼 일종의 전체주의의 경향을 띠고 있다. 그가 전통, 질서, 규제의 세계관을 가진 것은 이 때문이다. 그리하여 반심미적·몰개성론적 태도로서, 그 비인간적이라고 할만큼 과도한 자기억제의 금욕주의는 "시가 문제되지 않는다"는 방향으로 치달았던 것이다.26)

경험적 자아와 시적 자아, 인생과 시를 엄격히 구분한 만큼 엘리엇은 현실에 대하여 심리적 거리를 두었다. 그에게 시 자체는 마음의 통일을 반영한 객관적 상관물이다. 이 마음의 통일은 경험적 자아와 의식적 감정으로부터 도피한 종교적 무아경이나 심층적 심리와 같은 고요한 통일의 상태다. 그러니까 '개성으로부터의 도피'란 말 다음에는 더 깊은 자아 속으로 들어간다는 말이 생략되어 있다. 이 통일 속에는 사상과 감정이 융합되어 있으며 모든 것이 질서와 통일이 되어 있다. 객관적 상관물인 시는 이 통일된 마음에서 나온 것이다.

엘리엇은 1919년 〈햄릿론〉(Hamlet and His Problem)에서 객관적 상관물(objective correlative)을 다음과 같이 기술했다.

예술의 형태로 정서를 표현하는 유일의 방법은 '객관적 상관물'을 발견하는 데 있다. 환언하면 특수한 정서의 공식이 되고 독자에게 똑같은 정서를 환기하게 되는 일련의 사물, 상황, 사건이다.

---

25) T. S. Eliot, *Selected Prose*(Penguin Books, 1958), p. 26.
26) 이런 점에서 Hamburger는 Eliot이 그의 시적 재능과 상상적 재능을 비예술적 목적에 종속시키고 결과적으로 비인간화의 경지에 이르렀다고 비판한다. M. Hamburger, 앞의 책, p. 144 참조.

객관적 상관물론은 시에서 모호성과 감정의 직접적 진술에 반동하여 묘사의 구체성과 명확성을 강조한 것이다. 가령 "산지기 외딴집/ 눈먼 처녀사"(박목월, 〈윤사월〉)의 이미지들은 외로움의 정서를 환기하는 객관적 상관물이다. 시인은 외롭다라는 감정의 직접적 진술 대신 이것을 환기하는 이미지들을 선택한 것이다. 이런 객관적 상관물론은 습작기의 시인 지망생에게 매우 유용한 창작방법임에 틀림없다.

그러나 여기서 우리가 주목해야 할 것은 첫째, '일련의'란 말이다. 이 것은 한 작품이 여러 이미지들로 이루어진 유기적 통일체라는 사실을 암시하면서 실제의 개성이 아닌 창조적 자아의 통일된 마음의 상태를 반영한 것이 시라는 사실을 아울러 시사한다. 따라서 시적 정서는 "구조적' 정서다. 둘째, 객관적 상관물이 환기한 정서는 실제의 정서와 다르다는 사실을 시사한 점이다. 그는 실제의 정서(emotion)와 객관적 상관물이 환기하는 정서(feeling)를 엄격히 구분한다. 전자는 실제의 삶에서 일어난 생활감정이지만 후자는 객관적 상관물, 더 구체적으로 말하면 시 속의 특정한 단어・어구・이미지 등이 환기하는 예술적 정서다. 이 양자의 차이에 엘리엇의 '거리'가 놓인다.

화안하게
종교가 열리는 순간
꼬마들은 볏단위에서
한 점 두 점 계절을 주워 모아
바람 위에 차곡차곡 쌓고 있다.

골방 속의 책들이
서서히 피곤에서 풀려
거리로 쏟아져
가게의 유리문을 기웃거리고 있다.

호주머니에 잠자던 낡은 성냥도
몰래 거리로 빠져 나와
불을 켜고 있다.

- 김사림, <초설(初雪)>

첫눈은 누구에게나 환희의 생동감을 준다. 그것은 때로 종교적 성스러움과 동화적 분위기도 자아내면서 피곤한 우리의 삶에 활력을 불어넣는다. 시인은 이런 정서를 직접적으로 진술하지 않는다. 그는 첫 연에서부터 이 환희를 최초의 신선한 충격으로 제시하면서(그래서 첫 연의 어조는 짧고 상기되어 있다) 세 개의 구체적 장면들을 병치시켜 우리에게도 똑같은 환희의 생동감을 느끼게 한다. 특히 "골방 속의 책들"과 "낡은 성냥"과 같은 사물의 이미지들을 의인화하여(사실 이 이미지들은 생활하는 인간을 비유한 환유이기도 하다) 동적 이미지로 처리함으로써 환희의 생동감을 보다 효과적으로 환기시키고 있는 것이다.

그러나 엘리엇이 미적 정서와 생활감정을 엄격히 구분했을 때 이 양자 사이의 거리는 인간적 시점을 배제한 비인간화의 시에서 극대화된다.

계곡에
적교(吊橋)처럼 로우프가 걸렸다
토끼 원숭이 늑대 이리들이
건너가고 있다
뱀과 뱀들이
꼬리를 물어 돌고 늘어진 것이다
지금 어느 한 쪽의 세계가
반쯤 허물어지고 있는지도 모른다
뭍과 뭍 사이.
적교처럼 로우프가 걸렸다
사람들이 깊이 잠든 한밤

바다는 세찬 여울로 기울고 있다.

- 문덕수, <전조(前兆)>

이 작품에는 흄(T. E. Hulme)이 말한 축축하고 부드러운 이미지(wet soft image) 대신 메마르고 단단한 이미지(dry hard image)만 사용되고 있다. 즉, 감정의 직접적 진술이 없다. 이미지만 제시되고 이른바 투영체 형용사(슬프다, 기쁘다 등 작자의 감정을 나타내는 형용사)를 사용하지 않는다는 점에서 이 작품은 제재에 대하여 일정한 심리적 거리를 두고 있다. 더구나 이 작품은 어떤 대상의 재현이 아니다. 이미지와 장면들 그리고 이것들의 연결이 실제 대상의 인상을 묘사한 것이 아니라 이와는 관련 없이 자유롭게 하나의 특수한 독립된 세계를 나타내고 있다. 즉, 이 작품의 세계는 언어들이 실재를 묘사한 것이 아니라 그 언어들의 자의적 배열로 언어들이 서로를 '반향'한 데서 창조된 내면세계다. 그만큼 이 작품의 이미지들, 곧 객관적 상관물은 현실감정을 환기하지 않고 특수한 정조를 환기한다.

그리고 이 시의 이미지들에서 우리는 위기감, 불안감의 어두운 정서를 느낀다. 이것은 "지금 어느 한 쪽의 세계가/ 반쯤 허물어지고 있는지도 모른다"는 화자의 의견이 노출된 진술에서 더욱 확실해진다. 그러나 이 정조는 살아 있는 현실이나 인간의 감정에서 온 것이 아니다. 왜냐하면 인간도 배경적 처리가 되어 있는 이 시에서 갖가지 동물들과 무기물의 자연이 보여주는 세계는 비인간적 세계일 뿐 실제의 인간세계의 재현이 아니기 때문이다. 엘리엇의 객관적 상관물의 깊은 의의는 여기 있다. 시와 현실의 분리 자체가 심리적 거리가 되고 이것이 객관적 상관물론으로 이론화된 것이다.

비인간화란 배제의 원리다. 앞에서 인용한 작품에서 인간이 배경 구실을 하는 소도구로 처리된 것도 이 범주에 속한다. 살아 있는 현실과 인간을 해체하는 것과 더불어 또 하나의 비인간화의 방법이 있다. 그것은 서열의 역전이라는 시점의 변화다.

제 03 절 거리의 표현기법

I 서열의 역전

인간적 관점으로 사물들을 보면 우리는 의식적이든 무의식적이든 일반적으로 그 사물들에 어떤 서열의 질서를 부여한다.[1] 여러 사물들 중에서 가치있다고 생각하는 것도 있고 별로 가치를 느끼지 않는 것도 있다. 그래서 이런 인간적 관점에서 본 가치의 서열에 따라 사물에는 어떤 서열이 생기기 마련이다. 예컨대 인간, 생물, 무기물의 순서로 우리의 가치는 달라진다. 그러나 인간적 시점을 폐기하는 경우 이 서열이 역전된다. 다시 말하면 사물의 서열을 역전시켜서 비인간화를 가져오고, 이런 비인간화에서 현실과의 심리적 거리를 최대한 팽창시키는 것이다. 이상의 시나 앞에 인용한 문덕수의 〈전조〉에서도 볼 수 있는 현상이다.

인간들 속에서
인간들에 밟히며
잠을 깬다
숲 속에서 바다가 잠을 깨듯이
젊고 튼튼한 상수리나무가
서 있는 것을 본다

---

1) Jose Ortega Y. Gasset, *La deshumanización del Arte*(장선영 옮김, 삼성출판사, 1976), 342쪽 참조.

남의 속도 모르고 새들이
금빛 깃을 치고 있다.

- 김춘수, <처용>

많은 사람이 잘 알고 있다시피 처용은 아내의 간통장면을 보고도 노래를 부르고 춤을 추면서 그 자리에서 물러났다. 신라의 설화적 인물인 이 처용은 김춘수가 탐구하는 시적 개성이요, 그의 마스크다. 주목할 점은 인간과 상수리나무의 서열이 뒤바뀌어 있는 점이다. 즉, 화자는 인간보다도 상수리나무에 더 가치를 느끼고 있다. "젊고 튼튼한 상수리나무"가 "인간들에 밟히며/ 잠을 깬다"는 진술에서 우리는 화자의 인간에 대한 혐오감과 상수리나무에 대한 애정을 엿볼 수 있다. 이렇게 이 시의 시점은 분명 비인간적 시점이며, 이 시점에 의해서 가치의 서열이 바뀌어 실제의 살아 있는 현실과는 너무나 동떨어진 특수한 시적 세계가 형성되고 있다.

인간적 시점을 배제하는 가장 일반적 방법은 이미지들의 느닷없는 결합이다. 이것은 몽타주, 콜라주, 자동기술법, 데뻬이즈망, 병치 등 여러 용어에 공통되는 개념이다.

Ⅱ 소외기법

이미 제2장 제1절에서 언급했듯이 러시아 형식주의자들에게는 '낯설게 하기'란 개념이 예술의 원칙으로 등장한다. 이 예술원칙 속에 미적 거리의 개념이 처음부터 잠재되어 있다. 시에서 '낯설게 하기'란 일상 언어, 규범문법의 파괴와 전통적 율격·전통적 미적 규범의 파괴에서 발

생한다. 시는 이런 파괴의 산물이어야 하고 여기서 시의 예술성이 나타
난다.

> 벌판한복판에꽃나무하나가있소. 근처에는꽃나무가하나도없소. 꽃
> 나무는제가생각하는꽃나무를열심으로생각하는것처럼열심으로꽃을
> 피워가지고섰소. 꽃나무는제가생각하는꽃나무에게갈수없소. 나는막
> 달아났소. 한꽃나무를위하여그러는것처럼나는참그런이상스러운흉
> 내를내었소.

– 이상, <꽃나무>

이상의 시는 당대뿐만 아니라 오늘날에도 낯설게 하기의 충격을 주고
있다. 띄어쓰기가 되어 있지 않고 문장과 문장 사이에 논리성이 없고
특히 꽃나무와 화자를 연결시킨 유추 등이 낯설게 하기의 조건이 되고
있다. 그래서 여기서의 꽃나무와 화자는 도무지 꽃나무 같지 않고 사람
같지 않다. 이상 시의 낯설게 하기는 미적 거리를 극대화시키고 있기
때문에 우리에게 언제나 충격을 주지만 그만큼 그의 시는 처음부터 난
해하기 마련이었다.

이 '낯설게 하기'의 극단적 형태가 모더니즘시의 몽타주 수법이다. 이
질적인 이미지들을 폭력적으로 결합시키는 몽타주 기법은 소외기법의
한 병형이다.

몽타주란 이질적 이미지들을 폭력적으로 결합시킨다고 할 때 이것은
같은 시간, 같은 장소에 존재할 수 없는 사물들을 결합시키거나 사물을
원래의 장소에서 추방시키는 기법이다(이 점에 대해서는 제2장 제3절 병치
은유에서 이미 언급했다).

바다 밑에는
항문과 질과
그런 것들의 새끼들과

하나님이 한 분만 계시더라

- 김춘수, <해파리> 중에서

항문과 질이 우리들 신체의 한 기관이고 하나님이 하늘에 계신다는 신앙적 통념을 고려한다면 이 작품은 사물을 원래의 장소에서 추방하여 같은 장소에 공존시킨 몽타주 수법의 좋은 본보기가 된다. 즉, 우리 신체의 일부인 항문과 질이 바다 밑으로, 하늘에 계신 하나님도 바다 밑으로 옮겨져 있는 것이다. 여기서 우리가 전혀 인간적 정서를 느낄 수 없는 것은 너무도 당연하다. 왜냐하면 이 기법 자체가 인간적 시점을 배제한 데 근거하고 있기 때문이다. 살아 있는 인간을 해체시키든 인간적 시점에 의한 가치의 서열을 역전시키든 비인간화는 현실에서 심리적 거리를 최대로 팽창시킨 예술의 방법이다.

Ⅲ | 구조와 반구조

시형식의 중요한 기능 중의 하나는 시적 담화를 '구조화'하는 일이다.[2] 다시 말하면 제재를 어떤 틀 속에 짜 맞추는 일이 형식의 기능이다. 아리스토텔레스가 비극의 플롯이 처음·중간·끝으로 엄격한 유기적 형식을 갖추어야 한다고 정의했을 때 최초로 구조의 개념이 탄생된다. 제재의 구조화가 주목되는 점은 이것이 문학과 현실을 구분 짓는 경계선이 되는 사실이다. 우리들의 현실적 삶의 과정은 문학에서처럼 '처음·중간·끝'이 명확하지 않고 산만하고 무질서하다. 따라서 제재의

---

[2] Barbara Herrstein Smith, *Poetic Closure*(The University of Chicago Press, 1968), p. 238.

구조화 자체는 그만큼 미적 거리를 확보하는(또는 미적 가치를 획득하는) 본질적 수단이 된다. 이 구조화는 결말 맺기에서 가장 특징적으로 나타난다. 기·승·전·결의 시상 전개방식은 시적 담화를 구조화하는 전통적 결말 맺기의 대표적 사례다.

> 가시리 가시리잇고
> 나는 ᄇ리고 가시리잇고
> 나는 위 증즐가 태평성대(大平盛代)
>
> 날러는 엇디 살라 ᄒ고
> ᄇ리고 가시리잇고
> 나는 위 증즐가 태평성대
>
> 잡ᄉ와 두어리 마ᄂᆞᆫ
> 선ᄒ면 아니올셰라
> 위 증즐가 태평성대
>
> 셜온님 보내ᄋᆞ노니
> 나는 가시ᄂᆞᆫ 듯 도셔오쇼셔
> 나는 위 증즐가 태평성대

– <가시리>

이별을 제재로 한 이 고려속요에서 1, 2연의 떠나가는 임에 대해 화자의 원망하는 어조가 3연에 와서 "선ᄒ면 아니올셰라"라는 두려움의 어조로 극적 전환을 일으키면서 4연에 와서 간절한 하소연의 어조로 결말 맺는 엄격한 구조를 볼 수 있다. 민족적 장르인 시조가 대부분 초·중장이 기·승에 해당하고 종장이 전·결에 해당하는 것도 전통적 결말 맺기의 좋은 보기가 된다. 우리 시가의 결말 맺기는 이처럼 시상을 전환시켜 결말을 맺은 것이 지배적 구조화 유형이다. 여기서 또 하나 주목되는 것은 이런 결말 맺기의 구조화가 '목적론적 세계관'과 연관된다는 점이다.[3]

모란이 피기까지는
나는 아직 나의 봄을 기다리고 있을테요
모란이 뚝뚝 떨어져 버린 날,
나는 비로소 봄을 여읜 설움에 잠길테요
오월 어느날, 그 하루 무덥던 날,
떨어져 누운 꽃잎마저 시들어 버리고는
천지에 모란은 자취도 없어지고,
뻗쳐 오르던 내 보람 서운케 무너졌느니,
모란이 지고 말면 그뿐, 내 한해는 다 가고 말아,
삼백 예순 날 하냥 섭섭해 우옵내다.
모란이 피기까지는
나는 아직 기다리고 있을테요, 찬란한 슬픔을 봄을 .
　　　　　　　　　　　　　　　- 김영랑, <모란이 피기까지는>

박목월의 〈나그네〉나 조지훈의 〈승무〉처럼 시의 처음과 끝이 반복되는 '봉합체'(enveloped style : 수미쌍관의 장법)의 이 작품은 전형적 완결형식이다. 이 완결형식이 봄을 잃은 비애에도 다시 봄을 기다리는 화자의 목적론적 세계관과 상응하고 있음을 쉽게 간파할 수 있다. 식민지시대 만해 시를 비롯하여 이육사의 〈청포도〉·〈광야〉 그리고 윤동주의 〈별헤는 밤〉 등에 나타난 기다림의 미래지향적 태도는 모두 목적론적 세계관에 근거한다.

그러나 현대시는 반목적론의 개방형식을 지향하는 두드러진 조짐을 보이고 있다. 사실 정형시에서 자유시로의 이행 자체는 결말 맺기의 수

---

3) B. H. Smith, 앞의 책, p. 238.

단들이 점점 극소화되어 가는 과정으로 볼 수 있다. 특히 모더니즘의
실험시에서 '반결말' 또는 '반구조'의 경향을 두드러지게 발견할 수 있다.
이런 반결말, 반구조의 경향은 문학과 인생의 전통적 경계선이 붕괴됨
을 반영하고 따라서 문학의 전통적 본질을 의심하게 하는 괄목할 만한
충격이 되는 것이다. 달리 말하면 이런 경향은 시적 리얼리즘을 지향하
는 노력과 연관되고 있는 것이다.[4] 제재의 짜깁기 또는 '집합단위'는 반
결말·반구조의 현대시에 지배적인 구성원리가 되고 있다.

> 우리 관군이 육전에서 패배를 거듭하고
> 있는 동안 해전에서는
> 이순신 장군이 연전연승 일본 함대를 격파시켜
>
> 전세를 역전시키고 있었다. 4번 타자
> 김봉연이 타석에 들어서자
> 관중들은 함성을 지르며
>
> 묵묵히 걸어나갔다. 최루탄 가스에도
> 아랑곳하지 않고
> 자유로운 삶을 위해서 그들은
>
> 콘돔이나 좌약식 피임약을
> 상용하였으므로 대부분의 아이들이
> 외동아들이거나 외동딸이었음에도
>
> 불구하고 라면은 퉁퉁
> 불어 있었다. 정확히 물을 3컵 반

---

4) B. H. Smith, 앞의 책, p. 238.

재어서 부어넣었는데, 어떻게 면발이 퉁퉁

- 장경린, <라면은 퉁퉁>

이 작품은 화자에게 중요한 것은 라면을 제대로 끓이는 일이다. 그러나 이 평범한 일상사가 어떻게 그의 삶의 목적일 수 있는가. 이런 반목적론과 이 작품의 반결말은 물론이고 문장마저도 완결되어 있지 않은 반구조는 상응하고 있는 것이다. 각 연들은 내용도 논리적으로 연관될 수 없을 정도로 단절된 채 병치되고 있다. 그래서 극단적으로 말하면 연들의 순서를 임의로 바꾸어도(물론 문법적 차원에서 보면 각 연의 처음과 끝이 교묘하게 연결되어 있지만) 무난할 만큼 처음·중간·끝의 구분이 없다. 종속구문의 문장질서와 유기적 형식의 텍스트 질서는 역전될 수 없지만 이런 병치구문은 상호교환이 가능할 뿐만 아니라 그 비유기적 형식은 얼마든지 역전시킬 수도 있는 '자의적' 질서다.

유기적 형식은 이미 존재하는 형식 속에 내용을 짜 맞춘다는 의미의 '기계적 형식'(낭만주의자들이 반동한 고전주의의 시형식)에 대립되지만 작품의 통일성과 질서가 여전히 그 본질로 남아 있다. 반구조의 시는 이 유기적 형식을 해체한 점에서 비유기적 형식의 시다. 따라서 비유기적 형식은 작품의 통일성과 질서가 부재한다. 앞에서 진술했듯이 시 형식이 세계관(또는 이데올로기)의 산물이라면 현대시가 유기적 형식으로부터 비유기적 형식으로 변화된다는 것은 세계관의 변화에 상응하므로 형식의 변화는 매우 의미심장하다. 뿐만 아니라 이 비유기적 형식은 바로 미적 거리의 문제와 직결되는 것이다. 짜깁기 또는 집합단위들이 구성원리가 되고 있을 뿐이다. 이 작품에서 이런 반구조, 반결말은 현대적 삶의 소외·단절감을 반영한 것일 수도 있고, 혼돈과 무질서가 삶의 리얼리티임을 환기한 것일 수도 있으며, 희망의 덧없음과 무목적의 반목적론적 세계관의 반영일 수도 있고, 현대사회가 다원적 구조임을 반영한 것일 수도 있다. 중요한 것과 하찮은 것이 각기 그 고유의 가치가 있음을 환기한 민주주의적 세계관도 엿보이고 있다. 이런 반결말·반구조는 최근 포스트모더니즘의 수용으로 더욱 관심의 초점이 되고 있다.

Ⅳ | 환유시와 비유기적 형식

앞에서 반구조화가 반목적론적 세계관의 산물이라고 했을 때 반목적론적 세계관은 탈중심주의의 한 측면에 지나지 않는다. 다시 말하면 목적지향적인 것 자체가 중심주의다. 예컨대 이승에서의 삶은 하나의 과정일 뿐 하나님의 나라, 천국에 들어가는 것이 목적이라는 기독교적 세계관에서 미래가 중심이고 과거와 현재는 종속적인 시간이 된다. 반대로 이상향, 바람직한 세계가 과거에 존재했다는 근거에서 과거지향적 태도를 취하게 되면 과거가 중심이고 현재와 미래는 종속된다. 진리와 허구, 선과 악, 미와 추 등과 같은 이분법적 사고체계는 진·선·미를 일방적으로 강조하는 중심주의 사고체계다. 서사문학에서 인물을 주동과 반동으로 구분하는 것 자체가 주동인물에 초점을 둔 중심주의다. 전통시가의 관습인 '님'도 어디까지나 중심주의 사고의 산물이다.

이런 중심주의에서 작품의 통일성과 질서는 작품의 '본질'로 강조된다. 작품의 통일성은 엘리엇이 감수성의 통일론과 객관적 상관물론에서 밝혔듯이 작자의 통일성에 상응한다. 개인의 어원인 individus가 '분열되지 않음'이듯이[5] 개성을 강조하는 부르주아 휴머니즘이 작품의 통일성을 신앙하는 것은 지극히 당연한 일이다. 서구 낭만주의 시인들이 상상력을 종합·통일의 능력으로 정의한 사실도 이런 문맥에 놓인다.

그러나 현대의 탈중심주의는 작품의 통일성과 질서를 믿지 않는다.

---

5) Antony Easthope, *Literary into Cultural Studies*(임상훈 옮김, 현대미학사, 1994), 37쪽.

만약 통일성이 있다면 이 통일성은 시의 어떤 문맥, 예컨대 사회적, 역사적, 정치적, 이데올로기적, 종교적, 미적 등 여러 문맥 가운데서 어느 한 문맥을 일방적으로 특권화(중심화)한 결과이며, 나머지 문맥들은 특권화된 문맥을 위하여 억압되거나 은폐된 것이다. 가령, 시조에서 율격에 의한 시행의 분할 자체가 이미 작품의 질서와 통일을 함축한다. 조윤제가 조선조 시조를 분석하면서 전체의 통일성, 곧 조화미에서 한국미의 특성을 이끌어 낸 것은 매우 시사적이다.

> 나비야 청산가자 범나비 너도 가자
> 가다가 저물거든 꽃테들어 자고가자
> 꽃테서 푸대접하거든 잎에서나 자고가자.

조선조 자연시에서 개개의 자연이 아름다운 것이 아니라 이것들이 전체 속에서 융합될 때 비로소 아름다움이 탄생된다는 것이 조윤제의 지론이다.[6] 다시 말하면 조선조의 서정적 자연시에서는 생활감정과 유리된 미적 문맥이 특권화됨으로써 통일성이 획득되고 있는 것이다. 요컨대 통일성은 아름다움이다. 그러나 탈중심주의 입장에서 이 시조의 통일성은, 곧 단일의미는 억압되고 은폐된 다른 의미들(또는 다른 문맥들)의 희생을 담보로 획득한 결과다.

통일성을 부정하는 탈중심주의 관점에서 시는 불가피하게 부당히 취급될 수밖에 없다. 왜냐하면 시는 서사나 극과는 달리 단일한 화자의 단일 목소리와 단일 의도에 의해 단일한 의미를 갖는 장르이기 때문이다. 그래서 바흐친과 같은 마르크스주의자에게 시의 언어는 체제유지를 위해 언어를 획일화하는 공식적 독백에 가장 가까운 언어이고 시란 지배계층의 장르다.

그러므로 탈중심주의 세계관에서 작품은 혼란스럽고 불완전한 것이

---

6) 조윤제, 《국문학개설》(동국문화사, 1955), 469~470쪽. 여기서 연구자는 한국의 미를 '은근'과 '끈기'로 규정한다.

다. 그것은 여러 목소리가 공존하고 다투는 공간이다. 현대시의 비유기적 형식은 이런 탈중심주의 세계관을 거점으로 한다. 언어선택보다 언어배열이 문제가 된다. 그래서 비유기적 형식은 환유원리로 기술된다. 이 환유원리의 극단적 형태는 '몰원리'라고밖에 기술할 수 없는 '파편들의 편집', 곧 삶의 파편들을 무작위로, 비논리적으로(시간적, 공간적, 인과적 질서 없이) 배열하는 것이다.

> 살만 띠룩띠룩 찌다. 중산계급으로 만들다. 즉, 속악화하다. 중산계급과 결혼하다. 아이 몰라 몰라, 악마! 내 몸을 망쳐놓다니! 돈을 얼른 지갑에 넣다, 모욕을 당하다, 뺨을 사정없이 얻어맞다. 꽉막힘, 교통의 혼잡, 봉쇄. 두 탈영병들을 막다른 골목으로 몰아 넣다. 금속판을 두들겨 움푹 들어가게 하는 기계,
>
>   – 황지우, <상징도 찾기> 중에서

이것은 마치 충동적이고 반사적인 글쓰기처럼 작품세계는 혼란의 극치다. 중요한 것은 비유기적 형식의 극단적 형태로서 이런 환유시에서 시적 자아와 간섭이나 통제가 전연 없는 사실이다. 다시 말하면 고의적으로 미적 거리가 처음부터 없다. 현실의 파편들이 시적 자아의 간섭 없이 그대로 노출된다는 점에서 이 환유시는 '무매개시'다 시인은 더 이상 통일되고 일관된 화자를 내세우지 않고 논평없이 파편들을 수집하고 조립하는 편집자의 기능만 수행한다. 이런 비정상적 언어행위는 비정상적 상황의 반영이며 세계에 대한 야유와 저항의 표지로 읽힌다.

환유시는 현실의 파편들로써 삶의 전체상을 대신하며, 시적 자아의 간섭을 배제하여 미적 거리를 무화시킨 문제적인 시유형이다. 전통의 서사구조를 해체한 새로운 서술시도 이런 환유적 원리의 비유기적 형식에 지배된다.

V | 불확실성과 새로운 서사구조

서사구조가 지배소인 서술시는 전통 서사구조를 준수한 서술시와 전통 서사구조를 해체한 서술시의 두 유형으로 나눌 수 있다. 여기서 전통 서사구조란 사건을 시간순서대로 배열하든 인과관계로 배열하든 논리성과 완결된 줄거리를 갖춘 것을 의미한다. 야콥슨이 언어의 배열을 환유원리라 하고 소설과 같은 산문이 이 환유원리가 우세하다고 했듯이 전통 서사구조의 서술시 역시 환유원리에 지배된다. 그러나 이런 환유원리는 앞에서 말한, 시적 자아의 통제가 없이 삶의 파편들이 비논리적으로 배열된 환유시의 '환유'와는 엄격히 구분된다.

관청에서 그를 특이자라고 불렀다
그는 어렸을 적부터 길바닥에 쓰러진 이교도를 보살펴 주었고,
젊었을 때는 교활하고 잔인한 강력범을 옹호했으며, 나이가 들자
불온한 모임에 드나들며 지하운동을 벌였다.

세상은 언제나 난세였다
도저히 그는 편안하게 자고, 맛있게 먹고, 돈을 벌어 즐겁게 살
수가 없었고, 또 그래서는 안 된다고 믿었다
언제나 몸보다 마음을 앞세운 그는 수많은 일화가 증명하듯 크고
높은 뜻을 지닌 인물이었다.

그러나 사형대에 올라가기 전에 성자처럼 태연할 수 없었던 그는
담배 한 개비와 술 한잔을 달라고 했단다
그의 마지막 소원이 이뤄졌는지 나는 모른다
다만 자기의 몸과 헤어지게 된 순간 그는 큰 소리로 만세를 부르

는 대신 연약한 인간이 되어 떨었던 것이다
그의 지사답지 못한 최후가 나를 가장 감동시킨다.
                                           – 김광규, <어느 지사의 전기>

이것은 시장르의 조건상 지극히 압축된 요약제시이지만 한 반체제인
사의 생애를 시간순서대로 배열한 전통 서사구조다. 여기서 시제의 차
이로 타인의 말과 화자 자신의 말을 구분한 것은 시의 테마와 연결되는
점에서 주목된다. 곧 이 작품의 주인공에 대하여 일인칭 화자(시인)가 들
은 부분, 그러니까 타인의 말은 과거시제로, 주인공의 최후에 대한 화자
의 논평과 반응, 곧 자신의 말은 현재형으로 서술한 것이 그것이다. 이
시제의 차이는 주인공의 전 생애에 있어서 거의 초인적이라고 할만큼
비범했던 모습과 그의 최후의 지극히 평범한 면과의 명백한 모순과 괴
리에 상응하는 것이다. 이 시제의 차이와 주인공의 모순은 이 작품의
구조적 아이러니를 낳은 요소이며, 이 구조적 아이러니는 "그의 지사답
지 못한 최후가 나를 가장 감동시킨다"라는 마지막 시행의 역설로 그
절정에 이른다. 관청이 주인공을 "특이자"라고 명명한 공식언술과 대조
가 되는 화자의 이 역설에서 인간성의 진실이라는 테마가, 그 주인공의
명백한 모순이 '가장 감동적으로' 형상화되고 있는 것이다.
그러나 현대시의 새로운 서사구조는 이런 전통 서사문법을 파괴한다.

날이 흐렸다 비가 오거나 아니면 때늦은 눈이 올 것 같기도
했다 한 떼의 장정들이 예비군 복장으로 버스를 타고 어디론가
흩어져 갔다 교정은 텅 비었고 운동장 가장자리에 붙은 두동의
교사는 한낮의 어둠 속에 웅크리고 있었다 이제 새로
고 3이 된 학생들은 대학입시 준비로 제가끔 침묵 한덩어리씩들을
만들어가고, 교정 밖 여편네들은 궂은 날에 어울리지 않는 발랄한
옷차림으로 어딘가로 쑤알라 쑤알라대며 사라져버린다
바람은 부는것 같으면서도 꼭대기의 나무들은 미동도 않고 어젯밤

개나 고양이들이 물어다 놓은 생선 토막들이 지붕 위에서 썩는지
스멀스멀 역한 냄새를 피우기도 했다 도무지 나이를 알아먹기
힘든 사나이들이 낮게 구름이 깔린 하늘 아래를 넘어 철뚝길
넘어 벌판을 넘어 아지랑이처럼 스며들어갔고 부모들이 모두
일 나간 집에 남은 아이들이 노느라고 소란을 떠는 소리가 가끔씩
들려왔고 또한 가끔씩 창문들이 가만가만 흔들리기도 하였다
잠이 올 것 같기도 하고, 어쩌면 마려운 건 지도 모른다고
생각했다 아직 봄이라고 하기에는 겨울같았고 겨울이라고 하기에는
도무지 달력이 마음에 안 들었지만 그냥 그런대로 지낼 수밖에.
                                    - 이영유, <1979년 4월 18일>

  정확한 연대기의 제목은 오히려 독자의 기대를 위반한다. 왜냐하면
작품세계에는 특정의 연대기에 상응하는 의미심장한 시사적(時事的) 사
건이 제시되지 않고, 그 대신 일상적 삶의 파편들이 나열되고 있을 뿐
이기 때문이다. 시적 자아의 통제가 없이 삶의 파편들을 나열한 극단적
형태의 환유시와는 달리 이 작품은 적절한 미적 거리를 확보하고 있다.
일인칭 화자는 시간적 인접성(순서)보다는 주로 공간적 인접성에 따라
평범한 일상사를 서술하고 있기 때문에 서술문장들의 배열을 바꾸거나
어느 한 서술문장을 빼 버려도(반대로 첨가해도) 전체 시상에는 아무런
지장이 없다. 여기서 우리가 특히 주목해야 할 사항은 화자의 태도다.
화자는 일상사를 관찰하고 있는 목격자이지만 그가 상황에 좀처럼 동화
(공감)될 수 없는 사실을 제외하고는 이상적 삶의 세부들과 자연의 배경
들에 대한 깊고 날카로운 통찰이 없이 불확실성의 의심 가운데 놓여 있
다. 상황을 의심하는 것은 상황에 동화될 수 없는 근거다. 이렇게 화자
는 모든 것을 의심하는 해체주의자다. 그래서 자동적으로 무의식적으로
간과해 버릴 우리의 일상성을 갑자기 심상치 않은 상황처럼 낯설게 하
고 있는 것이다. 불확실성의 인식소(탈중심주의 시계관의 한 양상)가 새로
운 서술시의 가능성이 되고 있는 것이다.

경험의 파편화와 우연성 그리고 일상적 삶의 하찮은 정보들이 필요 이상 제공되는 축적의 원리(원래 시와 구분되는 산문의 원리)는 새로운 서술시의 두드러진 특징이다. 새로운 서술시는 1930년대 모더니즘 시와 같은 묘사(회화시)의 공간성에서 서사의 시간성으로, 그것도 파편화된 서사의 시간성으로 전이된 자리에 놓인다.

서사의 파편화란 서사구조의 약화현상이다. 이 새로운 서술시에서 언어의 지시적 기능마저 극도로 약화되어 난해한 파편화가 될 때 미적 거리가 최대한 확보된, 그러니까 지나치게 미적 거리를 조정한 추상시가 탄생되는 것이다. 여기서 서술시의 두 번째 범주화로서 사실적인 서술시와 추상적인 서술시의 두 유형으로 나누어진다.

> 그는 치과에 간다. 의자가 그를 눕힌다. 그는 입을 벌린다. 눈을 감는다. 간호원이 그의 입에 전기불을 비춘다. 그의 다리가 이따금씩 움찔거린다. 그의 잇몸에 마취제가 스며든다. 혀가 얼얼해졌습니까? 의사가 묻는다.

> 그는 은행에 간다. 회전문이 그를 걷게 한다. 그는 안으로 들어간다. 청구서를 내민다. 짧은 머리의 여직원이 청구서를 내민 그의 손을 잡는다. 그는 입을 벌린다. 그의 썩은 어금니 하나가 윙윙대는 전기드릴에 갈린다.

> 그는 식당에 간다. 계단이 그를 땅끝으로 내려서게 한다. 앞치마를 두른 여인이 그의 손가락 끝에 물잔을 부딪친다. 그는 입을 더 크게 벌린다. 그의 또 다른 썩은 이 하나가 긴 뿌리를 내보이며 물잔 속으로 떨어진다.

> 그는 지하철을 탄다. 지하철이 그를 움직이게 한다. 신문을 펼쳐 들고 얼굴을 가린 사람들이 그에게 온다. 그는 입을 벌린다. 마스

크로 입을 가린 의사가 쇠거울이 달린 작은 막대기로 그의 포도알을 두들기며 묻는다. 아픕니까? 의사는 펜치를 든다.

  지하철 긴의자에 옹기종기 붙어 앉아 신문을 보는, 그의 또 다른 포도송이들이 하나 둘씩 뽑힌다. 물잔 속으로 떨어진다. 그는 양말을 벗어 물잔을 가린다. 물잔 속에 양말을 구겨넣어 주둥이를 막는다.

  그는 갈아낸 어금니의 구령을 양말로 채워 넣고 병원문을 나선다. 그의 눈엔 한 송이 포도알도 어금니로 보인다. 포도알도 줄기 끝이 얼얼해질까? 그는 양말에게 묻는다.

  ― 응, 음, 응. 그는 쇠거울이 달린 작은 막대로 머리를 두들겨본다. 혀가 얼얼해졌습니까? 그의 발이 묻는다. 그는 은쟁반에 포도알을 굴리며 입 속에 전기불을 넣는다. 그의 몸 속에서 썩은 이의 긴 뿌리가 자라나는 소리를 듣는다.

  긴 뿌리가 자라나는 소리를 듣는다. 그는 동의하지 않는다. 그는 매일 썩은 포도알 몇 송이를 들고 치과에 간다. 양말을 찾으러 은행에 간다. 치과에 간다. 물잔 속을 걷는다.
                                    ― 박상순, <포도알을 가진 사람>

  3인칭 시점으로 서술되는 사건의 핵심은 주인공이 치과병원에 가서 이빨을 뽑는 평범한 일상사다. 그런데도 이 작품이 도무지 풀 수 없는 수수께끼처럼 난해한 이유는 어디 있는가. 주인공의 행위는 사실주의 수법으로 서술되기 시작한다. 그러나 사건이 전개될수록 반영된 현실은 주인공의 연상작용에 의해 점차 지워지기 시작해서 마침내 이빨을 포도송이와 동일시할 정도로 환상과 실재를 완전히 혼동하기에 이른다. 말하자면 이 작품은 현실을 환상으로 지워 가는 형식이다. 그에게 실재는 리얼리즘의 관점에서 보면 광기이고 환상이다. 비논리적 연상의 개입으로 현실과 환상 사이의 경계선이 붕괴되고 이야기의 단편적 흔적만 남아 불연속적이고 불완전한 추상의 서사구조가 되고 있는 것이다. 이미지들도 잠재의식을 다룬 초현실주의 시처럼 비현실적으로 과장되고, 따라서 언어의 지시적 기능과 무관한, 위조된 구체성일 뿐이다. 야콥슨의 말을 빌리면 시인의 언어선택과 배열은 "그는 매일 썩은 포도알 몇 송이를 들고 치과에 간다. 양말을 찾으러 은행에 간다"는 마지막 연의 진술처럼 유사성과 인접성의 혼란을 빚고 있다. 다시 말하면 썩은 이빨과 전연 유사관계에 있지 않은 포도송이를 선택하고 돈과 유사성이 전연 없는 양말을 선택해서 각기 치과 가는 행위와 은행에 가는 행위 앞에 배열함으로써 인식론적 혼란을 고의적으로 일으키고 있는 것이다. 이것이 박상순 시인의 추상화법이다.

언어의 선택보다 배열의 환유원리가 우세한 경향은(따라서 서사구조를 지닌) 시인의 시선이 사물의 표면에만 머물러 있는 '표층시'에서도 볼 수 있다. 현대시의 새로운 가능성으로서 이 표층시에서도 여전히 미적 거리의 조정이 중요한 관심사가 된다.

VI │ 미세학과 표층시

평범한 일상적 삶을 다룬 일상시는 탈중심주의의 대표적 유형으로서 1990년대 시의 중요한 흐름이다. 극히 일상적인 삶이나 사실적 대상을 다룬 개인적 체험시이며, 사실주의적이라는 점에서 표층시는 일상시의 연장선상에 놓인다. 그러나 이 표층시는 고유의 몇 가지 특징들을 가진다.

첫째로 일상적이고 사실적 대상의 표면만을 철저하게 세부적으로 묘사한다. 이 표층의 세부묘사는 시인의 판단(개입)이 유보된 만큼 매우 냉담해서 전통 리얼리즘 소설의 플롯을 해체한 반소설의 카메라시점을 상기시킨다.

둘째로 표층시의 외부묘사는 매우 즉물적이다. 인식적 수준에서 그것은 순간적 충동에서 촉발된 현실의 인식이다. 표층시의 이런 순간적 포착(서정장르는 전통적으로 순간의 장르로 정의된다)을 '힐끗 보기'로 기술하는 것은[7] 매우 적절하다.

셋째로 표층시의 순간포착은 갑작스런 체험인 만큼 우연적이다. 따라서 표층시에서 장면과 이미지들의 연결은 마치 무계획인 것처럼 보여 예측불허의 시상구조를 보인다. 달리 말하면 순간적으로 포착된 현실과 대상의 파편들을 비논리적으로 집합시키고 배열하는 환유적 구성이 지배적이다.

> 그때 나는 강변의 간이주점 근처에 있었다
> 해가 지고 있었다.
> 주점 근처에는 사람들이 서서 각각 있었다
> 한 사내의 머리로 해가 지고 있었다
> 두 손으로 가방을 움켜 쥔 여학생이 지는 해를 보고 있었다
> 젊은 남녀 한 쌍이 지는 해를 손을 잡고 보고 있었다
>
>   - 오규원, <지는 해> 중에서

이것은 순간의 가시적이고 사실적인 삶을 감각적으로 파악한 세목들의 집합이다. '우연히' 같은 시간과 장소에 모인 사람들(일인칭 화자를 포함해서)이 지는 해를 바라보는 행위들이 통일되어 있을 뿐 서정시의 일

---

7) Dieter Lamping, *Das Lyrische Gedicht*(장영태 옮김, 문학과지성사, 1994), 422쪽.

반적 전통적 관행과는 달리 인물들의 내부 분석은 철저하게 자제한 채 바라보는 행위의 표면에만 화자의 시점이 고정되어 있다. 즉물주의적 묘사인 만큼 장면들은 공간적 인접성, 곧 환유원리에 따라 배열될 뿐 장면들의 연결에 논리적 필연성은 없다. 오규원 시인에 의하면 이런 표층시는 "모든 존재는 현상으로 자신을 말한다"[8)는 세계관의 산물이다.

장경린의 연작시 〈코닥〉도 삶의 최소단위들을 다루어서 시점이 보다 미시적이다

> 아몬드 초콜릿을 꺼내 먹는다. 월남치마를 입은 아주머니가
> 유모차를 밀며 이쪽을 쳐다본다. 유모차를
> 타고 있는 아이의 등에 작은 곰인형이
> 업혀 있다. 유모차가 흔들릴 때마다
> 아이(1992~)가 흔들리고, 아이가 흔들릴 때마다
> 작은 곰인형과 초점 없는 내 마음이 흔들린다 초점이
> 더 흐려진다 아니다 그녀는. 부동산 소개소에서
> 삐쩍 마른 노인 하나가 나오다가
> 되돌아간다 잠시 후 두 명의 노인이 나온다. 간밤에 쓴
> 편지를 찢어 쓰레기통(~1993)에 버린다. 신도리코 복사기
> 대리점 앞에서 자전거를 타고 가던 중년과 노인들이
> 마주친다.
>
> $\qquad\qquad\qquad\qquad\qquad$ - 장경린, <코닥·3> 중에서

화자의 미세한 관찰자 시점은 외적으로 "초점 없는 내 마음이 흔들린다"와 같은 화자 자신의 내부분석을 제외하고는 행위와 사물의 표면에만 머물고 논평은 최대한 억제된다. 카메라 시점이란 무엇인가. 이것은 한 마디로 인간적 시점의 폐기가 아닌가. 카메라라는 기계가 포착하는 것은 삶과 사물의 외부일 뿐 인간적 의미나 감정은 처음부터 존재할 수

---

8) 오규원 시집,《길, 골목, 호텔 그리고 강물소리》〈자서〉부분(문학과지성사, 1995).

없는 것이다. 그만큼 미적 거리를 길게 유지한다. 이것은 모든 것을 의심하는 해체주의적 세계관이나 1990년대 이념적 공허의 반영을 의미할 수 있다. 또한 "초점 없는 내 마음이 흔들린다"는 화자의 내면분석도 매우 함축적이다. 왜냐하면 '초점의 부재'는 어느 한 사물에 관심이 집중되지 않고 그 대신 순간들의 포착들로 관심이 분산되는 '주체의 탈중심화'를 반영하기 때문이다.

이 주체의 탈중심화와 연관해서 시인의 의도적인 행갈이를 주목할 필요가 있다. 이 두 요소는 궁극적으로 이 표층시의 서사구조의 약화를 초래하는 요인으로 작용하는 것이다. 이 표층시의 행갈이는 리듬의 단위도 아니고 이미지나 장면의 단위도 아니며 의미의 단위도 아니다. 그렇다고 미완결시행을 구사한 다른 현대시들처럼 호흡과 휴지의 균형, 곧 행의 길이에 있어서의 균형도 아니다. 한 마디로 행갈이의 규칙이 없다. 고의로 통사적 국면을 해체해서 행갈이를 하기 때문에 필연적으로 서사가 파편화되는, 거시적으로는 아무 연관도 없는 일상적 삶의 파편들이 병치되는 서사의 약화현상이 일어나고 있는 것이다.

장면이 유사한 또 하나의 표층시를 살펴보자.

달팽이 한 마리 기어간다
일요일 오후
반바지의 여자가 슬리퍼를 끌고
반반지의 남자가 배를 조금 내밀고
그 여자와 나란히 걸어간다
그 남자의 다리에 나 있는 털들이 걸을 때마다
마른 갈대처럼 부스스, 흔들거린다
짧은 미니스커트의 여자가
마주보고 걸어온다
남자의 눈이 초조해진다
옆의 여자가 남자를 훔쳐본다

미니스커트가 지나간다
남자가 뒤돌아본다
함께 가는 여자의 시선이 남자를 꼬집는다
유모차의 바퀴가 뒤뚱거린다
아기가 조금 흔들린다.

　　　　　　　　　　　　　　- 조윤희, <여름>

　카메라 시점을 채용한 전형적 표층시다. 실상 이 표층시는 완결된 형태의 짧막한 서사구조를 지닌 서술시다. 행갈이도 장면단위나 주부와 술부의 통사적 단위에 따르고 있다. 매우 평범한 일상적 사건의 묘사가 미시적이다. 일상성의 서정에 어울리게 유난히 희극적 가벼움을 느끼게 하는 이 표층시에서 시인은 도덕적 판단을 자제한 채 객관적으로 행위를 서술한다.

　표면적인 주제는 '질투'다. 그러나 이 표층시는 남녀를 대립시킨 만큼 페미니즘을 함축하고 있거나 자본주의 사회의 세속화되고 물화된 삶이나 가정의 파탄을 가져오는 도덕적 타락에 대한 비판을 함축한 것으로 읽힐 수 있다. 그렇다면 시인은 이러한 '무거운 테마'를 질투라는 '가벼운 테마'로 위장시킨 셈이 된다.

　표층시들에서 언어는 매우 투명하다. 시인이 판단을 유보하여 필요 이상의 미적 거리를 확보한 것은 시적 자아의 통제 없이 삶의 파편들을 충동적으로 나열한 환유시와는 다른 '보이기'의 전략이다. 다시 말하면 표층시는 삶과 사물의 표면을 논평 없이 투명하게 보여줌으로써 도덕적 판단은 전적으로 독자에게 일임하고 있는 것이다. 이런 점에서 1980년대 후반 장정일의 표층시 〈햄버거를 먹는 남자〉는 가장 의미심장한 문제를 예견한 점에서 주목된다.

　냉장고 문을 열자 희미한 야간등이 비친다
　그는 채소더미 속에 묻힌 햄버거를 꺼내고

코카콜라 캔을 하나 꺼낸다 그리고
티브이를 보던 방으로 돌아와 햄버거를 싼
폴리에스터 곽을 쓰레기통에 넣고
조심스레 은박지를 벗긴다 깡통고리도 따서
쓰레기통에 곱게 넣는다.

… (중략) …

오늘 저녁에도 어머니는 잊지 않고 햄버거를 사오실까
그는 어머니가 계시는 아케이트로 전화를 한다
… 엄마 … 나야 … 많이 팔았어? … 집에 들어올 때
햄버거 사 와 … 그래 … 집엔 아무 일 없어 …
전화세가 나왔어 … 기본요금이야 … 그는
발밑으로 기어들어오는 집게벌레를 신문으로 덮어
눌러 죽인 다음 쓰레기통에 넣는다.

저녁이 되어 어머니께서 햄버거 두 개를 사서
돌아오셨다 그는 한 개를 먹고 한 개는
냉장실에 넣어 둔다 … 어머니 … 삼성이 해태를
6대 4로 눌러 이겼어요 … 밤이면 그는 이빨을 닦고
자신의 방을 깨끗이 쓸고 닦은 후 이불을 펴고
눕는다 천정에 달린 형광등이 킬로틴처럼 뿌옇게
빛난다 나는 내일도 햄버거를 먹을 수 있겠지.

완결된 줄거리를 갖추고 주인공의 행위들이 시간적 인접성(순서)에 따라 배열된 점에서 이 표층시는 전통 서사구조를 준수한 서술시다. 언술 행위의 주체인 화자의 언어는 지극히 투명하다. 그런데도 이 언어의 투명성이 묘한 허무주의를 환기하고 있는 것이 이 표층시가 노린 의미심장한 국면이다. 화자가 서술한 주인공의 하루일과는 끝까지 집에서만 이루어진다. 전화요금이 기본요금밖에 안 나올 만큼 그는 타인과 교섭하지 않는 자폐증적인 존재다. 더욱이 그에게는 아버지(중심)가 없다! 그는 어린아이처럼 자신을 보호해 주는 어머니를 타자로 인식하지 않고 자신과 동일시한다. 이런 유아성은 TV의 공익광고가 가르쳐 주는 모범 아동처럼 누워 자기 전에 단정히 이빨을 닦고 잠자리도 손수 마련하는 행위에서 보다 뚜렷이 가시화된다. 그에게 관심이 있다면 햄버거 먹는 일과 TV 프로야구중계를 시청하는 극히 평범한 일이다. 그에게 중요한 것이 있다면 그것은 반복성으로서 일상성이며 이 일상성은 "집에 아무일도 없어"의 안정과 질서다. 말하자면 주인공은 자기의 정체성을 잃고 자본주의 소비사회에 철저하게 길들여진 존재다. 그러나 이런 해석은 어디까지나 독자의 몫이지 시인은 끝까지 시침을 떼고 있다. 표층시는 동화될 수 없는 세계에 대한 시인의 전략이며 그래서 미적 거리는 가능한 확보되어야 한다. 언술내용의 주체(주인공)와 언술행위의 주체(화자 또는 시인)가 엄격히 구분될 필요성이 있으며, 이것이 3인칭 논증시의 시점을 채택한 근거다.

화자의 논평은 뿌연 형광등 불빛을 킬로틴에 유추한, 섬짓한 비유적 이미지를 통해 간접적으로 환기될 뿐인데, 이 표층시에서 우리가 느끼는 허무주의의 정체는 무엇일까. 이 작품이 환기하는 허무주의는 보드리야르가 기술한 '투명성의 허무주의'다.[9] 이것은 가상현실을 창출해내는 영상매체의, 영상의 투명성에서 보드리야르가 발견한, 과거 어떤 유형의 허무주의보다도 "훨씬 근본적이고 훨씬 위기적"인 허무주의다. 이 투명성의 허무주의는 삶의 깊이와 내면성을 무화시키고 의미를 기화시키고 궁극적으로 삶의 진지성과 엄숙성을 무화시킨다. 신비스러운 것, 감추고 싶은 것을 다 파헤쳐 모든 것이 투명하게 되었을 때 느끼게 되는 묘한 허무주의를 오늘날 고도로 발달한 영상매체가 부채질하고 있는 것이다. 그래서 표층시는 은유나 상징과 같이 의미를 함축하여 모호성

---

9) Jean Baudrillard, *Simulacres et Simulation*(하태환 옮김, 민음사, 1992), 245쪽.

을 띠는 시들과는 대조적으로 표층만 냉담하게 묘사하는 시침떼기의 전략을 구사하고 있는 것이다.

그러나 이런 표층시는 심각한 고뇌를 외면하는 현실도피적 태도나 현실에 순응하는 태도 또는 체험의 빈곤을 견디려는 징후로 읽힐 수도 있고 의미부여자로서의 주체의 퇴장 또는 소멸 또는 깊이를 없앤, 곧 감추어진 것을 없앤 영상문화에 오염된 징후 또는 서정성 상실의 시대, 내용보다 형식을 중요시하는 스타일시대의 한 반영 등으로 읽힐 수 있는 문제적 시유형이면서 아직 현대시의 한 가능성이다.

시인과 동일시되는 화자(곧 개성론)의 관점에서 현실의 삶이 서술된다는 근거로 람핑은 독일 현대시의 새로운 유형으로서 이런 표층시를 '신주관주의적 서정시'[10]로 명명하지만 이것은 적절하지 않거나 적어도 유보사항이다. '신주관주의적'이라는 한정어는 미국의 새로운 전위시인 '고백파시'(새로운 개성론)에 보다 적절한 용어이기 때문이다. 표층시와 고백파시는 매우 대조적이며 아울러 미적 거리도 대조적이다.

VII 고백파시

잘 알다시피 시인의 객관적 감정의 표현에 본질적으로 관심을 둔 서구 낭만주의 시관은 시인과 시의 화자를 동일시하는(곧 언술행위의 주체와 언술내용의 주체를 구분하지 않는) 개성론이었다. 이런 낭만주의에 반동한 모더니즘 시운동과 모더니즘 유산은 언어의 형식적 자질을 통해 개성론과 주관성을 극복하고 객관성과 몰개성론을 성취하려는 것이었다. 1960년대 미국의 새로운 전위시로서 고백파시는 이런 모더니즘의 몰개

---

10) Lamping, 앞의 책, 414쪽.

성론에 반동하여 개성론과 주관성을 회복하려는 시운동이었다.

표층시나 정치시와는 대조적으로 시인의 시선이 다시 개인의 주관성으로 돌려지는 것은 1990년대 시의 한 특징이다. 이 주관성의 회복은 과거와는 다른 자아탐구의 형식이며 비록 아직 징후적이지만 이 새로운 자아탐구의 형식에 조심스럽게나마 고백시라는 명칭을 부여할 수 있다.[11] 여성주의시가 고백시의 주종을 이루고 있는 사실은 매우 시사적이다. 1980년대 초 최승자의 〈일찌기 나는〉은 고백시의 전사다.

> 일찌기 나는 아무것도 아니었다
> 마른 빵에 핀 곰팡이
> 벽에다 누고 또 눈 지린 오줌 자국
> 아직도 구더기에 뒤덮인 천년 전에 죽은 시체
>
> 아무 부모도 나를 키워 주지 않았다
> 쥐구멍에서 잠들고 벼룩의 간을 내먹고
> 아무데서나 하염없이 죽어가면서
> 일찌기 나는 아무것도 아니었다
>
> 떨어지는 유성처럼 우리가
> 잠시 스쳐갈 때 그러므로
> 나를 안다고 말하지 말라
> 나는너를모른다
> 나는너를모른다
> 너당신그대, 행복
> 너, 당신, 그대, 사랑

---

11) 고백시에 대해서는 신현정, 〈포스트모더니즘과 미국시〉《포스트시대의 영미문학》(정정호·이소영 엮음, 열음사, 1992), 28~37쪽. 그리고 계간 《현대시 사상》 1992년 겨울호 기획특집 〈고백파〉 참조.

내가 살아 있다는 것
그것은 영원한 루머다.

　다분히 1930년대 서정주의 〈자화상〉을 지배한 자학적 어조(실상 이것
은 우리 시의 한 전통적 태도다)를 상기시키는 이 작품에서 "일찌기 나는
아무 것도 아니었다"라든가 "나를 안다고 말하지 말라"와 같은 시인의
자학은 남성중심원리에 억압된 타자로서의 여성의 발견에 등가되며, 그
래서 시인의 어조는 매우 도전적이고 반어적이다.
　이 자학은 부끄러움 없는, 곧 시적 자아에 의해 통제되지 않는 자기
노출로 형상화된다. 앞의 극단적 환유시처럼 고백시는 시적 자아의 통
제를 자아를 상실하게 하고 자아를 지배체제에 길들이는 이성중심(또는
남성중심원리)의 시학으로 간주하기 때문에 거부한다. 그 결과 미적 거리
가 무화된 충동적 글쓰기처럼 보인다.

　　깨고 싶어
　　부수고 싶어
　　울부짖고 싶어
　　비명을 지르며 까무러치고 싶어
　　까무러쳤다 십년 후에 깨어나고 싶어
　　　　　　– 최승자, <나의 시가 되고 싶지 않은 나의 시> 중에서

　예술적 자아에 의해 여과되지 않고 직접적으로 정서가 노출되는 무매
개성, 우연의 시학, 서사화의 파편화 등 모든 문제적 특징을 고백시는
지니고 있다.
　고백시의 자기노출은 그러나 고통스러운 자기노출이다. 이런 고통스
러운 자기노출로써 고백시는 어디까지나 삶에 뿌리를 내리고 있는, 곧
사회와의 관계 속에서 자아를 탐구하는 형식이라는 점에서 과거 자연
예찬이나 이상향을 동경하는 낭만시나 외부세계를 희석화한 내면탐구의

모더니즘시(추상시)와 변별되며 자아탐구가 조화·통일이 아니라 대립·
갈등·투쟁의 충동을 전경화한 점도 고백시의 특징이다.
　선과 악, 아름다움과 추악함의 이분법 체계를 해체하고 이 대립항을
자아의 정체성으로 인식하는 모순은 고백시가 이룩한 시적 정직성이다.

　　나와라 도둑놈들아
　　옷고름을 갈가리 찢고
　　두 폭 치마 벗어 던지며
　　용천발광하고 싶더라도

　　문풍지 한밤내 바르르 떨고
　　하얀 식탁보는 눈처럼 짜여지고.
　　　　　　　　　　　　　- 김혜순, <레이스 짜는 여자> 중에서

　반이성주의의 고백시는 금기적 경험들을 즐겨 다룬다. 문화사란 각종
금기의 영역을 넓히고 개인을 통제하고 감금하는 과정이라고 보기 때문
에 고백시의 화자는 금기를 위반한다.

　　그 밤
　　내 몸에서 풍기던, 그녀의 몸에서 피어나던 악취는
　　그 밀폐된 공간에 고인 악취는 얼마나 포근했던지
　　지금은 지워지지 않고 있네 마약처럼
　　하얀 백색가루로 녹아서 내 핏줄 속으로 사라져 간
　　그녀
　　독한 시멘트 바람에 중독된 그녀
　　지금도 내 돌아가야 할 고향, 그 악취 꽂힌 곳
　　그녀의 품속밖에 없네.
　　　　　　　　　　　　　- 김신용, <부랑시편·2> 중에서

추운 겨울 새벽, 악취 풍기는 공중변소에서 마약중독자인 한 여인을 성폭행하는 사건을 그린 이 시의 어조는 그러나 매우 따스하고 인간적이다. 선과 악, 아름다움과 추악함, 행복과 불행의 이분법적 사고체계(중심주의)가 붕괴되어 더 이상 구분되지 않는 모순을 금기파괴의 모티프로 형상화한 것은 우리 현대시사에서 드문 예외다. 과격한 전복의 성격이 고백시의 한 특징이다.

탈중심주의는 새로운 현대시를 가능하게 하는 원천이다. 그러나 시적 자아의 통제와 간섭을 거부하고 충동적이고 반사적인 글쓰기 형태의 무매개시들은 미적 거리를 없앰으로써 현대시를 더욱 황폐하게 만든다. 더욱이 금기영역을 파괴하고 부끄러움을 부끄러움 없이 노출시키는 경향은 그 시적 정직성을 넘어 시의 저질화를 더욱 가속화시킬 우려가 있다. 동시에 미적 거리는 시의 성패를 좌우하는 초보적인 문제만이 아니라 시사적으로도 의미심장한 문제이며 그리고 심미적 수준에서만 고려될 수 없는 인문주의적 의의도 띠고 있는 것이다.

제 5 장

<보론>
현대시와 동일성

제 01절 기억의 현상학

I 기억과 인식

오거스틴(S. Augustin)의 고백처럼 기억의 힘은 위대하다.[1] 기억은 과거경험의 심상·관념·지식·신념·감정 등을 보존하며, 인간의 모든 정신활동뿐만 아니라 행동에까지 관여하고 있다. 심리학은 물론 철학에서 기억은 오랫동안 연구과제가 되어 왔다. 왜냐하면 기억은 바로 인식의 문제와 직결되기 때문이다. 플라톤의 이데아는 기억의 수단을 빌리지 않고는 그 발견이 불가능했다. 공자도 일찍이 자기 자신을 "아비생이지자(我非生而知者)"라고 하면서 "알지 못하고 창작할 수 있으랴. 나는 그러지 못한다. 많이 들어서 그 가운데 옳음을 택하여 따르며, 다견하여 기억함이 지(知)의 버금이다."라고 하여 기억의 중요성을 시사했다. 최초로 기억이론을 체계적으로 전개한 오거스틴에게 기억은 자아를 발견하고 사물에게 의미를 부여할 뿐만 아니라 신에게 접근할 수 있는 자기초월적 계기가 되는 힘이었다. 그리고 현대에 와서 《물질과 기억》(Matter and Memory)의 베르그송에게는 기억 그 자체가 의식이었다. 이렇게 관심의 기억은 철학에서는 인식의 방법과 결부되어 여러 가지 문제를 제공하면서 표적이 되어 왔다.

그러나 정작 문학에서 기억은 몇몇 예술가와 비평가의 경우를 제외하고는 별로 빛을 보지 못한 것 같다. 문학 특히 시를 일반적으로 상상력

---

1) Saint Augustin, *Confession*(방곤 옮김, 대양서적, 1971), 314쪽.

의 산물로 보기 때문에(가장 범박하게 말해서 창조이기 때문에) 기억은 상상력만큼 관심의 대상이 되지 못하고 있다. 기껏해야 그것은 상상력을 활동케하고 영양을 공급하는 자료 '보존'의 가치밖에 없는 것으로 인식되고 있다. 기억은 이른바 연상의 법칙에 지배되고(따라서 기억 내용은 한정적·고정적이고) 가공되지 않은 소재를 제공할 뿐 상상력의 기능에 비해 별 볼일이 없다는 것이다. 이것이 작품창조와의 관계에서 우리가 가지는 일반적인 견해이다.

그러나 이것은 기억의 기능에 대한 편견이거나 적어도 일면적 고찰의 결과론이다. 심리학이나 철학에서 아직 완전히 기억의 본질을 다 규명하지 못한 만큼 그 기능은 다양하다. 특히 기술문명의 현대사회에서 기억은 중대한 의의를 띠고 있다. 왜냐하면 우리들이 인생관·세계관을 헤라클레이토스(Heracleitos)처럼 세상은 하나의 과정과 흐름이요 변화에 영향받지 않는 것이 하나도 없다는 견해와, 제논(Zenon)처럼 이런 변화와는 아무 상관없이 리얼리티가 있으며 불변적인 것이 있다는 견해의 두 가지로 크게 나누었을 때, 현대인은 전자보다 후자에 더 가치를 두려는 경향이 뚜렷이 나타나고 있기 때문이다. 다시 말하면 변화와 창조보다 지속과 '지킴'에 더욱 가치를 느끼고 있는 것이다. 이것을 문학 쪽에서 좀더 극단적으로 말하면 창조하는 상상력보다 지키는 기억이 더 중요하다는 뜻일 수도 있다. 여기서 작품의 창조에 기여하는 기억의 기능들을 보다 철저히 규명해서 기억의 가치를 바로잡아 주고 현대문학에서 기억이 구체적으로 어떤 의의적 양상을 띠는가에 주목해 볼 필요가 있지 않을까 한다. 요컨대 기억도 문학의 연구와 평가에 중요한 준거체일 수 있다는 것이다.

Ⅱ 기억의 현상학들

1 기억과 상상력

베르그송은 기억을 습관에 의하여 형성되는 것과 일회적인 특수한 사건의 자발적 회상의 두 가지로 나누었다.[2] 러셀(B. Russel)도 베르그송의 분류대로 전자를 습관적 기억이라 하고 후자를 진정한 기억이라 하였다. 문학에서 중요한 것은 물론 후자의 기억이다. 기억에 대한 지배적 이론인 재현론은 기억을 과거 체험이 보지되는 '저장고'로 본다. 그리고 여러 이론가들은 이 저장고 속에 보지된 과거 체험의 내용들을 심상·표상·인상·관념 등으로 부르고 있는데, 일반적으로는 심상 또는 감각적 인상이라고 한다.

기억은 이 심상을 단지 상상되거나 가정된 것이 아니라 믿어진 것으로 재현한다. 따라서 이런 믿음이 기억의 중요한 구성성분으로 지적되고 있다.[3] 이렇게 기억이 과거 체험을 재현시킴으로써 현재의 체험을 살찌게 하고 사물에 대한 의미부여도 가능하게 된다는 것이 재현론의 주장이다. 여기서 작품의 창조에 기여하는 기억의 중요한 기능을 이해할 수 있는 실마리가 생긴다.

문학의 세계와 실제의 세계가 다르듯이 기억 속의 과거는 실제의 과거 그 자체는 아니다. 실제의 현실은 비형태적이고 비양식적이며, 따라서 모호하고 불가용적이다.[4] 그러나 기억은 이 모든 것을 변형시켜 분

---

2) Hans Meyerhoff, *Time in Literature*(University of California Press, 1955), p. 28에서 재인용.
3) E. H. Spender ed., *The Encyclopedia of Philosophy*(MaCmillan Publishing Co., Inc., 1967), Vol. 5, p. 267.
4) A. N. Whitehead, *Symbolism*(MaCmillan Company, 1927), pp. 58~59.

제1절 기억의 현상학 **407**

간할 수 있는 사건의 형태로 재현한다. 기억 속의 과거는 일종의 추상화된 과거다. 다시 말하면 의미화되어 있을 뿐만 아니라 원래 감각하고 지각한 체험의식, 즉 정서와는 다른 정서로 보존되어 있는 과거다. 모호했던 실제를 분간할 수 있는 형태로 그리고 변형된 정서의 상태로 기억은 과거를 보존하고 재현한다. 이런 이론은 벌써 오거스틴의 기억론에서, 사물의 존재양식과 심상의 존재양식을 구별한 사르트르의《상상력》(L'imagination)에서 우리는 볼 수 있다. 사르트르에 의하면 사물존재, 즉 즉자존재는 타성적으로 존재하는 데 반해 의식, 즉 대자존재는 자발성을 가지며 사물에 '대하여' 존재한다. 그리고 기억에 의해서 현재의 의식 가운데 재생된 수동성으로서의, '추억으로서의 상(像)'과, 상상력의 자발성과 조작성에 의하여 지각내용을 주관적으로 자유롭게 변용 구성한 능동성으로서의, '조작적인 것으로서의 상'으로 엄격히 구분했다.5) 그래서 랭거 여사는 경험을 뚜렷한 양식으로 형성하고 이해·평가할 수 있는 표준적이고 친밀한 조건으로서 기억을 정의한다.6) 그에 의하면 우리가 기억하고 있는 것처럼 과거경험이란 '형태'와 '성격'을 지니고 있으며, 모호한 모습이나 지껄인 말 대신 구체적 개성을 가진 인간을 보여 주고, 우리들의 무의식적이고 타성적이고 자동적인 평가를 변화시켜 사물의 인식을 새롭게 한다. 과거에서 생생한 심상을 이끌어 내어 창조하는 시인들은 고도로 발달한 예민한 기억의 소유자이며 활용자라고 볼 수 있다.

또한 한 사건을 기억한다는 것은 그 사건을 다시 경험하는 것이지만 최초와 똑같은 방법으로 경험하는 것이 아니다. 기억은 특수한 경험의 양식이다. 왜냐하면 실제의 경험이 여러 가지 광경, 소리, 감정, 신체적 긴장, 기대 등 혼란의 물결인 데 반하여 기억은 선택된(이 선택을 흔히 주의 또는 의지의 경험적 현상이라고 한다) 여러 인상들로 구성되어 있기 때문이다. 여기서 랭거 여사의 탁월한 창조적 기억론이 전개된다.

5) Jean Paul Sartre, *L'imagination*(이문호 옮김, 대양서적, 1975), 391쪽.
6) Susanne K. Langer, *Feeling and Form*(Charles Scribner's Sons, 1953), p. 263.

② 창조적 기억론

기억에서 사건들의 연속 또는 심상들의 연결은 인과적 관계로 가정된다. 그리고 사건을 인과적 순서로 생각할 때 그 순서 자체는 하나의 지적 체계다. 기억은 시간과 공간에서 연속성을 가지며, 그리하여 철저히 인과적으로 연결되는 사건의 구조를 정립한 것으로 과거를 재인식한다. 바로 이 인과적 필연성, 연상의 법칙에 지배된다는 이유로, 그리고 기억이 과거를 창조하는 것이 아니라 재현한다는 이유로 문학 쪽에서는 도리어 기억의 기능을 경시하고 있다. 상상력은 인과성의 법칙을 초월해서 자유롭게 심상을 결합, 변형시켜 새로운 것을 '창조'하지만 기억이 제공하는 것은 아무래도 가공되지 않은 사실이나 소재일 뿐 창조물이 아니라는 것이다.

그러나 기억이 실제의 인생이 갖지 못한 통일성을 발생시킨다는 것, 즉 기억에 의해서 체험이 치밀하고 완결된 형태를 띠게 된다는 기억의 그 조직성을 우리는 일단 인정해야 한다. 요컨대 기억은 우리들의 실제 경험을 수정하고 유형화시켜 '완성된 경험'으로 재현시킨다는 점을 간과할 수 없다. 뿐만 아니라 기억된 사실은 항상 현재의 절박한 사정, 과거에 대한 공포, 미래의 희망 등에 의해 조정되고 재해석되어 소생되기 때문에 기억의 관계들은 사건의 '비획일성'의 비약적 순서를 보여 준다. 따라서 기억 속의 사건들의 인과적 결합(또는 연합)은 베르그송의 용어처럼 '동적 상호 침투성'을 나타낸다. 이 때문에 철학 쪽의 기억회의론은 기억된 내용은 믿을 수 없으며, 기억은 바람직한 인식의 방법이 되지 못한다고 주장한다. 그러나 의의있는 경험의 특질로 문학에서 유용하게 사용된다.

3 기억과 심상

시는 정서적 사유, 매우 한정된 사건, 어떤 인물이나 사물에 대한 감정적으로 '유사한 모습' 또는 '환상'을 창조하기 때문에 시는 경험적(구체적) 사건을 제시한다. 시가 경험적 사건으로 향수되기 위해서 시는 과학적·논리적 필연성이 아니라 경험 그 자체의 구조가 띠는 타당성, 즉 감각적 구체성의 질서가 띠는 타당성인 공감각적 필연성을 지니고 있으며, 그러므로 심상이나 사건의 연결은 독특한 시적 질서를 보여 준다.[7]

> 한 송이의 국화 꽃을 피우기 위해
> 봄부터 소쩍새는
> 그렇게 울었나 보다.
>
> 한 송이의 국화 꽃을 피우기 위해
> 천둥은 먹구름 속에서
> 또 그렇게 울었나 보다.
>
> 그립고 아쉬움에 가슴 조이던
> 머언 먼 젊음의 뒤안길에서
> 인제는 돌아와 거울 앞에 선
>
> 내 누님같이 생긴 꽃이여.
>
> 노오란 네 꽃잎이 피려고
> 간밤엔 무서리가 저리 내리고

---

7) Richard Kuhns, *Literature and Philosophy*(Routledge & Kegan Paul, 1971), p. 118.

내게는 잠도 오지 않았나 보다.

– 서정주 <국화 옆에서>

국화는 봄의 소쩍새와 여름의 천둥, 먹구름, 가을의 무서리와 인과관계로 연결되어 있다. 그러나 이 결합관계는 논리적·과학적 필연성과는 거리가 먼 것이며 현실적으로도 이 이미지들 사이에는 아무런 인과 관계가 성립되지 않는다. 그것은 특유의 시적 질서이며, 이 질서는 심상들을 '완성된 경험'의 양식으로 드러내는 창조적 기억에 근거하고 있다. 물론 우리는 이런 현상을 상상력의 종합, 융합의 능력 또는 사물들 간의 동일성을 발견하는 공감적 상상력의 능력으로 해석할 수 있으나, 이런 해명 이전에 기억의 능력이 전제되어야 한다. 즉, 기억은 상상력의 어머니로서 상상력을 작용케 하는 촉매일 뿐만 아니라 시인의 시적 환상의 이념을 구성하는 접촉반응제이다. 물론 누님 같은 인격미의 '모습'을 창조하기 위해 시인이 국화를 발견했을 때 누님과 국화의 결합은 상상력이 가장 발휘된 결과이다. 왜냐하면 이 두 이미지의 연결은 새로운 창조의 몫을 하고 있는, 이 작품의 핵심이기 때문이다. 그러나 더 중요한 사실은 현재 지각된 이 국화에 봄의 소쩍새 울음, 여름날 먹구름 속에서의 천둥소리, 가을의 무서리 등을 보고 들은 기억이 합쳐짐으로써 국화에서 숨은 의미, 훗설이 말한 '잉여의미'로써 의미의 충실화가 이루어진 점이다.[8]

4 베르그송의 기억론

이런 의미에서 현재의 지각대상에 지속의 수많은 순간들, 보다 많은

---

8) E. Husserl, *Méditations Carfésiennes*(이상규 옮김, 대양서적, 1970), 467쪽 참조. 여기서의 '잉여의미'란 현재 지각된 사물의 의미 이외에 그 사물에 대한 회상의미, 기대의미를 뜻함.

과거를 집중시킴으로써 그 대상의 물질적 제한에서 벗어나게 한다는 베르그송의 기억론을 다시 한 번 음미해 볼 필요가 있겠다.

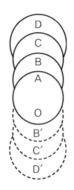

여기서 O는 대상이고 A는 이 대상에 대한 직접적 지각이다. 그리고 B, C, D는 O에 대한 여러 가지 기억이 축적되는 것이고 B′, C′, D′는 이 기억의 축적에 따라 O의 의미가 정비례로 더욱 심화·확대되는 것을 가리킨다.

따라서 현재 O의 대상에 대한 A의 지각에 여러 기억이 집중됨으로써 우리는 단순히 현재 지각된 대상의 사물에 지배되지 않고(구속되지 않고) 능동적으로 대상에 보다 많은 의미를 부여하여 대상의 보다 깊은 리얼리티를 획득할 수 있는 것이다.[9] 즉, 현재 지각된 국화에 봄의 소쩍새 울음, 여름의 천둥과 먹구름, 가을의 무서리라는 과거 기억이 첨가됨으로써 국화는 단순한 사물로서의 의의를 갖지 않고 풍부한 의미를 띤 시적 리얼리티로 존재하고 있는 오브제가 된다. 여기에 시인의 상상력에 의하여 누님과 결합됨으로써 이 작품은 화룡점정의 경지를 얻게 된 것이다.

"어떤 예술작품의 가치는 암시된 감정이 우리들을 사로잡는 그 힘에

---

9) Henri Bergson, *Matter and Memory*(Humanities Press, Inc., 1970), pp. 181~182 참조.

의해서보다 암시된 감정 자체의 풍부성에 의해서 측정된다."[10]는 베르그송의 예술론은 기억에 의하여 선택된 과거의 풍부성을 의미한다. 이처럼 과거들이 현재 '살아' 있는 것이 국화의 가치며, 이 시의 주제를 우리가 '경험적'으로 향수하게 되는 것도 창조에 참가한 기억작용 때문이다. 랭거 여사의 극찬처럼 기억은 의식의 위대한 조직자요, 역사의 '리얼한 메이커'이다.[11]

5 기억과 초연성

다음으로 기억의 창조적 기능으로 기억의 '초연성'을 들 수 있다. 고전적 미학은 예술의 쾌락을 일체의 욕망과 실제적 관심에서 자유로운 무관심의 만족이라고 정의한다. 그리고 이것을 예술적 자율성의 근거로 삼는다. 이렇게 무관심성, 분리성, 거리, 초연성을 미의 상태라고 한다. 시도 예술이므로 예외가 될 수 없다. 그리고 시적 쾌락도 상상력의 무상성—일체의 실제적 욕망과는 무관한 순수한 의지작용에서 발생한다고 일반적으로 믿고 있다. 그러나 이런 미의 본질도 기억의 초연성에 근거하는 것이다.

화이트헤드(A. N. Whitehead)는 과거란 형태화되고 고정되어서 현재의 모든 소망과 갈망에서 벗어나는 그 특수한 초연성을 강조했는데, 이것은 대상을 '거리'를 두고 본다는 뜻이며, 이 '거리'에서 우리는 사물의 본질을 성찰할 수 있다. 과거에 무서웠고 기뻤던 것을 현재 우리는 아무런 욕정없이 기억할 수 있다. 기억 속의 과거를 위 속에 보내진 음식에 비유한 오거스틴의 기억론도 이 초연성을 가리킨 것이다. "서정적 특질은 감수성이나 정조에서 유래한다. 그러나 그 정조는 정서가 아니라 오

---

10) Henri Bergson, *Introduction àlamétaphysique*(이문호 옮김, 대양서적, 1970), 257쪽.
11) Susanne K. Langer, 앞의 책, p. 263.

히려 옛 생각, 유년기의 회상, 시인에게 고대의 숭배자가 되게 한 과거다"(G. Leopardi)라든가, "시인은 고통의 와중에서 그 고통을 노래하는 것은 경계해야 한다. 시는 한층 온화하고 거리를 둔 기억에서 써야 하지 현재의 정서에서 써서는 안 된다"(J. C. F. Schiller)라든가, "시에서 격렬한 감정은 배제되어야 한다. 시는 감정 그 자체가 아니라 감정의 기억이어야 한다"(마넹)라든가, "서정시는 기억에 의하며 이미 유화된 정서를 고정시키거나 영원화하려는 기도다"(A. Wilhelm), 그리고 "감정의 유로는 고요히 회상된 정서에서 유래한다"(W. W. Worthwords) 등은 모두 감각체험을 시적 정서로 승화시키는 기억의 초연성의 기능을 지적한 말들이다. 무사무욕의 상태에서 상상력을 작용하게 하는 것은 기억이다. 기억은 단순히 상상력의 보조자가 아니라 상상력의 근본이다.

그러나 기억의 가치는 여기서 끝나는 것은 아니다. 그것은 자아회복과 휴머니즘의 전개를 가능하게 하는 또 하나의 중요한 구실을 가지고 있다. 이것이 현대에서 기억이 가지는 의미심장한 의의다.

Ⅲ 문명사회와 기억의 의의

1 분열화 현상과 소외

문명의 발달이란 의식의 발달이며 이 의식의 발달이란 따지고 보면 의식의 분열이다. 오늘날 인류학이 규명해 놓은 원시사회처럼 인간과 자연의 조화적 통일, 자아와 세계의 공감적 융합, 즉 추상과 구상, 특수와 보편, 주관과 객관, 사고와 감정 등 여러 대립된 짝들로 분열되기 전의 미분화된 원초적 통일성 같은 것은 현대 문명사회에서는 찾아볼 수 없다. 분석의 정신인 이성은 그 위대한 힘을 발휘하여 사물의 차이를 구별하고 사물들을 분리, 고립시켰다. 이런 분열화현상을 우리의 지성은 문화라 부른다. 더욱이 과학적·기술적 지성은 분업화, 전문화라는 이름으로 이것을 더욱 부채질한다. 세포가 분열되듯 의식의 분열은 무수한 '하나'로 분리시켜 인간은 그 '하나' 이외는 일체와 무관하고 단절돼 버리는 소외된 인간, 완전한 기능인이 되어 간다. 17세기 이래 영국 시인들에게 감수성이 분리되어 참다운 시를 쓰지 못했다는 엘리엇의 말도 이 분열현상을 지적한 말이다.

뿐만 아니라 고도로 발달한 기계문명은 양 개념을 모든 것의 가치측정 기준으로 삼게 했다. 이른바 사용가치가 교환가치로 대체돼 버린 것이다.

인간도 예외가 아니다. 이런 상황에서 과거는 무용하다. 왜냐하면 앞으로 얼마만큼의 생산을 하느냐, 업적을 세우느냐가 중대하지 과거란 이미 소비해 버린 무용지물이기 때문이다. 그래서 시간은 돈이다. 따라서 죽은 것, 자기 자신과 역사의 회상은 시간의 낭비다. 과거는 기껏해야 현재의 양적 변화의 위대성을 재확인하는 비교 수단밖에 안 된다. 이와 같은 과거 부정, 왜곡된 과거감은 심지어 전통적 가족 형태를 파괴시키고 선조와의 연속성에서, 문중의 한 구성원으로서의 '나'를 부정케 하고 '나' 이외의 선조를 자기의 인생에서 배제시켜 버리는 과거축소의 현상을 빚어낸다.

墳塚에계신白骨까지가내게血淸의原價償還을强請하고 있다. 天下에 달이밝아서나는오늘도오들떨면서到處에서들킨다. 당신의印鑑이이미失效된지오랜줄은꿈에도생각하지않으시나요-하고나는의젓이대꾸를해야겠는데나는이렇게싫은決算의函數를내몸에지닌내圖章처럼쉽사리끌러버릴수가참없다.

- 이상, <문벌>

　　과거파괴 또는 과거부정은 모더니즘의 한 특징이다. 이상 시의 화자
는 자신이 문벌 중의 한 구성원임을 거부하고 있다. 그는 "墳塚에계신白
骨까지가내게血淸의原價償還"을 "强請"하고 있다고 느낀다. 그래서 그는
선조인 "당신의印鑑이이미矢效된지오랜줄은꿈에도생각하지않으시나요"라
고 하여 과거는 죽은 거나 마찬가지로 자신의 실존과 무관하며 무의미
한 것으로 생각하고 있다.

　　여기서 인간은 이 세상의 어떤 인간, 어떤 사물과도 무관한 완전한
이방인이며 과거도 없고 따라서 미래도 없는 인간이 된다. 객관세계를
상실하고 자기의 진정한 자아도 상실해 버린 완전한 소외에서 인간의
생활이란 결국 경험의 무의미한 파편의 지속이요, 자아의 파편의 집합
일 뿐이다. 이른바 근대적 자아상은 이상의 시에서 볼 수 있는 것처럼
자아분열의 비극적 모습이 된다. 여기서 이런 무의미한 파편들을 의미
심장한 형태로 재구성하여 자아회복의 길을 터놓는 것이 기억이다.

2 회상과 자기회복

　　이런 기억의 작용을 쿤즈는 회상(recollection)으로 정의한다.[12] 이것은
인간의 생애 중 가장 친밀한 사건들, 일회적이고 특수한 사건들을 개인
적 인식의 단위로 단순화하고 구성하는 '개인적 기억'으로서 비공유성을
그 본질로 한다. 기억의 약점이 자기중심적이며 여기서 대부분의 시의
나르시스적 성질이 생긴다는 스펜더(E. H. Spender)의 불평은 이 회상의
본질만으로 기억을 생각했기 때문이다. 회상은 과거와 개인적으로 의미
관련을 가지는 사적인 기억작용으로 '나-다움'(meness)의 성질을 가진다.

　　봄이 오는 아침, 서울 어느 쪼그만 정거장에서

---

12) Richard Kuhns, 앞의 책, pp. 187~191.

희망과 사랑처럼 기차를 기다려
나는 플랫폼에 간신한 그림자를 떨어뜨리고
담배를 피웠다.

내 그림자는 담배연기 그림자를 날리고
비둘기 한떼가 부끄러울 것도 없이
나래속을 속, 속, 햇빛에 비춰, 날았다
기차는 아무 새로운 소식도 없이
나를 멀리 실어다 주어

봄은 다 가고 동경교외 어느 조용한
하숙방에서, 옛거리에 남은 나를 희망과
사랑처럼 그리워한다.

오늘도 기차는 몇번이나 무의미하게 지나가고
오늘도 나는 누구를 기다려 정거장 가차운 언덕에서 서성거릴게다.

　-아아 젊음은 오래 거기 남아 있거라

　　　　　　　　　　　　- 윤동주, <사랑스런 추억>

　이 작품에서 과거 · 현재 · 미래의 세 시제의 사용이 우리의 눈길을 끈
다. 말하자면 이 작품은 과거의 회상과 현재의 상황, 미래에 대한 예상
이라는 시간성이 기본골격을 이루고 있다. 화자(시인)는 지금 "동경교외
어느 조용한 하숙방"에서 "옛거리에 남은 나를 희망과 사랑처럼 그리워"
하고 있다. 현재의 실존은 "간신한 그림자"로서 부끄러울 뿐이다. 현재
의 삶은 무의미하고 이 무의미한 삶은 미래에도 해결되지 않은 채 "서
성거릴" 미래의 자기상만 예기될 뿐이다. 이런 내적 갈등 때문에 오직
"옛거리에 남은 나"를 자기동일성으로 그리워하는 과거 지향적인 인간

이 될 수밖에 없다. 그래서 화자는 "아아 젊음은 오래 거기 남아 있거라"고 절규한다. 이런 자기동일성이 '나다움', 곧 화자의 개성을 형성하고 있으며 이것으로 자기 인생의 재구성을 시도하고 있다.

여기서 개인적 동일성(자아동일성)의 문제가 제기된다. 메이어홉에 의하면 자아는, 첫째 자아를 구성하는 여러 가지 이질적 요소, 즉 상이한 인상들과 관념을 조직하고, 둘째 어떤 지속의 성질을 보여 주는 기능적·연속적 단위다. 연속성은 여러 시간의 여러 체험들, 즉 여러 기억 내용들이 함께 자아에 속한다는 사실로 나타난다. 이 소속감은 환언하면 단일하고 독특한 사건의 회상이 생애를 재구성하게 한다는 사실로 제기된다.

> 하늘의 무지개를 볼 때마다
> 내 가슴 설레느니,
> 내 어린 시절에 그러했고
> 다 자란 시절에 매한가지
> 쉰 예순에도 그렇지 못한다면
> 차라리 죽음이 나으리라.
> 어린이는 어른의 아버지
> 바라노니 나의 하루하루가
> 자연의 믿음에 매어지고자

워즈워드의 〈하늘의 무지개를 볼 때마다 내 가슴 설레느니〉는 기억이 개성의 구조, 자아의 정체성을 구성하는 데 중요한 기능임을 보여준 작품이다. 워즈워드처럼 흔히 시인들은 유년세계를 시적 공간으로 채용한다. 왜냐하면 동심은 순진무구하고 무사무욕한 상태에서 사물을 지각하고 유년세계는 모든 것이 분열되지 않은 신화적·원시적 세계와 가장 유사한 원초적 통일성을 갖고 있기 때문이다. 어린이가 가끔 자아의 상징으로 채용되는 것도 이 때문이다.

바필드는 인류의 의식발달과정과 같이 개인의 경우에도 유년세계의 오래되고 단일하고 생생한 의미들이 나이를 먹어 감에 따라 분열되고 소멸되기 마련이지만 성인의 의식에 기억으로 충격되어 그 결과 미적 체험이 된다고 하였다. 그리고 이것이 "아이가 어른의 아버지가 되는" 참된 의미라고 했는데, 이 말은 곧 기억에 의하여 자아의 동일성이 회복되고 자아의 재구성이 가능해짐을 시사한 것이다. 이와 같이 기억과 성인의 상상적 비전이 결합된 예를 우리는 서정주의《질마재 신화》에서 얼마든지 발견할 수 있다. 자아분열의 현대 문명사회에서 그 자아의 파편들과 경험의 파편들을 의미 있는 패턴으로 통일하여 자아와 경험세계를 재구성한다는 것은 '아픔'이지만, 그러나 이 '아픔'은 진정한 자아를 회복하는 부단한 모티브이고 필연적 과정이며, 따라서 작품은 자아의 연속감, 재발견의 표현이라고 볼 수 있다.

3 재인식과 공유성

기억이 개인적 회상작용에 그친다면 그것은 진정한 의미의 휴머니즘과는 거리가 멀다. 기억에는 재인식이라는 또 하나의 기능이 있다. 이것은 축자적으로 인식의 반복, 다시 보는 것, 선행하는 사건과의 유사성을 인식하는 것이다. 재인식이 일어날 때 여기에는 앎이 표상되며 반응을 요구하는 객관적 표명이 있다. 즉, 이것은 공공의 기억 또는 '공유성'으로 정의되는 기억으로 개인이 그의 생을 타인과 더불어 공유한다는 사실에 근거한다. 과거란 우리가 쭉 존재해 왔던 시간이며 가족과 공유한 것과 같은 공공의 경험이다. 시인은 개인적 회상을 통하여 자기 자신에 침잠하지만 여기서 객관적이고 공유된 세계를 발견하고 시의 사건에서 공유된 삶을 그 필수적 본질이 되도록 한다. 이런 점에서 예술의 힘은 사생활의 개인적 요소를 공공의 리얼리티와 조화·통일시키는 능력이라고 볼 수 있다. 다시 말하면 시인은 시를 통하여 자기 자신의 가장 가치

있는 자아상을 타인들의 음미로 제공한다. 시는 한때는 개인적 회상이지만 이제는 공공의 유산이다.

> 모밀국이 먹고 싶다.
> 그 싱겁고 구수하고 모나고도 소박하게 점잖은
> 촌 잔칫날 팔모상에 올라 새사돈을 대접하는 것.
> 그것은 저문 봄날 해질 무렵에
> 허전한 마음이
> 마음을 달래는
> 쓸쓸한 식욕이 꿈꾸는 음식.
> 또한 인생의 참뜻을 짐작한 자의
> 너그럽고 넉넉한
> 눈물이 갈구하는 쓸쓸한 식성
> 아버지와 아들이 겸상을 하고
> 손과 주인이 겸상을 하고
> 산나물을 곁들여 놓고
> 어수룩한 산기슭의 허술한 물방아처럼
> 슬금슬금 세상얘기를 하며
> 먹는 음식
>
>   – 박목월, <적막한 식욕> 중에서

이 작품의 이미지들, 예컨대 모밀국·팔모상·산나물 등의 사물과 잔칫날 사돈과 부자, 손님들과 함께 메밀국을 먹는 장면들은 시인이 개인적 체험을 회상한 산물이면서 우리가 공유할 수 있는 낯익은 것들이다. 이것들은 우리가 다시 보는 것, 다시 인식하는 토속적 이미저리다.

"상위에 찬은 순식물성. 숟갈은 한죽에 다 차는데/ 많이 먹는 애가 젤 예뻐./ 언제부터 측은한 정으로 인간은 얽매어 살아왔던가."(〈밥상앞에서〉), "청마는 가고/ 지훈도 가고/ 그리고 수영의 영결식./… / 어제 오

늘은/ 차값이 사십원/ 십오프로가 뛰었다"(〈일상사〉)처럼 목월은 체험을 상상력에 의해 시적으로 변용시키기보다 기억으로 바로 밀어 갔기 때문에 소박한 모사론을 상기시킬지 모르나 "나의 작품을 통하여 삶의 경험을 함께"한다는 시인의 시론을 입증한 것이다. 다시 말하면 목월은 기억속에서 타인과 공유한 삶을 찾아 이것을 다시 독자라는 무수한 타인과 시를 통해 공유하려 한다. 시인의 자아를 타인들과 더불어 공유하는 하나의 객체(시)로 구성하는 데서 서정적 자아의 유효성이 발생한다.

4 상기와 신화적 세계

지금까지 개인적 체험에 관여한 기억작용을 서술했다. 타인과 체험을 공유하겠다는 시인의 욕망은 개인적 체험을 뛰어넘은 대과거까지 추적한다. 그리하여 시인이 과거에 참여하는 정도에 따라 그의 예술적 힘의 범위는 확대된다. 현대시에서 신화의 채용은 그 좋은 예다. 신화는, 첫째 인간상황을 초시간적으로 조망하기 위해서, 둘째 인류의 연속성과 동일성의 감각을 전달하기 위한 목적으로 채용된다.13) 따라서 신화는 인간 동일성의 일반적 유형을 표상하는 상징이다. 신화의 원형적 인간은 '나는 언제나 나다'라는 동일성으로 제시된다. 이러한 원형적 인간에 시인은 자신을 병합시킨다. 이것이 자아분열과 자아상실이 야기된 현대에 특별한 의의를 가지는 신화의 휴머니즘적 가치다.

> 문을 밀고서 방으로 들어가듯
> 문을 밀고서 신방으로 들어가듯
> 문을 열고 나와서 여기 좀 보아
> 문을 열고 나와서 여기 좀 보아

---

13) Hans Meyerhoff, 앞의 책, p. 89.

매가 이끄는 마지막 곳에 와서
나는 이렇게 알았습니다
'여기는 잊었던 내 살이라'고.
맑은 봄날을 종다리는 골라서
여기에 와 목젖을 맞대고
소리개의 떼 금광맥 너머
숨을 바로 해 힘 기르는 곳
'여기는 잊었던 내 살들이라'고.

보아, 보아, 와 살며 보아
문을 밀고서 방으로 들어가듯
문을 열고 나와서 여기 좀 보아

예서부터 핏줄이 순금으로 뻗치는 것을!
사람과 짐승 맨 앞인 예서부터
핏줄은 이제 순금으로 뻗치어서
사람과 짐승의 맨 뒤로 연(連)하는 것을!

– 서정주, <사소의 편지·1>

이 작품은 사소설화를 소재로 한 것이다.《삼국유사》에 의하면[14] 사소는 본시 중국 제실의 딸로 신선의 술법을 배워 신라에 와서 "소리개가 머무는 곳에 집을 지어라"는 아버지 황제의 편지를 받고 서연산에서 지선(地仙)이 되어 신라를 보호하고 박혁거세를 낳았다. 시인은 이 설화를 소재로 현실세계의 윤리규범을 초월한 이념적 세계, 곧 신선의 영원한 세계를 제시하고자 했다. 이 이념의 경지는 "예서부터 핏줄이 순금으로 뻗치어서" "사람과 짐승의 맨 뒤로 연하는" 영원한 동일성의 세계다. 이 신화적 세계나 신라의 세계는 시인의 개인적 기억을 초월한 세계다.

---

14)《三國遺事》卷 5, 感通 第七 "仙桃聖母 隨喜佛事" 참조.

그러나 시인의 상기는 플라톤이 그것으로 이데아의 세계를 발견할 수 있었던 것처럼, 신화적 세계를 발견하여 "여기에 잊었던 내 살이라"고 한 사소의 고백처럼, 시인의 자아를 이 신화적 세계와 신화적 인물에 합병시킴으로써 영원한 자기 동일성을 획득하려 하고 있다.

이렇게 신화적 세계와 먼 조상의 삶까지도 추적하는 데 관여하는 기억작용을 쿤즈는 '상기'(anamnesis)라고 명명한다. 상기는 원래 플라톤의 진리인식에 관한 학술용어로서 플라톤이 이데아를 알기 위해 사용한 말이다. 이것은 시간을 초월해서 생각을 떠올리는 기억의 힘, 즉 초 시간성으로 정의되는 기억작용이다. 따라서 이것은 사건을 역사적 과정과는 무관한 동재적(同在的)인 것으로, 즉 인간의 불변적 동일성, 원형의 연속성으로 재인식한다.

기억의 보다 높은, 보다 공공의 영역인 이 상기에 의해서 모든 인간에게 선험적인 동시에 공유되는 신적 실재를 인식하게 되며, 이것은 다시 원초적 심상 또는 원형을 통해 경험적으로 향수된다. 이렇게 개인의 유한한 기억에 상기가 합병됨으로써 인간은 대과거에 참여케 되고 인간 본질의 최고의 가능성을 가지게 된다. 뿐만 아니라 위대하고 신적(신성한)인 것으로서 과거가 현재를 지배하는 휴머니즘을 획득하게 된다.

Ⅳ | 기억과 재발견의 의미

기억을 통하여 인간의 본질을 원형대로 재발견하는 것은 그것을 지키는 일이다. 이 지킴의 가치는 문명인이 자아와 세계를 분리·분석하여 의미의 분열을 초래하는 그 논리적 심성뿐만 아니라 다시 그 신화적 세계의 원형적 삶의 모습, 원초적 통일로 되돌아가려는 전논리적 심성도 지니고 있다는 것과 연결된다. 시인은 그것을 시예술로 제시한다. 그래서 시는 문명인에게 하나의 고향 같은 것이요, 진정한 자아를 볼 수 있는 거울과 같은 것이다.

우리가 얼마만큼 고향에서 멀리 떨어져 있는가를 생각해 보면 기억의 그 모든 가치를 재인식하게 될 것이다. 그리고 기억의 이런 중대한 현대적 의의, 지나친 사실 중시의 경향은 또 어느 때고 극복되어야 할 것이다.

I | 공시적 동일성과 서정양식

1 현대사회와 동일성

동일성(identity)이란 용어는[1] 오늘날 학문분야에서(특히 교육학이나 사회심리학) 하나의 유행어가 되고 있을 뿐만 아니라 현실의 삶에 밀착된 하나의 가치개념으로서 우리의 의식 가운데 대두되고 있다. 다시 말하면 동일성의 탐구와 주장은 마치 현대의 본질이나 특징처럼 필연성과 당위성의 의의마저 띠고 있는 것이다. 이런 현상은 의미심장한 역설적 의미를 지닌다. 왜냐하면 동일성의 탐구와 주장은 바로 그 동일성의 혼란이라는 위기감의 표현으로 볼 수 있기 때문이다.

우리는 의식의 발달, 문화의 진보 속에 숨어 있는 무자비한 변화와 다양성, 소외와 분열이란 말들과 더불어 이 동일성이란 말을 사용하고 있다. 즉, 동일성은 객관세계의 상실과 자아상실이라는 두 가지 위기감에서 야기된다.

주체로서의 자아가 타인들 또는 외부세계와 조화를 이루고 있느냐 그렇지 않으면 대립 갈등을 일으키고 있느냐 그리고 어제의 '나'와 오늘의

---

1) 'identity'는 정체성, 개성, 개인적 독특성, 조화, 일체감 등 여러 문맥, 여러 학문 분야에서 다양한 개념으로 사용되고 있으나 여기서는 '동일성'이란 용어를 채용하고자 한다.

'나'는 같은가 다른가, 도대체 '진정한' 나는 무엇인가 등의 여러 문제는 바로 동일성의 문제인 것이다. 전자는 자아와 세계와의 일체감·결속감이라는 동일성의 문제로, 후자는 자아의 재발견이라는 개인적 동일성의 문제로 집약된다. 이것이 문학에서 취급하는 동일성의 두 가지 중요한 양상이다.

그러나 이 둘은 분리된 별개의 것이 아니라 한 화폐의 양면이다. 왜냐하면 자아가 세계와 교섭해 가는 과정은 곧 개인적 동일성의 문제로 연결되기 때문이다. 요컨대 동일성은 공시적인 동시에 통시적인 연속성 가운데서 제기되는 것이다.

동일성은 철학에서 묵은 숙제가 되어 왔지만 현대문학에서 신화가 채용됨으로써 인간생활에 의의를 띤 가치개념으로 더 한층 부각되었다. 특히 이것이 산문소설과 구별되는 장르적 특징으로서의 시의 원리가 된다는 점에 우리의 관심을 끌고 있다.

2 추방된 시적 비전 : 서정적 자아의 변모

우리의 일상의식의 차원에서, 즉 실제의 현실에서 자아와 세계는 엄연히 분리되어 있다. 나는 타인과 다르며 나 아닌 모든 사물과도 엄연히 구분된다. 그러나 서정적 자아는 세계를 내면화(자아화 또는 인간화)한다. 이런 서정적 자아의 작용에 의해서 서정시에서 자아와 세계는 동일성·일체감의 상상적 공간 속에 놓인다. 이것이 서정시의 원형이다. 세계를 내면화하는 서정적 자아의 행위 자체는 현실의 차원에서 상실된 동일성을 회복하는 일이 된다.

프라이는 세계에 대한 인간의 정서적 반응은 호·불호 또는 쾌·불쾌의 두 큰 범주로 나타난다고 했다. 불호·불쾌는 소외의 느낌, 일상적 의식의 상태, 즉 대립 갈등의 심리적 상태다.[2] 후자의 경우에 세계를 자아화하는 예술이 시작된다는 것이다. 따라서 시인이란 동일성의 회복

을 실현하는 존재로 정의할 수 있다.

그러나 실제로 동일성의 상실과 동일성의 회복이 커다란 문제가 되고 의의를 띠게 되는 곳은 근대 이후의 문명사회다. 왜냐하면 근대 이후의 산업사회에서 계층간의 갈등이 점점 심화되어 인간은 세계뿐만 아니라 자기 자신한테서도 소외감을 느끼고 있기 때문이다. 여기서 자아와 세계의 조화나 통일을 갈구하는 시적 비전은 합리적이고 이성적 공간에서 더 이상 신이 존재할 수 없듯이 추방된다.

(1) 현실대결의식과 탈

동일성과 통일성의 갈구라는 시적 비전이 점점 추방되어 가는 오늘날, 현실과의 '대결의식'이 시 장착의 주된 모티브가 되고 있다. 이제 서정적 자아는 옛날의 모습을 잃고 소설의 주인공을 닮아 가는 대결의식의 자아상이 되고 있다. 이것은 서정적 자아가 '탈'을 쓰고 세계와 거짓 동화되고 있는 시에서 가장 뚜렷이 볼 수 있다.

> 심장을 만듭니다.
> 풍선에 바람을 불어넣어
> 색칠을 합니다.
>
> 원래의 심장은
> 지난 여름 장마때
> 피가 모조리 씻겨 빠졌습니다.
>
> 그리고 장마 뒤에 불별 속에서
> 내 심장
> 빈 껍데기만 남은 그것은

---

2) N. Frye, *The Educated Imagination*(Indiana University Press, 1964), pp. 28~29.

허물처럼 까실까실 말라 버렸습니다.

이제는 쓸모가 없게 된 심장
구겨 뭉쳐 쓰레기통에 내버린 심장
한데도 사람들은 여전히
심장을 달랍니다.

드리고 말고요
어렵잖은 일입니다.
당신의 맘에 꼭 드는
예쁘장한 심장

　　　　　　　　　　　　　　　　　- 이형기, <풍선심장> 중에서

　실제 생활에서 인간은 자기의 직분이나 상황에 따라 진정한 자아를
감추고 여러 가지 적절한 탈들을 쓰게 된다.
　탈은 인간이 외부세계와 교섭하는 자아의 한 기능이다. 이것은 세계
에 적응하는 개인적 체계요, 세계를 처리하는 데 인간이 취하는 태도
다.3) 그러나 현실과 갈등의 관계에 있는 경우 "풍선심장"은 서정적 자아
가 날조한 거짓 자아이며, 이것으로 화자는 세계와 허위로 삶을 함께 나
누면서 끝내 진정한 자신을 감추고 있다. 이런 탈로써 서정적 자아는 세
계와의 동일성을 가장하면서 실상은 세계와 날카롭게 대결하고 있는 것
이다.

(2) 비인간적 익명의 정조

　더욱 비극적인 현상은 문명적인 것은 사회적인 것이요 사회적인 것은
인간적인 것이라는 이런 등거리 인식에서, 현대 시인이 일체의 인간적

---

3) C. G. Jung, *The Archetypes and the Collective Unconsciousness*(Princeton
　University Press, 1975), pp. 122~123 참조.

인 것을 배제시키는 비인간화를 지향하고 있는 점이다. 여기서 서정적 자아는 이미 인간이 아니거나 인간적인 것을 거부하고 있다. 시인의 창조적 자아를 백금판에 비유한 엘리엇의 말을 연상할 만큼 서정적 자아는 컴퓨터화되고 있다.[4]

> 어제 본 하느님 얼굴은 감옥이었다. 찢어진 밤구름과 썩은 배추와 한 됫박의 석유였다. 꿈꾸는 사람의 죽음과 정신병이었다. 아니다, 어제 본 하느님 얼굴은 활활 타오르는 불이었다. 잡초 하나 없는 들판이었다. 밤새도록 잠못 이루는 아파트에서 번뜩이는 그리움 벗어 던진 구두짝과 구두짝에 묻은 흙과 2월이면 이 땅을 적시던 진눈깨비였다. 지칠 줄 모르고 커오르는 욕망, 서울역에서 꾸역꾸역 쏟아져 나오던…하느님 하느님의 얼굴!
>
> — 이승훈, <하느님 얼굴>

이 작품은 실제의 어떤 풍경을 사실적으로 재현한 것이 아니다. 오히려 시인이 현실의 풍경을 파괴하여 인위적으로 조립한, 아주 난해한 하나의 추상화다. 아니면 우리가 접근할 수 없는 시적 자아의(또는 시인의) 내면 풍경이다. 장면과 장면, 이미지와 이미지의 연결이 우리의 감각을 벗어나고 있다. 벤(G. Benn)의 용어대로 여기서의 시적 자아는 '돌파된 자아'(ein durchbrochenes Ich), 곧 일체의 논리적 관련을 파괴하는 자아이다.[5] '관련의 파괴'란 현실의 파괴요, 궁극적으로 인간의 파괴다. 그의 말은 컴퓨터의 말과 같다. 시인의 무선적 상상력(wireless imagination)에서 빚어지는 장면과 이미지들이 고립적으로 병치되어 있으므로 인간의 심장이 없는 컴퓨터의 비정한 발화라고 볼 수 있다. 시인이 노린 정서도 인간의 감정과는 무관한, 무엇이라고 이름지을 수 없는 익명의 정조다. 컴퓨터화된 서정적 자아의 발화는 이런 익명의 정조를 창조할 뿐

---

4) 이상섭, 〈現代詩와 기계적 操作〉《말의 秩序》(민음사, 1976), 152~153쪽 참조.
5) Gottfried Benn, *Probleme der Lyric*(전광진 옮김, 탐구당, 1979), 35쪽.

난해하기 짝이 없다. 물론 이것은 초현실주의의 자동기술법으로 기술할 수 있지만 여기서 세계와 자아의 교섭은 처음부터 배제되고 관심 밖의 영역이 되고 있는 것이다.

(3) 세계 상실의 고립주의

서정적 자아의 이런 비인간화와 가장 가까운 거리에 세계상실의 고립주의 자아를 볼 수 있다. 이것은 시가 시인 자신 이외의 어떤 테마도 갖지 않는다든가 어떤 제재에 대한 자기감정을 타인과 공유할 필요성을 느끼지 않는 태도다.[6] 철저히 반민주적이고 고립적인 자기 폐쇄의 태도다. 물신숭배의 근대 산업사회에서 소외된 시인의 태도가 이런 유아론적 고립주의의 서정적 자아를 탄생시킨 것이다. 세계와 나는 무관하다는 나르시즘적 경향은 근친상간의 경향과 함께 자아와 세계의 동일성을 상실한 극단적인 양상이 된다.

혼자 있음을 절대적 신념으로 한 이 유아론적 나르시즘은 모더니즘 예술의 가장 두드러진 한 면이다. 자기 파괴를(세계가 나를 파괴하기 전에 나 스스로를 파괴하여 나의 순수성을 지키려는 의도에서) 최고의 미적 형태로 체험하는 경향과 나르시즘 경향으로 모더니즘은 병리학적 미학이 된다.

세계와의 연대의식을 기피하고 시적 자아만의 은밀한 가상의 세계 속에 침잠하려는 이런 태도는 필연적으로 시어와 일상언어를 엄격히 구별한다. 왜냐하면 시어는 시인 자신을 위해 존재할 뿐 일상 언어의 기능과 같은 전달의 구실과는 애초부터 아무 상관이 없다고 보기 때문이다. 세계를 거부하는 부정의식은 더욱 비밀스런 자기를 창조하여 독자가 알아듣지 못하는 언어 속에 감추어 버리는 것이다.

1930년대 〈오감도〉의 이상은 한국에서 이런 유아론적 고립주의의 대표적인 시인이다. 그의 고통은 자기가 원하는 세계와 타인이 원하는 세계와의 불일치와 그가 생각하는 자기 자신과 타인이 생각하는 그와의

---

6) Gottfried Benn, *Gesammelt Werke* IV, p. 125(Wiesbaden). 여기서는 M. Hamburger의 *The Truth of Poetry*(Penguin Books, 1972), p. 145에서 재인용.

불일치로 집약된다. 여기서 반시적(反詩的) 경이의 포즈가 탄생한다. 이 경이의 포즈란 전통형식의 파괴이며 이것으로 그는 세계와 대결했다.

유아론은 타인이 알아차릴 수 없는 어떤 사물이나 리얼리티는 일상 언어로 접근할 수 없다는 언어회의(word-scepticism)에 빠진다. 이 언어 회의란 전통적 형식의 파괴로 구체화된다. 그래서 시는 극단적으로 난해해질 뿐 아니라 이런 모더니즘의 시가 자아내는 정조도 감지할 수 없거나 혐오감을 일으키게 마련이다.

그러나 이상의 주된 문학적 초상은 자의식이다. 이 자의식은 외부세계와 단절하고 자신의 내면탐구에 열중하는 자기폐쇄의 나르시즘이다.

> 거울속의나는참나와는반대요마는
> 또꽤닮았소
> 나는거울속의나를근심하고진찰할수없으니퍽섭섭하오

신체적 자기에 색정적으로 탐닉한 나르시즘의 원형과는 달리 자기 자신이 그가 교섭하는 타인이 되고 세계가 되는 이런 변형된 나르시즘이 이상 시의 주조다. 더구나 그의 나르시즘은 진정한 자아나 전체적 자아가 아닌 분열된 자아의 고통스러운 인식으로 끝나고 있다. 외부세계와의 교섭을 끊고 자기 내면의 폐쇄된 공간에서 연출되는 유폐체험이 세계상실의 전반적인 체험이다.[7] 시인이 숫자나 비언어적 기호들을 사용하는 것은 사회적 조건에 가장 적게 의존하는 가장 자유로운 상상적 놀이의 산물이다. 그래서 외부세계를 거부한 것만큼 그의 시어는 경험결핍의 추상언어가 되며, 이런 추상성이 세계상실문학의 주된 현상이다.

(4) 동일성의 재획득과 그 의의

현대시의 서정적 자아는 탈을 뒤집어쓰거나 비인간화되는 경향으로

---

7) Rudolf Nikolaus Maier, *Paradies der Weltlosigkeit*(장남준 옮김, 홍성사, 1981), 72쪽.

그리고 유아론적 고립주의의 경향으로 세계와 날카롭게 대결하는 양상을 보여 주고 있다. 그러나 현대시에 많이 나타나고 있는 이별의 정한, 고향상실감, 어둠의 인식, 궁핍의식, 자아상실감, 세계상실감 등은 비록 동일성 상실의 여러 가지 양상이지만 이것은 동시에 동일성의 회복을 지향하는 태도다.

'에덴'은 동일성의 원형이고, 이 에덴의 상실은 타락이라는 종교적 의의를 띤다. 그러나 이 타락을 통해서만이 구원이 가능해진다는 데 기독교적 역설이 발생한다. 원시인에게는 의식화되지 못했던(그러니까 무의식 상태에 있었던) 그 에덴의 가치를 그리고 그 후 문명인이 상실했던 그 가치를 의식하고 이것을 추구할 때 더욱 커다란 에덴을 획득할 수 있다. 즉, 분열·갈등·소외의 비극을 통해 재획득한 자아와 세계의 동일성은 더욱 가치를 지니게 되는 것이다.

오랫동안 모든 문학에서 한결같이 여러 가지 형태의 '사랑'이 테마로 채용되고 있는 것은 다름아닌 동일성에 대한 열망과 그 가치의 충격 때문이다. 그리고 이는 지극히 당연한 일이다. 어떤 경우에도 자아와 세계의 합일을 전제하지 않는 사랑은 없기 때문이다. 우나무노(M. Unamuno)는 이 사랑의 형태가 인간의 비극적 자기인식에서 비롯된다고 보고 다음과 같이 밝혔다.

> 당신이 태어나기 전에도 당신이 아니었던 것처럼 죽고 나서도 당신이 안 될 것이기 때문에 당신이 가지는 그 깊은 절망은 그러니까 당신이 당신 자신에게 베푼 사랑이나 동정은 당신에게 당신과 비슷한 모든 자들을, 즉 외관상으로 형제와 같은 자들을, 즉 무에서 무로 행진하는 비참한 그림자들을, 즉 무한의 영원한 암흑 속에서 잠깐 빛을 내는 의식의 불꽃들을 동정하도록 다시 말해서 사랑하도록 하기 때문이다. [8]

---

8) Miguel de Unamuno, *Del Sentimiento Trágico de la vide en los hombres Yen los pueblos*(장선영 옮김, 삼성출판사, 1976), 135쪽.

인간의 고통은 그가 태어나기 전에도 그리고 죽고 난 뒤에도 존재할 수 없는 전무후무한 존재로서의 통시적 고립과, 이승의 삶 가운데서도 자기의 하나밖에 없는 유일무이한 존재로서의 공시적 고립의 자기인식에서 탄생한다. 자기인식이란 자신이 타인과 다르다는 것을 느끼고 동시에 자신의 한계를 인식하는 행위다. 그러므로 이런 비극적 자기인식의 고통 때문에 인간은 자신과 유사한 것을 찾고 이것을 인격화한다. 우나무노의 동정이란 사랑이며 모든 것을 인격화하는 일이며, 이것은 곧 동일성인 것이다.

  -사랑하는 것은
  사랑을 받느니보다 행복하느니라
  오늘도 나는 너에게 편지를 쓰나니
  -그리운 이여 그러면 안녕!
  설령 이것이 이 세상 마지막 인사가 될지라도
  사랑하였으므로 나는 진정 행복하였네라.

                                    – 유치환, <행복> 중에서

인간의 죽음은 태어남과 마찬가지로 자연의 냉엄한 질서다. 이런 냉엄한 질서 앞에서 인간은 허무한 존재이고 또한 가련한 존재가 아닐 수 없다. 여기서 한 인간의 애절한 사랑에의 참된 추구가, 마침내 종교처럼 있을 수 있는 필연성을 가능케 한다. 그러면 "사랑하는 것은/ 사랑을 받느니보다 행복하나니라"의 이유는 무엇인가, 또한 사랑의 추구가 종교가 되는 이유는 무엇인가.

청마에게 사랑은 "다른 하나의 나를 더 설정한다."[9]는 일이다. 그리고 "그지없이 허무한 목숨에 있어서 나를 하나 더 설정하여 가질 수 있는 가능성은 큰 구원의 길"이다. 그래서 사랑하는 것이 사랑을 받는 것보다 더 큰 희열과 만족을 주고 한 인간의 영혼을 정화하는 종교가 되는 것

---

9) 유치환, 《구름에 그린다》(신흥출판사, 1959), 113쪽.

이다. 이처럼 청마의 사랑은 우나무노와 같은 비극적 자기인식과 허무의식에서 비롯되고 있는 것이다. 그리하여 사랑은 자아와 세계가 둘이면서도 하나(일체)가 되는 것을 가능케 하며, 동일성의 가장 보편적인 양상이 되는 것이다.

> 길에서 나사를 줍는 버릇이 내게는 있다.
> 암나사 숫나사를 줍는 버릇이 있다.
> 예쁜 암나사와 예쁜 숫나사를 주우면 기분 좋고
> 재수도 좋다고 느껴지는 버릇이 있다.
> 찌그러진 나사라도 상관은 없다.
> 투박한 나사라도 상관은 없다.
> 큼직한 숫나사라도 쓸만한 건 물론이다.
> 나사에 글자나 숫자가 무늬가
> 음각이나 양각이 돼 있으면 더욱 반갑다.
> 호주머니에 넣어 집에 가지고 와서
> 손질하고 기름칠하고
> 슬슬 돌려서 나사를 나사에 박는다.
> 그런 쌍이 이제는 한 열 쌍은 된다.
> 잘난 쌍 못난 쌍이
> 내게는 다 정든 오브제들이다.
> 미술품이다.
> 아니, 차라리 식구같기도 하다.
>
> — 성찬경, <나사 Ⅰ>

이 시의 화자는 암나사와 수나사를 줍는 버릇이 있고 이것들을 주우면 기분이 좋고 재수도 좋다고 느낀다. 더구나 그것들이 음각이나 양각이 되어 있으면 더욱 반갑다. 왜냐하면 이 암나사와 수나사가 '쌍'(동일성)이 되기 때문이다. 실상 나사에 대한 화자(또는 시인)의 관심은 정작이 '쌍'에 가 있다. 그래서 그에게 이 쌍 자체가 "정든 오브제"이고, "미

술품"이다. 나아가 이들은 "식구"와 같이 친근감을 느끼게 한다. '쌍'에 대한 시인의 이런 갈망과 가치의식은 모든 시인들의 그리고 우리 모두의 갈망이 되고 가치가 되는 것은 말할 필요가 없다.

1970년대 크게 부각된 민중시는 하나같이 공동체의식을 선언한다. 따라서 민중시는 자아와 세계의 일체감을 테마로 한다.

> 못생긴 얼굴끼린데
> 니 얼굴 내 얼굴 가려 무엇하랴.
>
> 내 얼굴 쓰러지면
> 니 얼굴 와서
> 내 얼굴로 피어나고
>
> 니 얼굴 쓰러지면
> 내 얼굴 가서
> 니 얼굴로 피어나리니.
>
> 못생긴 얼굴끼린데
> 니 목소리 내 목소리 가려 무엇하랴.
>
> 내 목소리 갈앉으면
> 니 목소리 와서
> 내 아우성으로 피고
>
> 니 목소리 갈앉으면
> 내 목소리 가서
> 니 아우성으로 피어나리니.
>
> — 조태일, <얼굴 — 국토 45>

이 작품의 흥미로운 점은 각 행이 "니", "내"로 시작되어(첫행과 아홉째 행도 똑같이 서민을 암시하는 "못생긴 얼굴"로 시작되어) 두운의 효과를 노리고 있는 점이다. 같은 소리의 반복마저 이 작품의 테마인 일체감의 구현에 기여하고 있는 것이다. 그리하여 이 작품은 다분히 해학적인 어조로 단자적이 아니라 공동체적인, 끈질긴 저항의 의지를 보이고 있다.

중요한 것은 동일성의 갈망이 단순한 현실순응의 태도가 아니라는 점이다. 자아는 모든 세계와 합일하려고 하지는 않는다. 또한 이것은 자아와 합일되지 않는 세계가 무엇인가를 암시하고 있다. 그래서 프라이는 "동일성의 상실과 재획득이라는 이야기는 모든 문학의 기본 구조다. …… 문학은 우리들을 동일성의 회복에로 인도할 뿐만 아니라 동일성과 그것을 거부하는, 즉 우리가 싫어하고 피하려고 하는 그러한 세계를 식별하는 역할을 한다."[10]고 했다. 이것은 동일성을 준거체로 하여 문학의 원리와 그 기능을 정의한 것이다. 작품이란 결국 동일성이라는 가치의 구조다. 이 동일성이 본질이 되고 또 가장 강조되고 있는 곳이 서정시인 것이다.

시인이 세계를 인간화하고 그와 일체감을 이룰 수 없는 세계를 구분한다는 것은 앞에서 말한 것처럼 그의 개성 전체의 문제가 된다. 뿐만 아니라 그를 에워싸고 있는 세계는 고정된 것이 아니라 변화하고 있으며 다양하다. 개인의 전체 인생사에서 보면 그는 요람에서 무덤에 이르기까지 그에게 의의 있는 많은 타인들과 만난다. 이 만남의 양상은 다양하고 복잡하다. 따라서 필연적으로 지속적인 자아를 문제삼지 않을 수 없게 된다. 즉, 시간의 변화, 체험의 다양성 가운데서 개인적 동일성을 문제삼게 된다. 이것은 물론 자아의 탐구와 재발견으로 연결된다. 여기서 이 개인적 동일성과 시는 어떤 관계가 있을까 하는 우리의 관심이 또 하나의 과제로 제기된다.

---

10) N. Frye, 앞의 책, p. 55.

1 변 화

변화는 시간에 따른 체험의 가장 기본적인 양상이다. 진보의 개념과 결부되지 않더라도 그것은 자아와 세계를 다양하게 하고 자아와 세계와의 관계를 다채롭게 해 준다는 점에서 인생의 가치 있는 양상이 된다. 《근사록(近思錄)》의,

> 천하의 이치는 끝마치면서 다시 시작되며 항상 있는 것이며 끝남이 없다. 다함이 없는 항(恒)은 일정 상태를 말함이 아니다. 고정되어 있는 것은 항이 될 수 없다. 오직 때에 따라 끊임없이 변화하고 바뀌어 가는 상도인 것이다. 11)

라는 말은 고정되어 있는 것이 항이 될 수 없고 오직 때에 따라 끊임없이 변하고 바뀌어 나가는 것이 상도임을 역설하고 있다. 즉, 변화는 바로 진리다. 플라톤도 《심포지움》(*Symposium*)에서 말한다.

> 인간이 언제나 같은 인간이라 불리지만 실제 어느 한 순간도 같은 요소를 지니는 일이 없으며 하다못해 머리칼이나 뼈나 살을 가릴 것 없이 육체의 모든 세포도 끊임없이 새로워지며 낡은 것은 없어져 버립니다. 그리고 이것은 육체뿐만 아니라 정신에 있어서도 마찬가지입니다. 기질이나 성격이나 정욕이나 환락이나 비애나 공포 같은 것은 어느 사람에게 있어서도 동일한 것이 아니며 새로 생

---

11) 《近思錄》, 導體說, 十三, "天下之理終而復始 所以恒而不窮 恒非一定謂也 一定則不能恒矣惟適時變易乃常道也".

기고 또한 끊임없이 소멸하여 갑니다.

이와 같이 플라톤은 이데아를 제외한 모는 사물의 변화를 강조하고 인간의 시간에 따른 동일성을 부정한다.

그러나 이런 변화 때문에 자아나 세계의 통시적 동일성(diachronici-dentity), 즉 시간을 통한 동일성의 탐구는 언제나 난관에 부닥치지만 이 변화 때문에 도리어 우리는 비로소 동일성을 몽상하고 연속적이고 불변적인 것을 인생의 또 하나의 가치양상으로서 찾으며 인간이나 사물에 동일성을 부여하려는 성향을 지니게 된다. 여기서 시의 존재근거는 또 하나 확보된다.

청춘에 보던 거울 백발에 곳쳐 보니
청춘은 간듸 없고 백발만 뵈눈고야
백발아 청춘이 제 갓스랴 네 쫏츤가 ᄒ노라

– 이정개

늙음을 한탄하고 젊음을 동경하는 것은 우리의 공통된 감정이다. 늙음의 한탄이 변화에 대한 감정이라면 젊음의 동경은 동일성에 대한 감정이다. 이 시조에서처럼 청춘이 백발로 되는 변화의 충격 앞에서는 누구나 시간을 통한 동일성으로서 청춘을 열망하지 않을 수 없을 것이다.

이런 통시적 동일성을 향한 욕망은 사랑을 테마로 한 작품에 가장 많이 볼 수 있다.

청산은 내 뜻이오 녹수는 님의 정이
녹수ㅣ 흘러간들 청산이야 변ᄒ손가
녹수도 청산을 못 니저 우러 녜어 가눈고

– 황진이

청산(내 뜻)은 시간의 흐름에도 변하지 않는 자아동일성의 상징이요, 녹수(님의 정)는 변하기 쉽고 믿을 수 없는 세계다. 녹수는 변하더라도 청산은 변하지 않기에 그 청산은 더욱 서럽도록 가치가 있다. 그래서 화자는 청산이 녹수를 못 잊듯이 녹수도 청산을 "못 니저 우러 네어 가는고"라고 생각하고 또 그렇게 믿고 싶은 것이다. 종장은 일종의 '자리바꿈'(displacement)[12]으로 녹수를 청산에 동화시키고, 시간을 통한 동일성으로 그 불변의 사랑을 한층 극화하고 있다.

영웅예찬, 연군의 정, 동심, 자연 그리고 초자연적 존재나 진리 또는 이념과 같은 영원한 차원 등도 우리에게 낯익은 통시적 동일성의 양상들이다. 이처럼 변화 때문에 자아나 세계의 통시적 동일성의 탐구는 자아와 세계가 올바른 교섭관계를 갖고 합일하려는 것과 마찬가지로 인생과 예술에 같은 값어치의 의의적 양상이 되고 있다.

그리고 비록 문학이 몽상하는 동일성이 과학적 논리적 분석의 대상이 될 때는 허구이거나 적어도 막연한 동일성(loose identity)이 될 수 있지만 문학은 그 고유의 진실로서 동일성의 여러 양상을 가치로 제시한다(과학은 동일성에 대하여 논리적으로 또 경험적으로 타당한 판단기준이나 구성요소를 정립하려 한다. 그러나 문학의 동일성은 과학적 분석의 문맥에서는 무의미해지기 때문이다). 이 가운데서 우리의 관심의 초점이 되는 것은 개인적 동일성(personal identity)이다. 왜냐하면 이것은 현대문학의 지배적 테마이면서 작품의 구조원리이기 때문이다. 현대에서 자아의 탐구란 이 개인적 동일성의 탐구 이외의 다른 아무 것도 아니다.

---

12) 자리바꿈이란 정신분석의 용어로 감정이 한 대상에서 떠나 다른 대상으로 돌려지는 것인데, 여기서는 화자가 청산에 대한 감정을 녹수로 옮겨서 결과적으로 청산과 같은 통시적 동일성을 녹수로 지니고 있는 것처럼 상상한 것을 가리킨다.

2 ▶ 자아형성의 두 유형

　개인적 동일성은 어제의 '나'와 오늘의 '나'가 똑같다는 느낌이나 신념의 자아감각, 시간의 흐름 가운데서 파악된 '나'가 무엇이며, 이 '나'를 어떻게 파악하느냐, 요컨대 자아형성의 문제다. 시는 바로 이런 자아형성의 과정을, 그 끊임없는 자기모험을 보여 준다. 자아형성의 관점에서 시는 크게 두 가지 유형으로 분류할 수 있다. 소극적인 자기동일성의 시와 적극적 자기동일성의 시가 그것이다.

(1) 소극적 자기동일성

　소극적 자기동일성은 자기동일성의 시간적 지속감이 아무런 갈등의 드라마 없이 소극적 양상으로 전개되는 경우다. 이것은 두 가지 인생관에서 나타난다. 복고주의 또는 과거지향성의 태도와 고립주의 태도가 그것이다.

> 　그리운 우리 님의 맑은 노래는
> 　언제나 제 가슴에 젖어 있어요
> 　긴 날을 문 밖에서 서서 들어도
> 　그리운 우리 님의 고운 노래는
> 　해지고 저무도록 귀에 들려요
> 　밤들고 잠드도록 귀에 들려요
>
> 　　　　　　　　　　　　　　－ 김소월, <님의 노래> 중에서

　서정시에서 화자의 상대역으로서 많이 볼 수 있는 님은 그 화자가 갈망하는 어떤 가치의 상징이다. 이것은 님의 연인이라고 상정하더라도 그 내포적 의미는 변하지 않는다. 그런데 소월의 님은 현재와 미래에서 부재하는, 오직 '하나의 옛 님'이다. 이 '하나의 옛 님'을 그리워하고 사는 것이 소월시 화자들의 인생이고 시간이 아무리 흐르더라도 그들이

자기 동일성을 유지하는 근거가 된다. 새로운 님을 찾는다든가 과거의 님을 미래에 다시 만날 수 있다는 기대도 없이 부재하는 과거의 님에만 얽매여 사는 이런 시적 상황설정 자체는 시인의, 자기동일성 형성에서 소극적 태도를 시사하는 것이다. 이 소극적 태도는 변화를 싫어하고 단순히 같은 것의 지속 반복만을 선택한다. 소월은 식민지과정의 무자비하고 냉엄한 변화 속에서 자아의 통일적 기능이, 곧 자기동일성이 상실되는 것을 두려워했던 것 같다. 과거의 재생과 지킴이 그의 가치였고 이것이 그를 전통시인이 되게 한 원근거가 되었다. 그래서 현실의 변화에 부응하여 삶의 새로운 가능성을 실현하려는 자기계획의 적극적인 면을 그의 시는 보여주지 못하고 있다. 그 결과 그의 시는 체험의 단순성을 면치 못하고 갈등의 극복 끝에 획득되는 자기동일성이 아니라 선험적인 과거만으로 통시적 자기동일성을 지탱하려 했다.

이런 소극적 자기동일성의 형성은 고립주의의 한 표본이 되는 영랑시에서도 볼 수 있다.

　　내 마음의 어딘듯 한편에 끝없는
　　강물이 흐르네
　　돋쳐오르는 아츰날빛이 빤질한 은결을 도도네
　　가슴엔듯 눈엔듯 또 핏줄엔듯
　　마음이 도른도른 숨어 있는 곳
　　내 마음의 어딘듯 한편에 끝없는
　　강물이 흐르네

　　　　　　　　　　　　　　　　　　　- 김영랑, <내마음의 어딘듯>

소월 시처럼 체험의 시간적 지속감이 두드러지면서도 이 지속감은 체험의 단순성을 벗어나지 못하고 있다. 뿐만 아니라 화자의 가치는 자아와 세계의 만남 가운데 있지 않고 철저하게 "마음이 도른도른 숨어있는 곳"에만 있다. 이 은밀한 곳에서 가치는 '강물'이 되어 끝없이 지속됨으

로써 화자는 통시적 동일성의 감각을 얻고 있다. 영랑의 초기 시는 정
치적 사회적 현실의 전체성이 배제되어 있다. 반면에 후기 시에는 식민
지 말기의 상황이 포괄된다. 그러나 이런 포괄에도 "앞뒤로 덤비는 이리
승냥이 바야흐로 내 마음을 노리매/ 내 산체 짐승의 밥이 되어 찢기우
고 네맡긴 신세임을/ 나는 독을 차고 신선히 가리라/ 마금날 내 외로운
혼을 건지기 위하여"(〈독을 차고〉의 일부)처럼 후기 시의 화자도 전기 시
의 화자와 마찬가지로 그의 세계로부터 고립되어 있다. 그의 시에서 자
아는 무력하고 순결하지만 세계는 막강하고 악하다. 자아와 세계는 도
무지 뛰어넘을 수 없는 심연을 두고 영원한 평행성을 이루고 있다. 더
구나 자아와 세계의 이런 속성은 절대로 변하지 않는다.

그래서 영랑 시의 화자들은 모두 하우저(A. Hauser)가 기술한 이른바
비변증법적 인간들이다. 여기서 비변증법적 인간이란 인간의 발전 가능
성을 믿지 않고 인간과 사회가 변하는 것을 원하지 않는 인간이다.[13]
자아와 세계의 속성이 변하지 않으므로 자아와 세계 사이의 관계도 변
하지 않는다. 이런 고립주의에서 얻어지는 것은 자아의 순결성이지만
자기동일성 형성이 운명적으로 미리 정해진 상태에서 단순히 시간적으
로 지속될 뿐이다.

(2) 적극적 자기동일성

식민지 상황 속의 식민지 인간은 하나의 오염된 존재다. 그가 아무리
자아의 고결성을 고집하고 이를 지키려고 발버둥을 치더라도 이런 상황
과 교섭하고 살고 있는 한 그의 실존은 오염되어 있다. 더구나 현대문
학이 제시하는 인간상은 과거와 같이 고결한 자아, 이상적 인간이 아니
라 오염된 존재로서 고통 속에 번뇌하는 인간, 아니 평범한 인간상이다.

그러나 우리는 오염된 실존의 고뇌가 지속됨으로써 개인적 자기동일
성을 형성하는 인간에게 더욱 공감한다. 여기서 화자가 복잡하면서도

---

13) Arnold Hauser, *The Social History of Art*(Routledge & Kegan Paul, 1968),
p. 210.

적극적인 자아형성의 양상을 보이기 때문이다.

> 애비는 종이었다. 밤이 깊어도 오지 않았다.
> … (중략) …
> 스물 세 해 동안 나를 키운 건 팔할이 바람이다.
> 세상은 가도가도 부끄럽기만 하더라.
> 어떤 이는 내 눈에서 죄인을 읽고 가고
> 어떤 이는 내 입에서 천치를 읽고 가나
> 나는 아무 것도 뉘우치지 않으련다.
>
> 찬란히 틔어 오는 어느 아침에도
> 이마 위에 얹힌 시의 이슬에는
> 몇 방울의 피가 언제나 섞여 있어
> 볕이거나 그늘이거나 혓바닥을 늘어뜨린
> 병든 수캐마냥 헐떡거리며 나는 왔다.
>
> — 서정주, <자화상> 중에서

 "애비"가 종이므로 화자도 노예일 수밖에 없다. 이것은 그가 벗어날 수 없는 운명이다. 그가 회상한 자기의 과거생애는 "가도 가도 부끄럽기만" 한 욕된 삶의 연속이었다. 그는 타인에게 죄인이나 천치로서 소외되면서 "혓바닥을 늘어뜨린 병든 수캐마냥" 고통스럽고 치욕스럽게 살아왔다. 그러나 비록 이런 소외가 완성된 인격체나 적어도 하나의 개성을 형성하지 못하고 '자기동일성 혼란'(identity confusion)을 가져왔지만 그는 아주 도전적으로 "아무것도 뉘우치지" 않고 오염된 실존을 그대로 수용한다. 그는 영랑 시의 화자와 같은 자아의 고결성과는 너무나 먼 거리에 있다. 죄인과 천치 등 오염된 자아의 파편들로 오히려 그의 생애는 자아의 지속감을 보다 리얼하게 드러내고 있다.
 윤동주 시의 화자도 '부끄러움'이라는 자기 인식에서 통시적 자기동일성을 갖고 있다.

> 죽는 날까지 하늘을 우러러
> 한 점 부끄럼이 없기를,
> 잎새에 이는 바람에도
> 나는 괴로워했다.
> 별을 노래하는 마음으로
> 모든 죽어가는 것을 사랑해야지.
>
> — 윤동주, <서시> 중에서

이 작품은 시인의 시작 태도와 삶의 태도를 집약한 것이다. 죽는 날까지 부끄럼이 없이 살겠다는 것이 그의 인생 태도이며 "모든 죽어가는 것"에 대한 사랑을 노래하는 것이 그의 시작 태도다. 그의 체험들은 이런 태도 속에 통일되고 그래서 그것은 그의 개인적 동일성을 형성하는 요소가 된다. 그리고 이 개인적 동일성, 곧 그의 인격이 통시적 동일성으로서 지속되는 것이다.

3 자아상실의 여러 양상

시간적으로 지속하는 체험 도중에 그리고 이 체험을 통하여 지속적인 동일 자아의 개념이 최초로 탄생한다. 이 지속적 감각의 자아에 우리는 '진정한' 자아란 이름을 붙인다. 이 진정한 자아는 다양한 체험들을 조직하여 여기에 어떤 종류의 통일성과 구조를 부여하는 능동적 자아다. 체험의 각 순간들의 '나'들은 이 능동적 자아로 통일된다. 개인적 동일성은 바로 이 진정한 능동적 자아의 속성이다. 시간의 흐름에 따른 다양한 체험들에 통일성과 구조를 부여한다는 것은 그 체험들을 단순히 시간적 연속에 따라 연결시킨다는 것이 아니라 하나의 의미 또는 가치로 통일시킨다는 것이다. 이때 의미부여의 주체로서 능동적 자아는 그 체험들에 일관하는, 하나의 동일한 자아의 의의를 띠는 것이다. 개인적 동일성이란 결국 이 능동적 자아가 체험을 재구성한 몫으로 획득되는 것이다.

(1) 허위적 자아와 영원한 현재

현대문학에서 이처럼 자아의 통일성과 자아의 적극적·창조적 기능을 중요시하고 진정한 자아의 탐구를 지배적 테마로 삼게 된 것은 이런 자아의 기능이 파괴되고 진정한 자아를 상실해 가고 있기 때문이다. 사실 현대문학은 자아분열, 자아상실의 인간을 보다 많이 제시한다.

세분화되고 복잡해진 현대사회는 그만큼 실제생활에서 인간에게 다양한 역할을 요구한다. 워렌의 말처럼 이런 다양한 역할은 지속적 자아감각을 파괴한다.[14] 역할의 다양성이란 역할의 모호성이며 궁극적으로 역할의 상실이다. 여기서는 일관된 자아도 볼 수 없고 인지할 만한 자아감각도 느껴지지 않는다. 인간은 이런 요구에 적합한 자아를 제조하고 다양한 역할에 맞는 탈을 쓰게 된다. 말하자면 동일성(일체감)을 이룰 수 없는 세계의 요구에 맞는 인간이 되는 것이다.

실제생활에서 그에게 절실히 필요한 것은 현대세계의 복잡성을 재빨리 분석하고 이에 대처하는 적당한 마스크, 적당한 자아를 제조하는 이성이다. 이런 탈을 쓰는 한, 어떤 경우에도 자아는 경험에 있어서 자신을 총체화하지 못하고 부분적 자아로 존재하게 된다. 그리하여 감수성의 분리, 자아분열의 현상은 더욱 악화된다. 그는 그 많은 허위적 자아의 무더기 속에서, 흄(David Hume)의 용어대로 '여러 가지 상이한 지각군' 속에서 체험들을 하나로 통일하는 일관된 진정한 자아를 상실해 버린다. 능동적이고 적극적인 진정한 자아를 상실한 이런 상태에서의 체험들이란 무의미하게 고립된 파편들의 누적이며 그의 생애는 고립된 허위적 자아들의 연속에 지나지 않는다.

---

14) Robert Penn Warren, Poetry and Democracy. 여기서는 〈시와 민주주의〉《문학사상》(1977년 1월호) 참조.

사닥다리를 조심스레 하나하나 올라갔습니다.
연륜이 다 찬 꼭대기에서 어머니 난 어디로 또 옮아 가야 합니까
저어 까마아득한 하늘 속에 녹아 버리기엔 아직도 미련이 감탕처럼
날 휘감고 되나려가긴 이미 시간이 벌판을 떼어 버렸습니다.
속절없는 나의 곡예에 풋내기 애들의 손뼉이 울리고,
어머니 어찌하여 당신은 나에게 날개를 주시는 건 잊으셨습니까.

– 김용호, <날개>

이 화자의 좌절은 말할 필요 없이 그가 "풋내기 애들의 손뼉"에 놀아난 삶에 있다. 그의 삶은 거짓 자아의 수많은 분신들의 무의미한 연속에 지나지 않는다. 그러므로 "난 어디로 또 옮아 가야 합니까"라는 화자의 비통한 절규는 진정한 자아나 통일된 전체적 자아를 상실한 데서 온 절망 이외 아무 것도 아니다. 그에게는 세계와의 진정한 교섭도 통시적 동일성으로서의 지속적 자아감각도 없다. 시가 자아개념의 활기찬 긍정·반영이며 체계화된 자아의 모델이라는 워렌의 정의는 여기서는 도무지 찾아볼 수 없다.

이상 소설을 상기시키는 '날개'는 이 작품에서 매우 의미심장한 상징이다. 화자에게 구원은 진정한 '나'의 회복에서만 가능하다. '날개'는 이 가능성의 상징이다. 그러나 그에게 '날개'는 처음부터 주어지지 않았다.

철거민의 고통과 비애를 제재로 한 다음 작품에서 통시적 동일성은 보다 심각한 국면으로 나타난다.

산자락에 매달린 바라크 몇 채는 트럭에 실려가고, 어디서 불볕에 닳은 매미들 울음 소리가 간간이 흘러왔다.
다시 몸 한 채로 집이 된 사람들은 거기, 꿈을 이어 담을 치던 집 폐허에서 못을 줍고 있었다
그들은, 꾸부러진 못 하나에서도 집이 보인다.
헐린 마음에 무수히 못을 박으며, 또 거기, 발통이 나간 세발자

전거를 모는 아이들 옆에서, 아이들을 쳐다보고 한번 더 마음에 못
을 질렀다.

　갈 사람은 그러나, 못 하나 지르지 않고도 가볍게 손을 털고, 더
러는 일찌감치 풍문을 따라간다 했다 하지만, 어디엔가 생이 뒤틀
린 산길, 끊이었다 이어지는 말매미 울음 소리에도 문득문득 발이
묶이고,

　생각이 다 닳은 사람들은, 거기 다만 재가 풀풀 날리는 얼굴로
빨래처럼 널려 있었다.

- 감태준, <몸 바뀐 사람들>

　화자가 보고자의 역할로 일관하고 있는 이 작품은 "몸 한 채로 집이
된 사람들", 그러니까 "몸 바뀐 사람들"의 비가적 세계를 그리고 있다.
그들에게 '몸바뀜'의 변화는 "마음에 무수히 못을" 박는 고통과 비애로
충격될 뿐이다. 그들은 더 이상 뿌리 내릴 수 없는 무방향적 표류의 삶
속에 내던져져 있다. 그리하여 '몸바뀜'의 변화는 그들이 "다만 재가 풀
풀 날리는 얼굴"로 희석화되어 가는 삶의 과정이 되고 있다. 이것은 변
화 속에 감추어진 우리 시대의 비극이다.

　현대인의 시간적 퍼스펙티브는 '영원한 현재'(eternal now)로 축소되어
있다.15) 여기서의 영원한 현재란 서정시의 한 특징이 아니라 양적 시간
의 개념이다. 물신화 구조의 현대 산업사회에서 시간은 소비와 이윤을
위하여 상품을 생산하는 기능을 가진 하나의 도구다. 시간측정 방법은
생산과정의 시간단위에 맞추어 확립된다. 시간은 어떤 시간 경과 속에
성취한 작업의 양에 따라서, 일정 기간의 생산액과 임금과 이자에 따라
서 측정된다. 시간은 정신적 단위가 아니라 어디까지나 물신숭배의 양
적 가치개념만 지니고 있는 것이다.

　이처럼 계량화된 시간은 또 하나의 면을 지니고 있는데 그것은 소비

---

15) Hans Meyerhoff, *Time in Literature*(University of California Press, 1955),
　　pp. 153~157 참조.

된 시간, 곧 과거는 무용지물이라는 사고경향이다. 현재나 미래만이 중요한 것이지 흘러가 버린 시간은 아무 쓸모가 없다는 것이다. 현대인은 이제 영원의 차원에 살고 있는 것이 아니라 비정한 변화를 그 본질로 하는 역사적 상황 속에 살고 있다. 더구나 기술문명의 발달에 따른 급격한 변화 때문에 과거와의 일체감과 연속감은 점점 쇠퇴해져 가고 있다. 그리하여 현대인은 이런 급격한 변화 속에 하나의 일관된 통일적 자아를 갖지 못하고 자아분열과 체험의 파편들이 연속되는 삶을 누리게 되었다. 그리고 과거축소로 체험의 순간에만 반응하고 그 체험의 충격이 곧 소멸되어 버리는 양적 단위인 영원한 현재 속에서만 살게 되었다.

> 교회당의 차임벨 소리 우렁차게 울리면
> 나는 일어나 창문을 열고
> 상쾌하게 심호흡한다.
> 새벽의 대기 속에 풍겨 오는
> 배기 가스의 향긋한 납 냄새
> 건강은 어차피 하느님의 섭리인 것을
> 수은처럼 하얀 콩나물국에 밥 말아 먹고
> 만원 버스에 실려 직장으로 가며
> 나는 언제나 오늘만을 사랑한다.
> 오늘은 주택은행에 월부금을 내는 날
>
> — 김광규, <오늘> 중에서

화자는 한 치의 여유도 없이 꽉 짜인 도시생활을 무반성적으로 누리고 있다. 그가 체험하는 시간은 "주택은행에 월부금을 내는 날"이라는 철저하게 계량화된 양적 시간이다. 더구나 그는 과거를 생각할 겨를도 없이 "언제나 오늘만을 사랑"하는 영원한 현재 속에 갇혀 있다. 그에게 시간은 순간으로 축소되어 있다. 그에게 필요한 것은 과거와 현재와 미래를 유기적으로 연결시켜 여유 있게 통시적으로 바라보는 일관되고 통일된 자아나 진정한 자아가 아니라 매일매일 바쁜 도시생활에 충실하는 파편화된 일상적 자아다. 그는 영원한 현재 속의 자아다.

(2) 통시적 동일성에의 갈망

현대인의 영원의 차원에 대한 갈망은 이러한 영원한 현재 속의 비극적 자아를 극복하려는 데서 발생한다. 더구나 인간은 유한한 시간적 존재다. 영원의 갈망은 사실 이런 인간의 보편적인 본능이다.

> 가장 깊은 인간의 본능의 하나는 항구적인 것을 찾는 것이다. …
> (중략) … 이것은 물론 안주할 곳에 대한 동경이요, 위험을 피하려
> 는 욕구에서 비롯되는 것이다. 그러므로 인간이 큰 변동에 직면하
> 게 될 때에 이 본능도 강하게 작용한다. [16]

그래서 인간은 종교적 차원을 갈구하고 영혼불멸을 신봉한다. 시간적으로 왜소화된 난쟁이, 변화 속에 갈피를 못 잡는 현대인에게 자아나 세계의 통시적 동일성은 여간 귀중한 것이 아니다. 그것은 구원을 줄수 있는 종교와 같은 것이다.

> 시간의 탑 위에 앉아서
> 영원으로 흘러가는 노래를 띄운다.
>
> 아름다운 노래만이 남아서
> 돌아올 길 없는 자리에서 또한 장미를 그린다.
> 아픈 순간에 서서
> 무한에 귀화하는 일행을 엿보다
>
> — 김광섭, <수상(隨想)> 중에서

---

16) Bertrand Russell, *A History of Western Philosophy*(최문홍 옮김, 집문당, 1973), 67쪽.

과거·현재·미래의 시간적 일체감과 "영원으로 흘러가는 노래"의 영원성과 불변성은 이제 우리 삶의 절대적 가치이자 서정적 이상이 된다.

현대시의 짙은 향수나 실향의식의 정서는 상실된 본래의 자아와 세계에 대한, 그 통시적 동일성에 대한 서정적 갈망이다. 이것은 변화를 상실로 수용할 수밖에 없는 우리 시대 비극성의 필연적 산물이다

> 가발 공장으로 와이샤쓰 공장으로
> 아주 신달려서 떠나가 버린 복순아
> 치마끈을 졸라서 중학교를 보냈더니
> 시집갈 밑돈이나 장만해 본다고
> 많지도 않은 식구들 속에서 밥그릇이나 줄여 주겠다고
> 밤중에 에미애비 몰래 도망쳐 버린 복순아
> 단추공장을 여차여차 뚫고 들어가든
> 이쑤시개 공장을 용케 비집고 찾아가든
> 행여나 밥먹듯이 굶지를 말아라
> 행여나 톱니바퀴에 물려들지 말아라
> 행여 쓰러지지 말고 행여 처녀병신이 되지 말아라
> 사지가 멀쩡한 낮도깨비에게 홀리지 말아라
> 그리고 언제나 콧노래라도 불러 보거라
> 장다리꽃 노오란 밭언덕을 노래하여 일하거나
> 쑥잎을 뜯어 먹으면서도 하늘을 속이지 않았던
> 보릿고개 삼년고개 열두고개 고향 사람들을
> 남의 논밭이나 붙여 먹고 살아온 꿀먹이들을
> 바라보고 머저리라고만 투덜대진 말아라
>
> — 김준태, <샛골 이별가>

전통적인 낡은 이분법으로 기술하면(실제 이 작품은 의도적으로 이분법의 사고로 경직되어 있다) 도시는 악마이고 시골은 천사다. 여기서 악마는

변화의 등가물이며, 천사는 통시적 동일성의 등가물이다.

시골어머니의 이 소박하고 애절한 호소는 산업사회의 타락과 비인간성에 대한 의구와 불신으로 가득 차 있다. 그녀의 눈에는 산업사회의 물질보다는 "보릿고개"를 이겨내는 가난이 도리어 행복으로 보인다. 그래서 이 화자는 "쑥잎을 뜯어 먹으면서도 하늘을 속이지 않는", 즉 인간과 자연이 조화로운 일체감을 가졌던 삶의 세계를 인간의 진정한 가치로 판단하고 있다.

입사식의 모티프를 지닌 다음 작품에서도 자아와 세계의 통시적 동일성이 창작동기가 되고 또 주제가 되고 있다.

어두운 방 안엔
바알간 숯불이 피고

외로이 늙으신 할머니가
애처로이 잦아드는 어린 목숨을 지키고 계시었다.

이윽고 눈 속을
아버지가 약을 가지고 돌아오시었다.

아 아버지가 눈을 헤치고 따 오신
그 붉은 산수유 열매–

나는 한 마리 어린 짐승,
젊은 아버지의 서느런 옷자락에
열로 상기한 볼을 말없이 부비는 것이었다

이따금 뒷문을 눈이 치고 있었다
그날 밤이 어쩌면 성탄제의 밤이었을지도 모른다.

어느새 나도
그때의 아버지만큼 나이를 먹었다.

옛 것이란 거의 찾아볼 길 없는
성탄제 가까운 도시에는
이제 반가운 그 옛날의 것이 내리는데,

서러운 서른 살, 나의 이마에
불현듯 아버지의 서느런 옷자락을 느끼는 것은,

눈 속에 따 오신 산수유 붉은 알알이
아직도 내 혈액 속에 녹아 흐르는 까닭일까.

– 김종길, <성탄제>

화자에게 어릴 적 체험한 열병은 중요한 의미의 일회적 사건으로 그의 기억 속에 남아 있다. 추운 겨울 밤 아버지가 눈 속을 헤치고 따온 "산수유 열매"로 그는 병석에서 살아 남았고 최초로 "서늘한 옷자락"에 아버지 애정을 인식했다. 이것은 화자에게 중대한 세계인식이었다.

그러나 "산수유 열매"와 "서늘한 옷자락"의 두 핵심 이미지로 형상화된 아버지의 애정은 성인이 된 화자에게 또 한 번 구원의 가치로 충격된다. 이것은 같은 성탄제 전야에 "한 마리 어린 짐승"에서 "서러운 서른 살"이란 자아의 변화와 그리고 "옛것이란 거의 찾아 볼 길 없는" 세계의 변화 속에서 화자가 재발견한 통시적 동일성이기에 더욱 값진 것이다. 이 작품의 포근한 서정적 감동은 바로 이 통시적 동일성에서 비롯되고 있는 것이다. 통시적 동일성이 가장 서정적인 것이 되는 비밀을 이 작품은 보여 주고 있다.

(3) 원형적 동일성

무의식세계를 파헤치는 현대의 정신분석적 탐구가 문학과 인생에 의의를 주는 것은 이것이 자아와 세계의 일체감을 회복하려는 목적뿐만 아니라 손상되었거나 상실된 자아의 연속성 동일성의 감각을 회복하려는 목적에 기여하고 있기 때문이다. 무의식의 세계에서 시간은 존재하지 않는다. 그것은 무시간적 차원이다.[17] 따라서 여기에는 시간의 흐름에 따른 변화는 일어날 수 없다. 이와 마찬가지로 현대시인은 신화나 전통 설화에서 개인적 동일성을 승화·확대시키는 방법을 찾는다. 신화나 전통 설화의 현대적 의의가 자아와 세계의 동일성을 그리고 인류의 연속성을 보여 주는 데 있기 때문이다.

> 오오, 처용, 너는 보는가
> 변화의 격한 물 이랑을.
> 눈부신 세월은 그 위를 지나가고
> 너에겐 이제 아무 할 일이 없구나
> 너는 너로 돌아가야 하리
> 네 자신의 위치로, 태양처럼
> 고독한 너의 장소로
> 지혜의 뜰, 표범 가죽이 드날리는
> 그 속으로
> 아침해가 비늘진 물결 너머로
> 굽실거리는 용의 허리 너머로
> 솟아 오른다.
>
>   – 신석초, <처용은 말한다> 중에서

처용은 《삼국유사》〈망해사조(望海寺條)〉에 수록되어 있는 신화적 인물

---

17) Sigmund Freud, *New Introductory Lectures on Psychoanalysis*(Norton, 1930), p. 104.

이다. 그는 아내가 역신과 간통하는 장면을 보고도 춤을 추고 노래를 부르면서 그 자리를 물러났다. 그는 아내의 간통이라는 세속적 타락의 극한 상황과 정면으로 대결하지 않고 자신과의 싸움으로 그 위기를 극복했다. 그는 관용과 인욕의 화신이다. 관용과 인욕으로 타락과 세계에 대한 하나의 전형적인 태도를 보여 주었다. '가무이퇴'한 그의 행위와 학자들의 구구한 억측을 자아내게 한 그의 신비적 정체는 우리에게 말할 수 없는 이질감을 주고 있지만 이런 그의 태도는 서구와는 다른 독특한 한국적 원형으로서 오늘날까지 민속을 통해서, 그리고 많은 문학작품 속에 반복하여 면면히 재생되고 있다.

신화나 전통설화에 접맥된 동일성은 이제 개인적 동일성이 아니라 원형적 동일성이다. 그 원형에 우리 자신을 동화시킴으로써 우리는 통시적 동일성의 감각을 가질 뿐 아니라 자아를 더욱 심화・확대하게 되는 것이다. 따라서 원형적 동일성의 탐구는 결코 개인적 동일성의 포기가 아니라 그 승화인 것이다.

공시적이든 통시적이든 동일성에 대한 열망은 질서와 안정에 대한 인간의 본능이다. 불변적인 것은 본질이며 이것이 허위적이고 가변적인 현상의 혼란 속에 살아 있어서 가치가 있는 것이다. 다시 말하면 변화와 다양성과 차이성 속에서 동일성은 값진 진주와 같은 것이다.

인명색인

찾아보기

김준오

- 서울대학교 국어국문학과 졸업
- 문학박사(계명대학교)
- 부산대학교 국어국문학과 교수 역임

▌저 서
- 가면의 해석학(반도출판사, 1987)
- 도시시와 해체시(문학과비평사, 1992)
- 한국 현대장르 비평론(문학과지성사, 1993)
- 현대시의 환유성과 메타성(살림, 1997)
- 문학사와 장르(문학과지성사, 2000)
- 현대시의 해부(새미, 2009)
- 현대시와 장르비평(문학과지성사, 2013)
- 현대시의 방법론과 모더니티(새미, 2013)

▌번역서
- 장르론(문장사, 1985)
- 문학과 시간현상학(삼영사, 1987)

▌공 저
- 구조주의(고려원, 1992)
- 한국 현대시와 패러디(현대미학사, 1996)
- 동서시학의 만남과 고전시론의 현대적 이해(문학시대사, 2001)
- 김준오 비평선집(지식을만드는지식, 2015)

저자와의
협의하에
인지생략

시 론[제4판]

1982년 2월 10일 제1판 발행
1988년 1월 30일 제2판 발행
1995년 3월 25일 제3판 6쇄 발행
2002년 5월 10일 제4판 1쇄 발행
2023년 8월 23일 제4판 42쇄 발행

저 자 김　　　준　　　오
발 행 인 고　　　성　　　익

05027
발행처 서울특별시 광진구 아차산로 335 삼영빌딩
도서출판 三 知 院
등 록 1978년 6월 2일 제2013-22호
전 화 737-1052 · 734-8979 FAX 739-2386

ISBN 978-89-7490-024-3-93800